Hotel Lutecia

Empar Fernández

Hotel Lutecia

Unas vidas marcadas por la guerra
y por los fantasmas del pasado.
Un hotel en el que se decidió la historia

SUMA
de letras

Primera edición: octubre de 2017

© 2017, Empar Fernández
© 2017, Penguin Random House Grupo Editorial, S.A.U.
Travessera de Gràcia, 47-49. 08021 Barcelona

Printed in Spain – Impreso en España

ISBN: 978-84-9129-171-8
Depósito legal: B-17.000-2017

Compuesto en Arca Edinet, S. L.
Impreso en Liberdúplex, Sant Llorenç d´Hortons (Barcelona)

SL91718

Penguin
Random House
Grupo Editorial

«Somos nuestra memoria,
somos ese quimérico museo de formas inconstantes,
ese montón de espejos rotos».

JORGE LUIS BORGES

ACTO 1
Escena 1
BRUJA 1.ª: ¿Cuándo volvemos a juntarnos, cuan-
do relampaguee, cuando truene o cuando llueva?
BRUJA 2.ª: Cuando acabe el estruendo de la ba-
talla, y unos la pierdan y otros la ganen.
BRUJA 3.ª: Entonces será antes de ponerse el sol.
BRUJA 1.ª: ¿Dónde hemos de encontrarnos?
BRUJA 2.ª: En el yermo.

Macbeth
WILLIAM SHAKESPEARE

PRIMERA PARTE

Capítulo 1

Cuando el primer destacamento americano llegó a primera hora de la tarde del 29 de abril a las puertas de Dachau, Andreu tuvo el convencimiento de que era demasiado tarde. Era un batallón motorizado y muchos de los deportados que esperaban ser rescatados se echaron a llorar, se acercaron y alargaron las manos hacia los soldados antes incluso de que descendieran de sus vehículos. Los americanos no daban crédito a lo que veían. Los deportados los tocaban para convencerse de que no estaban soñando y acabaron suplicando algo que llevarse a la boca.

Andreu sospechaba desde hacía meses que estaba perdiendo la razón, por eso no se atrevió a reír ni a gritar de alegría. Intuía que el pobre tipo que a duras penas conseguía arrastrar los pies por aquel lodazal no era el mismo hombre, alto y erguido, que había atravesado la alambrada meses atrás entre golpes, gritos, empujones y voltear de tripas. No se acercó ni aproximó la mano implorando un trozo de chocolate o algo de pan. Quizás nada de lo que creía ver estaba ocurriendo realmente.

Un oficial americano muy joven que apenas lograba sobreponerse a la náusea que le originaba la contemplación de tanto horror, fijó su mirada en Andreu, que ocultaba el mermado cuerpo bajo una manta. Sus ojos, impávidos, se perdían más allá del cerco de alambre. Aquel hombre, en las últimas, no parecía desear nada ni necesitar nada. Era casi un milagro. Un hombre que no tendía la mano, que miraba como si no albergara urgencia alguna. El americano descansó en él la vista. Era uno de los oficiales de baja graduación que, a pocos kilómetros del campo, habían entrado en los más de treinta vagones cerrados y repletos de cadáveres de prisioneros en avanzado estado de descomposición. Días atrás las fuerzas alemanas habían intentado evacuar a miles de hombres para impedir su liberación. Acabaron asesinándolos o abandonándolos a su espantosa suerte. Muchos murieron en los vagones varados y criminalmente atrancados; otros, muchos de los que fueron obligados a marchar a pie, fallecieron de puro agotamiento o ejecutados por no poder continuar avanzando. El americano conservaba todavía la imagen del interior del primer vagón en la pared de sus párpados y en la nariz el olor a muerte.

Los soldados americanos, entre sonrisas quebradas, estrechar de manos y frases que sonaban a aliento y a tierra mojada, les entregaron algo de pan y un trozo de tocino, una manta limpia y una ración de leche caliente y muy azucarada. A Andreu el sabor de la leche le sorprendió y le recordó días mejores. Tardes que pasó en compañía de su madre haciendo chapotear las galletas en una taza entre grandes cuajos de nata.

—Con la comida no se juega, tesoro —le recriminaba muchos años atrás Caterina mientras le estampaba un sonoro beso en la frente.

Andreu, envuelto el cuerpo en la manta de la que no se atrevía a desprenderse, se sentó en un muro bajo sosteniendo en una mano el cacillo metálico y en la otra el mendrugo que se afanaba en llevar hasta la boca. De su sombra, todavía más deformada por la manta, destacaba una mano huesuda y temblorosa que parecía no pertenecerle. La silueta oscura que advertía sobre el barro le confundía, no podía tratarse del mismo hombre. No conseguía reconocerse, aunque la maldita sombra se ajustaba a sus movimientos y no lograba atraparla en un renuncio.

Andreu se resistía a creer lo que estaba viendo, quizás no era cierto que los americanos estuvieran liberando el campo como tampoco lo era que aquella som-

bra escuálida fuera la suya. Quizás era todo un engaño
de su mente maltrecha en la que había dejado de confiar.
Una mente que insistía en huir de un presente terrible
y en evocar un pasado cargado de nostalgia. A Andreu
le venían a la cabeza las palabras de su padre, palabras
que regresaban cada vez más a menudo. Cuando apenas
levantaba unos palmos del suelo su padre le conminaba
a andar bien derecho y con la cabeza bien alta puesto
que no tenía de qué avergonzarse. Y así lo había hecho
él durante toda su vida hasta pocas semanas atrás.

La cabeza alta, la espalda erguida, orgulloso de sí
mismo y de los suyos. Pero últimamente, y sin poder
evitarlo, la espalda, vencida, se inclinaba al caminar, al
aguardar órdenes, al llevarse a la boca la cuchara medio
vacía. Se le curvaba cuando se sentaba exhausto en el
jergón o cuando empuñando el pico sentía cómo se le
escapaban la salud y la vida. Apenas se daba cuenta de
que se inclinaba penosamente hacia adelante ni de que
sus hombros se aproximaban cada vez más, como si
hubieran decidido encontrarse a medio camino. Y si,
contrariando el dictado de su cuerpo derrengado, pretendía corregir su encorvada postura, hallaba una resis-
tencia tenaz y dolorosa en cada una de sus vértebras.
Pasados unos instantes de esfuerzo vano, Andreu volvía,
invariablemente, a replegarse sobre sí mismo.

Envueltos los pies en trapos y vestido con toda la
ropa que había conseguido reunir, no lograba mantener

firme el espinazo ni elevar el ánimo. No era fatiga ni cobardía. Ni tan siquiera una tristeza inexplicable. Había sido el invierno terrible que no acababa nunca y que perduraba en su cuerpo el domingo 29 de abril del 45, primavera jubilosa de la liberación.

No conseguía olvidar que a finales del 44 el frío había avanzado sin misericordia y se había apoderado del campo. El barro estaba por todas partes, en las suelas, en la ropa… Entraba en el barracón y perseguía a los hombres allá donde iban. El mismo lodo casi helado que deformaba las sombras y las convertía en siniestros monigotes esbozados por la mano temblorosa de un borracho. Andreu, que, a falta de otro lugar en el que recordar la propia imagen, nunca dejó de perseguir su sombra en el barrizal, había empezado a advertir leves discordancias entre la silueta que el suelo encharcado le devolvía y el hombre adulto y bien formado que recordaba haber sido. La desconocida figura que caminaba delante de él al abandonar el barracón, o a su espalda al regresar desfallecido, había empezado a convertirse en la obsesión en la que naufragaban todos y cada uno de sus pensamientos.

Lentamente, con el paso de los días y el discurrir de las noches, había dejado de identificar su propia sombra, y aquella que arrancaba ahora desde sus pies se le antojaba la de una persona famélica, de hombros estrechos y cráneo diminuto. La de un adolescente en pijama que caminara inclinado sobre sí mismo para hurtar su silueta a la vista. La proyección vacilante de un muchacho desnutrido que anduviera encorvado y con los hombros cada vez más juntos, como si tuviera algo que ocultar. Una sombra consumida y rematada por un cráneo al que le hubieran brotado unas orejas grandes y alargadas, como las alas recogidas de un murciélago. El perfil rectilíneo de su nariz, que solo acertaba a intuir, le recordaba al de un cadáver. La sombra de un hombre que se movía con torpeza, que parecía temblar, que temblaba. Una sombra que evolucionaba pausadamente sobre el barro con la lentitud impropia de un hombre todavía joven y al que Andreu pasaba horas enteras espiando.

Desde hacía meses solo había podido contemplar breves fragmentos de su rostro en un espejito de mano que Serguei, un relamido arpista ruso, conservó hasta su muerte como su posesión más preciada. Ahora era Andreu el que lo custodiaba oculto entre la mugrienta mezcla de lana, paja y trapos de su jergón. Apenas había conseguido ver su nariz, uno de sus ojos, su barbilla o una de sus sienes. Ni pensar en reunirlas en la diminuta superficie del espejo. El conjunto como suma de las partes. Sin embargo, no alcanzaba a imaginar cómo era ahora su cara, la cara de aquel desconocido al que pertenecía aquella sombra engañosa, traicionera, aquella sombra que detestaba porque no era la suya. No podía serlo.

Había descubierto, a escondidas, como tenía lugar casi todo en el campo, que el pelo que apuntaba en su cabeza era gris, casi blanco, y que la barba incipiente desmejoraba sus mejillas. Pero no conseguía distinguir las pestañas que recordaba oscuras y abundantes y le quitaban el sueño los óvalos profundos que se abrían como heridas bajo su nariz y en los que nunca antes había reparado.

Como pudo se aproximó a uno de los oficiales americanos al que seguía muy de cerca un corresponsal de guerra con cara de espanto y una cámara fotográfica a la altura del esternón. Era el mismo con el que había cruzado la mirada. Pidió permiso para entrar en uno de los edificios desde el que los alemanes habían dirigido el campo. Lo obtuvo. Se retiró de inmediato cuando advirtió que el reportero lo enfocaba.

Haciéndose entender en un mal francés atravesó los grupos de hombres medio muertos que buscaban entre las ruinas del miedo una satisfacción inexistente. Era el único que no erraba entre el caos que se derivó del repentino intercambio de papeles. Buscaba un espejo, un espejo grande, no un maldito retal, un espejo en el que poder contemplar por entero el hombre que era ahora. Sentía tan intenso el apremio que los pies le obedecían como si de buenas a primeras hubieran dejado de arrastrarse. Con la manta sobre los hombros había dejado de sentir frío y el vivo recuerdo de la leche en la boca le había devuelto las palabras de su padre:

—Camina derecho, hijo, camina derecho.

Pero no podía. Todavía no.

El pabellón, destrozado por la ira de los supervivientes y expoliado antes por los guardianes que decidieron huir, era una pura ruina. Nada quedaba que pudiera aprovecharse, solo los restos de los saqueos sucesivos, aquello de lo que nadie esperaba obtener el menor provecho. Pero Andreu sabía lo que andaba buscando.

No fue difícil. Lo encontró en la habitación vacía de un oficial huido. La luna rota de un ropero abierto, un enorme espejo cuarteado al que le faltaban algunos fragmentos, el testimonio frágil de tanta desolación. Bastaba.

Andreu se despojó de la manta y se acercó al armario con aprensión.

Reconoció en el espejo al propietario de aquella sombra devastada. Atisbó un par de manos titubeantes que se acercaban a una boca en la que faltaban un par de dientes. Los dedos, solo piel y hueso, se sacudían ajenos a la voluntad. El cabello, que los guardianes no permitían crecer por los parásitos y por la humillación aparejada al rasurado por la fuerza, formaba ahora manchas grises y pardas que ensuciaban el cráneo.

Acercó la cabeza al espejo para advertir los costurones dejados por las heridas cicatrizadas. Con aquella especie de pijama listado que vistió desde su entrada en el *lager*, su cuerpo parecía tan flaco que daba grima.

Sobre sus huesos la ropa no delataba forma alguna, como si la hubieran colgado sobre una percha. Había desaparecido su vientre y en su lugar parecía abrirse un gran agujero. Al retirar el maldito pijama rayado las costillas eran tan evidentes que hacían daño a la vista. Las piernas, que fueran fuertes, parecían las de un niño necesitado, y los ojos, sin pestañas, los de un viejo. Tenía el aspecto de un enfermo grave.

«Las sombras no mienten», pensó, y se cubrió de nuevo para esconder a la vista un cuerpo que le avergonzaba. Para no volver a verlo.

Bajo el somier encontró un par de botas demasiado grandes y sin agujeros que habían pertenecido al oficial que días atrás ocupaba la habitación. Y, aunque bailaban en sus pies descarnados, sintió cierto alivio al pensar que se había librado de la humedad y del barro en los pies. Recuperó también unos calcetines y una camiseta gruesa y muy sucia que alguien había desdeñado junto a la puerta. Escondió el botín bajo su manta. No sabía con qué finalidad, pero, como el resto de los deportados, Andreu había aprendido a desconfiar, a protegerse y a comprender que en un campo todo tiene valor. Unas botas, una camiseta, un par de calcetines… eran un tesoro. Poco importaba que todo ello hubiera pertenecido a un nazi malnacido.

Rodeado de hombres que gemían, lloraban o se abrazaban unos a otros en un entrechocar de huesos,

Andreu se reconcilió como pudo con su nueva y amarga sombra, la sombra del hombre que sería de allí en adelante. Escapó a las cámaras y a las preguntas y durante unos instantes experimentó el leve consuelo de no saberse loco.

Capítulo 2

Tardaron días en poder abandonar Dachau. Muchos fueron los que murieron libres, pero incapaces de sobreponerse a tanto dolor y a tanto miedo. Algunos fueron víctimas de trágicas indigestiones, de cólicos y de pulmonías fatales. Agonizaron devorados por un hambre tan feroz y prolongada que sus cuerpos depauperados no fueron capaces de saciar.

Habían sido liberados, pero las tropas americanas tardaron semanas en dejarles atravesar la alambrada. Andreu, consumido por la impaciencia y torturado por la falta de noticias, contemplaba la feliz partida de italianos, franceses, polacos… Pensaba que no tardaría en llegar el día en el que por fin abandonarían el infierno helado de Dachau. Ni las mañanas luminosas y tibias de la primavera avanzada habían conseguido hacerle olvidar el frío. Lo sentía todavía muy adentro, como si hubiera anidado en su interior, en sus huesos, en sus venas, en la terminación de cada uno de sus nervios.

Los americanos pretendían hacerlos regresar a España, pero, ante las complicaciones que presentaba su repatriación, valoraban la posibilidad de dejarlos indefinidamente en el campo con el tratamiento de desplazados. Hablaban incluso de trasladarlos al norte de Italia. Desde España ningún gobierno reclamó a los deportados, nadie se interesó por los «triángulos azules», por los apátridas. Por no tener no tenía ni país al que regresar. El gobierno de Franco, que no tenía intención de colaborar en el retorno de tanto famélico opositor al régimen, había declarado a cara descubierta que «no había españoles fuera de España».

Nadie reivindicó la ciudadanía de Andreu ni la de tantos republicanos como él que habían encadenado a una guerra propia la cruenta guerra ajena.

A pesar de que no tenían casa ni país se había apoderado de ellos la urgencia por salir, por huir, por alejarse de tanto cadáver y de tanta humillación. Salir del campo, recuperar la libertad, moverse. Creían que poniendo tierra de por medio se distanciarían del recuerdo terrible de la deportación, como si dilatando el espacio pudieran alejarse también en el tiempo del infierno de

Dachau, como si fuera posible dejar atrás el recuerdo o desprenderse de la memoria.

Andreu solo tenía un propósito: llegar a París y conseguir noticias de Rosa. París era el último lugar que habían pisado juntos y, según había podido saber, a París llegaban listas con los hombres y mujeres que habían sido confinados en los campos y su situación presente. Largos listados de cadáveres y de supervivientes, de enfermos, de hospitalizados y de desplazados. A París dirigían sus mensajes todos los que, habiendo vivido previamente en Francia, aguardaban noticias de los suyos.

Unas semanas en las playas heladas de Argelès, algunos meses refugiados en casas ajenas, primero en Toulouse, después en Lyon; hasta recalar en París cuando ya la guerra era un hecho. Nada había vuelto a saber de Rosa desde que se dijeran adiós junto a un tren a punto de partir. Se juraron el uno al otro velar por la propia vida, recuperar muy pronto los abrazos hurtados por tanta guerra. Ambos prometieron hacer lo imposible por sobrevivir.

Andreu no había tenido otro propósito. Sobrevivir, vivir para volver a verla, para abrazarla, para poseerla. Ni cuando, a la vista de su nueva y tristísima estampa y de su rostro irreconocible, se sintió desfallecer. Siguió pensando en ella, viviendo para ella y temiendo su posible decepción al recibir entre los brazos a otro hombre, un hombre consumido.

Cuando la mayoría de los prisioneros viajaba ya camino de sus casas, Andreu, un hombre sin patria, continuaba preso en aquel gran cercado de alambres en el que pasaba las horas deambulando e intentando, como tantos otros, recabar noticias de los suyos. Los suyos, sus seres queridos... eran pocos, solo uno. Una mujer, Rosa. Nadie más allá, nadie a quien buscar en ninguna parte.

Pero no todos pudieron soportar la inacabable espera. Tampoco Andreu. Fueron muchos los que salieron clandestinamente de Dachau hasta alcanzar, también furtivamente, un tren de mercancías en una estación próxima. A pesar de que la noche era templada, Andreu había enfundado sus pies en varios pares de calcetines que había obtenido de los americanos. Calzaba las gruesas botas, que habían dejado de bailar, pero nada conseguía aliviar la molesta sensación de que el frío y la humedad continuaban devorando sus pies. Ni las recias botas, ni los calcetines de lana, ni la proximidad de un buen fuego. Pensó en resignarse a ello como se había resignado días antes a aceptar como propia su nueva y estrafalaria sombra.

El viaje fue largo y de nuevo conocieron el hambre y la penuria. Poco a poco, aquellos que habían emprendido juntos el camino fueron distanciándose, buscando en pequeños grupos comida, calor y algo parecido a una cama en la que descansar los castigados huesos.

Andreu siguió adelante junto a Vidal y a Jacinto, un compañero de barracón que no dejaba de toser penosamente entre sacudidas difíciles de disimular. Jacinto escupía sangre al toser y la recogía como podía para que nadie pudiera verla. Le horrorizaba la idea de perder de nuevo la libertad y acabar sus días recluido en un sanatorio. Solo Andreu llegó a saberlo. Trapos llenos de sangre de los que se libraban enterrándolos o quemándolos temerosos de una nueva reclusión. Jacinto prefería morir a ser confinado de nuevo.

—Ya habrá tiempo para ver a un médico, ya habrá tiempo —repetía el enfermo con un hilo de voz en el interior de un vagón de tren o esperando ayuda en una cuneta.

A las puertas de París Jacinto apenas hablaba y respiraba trabajosamente. Vidal pensaba cruzar la frontera y llegar a España a cualquier precio y apenas permaneció unas horas en la capital, las justas para localizar un tren que le acercara a Cerbère, desde allí buscaría a alguien que le ayudara a pasar a España.

En París la brisa agitaba las banderas tricolores que los ciudadanos habían colgado de ventanas y balcones y hombres y mujeres saludaban respetuosamente al paso de los liberados. Algunos incluso aplaudían o improvisaban compases de *La Marsellesa*. En algunos edificios todavía se advertían las salvas de castigo de los últimos soldados nazis acuartelados en la ciudad. Soldados a los que se les ordenaba disparar para forzar la retirada de las primeras banderas cuando, en agosto de 1944, el fin de la ocupación era ya un hecho.

Andreu y Jacinto consiguieron ayuda de familiares de deportados, de antifascistas más o menos organizados que los socorrieron como pudieron y les ayudaron a encontrar un cuartucho en la trastienda de una bodega en el que pasar unas noches.Conservaban en el rostro las huellas del campo y el aspecto casi incorpóreo que acompaña a la privación y que agrava el trabajo excesivo. Eran muchos los paseantes que los miraban con una mezcla de compasión y de fastidio. Otros ovacionaban a su paso. Apenas conseguían moverse por las calles sin recogerse en las esquinas, sin parapetarse tras letreros y farolas, sin caminar deprisa con la vista al frente y tan cerca de la pared como les resultaba posible. Habían perdido la memoria de la libertad y las calles de París en primavera constituían una nueva forma de amenaza que no acertaban a interpretar.

Andreu descubrió, con inmenso dolor, que había perdido la facultad de pasear y que no se atrevía a mirar a los transeúntes a la cara ni a aventurar la mirada hasta el final de las calles y de las plazas por no ver, disimulada entre las casas, la torre de hormigón desde la que se escupía la muerte en todas direcciones.

Su aspecto demacrado y el agravamiento de la salud de Jacinto despertaban recelo. Algunos llegaban a cambiar de acera o evitaban su proximidad, otros se limitaban a mirar de reojo. Unos pocos les brindaron ayuda, les ofrecieron algo de pan, leche o les acercaron una comida caliente.

Jacinto, cada vez más débil, encorvado y febril, pasaba el día entero arrebujado en un banco soleado, envuelto en una manta, medio escondido y malgastando sus fuerzas entre un espasmo y el siguiente. El doctor de la Cruz Roja que, en el vestíbulo del Hotel Lutecia, le había echado un vistazo lo había desahuciado con la mirada. Era un facultativo francés grande y pálido como un gran oso al que le faltaban varios dedos de la mano izquierda, pero que se manejaba sin problemas para atender a varias decenas de enfermos en pocas horas. Le recomendó sol y comer varias veces al día. Le ofreció una habitación en el hotel reconvertido en hospital y centro de información. Jacinto la rehusó, no soportaba la idea de una nueva reclusión. El doctor intentó darle esperanzas y le habló de los beneficios del sol y de una alimentación conveniente, pero sus ojos lo desmintieron casi de inmediato.

Andreu sabía, mucho antes de que la mirada del médico lo confirmara, que los frenéticos ataques de tos que dejaban a Jacinto al límite de sus fuerzas eran el preludio de la muerte. Los había visto antes en su ciudad asediada por las bombas, en el frente, en el infierno de Dachau. Pero no podía dejarlo morir completamente solo en una plaza sobre un banco. Un par de días después, cuando su estado se agravó y apenas conseguía mantenerse en pie, lo arrastró como pudo hasta un hospital repleto y mísero en el que Jacinto fue internado en contra de su voluntad.

Más sangre, más tos y más dolor en el pecho, hasta que apenas le quedaron fuerzas para seguir soportando aquella nueva forma de suplicio. Con una mano allí donde se acaba el esternón, una toalla sucia en la boca y en el pensamiento el rostro de su hija Anita, Jacinto dejó este mundo con la única satisfacción de haber sobrepasado la alambrada, de haber sobrevivido durante unos días a tanto horror. Andreu no se movió de su lado. Lo ayudó a bien morir como semanas antes se habían ayudado mutuamente a seguir con vida.

Jacinto fue enterrado en París, no había alternativa. Un exdeportado grabó su nombre y la fecha de su muerte sobre la piedra. Nadie llegó a saber dónde había nacido. Tampoco quedaron pertenencias, nada aprovechable, solo un par de cartas que Andreu se encargó de hacer llegar a su familia junto a la noticia de su fallecimiento. Asistieron a su mísero sepelio más de cuarenta hombres y mujeres recién liberados, tristes compañeros de infortunio que aguardaban noticias en París mientras decidían qué hacer con el resto de sus vidas.

Ellas llevaban flores que habían arrancado para Jacinto de algún jardín. Ellos, hombres de todas las edades que parecían un atajo de menesterosos, guardaron un respetuoso y trágico silencio. No faltaron las lágrimas ni las acusaciones ni el rencor ni la cólera. No faltaron tampoco las minúsculas banderas republicanas prendidas en vestidos y chaquetas o bordadas burdamente junto al corazón. Nadie entre los presentes conseguiría olvidar lo vivido. Ni tan siquiera los liberados más jóvenes, que, a zancadas, recuperaban las fuerzas y la ira y a los que les quedaba mucha vida por vivir.

Nadie se libraría de las secuelas de la deportación.

Perdonar resultaba imposible.

Olvidar era el sueño de un loco.

Capítulo 3

Andreu volvió muchas veces al Hotel Lutecia. El prestigioso establecimiento había sido requisado a finales de agosto de 1944 junto a la estación de Orsay o el Velódromo de Invierno. Pasaría en pocos días de servir de cuartel a los altos mandos del ejército alemán a convertirse en centro de acogida de repatriados, palabra que las autoridades francesas preferían a la más común: deportados. En sus dependencias la Cruz Roja asistía a los liberados y organizaba cuanta información llegaba a la capital.

Un par de vallas regulaban la entrada para evitar avalanchas. Eran centenares los que querían saber qué había sido de algún familiar que tardaba en regresar y del que no tenían noticia. También acudían con regularidad puñados de periodistas. Las primeras fotografías de los campos habían sido publicadas en mayo del 45. Las historias que empezaban a conocerse eran terribles y los reporteros sabían que no había nada mejor para vender diarios que una tragedia explicada con todo detalle. Y mucho mejor si la acompañaba el retrato de una persona cuya piel ceñía el cráneo.

Las habitaciones siguieron siendo habitaciones y en ellas se acomodaba a su llegada a los más enfermos y a los agonizantes. Todos ellos, fuera cual fuera su estado, eran desnudados, duchados y rociados posteriormente con DDT para acabar con los parásitos.

El impresionante comedor pasó a ofrecer varios miles de comidas diarias especialmente pensadas para los liberados de los campos. Mientras en las calles de París la gente seguía pasando privaciones el Gobierno hizo todo lo posible para aprovisionar las despensas del Lutecia.

El vestíbulo y todos y cada uno de los salones, antesalas y despachos se destinaron a atender a los repatriados y a todos aquellos que acudían buscando información. Al personal del hotel se sumaron decenas de voluntarios que se organizaron en turnos para asistir a un agonizante, ayudar a comer a un desnutrido o reunir los datos de un recién liberado que necesitaba ponerse en contacto con su familia cuanto antes.

La información llegaba periódicamente al hotel del boulevard Raspail procedente de los campos. Listados de todo tipo: interminables relaciones de muertos y de desaparecidos y las más esperadas, las de los supervivientes. La gente que aguardaba a un deportado colgaba sus avisos de búsqueda o de contacto, notas breves, fotografías, cartas enteras, incluso promesas de cuantiosas recompensas. También Andreu colgó una nota con los datos de Rosa y la dirección del bistrot.

Durante la primavera de 1945 llegaban a las puertas del hotel vehículos cargados de supervivientes procedentes de las estaciones de ferrocarril. Personas exhaustas que necesitaban ser atendidas de inmediato y que se mezclaban en la entrada con aquellos que esperaban con el alma en un puño el regreso del hermano o de la esposa. Muchos eran los que se negaban a mostrar el número de matrícula que los soldados nazis habían tatuado en sus antebrazos. Cuestión de dignidad. Era el momento de dejar de ser un número y recuperar la identidad personal.

Andreu pasaba horas en aquel edificio disputándose los listados y repasándolos una y otra vez en busca de Rosa. De hecho, Andreu esperaba verla aparecer en cualquier momento por la puerta del hotel con la sonrisa encaramada a los labios y el pelo largo, ondulado y rubio, cayendo sobre sus hombros. Quizás Rosa también habría cambiado, era posible, desde luego, pero Andreu prefería pensar en ella tal y como era cuando se separaron.

Él no era ya un hombre apuesto. Su apariencia, que comprobaba muchas veces al día al pasar ante un escaparate, seguía siendo lastimosa. Rosa quizás no conseguiría reconocerlo, era un riesgo. Pero con ella a su lado, en París, Calcuta o Sebastopol, conseguiría volver a pasear, a vivir. Tenía la seguridad de que lograría dejar de sentirse como un despojo.

Rosa no podía haber muerto, no era una combatiente, nunca fue una miliciana. No agarró nunca un fusil ni le conoció Andreu intención alguna de hacerlo. No había matado, no como él. No podían imputarle nada. Bien sabía Andreu que cientos de mujeres habían dado con sus huesos en los campos y que algunas lo hicieron acompañadas de sus hijos. También que los nazis no hacían preguntas y que, de hacerlas, no siempre aguardaban la respuesta. Pero Rosa no podía correr esa suerte. No le cabía en la cabeza que hubiera conocido el frío, el hambre y el trabajo que los deportados sufrían en los campos alemanes. Rosa, no.

Durante semanas acarició el convencimiento de que quizás seguía en libertad, a salvo, esperándole en alguna ciudad menor, buscándole.

En las calles de París todas las mujeres, incluso las que no tenían con ella el menor parecido, le recordaban a Rosa. Todas las melenas rubias parecían la suya, todas las voces femeninas se la recordaban. Los andares, la forma de agitar las manos en el aire, una sonrisa, un parpadeo, la inclinación de la cabeza. Rosa estaba en todas partes y en ninguna. Creyó verla decenas de veces al atravesar una calle o descender de un coche. Decenas de veces echó a correr tras una silueta de mujer, tras el vuelo de una falda o el eco de una risa y decenas de veces tuvo que disculparse ante los ojos perplejos de una desconocida de cabello largo y dorado.

La espera en el Lutecia duró semanas. La información era confusa, a veces incluso contradictoria. Las listas de supervivientes raramente informaban sobre el paradero ni sobre el estado de salud de los presos. Eran miles los nombres de hombres y de mujeres que llegaban diariamente hasta el hotel, relaciones de liberados, de personas que habían muerto en los diferentes campos o a las que se daba por desaparecidas. En el vestíbulo se sucedían los desmayos de los que aguardaban con la vida en vilo, se atropellaban las lágrimas en los ojos y en las bocas los ruegos y las maldiciones. De tarde en tarde, un arrebato de ira acababa con un sujeto maniatado e inmovilizado contra el suelo. Los repatriados y sus familias se disputaban los listados con la aspereza de aquel al que le queda poco por perder.

Poco después el verano se abrió camino en la ciudad y la ropa ligera y los brazos por fin desnudos mostraban muñecas mínimas, piernas de alambre y espaldas descarnadas en cuerpos menguados. Andreu disfrutaba a solas del calor en el rostro y en las manos, pero continuaba atormentado por el frío en la planta de los pies a pesar de las botas alemanas que seguía conservando. Los plantones sobre la nieve a medianoche, con los deportados tiritando descalzos y sin otro abrigo que el pijama rayado que les habían entregado a su llegada, eran habituales en Dachau y pasaban factura. Una factura despiadada. Un capricho nazi para mermar la salud y la moral de los presos. Uno de tantos. El frío se había quedado allí, adherido a las plantas de los pies, entre los dedos, en los huesos, con un propósito cruel: impedirle olvidar lo vivido. Se le había hincado en la carne como la marca que, al rojo vivo, estampa el ganadero sobre la piel de una res.

Andreu había podido desprenderse de la vestimenta del deportado y empezaba ya a pisar las aceras sin miedo a descubrir un nazi con un arma a la vuelta de la esquina. Todo se aprende. Se movía cada vez mejor y había comenzado a perder el hábito de esconderse. Ya no caminaba medio agazapado como si quisiera eludir un imprevisto fuego de ametralladora que pudiera sorprenderlo sin pared tras la que ocultarse.

Atravesaba las calles sin prisas con el rostro encarado al sol. Había encontrado una ocupación que le permitía disponer de algún dinero, poco, un salario de posguerra, y comer razonablemente bien dos veces al día. Ayudaba a servir a los clientes en un pequeño bistrot cercano al Lutecia, Au petit coin.

En torno a las mesas varadas en mitad de la acera, se agrupaban siempre las mismas caras para decir exactamente las mismas cosas. Era igual en todas partes, pensaba Andreu, hijo del propietario de un bar diminuto en el Poble Sec, un bar bodega, el Ribera. Un local oscuro, sin más luz que la que se colaba por la puerta, y en el que el olor al vino que su padre servía directamente de los toneles dispuestos horizontalmente detrás del mostrador trascendía los límites del establecimiento y alcanzaba la calle como un buen reclamo.

Andreu se encontraba cómodo entre aquella gente que se congratulaba cuando advertía, sobre los maltratados huesos del apátrida, el peso ganado y la sonrisa recién recuperada. Eran síntomas de la manifiesta y lenta victoria en el combate a muerte librado contra el infierno. Otros no vencieron.

Concurría diariamente un mutilado reciente que veía pasar las mujeres y las horas parapetado tras una mesa redonda y diminuta mientras maldecía su suerte. También eran habituales un par de ancianas rentistas que encontraban en el bistrot la compañía que no hallaban entre las paredes de sus casas. Cada tarde se acercaba monsieur Sébastien, combatiente en la Gran Guerra, que afirmaba para desesperación y cólera de los presentes:

—Aquello sí que fue una guerra. Allí sí que se medía el valor de un hombre y no ahora, con tanta bomba, tanto submarino y tanta aviación. Para combatir hay que mirar al enemigo a la cara. Eso es lo que nosotros hicimos, mirarlos a la cara y disparar o avanzar con la bayoneta calada. Aquello sí que fue una guerra.

Los clientes hastiados pronto dejaron de replicar y poco a poco monsieur Sébastien dejó de repetir su hiriente cantinela.

Durante la cena servía mesas y retiraba servicios. Siempre se manejó bien en el bar. Más tarde, con las puertas cerradas y casi a oscuras, fregaba platos mientras Blanche, la propietaria, echaba cuentas sobre una mesa sin dejar de quejarse por casi todo.

El trabajo no era agotador y, por primera vez en muchos meses, creyó experimentar algo parecido a la vida. Andreu amaba la rutina, siempre lo había hecho. Escrupulosamente puntual y de buen contentar, el bistrot era, a su entender, el principio del resto de su vida. Un punto de partida. Con camisa blanca, bien afeitado, botas lustradas, un mandil pequeño a la cintura y un trapo colgando del cinturón, discurría el deportado entre las mesas de mármol mientras ensayaba sonrisas y perfeccionaba una lengua que le resultaba ya muy familiar.

Las mañanas las pasaba Andreu en el Lutecia, esperando. Y, si se terciaba, y así ocurría a menudo, echando una mano para descargar un camión, hacer entrar a un inválido o levantar a pulso a una anciana que no conseguía desplazar sus huesos.

Blanche, la propietaria del bistrot, una viuda entrada en años y en carnes, le permitía dormir en la trastienda que años atrás se utilizaba como un añadido privado al pequeño comedor. Se habían celebrado en ella pequeños banquetes familiares e incluso algunas fiestas de vecindad. Acabada la guerra servía para guardar sacos, enormes latas de conserva y multitud de cachivaches clamorosamente inútiles de los que Blanche se resistía a desprenderse. «Nunca se sabe», decía.

Le había proporcionado un somier estrecho y algo roto, un colchón liviano, sábanas y una manta ajada con la que Andreu se cubría los pies en pleno agosto. Le ofreció algo de ropa del marido muerto, camisetas, camisas inmaculadas y dos pares de pantalones. Los mismos que el esposo utilizaba para atender las mesas. Con unas pinzas en la cintura para que los pantalones no resbalaran cuerpo abajo y meter ligeramente las costuras de las camisas, fue suficiente. «No están los tiempos para tirar nada», sentenciaba Blanche mientras retiraba una lágrima que se aventuraba más allá de la comisura de los ojos. «A él no le importaría, te lo aseguro. Él mismo te habría ofrecido su ropa. Simpatizaba con vosotros, admiraba a los republicanos españoles. Le habrías caído muy bien».

Blanche era una mujer de piel tan blanca que en más de una ocasión Andreu había creído verla azulear sobre sus venas cuyo trazado era perfectamente visible en las manos, en el cuello o junto a sus ojos. Tenía los ojos muy azules, con diminutos lunares oscuros en las pupilas, y las cejas tan perfiladas que resultaban casi inapreciables. De cuerpo rotundo y buen ánimo parecía inmune a la desesperanza. Había perdido un hijo, el único que había concebido, atravesado por la metralla a orillas del Somme. Fueron días de duelo y puertas cerradas y meses de lágrimas desbordando los azules ojos de Blanche. Ninguno de los clientes ignoraba lo acontecido. Nadie, nunca, volvió a hablar de Philippe en presencia de su madre.

Cada noche, tras haber adecentado cumplidamente el local, fregado y barrido el suelo y despejado las mesas, Andreu se estiraba sobre el modesto camastro, se tapaba los pies con la manta y recuperaba la memoria del bienestar. Rescató el placer de encontrarse a solas y en absoluto silencio, lejos de los suspiros, de los lamentos, de las maldiciones y de las toses que durante toda la noche se repetían en el barracón y que constituían otra forma de infierno. A salvo de los gritos, de las amenazas, de los disparos y de las órdenes ininteligibles, permanecía mucho tiempo despierto, recreándose en la sucesión de las horas oscuras y plácidas que restaban hasta el amanecer. Disfrutando de la recobrada sensación de seguridad.

Por todo eso, y por tener algo que ofrecer a Rosa a su regreso, Andreu rehuía la compañía de otros exdeportados como él y la ayuda que, casi en forma de limosna, permitía seguir con vida a los que no podían trabajar o no habían encontrado otro acomodo. Eran muchos. No tenían nada.

Durante muchas semanas fue adquiriendo consistencia en su mente la idea de que era París el lugar en el que ambos empezarían una nueva vida en la que no habría más guerras. Barcelona no era el único lugar en el mundo. París era una buena ciudad. Aprenderían a vivir en ella. Todo se aprende. Creyó haber encontrado un buen rincón para ambos en la transitada esquina que ocupaba el bistrot. Hizo planes. Muchos. Pensó que podría trabajar por la mañana en otro lugar, era un hombre joven, recuperaría las fuerzas, lo conseguiría. Quizás Rosa encontraría también algún empleo.

Los primeros tiempos no serían fáciles, desde luego, pero… Buscaría una habitación para ambos, prepararía el futuro y conseguiría alejar el dolor que tan a menudo atenazaba su pecho como si la pezuña de un gran oso oprimiera sus costillas e inmovilizara sus pulmones. Creía incluso que la súbita fatiga que repentinamente le asaltaba cuando intentaba correr para cruzar una calle o atrapar un tranvía acabaría por esfumarse y desaparecer ante la perspectiva de reunirse con ella, con la bella esposa que la guerra le había arrebatado.

En el boulevard Raspail cada mañana se repetían los desmayos, los sollozos, los llantos, los rezos. Raro era el día en el que no habían de asistir a un desvanecido o intentar consolar a un desconsolado. También era extraño el día en que no fallecía alguno de los deportados que ocupaban las habitaciones del hotel. Seguían llegando relaciones de muertos en los campos al tiempo que mermaban los convoyes de supervivientes que requerían comida, cama y cuidados. Entre los que aguardaban al hijo o al hermano cada vez más rostros devastados, más miradas extraviadas, más vidas rotas en pedazos.

Muy de tarde en tarde alguien recobraba la sonrisa, abrazaba efusivamente al más cercano o apuntaba un paso de baile al hallar el nombre largamente esperado entre los que continuaban con vida. Los franceses encargados de mantener el orden se impacientaban a menudo incapaces de contener tanta emoción desatada e indicaban de malas maneras la puerta de la calle. Incitaban a hombres y mujeres a salir y despejar las repletas salas del Lutecia.

Los que gemían no podían dejar de hacerlo y los que todavía no habían encontrado rastro alguno de sus ausentes no deseaban empezar a gemir. Los listados eran muchos y confusos. Los liberados recientes, hombres y mujeres de rostros demacrados, avanzaban siempre en silencio; conversar suponía un esfuerzo que no podían permitirse. Antes de traspasar el umbral del hotel eran abordados por decenas de desconocidos que les salían al paso y les mostraban fotografías y exhibían cartones con el nombre de sus seres queridos. Raramente conseguían fijar la mirada y, solo muy de tarde en tarde, reconocían algún rostro. No acostumbraban a abrir la boca. Bastaba con interpretar sus miradas casi siempre esquivas.

Andreu pasaba la mañana entre los recién llegados preguntando por Rosa a todos ellos y obteniendo siempre una respuesta negativa. Nadie la recordaba, nadie parecía haberla visto. Escribió cartas que dirigió a amigos y conocidos en busca de su rastro, necesitaba conocer sus movimientos, dónde había estado, con quién, en qué ciudad. Redactó desesperadas misivas que envió a otros exiliados que habían encontrado acomodo en Toulouse y Carcassonne. Escribió a amigos y parientes en Barcelona. Nadie supo darle razón de su paradero, ni tan siquiera obtuvo datos que permitieran seguir una pista. También envió requerimientos a las principales ciudades francesas e hizo publicar notas muy breves en los diarios de mayor tirada. Todo en vano.

Y, aunque se negaba a admitir la posibilidad de que Rosa hubiera dado con sus huesos en un campo alemán, acababa por recalar diariamente en el Lutecia a la espera de noticias.

Solo dejó de hacerlo cuando leyó su nombre entre las deportadas ingresadas en Ravensbrück. El corazón enloquecido intentó escapar de su pecho, le fallaron las piernas y toda su sangre se retiró en dirección al centro de la tierra.

Desesperado la buscó entre las supervivientes del campo, pero no halló ninguna Rosa Ballester que hubiera abandonado el horror con vida. La encontró por fin entre las miles de fallecidas registradas por las autoridades nazis. Era una mujer más entre las miles que habían perdido la vida víctimas del exterminio.

Un nombre más en un fatídico listado.

Capítulo 4

Perdió de vista el Lutecia, le fallaron las piernas y por un momento creyó que había llegado la hora de rendir la vida. Los que le conocían, que eran muchos, se ocuparon de él y lo arrastraron como pudieron hasta el bistrot. Blanche les indicó el lecho en la trastienda. No hizo preguntas, no era necesario.

Permaneció días enteros tendido allí, inabordable, abandonado por la esperanza y olvidado de sí mismo y de cuanto le rodeaba. Por su empecinado silencio y por su absoluta inmovilidad bien podría haberse hallado en el fondo de una fosa. Mudo y desbordado por un dolor que superaba en intensidad a todos los que recordaba, sin razones aparentes para vivir, Andreu se negaba a comer y permanecía insomne durante muchas horas con la vista clavada en el techo desconchado de la atestada trastienda.

Respiraba con cierta dificultad. El cuerpo, en su esfuerzo por seguir con vida, superaba largamente las reservas de su propietario. A Andreu no le quedaban arrestos. Había dejado de importarle seguir en este mundo.

Temblaba cargando con un frío antiguo, el frío del barrizal, mientras en las calles de París un calor opresivo despejaba durante el día las aceras y durante las noches las colmaba de jóvenes que festejaban la victoria y la vida. Nuevas y mejores mantas vinieron a cubrir sus pies. En el delirio en el que vivió durante días Andreu creía verlos lejos, muy lejos del resto de su cuerpo. Siempre descalzos y separados de sus piernas por el frío que no perdonaba. Unos pies que veía distantes y que parecían doler y agitarse. No acertaba a saber si seguían en el extremo de sus maltrechas extremidades.

No volvió a ver a Rosa durante sus sueños. Desapareció como si un viento gélido la hubiera arrastrado más allá de su vida, como si la hubiera empujado cielo arriba un vendaval poderoso y funesto.

En sus sueños Andreu siempre sentía frío.

Era Blanche, que nada había podido hacer por un hijo al que la vida se le escapó en pocos minutos por el profundo tajo de metralla que le sajó la ingle, la que introducía entre sus labios, casi por la fuerza, algunas cucharadas de alimento. Se arrodillaba junto a la cama, le alzaba la cabeza, la apoyaba contra su pecho y no admitía renuncios. Vertía entre sus labios exánimes cucharadas de leche azucarada en la que previamente desmenuzaba un par de galletas, breves tazas de consomé espeso y alguna yema que diluía en coñac y de la que esperaba maravillas.

Era ella la que le aseaba un par de veces al día con una toalla húmeda y la que le afeitaba semanalmente la barba prematuramente encanecida. No parecía sentir repugnancia alguna cuando Andreu se orinaba en las sábanas o cuando, empapado en sudor, se agitaba jurando sentir mucho frío.

Durante días, cuando los clientes escaseaban, metía sus manos bajo las axilas del deportado y tiraba de él hacia arriba para levantarlo como si se tratara de un cuerpo muerto. Casi vencido sobre ella, abandonado al empeño de Blanche, se dejaba conducir hasta el retrete y allí permanecía, hasta que la mujer volvía a rescatarlo. Generalmente la ayudaba algún cliente de confianza, pues no siempre bastaban sus propias fuerzas para domeñar brazos y piernas. Siempre encontraba a algún parroquiano que en su día simpatizara con la causa de los republicanos españoles. Sabía con quién podía contar y bastaba un gesto para que un hombre la ayudara y, siguiendo sus instrucciones, tirara de Andreu.

Blanche frotaba diariamente sus muñecas, su cuello, sus hombros y su cabello con agua de colonia hasta que veía enrojecer la piel y el aire se colmaba de aromáticos vapores de alcohol. Blanche creía en el poder curativo del agua perfumada, confiaba en que la fragancia despejaría, subiendo nariz arriba, la mente enferma del deportado. Creía que lograría alejar los malos pensamientos y que acabarían por aflorar nuevas y mejores sensaciones. Blanche le susurraba que el tiempo cura todas las heridas, que hace milagros, que todo lo sana y que no sabemos nunca la fuerza que nos queda dentro. «La vida sigue y llegarán cosas buenas, muy buenas, ya lo verás», le aseguraba con la voz salpicada de lágrimas por derramar. Más de una vez llegó incluso a tratarle con el cariño que le servía años atrás para atender a su hijo.

Y cuando Andreu apenas daba señal alguna de seguir con vida y no parecía reaccionar a los efluvios, Blanche buscaba en el dial del enorme transistor que había hecho trasladar hasta allí y situar a poca distancia de la cama improvisada una canción alegre, la sintonía de alguna buena banda de jazz o el aire festivo de un acordeón.

—No está el hombre para muchas músicas, Blanche. Es una ruina —la reprendía algún asiduo cuando la melodía desbordaba el anexo y llegaba hasta las mesas.

—A él quizás no le sirva de nada, ya lo sé, pero a mí me alegra el día, que buena falta me hace —contestaba sin atender a recomendaciones. No era mujer que se dejara aconsejar—. Además, algún día tendremos que acostumbrarnos, las cosas son como son y nadie va a cambiarlas. Los muertos no van a resucitar, pero dicen que hemos ganado una guerra, ¿no? Pues que se note —añadía corajuda encarando las palmas de sus manos siempre enrojecidas hacia el techo en un gesto que no admitía réplica.

En más de una ocasión se despojó de su delantal y, como pudo, se metió en su cama y se aproximó a él con la intención de ofrecerle el calor que tanto necesitaba. Le ofreció todo el consuelo que se le quedó entre los labios y en los dedos cuando Philippe perdió la vida agazapado en una zanja con los ojos desorbitados por el miedo y las manos intentando contener la sangre desatada. Blanche besó una y mil veces, sin rubor ni falsos escrúpulos, las manos y la frente del hombre quebrantado y empapó con sus propias lágrimas el embozo de su cama. Alguna madrugada los sorprendió llorando sumidos ambos en su particular desconsuelo. Las manos enlazadas, los rostros muy cercanos, convulsos. El pensamiento muy lejos y la noche en retirada. Un mismo dolor, la pérdida.

Ambos con un nombre que desgarrar entre los dientes.

Andreu siempre la dejó hacer. Interiormente lacerado, desconsolado y exhausto, no se oponía a nada y aceptaba con resignación el contenido de cada cucharada. Muy de tarde en tarde experimentaba Andreu espasmos de dolor que lo arrancaban del letargo en el que se había convertido su vida. Era un dolor indefinido que se manifestaba en forma de convulsiones que, a veces, acababan con su cuerpo sobre el suelo hasta que Blanche o cualquier otro de los empleados, alertados por el ruido, lo encaramaba al camastro como podía. No había gritos, ni lamentos, solo sacudidas de dolor y en el rostro una mueca terrible, como un desprendimiento. Solo entonces el nombre de Rosa se le escapaba entre los labios. A menudo pronunciado entre susurros, en ocasiones voceado como si se hallara muy lejos. Casi siempre proferido como una maldición.

Con la mirada ausente de un enajenado, falto de voluntad y de ánimo, vencido por la ausencia e incapaz de tomar decisión alguna, Andreu permaneció allí días enteros, tendido en un catre en la trastienda de una mujer desconocida.

Pasadas unas semanas Blanche cambió de estrategia, había llegado el momento de avanzar unos pasos. Recién afeitado, limpio e intensamente aromatizado, Blanche y Maurice, el nuevo mozo, un muchacho demasiado joven para combatir y demasiado necio para entender, lo conducían hasta el saloncito colmado de mesas redondas y de tazas de buen café. Procedían así diariamente.

Quisiera o no lo situaban junto a uno de los ventanales con vistas a la calle. Desde allí era imposible no mirar al exterior ni recibir en el rostro el sol de principios de septiembre. Lo sentaban en una silla y acercaban hasta sus manos un diario que Andreu no acertaba a sujetar y por el que no sentía el menor interés. Por la fuerza tenía que ver a los niños jugar de nuevo en las calles y a las parisinas que estrenaban sueños y sonrisas y que al caer la tarde, cuando refrescaba, cubrían ya brazos y escotes.

Los clientes se aproximaban, saludaban y decían apreciar su mejoría. Alguno, a sugerencia de Blanche, se sentaba junto a aquel hombre enmudecido para comentarle las noticias más recientes, para explicarle que los oficiales nazis serían perseguidos y juzgados y que pagarían por tanto horror. Otros incluso le acercaban hasta los labios la taza de leche que Blanche colocaba junto a su mano varias veces al día. Fueron muchos los que le hablaron de la extradición del filonazi Pierre Laval y de su comentada posible ejecución, de la aplastante reelección de De Gaulle tras su profundo desacuerdo con los comunistas y de los esperados juicios que tendrían lugar en la ciudad alemana de Núremberg. A mediados de mes monsieur Sébastien leyó en voz alta un titular poco afortunado: «El Lutecia deja de ser el hotel de los muertos vivientes». El artículo especificaba que iba a llevarse a cabo la desinfección de cada espacio antes de proceder a evaluar los daños y ordenar pintar el hotel de arriba abajo, a reparar puertas y molduras, a pulir suelos y sustituir cobres, espejos y cortinajes. Señalaba el periodista que tras la ocupación del edificio por los oficiales nazis y su posterior utilización como hospital y centro de información se diría que solo quedaban intactas las gigantescas lámparas de araña que colgaban de los techos en los otrora bellísimos salones.

Se consideraba acabada la repatriación.

Andreu no parecía interesarse por nada.

Una de las clientas habituales, madame Alexander, una mezzosoprano apartada de los escenarios por la edad, la guerra y el volumen corporal acumulado a fuerza de años de indolencia y de golosos obsequios, acostumbraba a sostener entre las suyas las manos del deportado. Con la mirada en el asfalto y en la mente el recuerdo de muchos años atrás, madame Alexander, acodada a la mesa, valoraba cada pieza interpretada en función del humor de cada día y se enorgullecía del éxito cosechado. La indiferencia de Andreu no conseguía desanimarla. Madame Lissette Alexander, lejos de renunciar, le acariciaba la mano y, a menudo, se la llevaba hasta los labios para depositar en su palma un beso sonoro, amanerado y, a su entender, intensamente sensual. Afirmaba la rotunda artista que el portentoso peso que la incapacitaba para tomar asiento en una sola silla era el resultado de haber acumulado un rosario de suspiros, de haber retenido cada pesarosa exhalación. Cual zepelín humano afirmaba madame Alexander que los suspiros retenidos se acumulaban en su interior como si cobijase bajo la piel una enorme cámara de aire.

—Tú, Blanche, tú me conoces, tú lo sabes mejor que nadie. No estoy como estoy por lo que como. He pasado tanto en esta vida, he visto tantas cosas… Ya me lo dice mi Armand, el pobre. A mí me pasa como a mi madre, que no sabemos suspirar. Desde que empezó la maldita guerra no he sido la misma. Y es que cuando te subes a un escenario y te acostumbras a lo bueno… Y siempre con estas ganas de suspirar aquí dentro —decía, y con la mano se cubría el escote como si a través de los dedos pudiera advertir un interior neumático.

Hablaba la corpulenta artista del viejo Armand, un anciano fabricante de transistores, como si este siguiera a su lado. Parecía no entender que el viejo colaboracionista achacoso con el que se había casado en el 42 había muerto poco después dejando a su nombre no pocas rentas y una inmensa casa de vecinos en el mismo boulevard Raspail. Algunas mañanas declaraba haber atendido a su marido durante la noche anterior porque la endemoniada tos no le dejaba descansar. Nadie se molestaba en llevarle la contraria. Solo Maurice, el mozo, que demostraba ser demasiado joven para casi todo, se reía a sus espaldas y parodiaba su andar torpe de mujer obesa.

Madame Alexander, de soltera Charlotte Lavalle, se negaba a recordar que había cantado en los funerales por el viejo Armand, que había llorado su muerte amargamente y que los hijos que el fallecido tuvo de su primer matrimonio habían abandonado el cementerio profiriendo insultos contra ella. Tampoco conservaba memoria aparente de las cartas injuriosas que recibía semanalmente y que había dejado de leer. Cartas en las que los huérfanos, desposeídos de todo legado por voluntad paterna, la llamaban zorra, furcia, ladrona, gorda de mierda y malnacida. Las cartas, como la muerte de Armand, no existían; aunque permanecían guardadas en un cajón junto al reloj y las lentes del esposo fallecido. Ella misma las colocaba allí, una sobre otra, intactas. Lissette Alexander no las recordaba, parecía poseer una poderosísima memoria selectiva. Muchos eran los que afirmaban, y no se escondían, que estaba completamente loca.

Mientras sorbía parsimoniosamente un *chocolat*, madame Alexander le explicaba a Andreu que las paredes de su casa estaban ocultas por decenas de cuadros de mujeres rollizas, vestidas o aligeradas de ropa, que mordisqueaban voluptuosamente alguna fruta o dormitaban tendidas sobre la hierba. Carnales mujeres de pechos enormes que se reclinaban sobre caballeros bigotudos, paseaban su rotundidad bajo una sombrilla o yacían caprichosamente sobre divanes de terciopelo. Armand las coleccionaba desde su juventud, desde mucho antes de cruzarse con Charlotte Lavalle transmutada por obra y gracia del *bel canto* en Lissette Alexander.

Armand Vauquelin deseaba las carnes blandas y abundantes que se presentían en sus escotes y que se adivinaban bajo los livianos ropajes de Lissette. Amaba las musas orondas de cinturas inabarcables y brazos de estibador bajo de forma.

Ella repetía varias veces al día que continuaba enamorada de su viejo Armand. Andreu no le llevaba la contraria, de hecho no abría la boca ni para preguntar ni para objetar nada. Al contrario de lo que tan oportunamente había logrado madame Alexander, él no conseguía olvidar la muerte de Rosa. Sus recuerdos eran el peor de los enemigos posibles.

También monsieur Antoine, un comerciante de telas ya retirado que vivía en uno de los pisos que coronaban el edificio, arrimaba diariamente su silla a la de Andreu. En varias ocasiones en el pasado Antoine Beaumont había viajado a Barcelona por cuestiones de trabajo. Habían transcurrido muchos años y un par de guerras desde que pisara la ciudad, pero conservaba intacto el recuerdo de sus calles, de sus rincones y de sus mujeres. Cada mañana, antes de que llegara madame Alexander y pidiera un par de sillas, monsieur Antoine desgranaba en el aire sus recuerdos como aquel que pasa morosamente las cuentas de un rosario.

Le hablaba de la Rambla de las Flores, de la Boquería y de un par de burdeles de los que conservaba una inmejorable impresión. Recordaba el esplendor del Paseo de Gracia y la majestuosidad de algunas de las mansiones que vio levantar cuando, siendo todavía un chaval, acompañaba a su padre, tratante de encajes, que le enseñó la ciudad y el oficio. Podía pagar el mejor licor, vivir sin estrecheces, pero no podía volver atrás en el tiempo ni recuperar la juventud. No tenía otro deseo que engañar al calendario.

Beaumont llegaba incluso a zarandear al hombre abstraído que ni siquiera le miraba para enfatizar tal o cual detalle, para remarcar la tersura de unos pechos o el garbo evidente de unos andares femeninos.

—He oído decir que algunos enfermos mejoran si se les habla. Se reavivan los recuerdos y algunos llegan a recuperar las ganas de vivir. Eso es lo que dicen los médicos. Y si no me crees, pregunta —clamaba monsieur Antoine cuando Maurice, joven y necio a partes iguales, le dirigía una mirada manchada de menosprecio—. Qué sabrás tú.

—Otro loco —rezongaba el mozo mientras insinuaba una mueca de disgusto.

—Aquí donde lo ves, este hombre es un héroe y se lo merece todo. ¿Por qué debería negarle un rato de compañía? Ojalá no tengas que vivir lo que le ha tocado a él. Ya me gustaría verte —remataba airadamente el tratante de tejidos antes de proseguir.

Y para divertir a Andreu, que seguía completamente ausente, decía esperar el día en el que madame, ahíta de suspiros y con la piel tensa como la de un tambor, explotaría en medio de un descomunal gemido y haría saltar por los aires cristales, mesas, sillas y clientes. Todo ello, según susurraba para no ser oído, se confundiría en una barahúnda de tal intensidad que prefería andar lejos. Acostumbraba a acompañar sus palabras de un guiño cómplice que se desplomaba en el breve espacio que lo separaba del deportado.

También Blanche se sentaba a su mesa algunos ratos y, haciendo caso omiso de algunas miradas malintencionadas, sujetaba largamente la mano del hombre entre las suyas. Con la vista extraviada, silencioso y rígidamente sentado junto a una ventana, bueno para nada, como un muñeco grande y completamente inexpresivo, permanecía allí durante muchas horas hasta que, con la caída de la noche, Blanche consideraba llegado el momento de tenderlo sobre el escueto lecho.

Maurice, que a escondidas decía no entender nada, resoplaba ostensiblemente, maldecía en voz baja y atornillaba el índice en la sien tildándola de chiflada cada vez que era requerido para acarrearlo de regreso a la trastienda. Los recuerdos de Antoine, las evocaciones de madame Alexander y las caricias de Blanche no merecían nunca la correspondencia de una mirada, de una respuesta breve o de un fugaz gesto de reconocimiento. Andreu permanecía con los ojos abiertos, ni insomne ni dormido, cubierto de mantas hasta la barbilla y con una vela encendida junto al lecho durante toda la noche para, según Blanche, ahuyentar a los fantasmas, que son siempre los últimos en retirarse después de una guerra.

El invierno a las puertas y el enfermo sin mostrar la más leve mejoría. Nada había cambiado en su actitud desde que mediado agosto leyera el nombre de Rosa en la lista de las fallecidas en Ravensbrück. No había síntoma alguno de recuperación, nada que hiciera prever el fin de tan lamentable estado.

Maurice se refería a él como a *le fou du bistrot* y escarnecía, cada vez más abiertamente, al hombre derribado. Blanche dejó poco a poco de reprenderle, servía de bien poco. Quizás el chico, al que tenía por necio, estuviera en lo cierto y Andreu hubiera pasado definitivamente del dolor a la locura. Quizás no hubiera vuelta atrás.

—Más le valdría estar muerto. Es un inútil que no da más que trabajo —murmuraba mientras iba de una mesa a otra con un paño húmedo en una mano y un café muy corto en la otra—. Debería estar en un hospital, sí, en uno de esos… Con los locos. O en su casa. Alguien habrá en el mundo que pueda cuidarlo, porque ya me dirá usted qué es lo que hace aquí. Estorbar y ocupar una mesa —murmuraba a espaldas de la propietaria.

Alguno de los clientes asentía, otros añadían a lo dicho alguna observación y Maurice continuaba quejándose a escondidas.

—Pero no. Todo el día aquí, alelado, como si no estuviera. A mí no me parecen maneras de llevar un negocio. De hecho, no es de su familia, hace unos meses ni le conocía. De acuerdo, trabajó aquí un tiempo, unas semanas, pero… No sabe ni quién es y lo mantiene a pan y cuchillo, como si se tratara de su padre o de un hermano. Comer no come mucho, eso sí que no, pero… ¿Sabe lo que dice mi madre? Algo habrá para que haga lo que está haciendo.

Con el tiempo las palabras de Maurice dejaron de extrañar. Pocos eran los que le llevaban la contraria y cada vez más los que empezaban a pensar como él. Si no hay remedio, no hay remedio. Algunos asentían con media sonrisa cuando desde la barra Maurice articulaba exageradamente la palabra *fou*, cuando con un guiño señalaba a Andreu que mantenía la vista fija en las manos que descansaban lánguidas sobre la mesa o cuando el camarero simulaba apreciar, con una elevación de la nariz, el aroma a espliego que desprendía el enfermo en todo momento.

Una de las clientas que animaban los comentarios de Maurice era madame Pécarrère, una sombrerera que conservaba todavía unas cuantas clientas a las que recibía en su casa con una ceremonia que habría hecho sonrojar a cualquiera. Se jactaba madame públicamente de ostentar una moralidad intachable. Delicado asunto el de la moral privada que no sorprendía, ni mucho ni poco, a monsieur Antoine dada la evidente asimetría del rostro de la sombrerera y la clamorosa falta del más mínimo encanto que la acompañaban desde la adolescencia. Madame observaba en las atenciones de Blanche una generosidad y un desprendimiento que no alcanzaba a entender. Mezquina por naturaleza y escorada desde la juventud en una áspera virtud, llegó a recriminar a Blanche su actitud algo confusa.

—Sabes, querida. Podrían pensar mal de ti. No todos entienden lo que estás haciendo por él. La gente habla, se dicen cosas... —le insinuó una mañana mientras Blanche secaba delicadamente los labios de Andreu tras haberle hecho ingerir un plato con leche y harina tostada, como a los niños—. Y, bien mirado, tampoco debe extrañarte. Él no está muy bien, tampoco es de tu familia. Resulta difícil para los que no te conocen comprender lo que estás haciendo. Yo puedo entender, sé que no hay mala fe, pero no deja de ser un extraño, un español que no sabes ni de dónde... No sé, pero es una relación algo confusa.

La vieja y, a su propio entender, modélica dama cuyo intemporal sombrerito marrón descansaba junto a la taza de café, había engolado la voz y parecía envarada al advertir a Blanche sobre lo que, siempre según su punto de vista, podía llegar a interpretarse como una conducta ligeramente desviada. Se había inclinado levemente para dar mayor cercanía a sus palabras, para conferirles un punto de intimidad y un halo de privacidad y buena intención. Había unido sus manos en el aire a la altura de sus pechos, como si rezara.

—La gente puede ocuparse de sus cosas, y usted también, madame. De mi vida, de mi tiempo y de mi dinero, me ocupo yo. No se preocupe por mí, soy mayor, sé lo que hago y no necesito consejos de nadie —resolvió Blanche levantándose con brusquedad y acercándose al pequeño encerado para escribir en él el menú del día. Su letra era menuda y clara, su pulso firme. Escribió el nombre de cada plato y colocó la pizarra junto a la puerta. No dio muestras de la más pequeña alteración.

Monsieur Antoine, que, a falta de otras ocupaciones, pasaba en el bar buena parte de la jornada, reprimió un aplauso y a duras penas ahogó una ovación. Blanche no parecía airada, ni tan siquiera levemente enojada, cuando se dirigió a la cocina en la que Maurice disponía ya los primeros servicios y se acercó decididamente a él.

—Un chisme más y estás en la calle. Y si tienes algo que decir, lo dices. Y si no te gusta esto…, ya sabes dónde está la puerta… ¡Ah! Y no esperes buenas referencias porque no las habrá.

Atendió a los comensales como si nada hubiera pasado. Madame Pécarrère, íntimamente agraviada, recompuso como pudo su figura, irguió el busto, acabó su café sin prisa aparente, se colocó el sombrero sobre la cabeza y lo sujetó al cabello con un prendedor. Esperó a que Maurice apareciera tras la barra para levantarse y abonar el café.

Salió del bistrot con la vista al frente y el sombrero rampante. Se apoyaba levemente en el bastón y mascullaba agrias observaciones que se le quedaban como hilachas prendidas entre los dientes. Se mantuvo distante durante unos días en los que evitó la proximidad del establecimiento. Pero era demasiado mayor para iniciar nuevas relaciones y estaba muy estrechamente ligada a sus hábitos. Acabó por reconsiderar su postura. Hizo de tripas corazón y simuló olvidar la ofensa recibida. A su regreso inició la conversación con una mención al tiempo que había empeorado durante la noche.

No hubo nuevas alusiones. Tampoco Maurice repitió sus chanzas. Por lo menos Blanche no las advirtió. Monsieur Antoine, a pie de barra, se ocupó personalmente de dar buena cuenta de lo sucedido. Explicó, con todo lujo de detalles, y alguna corrección de autor, la justa humillación sufrida por la sombrerera.

—Una relación algo confusa, Blanche, dijo la Pécarrère. Algo, algo... ¿Un poco Antiguo Régimen, quizás? —ridiculizaba el tratante a la vieja sombrerera chismosa siempre a espaldas de Blanche. Por nada del mundo habría contrariado a la mujer menuda, de piel blanquísima y mejillas exquisitamente arreboladas hacia la que sentía algo más que respeto.

Capítulo 5

Nada permitía confiar en que Andreu conseguiría abandonar el estado de absoluta renuncia en el que lo había sumido la muerte de Rosa. Andreu no indagó más, no quiso. No pudo. No importaban los detalles ni si se conocía o no el paradero de sus restos. Nada tenía importancia excepto el hecho de que ella no volvería a pisar jamás las calles de París ni las de ningún otro lugar. Sosteniéndose a duras penas, falto de voluntad y sobrado de dolor, acabó por ponerse en pie, tirar del alma y arrastrarla hasta la mesa junto al ventanal, de esta al lecho y del lecho al excusado. Dejando a su paso una estela aromática y con los ojos medio entornados por la falta de interés, exhausto y encogido sobre sí mismo, parecía haber envejecido nuevamente como si sobre sus maltrechos huesos de deportado el tiempo pasara a bordo de un acorazado.

Medio arrastrado del brazo por Blanche o por un desabrido y contrariado Maurice, pasaba algún rato, antes o después del mediodía, en un banco cercano encarado al sol en la parte más transitada del boulevard. El desmayado sol de finales de otoño que se asomaba entre los edificios apenas conseguía ahuyentar el frío que purgaba las calles. Andreu sentado, con una manta sobre los hombros como durante las inacabables horas que pasó esperando a las tropas americanas en Dachau, y otra tendida sobre sus piernas, permanecía allí hasta que de nuevo alguno de ellos se acercaba al banco para arrastrarlo de vuelta al bistrot.

No eran pocos los que en algún momento del día se sentaban junto a él y le animaban a hablar o los que recogían la manta que había resbalado involuntariamente piernas abajo.

Algún chiquillo osado se acercaba y con la punta de sus dedos tocaba el desmadejado cuerpo del hombre para comprobar que no se trataba de un muerto. Era lo que parecía. Un muerto viviente del Lutecia. No había reacción. Nunca.

Otros, menos atrevidos, contemplaban la maniobra desde la seguridad que proporciona la distancia. Una niña le tendió el cabo de una cuerda para que, a falta de mejor ocupación, la sostuviese mientras su amiga la hacía voltear en el aire. El extremo se escurrió entre sus dedos y la cuerda acabó a los pies del hombre silencioso. Todos parecían convencidos de que tenía un pie en la tumba y de que cualquier día lo encontrarían tieso y frío sobre el banco. Un cadáver.

Si los críos ociosos de los pisos cercanos lograban conseguir un mendrugo de pan seco, lo desmigaban y lo desparramaban a sus pies, sobre sus manos y en sus hombros para que las palomas se posaran sobre aquel hombre aparentemente inanimado. Una estatua blanda, tibia, una estatua que parpadeaba y que, de tarde en tarde, exhalaba un suspiro. Andreu no parecía advertir que las palomas picoteaban sus dedos entrelazados sobre el regazo, que se arrullaban junto a su cuello o que paseaban su indiferencia sobre sus piernas.

Tampoco daba muestras de incomodarse cuando los perros husmeaban sus pies, orinaban junto a sus pantalones o se demoraban confundidos por el penetrante olor a lavanda mientras olisqueaban a discreción. Algunos, los más atrevidos, incapaces de admitir su inmovilidad casi absoluta, llegaban a lamerle las manos y a mordisquear sus dedos con el propósito de conseguir una caricia. Si el animal andaba sujeto a un collar la exploración duraba poco y finalizaba cuando el amo, impaciente, retenía la correa o tiraba de ella para alejar al perro del banco. También las madres conminaban a sus criaturas a no acercarse al hombre famélico de los ojos ausentes.

No hallaba Andreu el menor placer en los baños de sol ni advertía nada de cuanto pasaba ante sus ojos. Ni tan siquiera se sobresaltó el día que un muchacho en bicicleta resultó atropellado por un automóvil a un par de metros del banco, a su espalda. Tampoco cuando una anciana fisgona quedó tendida a sus pies al tropezar con su propio bastón mientras escudriñaba su rostro y condenaba interiormente su pelo ya crecido y su barba gris de un par de días demostró Andreu emoción alguna. No la ayudó a levantarse, ni la consoló ni le aseguró como hicieron los paseantes que nada había pasado. Un tropiezo sin consecuencias. Sencillamente, no la vio.

No reconocía a Blanche cuando se acercaba hasta el banco con las manos en los bolsillos del delantal, el pelo castaño recogido con horquillas sobre la nuca y las mejillas enrojecidas por el frío. Tampoco identificaba el rostro del muchacho malhumorado que abandonaba el local obedeciendo órdenes de la propietaria para acercarse entre reniegos hasta el banco. No despertaban en su memoria recuerdo alguno.

Una de aquellas mañanas, con la Navidad a las puertas, Maurice recibió el encargo de traer de regreso a Andreu hacia las dos. Era la hora en la que diariamente, habiendo servido menús y cafés, el trabajo empezaba a menguar y Blanche o monsieur Antoine ayudaban al deportado en la larga y penosa tarea de ingerir una sopa espesada por la yema de un huevo o algo de carne desmenuzada. Monsieur Antoine le dedicaba cada vez más tiempo. Sentía por el deportado cierto extraño apego y, hechas públicas por los libertadores las atrocidades cometidas en los campos, una admiración ilimitada.

La mañana de autos Blanche se había acercado a la estación para recibir a un cuñado, el esposo de su hermana menor, Jérôme, un bretón de buen trato que, habiendo perdido el empleo, juraba a los cuatro vientos que se pudría por dentro. No eran buenos tiempos para los desempleados, que pasaban los días llamando a las puertas de las fábricas todavía cerradas, destruidas o tan empobrecidas por la contienda que apenas conseguían sobrevivir.

Jérôme había sido reclutado muy pronto y había combatido durante dos meses. Regresó a casa herido por la metralla en una pierna, cojeaba ligeramente y se jactaba de balancearse como un buen barco. A él la metralla le había salvado la vida. Fue evacuado dos días antes de que su posición se convirtiera en un infierno. Apenas hubo supervivientes de su regimiento. Los que quedaron tendidos fueron rematados por las tropas alemanas, que no necesitaban más prisioneros.

—No quedaron ni las ratas. Y las había por todas partes. Ratas grandes como gatos cebados —repetía, y el pesar le subía a la mirada durante unas horas.

Confiaba Blanche en que monsieur Antoine se ocuparía en su ausencia de acompañar la cuchara hasta los labios de Andreu mientras Maurice acababa de retirar los servicios. Esas habían sido las instrucciones que había repetido a Maurice un par de veces. Recoger a Andreu, sentarlo junto al ventanal y servirle un plato de sopa que monsieur Antoine podría ayudarle a ingerir.

La mañana en cuestión, que se levantó soleada, había empeorado en pocos minutos. El viento se había levantado de buenas a primeras sobre la ciudad y no tardó en despejar de gente las aceras. Muy pronto no hubo hueco para el sol entre las nubes, que se tornaron del color del plomo fundido. Nada de ello preocupaba a Andreu, que, desde que Blanche lo dejara en el banco camino de la estación, tenía la vista clavada en algún punto indefinido de la acera de enfrente.

Las primeras gotas dieron paso a las siguientes y estas a otras de proporciones magníficas que se aplastaron gruesas y ruidosas contra los adoquines. Las nubes, veloces madejas oscuras, se hicieron jirones, se abrieron y se derramaron inesperadamente entre un feroz estruendo de truenos. Los relámpagos cegaban, el ruido se apoderó de las calles y, en pocos minutos, el agua desbordaba los alcorques y corría ya junto a los bordillos al encuentro de las alcantarillas.

Andreu, impasible, recibía el aguacero casi sin pestañear. Apoyada la espalda en el banco, con la manta empapada sobre los hombros y las manos abandonadas sobre las piernas, continuaba ajeno a todo.

En el bistrot, Maurice, desbordado por el trabajo y la responsabilidad, apenas había tenido tiempo de mirar hacia la calle. Nada le dijeron los primeros paraguas que encharcaron el suelo ni el tronar de un cielo a punto de desplomarse sobre los caminantes. Constatada por fin la evidencia de una lluvia intensa, Maurice comprobó, eso sí, que el toldo rojo estuviera tendido para no acumular el agua y se santiguó solemnemente mirando al cielo completamente encapotado como hicieran, uno tras otro, todos sus antepasados. En un alarde de sentido común colocó un recipiente de peltre junto a la puerta para que los clientes alojaran en él sus paraguas. Contempló el cielo, silbó admirativamente y empezó a retirar las primeras tazas de café al tiempo que tarareaba una tonada.

Monsieur Antoine, que se levantaba tarde porque no conseguía conciliar el sueño hasta muy avanzada la noche, advirtió en el cielo las primeras nubes y decidió no salir de casa. Frotándose vigorosamente las manos se arrimó a la estufa incandescente. Aquel día se conformó con un vaso de leche en el que naufragarían, uno tras otro, los trozos de un bollo algo reseco. Le dolía la espalda y exhaló una queja al incorporarse para acercarse a la ventana. Desde hacía años la lluvia significaba, para el viejo tratante de tejidos, un dolor agudo allí donde el cuello acaba, una languidez progresiva e imparable que se apoderaba de todos y cada uno de sus pensamientos y una flojera inquietante en las rodillas.

Tras retirar el puchero con leche del hornillo en el que cocinaba lo poco que no se costeaba en el bistrot, monsieur Antoine conectó el transistor. Con la taza tibia y rebosante arrastró sus zapatillas de fieltro hasta la ventana, se sentó en una destartalada butaca que encaró hacia la calle y contempló el telón de agua que casi ocultaba los edificios de la acera de enfrente.

Suspiró.

«Sopas de leche, Antoine, como los abuelos. No eres más que un viejo aprensivo al que le atemoriza la lluvia. Has envejecido», se dijo. «¿Quién iba a decirte que te conformarías con unas sopas de leche en un cazo? Y a solas. Tú, que ibas a comerte el mundo, a consumir la vida. Tú, que pensabas que no llegarías a viejo y que no quedaría rincón en el que no hubieras estado. Y ahora…, ya ves. Viejo, solo y acobardado por cuatro truenos».

Durante un buen rato dejó vagar la vista a lo largo del boulevard. A Antoine siempre le gustó la lluvia porque le traía a la memoria el recuerdo de una mujer, siempre la misma, aunque hubo muchas. Una mujer, la mujer, Henriette, a la que había besado una tarde en la que el cielo entero se precipitaba sobre las cabezas al abrigo ambos de un mismo paraguas. Fue en Lyon, a orillas del

Loire, poco después de la Gran Guerra, bajo una lluvia torrencial que le recordaba a la que se derramaba a raudales sobre el boulevard Raspail. Ella tenía un esposo muy lejos, casi siempre ausente, un tratante como él que recorría pueblos y ciudades de Alsacia y de Normandía mientras él, Antoine, estaba allí, frente al cauce rumoroso del río con el único propósito de enredarla entre sus brazos, besar morosamente sus cabellos y beber a besos el agua que corría por su frente.

Con el río por testigo dieron inicio a la única historia que monsieur Antoine recuerda a menudo de las muchas que atesoró en sus frecuentes idas y venidas. El indiscreto cobijo de un paraguas es su recuerdo más intenso, el que todavía le duele y le conforta, el rescoldo que sobrevive a los trabajos y a las horas.

Siempre pensó que, de haber dejado los caminos, de haber abandonado trenes, muestrarios, pensiones y maletas, la habría escogido a ella para compartir para siempre los paraguas.

Contemplando el boulevard desierto y viendo mecerse, sacudidas por las gotas, las escasas hojas que permanecían todavía encaramadas a las ramas, dejó monsieur Antoine Beaumont discurrir el día entero. No era un hombre melancólico ni lo derrumbaba a menudo la nostalgia, tampoco era dado a coquetear con la debilidad ni con el miedo, pero, muy de tarde en tarde, la lluvia parecía reblandecerle el corazón. Como si lloviese directamente sobre válvulas y ventrículos. En esas ocasiones monsieur Antoine simplemente esperaba con la vista perdida en la cortina de agua a que dejase de llover.

Mientras la ciudad se estremecía, Maurice, solo y apurado, anotaba, atendía y servía las mesas entre quejas, protestas y juramentos de mala voluntad. Blanche, impaciente y aterida, aguardaba en un andén vacío un tren que llegaba con retraso.

Andreu, impertérrito, acumulaba toda el agua que puede retener un cuerpo olvidado sobre un banco bajo un par de mantas. Completamente mojado, los ojos cerrados por la violencia del agua y las manos relajadas sobre el regazo, parecía no sentirse incómodo. Solo un observador atento habría podido advertir que temblaba.

No quedaba nadie en la calle, todos habían corrido a guarecerse en sus casas o se habían precipitado hacia una boca de metro. El agua corría perfilando los bordillos y formando pequeños riachuelos que se abismaban en los sumideros. Todo, cielo, tierra, casas, todo era gris de agua. Las mantas, empapadas, cayeron ambas a sus pies y el agua fría se encharcó junto al banco en torno a sus pesadas botas militares.

Se sucedían todavía los retumbos sobre las cabezas cuando Blanche, tras haber dejado a Jérôme en la trastienda del bistrot, preguntó por Andreu a un Maurice que deseó que la tierra se abriera bajo sus pies. La mujer cogió de nuevo abrigo y paraguas y arrancó de su silla a uno de los parroquianos que no supo negarse a acompañarla. Corrieron ambos hasta el banco y se detuvieron a pocos metros incapaces de creer lo que veían.

Andreu continuaba sentado y parecía calado hasta el alma. Sobre él discurrían regueros de agua que se precipitaban por sus brazos, su nariz, sus piernas… hasta alcanzar la acera. Pataleaba levantando el agua como lo hiciera cuando los oficiales alemanes les ordenaban abandonar corriendo el barracón, desfilar marcialmente bajo la lluvia y permanecer después casi descalzos sobre la nieve. Todos lo hacían en Dachau. Chapoteaban. Golpeaban el suelo con las plantas de los pies o saltaban de puntillas una y otra vez sobre los dedos ateridos. Activaban la circulación y alejaban, mientras podían, el riesgo de congelación. No todos tenían fuerzas, y si alguien tardaba en saltar o se abandonaba a una suerte cierta, los deportados que guardaban fila junto a él lo empujaban, lo zaherían, le obligaban a moverse y a no desfallecer.

La inmovilidad podía significar la muerte.

Andreu se movía.

El agua le resbalaba por los ojos, recorría uno a uno cada dedo, se precipitaba desde su abrigo, se deslizaba pantalones abajo, entraba en las botas y rezumaba en sus calcetines. Andreu pataleaba incapaz de erguirse, de caminar o de buscar resguardo. Como un chiquillo, como si se hubiera vuelto definitivamente loco. No había en su rostro expresión alguna mientras sus pies levantaban un verdadero escándalo de agua.

Blanche se tapó la boca con la mano libre para no gritar. Solo en el banco, envejecido y agitando los pies como una criatura enojada, Andreu era la estampa misma de la desesperación. Los pies siempre fríos y ahora mojados y un asomo de dolor en el pecho que le obligaba a inclinarse ligeramente sobre sí mismo eran todo lo que Andreu podía llegar a sentir. Sabía cómo combatir el frío, pero lo ignoraba todo sobre cómo luchar contra el dolor.

Blanche, desconcertada y extrañamente descorazonada, cerró el paraguas, se acercó a él, puso sus manos sobre sus mejillas, apartó con un gesto el agua que le cerraba los ojos, encaró su mirada extraviada y besó su frente.

—Andreu, soy yo, Blanche. Es hora de volver.

Andreu la miró y, aunque no recordó su nombre, obedeció, se levantó y la dejó hacer. Blanche lo cogió del brazo y, bajo la lluvia que ya menguaba, regresaron sin prisas hacia el bistrot dejando en el banco las mantas empapadas. Su acompañante, un viejo cliente, no abrió la boca, se limitó a sujetar un paraguas sobre sus cabezas.

Caminaba Andreu sin ayuda, encorvado y tiritando violentamente de frío y de humedad. Gemía. Tenía los labios levemente amoratados, su mandíbula inferior temblaba y las manos se sacudían descontroladas en el aire como si palpitaran.

Alcanzaron el bistrot, lo atravesaron ante los ojos horrorizados de Maurice y, por primera vez, Blanche condujo a Andreu escaleras arriba, hasta su casa, hasta el lugar en el que ningún cliente había puesto jamás los pies.

Nadie preguntó nada. Ni Maurice, ni Jérôme, ni la entrometida madame Pécarrère que, a falta de nuevos encargos, llevaba todo el día ocupando una mesa. Tampoco el grueso taxista que apuraba su tercer café ni el vendedor de diarios al que le faltaban tres dedos perdidos en otra guerra. Ninguno de los presentes abrió la boca, nadie objetó nada. Blanche no lo habría permitido. En silencio, con la mirada grave como el que contempla el paso de un herido, los vieron atravesar el local muy despacio dejando tras de sí un rastro de agua.

Blanche acercó una estufa al lecho, lo desnudó rápidamente, sin remilgos, sin aspavientos, mientras él aguardaba temblando con los pies desnudos sobre una alfombra de lana roja. No mediaron palabras. Blanche retiró una a una cada prenda y las amontonó en un rincón. Lo secó como tiempo atrás secara a su propio hijo después del baño. Frotó con colonia su cuerpo convulso hasta conseguir que cada centímetro de piel enrojeciera intensamente. Le puso varios pares de calcetines secos y, a gritos, le indicó a Maurice que preparara agua caliente para llenar una botella de caucho.

Andreu era todo piel y huesos y Blanche a punto estuvo de echarse a llorar a la vista del cuerpo de aquel hombre del que la vida parecía querer escapar de una vez por todas. Andreu parecía el espectro de sí mismo, una aparición macabra llegada desde muy lejos, desde el mundo intemporal por el que, dicen, deambulan los muertos en vida. Había adelgazado tanto y era tan penosa su apariencia que Blanche lo envolvió apresuradamente en una sábana para apartar la desdichada silueta de su vista.

Sobre el tocador, en un gran espejo con el marco dorado y festoneado de retratos del hijo desaparecido, capturó Blanche durante unos instantes la imagen del hombre tembloroso que se abrazaba a sí mismo para encontrar calor y consuelo mientras sujetaba el lienzo que ocultaba tanta desolación. No encontraba calor ni hallaba consuelo. Blanche le dio la espalda para esconder sus ojos colmados de lágrimas y, tras rebuscar durante unos minutos en un ropero enorme, sacó un pijama gris de franela gruesa que había pertenecido a su marido. Le ayudó a introducir brazos y piernas en un pijama que sobraba por todas partes y le sujetó el pantalón atándole un cinturón de paño a la cintura. Como pudo lo llevó hasta la cama, lo acomodó y lo tapó añadiendo un par de mantas de lana.

Salió de inmediato Blanche retirando de sus ojos una lágrima insurrecta y regresó con una taza de consomé caliente y una botella del mejor coñac, el que según monsieur Antoine poseía la facultad de levantar a los muertos de sus tumbas. Pensó Blanche que no estaría de más.

Consiguió que Andreu ingiriera el consomé y sorbiera algo de coñac. Cuando ya no sabía qué más podía hacer por él y estaba a punto de retirarse, Andreu la miró por primera vez en unos meses y pareció verla. Miró después su rostro en el espejo más allá de la cama, como había hecho tiempo atrás en una habitación destrozada por la cólera. En Dachau, en otra vida. Permaneció unos instantes muy callado y muy quieto, comprobando que no había perdido la razón.

—Gracias. Muchas gracias —susurró.

Blanche, conmovida y llorosa, se sentó en la cabecera y se recostó en el cabezal de caoba que presidiera su matrimonio y su maternidad. En un silencio cómplice llenó la copa de coñac y acabaron mediando la botella. Caldeado el cuerpo y reconfortada el alma se adormilaron juntos y durante unas horas recuperaron la paz y el sosiego del que se sabe transitoriamente a salvo.

En el bistrot, Jérôme cojeaba ya entre las mesas, retiraba tazas y platos, servía pastas y pasaba el trapo húmedo con el mismo ímpetu con el que años atrás cargara sobre su espalda pesados sacos y enormes cajas. Se enfrentaba corajudo a las miradas indiscretas y esquivaba como podía las preguntas que habían quedado prendidas en los labios de los comensales. No contestaba, no podía; solo acertaba a decir que Blanche era una buena mujer y que sabía lo que hacía. Lo creía ciegamente.

Maurice, tras la barra, plenamente consciente de la falta cometida y abrumado por la idea de perder el empleo, hilvanaba cabizbajo un rosario de excusas que no tendría ocasión de formular.

Capítulo 6

Fue el del 45 un invierno inacabable, un invierno de miseria, de privaciones y de hambre. Otro más. Monsieur Antoine enfermó y, extrañamente abatido y mustio, dejó durante muchos días de ocupar su mesa habitual. Andreu tardó semanas en recuperarse de una fiebre que arrancaba en sus bronquios y se resistía a remitir. Cuando su temperatura se estabilizó se encontraba tan débil que le flojeaban las piernas y le fatigaba el simple hecho de permanecer de pie.

Blanche acomodó a Andreu y a su cuñado Jérôme en la habitación de Philippe. Lentamente una rutina nueva se apoderó del bistrot y Blanche se sintió un poco menos sola. Maurice esquivó su mirada durante muchos días y no formuló referencia alguna a lo sucedido durante la tormenta. No fue despedido y continuó atendiendo las mesas con ayuda de Jérôme. Blanche, convencida de que había sido la lluvia la que había obrado el milagro de regresar a Andreu al mundo de los vivos, decidió ignorar la falta de su empleado y concederse un respiro. No abandonaba la barra y se ocupaba solo de la caja registradora.

Jérôme, que tenía buen carácter, circulaba renqueando entre las mesas con un trapo abandonado sobre el hombro y una enorme bandeja plateada en la mano derecha. Era zurdo. Sorteaba a los clientes con unas palabras amables siempre a flor de labios. Su cojera no le impedía llegar a todas partes. Era infatigable y no conocía ni el desánimo ni el mal humor. Una buena respuesta, una sonrisa a tiempo, un chascarrillo si se terciaba y un guiño amable y bien enhebrado eran sus mejores credenciales.

A finales de enero Andreu bajaba trabajosamente algunos ratos y se acodaba a una mesa. Por aquellos días monsieur Antoine, ya restablecido y con ganas de recuperar el tiempo transcurrido a solas tras el cristal de su ventana, arrimaba allí su silla y le hablaba durante horas de todo lo divino y lo humano. Le explicaba los entresijos de la política internacional de posguerra, analizaba con todo rigor la situación del país e intercalaba curiosas apreciaciones sobre los mandatarios a los que tildaba sin rubor de *salauds criminels*. Tan solo admiraba a De Gaulle, a quien idolatraba. Como tantos otros había depositado en el maduro general desmesuradas expectativas de prosperidad. De haber podido habría besado sus pisadas.

Durante los primeros días Andreu se fatigaba con facilidad, las décimas de fiebre se resistían a abandonar su organismo y a la charla de monsieur Antoine apenas respondía con un cabeceo para señalar educadamente que seguía escuchando. Blanche se ocupaba de indicarle al tratante que había llegado el momento de dejar a Andreu a solas con sus cavilaciones. Monsieur Antoine obedecía, la mujer estaba al mando. Sin discusiones. Pasadas unas horas en compañía, Andreu, que no podía con su alma, apenas conseguía subir el tramo de escaleras que separaba el local del piso sin detenerse en un par de ocasiones para recuperar fuerzas y aliento.

Cuando con la noche ya avanzada Jérôme regresaba a la pequeña habitación que ambos ocupaban, el fornido bretón todavía conservaba ganas y arrestos para explicarle a un Andreu convaleciente lo sucedido en el local en su ausencia y para añorar en voz alta a Sofie y a sus hijos. Recordaba Jérôme muchas historias y nada le gustaba más que explicarlas con todo detalle. Muchas de ellas tenían como escenario la brumosa tierra bretona, tierra que conocía y amaba como nunca llegaría a amar París. Hablaba de navíos hundidos junto a la escarpada costa, de pescadores espectrales que regresaban para comprobar la fidelidad de sus viudas o la lealtad de sus socios, de mujeres bellísimas que esperaban eternamente a un marinero ahogado y no encontrado, de oscuras venganzas que en alta mar siempre quedaban impunes.

Contaba y no acababa espantosas catástrofes provocadas por olas que alcanzaban la altura de los edificios más elevados, asesinatos terribles, orgías impensables de las que había oído hablar en las tabernas y, lo que más le acongojaba, relataba apariciones de las que aseguraba tener constancia.

Blanche no se movía de la barra y parecía haber rejuvenecido con la evidente mejoría de Andreu y su presencia junto al ventanal. Semanas después, y con la llegada de los primeros días luminosos que presagiaban ya la primavera, su aspecto recordaba al que tenía la propietaria del bistrot antes de la guerra. Le gustaba su cuñado Jérôme y no le importaba que interpelara a la clientela a voces ni que al cabo de pocos días tuteara a los asiduos con la confianza de un viejo amigo. Con un delantal blanco y el pelo pulcramente recogido en la nuca, Blanche taconeaba de un extremo a otro de la barra, de la caja al fregadero y de este a la máquina de moler café.

Flanqueada por Jérôme, por Maurice, más disciplinado y eficiente que nunca, y por un Andreu cada día algo mejor, regentaba uno de los pocos establecimientos que conservaba una clientela fiel, aunque desgraciadamente austera. No eran buenos tiempos, pero todos ellos, del primero al último, los habían conocido peores.

El negocio no daba para mucho, ni que decir tiene que los tiempos no eran buenos para nadie, pero ni Blanche, ni Maurice ni Andreu —cuando de nuevo se fue incorporando poco a poco al trabajo—, esperaban demasiado de los días por venir. Por otra parte, Jérôme sabía que nadie contrataría a un lisiado pudiendo escoger entre hombres fuertes y rápidos en el trabajo y se conformaba con lo que había: poder enviar un sueldo a casa.

A Andreu se le antojaba un despropósito esperar dinero de Blanche.

Capítulo 7

La del 46 fue una primavera sobrecogedoramente bella, radiante. Dicen que a una guerra siempre le suceden primaveras extraordinarias. La nueva luz en los parques y sobre las aceras, los primeros brotes aparecidos en cada rama, el revivir de los parterres, la bendita calma y el lento regreso de las antiguas costumbres permitían establecer cada vez mayor distancia. Una guerra cuyo recuerdo, tan reciente, enturbiaba cada rincón de la memoria y planeaba sobre la ciudad entera como tiempo atrás sobrevolaran el cielo francés los aviones de la Luftwaffe.

Hombres y mujeres, razonablemente jubilosos, descubrían a diario la ciudad entera y se dejaban deslumbrar por la luz que desbordaba las calles. No se acababan los días en paseos y avenidas y por las ventanas medio abiertas se diría que entraba la vida a raudales.

Desde que apuntaran los primeros síntomas del buen tiempo, Andreu se había incorporado al trabajo en el bistrot. Bajaba a primera hora de la mañana y no se retiraba hasta que quedaban limpios y secos los platos del mediodía. Su jornada acababa cuando todos ellos, en torno a una mesa, saboreaban un café largamente amenizado por los infinitos chismes de Jérôme e interrumpido a cada momento por la llegada de nuevos clientes.

A finales de marzo empezó a salir alguna tarde y a recuperar el placer de pisar las calles y de recorrer la ciudad sin prisas, en cualquier dirección. Se aventuró primero a recorrer el boulevard evitando siempre la cercanía del Lutecia. El hotel, los deportados demacrados y siempre silenciosos y aquellos listados infinitos frente a los que creyó enloquecer eran las imágenes que se repetían en sus sueños. También la sensación de que el mundo se abría a sus pies justo bajo las arañas que colgaban del techo en sus salones.

Si sin pretenderlo se acercaba al Lutecia, daba un rodeo.

Se acercó a los jardines y pasó tardes enteras en las plazas. Deambulaba cada vez durante más tiempo, siempre a solas. Cruzaba el barrio entero, caminaba y caminaba incitado por la belleza de un rincón, por el misterio de una calle por pisar, por la mirada vivificante de un niño o por el andar airoso de una mujer rubia. Recuperó recuerdos y rescató dolorosas sensaciones del olvido. A menudo se sentía invisible, transparente, un hombre incorpóreo. La suma inmaterial de los días pasados y poco más.

Se encontró una tarde de finales de abril, cuando el sol declinaba ya sobre las mansardas, en la que siempre creyó que era la plaza más bella, la más armoniosa de todo París, la place des Vosges. No la andaba buscando, simplemente atravesó unos arcos que no recordaba y la plaza apareció ante sus ojos. Como cuando en un teatro el tramoyista cambia el telón que acompaña a cada escena. Alguien acababa de cambiar el telón y de las transitadas calles Andreu había pasado a tener ante los ojos una plaza admirable y mucho más silenciosa que las aceras que había dejado atrás.

Contempló durante unos instantes, sin reconocerla todavía, la estatua ecuestre de Luis XIII. Admiró los señoriales palacios circundantes, las cuatro fuentes, los jardines… La memoria regresó lentamente, detalle a detalle, momento a momento. A la vista de las fachadas, de los árboles, junto al rumor de una fuente, Andreu revivió cada minuto como en un soplo. Pero Rosa no estaba allí, sentada en un banco con un libro en la mano. No aguardaba su llegada para acariciar su pelo, besar sus labios o sujetar los dedos de Andreu entre los suyos.

No estaba allí para renovar su promesa de mantenerse con vida para él.

Andreu se acercó hasta el banco que habían ocupado ambos años atrás. El dolor era tan intenso que bien habría podido tener un puñal hincado en el pecho. Se derrumbó y permaneció derrotado, lloroso, con las manos sobre el corazón y jadeando hasta que la noche cayó sobre la plaza y sobre las mansiones que la rodeaban. Allí estuvo hasta que los árboles difuminaron sus perfiles en un fondo de tinieblas. No advirtió el aire levemente perfumado por las primeras flores que apuntaban en las ramas, ni la brisa tibia que las acariciaba ni los pájaros que saltaban de un árbol al siguiente entre un alboroto de hojas y de alas.

Con la noche cerrada sobre las cabezas regresó al bistrot y encontró a Blanche esperando en la puerta su llegada. Las manos unidas sobre el vientre y los ojos entornados para distinguir su silueta en la semioscuridad del boulevard. El local, vacío ya, era barrido por Jérôme, que alzó la voz y la escoba para saludarlo.

—Debes haber llegado lejos, Andreu. Pensaba que habías regresado a España —le gritó mientras blandía la escoba como un estandarte y balanceaba en el aire la pierna rígida.

—¿Dónde estabas? Es casi medianoche —le dijo la mujer mirándole a la cara con unos ojos como traga-luces y estrujando entre las manos el delantal que la acompañaba durante todo el día.

—Tengo que irme. No puedo continuar aquí —pronunció Andreu a media voz—. No puedo.

Tenía los ojos llenos de lágrimas.

—Pero ¿a dónde vas a ir? Aquí estás bien. Y a tu país… Creo que no te conviene, no sé lo que hiciste, pero irían a por ti, te buscarían. Acabarías preso. O peor. No tienes por qué marcharte. No hay prisa. La situación mejorará, tú lo sabes, tendrás un sueldo, podré pagarte algo más por tu trabajo, sabes que lo haré. Y tendrás tiempo para pensar, Andreu. Escúchame. Te aprecio. Lo sabes. Aquí todos… Podrás…

Andreu interrumpió las palabras de la mujer, la silenció con un dedo sobre sus labios. La sujetó por un brazo y la llevó hasta una mesa. Se sentaron allí en compañía de Jérôme, que no tardó en unirse a ellos con una botella de coñac y tres copas. Andreu explicó como pudo las horas pasadas en la place des Vosges. Les habló de la guerra en España, de la frontera, de los días en Argelès, de tanta penalidad, de tanta muerte y de tanto amor como le había quedado anclado al cuerpo. Les habló de las promesas que se hicieron, de las manos de Rosa, de su cabello, de sus ojos bellísimos, del infierno helado de Dachau, del dolor de no saber nada de ella, de Ravensbrück, de las horas en el Lutecia y del listado procedente de Ravensbrück que no dejaba lugar a dudas.

No hubo preguntas. Blanche bajó la cabeza, apuró su copa y se retiró. Jérôme y Andreu no tardaron en seguirla escaleras arriba hasta la habitación, que por una noche no se pobló de chismes ni de fantásticos relatos de sirenas ni de resucitados.

Capítulo 8

Blanche y Jérôme le despidieron en el andén, lo abrazaron tan largamente que creyó no partir nunca. Se habían levantado con las primeras luces y la despedida había empezado ya con el *bonjour* de primera hora. La mujer, vestida de domingo, maquillada y perfumada como para una celebración, se secaba las lágrimas con un pañuelo que disimulaba escondiéndolo en la manga. Era aquella una mujer verdaderamente hermosa.

Jérôme cojeaba profundamente alterado de un extremo a otro de la estación. Como si fuera él quien estuviera a punto de abandonar París. Fueron tantas las recomendaciones que le hicieron que apenas recordaba nada cuando por fin subió al tren. Con las manos repletas de paquetes, el corazón desbordado de afecto, los bolsillos llenos de cartas y segados los dedos por las pesadas bolsas de lona que arrastraba consigo; buscó un lugar en el que instalarse en compañía de todas sus cavilaciones y de todos sus bártulos. De nuevo un apátrida, un hombre al que nadie espera ni reclama y con una carta de Blanche por todo aval.

Encontró un sitio en uno de los compartimentos del primer vagón, que estaba casi vacío. Los pasajeros consideraban que este se encontraba demasiado cerca de la ruidosa máquina, del humo y de la fastidiosa carbonilla. No pudo evitar recordar otro vagón al que había subido por la fuerza años atrás. Un tren maldito en el que los embutieron a todos donde no debería haber viajado nadie. Un infierno. Ni espacio, ni aire, ni comida, ni agua… Un cubo y la puerta del vagón cerrada a sus espaldas.

Tras acomodar bajo el asiento y sobre las cabezas de los pasajeros tanto bulto como le acompañaba, Andreu se sentó junto a la ventana. Desde allí se renovaron las despedidas, se agitaron las manos, se lanzaron besos que quedaron suspendidos en el aire oscurecido por el humo y se formularon los últimos adioses, los postreros mensajes que no tardaría en apagar el rumor creciente de la locomotora.

Blanche, con una chaqueta azul celeste descansando sobre los hombros, agitaba en el aire el maltrecho pañuelo. Con el brazo libre cruzado sobre el pecho parecía abrazarse a sí misma. Menuda, llorosa y más blanca que nunca, la extraordinaria mujer que le había devuelto la vida parecía muy frágil, casi inconsistente. Andreu lamentó dejarla allí, fuerte como muy pocas y débil como ninguna otra, pero no conocía otra salida. Sospechaba que no la había. Jérôme, ligeramente escorado, como los barcos tras las feroces mareas de su querida tierra bretona, se llevaba el extremo de la manga hasta los ojos y continuaba gritando a sabiendas de que la distancia desmigaba las palabras cuyos fragmentos, irreconocibles, se desparramaban en el aire inmundo del andén.

Cuando el hombre y la mujer, que agitaban todavía las manos, estaban ya a punto de perderse de vista en la lejanía de la ruidosa estación y la mañana era ya un hecho, Andreu constató que viajaba en compañía de una joven pareja sentada frente a él y de un hombre solo, casi un anciano. El hombre, que cobijaba un cesto vacío entre las piernas y que había recostado la cabeza en el apoyadero del asiento, dormitaba ya antes de que el tren abandonara por completo el andén. El joven, sentado frente a él junto a la ventana, había perdido un brazo. Alguien había sujetado su manga derecha a la camisa con un imperdible para que no se meciese a su paso tristemente vacía y colgandera. Parecía afligido, malhumorado, y contestaba con brusquedad a los requerimientos que la mujer formulaba a media voz. Andreu casi no alcanzaba a oírla. El muchacho tenía el ceño fruncido y abandonaba la vista más allá del cristal, como embebido en un paisaje suburbial embrutecido por las vías, las ruinas y los edificios mal envejecidos. No deseaba encontrarse con los ojos de ella y contestaba huraño, sin ni tan siquiera mirarla, cuando la joven le ofrecía un cigarrillo o se brindaba a leer para él.

Ella, sumisa, a su lado, protegía entre las manos un libro cerrado. Ligeramente desairada por los malos modos del joven simulaba desinteresarse del hombre durante unos instantes. No lo conseguía. Sus ojos castaños eran afilados como puntas de flecha, sus cejas bien perfiladas, los labios menudos y rosados y la nariz muy fina. Un rostro delicado. Se recogía el pelo, oscuro y liso, agrupándolo de tanto en tanto detrás de las orejas en un gesto airoso. No llevaba en él artificio alguno. Su piel era pálida, de una palidez absoluta, como de mortaja, sin el matiz levemente rosado del cutis de Blanche. No usaba maquillaje. Toda ella era delicada, frágil como una niña de manos pequeñas y senos imperceptibles bajo la ropa. Su voz, apenas un susurro.

Acababa de desprenderse de una chaqueta muy fina de color gris y Andreu pudo apreciar que lucía un sencillo vestido floreado de escote muy cerrado recogido en la cintura con un cinturón blanco y mangas ceñidas sobre los codos. Las medias, casi blancas, parecían del mismo color que su piel. Llevaba zapatos bajos también blancos y, a juzgar por lo que Andreu alcanzaba a contemplar, tenía unas piernas bonitas, bien torneadas.

No era la muchacha una mujer llamativa de las que habrían hecho silbar a Jérôme y extasiarse a monsieur Antoine. En su recuerdo Rosa era infinitamente más bella, su rostro más agraciado, su silueta más evocadora, pero Andreu no pudo evitar un asomo de envidia hacia el hombre afortunado que viajaba en compañía de una muchacha como aquella.

Marie, la llamó el hombre, cuando sin molestarse en mirarla le pidió que le encendiera un cigarro. Ni tan siquiera algo tan simple conseguía hacer sin ayuda. La joven no necesitó más indicaciones, Marie lo encendió con la misma naturalidad que empleaba para abandonar las manos sobre el regazo o para abrir el libro que descansaba abierto sobre sus piernas. Antes de acompañarlo hasta la boca del hombre, que continuaba mirando por la ventana, aspiró profundamente y cerró los ojos. Parecía hallar verdadero placer en el aroma ligeramente dulzón del tabaco francés.

—¿Un cigarrillo? —La muchacha le acercó el paquete a Andreu, que la observaba completamente abstraído y sin sombra de recato.

—Gracias.

Andreu lo aceptó bajando la vista de inmediato como si ella acabara de sorprenderlo en falta y alargó torpemente la mano hasta rozar los dedos de la joven.

El muchacho giró la cabeza hacia ellos repentinamente interesado por la escena. Fumaba desmañadamente utilizando su mano izquierda. Tenía un lunar pequeño sobre el labio superior y en el rostro una expresión agria, como si acabara de morder una fruta verde.

—Marie —le recriminó ásperamente.

Y tampoco hicieron falta más palabras. Marie regresó la mirada al libro sin reproches, con la total sumisión del que se cree reprendido justamente. El joven se perdió de nuevo en el silencio del vagón y volvió a extraviar la mirada al paso de árboles, casa y caminos. Andreu no dejó de contemplar a Marie. La miró casi de reojo durante mucho rato mientras ella, parapetada tras un libro abierto, parecía absorta en la lectura. Quizás lo estuviera.

La pareja se apeó cuando apenas habían transcurrido dos horas de viaje. Discutieron largamente antes de abandonar el vagón. Pierre, así se llamaba el muchacho mutilado, parecía obstinado en acarrear sin ayuda de nadie el breve equipaje. La maleta, una pequeña caja de madera coloreada y rematada en latón en cada esquina, cayó al suelo del vagón desde la red al tirar de ella con un solo brazo y no acertar a sujetarla.

Pierre maldijo, profirió un par de insultos, se irritó consigo mismo y con Marie y se negó a recibir ayuda. Mientras tanto, Marie, urgida por la proximidad de la estación, porfiaba por asir la maleta mientras intentaba quitar hierro a la intransferible calamidad de saberse joven y descubrirse inútil.

Pierre se encolerizó todavía más al comprobar que el viajero, que poco antes había aceptado uno de sus cigarrillos, había contemplado el triste percance. Abandonándose a la amargura propinó una patada a la maleta que la hizo saltar de entre las manos de Marie. Nuevamente calló la muchacha y bajó la vista. Instantes después recogió la maleta y siguió al joven enojado en su avanzar por el pasillo. Solo entonces el viejo, que no había dejado de roncar, se agitó en su asiento, abrió los ojos y se incorporó levemente. Comprobó que su viaje no había concluido y buscando mejor acomodo se dispuso a continuar durmiendo.

Desde el pasillo, Marie, pálida como solo deben serlo los aparecidos en las pesadillas de Jérôme, se giró para despedirse con una sonrisa que no lo era y desearle buen viaje.

—Buen viaje, Marie —le contestó Andreu al tiempo que se levantaba y le alargaba una cajita de cartón en la que madame Alexander le había confiado, con el misterio del que se desprende de algo muy preciado, dos bombones. Lo mejor de lo mejor, le había asegurado la artista antes de plantarle en la mejilla un beso húmedo.

Marie la aceptó y la guardó en un bolso diminuto que colgaba de su hombro.

—Buen viaje —repitió Andreu con el amargo convencimiento de que para Marie ya no habría en el futuro viajes buenos.

El viejo roncaba de nuevo cuando el tren se alejó dejando a la pareja en el andén enzarzada en una nueva y, probablemente, agria disputa.

Andreu sintió frío en los pies y golpeó el suelo con las plantas. Dachau, tan lejos y tan cerca.

En ausencia de Marie nada quedaba en el vagón que despertara su interés. Apoyó la cabeza en el cristal, fijó la vista en los raíles e intentó no pensar en nada. Ni en Rosa, a la que no volvería a ver, ni en Blanche, por la que empezaba a sentir cierta añoranza. Ni en la joven y pálida Marie, por la que experimentaba verdadera compasión.

Dormitó durante unos minutos, los suficientes para que regresaran la angustia y el dolor experimentados en el Lutecia. Nunca Dachau, jamás el campo en el que tantas veces creyó perder la vida, siempre aquel maldito hotel, aquella antesala del infierno colmada de llanto y de susurros.

Capítulo 9

Cuando el tren se detuvo en Aviñón la noche se abatía sobre los raíles y en el andén solo distinguió al jefe de estación, que se retiraba ya hacia la única dependencia iluminada. La brisa fresca del anochecer evocaba en el deportado otros fríos más intensos, dolorosos. Se estremeció y golpeó el suelo con las plantas de los pies. El único viajero, que como Andreu acababa de apearse, había desaparecido a buen paso y no quedaba nadie a quien dirigirse.

Sujetó como pudo todo cuanto llevaba y caminó hacia el edificio bajo de la estación. Un escalofrío le recorrió la espalda y el frío se instaló en sus pies. Sin falta. Sin remedio. El relente del anochecer le devolvió el recuerdo de tanto frío. El recuerdo y el miedo. Un miedo absurdo a la posible congelación de los dedos de sus pies hizo que pensara en saltar para calentarlos. No lo hizo, se limitó a seguir caminando golpeando el suelo al andar. «Maldito frío», pensó, aunque era consciente de que la temperatura suave de la primavera avanzada apenas había bajado unos grados. No sintió temor al encontrarse desorientado y solo. Se había acostumbrado a la vida y la entendía ya como una larga ristra de calamidades.

Seguía sin ver a nadie al aproximarse a la estación. Un farol lánguido proyectaba un círculo de luz que iluminaba débilmente el portón de acceso.

No tuvo tiempo Andreu de buscar en el interior del edificio un rincón resguardado del viento en el que sentarse pacientemente a aguardar. En el umbral se dio de bruces con un joven enjuto y no muy alto que casi se abalanzó sobre él al intentar alcanzar el andén. Se desparramaron los muchos paquetes que el exdeportado acarreaba y se agachó en silencio para poner orden en aquel desbarajuste.

—¡Me cago en san Dios! Usted me perdonará, monsieur. Lo siento, lo siento mucho. Es que llego tarde. Tengo que recoger a un hombre y ya debe haber llegado. Perdóneme, lo siento, es que con las prisas… —repetía el chico entre aspavientos en un francés atropellado y sin conseguir hacer una a derechas.

—No ha sido nada, no te preocupes —contestó Andreu ocupado en reunir todo lo que acababa de caer, hacer recuento y reacomodar la carga entre los dedos.

—¡La hostia santa! ¡Es usted! Lo siento, discúlpeme. Ya sabía yo que no llegaba. ¡Me cago en el santo sudario! ¡Qué bruto soy! Es usted, ¿verdad? El deportado, quiero decir. ¿El que viene de París?

Casi por la fuerza, sin dejar de hablar ni de agitar las manos y sin darle tiempo a asentir, le arrancó el joven de entre los dedos algunos paquetes y le indicó que debía seguirle. Continuaba disculpándose mientras le precedía en dirección a la calle. Mil excusas, todas aparentemente sinceras, algunas difícilmente creíbles. No importaba.

Andreu reparó en el pelo oscuro y algo crespo que el muchacho lucía inusualmente largo, en las manos inquietas de hombre a medias que utilizaba para acompañar las palabras más allá de los labios y que en todo momento parecían revolotear en torno a su cara y en los ojos grandes y negros de los que se servía para rematar lo dicho. Todo él parecía hallarse en continuo movimiento, en un agitar incesante de ojos, manos, piernas y boca. Advirtió también su peculiar acento al dirigirse a él indistintamente en francés y castellano. Reparó en que su habla, familiar a los oídos de Andreu, si bien recordaba de cerca al andaluz, parecía suavizarse en la punta de la lengua y ganar allí una cadencia que bruñía y atemperaba cada palabra.

—Me perdonará usted, ahora que caigo, no me he presentado, yo soy Serafín, para servirle —dijo adelantando una mano para encajarla—. Soy catalán, como usted según dicen, pero de los buenos. No quiero decir que usted... Bueno. ¿Qué digo? De los mejores, catalán de los de la Torrassa. Sí, hombre, de Hospitalet. Aquí donde me ve, soy catalán, hijo de andaluz y de murciana. Lo mejor de lo mejor. ¿Qué le parece? En mis venas hay de todo, como en botica.

A Andreu su origen no le parecía ni bien ni mal. Ni el suyo ni el de nadie.

—La Torrassa... No está mal —zanjó por puro compromiso—. Nada mal. ¡Ah! Yo soy Andreu, Andreu Ribera.

No dejó el joven de hablar mientras abandonaban la estación y se encaminaban hacia un carro en el que empezó a colocar los muchos bultos que Andreu trajinaba como podía desde París.

—Nos queda un buen rato. Espero que no tenga usted prisa. El camino la verdad es que no es malo, pero este podenco tiene más años que el mear de pie y no corre ni queriendo —le explicó mientras se acomodaban ambos sobre la banqueta y Andreu tendía su abrigo sobre sus piernas. Un buen abrigo de paño que había pertenecido a Philippe y que, dado que en el presente Andreu era todo piel y huesos, podía vestir sin problemas. El chico, que a primeras horas de la mañana había arremangado las mangas de su camisa hasta más arriba de los codos y caminaba sobre unas zapatillas de esparto a las que les quedaba poco más que la suela, lo miró como si no pudiera creerlo. No preguntó. Tiró de las riendas y arreó al animal con un par de gritos que Andreu no supo descifrar. El animal echó a andar con la testuz baja, aparentemente resignado.

Arrancado el vehículo y encarado por fin en un camino, el chico quiso saber:

—Veo que tiene usted frío, monsieur. He traído una manta. Cosas de mujeres que no saben de qué preocuparse. Pero madame ha insistido tanto que por no oírla… Yo le he dicho que se iba usted a reír, que estamos en mayo y las mantas ya dan de comer a las polillas, pero ella… Es cabezona como una mula, como una mula. No sé, aquí la tengo, si la quiere…

Desde el infierno helado de Dachau, Andreu no había conseguido conjurar el frío y conservaba el hábito y la necesidad de abrigarse mucho más allá de lo esperado. Aunque habría agradecido una manta sobre los hombros, la rechazó con un gesto. El chico no lo entendería.

—¿Cuánto tardaremos en llegar? —preguntó, aunque no sentía prisa ni curiosidad alguna.

—Póngale usted casi una hora, quizás un poco menos, depende de este bicho. A eso de las diez estaremos allí. Madame ha dicho que nos estará esperando, pero con las mujeres nunca se sabe. Aunque madame... Si ella lo dice va a misa, se lo digo yo. Ella es así, tiene detalles y eso es de agradecer. Aquí hambre, por el momento, no pasamos. He oído que en París las cosas están peor. Pero usted no debe preocuparse, si madame se ha acostado yo sé todo lo que tengo que saber y le acompañaré a su habitación. Le ha puesto a usted de todo, sábanas, toallas, un lavamanos, jabón, alguna manta... Dormirá usted en la planta baja, junto al cuarto de Alain.

Serafín se interrumpió durante unos instantes para acompasar la respiración y continuar respondiendo a una retahíla de preguntas no formuladas.

—Alain es el mozo. Según se mire es casi un crío. No es muy espabilado, ya lo entenderá usted, no hay más que verlo. Es corto como el rabo de una boina, pero trabaja como un burro de carga. No se cansa nunca, tampoco tiene otras ocupaciones. Si por él fuera se rompería el espinazo por madame. Haría cualquier cosa. Y no vaya usted a creer que exagero. Dentro de unos días ya me dirá usted. Alain es harina de otro costal, hay que verlo. No habla, parece que ni escucha, va a lo suyo todo el día, como una máquina. Que si podar las cepas, que si el espliego, aquí lo llaman lavanda, pero es espliego y está por todas partes, pero eso ya lo sabrá usted... Que si emparrar los tomates, que si desbrozar, que si quemar el rastrojo... No descansa nunca. Come y trabaja, come y trabaja. Que se sepa no hace otra cosa. Bueno, sí, algo hace. Juega al ajedrez contra sí mismo. Sí, sí, como lo oye. Alguien le enseñó a mover las fichas y se pasa horas que si el caballo, que si la torre… No sé si juega o no, a mí no me enseñaron. El caso es que las pocas veces que se sienta es para mover las piezas de un lado para otro, como los niños. Cuando se cansa tira el rey sobre el tablero, suspira y se va a su habitación. Yo no acabo de entenderlo, jugando contra uno mismo siempre se llevan las de ganar. ¿O no? Él no lo ve así.

Por fortuna el joven no necesitaba preguntas ni esperaba respuesta alguna. Mejor así, pensó Andreu, que no tenía ganas de conversar. Serafín hilaba y entretejía sus frases según alumbraran su mente. Algunas llegaban a atropellarse en sus labios como si desearan irrumpir todas a la vez. Solo se interrumpía de tanto en tanto para tomar aliento y aprovechaba el receso para cambiar de postura en el estrecho y duro tablón sobre el que permanecían sentados.

—Yo no duermo en la casa, ¿sabe? Por la noche me llego hasta Barbentane y ceno con mi madre. Ella lo quiere así y a mí me gusta moverme, no me importa. Mi madre…

Con la voz ligeramente enturbiada por una sombra de pesadumbre, el muchacho prosiguió sin desfallecer.

—Verá, mi madre está muy sola. Se pasa el día en casa, cosiendo para otros y mirando por la ventana. Me espera desde que de buena mañana pongo el pie en la calle hasta que cada noche me ve venir y corre a la cocina a prepararme la cena. Un día tras otro, siempre así. ¡Si supiera las ganas que tengo de que le salga un novio! Es joven y está de buen ver. Y no lo digo yo. Hay algunos por ahí que se la rifarían. Una mujer como ella, con buena planta, trabajadora y que sabe hacer de todo se merece encontrar a alguien. ¿No cree?

Andreu inició un gesto de asentimiento meramente cortés. El chico ni tan siquiera le miró.

—Yo se lo digo un día sí y otro también. Le digo que necesito un padre que me enderece, pero ella como si oyera llover. Estoy por echarme a robar o meterme en alguna bronca de las de romperle la cara a alguien. Igual así se lo cree. Todavía espera que aparezca mi padre. Antes tendrán pelo las ranas que mi padre enseñe la jeta por aquí. En el 39, nada más empezar el año, nos dijo que cruzáramos y lo esperáramos, él ya estaba aquí, había escapado cuando todo empezó a torcerse. Dijo que nos buscaría, que no nos moviéramos... Y aquí seguimos. Sabía dónde encontrarnos, se lo aseguro, pero ¿usted lo ha visto?, pues yo tampoco. Ni mi madre. Y en eso estamos, esperando. Estoy convencido de que cuando se arrima a la ventana para coser no solo espera a que yo llegue, pero...

Hizo Serafín una pausa que aprovechó para hostigar a la caballería con una especie de cloqueo que el cansado animal pasó por alto.

—Es lo que yo le digo. Necesita un marido, eso es una verdad como un templo. Con un hombre en casa no andaría siempre tan mustia. Sí, ya sé que estoy yo, pero un hijo… No es lo mismo. Tampoco tiene edad para andarse con más gaitas y, una cosa está clara, los hombres no vendrán a buscarla a casa. Otro trabajo tienen todos. Si no sale más que para comprar cuatro cosas y vuelta a casa… Es como esperar un milagro. Y los milagros… ¿Qué quiere que le diga?

Andreu comprendió que era una fórmula retórica y se abstuvo de pronunciarse. De hecho, habría preferido hacer el camino en silencio, pero hay personas a las que les incomoda el silencio. Era evidente que Serafín era una de ellas.

—Tiene usted que verla, no le encontrará usted muchos peros, no. Ya verá. Un día de estos se la presento. Quién sabe, igual se arreglan. Usted y ella, quiero decir —remató el joven con picardía.

Andreu seguía escuchando al muchacho que, ni sentado y gobernando un carro, conseguía permanecer quieto. Cerrar la boca y callar unos instantes constituía, a todas luces, un imposible. Se giraba continuamente hacia su acompañante, se pasaba las riendas de una mano a otra según le conviniera utilizar la derecha o la izquierda para enfatizar sus palabras, agitaba los pies e incluso taconeaba como para acentuar así cada frase.

—¿Y usted de dónde es? —quiso saber Serafín mientras tiraba de las riendas con decisión. A Andreu la pregunta le sorprendió, era una de aquellas interpelaciones que sí requería respuesta.

—Nací en Barcelona, en el Poble Sec.

—No tuve tiempo yo de trajinármelo, el Poble Sec. Cuando mi madre y yo salimos zumbando con los nacionales ya en Montjuic, yo era un crío y todo lo más que llegué a conocer fue la carretera de Sants. Pero por lo que sé no debe ser mal barrio. En La Torrassa se explicaban cosas del Poble Sec que yo diría que eran figuraciones. Tenía oído yo que, de mujeres, como en el Paralelo, en ninguna parte. Que si coristas, que si...

Responder a Serafín era como brindarle el pie a un actor teatral, no siempre eran necesarias las réplicas.

El camino, en el que no quedaba nadie, se alejaba casi en línea recta de la ciudad y se adentraba en una zona en la que los árboles crecían entre lo que parecía un matorral espeso. Una luna muy breve, como una blanca sonrisa prendida en el cielo, iluminaba ambos márgenes. Poblados macizos se alineaban junto al camino, un inquietante cortejo de sombras. Algunas casas se distinguían muy de tarde en algún claro y a lo lejos oyeron en más de una ocasión ladrar a un perro. Al cabo de poco las nubes ocultaron la luna, empezaron los árboles a escasear y dieron paso a superficie despejada y oscura como fondo de cueva. Campos de cultivo que

Andreu apenas conseguía distinguir desde el carro. El caballo, siempre con la testuz baja, parecía no precisar de la destreza del conductor. Piafando, resoplando y moviéndose despacio tiraba del carro y de sus ocupantes con la parsimonia del que no conoce prisa ni pausa.

Algo más tarde atravesaron de nuevo lo que Andreu supuso que era un bosque y cuando, por fin, salieron a un claro, Serafín tiró de las riendas. El carro se detuvo durante unos instantes, el caballo resopló de nuevo, protestaba urgido por un deseo imperioso de recalar en la paja. El muchacho estiró el brazo y señaló a lo lejos.

—¿Ve usted allá? Sí, sí, allí. Aquellas luces son Barbentane, es el pueblo más cercano. Desde la casa, andando, es poco más de media hora, un paseo. En bicicleta, unos minutos. ¿Le gusta a usted andar?

Andreu asintió y miró en la dirección indicada. Más allá de los campos distinguió un grupo de luces, los perfiles de unas casas y lo que creyó reconocer como un campanario.

—Yo vivo allí. No es mal lugar, aunque no tiene nada que ver con La Torrassa. A veces, no se vaya usted a creer, me entra un algo y… Todavía recuerdo el corredor en el que vivíamos. Lo llamaban así, el corredor. Mi casa era una casa baja y pequeña como un puño. Daba a una especie de pasillo y las letrinas, que estaban al fondo del corredor, apestaban, olían a perros muertos.

Allí acudíamos todas las veces que hiciera falta y siempre, siempre estaba sucia ó embozada. Por mucha lejía que las mujeres tiraran por aquel agujero, aquello siempre estaba hecho un asco, siempre olía a mierda, a orines... Qué sé yo. Y no solo las letrinas, no crea, el corredor entero olía a meados. Por suerte mi casa estaba apartada, casi en la entrada, caminabas más, pero respirabas mejor.

Serafín se interrumpió y cambió de posición sobre el asiento de tablas.

—Y de espacio, bien poco. Un cuartucho junto al comedor, un colchón para los tres y los cuatro trastos que pudo juntar mi madre, pero amigos como los que se quedaron allí no he tenido otros. Y es que, por mucho que uno no quiera, la tierra te tira, no se puede evitar. Mi madre dice que ella no añora nada, pero lo dice por mí, para que crea que está bien, que no echa a faltar La Torrassa, pero a mí no me engaña. Yo sé lo que siento y sé lo que veo. Y ella no ha vuelto a ser la misma, y no solo por lo de mi padre. Por cierto, Andreu, ¿conoce usted a madame? —preguntó el chico súbitamente animado por la proximidad de la casa. No era persona a la que la nostalgia alcanzase a doblegar durante mucho tiempo.

—No la he visto en mi vida.

—¡Ah, *bon*! Está más pelada que una rata y más sola que la una, pero es una buena mujer, eso sí. Y para ser francesa, no está del todo mal —apuntó el joven mientras se volvía hacia su acompañante y le guiñaba un ojo. Acababa de hacer de Andreu un cómplice, así lo entendía él—. Yo la llamo madame, ella lo quiso así cuando se quedó sola al mando de todo. ¡Madame! Creo que lo hizo para que la gente la respetara, era muy joven y, al fin y al cabo, era una mujer. Pero yo diría que no se ha casado nunca. Se quedó aquí mientras en su familia el que no se iba, se moría. Y ahora le toca a ella sacar todo esto adelante. Yo, que ella, habría echado la llave, me habría ido a París, o a Nantes, o a Marsella, o don-de demonios estén sus hermanas y el que quiera peces que se moje el culo. ¿Es o no? —le increpó como si espe-rara de Andreu la total conformidad con sus palabras—. Ella no se atrevió, no tuvo valor, se quedó aquí, atrapa-da. Y así le va, sola y matada a trabajar. Y lo que es peor, sin saber si acabará saliendo a flote o se quedará de un día para otro con una mano delante y otra detrás. Ya se lo digo yo a usted, a madame le pierde la buena fe. Si no, de qué se queda aquí una mujer como ella. Porque a madame hay que verla…

Serafín interrumpió bruscamente su parlamento temeroso de haberse excedido en sus apreciaciones sobre madame Claudine. Se agitó de nuevo sobre el asiento como si buscara de nuevo mejor acomodo y prosiguió por derroteros menos comprometidos.

—Unos años atrás, cuando nosotros llegamos, aquí no quedaban hombres para trabajar. Algunos estaban en el frente, otros fueron a parar a las prisiones, a las fábricas, algunos desertaron, algunos, pocos, menos de los que dicen, andaban medio escondidos ocupados en plantar cara a los nazis... Si los oyes aquí todos son héroes, pero no vaya usted a creer de la misa la media.

Serafín hizo una pausa, suspiró y se retiró un mechón de cabello de la frente.

—Y ahora que muchos han regresado y que ya no faltan brazos, ahora que podría encontrar quien echase jornales en sus tierras, ahora no tiene con qué pagarlos. No han sido buenos años para el espliego, y no es que se haya dado mal, no, es que en las fábricas lo han pagado a precio de paja. La colonia no es negocio para una guerra. ¿Qué le voy a contar? Y luego está lo de las uvas. Se pudrieron en las cepas porque madame, Alain y yo no pudimos recoger más que un tercio. Nos deslomamos, desde que salía el sol hasta que llegaba la noche, el día entero rompiéndonos la espalda para bien poco. Y así todo. Un desastre detrás de otro. Y no es que ella lo haga mal, pero los tiempos no acompañan.

La voz de Serafín se apagó como si el pesar que encerraban sus palabras se apoderara por unos momentos de su ánimo. Bostezó sonoramente y al cabo de unos instantes de silencio, muy pocos, golpeó a Andreu con el codo.

—Mire usted allá, ya se puede ver. Sí, hombre, allá adelante, al final del camino. Ya estamos llegando. Y madame nos ha esperado. ¿No se lo decía yo? Solo tiene una palabra. ¿Ve usted la luz en la entrada y las cortinas corridas? Yo, si quiere que le diga la verdad, a madame le tengo ley. No como Alain, que el pobre no ve más allá de sus narices ni ha conocido otra cosa. Yo la aprecio, ya le digo. Le tengo ley. Todavía podremos comer algo. ¿No tiene usted hambre, Andreu? Yo me comería…, qué sé yo. Se me han cansado hasta las tripas de tanto lamentarse.

Detuvieron el carro pocos minutos más tarde frente a lo que Andreu imaginó que serían las cuadras. Entre ambos bajaron todo lo que traía consigo, en su mayor parte obsequios destinados a Claudine. Tras esperar que Serafín acomodase al animal, ambos se dirigieron a la casa. En la oscuridad le pareció una construcción grande, de dos plantas y varios cuerpos, quizás varios añadidos a un edificio principal al que se accedía por una gran puerta que alguien había dejado entornada.

A través de la abertura se colaba la luz procedente del interior.

Capítulo 10

No había zaguán ni ningún otro tipo de antesala. Nada más cruzar el umbral se encontró en una estancia enorme y alargada que sin duda hacía las veces de comedor y que ocupaba casi toda la primera planta. Al entrar no vio a nadie, depositó en el suelo los paquetes que trasegaba y se detuvo a contemplar detenidamente la pieza. La iluminación resultaba insuficiente para una sala tan grande como la que tenía ante sus ojos.

Frente a la puerta que acababa de franquear cargado de bultos y de aprensión, se abría una oquedad en cuyo arranque se adivinaban unas escaleras que parecían conducir a la planta superior. A ambos lados sendas puertas. Una de ellas, completamente abierta, mostraba un par de pilas con sus grifos, varias tinajas y estantes que parecían pertenecer a la cocina o a una gran despensa. Junto a la entrada dos puertas más, ambas cerradas. En la enorme y desierta sala, sobre un par de aparadores, se apilaban platos y vasos en gran número, así como grandes cazuelas, ollas y descomunales fuentes de barro. Años atrás, cuando los comensales, entre habitantes de la casa, mozos y jornaleros, superaban la veintena, las risas y las chanzas debieron llenar por completo aquel intenso vacío que señoreaba ahora la casa entera.

Una fotografía junto a la entrada mostraba los rostros poco expresivos de una pareja ya mayor ataviada como para asistir a una fiesta. A Andreu le recordaron a cientos de parejas retratadas en parecidas circunstancias. Él, de pie, lucía un bigote poblado, vestía traje y se cubría con un sombrero oscuro. Ella, sentada y con las manos cruzadas sobre el regazo, se había tocado con una mantellina blanca rematada con puntillas que ocultaba su pelo por completo y encuadraba un rostro solemne. La mujer se había pintado los labios, que destacaban sobre una tez muy pálida que recordaba a la de Blanche. La mano derecha de él descansaba sobre el hombro de la mujer y la izquierda se perdía en el bolsillo del chaleco. Un telón tendido tras la pareja mostraba un paisaje pintado, montañas ondulantes, una cascada, un cielo sin nubes y un grupo de casas junto a un bosque espeso. Ambos parecían afanarse por parecer dignos y respetables en una ocasión tan especial como era años atrás hacerse un retrato. Probablemente no quedaban muchas más imágenes de la pareja que presidía aquella sala. Por la edad que aparentaban bien podría tratarse de los padres de Blanche, de Emilie, la esposa de Jérôme, y de madame Claudine, la mujer de palabra.

Era aquel un espacio excesivamente grande, despejado casi por completo de todo ornamento e, inevitablemente, desolado. Una gran mesa central flanqueada por dos bancos sin respaldo atravesaba la estancia casi de un extremo a otro. En ambas cabeceras, sólidas sillas de anea y junto a una de las ventanas entreabiertas una mecedora de rejilla y un libro abierto.

Andreu depositó con cuidado los paquetes sobre uno de los bancos; intentó no hacer ruido.

—¿Es usted Andreu Ribera?

La voz pertenecía a una mujer que había permanecido acurrucada junto a la chimenea reuniendo las ascuas y que acababa de erguirse. Sostenía en la mano un puchero metálico.

—Sí, soy yo. Acabamos de llegar.

—Les esperaba. Estaba calentando un poco de café. No es nada extraordinario, no crea, ni tan siquiera es café, pero prefiero llamarlo así. Está caliente y nos vendrá bien.

Andreu, sorprendido por la repentina aparición y asombrado por el llamativo y algo excéntrico aspecto de su anfitriona, apenas acertó a responder. Una llamarada, un fogonazo anaranjado avivado por el fuego cercano de la chimenea enmarcaba el rostro de Claudine. Su cabello era de un rojo cobrizo y se derramaba en grandes rizos en torno a su cabeza y sobre sus hombros, parecía tener luz propia y encuadraba un rostro muy pálido que, a juicio del recién llegado, era el único de sus rasgos que le recordaba a Blanche.

Por un momento, mientras la mujer que se incorporaba dirigía la mirada hacia el recién llegado, el cabello había ocultado por completo su cara. Andreu se sintió momentáneamente desconcertado.

—Mi padre enviudó muy joven y se casó en segundas nupcias con la mujer de la foto —dijo señalando el retrato que colgaba de la pared—. Es mi madre y la de Emilie, no la de Blanche, quizás por eso se sorprende usted. Aunque en la fotografía no se aprecia, mi madre era pelirroja como yo. Pero ella siempre se cubría el pelo. Lo detestaba, se ataba pañuelos a la cabeza desde que se levantaba hasta que se acostaba. No era un color muy apreciado. Yo, no. A mí no me importa, casi ha acabado por gustarme. ¿No pensará usted que traemos mala suerte, como los tuertos? —preguntó la mujer algo mohína.

—No, en absoluto. Además, mi suerte difícilmente podría ser peor —respondió Andreu—. Simplemente me ha sorprendido. No, no tengo nada en contra de los pelirrojos, se lo aseguro. Disculpe si...

—Pero, por favor, siéntese. Estará cansado. El viaje desde París… Y tendrá usted hambre.

—Él, no sé, pero yo, sí, madame. Estoy cansado y tengo hambre —respondió Serafín, que acababa de aparecer en el umbral y que se apresuró a tomar asiento en un banco y a indicarle a Andreu, palmeando enérgicamente sobre la tabla, que se sentara a su lado. El muchacho se sentía como en su propia casa en presencia de madame.

Claudine sonrió y acercó hasta la mesa una jarra de vino, un queso casi entero, una pequeña tarrina de foie y una hogaza de pan. Cogió el pequeño puchero humeante, buscó dos tazas y se sentó frente a ellos sin más preámbulos. Vestía una camisola larga y rosada con cintas azules en el cuello y se cubría los hombros con un mantón de lana azul celeste. Caminaba descalza y desenvuelta, sin falsos recatos. Nada en ella recordaba a Blanche. Ni su estatura, algo superior a la media, ni la naturalidad de sus movimientos ni la franqueza absoluta de su mirada.

Claudine permaneció unos segundos en silencio para no incomodar a los hombres. De tanto en tanto se llevaba la taza a los labios. Mientras engullían el buen pan y el excelente queso que acababa de servirles, pudo Andreu contemplar a aquella mujer que debía andar por los treinta y pocos y cuya proximidad le desconcertaba como si se tratase de una aparición.

El cutis de Claudine era casi albo, como lo eran los dedos que aferraban la taza. El cabello, rizado y abundante, campaba sin traba alguna y le aseguraba un aspecto indómito. Las cejas cobrizas, iluminadas levemente por el fuego de la chimenea, eran dos pinceladas anaranjadas sobre el blanco absoluto. La nariz, ligeramente quebrada en el arranque y adornada por un sinfín de pecas diminutas, añadía brío a un rostro de una palidez tan poco habitual. Sus ojos, a la luz de las llamas, se le antojaron verdes. Tenía Claudine las manos delicadas y los dedos muy largos. Sorprendentemente no parecían maltratadas por el trabajo. Las mangas de su camisola se encaramaban a sus antebrazos, como es frecuente en aquellos que hacen uso continuo de sus manos, desvelando unas muñecas sin ornamento alguno.

Su mirada, firme, directa y carente de remilgos, se demoraba en el rostro y las manos huesudas del deportado. También ella sentía curiosidad por aquel hombre que acababa de llegar de París y por el que Blanche sentía tanto aprecio. Andreu bajó la vista y se apresuró a ocultar las manos bajo la mesa, se avergonzaba de su decrepitud, de no ser el hombre apuesto y bien formado que había sido hasta que... El gesto no escapó a Claudine, que corrigió su mirada inmediatamente y le sirvió el café.

—Los paquetes son para usted, cosas que le envía Blanche—le indicó Andreu para romper el silencio y la incomodidad que se extendía entre ambos flancos de la mesa.

—Llámame Claudine. Yo pienso llamarte Andreu, si no te importa.

Andreu negó con la cabeza. No solo no le importaba, sino que le gustaba la franqueza de aquella mujer y le complacía el tuteo empleado sin preámbulos por Claudine.

—Aquí no nos andamos con tonterías. Y no te preocupes, ya tendré tiempo de ocuparme de ellos. Mi hermana Blanche está convencida de que apenas puedo comprarme un par de medias y tampoco anda equivocada, pero... Como si a ella le sobraran los francos. ¿Un poco más de café? —preguntó Claudine quitándole hierro al asunto y mirando al muchacho que indicó que sí con un gesto mientras daba cumplida cuenta de una nueva rebanada de pan y de un buen trozo de queso—. Andreu, si te parece bien, dormirás allí. —Claudine señaló dos puertas junto a la chimenea—. En esta casa hay habitaciones más grandes y más aireadas, pero en invierno las más calientes son las de la planta baja. Y en verano también son las más frescas. Alain duerme en la habitación de al lado, mañana podrás conocerlo. Aquí no hay nadie más. En otros tiempos las tierras daban para mucho, mi padre empleaba a muchos hombres, teníamos cocinera y mozos para los animales, también una costurera que cosía para la familia. Todo ha cambiado mucho en todas partes y esto apenas… Bien. No creo que tenga que explicarte que hemos pasado momentos muy difíciles y que por ahora lo que intentamos es levantar cabeza.

Serafín asintió con un gesto incapaz de hablar y masticar sin incurrir en descortesía.

—Si necesitas alguna cosa, lo que sea, lo pides. Si está en mi mano, no hay problema. Si no tienes preguntas, mañana, con tranquilidad, te enseñamos todo esto.

—Está bien —zanjó Andreu—. Muy bien.

Claudine, las manos apoyadas sobre la mesa, permaneció en silencio unos segundos. Se le ensombreció el rostro antes de continuar. No le resultaba fácil decir lo que se sentía obligada a decir. Frunció el entrecejo y envejeció unos años en un instante.

—Creo que Blanche ya te habrá explicado cómo están las cosas aquí. Y, si no Blanche, Serafín algo te habrá dicho.

El chico la miró con complicidad y asintió de nuevo mientras intentaba enfriar el café soplando en el interior de la taza.

—Debes saber que no voy a poder pagarte mucho. El techo, la cama, la comida y unos francos, muy pocos. Eso será todo por el momento. Creo, pero ya te digo que puedo equivocarme y que de hecho hace tiempo que no hago otra cosa, creo que en otoño, si las cosas no se tuercen y con tu ayuda, podremos remontar. No quiero engañarte, las cosas no marchan bien, necesito brazos, pero no puedo pagarlos. Si te conformas y te avienes a esperar unos meses… Cuando las cosas vayan mejor te compensaré, tienes mi palabra. A ti, a Alain, a Serafín… Ese es el trato. Solo tengo mi palabra. Es lo que hay. Lo tomas o lo dejas.

—Me quedo. Esperaré —afirmó Andreu sin dudarlo ni un momento.

No tenía alternativas y aquel lugar y aquella compañía le parecieron tan buenos como cualquier otro. Tampoco le quedaba ambición.

—¿Sabes algo de viñas, tomates, lavanda…?

—Nada en absoluto.

—Magnífico, te lo enseñaremos todo. Aprenderás desde el principio. ¿Verdad, Serafín?

El chico asintió. Claudine sonrió y se puso en pie, se sentía casi a gusto en su desdicha. Parecía satisfecha, y lo estaba. El deportado no era un hombre fuerte, aunque quizás lo hubiera sido años atrás, pero parecía de fiar y bien dispuesto. Y en la tierra toda ayuda resultaba poca.

—¡Ah, Andreu! Alain te lo enseñará todo, solo debes hacer lo que haga él, pero no preguntes, no te explicará nada. No es que no quiera, él es así. Solo debes fijarte bien y hacernos las preguntas a mí o a Serafín.

—Entendido.

—Puedes llamarme Claudine. Madame es solo para los más jóvenes. Mi madre decía que si te llamaban así, madame, nunca dejarían de respetarte. Por eso insisto en que Alain y Serafín me llamen así. Pero tú puedes llamarme Claudine.

Se ciñó al cuello el mantón de lana clara como si de repente hubiera sentido frío.

—Serafín, dile a tu madre que te deje dormir hasta el mediodía. Mañana nos pondremos tarde y tú, por hoy, ya te lo has ganado.

El chico se levantó del banco sorbiendo los restos del café, propinó a Andreu una palmada en el hombro en señal de despedida, recuperó la bicicleta que había dejado junto a la puerta y con un «buenas noches, que descansen», desapareció.

Capítulo 11

El sol que se colaba por las rendijas de la persiana le acariciaba ya los párpados cuando Andreu abrió los ojos por primera vez en la habitación de la planta baja. Se incorporó en la cama y contempló detenidamente la alcoba durante unos instantes antes de levantarse y subir la persiana. Le gustaba el silencio y le gustaba la penumbra de la habitación. Cuando tiró de la cuerda la luz se apoderó de la estancia. Una luz excepcional, a la vez suave y radiante, la misma que tanto habían apreciado los pintores que se habían instalado décadas atrás en la Provenza.

Andreu no había cogido un pincel en su vida, pero no era necesario saber de colores, ni de matices ni de sombras para comprender que aquella luz que atravesaba la cortina de encaje fragmentándose en centenares de puntos que se proyectaban sobre la pared opuesta y que se agrupaban en flores, pájaros y ramas era poderosa, única. Una luz que no recordaba haber contemplado en todos los meses pasados en Dachau, ni tan siquiera en la primavera de París.

La cama en la que había pasado la noche era grande, mucho más mullida que el catre que había ocupado en la trastienda del bistrot y mayor que la que más tarde Blanche le asignó en el primer piso junto a Jérôme. Claudine había dispuesto una cómoda baja con cuatro cajones de los que la noche anterior le sobraron tres para guardar sus escasas pertenencias. Sobre el mármol veteado descansaban un lavamanos y una gran jarra de loza, junto a ellos había dispuesto también una toalla limpia, un vaso largo a modo de búcaro con dos rosas anaranjadas de tallo largo y un espejo redondo enmarcado en caoba y sustentado por un pie corto. Andreu se apresuró a girarlo para que ofreciera su cara a la pared. Prefería no contemplar continuamente el rostro consumido que había aceptado definitivamente como suyo.

Junto a la ventana, resguardado de la luz, un paisaje de tonos violetas y dorados que parecía pintado por una mano infantil. Muy cerca de la puerta, un perchero en el que Andreu colgó el abrigo de Philippe y, a los pies de la cama, alineadas una junto a la otra, dos sillas como las que recordaba haber visto en la sala la noche anterior.

Sobre una de ellas descansaba la pequeña maleta, regalo de Blanche.

En las paredes gruesas capas de pintura se habían agrietado, se habían separado de los tabiques y habían acabado por desprenderse dejando grandes clapas grises que a Andreu le recordaron informes ojos de buey. El techo, atravesado por grandes vigas oscuras, parecía en buen estado.

Nunca fue un hombre detallista, la vida no le dejó tiempo, pero aquella mañana a Andreu le gustaron en especial las esbeltas rosas anaranjadas a medio abrir que descansaban en el vaso. Por un momento, mientras contemplaba las flores y se dejaba seducir por la espléndida luz, pensó que las guerras que le había tocado vivir quedaban lejos. Tan y tan lejos que bien habrían podido pertenecer a otra vida. Por primera vez en mucho tiempo sintió deseos de comenzar el día.

Alguien trasteaba ya en el exterior cuando se vistió, se pasó los dedos abiertos por el cabello para ordenarlos y apareció en la sala con los ojos todavía malacostumbrados a tanta luz.

—Buenos días, Andreu. ¿Todo bien?

En los labios de Claudine su nombre sonaba como si perteneciera a otro. Era más nasal y se acaba repentinamente, como si se despeñara en un silencio excesivo. Sonaba tan distinto que a Andreu le costó reconocerse y tardó un instante en contestar.

—¿Leche, café, foie? —le invitó la mujer desde la cabecera de la mesa mientras le indicaba que se acercara y se sentara junto a ella—. Ese es Alain —dijo refiriéndose al ruido que llegaba a través de la puerta abierta—. Siempre se levanta temprano. Y lo que es más raro, siempre encuentra algo por hacer. A cualquier hora. No siempre sé de qué se trata.

Claudine se levantó con un gesto divertido y dio una vuelta completa ante el recién llegado.

—Me lo envía Blanche. Ella cree que es así como vestimos las campesinas, es lo que ve en las películas. Hace tanto tiempo que se marchó de aquí que ya ni se acuerda de… Pero no importa, ella es así. Además, no me sienta mal, ¿verdad?

Andreu pudo comprobar que llevaba un vestido de flores color pastel de corte muy sencillo que se ceñía a la cintura con una banda de color violeta.

Andreu se apresuró a negar sin abrir la boca. Desde luego no le sentaba nada mal.

Claudine calzaba zapatillas de esparto que había enlazado con vetas por encima de los tobillos y se había recogido el pelo en la nuca con una cinta también violeta. De regreso en la mesa sus ojos de pestañas cobrizas, aliviados por la cinta de la abrumadora presencia del cabello, ganaban intensidad y belleza. Definitivamente, eran verdes, de un verde claro, como de hierba joven. Tenía la sonrisa fácil y sus gestos eran los de una muchacha, también lo era su voz.

—Mi hermana no comprende por qué sigo aquí. Se siente culpable por haberse marchado, por vivir en París desde que no había cumplido todavía los veinte, por tener un bistrot, por haber perdido primero un marido, después un hijo… Como si a ella la vida le hubiera regalado algo. Tampoco es que yo sepa por qué estoy aquí. Ni yo misma lo entiendo. Algunos días creo que este es el lugar en el que quiero estar, que no sabría vivir en ningún otro sitio. Otros…, no sé, pienso que estoy tirando mi vida y me iría de aquí con los ojos cerrados. A cualquier parte, con cualquiera… Pensará usted que estoy loca, a veces yo también lo pienso, pero…

Andreu, con la taza de café apoyada en los labios, no acertó a responder, pero negó con un gesto. No creía que estuviera loca. Desde luego, no más loca que él mismo.

Claudine continuó desayunando en silencio. En el exterior Alain acarreaba leños en una carretilla y silbaba.

Cuando ambos acabaron tuvo ocasión de conocer la cocina que se abría en un extremo y que daba a la parte más sombreada de la casa. Andreu ayudó a madame a depositar tazas y cucharas en la gran pila de piedra que, por sus dimensiones, le recordó a un lavadero público. Era espaciosa, como su habitación. También descubrió sobre una mesa, junto a un cesto de coles, un gran ramo de rosas anaranjadas en un enorme jarrón de barro. Sobre los fogones de carbón humeaba una olla y, frente a ella, arrimada a la pared opuesta, pudo ver otra mesa cuadrada de madera muy gruesa repleta de cestos con manzanas amarillas, patatas, muchos frascos vacíos de cristal, tomates enramados y secos y un puñado de naranjas pequeñas y tardías. En un extremo de la cocina, bajo una ventana, se alineaban varias tinajas y un barril. Las puertas abiertas de la alacena mostraban un sinfín de ollas, cazos, tazas, fuentes y platos desportillados. Los azulejos, de un desvaído color celeste, llegaban solo hasta media altura; más allá, las paredes en las que el humo se había detenido para quedarse necesitaban con urgencia una mano de pintura.

—Acompáñame, Andreu. Te presentaré a Alain. Seguro que Serafín te ha hablado de él. Es mucho más listo de lo que parece y tiene una intuición que no falla nunca, es como si hubiera crecido en la tierra, en su interior, quiero decir. —Con un gesto apuntó al suelo—. De hecho, más le habría valido, su madre no quiso saber nada de él. Ni ella ni… Pero algún día te lo explicaré… Ya habrá tiempo.

Claudine echó a andar sin acabar la frase. Andreu la siguió.

—No esperes grandes conversaciones, eso sí que no, apenas te saludará, raramente se dirigirá a ti, pero no te lo tomes a mal. Es un buen tipo y te echará una mano pase lo que pase, pero es así, algo taciturno. Vamos, que no habla para nada. Pero no parece que eso vaya a ser un problema, tú tampoco pareces muy hablador…

—Lo siento, generalmente yo... Quiero decir que antes yo...

—No, no te preocupes. Cada uno es como es. Yo, ya me ves... Una mujer sola dirigiendo todo esto. Muchos dicen que estoy loca, que debería vender, que no es para mí... Dicen que lo perderé todo. Y ¿sabes lo que creo?

Andreu no tenía ni idea y el silencio duró unos segundos. Claudine no dejó de caminar alejándose de la casa hasta que se detuvo al llegar al camino para contemplar la edificación desde la distancia.

—Creo que no se equivocan, creo que acabaré por rendirme. Pero Dios dirá. Y si no..., el tiempo. Dios, el tiempo... Qué más da. Bueno, Andreu, esto es lo que hay.

Por primera vez desde su llegada Andreu tuvo ocasión de contemplar desde el exterior la casa en la que había pasado la noche y que apenas acertó a entrever a su llegada. El edificio era grande, sólido, y parecía construido para durar varios siglos más. Tenía tres cuerpos, uno central y mayor con dos pisos, del que ambos acababan de salir, y dos laterales más sencillos y de una sola planta. El de la izquierda era algo más bajo y parecía posterior, casi improvisado. En las ventanas de la edificación central los postigos verdes resistían precariamente atrapados en sus goznes. En el tejado, la boca de dos chimeneas, una de ellas según creyó reconocer, pertenecía a la gran sala central y otra, más pequeña, era la de la cocina que humeaba ya ligeramente.

Junto a la entrada principal, y a cada lado de la puerta, se erguían dos rosales florecidos cuajados de flores anaranjadas. Más allá, elevándose en desorden desde el suelo hasta las ventanas del piso superior y encaramándose ya a los alfeizares, las buganvillas de un bello color indefinido, a medio camino entre el granate y el violeta intenso, cubrían buena parte de la fachada y sembraban de hojas caídas los pies de la casa. Las matas se enredaban, las ramas se apoyaban unas en otras y parecían elevarse con la sola ayuda del propio ímpetu. Como si necesitadas de luz aspiraran a alcanzar el cielo.

Y, aunque no se respiraba prosperidad y Claudine no parecía una mujer feliz, a Andreu le gustó lo que vio y pensó que aquel no era un mal lugar para seguir con vida.

—Ahora conocerás a Alain —dijo Claudine interrumpiendo la contemplación y dirigiéndose a una de las edificaciones menores, la de la derecha, la que probablemente había sido construida poco después que la gran casa.

—Bien, hemos llegado.

Junto a la pared, alineadas, un par de bicicletas con muchos años en sus pedales.

—Es la mejor manera de salir de aquí. En pocos minutos estás en Barbentane, y con un poco más te plantas en Bonnieux. Y te aseguró que a menudo sientes la necesidad de salir de aquí, aunque solo sea para asomarte a una calle, saludar a alguien o mirar el aparador de una tienda. Aunque no puedas comprar nada, sé de lo que hablo. Puedes coger la que te parezca, son de la casa, las utiliza el que las necesita. Solo Serafín tiene la suya, la cuida como si fuera un tesoro, del resto puedes disponer. Y si necesitas un parche o se te estropea alguna, lo que sea…, Alain te ayudará, puede reparar cualquier cosa.

—Gracias, lo tendré en cuenta.

—Cuando yo era muy pequeña recuerdo más de veinte bicicletas apoyadas en esta pared o en la del granero —Claudine señaló la construcción de la izquierda—. Hombres y mujeres llegaban aquí, trabajaban y se iban. Ahora quedan tres o cuatro, las que ves. Tampoco queda mucho grano. Unos kilos de patatas, tomates, algunas hierbas… Eso sí, decenas de sacos y cestos medio vacíos. Poca cosa, lo justo para ir tirando.

Claudine le indicó el interior. Andreu advirtió aperos, herramientas y algunos animales cuya ruidosa respiración le causó cierta alarma. Al fondo dos caballos y una yegua preñada, un cerdo y una docena de gallinas, aunque cabían muchas más según le indicó la mujer, un carro grande cuyas varas se apoyaban en el suelo y un par de carretillas.

—Alain, este es Andreu Ribera. Ya te hablé de él.

Un chico moreno, alto y desgarbado, de ojos esquivos, salió de un rincón en el que parecía faenar empujando un artefacto que recordaba a un carro pequeño y se acercó a ellos.

Andreu le tendió la mano y el chico, tras pensarlo unos momentos, correspondió con la suya. Su apretón era enérgico, aunque ni tan siquiera levantó la vista para mirarle. Era como un hombretón joven, muy joven, como un niño insólitamente desarrollado, de manos y pies grandes, cabeza pequeña y pelo muy corto. Las cejas, demasiado cercanas, conferían a su rostro un aire de perpetua interrogación, una eterna pregunta mal satisfecha. Sobre su labio superior apuntaba un bigote oscuro que desbarataba por completo un rostro casi infantil. Nada en él armonizaba. Un cuerpo grande, apenas el de un adulto, brazos y piernas largos, cintura estrecha, bigote incipiente y manos de estibador. Todo él aparentemente asimétrico, mal proporcionado. Un extraño todo coronado por una cabeza demasiado pequeña, una piel oscurecida por el aire libre y los ojos cándidos de un crío.

Vestía Alain unos pantalones oscuros y tan raídos que apenas tenían un color que pudiera identificarse y los ceñía mediante una cuerda anudada por encima de la bragueta. Una camisa que había sido blanca cubría su torso y permitía entrever, más allá de la zona coloreada por el sol, una piel blanca y delicada como la de un niño de corta edad. En la cabeza un sombrero medio roto que parecía apoyarse directamente sobre su entrecejo y en el que la paja desprendida, que se alejaba de su frente en todas direcciones, recordaba a los rayos amarillos que los niños acostumbran a dibujarle al sol.

Desaforadamente tímido, Alain se volvió de nuevo hacia el carro, alzó las varas y tiró de él con un movimiento tan decidido que, en otras circunstancias, habría podido ser entendido como un desaire.

—No se lo tengas en cuenta, Alain es así, pero no hay mejor persona ni más trabajadora —susurró Claudine—. Alain, Andreu te ayudará, por eso está aquí, le tendrás que enseñar cómo funciona todo.

Por toda respuesta Alain resopló, se detuvo y señaló en dirección a las cuadras.

—El caballo.

Las palabras emergían tan turbias de entre sus labios que parecían pronunciadas desde debajo de un colchón. Andreu tardó unos instantes en descifrar lo que parecía un encargo, y algo más en acercarse a las cuadras y salir tirando de las riendas del parsimonioso animal que Serafín había ungido al carro la noche anterior. Claudine se acercó a la casa en busca de un sombrero de paja con el que proteger los pensamientos de Andreu del traicionero sol de primavera.

—Y esto es todo —sentenció Claudine mientras le tendía el sombrero—. O casi todo.

Serafín hizo sonar el timbre de la bicicleta y Andreu pudo reconocer, a pesar de la distancia, la escuálida silueta del muchacho, que no tardó en situarse junto a ellos y en acompasar su pedaleo al avanzar cadencioso del carro.

—¿Todo bien? —quiso saber.

Andreu asintió.

Aunque al trasladar unas sacas de grano había regresado la sombra del dolor que se le aferraba al pecho cuando el esfuerzo era intenso y que tan a menudo le hizo pensar que perdería la vida sin traspasar las puertas de Dachau, había recuperado cierta forma de olvidada delectación que solo experimentaba en los espacios abiertos y luminosos. Le sentaba bien el aire tibio de la mañana, el olor de la tierra y el bendito silencio de los campos, pero sobre todo le complacía contemplar el cielo de un azul tan intenso que se diría otro cielo, otro firmamento. Nada que ver con la bóveda plomiza que contemplaba a diario sobre el campo de concentración. Un cielo de un azul espléndido y mucho más cercano al de Barcelona, su ciudad de origen. Incluso el sereno traqueteo del carro le resultaba tranquilizador. La silenciosa compañía de Alain contribuía a su sosiego.

Tuvo ocasión de ver espesas alfombras rosadas en torno a los cerezos y, encaramadas a las ramas de los naranjos, las últimas flores. En la lejanía campos enteros dignos del mejor de los sueños en los que se mecían cadenciosamente claveles rojos, blancos y amarillos. En el camino de regreso, en ambos márgenes, pudo distinguir diminutas rosas silvestres, vistosas y apretadas margaritas de pétalos blancos, las menos comunes, las de botón violeta, y un sinfín de ejemplares silvestres cuyo nombre no recordaba haber sabido nunca.

—Tengo más hambre que un maestro de escuela. Mi madre ya me lo dice, está segura de que tengo la solitaria. Sí, hombre, la solitaria, ese gusano que tenemos dentro. Mi madre dice que allá en Lorca, cuando era una cría, un médico le enseñó uno que le habían sacado a un hombre que acababa de morir. Tienen el mismo tamaño que las tripas. Dicen que alguno sigue creciendo y que cuando ya es demasiado grande y casi no cabe puedes rezar todo lo que sepas porque la vas a diñar. Dice mi madre que se lo sacaron por la boca porque como el hombre había muerto y ya no comía el bicho intentaba salir para no morirse de hambre allí dentro.

Serafín hizo una pausa y dejó de pedalear unos segundos puesto que sin pretenderlo se adelantaba al carro. Alain exhibía un rictus de repugnancia bajo los cuatro pelos que empezaban a conformar su bigote. Una lombriz enorme como las propias tripas era demasiado para su imaginación. Andreu pudo oírlo resoplar. Era evidente que también prefería escuchar el rodar del carro sobre las piedras del camino. Cuando nuevamente lo tuvieron a su altura el chico continuó:

—Ella era una cría, pero se acuerda como si hubiera pasado ayer. Dice que el médico de su pueblo, que era muy valiente, lo sujetaba por la cabeza y que era como una serpiente larga y verde, como una culebra muy grande. Dice que se movía dando bandazos con la cola y que quería golpear al médico para derribarlo.

Serafín explicaba recuerdos prestados, fantasías de niña chica que ni tan siquiera eran fruto de su imaginación, con la misma intensidad con la que relataría la peor de sus pesadillas. Separando las manos del manillar acompañaba sus palabras de gestos tan elocuentes que Andreu llegó a sentir cierta repugnancia al imaginar al animal sacudirse en manos del médico.

—El hombre aquel, el muerto, toda la vida estuvo así como está usted ahora, delgado como un huso, piel y huesos. Y lo mejor era que se había pasado los últimos meses sin dejar de comer. Siempre tan hambriento que se habría comido hasta las piedras. Dicen que el animal ese se zampaba todo lo que comía y que por eso el que la diñó tenía esa sensación de seguir con hambre.

Serafín se llevó una mano al estómago para subrayar el efecto de sus palabras. La bicicleta se tambaleó ligeramente y el muchacho corrigió el gesto de inmediato.

—Es como estar siempre en ayunas. No sé si me entiende. Cuando nos suenan las tripas es la maldita serpiente, que se remueve porque tiene hambre. Algunas siempre son pequeñas, no crecen y no estorban, pero otras... Dicen que algunas aúllan, como los lobos. Yo las he oído. La mía no aúlla, eso no, pero yo diría que ruge. Y traga, eso sí, traga como un caimán.

Serafín avanzaba junto al carro controlando la bicicleta y moviendo ahora una mano, ahora la otra. Se diría que había nacido sobre el sillín. Aunque sostenía bajo el brazo derecho un gran pan redondo y recién horneado, se permitía agitar las manos alternativamente simulando las ondulaciones de una gigantesca lombriz y sus evoluciones tripas arriba y abajo. No parecía importarle que sus interlocutores no dieran muestras de interés ni que se limitasen a escuchar y, en el mejor de los casos, a corresponder con una sonrisa de cortesía. No precisaba pies, ni réplicas, ni tan siquiera una pregunta salpicando la conversación.

Por su parte, Alain, que asía las riendas con una convicción a todas luces innecesaria dada la mansedumbre del animal, parecía no escuchar las palabras de Serafín y seguía sin apartar la vista del camino.

—¡Me cago en las sagradas epístolas! La mía debe ser de las de armas tomar, de las peores. Es que no sé lo que es estar harto —rezongaba el chico escuchando el rumor de sus tripas—. Y, aunque usted no lo crea, Andreu y madame tampoco, le aseguro que es una pena muy grande. Una verdadera cruz.

Se llevaba una mano al vientre en un intento por aplacar a la bestia insaciable que estaba convencido de que crecía en sus entrañas.

En la entrada, junto a la puerta, aguardaban dos grandes cestos de mimbre repletos de hierbas cuya fragancia entreveraba el aire.

—Madame las recoge muy cerca. En el mercado se venden bien. Los fabricantes de colonia vienen a buscarlas desde Grasse, incluso desde París vienen algunos. Que no entiendo yo la necesidad, si las hierbas crecen en cualquier parte. Dicen que como las de aquí... En los buenos tiempos furgonetas enteras cargaban hierbas de olor —explicó Serafín con la satisfacción del que cree vivir en un lugar estrechamente emparentado con el paraíso mientras arrimaba la bicicleta a la pared de la casa—. Yo de hierbas no entiendo mucho, pero madame se ha criado aquí y las conoce todas. Que si el tomillo, que si la salvia, que si el espliego, que si hay que recoger el orégano o si está a punto de florecer el romero. Yo creo que aquí nacen enseñados, llevan lo de las hierbas y lo de las flores en la sangre. Yo he visto algunos que caminan y husmean el aire como los perros. Alain, sin ir más lejos...

Se lavaron, primero Alain y después Andreu, en la enorme pila de la cocina mientras Serafín desenganchaba el animal, lo conducía al establo y descargaba sacos, herramientas y aperos. El chico tenía más fuerza de la que aparentaban sus brazos poco desarrollados y trabajaba bien, sin necesitad de instrucciones ni de apremios.

A Andreu le resultó casi un placer retirar de su cuerpo el sudor y sentir el agua fría sobre la nuca, en el cuello, en los brazos... Por unos momentos, fatigado, hambriento y concentrado en la poderosa sensación tan cercana al estremecimiento, se sintió casi ingrávido. Como si las penas acumuladas y el duelo sin resolver pudieran colarse por el desagüe hasta alcanzar el centro de la tierra o el fondo de los mares.

En la mesa en la que Claudine había dispuesto ya todo lo necesario, Andreu distinguió un pequeño ramillete de rosas color naranja que había colocado en una jarrita de barro.

—Hoy me he traído el último, madame. Por muy poco no nos quedamos sin pan. Monsieur Bidault dice que él no espera a nadie y que si uno llega tarde y se queda sin pan... Y como usted me dijo que podía...

—No te preocupes, Serafín, sé lo que te dije. El viejo Bidault es un cascarrabias. No creo que estuviera a punto de cerrar, pero le gusta alarmar a la gente.

—No bromea, madame. Cuando se acaba el pan, monsieur Bidault se quita el mandil y se va a su casa. Y si te he visto, no me acuerdo. Y si el que reservó el pan no ha aparecido, cuando se acerca el mediodía, lo vende. Sin remordimientos.

—Ya, Serafín. No te preocupes.

Claudine le indicó que se sentara esperando que abandonara el tema. No fue así.

—Si quiere saber mi opinión, ese tipo es un desgraciado. Me cago en todo el santoral. En Barbentane la gente lo detesta. Y no me extraña. Si no fuera porque hace buen pan… Le aseguro que…

—No me asegures nada y come, que el día es largo.

Sobre la mesa, en una de las esquinas, una gran fuente con patatas hervidas, zanahorias y guisantes, la tarrina de foie y el menguado queso de la noche anterior. En una olla de barro, todavía tapada, Claudine había guisado cordero y lo había aromatizado con hierbas. El olor era excelente, como también lo era la disposición de los comensales.

Andreu se sirvió patatas y guisantes y le tendió la fuente a Serafín.

—No, monsieur Andreu, gracias. Mi padre decía, y no le faltaba razón: «De lo que come el grillo, poquillo». Y no es que yo tenga a mi padre en mucha estima. Ya le expliqué. Otro cabronazo, pero algunas verdades sí decía. Además, no nos gusta mucho lo verde —añadió acariciándose las tripas en alusión al fantástico gusano con vocación de serpiente que, a su entender, moraba en sus entrañas.

—Por favor, Serafín. En la mesa, no —rogó Claudine.

Alain comía despacio, con la vista fija en el plato y en un silencio absoluto. Muy de tarde en tarde sonreía como de tapadillo, escandalizado por los reniegos y las continuas maldiciones proferidas por Serafín. Y, aunque no siempre entendía sus palabras, puesto que el chico no hablaba más que el francés de la región, reconocía sin dificultad la pulla, el insulto o el improperio. Serafín, mal sentado frente a él, en un movimiento constante, corroboraba las prodigiosas facultades que, a falta de otras mejores, lo adornaban. Comía, hablaba combinando dos lenguas a placer, gesticulaba, paladeaba deleitado el vino *rouge* de madame, manoteaba a los cuatro vientos y simultáneamente llevaba el compás que sonaba muy adentro, en los confines de sus ajetreadas meninges. A todo ello, cada pocos minutos, y mirando hacia su estómago, Serafín le chistaba a su gigantesco y fantástico gusano interior o se inclinaba hacia Andreu para dirigirse a él en privado. Era entonces, en un aparte, cuando, modulando la voz, le hacía una observación, le comentaba una inconveniencia de Alain, alguna extravagancia de madame o, simplemente, le confiaba un pensamiento insólito.

—¿Se ha fijado en sus dientes? —le preguntó casi en un susurro mientras con la mirada señalaba a Alain.

Andreu asintió. Era imposible no reparar en los dientes muy espaciados y acabados en punta de flecha que hacían que Alain tuviera, en apariencia, la boca poblada de colmillos.

—Mi madre conoció a uno que tenía la boca igual, como la de un perro. Era un viejo y siempre enseñaba los dientes para asustar a los críos. Dice mi madre que hasta ladraba para que los chicos salieran corriendo.

Serafín hablaba ahora en voz baja, solo para Andreu, mientras cortaba una hogaza y la cubría de foie.

—No me gustan los secretos, Serafín.

—Lo sé, madame.

Nuevamente concentrado en extender el foie sobre el pan, Serafín continuó hablando sin dejar por ello de moverse. Claudine, Alain y Andreu se limitaban a comer, a escuchar, o no, y a sonreír de vez en cuando.

—Ya me lo dice mi madre. Lo que tú tienes es el baile de San Vito. No se ría, no, madame. Mi madre ha visto morir a más de uno allá en su pueblo sin poder parar de moverse. Algunos hasta se movían cuando el médico les daba por muertos.

—Tu madre vivía en un pueblo un poco particular, ¿no te parece? Yo nunca he visto nada de eso. Y también he visto a la gente enfermar y morir, como en todas partes.

—Sí, madame. Ha visto cada cosa que pone los pelos de punta. Y es que mi madre es como yo, cuenta y no acaba. Lástima que no salga de casa y solo me lo explique a mí, después la gente me toma por lo que me toma.

Momentáneamente enfurruñado, Serafín se concentró en el pan, en el foie y en el *rouge* de los viñedos de madame. Su silencio no duró mucho.

—Dice que vio piernas que daban patadas en el aire como si chutaran un balón y manos que temblaban mientras el resto del cuerpo estaba tieso como un bacalao. Allá en Lorca pasaban cosas que, si no es porque ella dice haberlo visto, y yo de mi madre no tengo por qué dudar, uno diría que son cuentos chinos. Recuerda a un hombre que había sido cartero y que parecía seguir pedaleando después de muerto.

Nuevo bocado y nueva pausa. Claudine retiraba ya algunos platos y se servía el café.

—No digo yo que me vaya a morir —negó Serafín mientras se santiguaba a gran velocidad para conjurar la remota posibilidad—. Eso, no. No me entienda mal, madame, pero lo que es moverme… Es que no paro. Ni aunque quiera, se lo aseguro. ¿Sabe usted lo que me decía mi padre antes de desaparecer? Serafín, hijo, para ya, que te mueves más que una bandera en Tarifa. Y es que, ya lo sabe usted, no puedo estarme quieto. Y si no es el dichoso baile, ya me dirá usted qué es.

—Ni idea, Serafín, pero no me parece nada grave. Cada uno es como es —rio Claudine, y la gran estancia se colmó de su risa.

Había liberado su cabello de la cinta y de nuevo su rostro parecía enmarcado en una rojiza aureola. Se sentía feliz, le gustaba tener un nuevo comensal sentado a su mesa, un par de brazos más. No conseguía entender por qué, pero la presencia de aquel hombre alto y todavía demacrado, de ojos negros y abatidos y de pocas palabras, le alegraba el corazón. En eso Claudine recordaba a Blanche, como ella sabía arañar diminutas porciones de felicidad.

Como Blanche, era fuerte, resuelta y generosa. No la arredraba el trabajo y, aunque no tuviera razón alguna para ello, uno más a la mesa le bastaba para recuperar la confianza en el porvenir.

—Es un buen vino. No es un burdeos, ni un rioja, pero es un buen vino—sentenciaba el muchacho con la seguridad del experto alargando la copa en dirección a Andreu, que asentía. También el recién llegado parecía convencido de las propiedades del *rouge* de madame, que, sin duda alguna, tenía un buen pasar.

Claudine, que sorbía ya el segundo café, quería saber cómo habían ido las cosas y qué le habían parecido a Andreu los campos y las flores. Este, que horas atrás ignoraba que las flores ocupaban fincas enteras y daban de comer a muchas familias, confesó que el paisaje le había sorprendido y que la tierra le parecía bella y plácida.

—Me parece una buena tierra —acabó Andreu, y remató sus palabras con un ensayo de sonrisa.

Las manos de la mujer se inquietaron, se retiraron de la mesa y parecieron ruborizarse como si el cumplido hubiera sido dedicado a su persona.

—Espere usted unos días, hasta finales de mayo y principios de junio. Muchas florecen en junio. Podría atravesar los campos y reconocer cada flor. En los años buenos, antes de la guerra, cuando las flores se vendían bien, se cultivaban por todas partes. Lo que ha visto hoy no es nada —añadió Claudine orgullosa del lugar en el que había vivido desde que llegara al mundo.

Alain asintió. No despegó los labios, pero subrayó con un repetido cabeceo las palabras de madame. Claudine se levantó de la mesa, se había acabado el vino.

—Mi madre dice que cuando era una cría y se le caía un diente su madre lo echaba al cubo de las sobras y que cada noche las tiraban en una esquina para los perros.

Serafín hablaba en voz muy baja. Andreu detuvo la mano que sostenía el tenedor en el aire, no acababa de entender.

—Sí, hombre, el de los dientes de perro. Mi madre está convencida de que si un perro se come el diente de un niño el animal le acaba prestando uno de los suyos y el que le crezca será así, como los de Alain.

Señaló al chico con la mirada. Alain no pareció darse cuenta, continuó rebañando el plato con el pan.

—Dice que cuando el viejo cartero murió los perros no dejaron de ladrar en toda la noche.

No añadió nada. Andreu tampoco preguntó. Era evidente que la madre de Serafín había sido una niña impresionable y que había legado sus facultades íntegras a su hijo. Serafín tendió su vaso vacío, Claudine acababa de depositar la jarra sobre la mesa y volvió a alzarla.

—Un último trago, madame —le indicó Serafín.

Claudine se sirvió una nueva taza de café. En torno a la mesa casi desierta no parecía existir la prisa.

—Madame, con su permiso —dijo Serafín con la solemnidad del que adelanta hacia un palco la montera y, acto seguido, se tendió cuan largo era sobre un banco menor arrimado a la pared; sin mayores remilgos apoyó la cabeza sobre los brazos, cerró ojos y boca y se dispuso a dar una cabezada. Tardó pocos segundos en respirar con la profundidad y la calma propias del sueño profundo. Por su parte, Alain, habiendo apurado hasta la última gota de café, se levantó en silencio y se recluyó en su habitación.

Claudine buscó la comodidad de una silla de brazos que permanecía arrimada a la pared bajo el retrato de sus padres. La acercó hasta la mesa y le indicó a Andreu que aproximara otra y la situara a su lado.

—Quizás prefiera usted descansar un rato.

Andreu negó, aunque lo hizo por cortesía. Habría preferido tenderse con los ojos cerrados en la soledad de la habitación cercana. No tenía ganas de hablar. Claudine sacó un paquete de tabaco de un bolsillo y le ofreció un cigarrillo. Fumaron ambos con las sillas encaradas a la puerta y a la luz y la vista perdida más allá de los campos. El silencio, lejos de incomodarles, resultaba grato como la mejor de las charlas.

El aire olía a flores y Andreu pensó que aquella mujer, cuyo aspecto le había turbado intensamente al verla por primera vez la noche anterior, era una buena compañía.

Capítulo 12

Con ayuda de Alain reparó Andreu una de las bicicletas, la limpió, la engrasó, repasó las llantas, colocó la cadena y remedió el pinchazo de una de las cámaras. El primer sábado que pasó en las tierras de Claudine, después de la comida y tras un par de cigarrillos en compañía de madame y una memorable cabezada en la silla de brazos, tomó junto a Serafín el camino de Barbentane. Un poco antes, inmediatamente después de comer, Alain había partido en dirección a Bonnieux. Allí pasaba el chico la noche de los sábados, junto a su madre y a la familia de su hermano mayor. Durante el buen tiempo a veces se quedaba hasta el amanecer del lunes. Ayudaba a regañadientes en el negocio familiar y lo mismo sacrificaba un ave que descuartizaba un cordero. Prefería mil veces el trabajo al aire libre. Parco en palabras y poco amigo de letras y de números, Alain era diestro en el manejo de todo tipo de herramientas y con la misma facilidad empuñaba un pico o una azada que blandía punzones, estiletes o cuchillos de hoja corta.

Barbentane era un pueblo encaramado a un cerro no muy alto en el que las casas, lejos de parecer bien asentadas sobre sus cimientos, se diría que colgaban de los riscos. A la suave luz de la media tarde, casas, tierras y despeñaderos parecían bañados por un mismo color ocre.

Serafín le llevó a su casa, insistió mil veces en que debía conocer a su madre. Efectivamente, siguiendo las indicaciones del muchacho, pudo distinguir en una ventana del primer piso la silueta oscura de una mujer que corrió la cortina para ocultarse cuando distinguió a su hijo en la embocadura de la calle. Esperaba no ser vista.

Vivían ambos en el segundo piso de una casa de tres plantas que los propietarios alquilaban a cambio de los servicios de Ginesa, que limpiaba y guisaba para ellos. Además remendaba, acortaba, ceñía y cosía cuanto podía para las mujeres de Barbentane que, si no pagaban con dinero, le alargaban una pieza de tocino, un saquito de harina o una medida de aceite o de azúcar. Los ingresos eran pocos, pero bastaban para salir adelante.

La escalera era estrecha y empinada, pero Serafín parecía no darse cuenta. Le invitó a traspasar el umbral con la formalidad del que franquea las puertas de un palacio. El piso era pequeño, con una habitación casi decente y un cuartucho con un camastro en el que dormía el chico. Las paredes, grises de tiempo y de miseria y salpicadas de desconchados, reclamaban a gritos una mano de pintura. La luz que entraba por la ventana abierta evidenciaba en algún rincón un rastro de colores superpuestos, desde el blanco al verde desvaído, que la humedad había arrastrado sin misericordia junto al yeso. A simple vista todo era gris. Los muebles eran escasos y discordantes, como recién salidos del almacén de un trapero.

Las manos de Ginesa se abrieron durante unos instantes y señalaron, casi sin pretenderlo, las paredes, la ventana sin persiana, la mesa, la inexistente butaca. Era su forma de pedir perdón por la decrepitud. La mujer, bien entrada en los cuarenta, lucía el cabello largo y suelto como solo peinaban por entonces las más jóvenes, y poseía unos ojos intensos y negros que parecían querer desmentir el paso del tiempo. Unas cejas oscuras y bien dibujadas y una nariz armoniosa completaban un rostro que no carecía de atractivo.

Ginesa, manifiestamente azorada, apenas miró a Andreu a la cara. Se excusaba así por la modestia de su casa, por sus muebles casi disparatados, por la pintura mal acomodada y por su cabello sin recoger. Con un «está usted en su casa» se perdió en una cocina que era poco más que un cuarto oscuro y húmedo que daba a la parte trasera de la calle a través de un ventanuco por el que no cabría un niño.

Serafín le invitó a sentarse.

—Nunca tenemos visitas, ¿sabe? Mi madre casi no conoce a nadie aquí, solo a las cuatro mujeres que le piden que alargue una falda o que le dé la vuelta al cuello de un gabán, por eso se pone nerviosa enseguida. Discúlpela, solo trata a algunas mujeres que vienen con apaños y entre ellas se entienden con gestos. Por eso quería que viniera.

Salió Ginesa de inmediato con un plato de rosquillas caseras, café y una botella mediada de anís en una bandeja de latón. Traía la cabeza baja y toda ella parecía inquieta. Habituada a estar casi siempre sola, la presencia de un extraño junto a su mesa la incomodaba.

—Hay pocas cosas que no me gusten de esta tierra, pero no entenderé nunca por qué le ponen agua al anís, si es que se le puede llamar anís… Lo del *pastis* es una porquería medio amarga que ni es anís ni es nada. Una porquería con todas las letras, eso es lo que es. Y además le añaden agua, para acabar de joderla. Le aseguro que no lo entiendo. A mí el anís me lo trae uno que viene de tarde en tarde, uno de allí.

Andreu comprendió que hablaba de un tratante. No preguntó.

—Es un estraperlista, uno que la sabe larga. Yo le consigo alguna cosilla a buen precio. Un foie, algo de chocolate del bueno, vino… Sobre todo, foie. Cuatro cosas que carga y vende luego a precio de oro a los que pueden pagar. Queda gente con dinero en todas partes. Él, a cambio, me trae buen anís y algo de tabaco y me hace buen precio.

El tono jactancioso de Serafín era el que emplearía un cabeza de familia satisfecho y seguro de sí mismo. Su madre, Ginesa, sentada frente a él con las manos unidas sobre el regazo, apenas abría la boca. Solo separaba las manos para disolver el azúcar en el café y llevarse la taza hasta los labios. Se limitaba a asentir y a mostrar su total conformidad con las palabras de su hijo, que representaba a la perfección el papel de cabeza de familia. Vestía de negro, como las viudas, a pesar de no tener certeza alguna de la muerte de un marido que simplemente no había llegado a reunirse con ellos.

En unos segundos, mientras Serafín llenaba de anís la copa de su invitado, se había recogido el cabello con un par de horquillas sobre la nuca. Todo su rostro parecía guardar duelo y sus movimientos eran algo desmayados, como si el pesar sorbiera lentamente las escasas fuerzas que le restaban. Afianzaba la vista en sus rodillas y cuando alzaba los ojos era para volver a bajarlos casi de inmediato.

Se despidió Andreu media hora y seis rosquillas después. Estrechó la mano de Ginesa, que se le antojó sorprendentemente lánguida y que se quedó allí, en el aire, suspendida a medio camino de ningún lugar mucho después de que Andreu hubiera retirado la suya y, sin saber qué otra cosa hacer con ella, la hubiera llevado hasta el bolsillo de su pantalón.

—Si no hablo yo, ya me dirá usted. Ahí donde la ve, siempre está así. ¡Me cago en san Lucas Tadeo! Callada como una muerta y triste como si mañana se le acabaran los días. Yo es que no lo resisto. A veces no puedo ni mirarla, siempre ese penar, siempre esa amargura... Y total... Ni que mi padre fuera una joya. No paraba en casa para nada y cuando estaba..., más de un mandoble y más de dos. El caso es que es llegar a casa y tener ganas de irme.

Serafín le había acompañado hasta la calle y le señalaba ahora el camino de regreso. Andreu podía comprender al chico, que hacía cuanto podía por no dejarse atrapar por la tristeza que lo impregnaba todo. Continuó Serafín en voz algo más baja, como si lo que se disponía a decir revistiera todavía mayor gravedad.

—Y ya sé que quizás no pueda evitarlo, eso es lo que ella dice, pero a mí es que me consume. Se me rebelan las entrañas y le diría cuatro cosas que no quiere oír. Tenía usted que haberla visto cuando vivíamos en La Torrassa. No teníamos ni un duro, como aquí, mi padre siempre por esas calles con los de la FAI, que cada noche esperábamos que lo tumbaran de un tiro en una esquina. Y ella... hasta cantaba. Y se pasaba el día trabajando. No vaya usted a creer que le regalaban nada. El día entero. Y, cuando no, en algún corro riendo y cotilleando. Era guapa de verdad, con el pelo siempre suelto, como el de madame, pero todavía más guapa. De las que hacen que te gires, aunque no quieras. Y alegre y contenta como una pandereta. Y ahora... Ya la ha visto usted, de negro como si... Parece que tenga lo que no tiene, siempre fatigada y medio lloriqueando. Como si se hubiera muerto en vida. Ella cree que a mi padre lo mataron en el 39, pero yo juraría que en cuanto se aseguró de que habíamos pasado la frontera se largó bien lejos. ¡Menudo era!

Andreu asintió. Una muerta en vida. Recordó haber tenido la misma sensación, la de seguir vivo habiendo perdido la vida meses atrás a las puertas del Lutecia. Un muerto viviente. Sacudió la cabeza como si al hacerlo pudiera dejar de evocar los peores momentos de su vida. Peores sin duda que los pasados en Dachau a la intemperie o amenazado en el pecho por la boca de un fusil.

—¿Quiere que tomemos alguna cosa? Hay un bar aquí mismo, a cuatro pasos. Así va usted conociendo el pueblo.

No pudo decir que no.

Serafín, escorado en la barra de un bar casi vacío, le hablaba ahora muy despacio. Arrancaba las palabras directamente desde su pasado todavía breve y las escupía sobre el mármol manchado de vino. Sus ojos, vencidos por la nostalgia y enmarañados por la absenta sin rebajar, miraban hacia la calle.

—Como si mi padre le hubiera hecho mucha compañía. Hay que joderse. Mi padre era de aquellos hombres a los que el techo no les pillaba debajo. No sé si me entiende.

Andreu asintió. Había conocido a más de uno de parecido perfil sin alejarse de su propia casa.

—En casa, lo justito. A poder ser, un poco menos. Un beso, un abrazo y mil compromisos en la calle. Del sueldo, una parte, y pequeña. Que si imprevistos, que si un camarada que… Y nosotros en el puto corredor de La Torrassa. Que no digo yo que fuese un mal sitio, eso no. Tengo buen recuerdo, pero mi madre cosiendo casi sin levantar la vista y yo que no me comía las piedras para no perder los dientes. ¡Me cago en las santas Pascuas!

Se detuvo el muchacho unos instantes para dar una calada interminable al pitillo que sujetaba entre los dedos. Cerró los ojos recreándose en el humo y, al abrirlos, arrojó la colilla al suelo y la pisoteó después con la rabia y la seguridad propias de una persona de más edad. Un chico crecido a trompicones, un viejo a ratos.

Le pidió al camarero un café. La pesadumbre lo mantenía anclado a aquella barra en la que pasaba revista a un pasado de privaciones, a un presente difícil de encarar y a un futuro nada esperanzador.

—Está convencida de que ha muerto, de que lo mataron los que pasaron la frontera con él. Durante unos meses fuimos de un lado para otro y nadie nos dio razón. Era una locura y lo sigue siendo. Con lo poco que teníamos y de un pueblo a otro esperando a un tipo al que le importábamos bien poco. Ha preguntado por todas partes, a todo bicho viviente. Por aquí hay otros como nosotros, exiliados que llegaron unos meses antes de que se liara la que se lio. Pero nada. Nadie parece haberlo visto, nadie da razón, como si se hubiera esfumado. Ella solo encuentra una explicación, la única que puede soportar, cree que ha muerto y solo espera encontrar su tumba. En ello estamos, buscando la tumba de un tunante. Y esto, Andreu, esto no es vida.

Andreu, que no sabía qué responder, se llevó el vaso hasta los labios. La absenta le hizo estremecerse y le dejó una sensación como de llamas en la boca.

—Yo no lo creo, ¿sabe? Mi padre era como los gatos, de los que siempre caen de pie. Cuando se metía en algún lío siempre acababa por salir bien parado. Otro pagaba por él, eso seguro. Estoy convencido de que se lo pensó mejor. Nos puso a salvo, nos indicó cómo y cuándo debíamos marcharnos, quién nos ayudaría a pasar y, con la puta conciencia más o menos limpia, se largó con otra, una a la que conocía de La Torrassa. Algo de eso me explicó un viajante de Béziers que pasó por aquí hace unos días, pero no se lo he dicho a mi madre. No sé qué hacer.

Apuró el vasito de absenta y lo dejó con un golpe seco sobre el mármol.

—El viajante recordaba a un tipo como él, un Serafín, un catalán de Cádiz, al que llamaban «el gato». Un tipo no muy alto y muy hablador al que había conocido en Montpellier. Así era como llamaban a mi padre en La Torrassa, «el gato», porque decían que tenía más de una vida. Venía de antes. De pequeño, en su pueblo, mi padre se cayó a un río y lo sacaron tieso. Lo dieron por muerto, pero sobrevivió. El de Béziers me habló de él, me dijo que trabajaba de encofrador en una obra y que andaba con una mujer muy guapa que cargaba una criatura de tres o cuatro años. ¡Hay que joderse! En Montpellier. ¡Me cago en las homilías! No está lejos. Puedo ir y venir en un día. Y si voy y lo encuentro le parto la cara allí mismo. Se lo aseguro. A mi padre y a ella. A mi hermano, porque seguro que es mi medio hermano, no. A él no lo tocaría. Los críos no deben pagar por los pecados de los padres.

Andreu, incapaz de ofrecer el menor consuelo, encendió un cigarrillo y se lo ofreció. El chico lo aceptó y permaneció en silencio unos instantes.

—¿Sabe, Andreu? Mi padre era encofrador, era su oficio. Un buen encofrador, eso sí. Cuando trabajaba, que no era siempre. El viajante no podía saberlo.

Unos acordes festivos, procedentes de un aparato de radio que el propietario del local había puesto en marcha con la caída de la tarde, y las voces de unos cuantos parroquianos que acababan de entrar y se acomodaban en torno a una mesa llenaron el silencio.

—Yo, a mi madre, por el momento, no le he dicho nada. He estado a punto, eso sí, más de una vez, pero no sé… No me atrevo. Si le digo que anda por ahí con otra y que es posible que yo tenga un hermano… Vamos, que no puedo. La destrozaría. Si quiere que le diga una cosa, juraría que tampoco se lo iba a creer. Ella no quiere verlo, pero solo fuimos un estorbo, una piedra atada al cuello y poco más. Cada uno es como es y él no era hombre de responsabilidades. Eso saltaba a la vista. Todos lo veían, estaba claro. Incluso yo, y no era más que un crío, un mocoso. Todos, menos ella. Ella no quiso verlo. Nunca.

La amargura se desprendía de sus palabras perezosamente, como si fluyera a través de un alambique. Con un gesto el chico pidió un café.

—Se pasa las tardes rezando. Por la mañana limpia para los Duras, les cocina y esas cosas. Por las tardes, cose. Poca cosa, algún apaño, un arreglo, un remiendo… Poca cosa. Tiene alguna clienta que le paga tarde, mal y nunca. Con suerte una docena de huevos, un trozo de tocino. Aguja e hilo, no se crea usted, por el momento no tenemos para una máquina. Bien, pues mientras le da a la aguja, mi madre reza en voz baja. Apenas aciertas a ver cómo mueve los labios. Y reza por mi padre, que, de cruzarse con un cura, lo menos que hacía era escupirle a los pies. Fue uno de los que intentó quemar los santos de la iglesia de Santa María, la de Cornellà. Los sacaron a la calle y allí mismo les prendieron fuego a los que pillaron. Un quemaconventos. Y mi madre rezando por él.

Serafín resopló de ira.

—Pide a Dios por él, que maldecía por igual a santos, vírgenes y mártires. Y a mí se me llevan los demonios, es que no puedo soportarlo. Hay días que me cuesta incluso mirarla a la cara. Sobre todo, desde que sé lo que sé. ¡Me cago en los santos evangelios!

Se llevó la taza hasta los labios y Andreu advirtió que le temblaba la mano al separarla del mostrador y que tenía la mirada cada vez más turbia. El alcohol y las lágrimas empañaban sus ojos de joven atrapado.

—Llego a casa, le doy un beso, ella suspira. Le explico cuatro cosas, que si Alain, que si madame… Y me vengo aquí hasta que sé que me ha servido la cena. Todo por no verla, porque si la veo, si la oigo suspirar…, es que me pongo enfermo. Se me enciende la sangre, se me atropella en la boca y le digo hasta lo que no pienso. Cualquier día le explicaré lo que sé, le diré que está con otra, que tiene otro hijo y que… Ya ve, Andreu. Ella, cada día más sola, y yo aquí, sin poder poner el pie en mi casa. Ya ve cómo son las cosas. La vida es lo que tiene, que nunca la acabas de entender. Yo, sin entrar en casa, como el cabrón de mi padre.

Se separó Serafín del taburete y se irguió sobre sus piernas. Apuró el café y depositó la taza sobre el velador de mármol. Se llevó la mano al bolsillo y se dispuso a pagar. Tenía los ojos sombríos y sus movimientos se habían ralentizado. No respondió a uno de los presentes que desde una mesa le invitó a unirse a ellos.

—Dice que soy igual que mi padre, un culo de mal asiento. Siempre de aquí para allá, siempre queriendo estar en otro sitio, estar donde no estás. Dice que soy pastado a él. «¿Qué habré hecho yo para que salieras como él? Casi ni te veo y nada más llegar...». Me reprocha a mí lo que nunca le reprochó a él, tenerla abandonada. Y tengo que oírla cada puñetera noche. Ya me dirá si eso no es una condena. ¡Me cago en el Santo Oficio!

Se despidieron en la puerta del bar. Antes de que Andreu se alejara, Serafín le dio la espalda y encaminó los pasos en dirección a su casa.

Capítulo 13

El día siguiente, el primer domingo que Andreu pasaba a solas con Claudine, amaneció colmado de luz. En el cielo ni una hilacha, y en los campos ni rastro de la brisa que había soplado durante los últimos días. Incluso los pájaros parecían haberse detenido en lo alto y haber enmudecido para no profanar una calma perfecta. No había carros en los caminos ni jornaleros faenando en los campos. Los camiones no se adentraban en las fincas y nadie azuzaba a gritos animal alguno. El paisaje, cuajado de flores y de una belleza familiar, se diría inmovilizado y pintado sobre una tela.

Claudine, de pie en el umbral, todavía descalza y con el cabello suelto y encendido de sol, sujetaba una taza en la mano. Miraba hacia afuera, hacia los campos, y parecía razonablemente feliz. Andreu sintió un escalofrío al abandonar su habitación y contemplar los pies de la mujer confiados y desnudos sobre las losas de piedra de la entrada y la maraña de sus cabellos proyectando luz anaranjada sobre sus hombros. Regresó a traición el recuerdo del barro helado en las plantas. La memoria del frío y del agua trepó todopoderosa hasta alcanzar sus tobillos. Maldita memoria. Agitó en el aire un pie, luego el otro, y se obligó a recordar que calzaba botas de suelas gruesas, que había enfundado sus pies en dos pares de calcetines y que corría el verano entre las matas de espliego.

Volvió a observar a la mujer a la que contemplaba de espaldas y a hurtadillas. Enmarcada por la puerta y envuelta en luz, Claudine formaba parte de una imagen que habría querido conservar para siempre.

Claudine se giró, advirtió su presencia y le saludó.

—Buenos días, Andreu. ¿Todo bien?

Asintió y correspondió con un cabeceo torpe y una media sonrisa. La mujer se acercó a la radio y sintonizó una música alegre, bailable, de nuevo un acordeón.

—Me gusta la música y este trasto todavía funciona, pero no quería despertarte.

Ajena a la mirada del hombre de pies escarchados, se contoneaba levemente siguiendo el ritmo con las caderas y con el cabello en llamas. De espaldas a Andreu, mirando de nuevo hacia los campos y perfilada su silueta por la luz, insinuaba un baile, parecía feliz. Una mujer que bailaba en el mejor de los mundos posibles.

Andreu se sintió atrapado en mitad de un delito, un delito menor, una falta: la contemplación. Le habría gustado disculparse por mirarla, pero no lo hizo.

Claudine sirvió café, algo de pan y queso. Ambos se sentaron en el extremo de la mesa más próximo a la puerta y a la luz del sol. La sala entera, desierta, había sido anegada por una luz debutante. Andreu pensó que el día que asediaba ya cada rincón traía con él una extraña forma de dicha.

—Hacía tanto tiempo que no tenía compañía un domingo… Y no es que me importe estar sola. Ya te lo dije. Nada de eso. Pero a veces…

Andreu, al que alegraba la perspectiva de un día soleado en el que poder descansar y olvidar aquel dolor que permanecía agazapado en su pecho como un mal parásito, sonrió y le dio las gracias por su hospitalidad. Claudine zanjó el asunto con un gesto y anunció:

—Hoy, si quieres, te enseñaré la casa. Hay habitaciones que no conoces. Debería haberlo hecho el primer día, ya me perdonarás. No es que haya mucho que ver, pero guardo algunos libros de cuando aquí había tiempo y gente para todo.

Andreu asintió. Encontraba cierta forma de placer en la intimidad que experimentaba cuando Claudine, tan cercana a la tierra y tan viva, le tuteaba sin remilgos.

—Sí. Te enseñaré la casa.

Minutos después, tras retirar tazas y platos, Andreu siguió a la mujer escaleras arriba. Una gran sala, parecida en su disposición a la del piso inferior, era la estancia principal. Era muy grande, a todas luces excesiva, casi señorial, de paredes altas y suelo rojizo como cubierto por tejas. Varios aparadores y un par de cómodas repartidas a lo largo de sus paredes intentaban disimular un gran espacio casi completamente vacío. En los muros, encalados muchos años atrás, se abrían varias puertas, un total de seis, que pertenecían a las alcobas de la familia. A excepción de una de ellas, la más cercana al ventanal, todas permanecían aparentemente cerradas.

En el arranque de la escalera, encarado a la luz, un gran reloj de enorme esfera blanca, saetas doradas y alto pie de caoba que señalaba cadenciosamente el paso de las horas. En el silencio, Andreu pudo advertir el rumor del mecanismo. Recordó haber visto un reloj idéntico en algún lugar, un objeto preciado que como aquel tenía la fecha de fabricación en la parte inferior de la esfera. La recordaba, era la misma, 1901.

El estómago acusó el recuerdo con un vuelco, el corazón brincó en su pecho y algo se contrajo muy abajo, a la altura de su vientre. Tuvo la seguridad de que no era un buen recuerdo. Lo intentó durante unos instantes mientras Claudine levantaba persianas y retiraba cortinajes. No consiguió evocar ni el momento ni el lugar en el que se cruzó con un reloj exactamente igual al que tenía ante los ojos. Hacía meses que su traicionera memoria había dejado de obedecerle. Apartó la mirada de inmediato.

En torno al ventanal central, el que se abría en la fachada justo sobre la puerta de entrada y que remataba en un balcón estrecho desde el que contemplar los campos, se alineaban en semicírculo varias butacas. En una mesa Claudine había dispuesto una pequeña galería de retratos familiares. Hombres y mujeres solos o en compañía, bustos, cuerpos enteros, grupos infantiles, un carro en el camino que conduce a la entrada y una vista de la casa desde la distancia. Enmarcadas en metal bruñido o en madera, incluso algún rostro circundado de plata, las fotografías componían un álbum familiar que se desplegaba ante los ojos del deportado. Tiempos mejores, risas, compañía… Claudine pretendía así ahuyentar la soledad, conjurar la distancia y exorcizar de sus días tanta añoranza.

—Es todo lo que queda —suspiró.

—Es mucho, créeme —se atrevió Andreu a tutearla—. Yo no tengo ni un retrato. Nada.

—Este es mi padre. —Claudine señaló una fotografía en la que tres hombres muy erguidos miraban severamente a la cámara. Uno de ellos, el que Claudine acababa de indicar, lucía un bigote muy poblado, sombrero y la cadena plateada de un reloj colgando del bolsillo del chaleco. Parecía vestido para un festejo.

En otra de las amarillentas fotografías de bordes dentados, Blanche, aturdida, rígida, con un vestidito oscuro y largo de seda tableteada, zapatos de pulsera y un gran lazo probablemente negro en mitad de la cabeza, parecía esconderse del fotógrafo. Su padre la sujetaba de la mano, quizás intentaba tranquilizarla. Era una vieja foto de estudio tan irreal como lo era la vida en ocasiones.

—Su madre había muerto pocas semanas atrás. El vestido era negro, Blanche guardaba duelo por ella. Solo tenía nueve años. Así eran las cosas aquí.

Claudine señaló una imagen mayor en la que su padre y su madre posaban junto a sus tres hijas ordenadamente alineadas según su nacimiento delante de ellos.

—Recuerdo perfectamente el día en que nos hicieron esta fotografía.

Blanche ante su padre, Claudine entre ambos, Sofie, la menor, y la esposa de Jérôme, que apenas levantaba unos palmos del suelo, junto a las rodillas de su madre. Claudine vestía en la imagen una falda oscura y demasiado larga, una blusa clara y una pequeña corbata de lazo. Lucía el pelo sujeto con una cinta y sonreía a la cámara con complicidad. Andreu identificó el lugar sin dificultad. Estaban delante de la casa, junto a uno de los rosales de flores anaranjadas.

El padre, envarado, tenía un cigarrillo en una mano y apoyaba la otra sobre el hombro de su esposa, que inclinaba la cabeza hacia él como agradeciendo el contacto de sus dedos. Ella se había pintado los labios y había moldeado y recogido su pelo, que se ondulaba sobre la frente; lucía una camisa clara de manga corta con un delicado cuello de encaje y una falda que acababa mucho más abajo de sus rodillas y que sujetaba a la cintura con un grueso cinturón de hebilla metálica. Era una mujer guapa y sonreía a la cámara como si las cosas le fueran bien. En la imagen recordaba mucho a Claudine. Ambas inclinaban la cabeza para aproximarse al padre y ambas descubrían su boca en una sonrisa que las embellecía extraordinariamente.

—Fue años antes de la guerra, antes de que las cosas se torcieran para todos.

—Para algunos todo se torció mucho antes —añadió Andreu recordando los durísimos tiempos de la guerra en España.

—Mi padre los plantó junto a la puerta meses después de que yo naciera, cuando ya quedaba claro que mi pelo no tendría remedio

Claudine señaló sobre la fotografía el rosal que crecía junto a la fachada.

—Escogió el color porque era el que más se parecía a nuestro pelo, al de mi madre y al mío. No es un color muy común en un rosal. «Rosas pelirrojas para mis chicas», decía cuando las cortaba y las dejaba junto a nuestro plato. A Blanche le traía claveles rojos, por el color más oscuro de sus labios, y a Sofie margaritas grandes y amarillas porque su cabello es más claro, casi rubio. Mi padre era así, se manejaba bien con los números, escribía con dificultad y adoraba a sus chicas. A todas. Todavía siguen ahí, junto a la puerta —añadió señalando con la mirada el exterior—. Se han quedado aquí, conmigo. Los rosales no necesitan excusas para no moverse —acabó Claudine con la voz devorada por la nostalgia.

Andreu habría querido decir algo, ofrecerle algún consuelo. No encontró las palabras.

—Este de aquí, este chico tan guapo es Philippe, bueno… era Philippe. Nos la envió Blanche un año antes de que lo reclutaran. Mamá había muerto un par de meses atrás y mi padre ya no levantaba cabeza.

Claudine señalaba al hablar la imagen de un joven de rostro limpio, tez clara, nariz delicada y cabello lacio y muy oscuro que miraba a la cámara con el aire arrogante que a veces acompaña a la juventud. Solo los labios oscuros en una piel muy pálida le recordaron a Blanche.

—Sofie ya había conocido a Jérôme y se casó meses después, a finales del 38, aquí mismo, en Barbentane.

Claudine cogió la fotografía de un grupo familiar y se la tendió a Andreu. En el centro de la imagen los jóvenes esposos sonreían. Andreu pudo reconocer al generoso bretón de las historias interminables, identificó la sonrisa franca que le cruzaba la cara y creyó recordar su voz atronadora mientras atravesaba el bistrot exhibiendo su cojera de lisiado, sus ganas de vivir y toda su añoranza. Jérôme ceñía a Sofie por la cintura, era afortunado y lo sabía. Ella, dichosa, bella y vestida con un traje oscuro por el duelo, sostenía sobre su pecho un ramillete de flores. Andreu distinguió margaritas muy grandes, margaritas rubias. Claudine, vestida también de oscuro, mostraba en el rostro una gravedad nueva, como si pudiera anticipar un porvenir repleto de calamidades. El cabello, artificiosamente recogido en un tocado, ensombrecía su expresión todavía más. Tenía las manos unidas sobre el vientre y parecía algo incómoda. Junto a sus allegados, el padre de Claudine, sentado en una silla con brazos, escorado el cuerpo hacia la derecha, parecía hallarse muy lejos de la celebración.

—Todo se encadenó. Sofie se marchó, mi padre murió en primavera, después movilizaron a Philippe y a Jérôme, nuestros hombres se fueron, aquí faltaron brazos, voces, risas… De mi familia solo quedé yo y algún primo que me echaba una mano de vez en cuando. Hasta que dejó de venir. Las cosas se torcieron en todas partes.

Claudine se apoderó de otra fotografía.

—Son los hijos de Sofie. Es bastante reciente. Me gusta pensar en ellos.

La imagen era de mala calidad, poco precisa, y había recibido en su momento demasiada luz. A pesar de ello, Andreu pudo distinguir a un niño de unos cuatro años, sentado en una butaca, sujetando a otro menor —quizás una niña por el lazo prendido al gorrito de lana—, que dormía entre sus brazos. El niño sonreía y agarraba con fuerza a su hermanita plácidamente dormida y mostraba en sus flacos tobillos al descubierto los estragos de la escasez prolongada. «Garras de alambre», llamaba la abuela de Andreu a las piernas escuálidas de los niños resultado del hambre sostenida.

—Paul y Justine. Justine era el nombre de mi madre —y con los brazos en jarras, concluyó—: Ya nos conoces a todos. Unos murieron, otros desaparecieron... Pensarás que estoy loca y que debería salir de aquí antes de que no quede nada.

Andreu se apresuró a negarlo.

—No, no creo que estés loca. Y por si te consuela, que no lo creo, yo no tengo ni fotografías. No me queda nada. Mis huesos apaleados, unos pies siempre medio helados y un cuerpo que ya no vale mucho. No tengo otra cosa. Ya me ves... Frío, eso sí, siempre tengo frío, aunque el sol abrase las piedras. Por lo demás... Nada.

Claudine, con la fotografía todavía entre las manos, se dispuso a escuchar. Andreu interpretó que había llegado el momento de hablar de sí mismo. De pie en la gran sala desierta resumió su propia historia en pocas frases.

—Mi madre murió de tuberculosis cuando yo tenía doce años, era un crío. De mi padre recuerdo bien poca cosa. Se fue definitivamente algo después y me dejó con mi abuela, que acabó de criarme. Había desaparecido antes otras veces. No lo eché a faltar. Siempre estaba y no estaba. Se casó con mi madre en un momento de debilidad, pero no era un hombre de familia. Lo que Serafín explica de su padre recuerda un poco al mío, por lo menos a lo que yo recuerdo de él. Él hacía su vida, aunque diría que a mi madre la quería, y a mí, a pesar de que... No sé, no hay mucho más. Desertó definitivamente y no he vuelto a verle. No le echo de menos.

—Si no quieres, no es necesario que...

—No, no te preocupes. Creo que es mejor que sepas algo de mí.

Andreu permaneció en silencio unos momentos. Claudine devolvió la fotografía a la mesa y esperó.

—Me casé con Rosa Ballester en el 38, cuando las cosas ya pintaban muy mal para nosotros. Pensé que era mejor que nos casáramos, quería que estuviéramos juntos, que la vida no nos separara. Ambos lo quisimos así. Pero quizás... A ella no la habrían perseguido, no había motivos, era enfermera, no miliciana, no podían acusarla. Quizás me equivoqué... A veces pienso que, si hubiera seguido soltera, Rosa habría podido quedarse y ahora... Creo que le busqué la ruina, pero en aquel momento pensé que era lo mejor. Abandonó el país conmigo. Me siguió. Durante muchos meses no supe nada de ella. En París, en el Lutecia, averigüé que murió en Ravensbrück, deportada. Imagino que Blanche te habrá explicado alguna cosa…

Claudine asintió.

—No tengo casa, ni esposa, ni dinero en el bolsillo. Ni país… Por no tener, no tengo ni un país al que regresar. No me queda nada. Si alguien puede enloquecer, yo tengo todos los números, Claudine. Todos. De hecho, no sé si ando demasiado bien.

Claudine le indicó que siguiera, intentó cerrar el resquicio abierto al dolor. Nunca antes Andreu había hablado así. Sus palabras cargaban amargura, rencor, dolor, culpa… Andreu no se movió.

—Muchos me han repetido que debo dar gracias a Dios por no estar muerto —continuó sin mirarla—. Gracias por no haberme quedado prendido en la alambrada de Dachau, por no haber sido derribado por un tiro o asfixiado por el gas y sepultado junto a tantos otros en el barro de una fosa. Debo dar gracias… ¿Gracias? ¿A quién? ¿A Dios? ¿A los nazis? Blanche aseguraba que seguir con vida es lo que importa, que las heridas se curan y que el tiempo lo cicatriza todo. Decía que todo tiene algún remedio. Yo la verdad es que no lo sé, no sé si sobrevivir ha valido la pena. No puedo saberlo. Me lo pregunto a cada instante, pero no sé si…

—Sígueme, la visita no se ha acabado. —Claudine agarró su antebrazo y tiró de él.

Andreu obedeció.

Claudine franqueó, una detrás de otra, las puertas que se abrían a ambos lados de la sala y fue mostrando las habitaciones que habían pertenecido años atrás a sus padres y a sus hermanas hasta llegar a su propia alcoba. Todas permanecían dispuestas para albergar a sus antiguos ocupantes en cualquier momento. Colchas ligeras y enramadas cubrían las altas camas y sobre las cómodas aguardaban su regreso los objetos que habían poseído. Cepillos para el pelo, delicados frascos para el perfume, una navaja de afeitar, lavamaniles de loza, toallitas bordadas con iniciales, esbeltas jarras vacías… Junto a los espejos y sobre las mesillas de noche todo lo que dejaron atrás permanecía limpio, sin sombra de polvo, a punto para ser utilizado. Andreu creyó reconocer en la habitación de Blanche el rastro antiguo del agua de colonia como si el aroma que tan íntimamente asociaba con la mujer permaneciera en su ausencia prendido a las paredes de la alcoba.

—Esta es mi habitación. Me gusta, siempre me gustó. No es la más grande, pero es la que tiene mejor vista sobre los campos.

Claudine abrió el ventanal y una brisa muy leve hizo aletear las cortinas que, henchidas de luz, hallaron vida propia. Como en otras estancias, sobre la cómoda a los pies de la cama, junto a un par de prendedores, en un jarro de cristal fino con los bordes dorados, unas rosas anaranjadas alegraban la vista. La habitación entera parecía perfumada con jabón de olor. Sobre una silla, Andreu reconoció el camisón de Claudine, el mismo que vestía la noche de su llegada. Rosado, como lo era a menudo la piel de sus mejillas cuando, encendidas por el trabajo, perdían su palidez, y con cintas azules que colgaban entre sus pechos.

Por último, le enseñó un cuarto completamente vacío en el que el padre de Claudine esperaba albergar al hijo que no llegó y una habitación grande y soleada que daba a la parte de atrás en la que pudo ver un escritorio, varias sillas, una butaca de lectura y numerosos anaqueles de tosca factura repletos de libros. Algunos muy antiguos, de aquellos que pasaban de una generación a la siguiente, encuadernados en piel y con letras doradas en los lomos. Otros con sencillas cubiertas de cartón cuarteadas por el tiempo y el uso, o sin ellas. Teatro, poesía, algún ensayo, novelas románticas y pretenciosos folletines se alternaban con las obras clásicas sin orden ni concierto.

—La madre de Blanche era maestra en Barbentane. Una buena mujer, según dicen, y una buena maestra. La mayor parte de estos libros eran suyos. Los más recientes los compré yo cuando todavía podía comprar alguna cosa. Están a tu disposición, puedes coger los que quieras y si quieres puedo hablarte de ellos. Soy una experta, los he leído más de una vez. Aquí mucha diversión no hay.

Andreu aprovechó el ofrecimiento y se sentó en un banco soleado junto a la puerta principal, muy cerca de las rosas anaranjadas y fragantes, con un grueso libro entre las manos. Pasó allí la mañana entera sin conseguir superar las primeras páginas de una novela de la Rusia prerrevolucionaria que recordaba haber leído con pasión durante su juventud. Páginas y páginas de amor, dolor y traición en mitad de la vasta estepa rusa.

Huía la vista de las palabras, se le escapaba la atención como lo hace el niño que, tras aflojarse en un descuido la mano que lo retiene, aprieta a correr y se evade tan lejos como le permiten las piernas. Se le extraviaban los ojos entre las cepas, se le distraían las pupilas en los campos de claveles y lavanda ya crecida, se le enredaban en las ramas de los cerezos y le desobedecían recorriendo en la lejanía caminos no pisados. Las páginas, anegadas de luz, le resultaban ilegibles y prefería contemplar medio ensoñado aquel horizonte afable. Era tanta la quietud, tanta la luz y tan alegre le parecía la música festiva que Claudine sintonizaba en el dial de su aparato, que creyó más oportuno abandonarse al dulce sosiego de un domingo sin obligaciones.

Quedaba la guerra muy lejos de aquel banco encarado al sol, recordaba muy distantes las calles de Barcelona bajo las bombas, las orillas del Ebro salpicadas de cadáveres, las dunas de Argelès, la place des Vosges, el calvario de Dachau, el infierno del Lutecia, el bistrot... Lejos de aquel sol rampante y de la música de baile que Claudine acompañaba a media voz. Lejos, muy lejos de la casa, de los campos y de la mujer pelirroja a la que oía canturrear en la cocina. Remoto.

Y sin embargo el pasado seguía allí, anclado en la memoria, atroz, implacable, doliendo como dicen que duele, más allá del muñón, el miembro amputado.

Por primera vez en mucho tiempo comprobó Andreu que no sentía miedo y derramó a solas unas lágrimas cálidas que no consiguió retener. Las primeras dejaron surcos húmedos sobre sus mejillas y a lo largo de su cuello y mojaron sus dedos y los puños de su camisa. A estas siguieron otras y algunas más. No supo impedirlo, no pudo. En pocos instantes se le descarrió el pensamiento, regresaron atropellados los peores recuerdos, la ausencia, el delirio. Del sosiego al miedo, en pocos minutos, apenas un momento.

Se vio a sí mismo desnudo y cubierto por húmedos hilos de plata. Decenas de caracoles desfilaban sobre su cuerpo entre rosas anaranjadas como las que crecían a pocos pasos. Humedad, frío, temblores, hielo en las plantas de los pies, listas y más listas de muertos, heridos o desaparecidos, rostros demacrados, arañas de luz en los techos... Imágenes pavorosas y en desorden, música que suena cada vez más fuerte como ocurría a veces en el *lager*. Un miedo intenso y súbito, la noche que se le echa encima y a sus pies helados un reloj de péndulo con una gran esfera blanca.

Angustia, alucinación, locura.

Allí, apoyado en la pared, convulso, llorando sin reservas e imaginando mil calamidades, lo encontró madame Massot, que desde una casa cercana traía, en complejo equilibrio, una gran lechera que colgaba del manillar y un queso no muy grande en una bolsa de tela que ejercía de contrapeso.

Se apeó la mujer de la bicicleta a la vista del hombre en apuros. Andreu, sobresaltado por su presencia inesperada y sin alcanzar a separar realidad de desvarío, inclinó la cabeza y la escondió entre sus manos. Se acercó madame con el queso bajo el brazo, el olor a establo que la acompañaba donde quiera que fuera y la lechera pendiendo de su mano. Se plantó frente a él con el cabello recogido bajo un pañuelo rojo, los brazos en jarras y un humor inmejorable e insistió en ser saludada. Usaba unos lentes que apeó de la nariz para contemplar al hombre callado, que, medio encogido sobre sí mismo, varado en un banco al sol, velaba el desencajado rostro entre sus manos.

La mujer, que ya peinaba canas y las había visto de todos los colores, tenía unos ojos azules que contrastaban intensamente con la piel oscurecida por el sol del que pasa buena parte de su tiempo al aire libre. De las comisuras de sus ojos partían en abanico decenas de diminutas arrugas que se alejaban en dirección a las sienes. Los brazos, que no cubría nunca, eran fuertes; la espalda recta recordaba la de un hombre fornido y el inicio de sus pechos, que la blusa dejaba entrever, permitía imaginar su gran tamaño. Dejó madame Massot la lechera metálica en el suelo y, observándolo a través de sus lentes, se inclinó solícita junto a él.

—Buenos días, señor. Soy madame Massot y vivo aquí, no muy lejos, cuando quiera puede usted... Usted es el español, ¿verdad? ¿El amigo de Blanche, el deportado?

La voz aguda de madame sonaba estridente como lo haría un puñado de piedras arrojado contra una campana. Andreu se llevó las manos a los oídos en un gesto inesperado, inexplicable. Había miedo en su actitud y en su rostro de hombre que vive en una pesadilla.

—Claudine, Claudine —gritó madame Massot perpleja en dirección a la casa.

Claudine, alarmada por las voces, salió apresuradamente secándose las manos con un trapo.

—Creo que es un ataque. Quizás un golpe de calor... No sé. Yo no... Es como si... —le explicó madame con la voz demudada mientras se llevaba una mano al escote como si fuera ella la que estuviera a punto de desplomarse. Con la otra, y en un movimiento completamente inútil, intentaba abanicar al hombre convulso.

No necesitó Claudine explicación alguna. Como Blanche, poseía una perspicacia poco corriente y sabía mejor que nadie cómo lidiar con las emociones. Era una mujer extraordinariamente intuitiva y sagaz y tenía la asombrosa capacidad de hallar el mejor de los remedios para las más diversas aflicciones. Sabía escuchar, confortar y distraer. Podía, con la misma naturalidad e igual convencimiento, procurar consuelo, restar importancia, compartir un sueño o proporcionar ánimos.

Tranquilizó a madame Massot y le aseguró que no se trataba de nada que no pudiera aliviar un buen Calvados o una copa de absenta.

Andreu, que se había incorporado y había borrado como había podido los restos del llanto, se levantó y echó a andar en dirección a la casa maldiciendo interiormente a la escandalosa madame.

Claudine entregó a madame una cesta con huevos y medio foie, le prometió que pensaría en ella si necesitaba ayuda y se aseguró de que nuevamente se encaramaba a su bicicleta y tomaba el camino en dirección a su casa. Siguió a Andreu hasta la sala y ordenó con una voz que no admitía réplica:

—Siéntate.

Andreu se sentó.

—Toma.

Le tendió una copita de loza tan menuda que más parecía un dedal colmada de un licor verde y amargo de alta, muy alta graduación. Claudine se sirvió otra y se la llevó inmediatamente a los labios. Tras sacudir la cabeza y estremecerse visiblemente le explicó que aquella absenta la fabricaban clandestinamente los padres de Alain y que de tarde en tarde recibía alguna botella. El poderoso licor estaba prohibido desde principios de siglo, pero muchas familias continuaban destilándola en sus casas y la vendían o regalaban a sus parientes. También la servían furtivamente en algunos establecimientos. Andreu recordó haberla probado en Barbentane. Que las autoridades lo sabían, era un hecho, y que a menudo consentían, también lo era.

—No va a curarte ni conseguirá que olvides, pero es tan fuerte que mientras intentas sobreponerte al primer trago no tienes tiempo para pensar en otra cosa y, después del tercero, a tu cabeza ya no le quedan ganas. Mi padre no lo aprobaría, desde luego, pero no queda nadie aquí que pueda reprocharme nada. A veces me tomo una copa, hasta dos si el día ha sido muy malo. He tenido tantos días malos. Si bebes más de tres puede tumbarte y dejarte peor de lo que estás. Por aquí los hemos visto a centenares, no podían ni caminar, ni atarse los zapatos, ya no te digo trabajar. Por eso la prohibieron. Hay hombres hechos y derechos que se convierten en tipos andrajosos y babeantes y que parecen quedarse sin ojos para ver, sin manos, sin voz…

Claudine prosiguió con un carraspeo.

—Se rebaja con algo de agua y hay quien añade algo de azúcar —continuó, acercándole una jarra de barro—. Es algo muy personal. Notarás que te abrasa el cuello y que te quema por dentro mientras llega al estómago y continúa quemando. Sin algo de agua es como tragarse un carbón encendido.

Andreu pudo sentir el amargo licor calcinar sus tripas y seguir el dolor físico que, como un reguero de lava, se alejaba de su garganta en dirección a su estómago. Incapaz de pensar en otra cosa, durante unos instantes experimentó algo cercano al olvido. Contemplando la copa como si pudiera encontrar en ella un rastro mágico, Claudine continuó:

—Con agua la absenta pierde transparencia, queda turbia. Algunos hablan del hada verde que duerme en el fondo enmarañado de las copas. Dicen de ella que es una mujer diminuta y tan bella que se apodera de la voluntad de los hombres débiles. Dicen que los pierde, que les sorbe la energía, que devora la cordura y que les roba la libertad. Si la ves una sola vez, estás atrapado, ya no puedes hacer nada. Se aloja en tu mente y allí se queda, como la absenta. Dicen que exige más y más, que es insaciable, exige tanto que hay quien le entrega la vida entera.

Se interrumpió Claudine durante unos instantes y abandonó la copa sobre la mesa.

—Dicen los de estas tierras que entona mejor que nada y que si no resucita a los muertos no es porque no pueda, es por respeto, por no contradecir la voluntad de Dios.

Andreu, con las tripas en llamas, resopló.

—Dios. No me hables de Dios. No hay dioses, ni uno ni ninguno, yo no los he visto nunca, en ninguna parte. Y si existe un Dios te aseguro que no merece mi respeto. Ni el mío ni el de nadie.

La voz de Andreu era amarga, como el licor que se precipitaba garganta abajo, y desprendía tanto resentimiento que, por un momento, Claudine sintió miedo. La mirada del hombre era torva, esquinada.

—¡Mal rayo los parta!

—Otro descreído —sonrió la mujer, que no pisaba una iglesia si podía evitarlo y que había zanjado sus numerosas disputas con el párroco de Barbentane con un «métase usted en sus asuntos que a mí los problemas me sobran», cuando este, convenientemente azuzado por la vecindad, le había recriminado agriamente el hecho de dormir en su casa con la única compañía de un hombre. Un hombre joven que no pertenecía a su familia.

Hablaba el párroco de Alain y parecida respuesta recibió de labios del padre del muchacho al que abordó mientras este separaba con destreza el lomo de un cerdo algo raquítico. Al oír parecida cantinela y sin acabar de entender el propósito del hombre que había iniciado su parlamento en nombre de Dios, el charcutero se limitó a responder con evidente sorna:

—Aquí trabajamos, señor cura.

Unas semanas más tarde, y para desesperación del cura y distracción de las lenguas más inquietas, Claudine contrató a Serafín, que si algo había heredado del anarquista comecuras que tuvo por padre era su desafección hacia la Iglesia y todos y cada uno de sus representantes.

—Y ahora llegas tú, otro hombre en mi casa. Otro Serafín —añadió la mujer que adoraba la estrafalaria irreverencia del joven, aunque no siempre conseguía entenderla—. ¡El cielo es nuestro! —anunció alzando la minúscula copa hacia el hombre de los ojos abatidos y apuntando un brindis.

Andreu no levantó la copa, no apreciaba motivo para hacerlo, miró a Claudine a los ojos y se limitó a sonreír. El licor había desenmarañado su pensamiento y aflojado la presión que experimentaba en el pecho. La carga que sentía en los pulmones parecía haber flaqueado bajo el influjo del alcohol. Cierto alivio, cierta distensión se apoderó de su ánimo. Sin reservas se sirvió otra copa y se sintió mejor. Algo mejor.

Confundido, casi perplejo, nada acostumbrado al alcohol, pensó, con las tripas abrasadas y la mente turbia, que quizás no todo estaba perdido. La absenta quemaba, Claudine estaba en lo cierto, quemaba y confundía en un mismo fuego dolor, rabia, ira y duelo.

Claudine, a la que el licor descerrajaba la lengua y daba alas a sus manos, hablaba, reía, agitaba la cabeza y con ella su larga melena pelirroja. Su cabello, deslumbrante, volaba en torno a su nariz, sus ojos, su boca. Le explicaba algo que había ocurrido en los alrededores, algo relacionado con una botella de absenta y un saco de napoléons. Las valiosas monedas acuñadas bajo el mandato de Napoleón III que aparecieron fortuitamente en el fondo de una zanja en las afueras de Barbentane. La historia hablaba de truhanes, de buenos para nada, de mujeres astutas, del azar y de la mala fortuna. Y, aunque acababa mal, el relato la divertía y, sin duda, lo explicaba con gracia.

Andreu no acabó de entender lo sucedido, pero no importaba, era un placer mirarla, un verdadero alivio estar cercar de aquella mujer alegre a su pesar.

Inclinaba la cabeza hacia delante para reír y de nuevo la sacudía despejando su cara y apartando de sus ojos el cabello ondulado. Recibía la luz del sol en el rostro y de nuevo tuvo Andreu la sensación de que su cabello ardía, de que se incendiaba. Creyó poder oírlo crepitar de un momento a otro. Como en un sueño. La piel de Claudine era rosada en las mejillas y pálida en el cuello. Las pupilas oscuras brillaban como delicados botones del mejor carbón. Los dedos volaban resueltos, desenfadados, en torno a la boca y se enredaban inquietos en su pelo en llamas. Sus ojos, sin embargo, evitaban los del hombre que se llevó la copa a los labios, apuró el contenido y se sirvió nuevamente.

Pronto se encontró Andreu a medio camino entre la risa y el llanto. Completamente ebrio. Calcinadas las entrañas y embotada la mente, no acertaba a entender las palabras de la mujer. Respiró profundamente en varias ocasiones y hasta se llevó la mano al estómago como para reforzar las paredes achicharradas. Sintió deseos de abandonarse, de refugiarse en el soportable dolor que bajaba desde su cuello hasta su vientre, de reposar sobre sus brazos la cabeza, que notaba extraordinariamente pesada, de cerrar los ojos y de escuchar, sin comprender, el alegre parloteo de Claudine y el violín que se ufanaba en el destartalado aparato de radio.

Brindaron repetidamente por madame Massot, por los padres de Alain, por el párroco de Barbentane, por la buena de Blanche y por un porvenir tan incierto como una noche de tormenta.

Andreu deseó contemplar el rostro de la mujer sin la discreción del extraño, admirar sin cautela y sin miedo su boca franca desbordada por la risa, sus ojos inquietos y oscuros y sus cejas bien arqueadas como los ojos de un puente. Y, aunque roto de pesar y de absenta, tardaría en reconocerlo, aquella mañana deseó también arrancar para ella una rosa pelirroja, depositar un beso sobre aquellos labios amables y abrazar la intrincada maraña de su cabello cobrizo que presentía cálido y suave.

—¡Me cago en la santa eucaristía! —los saludó Serafín, que se había acercado hasta la casa en un día festivo temeroso, según afirmó, de que no tuvieran de qué hablar.

Lo cierto es que no encontró las fuerzas necesarias para enfrentar el día entero junto a Ginesa y su perpetuo y absurdo duelo.

—No se les puede dejar solos.

Los encontró amodorrados, sentados el uno frente al otro, ajenos, sumidos cada uno en su propio infierno y con un pie en un extraño purgatorio. Bañados los cuerpos en sol y anuladas las mentes por el alcohol. Las cabezas descansando sobre los brazos, los ojos cerrados, una sonrisa en los labios y en derredor la música festiva de una orquesta de baile. Entre ambos, una botella mediada de absenta.

—¡Me cago en el copón bendito!

Minutos después, con la mente todavía algo confusa, madame levantó la mirada y, en voz baja, ordenó a Serafín que escondiera el reloj de la blanca esfera en el cuarto de sus padres.

—Y no vuelvas a darle cuerda. No vamos a necesitarlo durante un tiempo.

Serafín no hizo preguntas.

Capítulo 14

Habían trabajado en el viñedo durante toda la mañana y la tarde entera había pasado mientras cortaban y colocaban en cestos las mejores flores, separaban las hierbas aromáticas, las igualaban en altura, las agrupaban en manojos y las ataban para venderlas a los floristas, a los herboristas de Sant Rémy o a los perfumistas de Grasse. Llegarían a Barbentanc al día siguiente con un puñado de francos que Claudine esperaba como se espera el agua en mayo.

Necesitaba dinero si deseaba conservar casa y tierras, y lo necesitaba con urgencia. Los tratantes eran exigentes, querían las hierbas más sanas, las más fragantes, las flores más bellas, sin mácula, recién cortadas. Tenían dónde escoger.

Sentados alrededor de la gran mesa central y escuchando alternativamente el parloteo de Serafín y la música que llegaba desde la radio, ordenaron las ramas de tomillo, el oloroso romero apenas florecido, la albahaca y el orégano. En una cesta de mimbres gruesos airearon las flores de los naranjos, en otra las de las violetas que Claudine había secado al sol y, cuidadosamente, llenaron canastas de rosas frescas y perfumadas, de menudas y olorosas centifolias que los expertos valoraban bien porque su aroma era intenso y tardaba en desvanecerse, y de claveles de olor. Si había suerte y al día siguiente el trato era bueno, tendrían un respiro. Serafín se iría a casa con unas monedas y Andreu cobraría el primer sueldo. En caso contrario todos ellos estarían en un aprieto.

—Lástima que no les interesen ni las buganvillas ni las glicinas —suspiró Claudine, que contemplaba algunas de las oscuras buganvillas color púrpura que asomaban por la puerta y que, secas y casi sin color, se desprendían lentamente de las ramas alfombrando la entrada. Al ser pisadas crujían, crepitaban, se dolían. Andreu evitaba en lo posible ultrajarlas con aquellas gruesas botas recuerdo de la infamia y, alargando el paso, salvaba las corolas secas. Prefería evitar sus chasquidos de flor muerta, los casi inaudibles crujidos que solo él parecía escuchar. La puerta por la que Claudine podía ver alejarse el sol estaba sembrada de flores. Algunas de ellas, empujadas por los pies o adheridas a las suelas, se aventuraban en la sala y llegaban hasta la mesa sobre la que trabajaban.

—¡Me cago en la Santa Misión!

Serafín acababa de pincharse con la rama de un zarzal confundida entre las gavillas de romero.

No había dinero en los bolsillos de Claudine y, de no ser porque conseguía algunas monedas por algunas botellas de vino, por huevos, cestas de tomates, cerezas tempranas o tarrinas de foie, apenas le quedaría algún franco para que Serafín pudiera pagar diariamente el pan. La leche y el queso los conseguía de madame Massot a cambio de hortalizas y del bendito foie. Y no es que las cosas fueran bien para nadie. El que más y el que menos se las veía y se las deseaba para salir adelante. Habían pasado años terribles y el invierno había sido riguroso. Faltó el carbón, escaseó la leña en la leñera, no había dinero ni trabajo, algunas fábricas habían cerrado definitivamente y otras habían salido tan malparadas que, acabada la contienda, no habían vuelto a abrir sus puertas. En algunas granjas apenas quedaban brazos jóvenes y en las mesas familiares solo se conocían privaciones.

Claudine no conseguía olvidar la amenaza que pesaba sobre todos ellos, la posibilidad real de perder la propiedad, la casa, las viñas, los huertos, el porvenir. Una posibilidad cercana, pavorosamente próxima que solo a ella, de todos cuantos crecieron en la casa y en las tierras, parecía importarle.

La soledad no ayudaba, tampoco el resentimiento. Claudine le debía a Alain muchas jornadas, demasiadas, pero por nada del mundo deseaba prescindir de él, del joven callado y de trato áspero con el que llevaba años trabajando a solas y en un cómodo silencio. Alain no necesitaba indicación alguna, sabía mejor que nadie lo que debía hacerse en cada momento. Y lo hacía. Hijo de padre carnicero, conocía con exactitud, como si estuviera extraña e inexplicablemente unido a la tierra que pisaba, el mejor momento para plantar, cortar, enramar o podar.

Los padres de Alain le apremiaban, llegaron incluso a pensar que el joven se negaba a compartir con la familia los pocos francos que recibía semanalmente. Sospecharon de él, registraron sus bolsillos y su ropa de trabajo. Alain respondía a todo entre dientes, aseguraba que madame pronto tendría dinero, que todo empezaba a ir mejor, que levantaría cabeza y que todo iría bien. Repetía una semana y la siguiente que madame Claudine lo necesitaba, que no podía dejar a madame, que los perfumistas llegarían con buenos francos y que madame pronto le pagaría los jornales adeudados.

—Aquí también haces falta, hijo, siempre hay trabajo, ya lo sabes. No nos sobran las manos. Madame, madame… Trabajar sin cobrar es de tontos, hijo, de tontos.

Ajeno por naturaleza a todo interés y consciente, porque así se lo habían señalado muchas veces, de sus limitaciones intelectuales, Alain había encontrado junto a Claudine la dignidad, el respeto y la compañía que no halló nunca en la escuela ni en la casa familiar. La mujer se dirigía a él con buenas palabras, confiaba en su trabajo y valoraba todas y cada una de sus iniciativas. Repetía diariamente que no saldría a flote sin Alain y no escatimaba las felicitaciones. Y, por si todo ello no bastara, Alain tenía una habitación propia, amplia, sencilla, inmaculada. Un lugar en el que descansar, apartarse y dormitar sin más injerencia que el sonido lejano y amable de la música procedente de la radio o el escándalo de los pájaros en las ramas.

Nadie en aquella casa le había insultado nunca, nunca sintió vergüenza de su cráneo demasiado breve, ni de sus brazos insospechadamente largos ni de sus cejas espesas y demasiado cercanas. Nunca nadie le recordó que no había conseguido aprender a leer y que a duras penas lograba estampar su nombre sobre un papel. No sintió miradas de menosprecio ni risas mal disimuladas y en las viñas, trabajando junto a las cepas, o vareando enérgicamente las ramas de los olivos, casi olvidaba que tampoco servía para mal morir agarrado a un fusil de campaña.

En casa de Serafín los apuros eran ya difíciles de ignorar. Ginesa cosía durante horas todo aquello que caía en sus manos. Había aprendido durante su adolescencia y tenía buenas manos, dedos ágiles y soltura en el corte. A veces cobraba, a menudo solo recibía las gracias, una promesa vana y poco más. En esas ocasiones Serafín la encontraba más abatida que de costumbre intentando convencerse de que otros lo pasaban peor. Consuelo de tontos.

El muchacho consiguió una máquina de coser con la promesa de pagar por ella un alquiler con los primeros ingresos y Ginesa se dejaba la vista junto a la ventana desde el mediodía hasta el anochecer. Repasaba costuras, cortaba, zurcía, sobrehilaba. Con ayuda de Claudine, Serafín había redactado, pintado y clavado un cartel a la entrada ofreciendo servicios de costura fina. De tarde en tarde Ginesa levantaba los ojos esperando reconocer en el extremo de la calle la silueta de su hijo.

—¡Alabado sea Dios! —exclamaba Ginesa invariablemente mientras hacía el signo de la cruz sobre su pecho cuando por fin veía aparecer al muchacho en su bicicleta o caminando despacio con las manos en los bolsillos y una ramita seca bailándole entre los dientes.

Ginesa apenas conseguía algún beneficio tras abonar el alquiler que su propietaria exigía por la máquina y, aunque nunca dijo nada, Serafín reconocía en su mirada algo parecido al reproche. Tampoco ella entendía que el muchacho anduviera echando jornales a cambio de tan poco.

Necesitaba Claudine el dinero de los perfumistas. No podía esperar a vendimiar, ni le alcanzarían las fuerzas ni los francos para aguardar a tener el vino nuevo en las cubas.

La cena, algo escasa, transcurrió en un silencio grave. La sala, poblada por mil fragancias, parecía mucho más grande, mucho más desierta. En ausencia de Serafín ninguno de los comensales, cansados y levemente angustiados por un porvenir incierto, parecía tener nada que decir. Podían oírse sin dificultad las cucharas en la sopa, el sonido de los vasos en la mesa o el de la hogaza al ser arrancada del enorme pan que constituía el plato fuerte.

La mujer de la que todos esperaban tanto se sentía cansada y tenía ganas, muchas ganas de llorar. No lo haría, Claudine no lloraba en presencia de nadie. Cada noche, muerta de cansancio y desvelada por la inquietud, permanecía horas pensando que quizás cometía un error, que quizás debería vender, coger lo que le diesen, que no sería mucho, y olvidarse del designio, voluntariamente asumido, de mantener el patrimonio familiar intacto. Podía irse a París, o a Marsella, podía buscar una habitación y quizás encontrara trabajo. Blanche le echaría una mano, no le cabía duda, y se habrían acabado los quebraderos de cabeza. ¿Quién podría reprocharle algo?

La casa familiar ya no lo era para nadie, quizás pronto ni para ella misma si no conseguía una buena cosecha y lograba pagar a los hombres por su trabajo. Quizás era un empeño vano, el propósito de una mujer arrogante que no había sabido abandonar el barco a tiempo.

Antes de retirarse y perderse escaleras arriba barrió Claudine las flores de buganvilla que traspasaban el umbral con el pensamiento devorado por los malos presagios. En medio de una nube de polvo las lanzó hacia la oscuridad absoluta. Entre suspiros retiró las ramas que habían desechado, deseó buenas noches a Andreu y a Serafín y subió para reunirse con todas sus dudas y con todos y cada uno de sus miedos.

Se sentía prematuramente vieja y demasiado cansada. Sobrepasada por una carga enorme, aplastada por los hechos y desanimada por las evidencias. Ni la absenta, capaz de obrar prodigios en las mentes más torturadas, podía hacer nada por ella.

Se retiraron también los hombres poco después llevándose cada uno su propio pesar hasta la alcoba.

La noche, sin luna y sin brisa, arropaba la casa entera. El verano se evidenciaba en la asombrosa calma que se apoderaba del aire. No había luces cercanas y el silencio era tan real como la oscuridad que llenaba de sombras las sombras.

Andreu podía reconocer la respiración de Alain, que dormía en la habitación cercana. Y, aunque había sido retirado días atrás y Claudine no había vuelto a darle cuerda, creía poder escuchar el tictac del gran reloj de péndulo que, a su llegada, presidía la sala del piso de arriba. Un aparato que intentaba olvidar y cuyo vacío evitaba mirar cada vez que subía al piso superior. Su recuerdo le removía las entrañas y no podía evitar rememorar los instantes de angustia pasados en el Lutecia. Si pudiera lo destruiría o lo enterraría bien hondo. Pero no bastaría. El reloj seguiría allí, hincado en su memoria, como lo estaba para siempre el recuerdo imborrable del Hotel Lutecia, el de los muertos vivientes.

En la planta superior, sola, Claudine abrazaba la almohada. Encogida sobre sí misma, lloraba. Se sentía insegura y frágil. Algunas noches estaba tan cansada que sentía miedo de pensar en todo lo que deberían hacer al día siguiente. Pensaba en su situación como en la de una mujer enloquecida rodeada de hombres pobres de solemnidad.

Claudine y su corte de miserables.

Capítulo 15

Vio Andreu sus pies muy lejos, separados de su cuerpo. Sintió frío en los extremos de sus piernas, que adivinaba seccionadas. Podían ser los pies de otro, quizás lo fueran. Pero no, eran sus pies. Lo sabía. Siempre se sabe. Sus piernas seccionadas no sangraban, tampoco sentía dolor, pero no le cabía a Andreu ninguna duda, eran las botas alemanas de las que se había apropiado antes de abandonar Dachau las que calzaban aquellos pies distantes, separados del resto del cuerpo por un palmo aproximadamente. Unos pies que flotaban en el aire, que se sostenían en la nada, como en una alucinación. Y, a pesar de estar lejos y de ser suyos, no había rastro de sangre ni de dolor. Solo frío, un frío húmedo y familiar en las terminaciones de aquellas piernas segadas, el mismo frío que en su recuerdo acompañaba al terror.

Como si dos témpanos invisibles ocuparan el lugar de sus pies.

También el sonido le resultaba conocido. En mitad de aquel frío que nada sabía de espacio ni de tiempo, el tictac acompasado de un reloj de péndulo, un gran reloj encajonado en caoba. No podía verlo, solo oía su mecanismo y recordaba, casi obsesivamente, una fecha, 1901, y una esfera blanca, lunar.

Se aproximaron los pies y con su cercanía la sensación de frío fue todavía más intensa. La humedad subía ya piernas arriba, se encaramaba a las pantorrillas y se ensañaba en las corvas como le ocurriera tantas veces en el fangal de Dachau. Notaba el espanto en las rodillas, lo sentía subir muslos arriba hasta alcanzar las ingles.

Se arrebujó, se encogió sobre sí mismo. Sin querer manoteó buscando la ropa de cama que había caído al suelo dejando sus pies y todo su cuerpo al descubierto. Frío. Cada vez más frío.

El terror llegaba ahora hasta su vientre, arañaba su estómago y continuaba camino del corazón. Vio el péndulo encabritado y los pies nuevamente unidos a sus piernas. También las lámparas de araña colgando muy arriba, brillando sobre las cabezas rasuradas y los cráneos descarnados y miles de hojas llenas de nombres, hojas que parecían aletear como si tuvieran vida propia, que se le escapaban entre los dedos y en las que no acertaba a posar la vista.

El ritmo del tictac se le antojó frenético, sonaba ahora como un tambor bien tensado que alguien aporreara junto a su cabeza. El corazón se le desbocó. Creyó que el péndulo dorado que había abandonado su caja de madera chocaría contra sus ojos y golpearía su cráneo. Alguien en algún lugar castigaba un tambor cada vez más deprisa, con más insistencia.

1901, 1901, 1901...

El peor de los sueños posibles. El frío y la sinrazón contra los que nada pueden los gritos ni los puños. Un atisbo de demencia que aterra más que el propio miedo. El terror anclado a un lugar, a un momento, a una parte de la propia historia. Empapado en sudor y, sin embargo, aterido, tembloroso. Un tambor tronando muy, muy cerca, un péndulo dorado amenazando con estrellarse contra su cabeza. El mismo que parecía rozar ya su frente a cada oscilación. Y una gran luna con una inscripción: 1901.

Espanto.

1901. Recordaba la fecha, la había visto antes. Acabó por ver durante el sueño el aparato que marcaba las horas en un rincón del vestíbulo en el Lutecia. Lo había mirado muchas veces esperando la llegada de nuevos listados, de nuevas relaciones de supervivientes, calculando el tiempo que faltaba para que apareciera el voluntario de la Cruz Roja con las hojas en la mano camino de los paneles informativos. Había sentido ya ese mismo miedo que raya con la locura, con la misma intensidad tan parecida a la desesperación. El pánico. La inmovilidad.

No había nacido todavía en 1901.

Andreu no conseguía despertar. Los pies, encajados ya en el extremo de sus piernas, no le servían para nada, nunca son útiles en los sueños. Tampoco los brazos. Por mucho que los movía, que pataleaba y que intentaba ordenar que echaran a correr, los pies, insumisos, no le obedecían. No quería morir congelado y con la cabeza abierta por la mitad por un péndulo de metal. Gritó. Intentó vencer con su voz el tronar del tambor, sobrepasar el ruido, derrotarlo. Y el pavoroso retumbo se convirtió súbitamente en aullido, después en grito y, al cabo de un instante, en unas manos que le sujetaban. El grito crecía a su lado. Cerca, junto a su cabeza. De su misma boca.

—Andreu, no pasa nada. Estás bien. Soy Claudine. Todo está bien. Ha sido un mal sueño. Un sueño. No pasa nada, Andreu. Todo está bien. Estamos aquí. No hay nadie más. No tengas miedo. Soy Claudine. Estás en mi casa y no hay peligro. Ningún peligro.

Y la voz lentamente se convirtió en un susurro. El tambor desapareció, el péndulo ya no estaba y los pies, que habían regresado definitivamente a sus tobillos, seguían experimentando frío.

Claudine recogió la ropa de cama y cubrió de nuevo al hombre que temblaba de frío y de miedo. Sacó una manta ligera del cajón inferior de la cómoda y la echó sobre sus pies.

El corazón continuaba desbocado. En estampida.

—Una pesadilla, Andreu, solo es eso, una pesadilla. No te preocupes, ya pasó. Aquí no hay nadie más. Todo está bien.

Le hablaba Claudine en el tono que emplearía con un niño asustado mientras le acariciaba las mejillas y le aseguraba que se encontraba a salvo. El cabello de Claudine rozando su cuello y sobre su frente era mucho más real que sus palabras, que su rostro y que sus manos.

Andreu se llevó la mano hasta el pecho en un intento por controlar su corazón al galope. El frío seguía allí, anclado a sus pies sin botas. Vio a Alain en el umbral de la alcoba, desorientado, descalzo y medio desnudo. Tenía las manos cruzadas sobre el vientre. Parecía asustado. Por una vez Alain no sabía qué era lo que debía hacer. Un hombre no es una cepa, ni una tomatera ni un caballo de tiro. Por una vez sus conocimientos no le servían para nada. El desconcierto le inmovilizaba. Se alegró el muchacho cuando Claudine le indicó con un gesto que podía volver a su habitación, que ya no le necesitaba.

Alain obedeció, cerró la puerta y se retiró aliviado.

Andreu movió primero un pie, luego otro, después ambos. Comprobó que seguían allí y que podía mover los dedos a pesar del frío. Era tranquilizador reconocer sus pies cubiertos por los calcetines gruesos con los que acostumbraba a dormir desde que en Dachau sufriera un principio de congelación.

El cabello de Claudine era cálido y suave, tal y como él lo había imaginado. Embriagaba. Su voz le restituía lentamente la calma.

La mujer sujetaba las manos de Andreu entre las suyas y el corazón del deportado no tardó en amansarse. Se atropellaron los recuerdos en su mente y las palabras en sus labios.

—El Lutecia, Claudine, el Lutecia, el reloj estaba en el Lutecia. Era el mismo. 1901, el mismo reloj de péndulo, la misma fecha, 1901. Lo vi allí. Lo veía cada día, por eso sé que es el mismo. La esfera blanca, las saetas doradas, el mismo péndulo labrado, la caja de caoba… Era el mismo reloj, y estaba allí, en el Lutecia.

La voz de Andreu era poco más que un susurro aterrado, un grito apenas sofocado. Voz y recuerdo. Angustia, pánico, voz que se delata.

—El Lutecia, Claudine. El mismo reloj. Puedo jurarlo. Fabricado en 1901, como el de arriba. No puedo olvidarlo. No puedo. ¿Sabes lo que ocurrió en el Lutecia?

Tardó la mujer en comprender que hablaba del reloj de la sala del piso superior, el de la caja de caoba que desde que era niña presidía las fiestas familiares y marcaba el compás de sus días. El mismo que había hecho retirar semanas atrás cuando comprendió que su recuerdo entristecía al deportado. El mismo aparato cuyas saetas marcarían para siempre la cercanía del mediodía.

—¿Lo que nos hicieron a todos? ¿Lo que le hicieron a Rosa?

Recordaba Claudine haber oído explicar que se trataba de un regalo, un generoso obsequio de esponsales, una pieza venerada. Así se lo habían explicado. Un recuerdo de familia. Lo había recibido su padre cuando contrajo matrimonio con su primera esposa, la madre de Blanche. Un buen reloj, nuevo, reluciente, imperecedero. Un reloj que debía durar el resto de los días a compartir con su joven esposa. Ambos murieron años atrás. El mecanismo del reloj, sin embargo, funcionaba como el primer día. Capaz de sobrevivirlos a todos.

—Si lo deseas puedo regalarlo, o venderlo, podemos quemarlo… Mejor aún, lo vendemos. Debería haberlo hecho antes. Bien mirado y con la falta que nos hace… —Claudine continuaba hablando en voz muy baja—. Quizás sea lo mejor que podemos hacer con él, venderlo.

Andreu, que todavía temblaba de frío y de un miedo que se negaba a remitir, se aferró a los brazos de Claudine. Completamente exhausto lloraba y besaba entre lágrimas el cabello de la mujer. Con la voz trémula, rota en ocasiones, le habló de la guerra, del frente, de los días pasados y malvividos en Dachau, del Lutecia, de su madre a la que añoraba, de su padre, al que no volvió a ver. Y le habló de Rosa, la mujer a la que apenas tuvo ocasión de amar.

Permanecieron abrazados y recostados en la cabecera de la cama mientras el sol se insinuaba sobre los campos. Claudine le mecía como a un niño y le besaba la frente. Andreu se dejaba acariciar por su cabello, por sus manos, por sus palabras colmadas de ternura.

Allí estuvieron hasta que el sol fue un hecho entre los listones de la persiana. Fue entonces cuando Claudine, extenuada, se introdujo junto al hombre en el lecho. Allí permanecieron ambos muy juntos, insomnes y abrazados, ahuyentando los miedos a fuerza de caricias y conjurando a besos los peores espectros. Exploraron despacio la piel del otro, la vida contenida en su aliento, la dulzura de perderse en unos brazos y el consuelo de abandonarse en otro cuerpo. Tan cercanos el deseo y el consuelo. Confundido todo en uno, se descubrieron hombre y mujer como lo habrían hecho los dos únicos supervivientes de una catástrofe.

Se amaron y se dolieron. Se besaron, se acariciaron, se reconocieron. Ávidos de amor y sin escrúpulos, falsedades ni reservas fueron uno del otro y lo fueron con la intensidad del que sabe que solo el momento importa.

Se amaron dolorosamente, como si la noche en retirada no hubiera de regresar para acercarlos de nuevo, para encontrarlos entre las sábanas un poco menos solos. Eran tan dulces los besos, tan desgarradoras las caricias, tan intensa la necesidad de compañía que no abandonaron el lecho cuando Alain empezó a trastear ruidosamente y sin contemplaciones. Ni cuando, obligado por la rutina irrenunciable, dispuso sobre la mesa de la sala el pan, la leche, el vino y el foie.

Los despertó algo más tarde la voz de Serafín, que no alcanzaba a entender el porqué de la puerta principal entornada y no franca como de costumbre, del silencio incomprensible en el interior de la casa y de las persianas todavía bajas.

—Alain, madame... Soy yo, Serafín. Andreu. ¿Dónde andan todos? ¿Hoy no se trabaja? ¡Me cago en las Sagradas Escrituras! Si hoy no es domingo.

Alain, que se aseaba en la cocina, salió, le chistó y, llevándose un dedo hasta los labios, le indicó que dejase de gritar. Cerrando los ojos e inclinando la cabeza como para recostarla sobre una almohada, le explicó sin palabras que madame dormía.

—¡Me cago en el puto sagrario! Están las cosas como para andar durmiendo.

Y, sin decir más, se sentó a la mesa y se sirvió pan, vino y foie.

Capítulo 16

Inventaron con el paso de los días una rutina dulce, sabia, generosa. Desaparecido puntualmente Alain en su habitación al acabar la cena, Claudine servía para ambos un dedal de absenta o un vasito de vino dulce. El preludio de una noche en compañía. Cruzaban miradas, sonrisas, planes. En la semipenumbra de la desierta sala se intercambiaban las palabras que solo se permitían a solas. Aventuraban modestas intenciones de bienestar mientras Andreu acariciaba el cabello de Claudine y constataba que era suave y tibio. Había aprendido a amar el ondulado cabello de la mujer pelirroja a la que recordaba aquella primera noche, pocos meses atrás, enmarcada por el fuego de la chimenea. El cabello, encendido por la luz anaranjada, parecía pura lumbre. Solo a su lado, contemplando su pelo como el que mira a los ojos, con unos sorbos de absenta encaramándose al pensamiento, conseguía el deportado dejar atrás tanto frío.

No había desaparecido el miedo ni se había volatilizado el recuerdo, ambos se mantenían agazapados en algún rincón, mezclados tal vez con el barro del *lager*. Escondidos en la mil veces maldita memoria, en el rostro envejecido que reconocía puntualmente en el espejo, en la planta de los pies, en todas y cada una de las cicatrices que surcaban sus manos. En todas partes y en ninguna. Andreu aprendía, con gran dificultad, a sobrevivir a sus recuerdos, a imponer el presente difícil al pasado brutal y a pensar que continuar con vida todavía valía la pena.

De la mano se perdían ambos poco después escaleras arriba hasta alcanzar la alcoba. Claudine no podía evitar pensar en el reloj confinado en su caja de caoba. El maldito reloj al que Dios bendiga, pensaba Claudine cada noche al cruzar la sala del piso superior bien amarrada su mano a la de Andreu. La pálida esfera siempre le recordaba la luna, desde que era una cría y cada noche se despedía de ella entre dientes. Fue Claudine la que se ocupó durante años de dar cuerda al enorme artilugio y de quitar el polvo de sus rincones. Si hubiera sido creyente le habría dado interiormente las gracias como a la divinidad, habría encendido una vela, habría humillado la pelirroja cabeza o se habría arrodillado como a los pies de una imagen.

El reloj les había aproximado, había pulverizado las distancias, les había empujado el uno junto al otro.

No permitía Claudine las pesadillas que acometían a menudo al deportado. Cuando Andreu se agitaba o gemía durante el sueño, se apresuraba a despertarlo para evitar que padeciera. Le hablaba dulcemente, como hizo la primera vez para exorcizar todos sus miedos. Lo acunaba entre sus brazos, la cabeza descansando en el suave acomodo de sus pechos, y canturreaba para él. Depositaba besos en su frente para apartar de su pensamiento tanto horror y le repetía incansable que todo andaba bien. Incluso cuando en mitad del espantoso delirio gritaba Andreu llamando a Rosa con las manos crispadas, el cuerpo rígido, la frente sudorosa y el corazón desbocado, Claudine, mortificada, seguía acariciando sus mejillas, besando su cuello, sus ojos, su frente. Susurraba, como en un dulce ronroneo, que todo iba bien, que solo era un sueño, un maldito sueño, hasta que el hombre conseguía enfocar la mirada, cuadrar el pensamiento en rebeldía y recordar e identificar su rostro.

—Claudine.

Su nombre en los labios de Andreu significaba para ambos el final de la pesadilla.

—Claudine, Claudine…

Empapaba entonces su cabello a fuerza de lágrimas, se escondía entre sus rizos y en el arranque de su escote, se aventuraba entre sus pechos y en el nacimiento de sus piernas. Exploraba la piel de la mujer como el que se adentra en un paraíso presentido. Se aferraba Andreu a ella con tanta fuerza que, a bocanadas, le devolvía los besos recibidos y le susurraba, sosegado ya y vencidos el dolor y el miedo:

—Gracias, Claudine. Mi vida. Mi Claudine.

Alcanzaba su vientre y su rojizo pubis con la satisfacción del que corona una cima. Sentía Andreu una pasión desmedida, voraz. Perseguía la calidez de sus senos, husmeaba primero la blanca piel y se acercaba a ellos como si en su proximidad encontrara el secreto de la paz y de la dicha. Le hacía el amor con el resto de su vida y, a menudo, bien abrazado a ella, hincado entre sus piernas, abismado en su boca, el placer derrotaba sin reservas al dolor.

Se sentía vivo al despertar a su lado en una habitación tibia y soleada en la que no tenía cabida el horror. Una habitación en la que ambos suturaban a besos el pasado y reconstruían un futuro fatalmente desbaratado por la Historia.

Cuando Claudine, exhausta por el trabajo y abrumada por las dificultades, la falta de dinero y de brazos para faenar, sucumbía al desánimo, era Andreu el que, buscando una melodía en el dial, la rodeaba entre sus brazos, la estrechaba muy fuerte y la invitaba a bailar hasta olvidar. Cuando sus pensamientos se oscurecían como el cielo en una tarde de temporal, se mecían largamente uno en brazos del otro. Andreu desgranaba en su oído miles de promesas, imágenes futuras de una vida sin privaciones, de una existencia cómoda, venturosa. En otras ocasiones se limitaba a levantarse y a servir para ella una copita de absenta, el fondo de un vasito en el que no cupiera la maligna dama que devora voluntades. Una excusa, otra más, para brindar por un futuro mejor.

—Piensa que nada puede ser peor —añadía hablando de su propio pasado cercano—. Nada. Te lo aseguro.

A menudo simplemente tomaba su mano y la guardaba entre las suyas.

Tenían el silencio absoluto y cómplice de Alain, que no acertaba a entender y mucho menos a explicar y que apenas se atrevía a mirarlos de reojo cuando se sonreían o rozaban sus manos. El chico, nada habituado a las muestras de afecto, experimentaba una cierta violencia que, a menudo, le obligaba a mirar hacia otro lado. Se alegraba por ellos, porque en ocasiones le parecían verdadera e irracionalmente dichosos. Y si madame era feliz, Alain también lo era.

Serafín, que había comprendido lo que ocurría entre ellos desde aquel primer día en que desayunó a solas en la gran sala de la planta inferior, había manifestado su complicidad con un guiño y la media sonrisa propia de un truhán.

—¡Me cago en el limbo, en el purgatorio y en la madre que los parió! Si estaba cantado —había comentado poco después cuando una tarde se alejaron ambos cogidos de la mano en dirección a las viñas familiares —. Si es que dos y dos son cuatro. Y yo, que lo llevé a ver a mi madre. ¡Me cago en toda la curia!

Fue un verano largo y casi tórrido, apenas hubo lluvias y los días se fueron en arrancar tomates y cerezas, cortar y recoger la lavanda y recorrer y cuidar las viñas. Andreu prefería los campos violáceos, las largas extensiones color púrpura que ondeaban como en un infinito mar en calma. Altas flores que se mecían a miles y que formaban parte de un primoroso tapiz. Inmensos espacios abiertos de un color improbable, grandes superficies liláceas y perfumadas que formaban parte de un paisaje tan bello que el tiempo volaba mientras Andreu, sentado en un margen, abstraído, desgranaba entre los dedos las ramas aromáticas o hundía el rostro en ellas. Bien habría podido tenderse de bruces sobre la tierra, pero por nada del mundo quería que lo tomaran por un loco.

Estaba convencido de haber llegado al mejor lugar del mundo y de contemplar la más bella de las composiciones posibles. Así se lo hizo saber a Blanche en una de las cartas que le dirigió cuando, ayudado por Claudine, empezó a salir a flote y a sentir ganas de seguir con vida.

El mejor lugar del mundo.

En las calles de Barbentane, de Aviñón, de Saint Rémy o en Cavaillon, Claudine y Serafín se afanaban por vender a buen precio los rojos tomates provenzales. Gustosos, apretados, jugosos. Pregonaban, sin escrúpulos y a los cuatro vientos, los mejores melones, los más dulces, los melones de Cavaillon. En el suelo, sobre un pañuelo oscuro, en pequeños cestos dispuestos al paso de los caminantes o sobre una tabla que asentaban sobre el esqueleto de una mesa en el mercado semanal, mostraban frutas, flores, foie, hierbas aromáticas y hortalizas. De vez en cuando, si ya no quedaba otro remedio, y para salir del apuro, Claudine vendía, casi regalaba, algunas de las pocas botellas del buen vino de años anteriores. Botellas que ya no envejecerían en la bodega familiar y que no alcanzarían ni el punto ni el precio óptimo. En las ocasiones en las que se veía obligada a ofrecer el vino antes de tiempo, Claudine regresaba a casa afligida y profundamente desmoralizada.

—¿Cómo vamos a salir de esta si vendemos por la mitad un vino de los mejores?

Apostados los días de mercado tras un improvisado mostrador de tabla repleto de cestitas, esperaban la llegada de los compradores o les salían al paso. Voceaban a veces a pie de calle o permanecían varados durante horas en mitad de una plaza. Sonreían, tanto si tenían ganas como si no, atraían como podían las miradas y, aunque a menudo el precio cobrado era bajo, muy bajo, no podían regresar a casa con las manos vacías.

Las mujeres que se detenían ante los puestos improvisados tenían pocos francos que gastar y muchas bocas que alimentar. Examinaban el género con ojos críticos y siempre creían pagar mucho por casi nada. Buenas conocedoras de que la necesidad no perdonaba y castigaba tanto a los vendedores como a los compradores, preguntaban, se apartaban, se alejaban contrariadas de los tenderetes y, en ocasiones, reaparecían y acababan regateando. Escatimaban hasta la última moneda y terminaban comprando cantidades muy pequeñas por las que apenas pagaban unos céntimos.

Serafín increpaba a las posibles compradoras en su mal francés entreverado del castellano y atravesado por el catalán de La Torrassa. Jugaba mejor que nadie a aparentar lo que no era. Ni él mismo habría podido explicar quién era. Se divertía intercambiando guiños, sonrisas y alguna procacidad que sorprendía a las mujeres y divertía a los hombres. Respondía con malicia a las preguntas, incitaba a las mujeres a acercarse y las amonestaba con gracia por su indiferencia. Remataba sus largos parlamentos con un guiño o un silbido y, zanjada la venta o no, despedía a todas ellas con la mejor de sus sonrisas. En ocasiones, con el gesto torcido del francés enojado y los brazos en jarras, aparentaba haberse ofendido por la eterna suspicacia de las compradoras y aseguraba reservar para ellas lo mejor de lo mejor, lo más barato, nada comparable en toda la Provenza.

—¡Me cago en los doce apóstoles! Aflojen la mano, madames, que no se les van a caer los dedos.

Piropeaba y maldecía en parecida medida, remoloneaba en torno a las muchachas y las hacía reír con sus insinuaciones y sus juegos de palabras. Se equivocaba en el cambio intencionadamente y les pedía cortésmente ayuda para expresarse con corrección. Su atrevimiento raramente ofendía y eran muchas las que lo esperaban una semana tras otra para cruzar con él cuatro picardías.

Claudine permanecía junto a él, sonriente y hasta silenciosa, aguardando a las posibles compradoras y llenando papelinas de rojas cerezas y de tersos tomates acabados de arrancar. Los ojos más luminosos, la sonrisa más franca y el pelirrojo cabello que peinaba siempre suelto y ondulado porque Andreu así lo prefería, la embellecían a los ojos de todos cuantos la conocían. Incluso Serafín, que, empuñando las riendas, la aguardaba una soleada mañana para emprender el camino al mercado, la recibió con un admirativo:

—¡Me cago en los santos lugares! ¡Qué guapa está usted hoy, madame! Si me lo permite.

A lo que Claudine, que vestía falda roja de amplio vuelo y blusa del mismo color y que se había anudado un pañuelo de flores a modo de diadema, respondió bajando la vista ruborizada.

—Calla, Serafín, no digas tonterías. Estoy como siempre.

—Como siempre, dice. ¡Me cago en el santo sepulcro! Como siempre, dice. ¿Qué sabrá usted? ¿Es o no es, Andreu?

Y Andreu, que la encontraba bellísima, asintió y bajó la mirada. Serafín habría jurado que el ruborizado era él, pero no comentó nada. Andreu era hombre de poca cuerda.

No regresaban hasta haberlo vendido todo. A última hora eran los críos de piernas flacas y dientes como palas los que se acercaban con la mejor de las sonrisas pidiendo un puñado de cerezas, un tomate o un corte de melón. Niños con el pelo muy corto, huesos demasiado evidentes y manos sucias. Mal vestidos y, a menudo, peor hablados, que devoraban las cerezas allí mismo. Unos se metían el puñado entero en la boca, como en un juego, y, escupiendo entre muecas, se libraban de huesos y rabos; otros se sentaban en un bordillo y las contaban antes de paladearlas lentamente, una detrás de otra; muchos proferían leves murmullos de placer. El jugo, de un rojo cercano a la sangre, se derramaba desde la comisura de sus labios hasta la barbilla y manchaba camisas, faldas y pañuelos.

—¡Me cago en las santas homilías! Largo, que vuestras madres todavía nos echarán las culpas.

Niños de manos torpes, ávidos, impacientes. Algunos eran enviados por sus madres, sabedoras de que Claudine no tenía un no para ellos; otros, los más necesitados, se acercaban azuzados por el hambre. Algunos, los más pequeños, no habían conocido otra cosa.

Y aunque los precios se despeñaban cerca ya del mediodía y se vieran obligados casi a regalar lo que quedaba en los cestos, fueron los pocos francos que sacaron en el peregrinar de mercado en mercado, de plaza en plaza o a pie de carretera en las cercanías de Aviñón, los que permitieron a Claudine retener a Alain y a Serafín y contratar durante dos semanas a seis muchachos, seis críos de Barbentane escrupulosamente escogidos por Serafín que, a cambio de muy poco, les ayudaron a descargar las cepas cuando llegó el momento de vendimiar. También Ginesa recogió uvas, cargó cestos y desbarató sus manos entre los racimos en contra de la voluntad de su hijo, a quien la presencia de su madre ensombrecía e incomodaba.

—¡Me cago en los cuatro evangelistas! Como si no fuera suficiente encontrársela cada tarde con esa cara que parece que le deban y no le paguen. Madame, no soy nadie para decirlo, pero ha tenido usted mejores ideas que la de hacer venir a mi madre para coger cuatro uvas.

La lavanda, malvendida pero abundante, bastó para saldar algunas deudas, prensar, almacenar, embotellar y etiquetar.

Capítulo 17

Remontaron. Es difícil explicar cómo lo hicieron, pero superado el verano y a medias transcurrido el otoño y con varios cientos de botellas madurando en la bodega, consiguieron negociar un pago por adelantado. Un perspicaz comerciante de Aviñón, Faustin Leboeuf, que años atrás había cerrado satisfactorios tratos con el padre de Claudine, compró la totalidad de la cosecha. Recordaba la calidad y el aroma del vino y la adquirió a un precio ventajoso con el compromiso de trasladarla a su almacén pocos meses después. Asumió algún riesgo, pero el negocio era bueno y no lo dudó.

Influyó en su decisión el desazonado semblante de Claudine, a la que recordaba todavía de la mano de su padre durante una visita a su negocio en Aviñón. Avispada, curiosa, los ojos muy abiertos y el cabello cobrizo recogido en dos trenzas que pendían a ambos lados de su cabeza, recorrió la niña pelirroja los almacenes Leboeuf y saludó cortésmente a la familia, aunque se negó a compartir juegos con los hijos del tratante. Recordaba dos lazos rojos sujetando sus trenzas y sus ojos oscuros color melaza siempre en movimiento. Era aquella cría inquieta la misma mujer que había permanecido al frente de la casa familiar cuando todo parecía derrumbarse. Era aquella niña la que se había resistido a emprender el camino fácil y la que, con la cabeza alta y el apuro mal disimulado en la voz, se había plantado ante él para proponerle un trato audaz.

A Faustin Leboeuf se le antojó digna de confianza.

Tenía monsieur Leboeuf buen ojo y mejor olfato y, sin pensarlo dos veces, aceptó visitar la casa y valorar la calidad del vino recién embotellado. Conocía el vino, recordaba su paladar levemente afrutado como si tan solo hiciera unas semanas desde que ajustara cuentas y cerrara tratos con el difunto padre de Claudine. Recorrió las solitarias y vacías cepas que resistían los embates de las primeras brisas que anunciaban el frío, la bodega en la que reposaba el vino y la casa que conocía por haber estado años atrás en muchas ocasiones.

Balanceándose al andar, sudoroso, demasiado grueso para superar las cuestas y demasiado orgulloso para dejar de hacerlo, acabó la visita y alcanzó entre jadeos la gran sala. Se derrumbó exhausto sobre un banco y aceptó la jarra de vino y el queso que Claudine le ofreció para reponer fuerzas y para contentar un apetito que recordaba desmesurado.

—Creo que vamos a entendernos, madame —sentenció cuando recuperó el resuello.

El primer pago fue efectuado personalmente poco después, cuando menguaba ya el trabajo en los campos y Claudine no podía ni costear el pan que Serafín traía diariamente desde Barbentane. El chico había cruzado ya las primeras palabras airadas con un indiferente monsieur Bidault que se negaba a oír hablar de fiar durante unas semanas. Dejó bien claro que no admitiría ni la más leve demora.

—Si no hay dinero, no hay pan. No es difícil, chico: no hay dinero, no hay pan. Yo también tengo deudas, o crees que la harina me la regalan —zanjaba Bidault llevándose la mano al bigote siempre sucio de harina en un automatismo.

Acababa la conversación dándole la espalda y ordenando las barras que se alineaban en los cestos de mimbre.

—¡Me cago en san Judas Iscariote! Será cabrón.

La situación había llegado a ser tan apurada que, cuando tras cerrar verbalmente el trato, monsieur Leboeuf adelantó unos centenares de francos a cambio de la promesa de un buen vino, Claudine le abrazó como si acabara de salvarle la vida.

—Tendré que hacer negocios con usted más a menudo —exclamó sorprendido y halagado por la reacción de la mujer.

Se marchó Faustin Leboeuf con la sonrisa en el rostro y casi una botella entera del vino más viejo y mejor en el enorme remanso de su estómago. Encaraba el tratante el volante de un viejo Chevrolet con la firmeza que dedicaría a los cuernos amenazadores de un astado mientras daba tumbos camino adelante y levantaba una polvareda digna de un paisaje desértico.

Atrás quedaron todos ellos. Satisfechos, casi felices y embriagados de porvenir.

Alain, al que el vino hacía sonreír involuntariamente, descansaba recostado contra la pared de la casa con la vista clavada en el camino, como si no hubieran acabado todavía las buenas noticias y esperase una nueva y feliz aparición. Claudine le había entregado el dinero correspondiente a varias semanas y el muchacho se arrancaba de vez en cuando con una palmada de pura alegría. Quedaba conjurada la carnicería familiar, no se vería obligado a sacrificar animales bajo la mirada implacable de su padre ni a descuartizarlos y filetearlos después para ofrecerlos a las pocas compradoras que en el pueblo podían permitírselo. Había conseguido eludir por un tiempo las húmedas vísceras, el buen *jarret* y los costillares que acarreaba desde el matadero cercano al mostrador del negocio familiar y bajo cuyo peso se le revolvían las tripas y sentía unas náuseas infinitas.

No soportaba el ruido de los huesos al quebrarse bajo el hacha ni el deslizarse de los cuchillos al separar la carne de las entrañas. Odiaba el olor de la sala en la que su padre, con las manos ensangrentadas, pretendía hacer de él un matarife y, calzando unas enormes botas de goma y un mandil de hule, le enseñaba a cuartear animales enteros y a desmenuzarlos con ayuda de cuchillos, estiletes y punzones. Las reses muertas olían mal y desprendían calor. Se le desordenaban inmediatamente las tripas y sentía ganas de vomitar. Intentaba no respirar cuando le enviaban en busca de una pieza, pero no conseguía ahuyentar la repugnancia ni vencer la aprensión que paralizaba su menguado entendimiento.

—El chico no valdrá para otra cosa, pero yo haré que se gane la vida, haré de él un buen carnicero —se había jurado a sí mismo el padre de Alain, y todos los esfuerzos del chico se dirigían a escapar de un destino que abominaba.

Detestaba la casquería, no siempre conseguía diferenciar una pieza de otra y no soportaba ni los reproches ni las broncas de un padre que se impacientaba ante su torpeza. Temía como a una plaga las miradas que se dirigían las clientas unas a otras y en las que reconocía una consideración no siempre bienintencionada, una falsa piedad que le mortificaba.

En aquella gran casa que coronaba una colina muy suave salpicada de cepas, olivos y cerezos, en mitad de los campos perdurables y entre aquellos que le resultaban a la vez próximos y extraños, había hallado Alain lo más semejante a una compañía con la que deseaba seguir viviendo. No había conocido nada mejor. No podía ni quería renunciar a ella.

Serafín, con el ánimo elevado por el vino y las buenas noticias, perseguía en el dial una música festiva y demoraba su marcha.

—¡Me cago en san Pablo de Tarso! Me lo dicen y no me lo creo. Usted sí que sabe, madame.

No deseaba regresar a Barbentane ni enfrentar el rostro ajado y triste a perpetuidad de su madre. Una mujer todavía joven y todavía afligida. Poco importaba que el sol se acercara ya a las lejanas cumbres y que el plato de su cena estuviera ya camino de la mesa. No quería irse y bailoteaba enturbiado y confuso el pensamiento, algo desmadejadas las piernas y flojos los brazos por el vino compartido.

—¡Me cago en las diez mil vírgenes!

Claudine bailaba y sonreía mientras pasaba de los brazos de Andreu a los de Serafín, que acompañaba entre dientes el aire del acordeón. Andreu, que nunca creyó que volvería a sentirse dichoso como lo era aquella tarde de finales de octubre, la besó sin recato ante un complacido Serafín, que jaleó vivamente la osadía del amigo. La mirada perpleja de Alain mostraba a las claras que apenas acertaba a entender, pero como no conocía prejuicios y se alegraba de la felicidad ajena, el joven sonreía. No precisaba ciencia alguna para apresar en el aire una sonrisa ni para intuir la frágil esencia de las caricias ni la sutil ingravidez del amor.

—¡Bien por el deportado! Sí, señor. ¡Viva monsieur Leboeuf y mierda para Bidault! —repetía Serafín mientras aplaudía enardecido en dirección al amigo, bailaba en solitario ajeno ya a la música o castigaba el suelo a patadas—. ¡Me cago en Dios! Esto hay que celebrarlo.

Y en eso estaba.

Entre las manos de Alain, que arrancó a aplaudir, las palabras del chico, sus gestos, la pasión con que rompía el aire a patadas y la inspirada expresión de su rostro, encontraron una cálida acogida. Poco inclinado a hacer discursos, Alain suscribía lo dicho con aplausos entusiastas mientras en el cielo engordaban, generosas y oscuras, las nubes de tormenta. También los nubarrones parecían mecerse rítmicamente impulsados por un viento que acercaba el frío a los rostros y espantaba el terror real de la miseria.

Serafín habría deseado dormir en la casa aquella noche y no sentir de nuevo la eterna pesadumbre en cada movimiento de Ginesa, su tristeza enquistada en el rostro y evidenciada por cada nuevo suspiro.

No deseaba oír sus pies, que se arrastraban pasillo adelante como los de una vieja, ni las lamentaciones que traspasaban tabiques y alcanzaban su almohada. No quería permanecer en vela durante horas mientras oía sollozar a una madre inconsolable. No deseaba mirarla a los ojos ni dejarse cercar por tanta pena.

Continuó el chico pateando alternativamente el aire y el suelo con una ira que sobrepasaba largamente el alivio. Hincaba la punta del pie en la tierra y levantaba el polvo para emprenderla a puntapiés con las partículas antes de que estas llegaran al suelo. Experimentaba la rabia del que poco puede hacer y exageraba su estado de semiembriaguez. Luchaba a patadas y, sin saberlo, contra un cortejo de fantasmas. Una lucha desigual, una derrota segura.

Sin apenas despedirse, con el ánimo del que recorre el camino del cadalso, se encaramó a la bicicleta con los primeros goterones. En lo alto, una sombría estela de nubes.

Pedaleó enérgicamente y emprendió contra su voluntad el regreso a Barbentane. Algunas lágrimas humedecieron el camino antes de que lo alcanzara el aguacero.

Capítulo 18

Una mañana de finales de noviembre, mientras una llovizna leve y fría aliviaba el tedio de los campos desguarnecidos, un automóvil con muchos kilómetros en sus neumáticos se aproximó a la casa. El rumor del motor silenció durante unos instantes el murmullo del agua sobre la tierra mientras la lluvia trazaba surcos que serpenteaban entre el polvo que cubría la oscura carrocería.

Serafín se apeó de un salto y echó a correr hacia la puerta. Estaba ansioso por explicar lo que pretendía su acompañante. Los ojos vivos, los miembros en movimiento y en el rostro la expresión del que trae una buena noticia. Claudine no acertaba a creer lo que estaba viendo.

—Es Serafín. En un automóvil.

Andreu abandonó sobre la mesa la novela de François Mauriac, cuya lectura había empezado la noche anterior. Leía el francés con cierta dificultad y avanzaba lentamente con ayuda de un diccionario y de las voluntariosas aclaraciones de Claudine. Le gustaba Mauriac por su sordidez, por su visión descarnada del mundo y de sus gentes.

Alain, que tejía un cesto de mimbre junto a la lumbre mientras canturreaba una melodía irreconocible, irguió la cabeza intrigado. Claudine abrió la puerta y esperó al chico en el umbral mientras se secaba las manos en el mandil y se sujetaba el pelo tras las orejas.

—¡Madame, madame! Es un periodista, el señor Pierre Hubert, tiene el papel que el señor Andreu dejó en el Hotel Lutecia. Sí, con la dirección de su hermana, de madame Blanche. Ella lo ha enviado aquí —explicó Serafín a toda prisa mientras sacudía la cabeza para librarse de las gotas—. Quiere hablar con Andreu.

A pocos pasos, un hombre de unos treinta y pocos caminaba en dirección a la casa. El sombrero calado, un gabán oscuro de mal paño y la mirada baja para resguardar sus lentes de la lluvia.

Andreu, alarmado por lo poco que había conseguido entender de labios del chico, se puso en pie inmediatamente como si acabara de recibir la orden de formar sobre la nieve junto al barracón. Solo Claudine advirtió que sus manos eran puños, que había crispado los labios y que temblaba.

—Sí, madame. Como lo oye. Andreu dejó un papel en un tablero, allí dejaban sus notas todos los que esperaban noticias de alguien. Él recogió algunos de aquellos papeles. Me lo ha enseñado, lo he visto, es su letra —señaló a Andreu, que se encogió visiblemente—. Su nombre, Andreu Ribera, el de su mujer y la dirección del bistrot.

El recién llegado asintió mientras se descubría y contemplaba a madame con evidente curiosidad.

—¿Es usted Claudine, la hermana de Blanche?

Claudine asintió sin invitarle a pasar.

—Madame, monsieur Hubert tiene una oferta, está dispuesto a pagar por hablar con él, yo creo que... —añadió Serafín sin dejar de moverse—. Creo que debería escucharle.

Claudine franqueó la puerta y el periodista entró y dejó el sombrero y el gabán sobre una silla antes de sacar de su bolsillo una nota en la que Claudine reconoció la letra de Andreu y una dirección de contacto, la del bistrot de Blanche.

—Soy Pierre Hubert, trabajo para *France Soir* y, cuando acabó la guerra, estaba en París cubriendo la llegada de los deportados. De eso hace ya unos meses. Me quedé con algunas de las notas antes de que desmontaran el centro de información en el Lutecia. Las había a cientos, a miles, pensé que más adelante sería interesante conocer la historia que había detrás de algunas de aquellas notas. Le recuerdo perfectamente, iba mucho por allí —añadió señalando a Andreu con la mirada—. Hasta que un día desapareció.

La sala entera permaneció en silencio unos instantes. Alain había interrumpido su labor y escuchaba.

—Ahora vivo en Montpellier y quiero seguir la pista de algunas de las víctimas de la guerra, de la gente que sobrevivió, pero que quedó marcada para siempre. Me interesan sobre todo los republicanos españoles, la historia de hombres y mujeres que encadenaron las guerras, primero una, después…

El hombre hizo una pausa. Junto a él, Serafín se impacientaba.

—Por eso está aquí —apuntó el chico incapaz de permanecer callado durante más tiempo.

—Por eso me permití escribir a su hermana, a Blanche. Ella me contestó, me dijo que Andreu Ribera estaba aquí, con ustedes, en esta casa; también me advirtió de que quizás no querría hablar conmigo.

—No creo que sea una buena idea —replicó Claudine, que podía ver a Andreu permanecer lívido y tembloroso sin abrir la boca ni separar la mirada del recién llegado.

—Puedo pagar unos francos, les irán bien. A nadie le sobran unos francos. El periódico me lo permite. Solo será un rato, una charla y una fotografía si a él no le importa. Me interesa todo lo que vivió, lo que vio en el campo, lo que recuerda del Lutecia. Por allí pasó tanta gente, tantas tragedias… En el periódico pensamos que no podemos permitir que la gente olvide, es necesario que el mundo entero sepa lo que…

—Creo que no va a poder ser, es demasiado pronto, la verdad es que todavía… —se excusó Claudine—. Lamento que haya venido hasta aquí, pero no creo que Andreu…

—Márchese —susurró el deportado. Todas las miradas se detuvieron en sus ojos anegados por las lágrimas y en sus manos, que temblaban ya visiblemente—. Márchese —insistió sin adelantar un paso.

—Pero, yo… Solo será un momento, piense que hay gente que incluso niega lo que…

Claudine le indicó que debía marcharse, pero el periodista se negó a darse por vencido y avanzó con determinación en dirección a Andreu.

El temblor se convirtió en una convulsión, los puños se elevaron, los ojos se redujeron a dos rendijas y Andreu se abalanzó sobre Pierre Hubert. Empujó al hombre, que cayó sorprendido sobre la mesa cercana mientras intentaba todavía convencer a monsieur Ribera de la conveniencia de mantener una charla. Las lentes saltaron de sus ojos y Serafín las rescató al vuelo.

Claudine dejó escapar un grito.

Mientras el periodista recuperaba la compostura y volvía a calzarse los lentes, Andreu salió de la casa ante el pasmo de Serafín y el sobresalto de Claudine y, poseído por los recuerdos y devorado por el dolor, echó a correr bajo la lluvia en dirección a Barbentane hasta que se perdió de vista.

Corría como si una jauría pretendiera darle alcance. También corrió Claudine en pos del hombre desarbolado, pero desistió a pocos metros. Andreu quería estar solo y ella no podía hacer nada. No tenía ningún derecho.

En el umbral Serafín no sabía qué hacer con tanto desconcierto y saltaba sobre las puntas de los pies.

—¡Me cago en el Espíritu Santo!

Pierre Hubert recogió sus cosas, adelantó su mano y se despidió de Claudine y del chico lamentando el disgusto ocasionado.

—¡Me cago en el Concilio!

Alain, varado junto a la lumbre, paralizado con el cesto a medio trenzar entre las manos, no acertaba a comprender nada. También él, que solo esperaba poder seguir el ritmo de las estaciones y la rutina de los días, tenía lágrimas en los ojos.

Aguardaron en silencio el regreso de Andreu. No volvió a la hora de comer ni con la caída de la tarde. Se relevaron para vigilar el camino que conducía hasta la casa. Ni el menor rastro.

Claudine pensó que no volvería a ver al hombre cuya presencia a su lado le había devuelto la calma y la confianza. Lloró sin reservas acodada a la mesa en la que llevaba horas esperando ver aparecer su silueta en el umbral mientras Serafín entraba y salía de la casa con las manos en los bolsillos y los nervios a flor de piel.

Alain, enfurruñado, bajó la cabeza, fijó la mirada en la mesa y se tapó los oídos con las manos; no soportaba oírla llorar. Ni a ella ni a nadie. El llanto le violentaba. Podía cambiar la rueda a un carro en unos minutos, ordeñar una vaca con la mayor eficacia o podar las cepas con total acierto; sin embargo, era incapaz de soportar el llanto de nadie ni de formular unas palabras de consuelo.

Minutos después salió de la casa y se dirigió al establo.

Los animales no lloraban nunca.

Capítulo 19

Había dejado de llover y, con la oscuridad confundiendo ya los caminos y colmando el paisaje de sombras, Serafín, incapaz de seguir esperando, cogió la bicicleta del deportado y se dispuso a dar con él si se hallaba en los alrededores.

Encontró a Andreu Ribera derrumbado sobre la barra del oscuro bar de Barbentane. Entre los dedos un vaso vacío. Lo halló completamente borracho, empapado y con los ojos enrojecidos todavía por el llanto prolongado.

—No está. No hay nadie —musitó con los ojos turbios y la mirada clavada en el fondo del vaso.

—No la ve quien quiere, solo quien puede. Yo tampoco puedo.

Andreu cabeceaba sobre el mármol como si le diera la razón. No era así. No conseguía sostener la cabeza inmóvil ni mantener los ojos abiertos.

—Nos vamos a ir. Necesitamos descansar. Mañana te pago, Benoît —le indicó al propietario, que no replicó.

Andreu protestó inútilmente. Tenía la cabeza embotada y su pensamiento saltaba de un recuerdo a otro sin orden ni concierto. Todos eran malos, algunos eran peores. Serafín tiró de él y lo arrastró con penas y trabajos hasta la calle. Las piernas apenas le sostenían y seguía musitando imprecaciones, gimiendo y hablando del hada diminuta del color de la hierba recién segada.

Durmieron ambos en casa de Ginesa aquella noche. Andreu, sin voluntad para oponerse, dejó hacer al chico. Serafín cedió su camastro al deportado y se tendió sobre una manta para aliviar la dureza del suelo. No encontró mejor forma de hacerse perdonar.

Claudine pasó la noche entera en vela. Una de las peores noches de su vida. Alain no abandonó el establo.

Regresaron cabizbajos al día siguiente con la mañana avanzada.

Nadie volvió a referirse jamás a lo sucedido.

SEGUNDA PARTE

Capítulo 20

El barrio que descubrió a su llegada a la ciudad era una inacabable sucesión de calles empinadas que se encaramaban montaña arriba y que acababan abruptamente en un agreste desorden de arbustos, escombros, zanjas y aceras en obras. Calles que eran atravesadas perpendicularmente por otras que apuntaban al mar. Todas le parecieron estrechas y mal aireadas y el entramado resultante extraordinariamente denso, casi asfixiante.

Cada esquina se le antojaba exactamente igual a la anterior y copia muy aproximada de la siguiente. Algunas de las fachadas, ennegrecidas por el tiempo y el humo, presentaban un aspecto deplorable. Los portales eran oquedades negras como bocas de túnel y olían exactamente igual. En su interior las capas de yeso se cuarteaban, se abrían como tripas reventadas y acababan desprendiéndose de las paredes heridas de muerte por el tiempo y la humedad.

En los balcones se balanceaba levemente la ropa tendida al sol. Algunos, los más bellos, repletos de macetas con geranios florecidos, margaritas, cintas o claveles; otros, menos espaciosos, servían para olvidar las bombonas de butano, el triciclo desvencijado de algún niño o la palma ya reseca y polvorienta bendecida el Domingo de Ramos.

Las mujeres gritaban de un edificio al vecino, se increpaban, reían, discutían o voceaban a los niños, que se demoraban indolentes en las calles. Por todas partes las cornisas parecían a punto de desprenderse y caer sobre la acera.

André pensó que quizás la amenaza de ruina era el motivo por el que muchos vecinos abandonaban el resguardo del bordillo y compartían la calzada con coches y motocicletas en un tránsito lento y negociado.

En algunos de los pisos, que habían sido nobles décadas atrás, las balaustradas ya incompletas parecían a punto de desmigarse como un bizcocho viejo y desplomarse con alboroto de polvo sobre los paseantes.

Percibió en su primera incursión en el Poble Sec un olor familiar y demasiado intenso para las angostas calles de una ciudad, el olor de una vaquería. Echó un vistazo al interior. Los animales, amorrados mediante cuerdas a un tablón, apenas conseguían moverse sin chocar unos con otros. Habría jurado que las vacas gemían medio asfixiadas por la falta de espacio. Un lugar oscuro y algo tétrico que bien poco tenía que ver con el aireado y espacioso establo de madame Massot y que se le antojó un verdadero anacronismo. Coches y vacas a pocos pasos. André, criado al aire libre, nunca había podido imaginar que existiera un lugar tan sórdido.

Sobre las aceras soleadas, recostados contra las paredes y con las camisas ligeramente abiertas sobre los pechos canos, algunos viejos se alineaban con los ojos entornados y las manos manchadas por el tabaco descansando sobre el puño del bastón. De algunos labios pendía un pitillo.

A finales de los años sesenta el Poble Sec era un barrio bullicioso. Los caminantes eran muchos y pocos todavía los coches aparcados. Algunos propietarios los tenían en tanto aprecio que durante los días laborables los enfundaban para protegerlos de la intemperie con la ayuda de un gran hule o los resguardaban de los estragos del sol bajo una lona. Solo los descubrían los domingos para llevar a la familia a alguno de los desmontes cercanos, salir de la ciudad para volver a entrar poco después o lavarlo a conciencia esponja en mano.

Los comercios eran todos ellos pequeños, mal iluminados y estaban, desde el primero al último, abarrotados por la mercancía, que no cabía en los expositores. Estancos, mercerías, colmados, bodegas… Algunos se abrían por debajo del nivel de la calle y parecían madrigueras a las que se accedía tras bajar unos peldaños.

No estaba acostumbrado a las aceras estrechas y repletas de gente y los vecinos con los que se cruzaba y que le rozaban al pasar le parecían a punto de caerle encima. Las calles adoquinadas en las que se mezclaban mil olores le resultaban asfixiantes, el ruido le abrumaba y apenas encontraba lugar sobre el que asentar la mirada.

No era capaz de entender con qué propósito había llegado a la ciudad. No conseguía explicar ni explicarse qué extraño y repentino impulso le había traído a Barcelona ni con qué ignorada intención recorría las calles del Poble Sec. Tampoco habría podido decir qué buscaba ni a quién, si es que buscaba algo o a alguien. Ni mucho menos con qué fin. Lo cierto es que había llegado la noche anterior a la ciudad en la que había nacido y vivido su padre y de la que lo ignoraba casi todo. Cerca, si no se equivocaba, del lugar en el que Serafín había pasado su niñez.

Acostumbrado por nacimiento a los espacios abiertos y al silencio y al habitual recogimiento de la casa en la que había transcurrido su, todavía, corta vida, se hallaba doblemente confuso y dolorosamente desorientado. Sentía ganas de llorar en todo momento y no conseguía desprenderse de la desazón que se había asentado en su estómago. Apenas comía desde hacía unos días y llevaba horas sin cruzar más de cuatro palabras con nadie. A su alrededor todo eran voces airadas, sorprendentes estruendos que no parecían alarmar a nadie y ruidos de oscura e inconcreta procedencia. Sonoras carcajadas, juegos vivaces entre la calzada y la acera, trinar de pájaros enjaulados, serpentear de risas en los balcones y retronar de cláxones.

De alguna extraña manera creía poder entender por qué su padre, que siempre se negó obstinadamente a hablarle de su pasado, no había regresado jamás. Quizás por eso estaba allí, para comprender las razones de un silencio amargo y sin fisuras.

Acabado el funeral celebrado por Claudine, André había hecho la maleta y, sin dar mayores explicaciones y dejando al bueno de Serafín al mando de la propiedad y con la boca abierta, se había subido a un tren en el que pensaba abandonar el país. Había llegado horas después a la ciudad con el corazón sobrecogido, arrastrando una desdicha infinita y con las lágrimas mal apresadas entre los jóvenes párpados.

Había sentido la poderosa necesidad de abandonar su casa, de alejarse de viñas y de espliego y de dejar atrás tanto dolor. No le quedaban fuerzas. Se convenció a sí mismo de que la distancia en el espacio aliviaría el pesar que se había apoderado de él tras la muerte de Claudine.

Se alejaría de todo cuanto había sido su vida hasta entonces para intentar comprender al hombre taciturno que había sido su padre.

Había llegado al Poble Sec y allí estaba, sentado en un banco en la plaza que en el barrio se conoce como la plaza de los Pajaritos junto a una fuente a la que acudían las palomas agonizantes de sed y retirando una lágrima de su ojo derecho con el canto de la mano. La plaza, colindante con el Paralelo, más parecía una sartén por el calor que desprendía la arena que la cubría.

* * *

Celebraron el nacimiento de André con una fiesta al aire libre. Habían transcurrido casi seis años desde que Andreu, muy avanzada ya la primavera, aprendiera a amar a Claudine, y apenas cuatro desde que decidieran casarse. Casi habían dejado de esperar un hijo cuando Claudine le notificó que estaba embarazada. Meses después alumbraba a André.

Acababa ya el mes de agosto y en torno a la gran mesa dispuesta delante de la casa reunieron a parientes, amigos y vecinos. André, recién nacido, pasó de unos brazos a otros, de unos labios a los siguientes y recibió de los invitados todo tipo de caricias, bendiciones y halagos. Una criatura hermosa y sana a la que sus padres adoraban sin reservas.

Corrió el vino entre los invitados, se alabó encarecidamente la ratatouille y se apreciaron con justicia los tomates rellenos, el queso, el vino y el foie. Se sacrificó un cordero que Alain colocó entre las brasas y Blanche, ejerciendo el mando, se encargó de servir a medida que los comensales así lo requerían. Una furgoneta pequeña y rosada con una gran tarta dibujada en el costado fue recibida entre aplausos por los invitados en estado de semiebriedad. Un joven rubio y muy alto depositó sobre la mesa un gran pastel procedente del mejor establecimiento de Aviñón y lo hizo con una gran sonrisa. Una tarta enorme en la que Andreu había hecho colocar, en forma de guirnalda, rosas anaranjadas de azúcar.

A las órdenes de Blanche, y secundado por un Alain siempre bien dispuesto y en estado de alerta permanente, Serafín ofició de maestro de ceremonias. Jérôme, a sus anchas entre gente a la que adoraba, se desenvolvía como si se hallara atendiendo en el bistrot. Parecía multiplicarse.

Serafín tan pronto servía vino como cortaba pan o retiraba un servicio, igual presentaba una bandeja colmada de carne que repartía ceremoniosamente las porciones del enorme pastel. Con un guiño de buen entendimiento y acabado casi el convite bien avanzada la tarde, Serafín sirvió absenta a ambos progenitores. Claudine, cuyo cabello iluminaba un sol que empezaba a declinar, era tan feliz como nunca había soñado serlo.

—Y ahora, la espuela —gritó alzando la botella de absenta y mostrándola a los asistentes, que la recibieron con renovadas risas—. ¡Me cago en el Antiguo Testamento! Yo diría que este niño necesita compañía. Ya os estáis poniendo. ¿Con quién va a jugar en esta casa? ¿Conmigo? ¿Con Alain?

Remató el chico sus palabras con un guiño y Ginesa, violentada por la audacia de su hijo, le ordenó, con el índice sobre los labios, que hiciera el favor de callar. Serafín retiró la mirada y la botella pasó de mano en mano sin tocar mesa.

—¡Me cago en el velón pascual! En pelotas vamos a dejar a la maldita hada. O lo que sea que vean algunos aquí dentro. En pelotas —porfiaba Serafín de una mesa a la siguiente bajo la mirada cargada de reproches de Ginesa, que cada vez parecía más convencida de su viudedad y de la conveniencia de guardar un duelo riguroso y eterno. Mejor viuda que abandonada, parecía creer para desesperación de su hijo.

Andreu, al que todavía conocían muchos como «el deportado», ya no era el hombre escuálido y medio roto que había llegado a la casa años atrás. Se sabía tan afortunado que no podía evitar experimentar la desconfianza propia de aquel que conserva en la mente la memoria de un pasado terrible.

Bien afeitado, con la camisa almidonada y sin las botas de trabajo, con el adormilado André en los brazos y la proximidad de Claudine, cuyo rostro parecía aureolado por carbones encendidos, creía firmemente haber alcanzado el techo de la felicidad. Las cosas, bien lo sabía, nunca irían mejor que aquel día.

Nunca.

Sentada junto a él, Blanche lagrimeaba conmovida. Continuamente se llevaba hasta los ojos un pañuelito en el que enterraba las lágrimas que se escapaban mejillas abajo. Recordaba que mucho tiempo atrás, en otra vida, Philippe también había tenido un recibimiento como aquel. También ella creyó ser la mujer más feliz que había pisado esta tierra. Y lo fue. Era muy joven, apenas había cumplido los veintiuno y vivía en París junto a Sébastien, su marido, el propietario del bistrot. Se habían conocido poco tiempo atrás en una sala de baile y casado meses después apremiados por el inminente nacimiento de Philippe. Ella cosía para madame Merlot y vivía en casa de unos parientes, pero no lamentó abandonar el taller de jóvenes modistas para ponerse al otro lado de una barra ni dejar la estrecha cama en la oscura habitación compartida con otras jóvenes para ocupar el amplio lecho de Sébastien en un piso al que llegaban las voces y la música procedentes del ruidoso local.

Sébastien era un hombre muy alto, un viudo joven y de buen temperamento con un bigote muy fino, la sonrisa franca y las manos tan grandes que se diría haber crecido ejerciendo de estibador y no sirviendo cafés,

croissants y humeantes tazas de chocolate. Él la llamaba
«su muñeca», porque eso parecía Blanche a su lado, una
muñeca bonita, joven y muy pulcra, mientras se inclinaba para salvar los casi dos palmos que separaban su boca
de la de Blanche, en la que estampaba un sonoro beso.

Era mayor que Blanche, más de diez años, pero a
nadie parecía importarle lo más mínimo. En ocasiones,
abarcando con sus manos la cintura de la joven, la ele-
vaba sin mucho esfuerzo para llevarse su boca hasta los
labios. Era entonces cuando Blanche se abrazaba a su
cuello tan estrechamente que podía haberse quedado
eternamente aferrada a Sébastien. Todavía, muy de tarde en tarde, Blanche soñaba que acababa de alzarla con
aquellas manos grandes como palas, que estaba firmemente asida a él y que besaba el arranque de su cuello.
Creía sentir las manos de Sébastien, que envolvían su
cintura, y, por encima de su cabeza, su voz que repetía:
mi muñeca, mi pequeña, mi vida…

Algunas noches era Philippe el que regresaba para
abrazarse a ella. En el sueño tenía pocos años, era un
niño y la necesitaba. Le parecía sentir el peso de la criatura sobre las rodillas y sus manitas en torno a su cuello
o en sus mejillas. Juraría que en el recuerdo su hijo pesaba como cuando estaba vivo. Ella le devolvía cumplidamente las caricias y besaba su frente, sus manos, su
rostro. No quería despertar. Mejor el espectro soñado
de Philippe que la nada de Philippe, su total ausencia.

En el sueño el tiempo se invertía y Blanche regresaba a los días de dicha en los que él, demasiado frágil, la requería en todo momento, en todo lugar.

Era entonces cuando, al despertar y comprobar que las manos del niño habían desaparecido y su voz y sus risas eran solo una huella en la maltrecha memoria, Blanche cerraba de nuevo los ojos. Pretendía seguir soñando. Con algo de suerte el niño que Philippe era entonces regresaría alguna noche para caminar confiado de su mano o para jugar en la plaza bajo la mirada atenta de su madre.

Pensaba tanto en ambos que creía no vivir más que para ahondar en su recuerdo. La memoria no se desvanecía, a diario recuperaba recuerdos cuya existencia ignoraba. Cada día, cada noche, creía poder evocar algún nuevo detalle, el retazo capturado de una risa, la ingenuidad de un comentario, la quebradiza estela que deja una mirada o la levísima huella de un beso recibido. Cuando hubiera recordado todo lo que fue su vida junto a ellos, cuando ya no le asaltaran las inesperadas y fugaces evocaciones de los instantes transcurridos en su compañía ni la abordaran fugazmente las reminiscencias de los días pasados, quizás entonces, pensaba Blanche, no le quedara razón alguna para seguir con vida.

Lloraba Blanche y aseguraba que era feliz por ellos. Muy feliz. Y no mentía, tampoco decía la verdad. No toda la verdad.

Sofie, sentada junto a Claudine, parecía extraordinariamente joven. El cabello, que había recogido con un gran lazo azul junto a la sien, era rubio y se diría enhebrado de rojo. Tenía la piel clara y salpicada de pecas cobrizas, los ojos redondeados y azules como el cielo de finales de agosto y los labios muy pálidos. Conservaba la sonrisa de una criatura y como tal parecía disfrutar de la celebración. Cuando no tenía un crío propio o ajeno en brazos, Sofie aplaudía exultante, exactamente igual que una niña entusiasmada.

Bailó Sofie en brazos de Jérôme, que trastabillaba como si fuera a desmoronarse, abrazó mientras bailaba a cada uno de sus hijos y danzó sola en torno a la mesa algo que guardaba cierto parecido con un vals. También ella era feliz en aquel instante.

Andreu, que abrió el baile con Claudine, invitó también a Blanche, a la que abrazó tan estrechamente como pudo. Era su manera de decir gracias. Gracias por todo esto, gracias por todo. Un techo, una mujer, un hijo. Blanche así lo entendió y rompió a llorar en sus brazos. No hubo preguntas ni explicaciones, no las necesitaban.

Animado, urgido y posteriormente azuzado por Serafín, arrastró hasta la improvisada pista que se extendía delante de la casa a la afligida Ginesa, que, tiesa como el palo de una escoba y, evidentemente, incómoda, lo acompañó durante unos instantes, muy pocos, hasta que, sin contemplaciones, se desasió de sus brazos y regresó a su silla en la que se reunió de nuevo con su extraño duelo.

Las melodías que un vecino de Barbentane arrancaba a un acordeón o las que Serafín localizaba en el transistor dieron alas a los pies, vuelo a las manos, calor a los corazones y una desconocida holgura a las sonrisas. El baile espació el vino y la noche los encontró dichosos y algo ebrios en torno a una gran mesa a medio retirar.

El hada verde, invisible, fascinante en su etérea e imaginada desnudez, sobrevolaba en silencio corazones y cabezas. Rebuscaba el hada entre los hombres, rastreaba entre las mujeres, perseguía y descubría sus secretos, advertía intenciones inconfesables y ratoneaba traicionera en pos de la amargura. En un descuido arañaba los mejores propósitos, desbarataba compromisos y ahondaba en las debilidades. Surcaba y profanaba las almas, adormecía cuerpos y embotaba sin esfuerzo los sentidos. Recuperaba los peores recuerdos y azuzaba los deseos más remotos. Algunos creyeron verla, otros así lo aseguraron, muchos fueron los que la persiguieron y algunos afirmaron haber descubierto horas después el dorado polvo que, según dicen, se desprende de sus alas cuando se ha posado sobre tu hombro o encima de tu mano.

Decían las mujeres más viejas, las que habían visto más, que era entonces cuando se debía andar con más tiento y dejar de perseguirla definitivamente. Aseguraban que no eran sino brujas diminutas con apariencia de hadas, las peores. La ceniza dorada era la señal de que uno estaba ya muy cerca, tan cerca que el sueño narcótico en el que no tardaría en naufragar su voluntad y en confundirse sus mejores propósitos empezaba ya a apoderarse de sus párpados.

La señal. El principio del fin.

Y, aunque Ginesa no recordaba allá en Lorca a nadie que hubiera visto a una de ellas, pasaba los días enteros rezando para que Serafín no insistiera en seguir buscando.

* * *

El Bar Ribera no estaba en la esquina en la que, de seguir abierto, André esperaba encontrarlo. Ignoraba la dirección exacta y sus cálculos, aunque aproximados, eran errados. No pudo hallar sin ayuda la bodega familiar. Había sido tiempo atrás un humilde despacho de vino y licores al que con el paso del tiempo su abuelo, Andrés Ribera, había añadido una barra junto a las cubas sobre la que escorarse y dejar pasar las horas. Lo que recordaba haber oído de labios de su madre, que apenas sabía nada más, solo le permitía reducir la búsqueda a un puñado de calles.

Según le informó un viejo desdentado, de manos temblorosas y verbo fácil y florido que se cubría con un sombrero cordobés, el Ribera se encontraba dos calles más arriba, en una esquina, asentado en las estribaciones de la montaña.

—Sí, claro que lo conozco, como mi propia casa. Se sigue llamando Bar Ribera. ¿Cómo se iba a llamar? ¿Sexta Flota? Pero tú no eres de por aquí.

André negó, pero se resistió a hablar del parentesco que le unía al viejo propietario del local. A las preguntas de André el viejo respondió con larguez y sin prisas.

—No, quita, hombre, quita. No hay nadie de la familia. El viejo Andrés lo traspasó hace años y, si no se ha muerto estos días y yo no me he enterado, todavía anda por aquí. Hace mucho que ya no está detrás de la barra. Quién lo ha visto y quién lo ve. Ahora pasa por el Ribera y paga por lo que bebe como cualquier hijo de vecino. Tendrá como yo, poco le faltará, si es que le falta algo, para cumplir los ochenta. Y yo, la verdad, es que al hombre entenderlo, no lo entiendo. Tiene el hígado hecho puré de tanto vino como ha trajinado y la cabeza ni te explico. Era de los que se beben hasta el agua de los charcos. A mí me matará el humo, pero a él… —vaticinó entornando los ojos—. Pero, a lo que iba. El caso es que no dice una a derechas. Yo, para mí, que ya no carbura bien. Se marchó de aquí cuando era joven, no sé si lo sabrás. Después volvió cuando ya no le quedaba nadie.

André negó con un gesto y le animó a hablar. Su padre nunca hablaba de él ni respondía a las preguntas del hijo, como si el abuelo Andrés hubiera dejado de existir. Lo poco que sabía era que Andrés Ribera había abandonado a su hijo de la noche a la mañana y que no habían vuelto a verse. Todo lo que sabía era de labios de Claudine y casi a escondidas. Su madre aseguraba que Andreu nunca había perdonado a su padre y justificaba así su obstinado silencio.

—Su mujer, la Cinteta, nunca tuvo buena salud, era una mujer delicada, de las que se fatigan enseguida. Y él tenía poca cuerda. El caso es que la mujer acababa de morir, yo juraría que de tisis, pero puedo equivocarme, cuando el muy cabrón, sin encomendarse ni a Dios ni al diablo, se lió la manta a la cabeza, cogió el portante y lo dejó todo. Y cuando digo todo estoy hablando de su hijo y de la abuela Rufina, su propia madre, que buena voluntad tenía, pero lo que es de salud tampoco iba sobrada. Cuando no tosía apenas se podía enderezar, y si lo hacía se le agarrotaban las manos o le costaba respirar. Nunca andaba bien.

El hombre había perdido el resuello y carraspeó sonoramente para ganar tiempo. André imaginó el aire alcanzando el exterior a través del vacío que habían dejado días atrás los dientes desaparecidos en la boca de aquel hombre anciano y conversador. No retiró el pitillo de los labios y consiguió seguir hablando sin que se precipitara encendido sobre la acera. Había practicado durante muchos años.

—Una pena, una verdadera pena, lástima de mujer y lástima de chico. El chaval era bien dispuesto, y trabajador, pero tenía nueve o diez años cuando el padre decidió que si te he visto no me acuerdo. Te hablo del año 20 o 21, quizás unos años más tarde, no lo puedo asegurar. El crío creció deprisa, no podía hacer otra cosa. Hizo lo que pudo, ayudó a sacar adelante la bodega y la abuela y él iban tirando. Sin alegrías, trabajando más horas que un reloj, pero iban tirando. Yo, para mí, que el Andrés se volvió loco, loco de atar. Quizás no superó la muerte de la mujer, quizás se acobardó cuando se vio con el crío… La verdad es que no sé. Igual es que era un hijo de puta, un malnacido. Porque una cabronada así… Hay que tener cuajo para…

El viejo golpeaba de tanto en tanto el brazo de André con el reverso de la mano libre. Con un gesto le indicó que podían caminar juntos hasta el Ribera. Eran tantas las ganas de hablar de aquel hombre y tanto lo que André deseaba saber que el chico ajustó el paso y caminó junto a él calle arriba. Andaba el hombre muy despacio y sus pulmones, castigados a conciencia por el paso de los años y del humo de la picadura, no le permitían seguir hablando sin detenerse a cada trecho.

Permanecían el uno junto al otro sobre la estrecha acera bajo un sol inclemente y estorbando el paso de los caminantes, que bajaban renegando a la calzada para esquivarlos. La voz del hombre era ronca y el carraspeo acabó en un esputo que fue a parar al bordillo. André, poco acostumbrado, apartó la mirada.

—Tú no eres de aquí, ¿verdad?

—No, no, señor, soy francés.

—¿Y qué se te ha perdido a ti en estas calles y preguntando por el Ribera? Ni que fuera El Molino.

André improvisó una explicación que el viejo aceptó sin convencimiento.

—Uno de mis tíos vivió un tiempo por aquí y recordaba el Ribera. Dice que hizo amigos. Me pidió que comprobara si seguía igual.

El hombre meneó la cabeza.

—La vieja, la Rufina, murió sola a finales del 39. Lo recuerdo porque ya había acabado la guerra. Murió en su cama, sola y más pobre que una rata. Medio escondida por lo del nieto, que era un prófugo, y atendida a ratos por las vecinas. Una mala muerte, dicen. Yo no la vi, pero dicen que padeció tanto, que tuvo tanto dolor que se le agarrotaron las manos y los pies y toda ella se fue encogiendo. Grande no era, no lo fue nunca, pero dicen que menguó de un día para otro, que se dobló por la cintura y que no conseguía enderezarse, que todo le dolía. Hablan de una embolia. Solo sé que murió consumida y sin salir de la cama, siempre de costado, buscándose las rodillas. Sin levantarse a no ser que alguna vecina se dignara a pasar por allí.

Suspiró el hombre al tiempo que lanzaba la colilla contra el suelo y con rabia la aplastaba sobre la acera. Permaneció en silencio durante unos instantes, arrancó de su garganta las hilachas entre las que se le perdía la voz y de nuevo escupió sobre la acera a pocos centímetros de sus propios pies.

—Y es que aquí pasó de todo. Si yo te contara —remató sus palabras con un nuevo gesto de su mano derecha, que zanjó con un cachete a la altura del hombro del muchacho al tiempo que se arrimaba a los edificios para ceder el paso a una vecina. Una llamativa mujer de unos cincuenta y tantos que calzaba zapatos de tacón muy alto y que se había ceñido al cuerpo una blusa roja de escote profundo y una falda negra. Había prendido de sus orejas unos enormes aros dorados y se había maquillado como para un vodevil. Caminaba contoneándose y demorando la mirada para apreciar el efecto que causaban en los paseantes sus nalgas todavía firmes que se intuían bajo la falda, el nacimiento de sus pechos y sus labios, que había embadurnado a conciencia de rojo pasión.

»Y es que el que tuvo... —dijo el viejo a su paso. Y la mujer, que bajaba apresurada en dirección al Paralelo, le correspondió con una sonrisa. Llevaba un bolso diminuto al que había atado un pañuelo también rojo a modo de enseña. En la mirada que cruzaron cabían todos los sobreentendidos de este mundo. A Paquita la llamaban en el barrio «la molinera» porque hacía suplencias en El Molino como chica de revista, según le informó el viejo. Había sido años atrás una mujer de rompe y rasga y había encandilado a algunos mandos militares.

»A la Paquita le iban los uniformes —aseguró el hombre con un suspiro—. Una lástima. A mí, no. Era una hembra inmensa. Todavía lo es.

André permaneció en silencio. Había comprobado que bastaba con callar el tiempo suficiente para que el hombre siguiera hablando.

Y así fue. Continuó desgranando sus recuerdos mientras seguía contemplando a Paquita hasta que se perdió de vista dos manzanas más abajo.

—Yo, lo de la vieja no lo vi, no la visitaba. Lo sé por mi madre, que le lavaba la ropa cuando podía. De comer, poco podía darle; en mi casa pasamos hambre hasta decir basta. El caso es que mi madre decía que nunca en la vida había visto a alguien consumirse como lo hizo aquella mujer en pocos meses. Decía que se quedó en nada, piel y unos huesos malditos que solo servían para mortificarla. Mi madre decía que era el miedo. Al chico, que ya era un hombre, lo buscaban. En el barrio era muy conocido, fue de los que no se lo pensó dos veces, cogió el «naranjero» y se largó al frente. Valor tenía, no digo que no, y arrestos, pero suerte… Suerte, ninguna. Pobre infeliz. Dicen que se casó durante la guerra con una mujer muy guapa, una enfermera, pero yo a ella no la conocí. A él no se le ha visto por aquí. Creo que pasó a Francia y no ha vuelto. No sé qué habrá sido.

El viejo hizo una pausa y miró el reloj.

André no abrió la boca.

—El caso es que en la bodega no quedaba nadie para subir la persiana. La vieja yo no sé de qué vivía, quizás su nieto le enviara algo. Bueno, de lo que vivíamos todos, de nada. Un par de años después de que se acabara la guerra apareció el Andrés. Las cosas no le habían ido bien. No dio explicaciones a nadie, pero era evidente que no tenía una perra, volvió con una mano delante y otra detrás y abrió el negocio como si tal cosa. Subió la persiana y volvió a vender vino. Después convirtió la bodega en un bar y ya no se movió de aquí. Cuando pudo puso una barra y la cosa empezó a funcionar algo mejor. Aquí se quedó, el muy cabrón. Cuando hacía falta andaba por esos mundos y cuando ya nada tenía solución volvió y se apalancó en la bodega a trasegar vino y dar conversación. Hay gente en este barrio que no se lo perdonó nunca. Aquí nos conocíamos todos y muchos de los que apreciaban a Rufina no volvieron a pisar la bodega. Mi madre era una de ellos. Yo sí que eché allí más de una tarde y más de dos.

Y aunque el viejo estaba inmejorablemente dispuesto y le hubiera explicado hasta lo que no sabía, el plato en la mesa no quiere esperas.

—Mi Angelines se sube a la parra si llego tarde. Es una buena hija, pero tiene un humor de perros y más trabajo del que puede hacer.

André le dio las gracias cuando llegaron a la puerta del Ribera y se despidió de él.

—Nada, hijo, nada. Ha sido un placer.

Junto a la puerta del bar, a la altura de la mirada, inscrito en una chapa ya desvaída y ahuecada por el sol, el nombre del local: Nuevo Bar Ribera. Entre la plancha de metal mal envejecida y la pared casi podía caber una mano. Las letras que tiempo atrás fueran verdes y doradas apenas resultaban visibles y el fondo blanco sobre el que habían sido pintadas era una confusión de óxido y restos de pintura. Si alguna vez el negocio fue verdaderamente nuevo había pasado desde entonces mucho tiempo.

De su interior emanaba un olor denso, cálido y ligeramente dulzón entreverado del aroma áspero del tabaco negro. Al local se accedía tras atravesar una mugrienta cortina de cuentas verdes y amarillas y descender tres escalones de piedra que depositaban al cliente casi directamente junto a la barra de mármol. El suelo, salpicado de papeles, colillas, cáscaras de cacahuete y chapas de refresco, conservaba tanta mugre que apenas se advertía el color original y en las dos mesas de fórmica situadas a ambos lados de los escalones se acumulaban vasos, tazas y cucharillas que nadie se había tomado la molestia de retirar. Eran verdes, cuadradas y pequeñas como tableros de ajedrez. El espacio no permitía mucho más.

Detrás de la barra, André pudo ver toneles grandes rematados por grifos plateados de los que pendían diminutos cubos de plástico en los que se acumulaban las gotas de vino que desbordaban las espitas. Otros barriles más pequeños y situados en un plano inferior contenían los licores que el bar-bodega expedía también a granel. Gandesa, Rioja, Panadés, Jumilla, Moscatel, Anís, Garnacha, Oporto…, rezaban los rótulos escritos a mano en un pasado ya lejano y clavados con chinchetas a los soportes de las cubas. Varios juegos de medidas, también de plástico, oscurecidos por el tiempo y el vino, se repartían en los espacios libres. A un lado, junto a los toneles, en formación, se alineaban las gaseosas, los sifones, las botellas de refresco y las garrafas de agua protegidas por sus cestos de cuerda. Al otro, una gran nevera de puertas de madera y tiradores de escotilla.

Lo que había sido años atrás un pequeño mostrador era ahora una barra no mucho mayor en la que un hombre calvo, sucio y, a todas luces, indolente, ojeaba *El Caso* junto a la caja registradora. Se había encaramado a uno de los taburetes altos destinados a los clientes y, vencido sobre la barra, daba la espalda a la puerta de entrada. Llevaba un escueto mandil repleto de manchas atado a su espalda y sudaba como si se hallara picando piedra.

A pesar de que las cuentas de la cortina anunciaron su entrada, el hombre no advirtió la presencia de André, que desde el escalón inferior observó su cráneo reluciente y advirtió cómo, a modo de tic, se llevaba la mano hasta el bigote para retirar el sudor. No parecía molestarle la música estridente procedente del televisor elevado que convertía el desolado interior en algo próximo a una feria. André, acostumbrado al silencio de los campos y de una casa retirada, a punto estuvo de llevarse las manos a los oídos.

En un rincón, sobre el mármol, a pocos palmos del hombre, algunos recipientes de hojalata en cuyo interior flotaba el correspondiente cazo agujereado contenían aceitunas. Junto a ellos, una bolsa enorme de cacahuetes con las cáscaras cubiertas de sal y otra todavía mayor de patatas fritas. Detrás de la barra, en un calendario en blanco y negro, una Virgen de la Macarena colgando de una cuba, un póster con la alineación de un equipo de fútbol que André no llegó a reconocer y un listado escrito a mano sobre una pizarra del tamaño de una ventana pequeña con el precio de las posibles consumiciones y del litro de los diferentes vinos y espirituosos que también podían adquirirse en fracciones menores. Ensartada mediante clavos de las anillas descubrió el chico una colección no muy extensa de llaveros. Del techo colgaban varias tiras de plástico amarillo en las que habían perecido sin remedio moscas y mosquitos que no habían conseguido escapar a la pringosa trampa.

André se demoró en la contemplación del Nuevo Bar Ribera sin que el hombre responsable, absorto en la lectura de algún crimen especialmente truculento, se diera por aludido. No tenía grandes expectativas respecto a lo que esperaba encontrar, por eso no se sintió defraudado, aunque el diminuto local se le antojó demasiado oscuro, algo maloliente y casi sórdido en su decrepitud. De hecho, se había acercado hasta el bar-bodega sin tener muy claro el propósito que le llevaba hasta allí. Quizás solo pretendía recuperar recuerdos, personajes, imágenes que la vida y el obstinado silencio de su padre le habían hurtado. Quizás esperaba algo más. Todavía no podía saberlo. Quizás no lo sabría nunca.

Plantado en el primer escalón, aturdido por el ruido y escrutando el interior de un bar diminuto y sin la menor pretensión, intentó capturar cada detalle.

Un par de minutos después giró André sobre sus pasos, apartó la cortina y salió. Pasó de la oscuridad a la luz, del Nuevo Bar Ribera a la calle Blasco de Garay, como si de repente apareciera en otro mundo, un lugar no mucho mejor, pero en el que el ruido podía soportarse y el olor no ofendía. Sintió ganas de llorar, unas ganas terribles de romper a llorar acurrucado en la esquina. No lo hizo.

Inició el descenso en dirección al Paralelo sintiendo cómo la temperatura de las aceras recalentadas abrasaba ya las plantas de los pies y cómo el corazón parecía encogerse y arrugarse como tiempo atrás lo había hecho el cuerpo de Rufina, su desafortunada bisabuela.

Capítulo 21

Cuando la noche anterior el tren llegó a la estación de Francia y André se apeó en mitad de un andén que le pareció infinito, se sintió como si de entre todos los que allí se encontraban fuera el único que no sabía a dónde dirigirse. Junto a él hombres y mujeres de toda condición trajinaban bultos, maletas y criaturas. Gritos, voces, rumor de motores...

Todos los que como Andrés acababan de bajar del tren se afanaban buscando entre los rostros el semblante conocido del amigo o del pariente o se apresuraban con determinación en dirección a la salida. Todos, sin excepción, parecían cansados. Lo estaban.

André, en pleno duelo por la pérdida reciente, sentía tantas ganas de llorar que asió la maleta como si se tratara de una mano y empezó a caminar hacia la salida. Caía la noche y le aterraba la idea de afrontar la oscuridad a solas en mitad de unas calles que no había pisado nunca. Seguía sin conocer el motivo del viaje que había emprendido bajo los efectos del dolor extremo. Un escapar que era partida, llegada, regreso. Quizás locura. Una forma de locura transitoria.

Pero retornar ¿adónde? ¿Con quién? ¿Para qué? Ni tan siquiera sospechaba qué es lo que pretendía encontrar si es que pretendía encontrar alguna cosa.

André se aventuró sin pensarlo dos veces en el primer portal en el que había podido leer que disponían de habitaciones. Era una pensión de mala muerte y, como pronto podría comprobar, de peor vida. Estaba muy cerca de la estación, en una de las bocacalles cercanas y él necesitaba un lugar en el que sofocar tanta inquietud. Un lugar en el que llorar a solas.

Una mujer muy mayor, que apenas conservaba pelo en la cabeza y que le habló a gritos como si estuviera completa y definitivamente sordo, le entregó una llave, la de una habitación inmunda del segundo piso. Le exigió, con los ojos extrañamente entornados y acercándose tanto que André pudo comprobar la fetidez de su aliento, el pago de tres días por adelantado. Le advirtió que no podría traer chicas y que nada de comer en la habitación, como si en lugar de la llave de un cuchitril le confiase la de una suite.

La vieja, que según dedujo porque palpaba largamente cada objeto para reconocerlo, apenas podía verle, extendió hacia él unas manos ya ligeramente deformadas por la enfermedad. Como si tuviera las pupilas en las yemas de los dedos separados y rígidos y pudiera captar sus rasgos y sus intenciones a través de la piel.

André, pretextando cansancio, corrió escaleras arriba para perderla de vista mientras ella le recomendaba a gritos, a través del hueco de la escalera, que utilizara el pestillo interior durante la noche.

—Yo no quiero sustos ni reclamaciones que por cuatro perras que pagan se creen que van a tener a un policía en cada puerta.

Desde el rellano del segundo piso, André pudo verla en el arranque oscuro de las escaleras. Los malogrados ojos casi completamente cerrados, los brazos extendidos y el cuerpo ligeramente encorvado. Continuaba hablando en voz alta, casi a gritos, probablemente para que los alojados en el establecimiento se dieran por enterados de que ella, la vieja calva medio sorda y casi ciega, era una mujer prevenida, de que estaba al cabo de la calle.

—No siempre puede una fiarse de los huéspedes. Corre cada uno… Hasta las bombillas se llevan algunos. Y las sábanas. Y después, ve y busca que si te he visto…

Tras una leve pausa, todo el mundo necesita respirar en algún momento:

—Y, cuando salga, eche la llave, que aquí el que no corre vuela.

Era su curiosa manera de evidenciar que no ignoraba los trapicheos ni la mala vida de algunos de sus clientes. Una manera como cualquier otra de quejarse de la clamorosa insolvencia de algunos de ellos.

Mientras al atardecer del día siguiente se acercaba de nuevo a la pensión sin otro motivo que el cansancio y la desolación, André recordaba el somier viejo y deformado, que parecía un gran cesto de alambre, y la ventana, que daba a un patio interior tan ruidoso de día como en mitad de la noche. Una especie de pozo clausurado cuya boca habían protegido con una techumbre de uralita. A pesar de que no sentía el menor deseo de encerrarse en la habitación oscura y mal ventilada que le había asignado la vieja la noche anterior, apresuró el paso y caminó hasta allí abrumado por el intenso y húmedo calor que entorpecía el pensamiento y debilitado por un ayuno prolongado del que apenas era consciente. Era el menor de los males posibles.

Subió las escaleras tan deprisa como pudo y sin hacer el menor ruido esperando no cruzarse con ella. Lo consiguió y se encerró echando el pestillo. Ni por un momento pensó en dejar de hacerlo. Sentía todos los miedos posibles y todas las incertidumbres. No sabía cuál debía ser su próximo movimiento, ni tan siquiera si debía insistir o regresar a casa cuanto antes y buscar la compañía y el consuelo de Serafín, la cercanía protectora de Alain o las paredes de aquel caserón enorme que nunca había pensado abandonar. Podía incluso plantarse en París junto a Blanche y a Jérôme, cuya familia se había trasladado a la capital años atrás cuando, a finales de los 40, el bistrot recuperó la actividad mermada por la guerra y los beneficios aumentaron considerablemente. Un hombre cojo no tenía muchas opciones.

Más que tenderse, se desplomó sobre la cama y fijó la vista en el techo atravesado por mil grietas de un extremo a otro. Pudo constatar la incomodidad del camastro y la aspereza de las paredes desiertas. Recorrió con la vista la habitación pequeña y pintada de verde como un quirófano, el lecho ruidoso y tan combado que el cuerpo parecía descansar en el fondo de un saco, el crucifijo con un Cristo sangrante que presidía la cabecera de hierro y del que apenas veía las plantas de los pies y los brazos de la cruz, la silla de anea a los pies de la cama y el armario vacío y comido de polillas cuyas puertas no cerraban.

Junto a la ventana, el espejo manchado de óxido y picado en su totalidad sobre una pila quebrada de loza y un grifo de cobre. Sobre la pila un vaso de cristal azul. A través de la ventana que se abría a ninguna parte apenas llegaba la luz del mediodía.

Chocar de platos, cerrar de puertas, trasiego de sillas, voces, algún que otro grito, el llanto de un niño y agrios lamentos de un par de viejos enzarzados en una discusión vana. Transistores que se estorbaban unos a otros, que se solapaban, que se confundían o que entraban en franca competencia desmenuzaban, pasado más de un mes, el terrible balance de víctimas de la catástrofe en Los Ángeles de San Rafael, construían halagadores perfiles de Pompidou, recién proclamado presidente de Francia, ensalzaban la gesta de Eddy Merckx o informaban a los cuatro vientos de que el Generalísimo había designado a su sucesor. Todo ello en un patio de luces que bien podría haberse conocido como patio de ruidos, dado que la luz era apenas una sospecha y los ruidos una evidencia clamorosa.

Todo ello parecía ocurrir a la vez, fuera y dentro de la habitación en la que André, con los postigos irremediablemente abiertos a causa del calor asfixiante, no conseguía tranquilizarse. De tarde en tarde la cadenciosa sonoridad de un bolero aminoraba el frenético parloteo y en ella se refugiaba André para seguir la confusa deriva de sus pensamientos.

«Bajo el palio de la luz crepuscular,
cuando el cielo va perdiendo su color,
quedo a solas con las olas espumosas
que me mandan su rumor».

Compadecido de sí mismo, apiadado de su vida reciente, André esperaba clemencia. No la había. Se sucedían lentamente las imágenes de momentos mejores y, en una secuencia diabólica, las de los más tristes. La luz y el desgarro en un todo confuso y desesperante. El aroma de los instantes pasados entre las viñas, el ondear de los campos floridos, la extraña demencia de Claudine, el rostro de Andreu, agonizante, los ojos cerrados, las manos abandonadas...

Calurosas mañanas de domingo cuando el trabajo ya menguaba y el calor oprimía el pecho como una piedra en las costillas. «¡Me cago en el Santo Oficio!». El llanto mal disimulado de Claudine, su cansancio, la respiración trabajosa de Andreu. Encajonados en una furgoneta repleta de sacos y de grandes cestos en Cassis junto a Alain, a Serafín o a Gilles, el hijo de Bidault, cuya hermana Flore, una joven retraída, de ojos claros y nariz respingona, era pretendida obstinadamente por Serafín. «¡Me cago en las fiestas de guardar!». Claudine, desesperada. Claudine maldiciendo a su marido, renegando de su memoria. Claudine, que juraba arrepentirse de los años pasados a su lado. La playa y el puerto de Cassis, quizás la imagen que más le sosegaba. El mar, los mástiles, los toldos de colores... El recuerdo de la bella población le ayudaba a combatir la angustia.

«Mirando al mar soñé,
que estabas junto a mí.

Mirando al mar yo no sé qué sentí,
que, acordándome de ti, lloré».

Tendido en una cama en cuyas profundidades parecía mecerse a cada nuevo movimiento, buscó consuelo en las soleadas arenas, entre las barcas y junto a las vistosas casas de colores. Removió en su memoria hasta encontrar alivio en el regreso, en la mirada que vuelve atrás, hacia los días radiantes que habían desaparecido en pocos meses.

Podía evocar a su padre, el torso al sol, callado, tendido con los ojos cerrados y una media sonrisa, y a Claudine, junto a él, el largo cabello recogido sobre la nuca, el cuerpo cubierto de pecas, un *maillot* azul con una gran lazada en el escote y la mano de él entre las suyas. Bella, voluptuosa en una madurez espléndida, feliz.

Andreu nunca se adentraba en el agua, decía que estaba demasiado fría y que de frío había pasado ya más de la cuenta. Si, presionado por su hijo o por Claudine, aventuraba un pie en la orilla, allí donde se derraman las olas, su piel se tornaba morada, temblaba y pasaba un buen rato antes de que le abandonaran los escalofríos.

Se recordaba a sí mismo en las tranquilas aguas. Apenas un muchacho de piernas largas que se encaramaba a la espalda de Serafín para saltar jaleado con palmas por Alain, que ni en el agua se desprendía de su sombrero de paja. Consciente de sus escasas aptitudes

intelectuales y habiendo oído decir que el sol reblande-
cía el cerebro, hacía años que procuraba andar siempre
cubierto.

André, tendido en el camastro de la pensión y con
los ojos cerrados, esbozó una sonrisa. Gilles, junto a
ellos, reía, aplaudía y se sumergía rápidamente al tiempo que André se hundía en un alboroto de espuma. Un
insólito grupo bien avenido que por unos momentos
disfrutaba del mejor de los mundos posibles.

«La dicha que perdí,
yo sé que ha de tornar,
y sé que ha de volver a mí,
cuando yo esté mirando al mar».

Andreu no esperaba recuperar la felicidad perdida
como con tanta determinación aseguraba Jorge Sepúl-
veda. Ni en Cassis ni en ninguna otra parte. Quizás, con
el tiempo, olvidaría, levantaría cabeza, quizás podría volver a recuperar algo de lo que había sido su vida. Había
oído decir que el tiempo todo lo cura. André confiaba
que así fuera.

* * *

La sombra en los pulmones detectada por monsieur Rivaud tras un catarro que no acababa de remitir era un

vestigio de los pavorosos meses pasados en Dachau. La huella del horror.

—No es normal, no, Andreu. Usted, Ribera, tiene el pecho manchado, una zona oscura. Por eso se fatiga usted muy pronto. Lo he visto antes en personas que, como usted, han soportado condiciones extremas, que han padecido carencias, que no han curado bien… Hay personas que han sobrevivido a enfermedades que no sabían ni que padecían. No pidieron ayuda, quizás no tuvieron ocasión. Remedio no hay, la parte dañada no se recuperará, no puedo engañarle, una afectación en un pulmón no desaparece. Funcionará a medias el resto de la vida. Pero si se cuida usted y la cosa no va a más, puede usted vivir muchos años. Nos puede enterrar a todos. Puede usted vivir tantos años como yo —le aseguró monsieur Rivaud, que había alcanzado celebridad entre sus enfermos porque a su avanzada edad continuaba persiguiendo obstinadamente hadas en el culo de las botellas noche tras noche en el Café du Progrès.

De bien poco le sirvieron a Andreu las bienintencionadas, y no del todo ciertas, palabras del doctor. Siempre le resultó difícil a Rivaud pronunciar sentencias de muerte.

A pesar de que Andreu abandonó paulatinamente el trabajo en las viñas para ocuparse de cuentas, trámites y gestiones y de que aprendió a conducir una destartalada furgoneta y dejó definitivamente de pedalear, experimentaba cada vez más a menudo un dolor tan intenso que le obligaba a detenerse y a recogerse sobre sí mismo. Con el torso inclinado ralentizaba la respiración e intentaba sobreponerse lo antes posible. Trató, mientras pudo, de ocultar a Claudine el avance de la enfermedad, disimuló, se alejó cuando fue preciso o simplemente restó importancia a la falta de aire. Sellados los labios para no alarmarla, retiraba de sus ojos las lágrimas que afloraban con cada acceso de tos y corregía como podía el rictus de dolor.

Nada dijo durante muchos meses de aquel desgarro cada vez más intenso y más frecuente y le suplicó a monsieur Rivaud que, dado que no había remedio, no explicara nada a Claudine del terrible mal que ambos sabían que avanzaba irremisiblemente.

Cuando algunas noches, sacudido por la todavía recurrente pesadilla de encontrarse descalzo sobre el barro, temblando de frío y con la sensación de que los pies, próximos a la congelación, habían dejado de pertenecerle, Andreu despertaba del sueño, atribuía el ahogo a la angustia no desvanecida. Arropado por su cabello anaranjado que el tiempo había respetado hasta la madurez, como hace en ocasiones con las cosas más bellas, acunado por sus palabras y tranquilizado por su presencia, Andreu boqueaba trabajosamente. Inhalaba con esfuerzo un aire que cada vez le resultaba más doloroso conseguir y, pasados unos minutos, recuperaba el ritmo habitual de su respiración. Era entonces cuando Andreu correspondía como podía a sus desvelos, a sus besos y a sus caricias. Cuando le aseguraba que se encontraba bien, que la quería con toda el alma, que envejecerían juntos y que juntos verían a André hacerse un hombre, un buen hombre.

Nada supo Claudine durante los primeros meses del estado de Andreu ni de que este se agravaba con el paso de los días. Ocupado como estaba en otros asuntos no acertó a intuir que si apenas visitaba las viñas era por el calvario que le suponía caminar, agacharse, cargar cestos y herramientas… Andreu cada vez tenía más dificultades para respirar y buscaba mil excusas para su tos crónica y cada día más penosa. Inventaba mil fútiles excusas que le retenían en casa ocupado en las cuentas y restaba importancia al esfuerzo que le suponía subir una cuesta o cargar con un cesto. Demasiado pronto remontar las escaleras y emprender el camino del dormitorio se convirtió en un calvario y las décimas que aparecían con el atardecer y que había conseguido ocultar se convirtieron en una fiebre alta y devastadora que hizo saltar todas las alarmas.

Claudine se lamentó agriamente y formuló todos los reproches. Monsieur Rivaud apenas pudo hacer nada y los especialistas de Aviñón se limitaron a administrar algún paliativo.

—Cura no hay ninguna, señora. Lo que tiene su marido no se cura. Puede usted consultar a otros, pero las pruebas no dejan lugar a duda. Ni a duda ni a esperanza. Lo lamento, me gustaría poder darle mejores noticias, sé que es difícil asumir algo así, pero...

Claudine abandonó la consulta, pero no la esperanza de encontrar un remedio. Visitó sanadores, curanderas y expertos en hierbas medicinales. Incluso pagó a una vidente que, tras sujetar sus manos durante unos instantes, le aseguró que Andreu acabaría por sanar, que sería un proceso largo, pero que la curación era cierta.

André había crecido rápido y era un muchacho sensato y bien formado que luchaba todavía por armonizar pasos y ademanes y por vencer todo tipo de inseguridades. Continuó asistiendo a clases, aunque dejó de hacerlo regularmente, y tomó el relevo de su padre al frente de los números. Asistido de cerca por Serafín, también André aprendió a conducir la furgoneta blanca que años atrás había sustituido al carro y al caballo torpón y en la que Serafín había pintado en letras rojas:

«Le vignoble de Claudine».

Postrado en el lecho, apoyados cabeza y torso sobre grandes cojines que lo mantenían alzado día y noche y asistido en todo y para todo por su esposa, Andreu se debatía entre la mortecina vigilia y el delirio febril. Y, a pesar de que su estado no dejaba de agravarse, Claudine seguía rechazando de plano la idea de que la enfermedad de Andreu no tenía curación posible. No le importaba que Andreu, consumido por la fiebre, farfullara incoherencias, que tosiera espasmódicamente, que se convulsionara o que pareciera poseído por los peores demonios.

—Acabará por curarse, se lo aseguro. Será largo y no será fácil, pero se curará. Puedo verlo —había vaticinado la vidente.

Durante los cada vez más cortos periodos de lucidez, Andreu acariciaba el cabello de su esposa y le repetía una y mil veces que la amaba, que la amaría siempre. Claudine sostenía sus manos de dedos como sarmientos y colocaba, uno tras otro, paños empapados en colonia sobre la frente del enfermo para bajar así la fiebre, que no le abandonaba. Seguía asegurándole que pronto se levantaría del lecho y que volvería a las viñas, que regresaría al mercado y que juntos, siempre juntos, apurarían una copita de absenta.

Nunca se permitió Claudine pensar en su muerte. Delegó el funcionamiento de la casa y de los campos en manos de Alain y de Serafín y apenas se separó de la cabecera de la cama.

Ginesa visitaba a menudo al enfermo y le explicó a Serafín tras haber cerrado la puerta de la alcoba:

—A este hombre se le han roto las costuras. Yo vi a uno que empezó tosiendo como él, así, igual que él, retorciéndose como él. Se había roto, como si se hubiera descosido por dentro. Acabó escupiendo el alma.

—¡Me cago en los santos inocentes! Calle usted, madre. No venga con esas. Y no diga más barbaridades, que la pueden oír. ¡Me cago en la sagrada forma!

—¡Serafín! Por Dios te lo pido. No hables así, y menos delante de mí. Un día lo vas a ofender y después tendremos de qué arrepentirnos —respondió Ginesa airada mientras se santiguaba y señalaba al cielo como si desde allí, desde la celestial estratosfera, alguien pudiera oír y condenar las palabras de su irreverente hijo.

—Rece usted por mí, madre, no sabe usted hacer otra cosa, que yo diré lo que me venga en gana. Además, no sé de qué se lamenta. Es lo único que he sacado de mi padre, usted siempre dice que era un quemaconventos, eso y el no poder estar quieto. Siempre ha dicho usted que mi padre era un comecuras. Usted y todos, un comecuras y un canalla. Y lo de canalla, lo digo yo. Ya ve usted la herencia, madre. ¡Ah! Y lo que acaba de decir no lo repita usted en esta casa. Si se muere, se muere, pero lo que escupe Andreu es sangre, madre, sangre. El alma no se escupe como una flema. Ni aquí ni en Lorca.

—¡Ay, hijo! Las verdades no le gustan a nadie, pero este hombre, lo quieras o no, no ha de durar. Te lo digo yo, que he visto morir a muchos. Hay rotos, Serafín, que no tienen zurcido.

Capítulo 22

Regresó André al Ribera al día siguiente cuando ya la tarde barría las aceras y desde el mar una brisa ligera aliviaba el intenso bochorno. Había pasado la mañana entera, y buena parte del mediodía, tendido en aquella cama que crujía, se balanceaba y parecía a punto de desbaratarse al menor movimiento y en la que las sábanas húmedas se adherían a la piel como una repugnante membrana. No se había movido de allí en muchas horas y tenía el estómago tan vacío que de repente sintió la urgencia de sentarse a una mesa y saciar el apetito.

Se había duchado a toda prisa en un cuartucho inmundo al final del pasillo por no cruzarse con la vieja patrona. La toalla clareaba de tan raída. Se había afeitado con la nariz rozando el mellado espejo de la habitación a la escasa luz procedente del patio de vecinos. En la habitación colindante alguien había encendido un aparato de radio y André podía entender sin el menor esfuerzo todo cuanto el locutor decía.

Avanzado el mediodía bajó las escaleras sin hacer ruido y no se topó con la anciana, aunque pudo entreverla sentada en el umbral de un cuartucho cerca de la entrada. Parecía dormitar con la cabeza rendida sobre uno de sus hombros, el brazo derecho colgandero, la mano rígida por la artrosis y un enorme abanico negro abatido sobre el pecho. Tampoco se cruzó con ningún otro huésped.

Apremiado por el hambre desestimó, por desierto y nada atrayente, el local contiguo a la pensión y se aventuró en el siguiente, un bar-restaurante de escasas ambiciones. El calor sobre la acera resultaba asfixiante y a André no le quedaban arrestos para seguir buscando. Un ventilador blanco y de palas grandes como remos del que pendía una cadenita dorada giraba despacio en mitad del techo. Con un rumor apenas audible se limitaba a desplazar delicadamente el aire caliente para mejor repartirlo entre los comensales. Las mesas, todavía sin recoger, estaban atestadas de tazas de café, de copas y de ceniceros repletos de colillas. Dos camareros echaban cuentas sobre diminutas libretitas a los clientes que habían alargado sus cafés y que se demoraban junto al mostrador. Ambos movían los labios mientras calculaban en un murmullo como hacían los niños en las escuelas. Ninguno de los parroquianos deseaba enfrentarse a un sol iracundo capaz de fundir sobre los adoquines los más sólidos propósitos, achicharrar las mejores ideas y calcinar el ánimo del hombre más templado.

Cuando, mal que bien, hubo comido y puso de nuevo el pie en la calle, el calor se atenuaba ya y, sin una clara determinación, casi por una inercia cuya existencia ni sospechaba, André recorrió las desiertas arterias de una ciudad que se desperezaba. Caminó despacio y en cualquier dirección, buscó un mar intuido que se ocultaba a la vista. Contempló las aguas sucias de fuel, espesas y humilladas de un recodo maloliente y salpicado de barcazas, viejos remolcadores y algún destartalado barco mercante. Un mar inmóvil, amodorrado, como una gran balsa negra. Una charca en la que las manchas de combustible se unían unas a otras y formaban un continuo irisado, denso y levemente ondulante.

Bien entrada ya la tarde André recaló en el Paralelo. Hombres y mujeres, orgullosos supervivientes de una canicular tarde de finales de julio, paseaban en ruidosas cuadrillas de jóvenes o arrogantemente cogidos del brazo. Vestidos llenos de flores, camisas muy blancas, zapatos brillantes, algún piropo, un requiebro al paso de una llamativa joven con minifalda que no consiguió entender, muchas risas… La ciudad se le antojó dividida en compartimentos. La gran avenida, cada vez más llena de gente aparentemente afortunada, parecía pertenecer a una ciudad próspera, alegre, bulliciosa, en la que los rótulos luminosos reclamaban la atención de los caminantes y los coches hacían sonar los cláxones sin la menor razón, como si se sumaran graciosamente a un festejo.

Justo al otro lado de la gran avenida, en el arranque de Montjuic, reconoció la embocadura de Conde de Asalto. No lo pensó dos veces, ni siquiera lo pensó una vez. Se encaminó hacia la montaña en dirección contraria a la de los muchos hombres que descendían afanosos, recién afeitados y bien domeñado el cabello por la brillantina, en dirección a bares y cervecerías; quizás más tarde, si el dinero acompañaba, asistirían a algún espectáculo de variedades.

Un corro de hombres jóvenes y no tan jóvenes aguardaba a las puertas de El Molino la llegada de alguna de las chicas de revista. Con algo de suerte podrían ver al paso a una de las *vedettes*.

La calle en pendiente pertenecía a otro mundo, otro compartimento. Un espacio no tan holgado jalonado por fachadas y balcones mal envejecidos y por comercios casi decrépitos. No tardó en dar con la esquina que había visitado la tarde anterior. En el Ribera un puñado de hombres muy mayores hacía restallar sobre las dos únicas mesas las fichas del dominó. Los viejos maldecían a voces su escasa suerte, se increpaban o se reían de la mala estrella ajena. Algunos, acodados en la barra, contemplaban la pantalla del televisor colocado casi sobre la puerta. Ninguna mujer entre ellos. La imagen, en blanco y negro, mostraba las excelencias de un pueblo castellano en el que los habitantes, todos ellos bajos y cetrinos, sentados en un banco, sonreían mientras entornaban los ojos o se llevaban la mano plana hasta la frente a modo de visera. Un sinfín de arrugas acuchillaba sus sienes.

En el aire el olor dulzón del anís y el de los puros que descansaban en los ceniceros. No era el Ribera un local en el que predominara la buena fortuna, solo se necesitaba un vistazo para entender que los clientes, gente muy humilde, tomaban asiento poco después del mediodía y no se levantaban hasta saber cercana la hora de cenar. Con pocas pesetas en el bolsillo y sin mayores expectativas, el Ribera era el lugar en el que dejar correr el tiempo en compañía alargando hasta el infinito el vaso de vino, la caña de cerveza o el carajillo de coñac.

André se acomodó en un taburete justo cuando el reportaje de las tierras castellanas cedía paso a las imágenes del Caudillo acompañado de su esposa y de un cardenal circulando despacio en un coche descubierto. Esperó a ser atendido por el camarero que, respirando con evidente esfuerzo, se llevaba el mandil al rostro para secarse el sudor.

André no tenía prisa.

—¿Qué va a ser? —le preguntó mientras con una bayeta retiraba los círculos que el vino tinto y peleón dejaba sobre el mármol.

—Una cerveza fría.

Cuando plantó la cerveza ante él, André aprovechó para preguntar por Andrés Ribera. El camarero, parco en palabras, señaló el extremo opuesto de la barra. Un hombre muy mayor, encorvado y sorprendentemente abrigado para la temperatura asfixiante que reinaba en el local liaba un cigarrillo con dedos temblorosos. Apoyaba un codo en la barra para estabilizar el brazo en lo posible. Era inútil. Las hebras de tabaco se esparcían contra su voluntad sobre el mármol veteado. El hombre mascullaba maldiciones mientras seguía colocando el tabaco consumido por la impaciencia. A pesar de las dificultades continuaba intentando enrollar el papel hasta que por fin se consideró razonablemente satisfecho y se lo llevó a los labios para humedecerlo y sellar así el cigarrillo. El resultado era un pitillo sin filtro y tan fino que más parecía un mondadientes. La llama titubeante de un mechero de petróleo prendió al segundo intento y el papel de fumar se batió rápidamente en retirada cigarro arriba.

André observó al hombre durante unos instantes antes de dirigirse a él. Era un anciano menudo cuyo cuerpo se inclinaba hacia adelante, nada en él recordaba a su padre. André había oído decir que los cuerpos menguan con la edad, pero no esperaba encontrar a un hombre enflaquecido y de pequeña estatura. Le extrañó su apariencia extremadamente enjuta, su rostro surcado por mil y una arrugas y la expresión casi feroz de su rostro. Andreu Ribera, el deportado, nunca tuvo una mirada parecida.

Tampoco recordaba André la ira contenida en sus gestos, que fue lo primero que le llamó la atención al ver al viejo Andrés Ribera escorado sobre la barra y maldiciendo ceñudo su suerte, su estampa y sus temblores.

Resignado, Andrés Ribera se concentró en el humo con la aplicación que otros dedican a las páginas de un libro, las notas de una melodía o el pase magistral del balón a un delantero que tiene en las botas la posibilidad de gol. Enfrascado en el humo con los ojos entornados y una copa de coñac al alcance de la mano, los labios del viejo Ribera o «Ribera el hijoputa», como también le conocían en el barrio, parecían palpitar. Temblaban sin remedio tal y como lo hacían sus manos mientras mordisqueaba el cigarrillo entre los pocos dientes que le restaban. Vestido como en lo más crudo de un invierno especialmente frío, tenía la apariencia de un mendigo.

Se acercó a él.

—Le invito a otra copa.

—Y eso ¿por qué? —inquirió el viejo intentando enfocar al extraño.

—Le estaba buscando.

—No lo creo. Yo no te conozco de nada y las copas me las pago yo. No me gusta deber nada a nadie.

Se giró el viejo Ribera en un intento por darle la espalda. No era un hombre amable.

—¿Es usted Andrés Ribera?

El viejo no respondió.

Durante unos instantes, André consideró la posibilidad de irse y olvidarse del hombre poco sociable que olía a sudor, orina y vejez.

—Mi nombre es André Ribera, creo que es usted mi abuelo —pronunció el chico en el tono del que lanza un desafío.

—Yo no tengo nietos, ni falta que me hacen. Si necesitas un abuelo, búscate a otro, hay más viejos en este barrio, alguno picará. A mí no me vengas con esas.

—Tuvo usted un hijo, Andrés Ribera, se llamaba como usted, aunque siempre le llamaron Andreu.

—Qué sabrás tú.

El viejo tiró la colilla humedecida al suelo y la pisó.

—Era mi padre.

—Mira, chaval, no sé qué haces aquí ni por qué has venido, pero de mí no vas a sacar nada. Aquí no queda nada y yo solo tengo lo que ves y un lugar en el que caerme muerto un día de estos. Si necesitas un abuelo, aquí hay más viejos que pulgas, así que…

—No quiero nada de usted. No espero nada. No le necesito —respondió André con toda la arrogancia que pudo reunir mientras caía en la cuenta de que no tenía ni idea de por qué estaba allí aguantando las impertinencias de un viejo maloliente.

—Pues largo, que aquí no se te ha perdido nada —le contestó ásperamente Andrés Ribera—. ¡Ah! Y no vengas con cuentos. Andreu murió, aquí todo el mundo lo sabe. No volvió nunca. Lo mataron los nazis como a tantos infelices. Nadie volvió a saber de él.

—Mire, no quiero su dinero, solo quería hacerle unas preguntas, pero en cuanto a mi padre… Está usted muy equivocado. No murió, salió con vida del campo, de Dachau. Sobrevivió. Era un hombre fuerte. Y un buen hombre.

A André las lágrimas se le atropellaron en los ojos. Continuó plantado frente al viejo, sosteniendo en el aire una cerveza mediada y pensando en salir corriendo de aquel lugar y olvidar definitivamente al anciano malcarado que apuraba ruidosamente su coñac.

—Sobrevivió, aunque no parece que le importe —añadió ante el silencio del anciano, que apenas se había inmutado.

—Cierto, tienes más razón que un santo. No me importa. De hecho, preferiría no hablar de él. Ni de él ni de nadie.

—Pero era su hijo. Su hijo. ¿No le dice nada? No se preocupó de buscarlo, ni de saber si seguía vivo o… ¿Cómo puede…?

—No te creas todo lo que te digan, chaval. La gente miente mucho.

—Mi padre no mentía. Tampoco él quería hablar de usted. No quiso nunca. Le pregunté mil veces. Por usted, por mi abuela… No quería hablar, y no me extraña.

—Él quizás no —respondió alzando los hombros.

—Entonces ¿quién? ¿Quién mentía? ¿Qué quiere usted decir? —inquirió elevando la voz, pero en el Ribera a nadie pareció preocuparle. Las fichas de dominó continuaban restallando contra las mesas y en el televisor una joven en minifalda, botas de caña alta y una cinta en el pelo le cantaba al sol, al verano y a la playa.

—Oye, hijo. A mí no me vengas con monsergas que para lo que me queda ya he visto bastante. ¡Ah! Y yo no miento nunca —remató airado.

—Entonces quizás pueda usted explicarme un par de cosas. Necesito saber qué…

—Quizás pueda, pero no creo que te convenga. Hazme caso, hay cosas que es mejor no saberlas. Ni te conozco ni te aprecio, pero sé que a mí la vida me habría ido mucho mejor sin saber algunas cosas, con las justas me habría apañado mejor. Y a tu padre…

El viejo escupía las palabras y ponía en ellas tanta acritud que parecían abrirse paso medio magulladas por sus dientes y devoradas por la amargura.

—A tu padre otro gallo le habría cantado. A todos nos habría ido mucho mejor.

—Por favor, solo quiero que usted me explique qué pasó. Necesito entender. Lo necesito. Mi padre se negaba a hablar y si yo insistía era mucho peor. ¿Por qué los dejó aquí? ¿Por qué se marchó y no volvieron a saber nada? Alguna razón tiene que haber para que…

—Yo ya no tengo nada que esconder y me importa todo muy poco, pero ya te lo he dicho, no creo que te convenga saber más de la cuenta. La vida es como los pepinos, tiene un culo que amarga y es mejor no tocarlo. Mejor no remover la mierda.

El viejo se llevó la mano derecha hasta los ojos cerrados y presionó. Quizás pretendía apartar el velo blancuzco que los empañaba sin tregua ni remedio.

—Por favor…

André dejó la cerveza sobre la barra. Esperaría. Rogaría. Suplicaría si era necesario.

—Mira, chico. Te he dado un consejo y no voy a cobrarte nada por él. Si insistes, no me vengas luego con reclamaciones. Piénsatelo bien. No vas a sacar mucho y nada será bueno. El que avisa… Además, yo ya me voy.

El viejo le dio la espalda de nuevo unos instantes. Moviéndose muy despacio recuperó el bastón, que col-

gaba de la barra. Todo él parecía temblar involuntariamente a medio camino entre la enfermedad avanzada y
la rabia todavía más avanzada.

—Mañana estaré aquí —afirmó André de manera
casi automática.

—¡Joder! Como quieras, pero si decides volver trae
algo de tabaco como Dios manda y no esta porquería que
venden aquí por cuatro perras y que sabe a trapos sucios.

André no pudo evitar pensar que el olor a trapos
sucios acompañaba a aquel hombre a cualquier parte.

—No parece que las cosas te vayan mal. En todo
caso seguro que te van mejor que a mí.

* * *

Con la enfermedad ya muy avanzada, Andreu apenas
acertaba a saber dónde se hallaba. Febril y completamente desorientado, creyó más de una vez que se encontraba en el bistrot, en la cama de Blanche, envuelto
en los vapores de lavanda, el aroma que le acompañó
día y noche durante su recuperación. Aturdido reconocía el perfume a espliego que se había alojado en su
mente como solo lo hacen algunas cosas, las esenciales,
las que uno nunca olvida aunque ponga en ello todo su
empeño, las que se hallan en el centro exacto de una
vida. El olor a lavanda del agua de colonia estuvo presente en sus peores días; también junto a Claudine en

los más dichosos. En la toallita humedecida en colonia que Blanche acercaba hasta su frente y en el cabello de Claudine, en su camisón, en su escote.

No alcanzaban sus sentidos a discernir que, en aquella ocasión, abatido por la enfermedad, era otro el lecho, otra la mujer que se desesperaba a su lado, otro el dolor.

Muchos años atrás, en la habitación de Blanche, Andreu había confiado su vida entera en manos de una desconocida que pacientemente se dedicó, entre otras muchas atenciones, a enfriar su frente con colonia. Los vapores del alcohol alcanzaban su nariz y Andreu experimentaba un intenso escozor entre los ojos. Por momentos creía tener en los bronquios el rescoldo de una brasa.

Como hiciera su hermana, Claudine, incapaz de ofrecerle mayor alivio, no se movía de su cabecera y pasaba las horas empapando una y otra vez la toalla y aplicándola sobre su frente, en sus sienes, en sus muñecas, sobre su pecho. Así se lo había aconsejado el doctor Rivaud, que no esperaba milagros, pero sabía que Claudine necesitaba hacer algo por él. No podía limitarse a quedarse de brazos cruzados y ver cómo agonizaba.

Colonia, inocuos vapores de eucaliptus y un consomé bien cargado dos veces al día. No lo curaría, pero ella se sentiría mejor, más útil.

De vez en cuando el cuerpo de Andreu se tensaba como si sufriera una convulsión. Respiraba con tanto esfuerzo que Claudine, desesperada, creía verlo morir a cada nuevo espasmo. En su delirio, al enfermo los recuerdos se le antojaban tan reales, tan verdaderos, que en sus oídos sonaban todavía los gritos y las imprecaciones de los militares alemanes y en su mente se mezclaban pasado y presente en un todo de pavor y de fiebre. Tan pronto creía deambular por el Lutecia arrancando listados de las manos de familiares y amigos de deportados a la captura del nombre de Rosa calzando las botas del oficial huido, como imaginaba que, fusil en mano, luchaba por su vida a la altura de Gandesa, que atendía a Jacinto, que agonizaba en su lecho del hospital o que se aproximaba al cabello fragante de Claudine. En ocasiones creía ver las lámparas de araña del Lutecia y reconocer molduras y dorados o experimentaba el frío del suelo cubierto de nieve en las plantas de los pies. Nada era real y todo lo era.

Y siempre aquel aroma a lavanda, la fragancia que una vez le devolvió la vida. El mismo aroma, quizás la misma mano. Andreu no conseguía discernir. Enmarañado el pensamiento se debatía inútilmente entre la realidad, el recuerdo y el sueño. Diversos momentos, quizás la misma mano, el mismo lugar, parecido dolor.

Blanche se le aparecía sentada junto a él con un extraño cabello rojizo y el rostro lleno de pecas. Ambos parecían estar en el Lutecia. Blanche, que recogía sus lágrimas en un pañuelo, Blanche, que susurraba:

—*Mon amour, ma vie. C'est moi, Claudine. Regarde, Andreu. C'est moi, Claudine. ¿Tu vois? C'est moi.*

Y Andreu asentía porque era lo que se esperaba de él. Sin saber, sin entender. Sin reconocerla.

Blanche y su eterno aroma a lavanda, penetrante el rastro del alcohol, el frío en la frente, el dolor en el pecho y el dolor en el alma. Había oído decir que el alma dolía, y así era sin duda. Le dolía intensamente el alma dondequiera que estuviera. Recordaba Andreu aquel dolor y, por instantes, casi a ráfagas, recordaba su origen.

Rosa, muerta, Rosa, que no ha de llegar nunca y cuyo nombre ha encontrado por fin en un listado, el peor de ellos, el de los fallecidos. Está en el Lutecia. Acaba de saberlo, un cadáver entre miles. Ha sentido ganas de morir, las siente también ahora que se muere. Siente ganas de acabar, de rendirse. Rosa. Rosa, que ha muerto en Ravensbrück. Lejos, tan lejos que apenas consigue saber cómo ni cuándo. ¿Qué importa? Sí, importa. Claro que importa.

Y ese olor que tanto le ayudó a sacudirse las tinieblas. Y la mujer pelirroja que continuaba vertiendo colonia sobre un pañuelo y acercándolo a sus mejillas. La mujer que lloraba y que le rogaba que no se marchara.

—*C'est moi, Claudine.*

Y Andreu asentía, aunque creía recordar que el aroma acompañaba siempre a otra mujer, una mujer que se llamaba Blanche y que vivía sobre un bistrot. Todo se confundía en el delirio, en la agonía, todo dolía, todo se mezclaba. Rostros, nombres, dolor, llanto. Todo, siempre, antes y después, acompañado de una misma fragancia, la del agua de colonia.

Siempre.

Antes y después.

Andreu se sobrecogía, sentía frío en los pies. Los agitaba. Claudine los friccionaba hasta que enrojecían. Y de nuevo experimentaba calor. Y Andreu temblaba mientras creía abrasarse.

Blanche.

Claudine.

Una y la misma; ambas, que olían igual.

—*C'est moi, Andreu. Claudine.*

Olían a vida, a espliego.

Andreu, que quería gritar, huir, escapar de Dachau, del maldito Hotel Lutecia... Andreu, que apenas acertaba a debatirse entre las sábanas hasta arrancarlas del lecho, a mover piernas y brazos, a encorvar la espalda y a erguir levemente la cabeza en busca del aliento que se le escapaba entre los encharcados pulmones. Profería un quejido, mascullaba unas palabras que Claudine no acertaba a entender, se agitaba, intentaba apartar la mano que empapaba su frente y sus sienes. Claudine, rota por dentro, lo sujetaba como podía, le hablaba dulcemente y acariciaba su rostro febril en el que la muerte era ya una evidencia.

Blanche, Rosa, Claudine... A veces eran ya todas una y la misma. Ignoraba dónde se encontraba, ignoraba a quién pertenecía el cabello rojo, la mano fría, el susurro. Su recuerdo más antiguo era el de Blanche, su rostro palidísimo, su voz. En ocasiones Andreu sentía tanto dolor que aullaba.

—Blanche... —balbuceaba, y sus palabras se perdían entre los labios, casi cerrados.

Claudine, junto a él, retenía sus manos de desahuciado, las besaba y se rompía. También a ella le dolía el alma.

Sintió tan próximo ya el final de Andreu que toda ella se quebraba en mil trozos cuando de labios del esposo se desprendía, como lo haría de los dedos de un tunante una moneda falsa, el nombre de Rosa.

No pudo sentir más dolor que el que la obligó a doblarse sobre sí misma.

Claudine, que había adelgazado tanto que apenas quedaba piel sobre los huesos, sintió cómo toda ella se desgarraba por dentro cuando Andreu, en mitad del extravío, confundidas las emociones, turbios los recuerdos, entreverados el pasado y el presente, enredados los instantes y los rostros, recordó a la mujer perdida, a la esposa muerta. Cuando juró entre susurros amarla todavía, amarla siempre.

Se sintió traicionada por él, embaucada de la peor de las maneras por el esposo que lo había sido todo, absolutamente todo, y ya era casi nada. Por la persona a la que había querido más intensamente. El esposo que era nada antes de serlo todo, el mismo que moría para ella horas antes de que la muerte llegara, el mismo que, sin saberlo, la mataba. El mismo que tuvo el nombre de Rosa en sus labios de enajenado y prometió amarla hasta el final de sus días. El nombre de Rosa como un balazo.

—No se lo tenga presente, madame. Mi madre dice que los hombres, cuando están como él, no saben lo que dicen. Recuerdan cosas y gente que olvidaron hace mucho tiempo, cosas que no saben que pueden recordar. Algunos se acuerdan de sus madres, de sus amigos, de la escuela a la que fueron cuando apenas levantaban unos palmos… Es así, madame, pero no tiene importancia, son cosas que les pasan por la cabeza todas de golpe. Y siempre dicen tonterías, madame. Desbarran, madame. Llevan el paso cambiado.

La traición era amarga como la hiel, y olía a lavanda.

—Me cago en los santos óleos.

Capítulo 23

Al día siguiente, André llegó al Bar Ribera demasiado pronto. La habitación de la pensión se le caía encima de puro sórdida y no encontraba ni el ánimo ni la curiosidad para patear la ciudad y descubrir sus calles y sus plazas. Sobre las aceras el sol calcinaba el pensamiento y castigaba pecados por cometer. El aire, completamente inmóvil, parecía haber cuajado sobre las cabezas. Apenas superado el mediodía las calles permanecían casi desiertas, silenciosas, la ciudad entera desmayada de calor. Una ciudad de persianas bajas y toldos echados en la que la vida parecía temporalmente detenida.

Escogió una de las mesas junto al arranque de los escalones. No había otros clientes. Benito, el camarero, cuyo nombre había oído la tarde anterior, le sirvió un café corto y muy amargo y se encaramó a un taburete alto situado tras la barra.

Apoyado en el lateral de una de las cubas, con los ojos entornados y el rostro encarado a la pantalla, Benito parecía seguir una corrida de toros. Había bajado el volumen y, de vez en cuando, André podía oír desde su mesa la respiración del hombre que cabeceaba casi encajado entre los toneles. En la pantalla, mujeres de todas las edades engalanadas con abanico y mantilla ocupaban gradas y tribuna. Las acompañaban hombres que fumaban puros, se pasaban muy a menudo el pañuelo por la frente y parecían seguir con interés los manejos de un torero que resultaba muy pequeño, un muñeco en mitad del gran ruedo de arena. El diestro, muy erguido, se alejaba jactancioso del animal, que agonizaba con el estoque clavado en la testuz hasta la empuñadura. La sangre alcanzaba ya su vientre. Sonaba, como en sordina, algo que a André le recordó vagamente a una corneta. En las gradas hombres y mujeres aplaudían el coraje del torero a la espera de que el toro acabara desplomándose rendido sobre la arena.

En el Ribera la cortina de cuentas permanecía completamente inmóvil, el televisor ronroneaba y la gran nevera de madera zumbaba quedamente como un enorme insecto en las últimas. Las moscas, indiferentes a las pringosas trampas dispuestas demasiado tiempo atrás, se posaban en las manos quietas de Benito, sobre su frente húmeda por el sudor y en el borde sucio de los vasos mal lavados.

Nada alteraba la calma del bar a la hora de la siesta y André contemplaba el lugar con el interés del que espera encontrar en él indicios de su propia vida. Eran muchos los sonidos que advertía desde la mesa que ocupaba, pero todos ellos parecían sofocados por la tórrida tarde de finales de julio.

De un manotazo, una mujer apartó la cortina y se plantó ante la barra.

—Buenas —saludó.

André respondió con un movimiento de cabeza.

La mujer, de unos cincuenta años y con el pelo mal teñido de rubio recogido en un moño sobre la nuca, resopló desencantada y sin más preámbulos rodeó la barra y procedió a pasar la bayeta y a fregar vasos, tazas y cucharillas. Tarareaba con acierto una canción melódica mientras enjuagaba, secaba y colocaba vasos bajo la barra. La sombra de ojos azul celeste que había aplicado en exceso tenía el mismo color de su blusa y el rojo oscuro de sus labios le recordó a André la sangre derramada del animal que un par de caballos retiraban ya de la plaza.

La mujer tenía las manos enrojecidas y salpicaba la tonada con suspiros. De vez en cuando miraba de reojo a Benito, que seguía dormitando completamente ajeno a todo. Cuando acabó se pasó la mano por las greñas que se habían escapado del moño, las recolocó y sujetó con horquillas que desprendió de su cabello y sacudió al camarero sin la menor clemencia.

—Benito, despierta. Yo me voy. Un día te van robar la caja y ni te vas a enterar.

André observó que la mujer había repasado sus cejas con un trazo fino más oscuro que el cabello y que tenía cierta apariencia de muñeca entrada en años.

—¿Quién me mandaría a mí…? Muévete, hombre, muévete —insistió la mujer mientras se reacomodaba el sujetador con un leve temblor de los pechos bajo la liviana tela azul y buscaba el lápiz de labios en uno de los bolsillos de su falda.

Benito se despertó renegando.

—Joder, Lina. Métete en tus cosas y déjame en paz.

La mujer aplicó rojo a sus labios sin que, a juicio de Andrés, hiciera la menor falta y recuperó los anillos que había dejado junto a la pica.

—Métete en tus cosas, métete en tus cosas —rezongó la mujer y colocó cada una de las sortijas en el dedo correspondiente—. Si no fueras un inútil… —añadió, y sin más hizo una señal de despedida a André y salió del local con gesto airado, el busto erguido y un estruendo de cuentas verdes y amarillas.

Pronto aparecieron los primeros clientes, que, sin mediar palabra, se internaron tras la barra y, con la confianza del que revuelve el aparador de su casa, sacaron la caja con las fichas de dominó y un paño de fieltro que años atrás fue verde. Se dirigieron unos a otros voces de apremio y alguna imprecación rutinaria, como si en verdad el tiempo urgiera. Se acomodaron en torno a la única mesa libre mientras Benito, ya despierto, renegaba al tiempo que colocaba en el centro tres carajillos, una copa de anís y un vaso de agua.

—¿Los de mi pueblo no tienen derecho a un cenicero? —le espetó uno de los parroquianos cuando el camarero se alejó para regresar al incierto acomodo del taburete.

—A mí no me jodas, Paco. ¿No tienen piernas los de tu pueblo? Siempre las mismas putas ganas de tocar los cojones. ¡La puta de oros! —rezongó Benito agriamente mientras señalaba un cenicero limpio sobre la otra mesa en la que André apuraba su café—. Y si no te gusta lo que hay…

—Por eso vengo aquí, por las atenciones del personal. No te jode. Más que camarero pareces ministro —contestó el aludido mientras tiraba la ceniza directamente al suelo.

La partida comenzó y André siguió aguardando y esperando que el viejo Andrés no olvidara la promesa del día anterior. Al café corto y contundente le siguió una cerveza, la repetición de un penoso programa de variedades y una buena dosis de desánimo.

Decidió esperar una hora más.

Cuando la tarde avanzada indultaba ya a los caminantes y en las aceras la vida era de nuevo un hecho probado, Andrés Ribera apareció en el umbral. Descendió los tres escalones que lo separaban del local sujetándose a la cortina de plástico con la precaución del que sabe que una caída sería poco menos que mortal. Buscó apoyo en la puerta abierta hacia el interior y en el mármol de la barra antes de alcanzar la mesa en la que André llevaba un par de horas esperando.

Vestía exactamente igual que el día anterior y el chico experimentó la misma sensación de asfixia que tuviera al acercarse por primera vez. Pantalón y americana de alguna fibra que recordaba a la lana, camisa a la vista que tiempo atrás pasó por blanca sobre un número indeterminado de prendas que daban consistencia a un torso enflaquecido. Todo ello tan ajado, tan devorado por el uso, que se diría de tercera o cuarta mano. Mal afeitado y peor aseado, todo hueso y piel manchada.

Cuando Andrés apartó lentamente la silla para sentarse pudo el joven advertir que el pantalón, varias tallas más grande de la que correspondía a su cuerpo consumido, se ceñía a la cintura mediante una cuerda a la que había hecho un torpe nudo.

—Un coñac largo —ordenó a Benito.

—¿Quién va a pagarlo? —inquirió suspicaz el camarero desde la barra.

—Yo —contestó André para zanjar la cuestión y evitar que el asunto fuera a mayores.

—Creí que serías más listo, chaval. Yo, en tu lugar, no estaría hoy aquí. Te lo dije bien claro.

—Yo no soy usted.

—Cierto. No sabes cuánta razón tienes. Ni yo te lo deseo. Allá tú —concluyó el viejo, que no volvió a abrir la boca hasta no tener el coñac delante y haber trasegado el primer sorbo al que siguió un carraspeo.

—¿Qué hay del tabaco? —quiso saber.

André colocó junto a la copa dos paquetes de Celtas sin filtro.

—¿Qué quieres saber? —preguntó mientras abría uno de los paquetes ayudándose con los dientes, sacaba un cigarrillo ya liado y lo prendía—. Tú dirás.

—Todo. Quiero saber todo lo que me pueda explicar. ¿Por qué se fue y los dejó aquí de un día para otro? ¿Por qué desapareció sin dar explicaciones? Era su hijo, su madre...

—¿Quién te ha explicado eso? —quiso saber.

—Alguien del barrio, alguien que le conoce.

—Todos hablan por hablar, se creen que lo saben todo y no saben una mierda. Si la gente se metiera en sus asuntos... —entornó los ojos nublados y elevó la voz.

—No importa quién me lo haya dicho. Le aseguro que mi padre no.

Y bajando la voz y la mirada Andrés Ribera se justificó a su manera:

—Las cosas se pusieron difíciles. No tuve otro remedio.

—Y se fue usted de la noche a la mañana.

—Había matado a un hombre, a un hombre muy rico —dijo Andrés mientras se llevaba la copa a los labios con la mano temblona—. Ahora ya no importa, estas cosas prescriben, y para lo que me queda…

—¿Por qué lo hizo? ¿Mi padre lo sabía? ¿Por eso no quiso hablar?

—Oye, chaval, para el carro. No te embales. Dame tiempo. Tu padre no tenía ni puta idea. Ni él ni nadie. Y si lo maté fue porque tenía que hacerlo. ¡Maldita sea! Es muy fácil hablar. Me gustaría saber qué habrías hecho tú, qué habría hecho tu padre. Es lo único que se puede hacer con los hijos de puta. Matarlos, aniquilarlos, darles lo suyo para que no vayan por ahí arruinando la vida de la gente.

—¿Había arruinado la suya?

—La mía, la de tu abuela Caterina, la de tu padre, la de todos… Era un cabrón, un malnacido.

André pudo ver cómo mordisqueaba y trituraba el tabaco entre los escasos dientes. Le temblaba ligeramente la mandíbula inferior y la copa de coñac que se llevaba hasta la boca para infundirse ánimos se balanceaba peligrosamente. No pudo evitar pensar que el que había dado forma a aquellas copas de pie ancho, abultado vientre y boca estrecha, debía haber visto bailar muchas manos como lo hacía ahora la del viejo Ribera. Manos de bebedor.

En el televisor un hombre vestido como para bajar al fondo del mar caminaba a saltitos que se convertían en zancadas por obra y gracia de la ingravidez y atravesaba así algo parecido a un enorme pedregal. Durante meses la televisión había ofrecido la filmación de la llegada de los hombres a la luna muchas veces en pocos días. Un paso en la historia de la humanidad, habían repetido hasta la extenuación. Un paso, un brinco, una zancada. La imagen no era muy clara y aquel hombre, que André no conocía, le recordó al torero que había visto hacía un rato en la misma pantalla. Le pareció pequeño y frágil, como un muñeco en mitad de un ruedo grande y reseco. Sin duda ambos estaban asustados. El mundo entero estaba lleno de hombres estremecidos, pensó.

—Aquel cabrón arruinaba todo lo que tocaba. Y no hablo de dinero. Dinero tenía todo el que quería y más, mucho más. Hablo de la gente, de su familia, de la de los demás… Era un mal bicho.

Se calló el viejo unos instantes y como pudo se tragó la ira. Continuó hablando sin perder la compostura, aunque André tuvo la sensación de que si había dejado la copa sobre la mesa y cruzado los brazos era porque apenas conseguía controlar su mano.

—Caterina trabajaba en su casa como sirvienta. Había entrado en casa de los Armengol cuando era muy joven, con quince o dieciséis años, recién llegada de su pueblo, de Ripoll. Toda la vida trabajando para ellos, para sus señores, como ella les llamaba. Como si la hubieran comprado. Y ella no se daba ni cuenta. Cuando la hija mayor, Teresa, una inútil más fea que pegarle a un padre, se casó con el hijo de un fabricante, se llevó a Caterina. Nos casamos pocos meses más tarde, éramos muy jóvenes, unos críos. Trabajábamos los dos más horas que un reloj. Ella con los Armengol, y yo aquí, en la bodega. No tuvimos mala vida hasta que pasó lo que pasó.

Una pausa y un sorbo de coñac para avivar las palabras que Andrés no había pronunciado en toda una vida.

—Lo peor llegó más tarde. Corría el año 21, un mal año, el peor de todos. Andreu tenía ocho o nueve años, igual alguno menos, era un crío. Ya ni me acuerdo. ¿Qué más da? Tu padre era un crío cuando Caterina enfermó y murió en pocas semanas. No hubo nada que hacer, solo ver cómo se apagaba y se iba. Una cabronada para ella y para mí, una de tantas. El caso es que dos días antes de morir, cuando todavía podía hablar, Caterina me hizo llamar a mediodía. Mi madre la acompañaba durante el día y yo pasaba las noches con ella en el Hospital de Infecciosos, en Casa Antúnez, que ahora ya no existe. Caterina no tenía otra familia.

Hablar le suponía un esfuerzo y descansó de nuevo.

—A lo que iba —prosiguió con un hilo de voz—. Caterina quiso que fuera a verla a mediodía, quería hablar conmigo, había empeorado y sabía que no le quedaba mucho, quizás pensaba que no llegaría ni a la noche. Eché el cierre y me fui.

Andrés calló durante unos instantes para recuperar aliento y arrestos y encender otro cigarro. Demasiado dolor. A pesar del temblor evidente el viejo necesitaba sostener un cigarrillo entre los dedos. Mientras hablaba no miraba al joven a los ojos. Distraía la vista en el humo o mirando a la calle a través de la cortina de cuentas. Quizás era mejor así, pensó André.

En la pantalla, imágenes del Caudillo estrechando la mano a una recua de hombres en algún lugar remoto del país tras haber inaugurado una carretera. A continuación, las noticias de los desastres ocasionados por un huracán en algún lugar del mundo. Tejados como bocas abiertas, coches volcados y árboles vencidos sobre las casas. Personas empapadas y llorosas caminaban encogidas sobre sí mismas y abrazaban a sus hijos como si la fuerza del temporal al que habían conseguido sobrevivir pudiera todavía arrancarlos de entre sus brazos.

Desolación.

—Caterina me dijo que tenía que explicarme algo que nos ayudaría a salir adelante, algo que podía resolvernos la vida. Las cosas no nos iban muy bien: la bodega daba para poco, mi madre no tenía buena salud y nos las veíamos y nos las deseábamos para ir tirando. Caterina sabía de qué hablaba. El chico, Andreu, era un buen chico, no puedo decir que no, era sensato y listo como el hambre. El maestro decía que era bueno, que tenía cabeza. Caterina pensaba que debía estudiar, que podría tener un futuro mejor que el que le esperaba aquí. Creía que podía llegar a ser médico, abogado… Qué sé yo. Por eso lo hizo. Se equivocó, nos habría ido mejor si no hubiera hablado, su intención era buena. Resolvernos la vida, darle un futuro a su hijo…

Carraspeó el viejo como para despejar de humo y de tabaco la garganta y permaneció en silencio durante unos instantes que a André le parecieron inacabables.

—¿Qué es lo que hizo? Se estaba muriendo, qué podía hacer si…

—Habló, chico, eso es lo que hizo. Caterina decidió que había llegado el momento de hablar. Solo con el tiempo he llegado a pensar que ojalá no lo hubiera hecho, ojalá se hubiera llevado sus palabras a la tumba. Más nos habría valido a todos. ¿De qué nos sirvió la verdad? Más nos habría valido… A Andreu, a mi madre, a mí el primero. Me arruinó la vida. Pero no fue así. Por eso te decía que a veces, solo a veces, es mucho mejor no saber. Hay verdades que te destrozan, que te matan por dentro y que pueden convertirte en lo que no eres.

Y sigues viviendo, aunque ya estés más que muerto. Eso es lo que pasó, que tu abuela habló.

—Siempre es mejor conocer la verdad. Mi padre habría dado cualquier cosa por...

—¿Qué vas a saber tú? Tu padre, dices. A él menos que a nadie le habría gustado la verdad. Te lo digo yo. A él menos que a nadie. ¿Cómo has dicho que te llamas?

—Me llamó André, como usted, como mi padre.

—Mal hecho. No deberías llamarte como yo, ni como tu padre. No puede traerte suerte, ni él ni yo la tuvimos.

Andrés Ribera dejó sus palabras en el aire, apagó el cigarrillo en el cenicero y apuró las últimas gotas de coñac que quedaban en la abombada copa.

—Ella tenía muy claro que no debía hablar. Sabía más que tú y más que yo, por eso había callado durante tantos años, pero se moría y quería lo mejor para nosotros. Pensó que yo podía utilizar esa verdad para mejorar nuestras vidas, sobre todo la de él, la de su hijo. Se equivocó, no me conocía tanto como ella creía. Era lista, trabajadora, una buena esposa y una buena madre, pero se equivocó. De buena fe, pero no debería haber hablado. En algo la acompañó la suerte, no llegó a saberlo.

—¿Qué es lo que le dijo?

—Me explicó que poco después de nuestra boda, el señor de la casa, el marido de Teresa Armengol, un cabrón, Carles Romeu, la había acorralado en el cuarto de la plancha y la había forzado allí mismo, sobre la ropa que acababa de planchar. Caterina era guapa, muy guapa, se hacía mirar. Pasó una sola vez, no tengo ninguna duda, pero fue suficiente. Aquella tarde yo la esperaba en el portal como casi siempre. Ella bajó temblorosa, llorando, hecha una lástima. Cuando por fin se explicó me habló de una bronca que no se merecía, de una pelea con Sita, así la llamaban los hijos de la gran puta, Sita Armengol. Gritos, palabras fuera de tono, un disgusto muy grande. Y la verdad es que no me extrañó, siempre había sido una malcriada y una consentida, era lógico creer que... No sospeché nada. Caterina me pidió, me suplicó que no la obligara a volver a aquella casa. No lo hice. Al día siguiente Caterina no volvió. Era lo mejor. A los pocos días empezó a trabajar para una modista en esta misma calle, un poco más abajo, cerca del Paralelo. A mí lo que Caterina hiciera me parecía mejor que bien y no tuve nada que decir. Nueve meses más tarde nació Andreu. Yo no caí en la cuenta, cómo iba yo a saber... Era el hombre más feliz del mundo. Tenía un hijo sano y que se criaba bien, una mujer que me quería... Y yo... Yo besaba el suelo que pisaba.

—Usted no supo nada hasta...

—Hasta que Caterina, viendo que se moría y que las cosas aquí iban de mal en peor, pensó que estaba en su mano ayudarnos. Quiso hacer algo útil, algo por todos nosotros. Con el tiempo he llegado a entender que si hizo lo que hizo fue porque nos quería y quería lo mejor para nosotros. He necesitado media vida. El caso es que, como pudo, me explicó lo que había pasado con aquel cabrón años atrás, me lo explicó todo. Me habló del cuarto sin ventana en el que pasaba las horas dándole a una plancha que pesaba como una piedra y mirando a la pared. De cómo había entrado él allí estando el piso vacío y de cómo, sin hacer ruido, la había sujetado por las caderas sin que ella pudiera ni girarse. Durante un momento no supo ni quién era aquel cabrón que la forzaba.

André cabeceó, empezaba a comprender.

—Me explicó cómo había intentado rechazarlo con ayuda de la plancha caliente y cómo le había quemado el brazo mientras intentaba apartarlo y sacárselo de encima. La sujetó por los hombros y la lanzó sobre la cama en la que depositaba la ropa planchada. Romeu estaba fuera de sí. La forzó, la insultó y la llamó puta, zorra y no sé cuántas cosas más. Había perdido la poca cabeza que tenía. Un malnacido, un jodido cabronazo que la amenazó con explicar a Teresa y a los Armengol que Caterina llevaba días intentando seducirlo y pidiéndole que dejara a su mujer. Ya ves, chico, así eran las cosas por aquí.

La voz de Andrés estuvo durante unos instantes a punto de quebrarse, pero la encarriló, la enderezó con la decisión del que corrige, a fuerza de brazos, el tiro de un carro. Carraspeó de nuevo, tosió varias veces y movió la cabeza arriba y abajo como si los recuerdos se atropellasen entre sus sienes. En el televisor una folclórica con volantes, peineta y el cabello recogido muy tirante sobre la nuca le dedicaba, micrófono en mano, una canción a la luna, que, según afirmaba sin asomo de rubor, se hallaba cada vez más cerca. La cabeza muy alta, los ojos muy negros, los zapatos de medio tacón y una letra imposible.

El viejo Andrés suspiró antes de proseguir.

—La forzó y la dejó allí tirada advirtiéndole de que si hablaba lo pagaría caro, muy caro. Pero eso no fue todo. Antes de irse, el muy cabrón le acercó la plancha caliente al muslo y allí la dejó. Caterina conservó la señal durante el resto de su vida. Recuerdo haber visto la forma de la maldita plancha en carne viva. Ella habló de un descuido, de la plancha a punto de caer que retuvo como pudo con el muslo. Le quitó importancia. Alguien que hace algo así merece la muerte. No sé cómo piensas y no creas que me importa, pero si alguien tenía que pagar, era Carles Romeu. Así lo vi entonces, y así lo veo ahora. No soy de los que se arrepienten.

Los que jugaban a dominó a pocos metros decidieron abandonar el juego y, entre mofas, imprecaciones y reniegos, abonaron sus consumiciones uno a uno. El alboroto obligó a Andrés a permanecer en silencio hasta que hubieron salido.

—¿Y usted qué hizo?

—¿Qué habrías hecho tú? Temblar, me eché a temblar como si de buenas a primeras me hubiera puesto enfermo mientras ella me pedía perdón por un pecado que no había cometido. Temblaba de rabia, pero, sobre todo, ahora lo sé, entonces no lo sospechaba, sobre todo temblaba de miedo. Tenía tanto miedo que habría querido morirme con ella, morirme en su lugar, acompañarla dondequiera que vayan los que se mueren. A su lado, agonizar con ella, en la misma cama de hospital en la que se le escapaban las horas. Tuve miedo de mí mismo, de lo que podía llegar a sentir, de lo que podía llegar a hacer. ¿Y qué podía hacer? Quedarme a su lado mientras se la llevaba la tisis, sujetar su mano, acompañarla. Creo que llegué a prometerle que todo estaría bien. Eso es lo que hice. No podía hacer otra cosa, no podía fallarle. A ella, no.

—A ella, no, pero a mi padre...

Calló Andrés unos instantes como si no hubiera oído nada.

El joven creyó que debía respetar su silencio y su resentimiento mientras las lágrimas apuntaban en sus ojos enturbiados por las cataratas. El viejo se llevó la copa vacía a los labios, maldijo su estampa y la alzó de nuevo a la altura de su cabeza. Benito entendió y André asintió. El camarero volvió a llenarla.

—Siempre que podía me acercaba a esperarla a la Gran Vía y volvíamos poco a poco, dando un paseo.

Recuerdo perfectamente aquel día. Cuando apareció en el portal, lloraba. Me habló de una pelea, de insultos y de gritos y me explicó que se había puesto tan nerviosa que la plancha se le había caído sobre la pierna. Se pasó horas llorando. Y no sospeché nada.

La voz de Andrés se hizo más queda y más ronca, como si el humo y el alcohol pudieran deformar cada palabra articulada. Cada sonido era arrancado con esfuerzo de las profundidades de su garganta y no tardaba en desaparecer mezclado con el humo de los cigarrillos que consumía uno tras otro, sin prisa, pero sin pausa. Con la colilla del precedente el viejo Andrés Ribera prendía el pitillo que tomaba el relevo.

El Ribera alcanzaba con la tarde avanzada el límite de su capacidad. En la barra, Benito seguía maldiciendo su suerte mientras los nuevos clientes, todos ellos hombres, se dirigían a él a gritos para hacerse oír sobre las voces, las risas y la música procedente del televisor. Alguien había recogido con una cuerda la cortina de cuentas para abrir paso a un aire que parecía haberse detenido sobre los adoquines. En el local el calor era sofocante y los presentes abrían sus camisas sobre los pechos ya canos o se quedaban de pie, copa en mano, junto al umbral.

El viejo Andrés conservaba toda su ropa y parecía uno de esos adefesios que los críos inmolan sobre las hogueras y que se consume entre las poderosas llamas.

—¿Por qué habló la abuela Caterina después de tanto tiempo? ¿Qué pretendía? No sé si entiendo...

Abuela.

André había pronunciado la palabra y él mismo pareció sorprenderse.

—Pensó que aquel malnacido podía y debía ayudar a su hijo, que no podía negarse. Me propuso coger una fotografía de Andreu. Sí, de tu padre, chico, de tu padre, y presentarme en el despacho de aquel canalla para exigirle dinero a cambio de mi silencio, el dinero necesario para ofrecerle a tu padre un buen futuro, el futuro que yo no podría darle. Caterina era una mujer muy lista y tu padre se parecía mucho a aquel hijo de puta.

La pausa se fue en toser y recuperar un hilo de voz.

—Caterina había reconocido en Andreu los rasgos de Romeu. Yo mismo le espié y lo comprobé poco después, el parecido era evidente, innegable, padre e hijo. Nadie se atrevería a discutir un parentesco que saltaba a la vista. Ahora tú lo llamarías chantaje, te parecerá mal, pero para Caterina era justicia. Quizás también una forma de venganza, pero sobre todo una forma de justicia. ¿Qué importa ahora? Tu abuela, porque ella sí lo era, era una mujer decidida y lo habría dado todo por nosotros. Por mí, por tu padre... No quería sus apellidos ni nada por el estilo. No quería que tuvieran ningún tipo de relación, solo que Andreu pudiera vivir sin estrecheces, que pudiera estudiar, que fuera médico. O abogado. Me pidió que, dijera Romeu lo que dijera, nunca, nunca le permitiera ver a su hijo. Se lo prometí, ya te he dicho que le habría prometido cualquier cosa. Bastaría con una fotografía.

El sorbo de coñac no le aclaró la garganta, por el contrario, le obligó a toser vencido hacia adelante con una mano en el pecho y otra descansando en el cenicero. Andrés Ribera olía peor que el día anterior y parecía más viejo y mucho más frágil, pensó André, que con un gesto le pidió al indolente Benito otra cerveza.

—Caterina dijo que cuanto más lejos de Romeu, mejor, que era un mal hombre y que no debía acercarse a su hijo. Andreu no tenía que saberlo nunca, no quería que su hijo tuviera que avergonzarse. Había pensado en todo. Me repitió mil veces que yo era su padre, que solo yo era su padre a todos los efectos. Debía conseguir una cantidad suficiente por mi silencio, una cantidad que a Romeu no le supondría una gran pérdida y que dedicaría a pagar sus estudios y a procurarnos una vida algo mejor. Lo mejor para su hijo estaba en manos del hijo de perra que la preñó. Era una salida posible a tanta miseria. Una salida vergonzosa, humillante, pero ella se moría y no alcanzó a ver otra mejor. Y quizás no la hubiera. Su hijo sería médico.

Benito arrugó la nariz con desagrado cuando dejó la cerveza sobre la mesa. El viejo se interrumpió y esperó a que el camarero se alejara, si es que alguien podía alejarse en un local diminuto.

—Caterina decía que era lo justo, que estaba en sus manos y que si no era por las buenas debía ser por las malas. Ella lo veía así y así se lo juré.

Bajó los ojos Andrés hasta sus manos y constató que seguían temblando como lo hacen a veces las alas de las mariposas cuando se posan sobre una flor. Asió la copa de nuevo como si temiera perderla, se la llevó a los labios y la vació.

—¿Qué me dices ahora? Esta puta vida es una mierda, cuatro días y un verdadero asco.

André consideró que ya era tarde para velar por la salud del viejo y levantó la copa de coñac. Benito entendió que debía volver a llenarla mientras con el mismo trapo con el que limpiaba las mesas se secaba el sudor que le corría cuello abajo.

—Pocos días como este, Andrés. Aproveche y acabe de joderse el hígado, que el chico anda espléndido —comentó el camarero.

—Será gilipollas —musitó Andrés, y un gruñido bronco acompañó a Benito en su retirada.

—Le prometí que hablaría con él y que intentaría sacarle unas pesetas, le juré que no se negaría, que el cabrón de Romeu bajaría la cabeza y pagaría. Le habría prometido cualquier cosa para que muriera en paz, cualquier cosa. No le quedaban fuerzas ni para seguir tosiendo, se ahogaba, se moría, sentía dolor, mucho dolor. La medicina no era la de ahora y yo no podía hacer otra cosa. Hablaba medio desmayada sobre la almohada, suplicaba, había pensado en todo. Yo le cogía la mano, que era puro hueso. Huesos, dientes y unos ojos muy grandes que apenas podía mantener abiertos, unos ojos que me pedían una promesa. No había podido olvidar a aquel hombre, no pudo deshacerse de él, no lo logró nunca. Hasta el día de su muerte conservó la señal de la plancha en el muslo. A veces ella misma rozaba la marca con los dedos y hacía un gesto de dolor. No podía dolerle, sin embargo…

El humo del cigarrillo entró en uno de los ojos de Andrés y el viejo se llevó la manga sucia hasta la comisura para aliviar el escozor y de paso arrastrar una lágrima.

—Le juré también que nunca le hablaría a Andreu de todo aquello y que padre e hijo no se conocerían jamás de los jamases. Esto es lo único que cumplí. No llegaron a conocerse. Mientras le prometía a Caterina hablar con él, sacarle el dinero que en justicia merecía su hijo, me prometía a mí mismo que le daría muerte, que acabaría con el hijo de perra que nos había destrozado la vida, que no moriría sin llevármelo por delante. Supe que lo mataría, aunque en ello me fuera la vida.

—Pero ¿qué culpa tenía mi padre? Usted lo había criado, no conocía a otro. ¿Por qué…?

—No sigas, chico. Sé lo que vas a decir. Tu padre, desde luego, no tenía culpa ninguna; sin embargo, estas cosas son así. No pude volver a mirarle a la cara. Durante el funeral de su madre no pude ni caminar a su lado, no pude cogerle la mano, no podía. Fue así. Era incapaz. Piensa lo que quieras, que soy un cabronazo, un hijo de puta... Lo que quieras, pero no pude. Acababa de saberlo, no tuve tiempo ni fuerzas para reponerme. Los jóvenes no podéis entenderlo, pero yo no podía seguir considerándolo mi hijo ni podía tratarlo como a tal. Sé que piensas que soy un miserable. Me importa un carajo. Solo sé que no podía, que no era sangre de mi sangre, que era el hijo de otro, el hijo de un canalla.

Siguió hablando en voz muy baja y André se acercó a él.

—Y, lo peor de todo, yo lo sabía. No voy a decirte que lo odiara, pero no podía ni acercarme a aquel chico. Se me revolvían las tripas. Lo había perdido todo por un cabrón de mierda. Había perdido de golpe y porrazo a mi mujer y a mi hijo. No puedes entenderlo, pero las cosas son como son. La vida es lo que es, una verdadera putada, una patada en los cojones.

De dos tragos vació el viejo la copa y se levantó con esfuerzo poco después. Se guardó el tabaco y por primera vez enfrentó la mirada de André. Apenas conseguía arrancar la voz del cuello.

—Tienes lo que querías. Ya ves cómo es de perra esta vida. Yo me voy. La bruja que me alquila la habitación no espera ni a su madre y con ochenta y tantos no estoy en condiciones de saltarme una comida. O lo que quiera que sea que me pone cada noche. Adiós, chico. Espero que tengas más suerte que yo. No te será difícil.

—¿Puedo acompañarle?

El viejo se puso en pie muy despacio, tiró de sus pantalones hacia arriba y se aproximó a la escalera.

No respondió.

Capítulo 24

André se apresuró a abonar la cuenta y a salvar los escalones justo cuando Andrés Ribera, con movimientos inseguros, atravesaba la cortina de cuentas que les separaba de la calle.

—¿No tienes nada mejor que hacer que caminar junto a un viejo que no puede con su alma?

En la calle había tanta gente que Andrés Ribera se arrimó con temor a las paredes para avanzar. No había anochecido todavía, pero las sombras de los paseantes eran ya grandes y largas y llegaban hasta los adoquines. Andrés no hablaba, completamente concentrado en poner un pie delante de otro y no caer. Sabía, como habría jurado cualquier observador, que una caída sería el principio de su fin. Y, aunque profundamente amargado y resentido, no tenía la menor intención de acortar sus días. A su lado, André percibía el olor a ropa sucia, a sudor, a habitación cerrada, a razón perdida. Resultaba tan inofensivo en su altanera decrepitud que nadie respondía a sus envites, nadie le hacía el menor caso. André, que acababa de saber que no guardaba parentesco alguno con aquel hombre al que no conseguía comprender, se sentía extrañamente aliviado.

Sobre las aceras el calor se había detenido para quedarse y en las casas las ventanas y los balcones, de par en par, escupían ruido sobre los paseantes.

Andrés Ribera se detuvo ante un portal del que emanaba un hedor a humedad tan intenso que André creyó ver correr el agua paredes abajo. El anciano se giró con dificultad y levantó una mano con gesto brusco para decirle adiós.

—Gracias por el tabaco.

—Quisiera hacerle un par de preguntas, solo será un momento.

—Mira, chico, la próstata no perdona y la patrona tampoco. Solo las alcahuetas hablan en mitad de la calle. Yo te he explicado lo que sé. Como dicen aquí, *bon vent i barca nova*.

—Solo un par de cosas, se lo aseguro.

—No sé si es que no te ha quedado claro. En definitiva y, atendiendo a la sangre que llevamos, tú y yo no tenemos nada que ver. Nada. No soy tu abuelo ni el de nadie y si necesitas uno lo vas a tener que buscar en otra parte.

Con la mano el viejo le indicó la calle que acababa en la avenida del Paralelo. Bajó la cabeza y sin más preámbulos concentró toda su atención en salvar el escaloncito desgastado y traicionero de la entrada. André sostuvo abierta la puerta mientras el viejo Ribera avanzaba muy lentamente, tanteando.

—Por favor —suplicó a su espalda.

—Mira, chico, yo no sé por qué lo haces ni lo que esperas sacar, pero yo no estoy para...

Ni siquiera le miró. Había dado por acabado el fastidioso asunto y deseaba perderlo de vista lo antes posible.

—No volverá usted a verme nunca. Se lo prometo.

—Está bien, pero que conste que no te entiendo. Que te entre en la cabeza, de mí no vas a sacar nada.

—Solo quiero de usted lo que usted sabe. No espero nada más —respondió André airadamente.

Dentro ya del oscuro portal, mientras caminaba torpemente en dirección a la escalera y anteponía su mano para encontrar la barandilla, Andrés le gritó desde las profundidades de su maltrecha garganta:

—Mañana por la mañana en El Retiro antes del mediodía. Y trae tabaco. Si no, es mejor que no vengas. Y que tenga filtro.

Capítulo 25

Abrió los ojos y solo tardó unos segundos en reconocer el techo que las grietas recorrían de parte a parte y el espantoso color verde que cubría las paredes. Había empezado a clarear y, sin abandonar por completo el sueño, creyó escuchar un ruido como el golpear en la puerta de unos nudillos impacientes. A punto estuvo de levantarse y abrir. No lo hizo. Esperó temeroso de que fuera la patrona la que aporreaba la puerta con insistencia. Recordó sus ojos casi inútiles y los dedos de sus manos deformados por la artrosis.

Completamente despierto y medio incorporado en la cama reconoció por fin el ruido de la lluvia, de los gruesos y algo espaciados goterones que golpeaban la techumbre de uralita que sellaba el patio de luces.

Recordó, con la vaguedad con que se recuerdan algunos sueños, que había soñado con Camille, la perra, a la que adoraba siendo un crío. Intentó rememorar lo soñado. No lo consiguió. Al enderezarse en el camastro sintió el cuerpo extrañamente pesado y un gran vacío entre las manos y las mejillas. Las mismas manos y las mismas mejillas que durante el sueño Camille había humedecido a lametones.

Sintió una gran piedra alojada en el estómago, otra en el pecho, justo sobre los pulmones, y varias en las pantorrillas, en los antebrazos y allí donde acaba la espalda. Piedras donde hubo órganos, piedras que lo paralizaban y que hacían que se sintiera pesado y rígido. Un peso tan grande que le obligó a desestimar la idea de incorporarse y poner los pies en el suelo.

Durante unos minutos, los que tardó en respirar con normalidad, recordó al astronauta que viera la tarde anterior y su cuerpo ingrávido que se desplazaba sin esfuerzo aparente sobre la reseca superficie lunar. Él, por el contrario, parecía sepultado en aquella cama e incapaz de movimiento alguno. Tenía el cuerpo empapado en sudor y la cara y la almohada repulsivamente mojadas por obra y gracia de su propia saliva. Solo y a solas, desconcertado y triste, André comprobó que a través de la persiana llegaba un atisbo de luz mortecina. La luz de un amanecer nuevo, pero no mejor. Desde el patio llegaban ya las primeras toses, alguna que otra voz destemplada y lo que creyó que era el zumbar de algún borracho.

Cerró los ojos y siguió tendido durante mucho rato. No encontraba razón alguna para ponerse en pie. Intentó olvidar dónde se hallaba. Hizo cuanto pudo por rescatar un buen recuerdo y lo consiguió con la ayuda de la lluvia, que caía cada vez con más intensidad. Ya no podía oír las voces, ni los carraspeos de los clientes más madrugadores.

Mejor así, pensó.

Regresaron olvidadas imágenes de tardes lluviosas en las que Claudine, que adoraba la lluvia en todas sus manifestaciones, abría postigos, puertas y ventanas para deleitarse en la contemplación de los campos bajo la cortina de agua.

Se extasiaba ante la lluvia. Como la tierra en la que había crecido, su madre recibía su fuerza del agua que caprichosamente llegaba del cielo, la acogía con la alegría del que recibe al mejor amigo. Aunque hubiera llovido la tarde anterior o diluviado pocos días antes. No importaba. La lluvia la reconfortaba.

—¿De qué os quejáis? —se extrañaba Claudine cuando Serafín maldecía su sombra al regresar empapado de los campos—. ¿No querías descansar, Serafín? Eso es lo que nos trae la lluvia, descanso.

André recordó que Claudine acostumbraba a sentarse junto a la entrada para contemplar el agua de cerca y aspirar el olor a tierra mojada.

Si Alain o Serafín andaban fuera no se retiraba del umbral hasta verlos llegar y poder tenderles una toalla y una taza de café o un vaso de vino, si se terciaba. Andreu, al que la lluvia ensombrecía el ánimo, se acercaba entonces hasta el fuego y con los pies casi sobre la lumbre intentaba secar el recuerdo del barro mientras observaba a Claudine. Obtenía su fuerza de la fuerza de ella, así fue siempre.

—¡Me cago en las misas cantadas! ¿Cómo coño puede gustarle la lluvia, madame? Mi madre es como usted, dice que es una bendición. ¿Qué bendición ni qué niño muerto? Usted, madame, parece en el séptimo cielo, y a mí el agua me jode como una patada en el estómago.

Había cosas que André conservaba en la memoria como si acabara de oírlas.

* * *

A la muerte de Andreu, Claudine dejó de interesarse por las viñas. Por las viñas y por casi todo. Pasaba horas, días enteros, recluida en la habitación que había compartido con su esposo llorando su ausencia y mascullando palabras de resentimiento. Se convenció a sí misma de que había vivido un gran engaño, una mentira terrible. Creyó sin fisuras que había sido víctima de una farsa, la farsa de un gran amor. Un amor que no lo era, puesto que, según creía Claudine, Andreu no había dejado de pensar en Rosa ni un solo día. Eso era, a juicio de Claudine, lo que parecían demostrar las que fueron casi sus últimas palabras. Por eso, a modo de pequeña venganza, ordenó a Alain que sacara el enorme reloj de esfera blanca y elevado pie de caoba de la habitación de sus padres en la que permanecía oculto. A Claudine la esfera le recordaba la luna. Alain, un hombre ya con la mente de un niño, no replicó ni hizo preguntas. Obedeció.

El duelo por la muerte de Andreu se desvaneció muy pronto y dejó paso a un resentimiento cada vez más feroz, a una avalancha de rencor que no encontraba alivio y que la ocupaba en todo momento, en todo lugar. Agraviada, íntimamente ofendida, traicionada, dudó Claudine de cada uno de los momentos vividos junto al esposo, de cada palabra, de cada gesto de cariño. Renegó de su amor, llegó a aborrecerlo. Profirió lamentos, amenazas, maldijo su memoria y la de Rosa, la mujer desconocida a la que detestaba todavía más que a Andreu.

Rosa, la maldita, aquella contra la que no se puede luchar, la mujer desaparecida y espectral a la que nadie puede vencer. La desconocida que le había arruinado la vida.

Abandonó sus quehaceres, descuidó su aspecto y, de no ser porque insistían en reclamarla o porque la arrastraban del brazo escaleras abajo, quizás ni tan siquiera habría bajado hasta la sala para comer. Era Flore, la mujer de Serafín, la que, quisiera o no, la peinaba cada mañana y la obligaba a asearse diariamente.

Se le ausentó la mirada de los ojos y no quedaron sonrisas en su boca. No las había ni para su hijo André. Se le torció el gesto y su cabello pareció apagarse como la lumbre que se acaba. Rehuía toda compañía, se apartaba para rumiar a solas su pena y dar salida a su rabia. Cuando André pedía permiso para entrar en la habitación o intentaba consultar con ella algún detalle, Claudine encontraba mil y una excusas para desentenderse. Eludía toda responsabilidad cuando tiempo atrás la había asumido por completo y sin remilgos.

Permanecía retirada, al margen de todo y de todos. Había dejado de importarle el futuro de la propiedad y con él el del resto de los que de ella dependían. Incluido el de su hijo André, su único hijo, su adorado André. Ya no hacía carantoñas a los hijos de Serafín y de Flore, que con el buen tiempo pasaban el día entero correteando delante de la casa. No devolvía ni un bonjour. Aquello por lo que había luchado hasta las últimas consecuencias ya no le importaba. No le preocupaba la cosecha ni el florecer de la lavanda. No le afectaba como antes que apenas brotara el tomillo o que los claveles fueran ya grandes como puños.

Cambió tanto en tan poco tiempo que pasó de ser la mujer madura, valerosa y resuelta que había sacado la propiedad adelante, a convertirse en una vieja que perdía la razón con el amanecer de cada nuevo día.

André dejó de contar con una madre cuyo afecto parecía incondicional. Siempre que la visitaba en su habitación, Claudine se mostraba indiferente y desabrida. Por obra y gracia de unas palabras pronunciadas durante un periodo febril, André había dejado de ser el fruto de un gran amor, el amor de una vida, para convertirse de buenas a primeras en la encarnación de un engaño. Si Claudine, urgida por su hijo, rompía su silencio, era para mal. Siempre era para mal. André solo recibía de ella censura, desaires, malas caras y reproches que no acertaba a interpretar.

No volvió a sonreír ni a interesarse por nada de lo que ocurría dentro o fuera de la casa. Dejó de importarle si hacía sol o si llovía.

Enloquecía.

Cuando a hurtadillas abandonaba el cobijo de su habitación y atravesaba la gran sala en la que nuevos retratos se habían sumado a las viejas fotografías, Claudine miraba de reojo el gran reloj de esfera blanca y saetas doradas que siempre le había recordado la luna llena. Había dejado de gustarle y, plantada frente a él, le lanzaba improperios en voz muy baja, maldecía su existencia, escupía todo su dolor junto a la caja de caoba y acusaba al viejo armatoste de todo su infortunio. A Andreu aquel reloj le recordaba su pasado, por eso Claudine lo odiaba.

Se quedaba allí, paralizada por la cólera y atravesándolo con la mirada. Muy de tarde en tarde, siempre a escondidas, le propinaba alguna patada.

Alain, que había pasado junto a ella más de media vida, apenas podía creer lo que veía. La transformación sufrida por Claudine no solo le entristecía profundamente, también le desconcertaba. Incapaz de comprender lo que sucedía, empezó a rehuir su proximidad. Evitaba encontrarse con la desaliñada y malhumorada Claudine, eludía su mirada y esquivaba su amarga y discordante presencia. Bajaba la vista si ella se acercaba, le inquietaba enormemente aquella mirada cargada de rencor que parecía traspasarle. No entendía a la sombría mujer que, en ocasiones, deambulaba farfullando insultos y mascullando escarnios. No comprendía por qué repetía un nombre hasta la saciedad, el dolor extremo y el desgaste, y lo acompañaba de aquellas palabras malsonantes que el chico se abstenía de pronunciar: Rosa.

Alain no recordaba a nadie que se llamara así.

Claudine ya nunca se dirigía a Alain por su nombre, como si no lo recordara. Cuando le hablaba, muy de tarde en tarde, lo hacía como si le hablara a un perro. No era ella la mujer que lo había acogido en su casa y le había brindado un presente y un futuro en paz. No podía serlo.

En más de una ocasión, Serafín se acercaba a ella y, con una mano sobre su hombro, le susurraba:

—No se atormente usted, madame. No se lo tenga usted en cuenta y no me mire usted malamente, pero si no hablo reviento. Ya me conoce usted. Bien sabe, madame, que él no miró jamás a otra. Ni por un momento. Si salía de aquí era conmigo, siempre conmigo. Si lo sabré yo. Lo pasado, pasado está, madame, y, como dice mi madre, agua pasada no mueve molino.

Claudine no respondía. Nunca.

—Cuando uno se muere no sabe lo que dice. Se desquicia, se descompone, recuerda cosas que no le importan un carajo. Los muertos se mezclan con los vivos y los que no están le parecen presentes. Se le confunden a uno las caras, los nombres, todo. Si mi madre le contara… No se torture, madame. Perdone usted si es que hay algo que perdonar, que no lo creo, y no reniegue de su memoria. Era un buen hombre, y usted lo sabe. Un hombre que solo tenía ojos para…

Y así continuaba Serafín cargado de argumentos y de buenas intenciones.

Siempre en vano.

* * *

Un transistor anunció en el patio las ocho de la mañana. Ruido de cucharillas, reconvenciones y alguna tos destemplada acompañaron a lo que André reconoció como un noticiario radiado. Demasiado pronto para casi todo.

No tenía prisa ni razón alguna para ponerse en pie y pisar las caldeadas calles de la ciudad de buena mañana. No se levantó. Tampoco intentó recuperar el sueño. Era imposible. Acostumbrado desde la niñez a alzarse con las primeras luces de nada serviría cerrar los ojos y buscar mejor acomodo.

Intentó no pensar, no recordar. Quiso dejar la mente en blanco. No lo consiguió por mucho que intentó fijar la mirada en el techo y recorrer con la vista las grietas que lo surcaban. Imposible desviar la atención del peor de los recuerdos, el que lo asaltaba una vez y otra desde hacía días, aquel que no conseguía apartar de la memoria en ningún momento. Siempre estaba allí, en algún rincón entre sus meninges, agazapado, presto a invadir su mente por entero y a ocupar hasta la última de sus neuronas. Se preparó como pudo para experimentar la peor de las angustias. De nada habían servido los días transcurridos, más de tres semanas. El dolor, el vértigo, el espanto, la feroz opresión en mitad del pecho, el estómago fatídicamente contraído, el vómito...

Siempre lo mismo, siempre pavoroso.

* * *

La tarde de principios de julio había sido calurosa y larga, tan larga que en los campos de la Provenza incluso las chicharras enmudecían y parecían desmayarse en

las matas. Desparecido Andreu y aparentemente inca-
pacitada Claudine, André había asumido la responsabilidad y había recorrido los kilómetros que separaban la
propiedad de la cercana ciudad de Aviñón para intentar
cerrar una venta. Flore se hallaba en Barbentane acom-
pañada de sus hijos visitando a sus padres, los Bidault,
cuyo negocio regentaba ahora su hermano Gilles. Alain
y Serafín regresaban de supervisar los viñedos.

—¡Me cago en la Santa Inquisición!

Echaron a correr camino adelante y se abalanzaron
ambos sobre Claudine, que yacía ante la puerta principal de la casa. Vestía un camisón largo y blanco y estaba
tendida sobre un lecho de marchitas flores de buganvilla, como una vieja princesa muerta.

El cabello, como el brazo y el hombro derecho,
sobre el gran reloj de esfera blanca que siempre le recordaba la luna. La enorme caja de caoba se había desco-
yuntado al caer el reloj por el balcón y la esfera, sepa-
rada del resto, se hallaba unos palmos más allá. Por
todas partes esquirlas y cristales y el cabello cobrizo de
Claudine cubriéndole el rostro, el cuello, los hombros.

Cuando se hallaron ya muy cerca, Serafín se detuvo y se llevó las manos a las sienes. El brazo que descansaba sobre la madera quebrada del reloj había sido
atravesado por una gran astilla y la sangre era tanta que
se deslizaba desde la caja y se encharcaba bajo el codo.
Otro fragmento menor se le había hincado en la cadera.

Regueros de sangre se alejaban del cuerpo y empapaban la blanca tela del camisón. Visto lo visto no era descabellado pensar que mujer y reloj se habían precipitado fatalmente desde el primer piso.

La cabeza de Claudine, girada hacia el establo, como si no quisiera volver a ver el maldito artilugio, apenas podía entreverse oculta bajo el espeso y desbaratado cabello.

Serafín fue el primero en arrodillarse junto a ella. Alain apenas se atrevía a mirar. Le apartó el cabello y le habló esperando que siguiera viva.

Demasiado asustado para controlarse, gritó:

—¡Madame! ¡Madame! Soy yo, Serafín. Joder, madame, diga algo. ¡Me cago en el santo sagrario! Alain, coge la bicicleta y trae al médico, que venga lo antes posible. Sin excusas. Es urgente, Alain. Si es necesario...

No continuó. Alain separaba ya la bicicleta de la pared y pedaleaba en dirección a Barbentane.

—Madame, no puede usted hacer esto. No puede, de verdad que no nos puede usted... ¡Me cago en san Dios!

Era tanta la palidez de su rostro que parecía haber perdido las pecas, de la primera a la última. La sangre que había escapado de su nariz y de su cráneo fracturado se secaba ya sobre la tierra. Las piernas, que el camisón aupado por la caída hasta los muslos dejaba al descubierto, se habían enredado y descansaban en una postura imposible. Eran tan blancas que hacían daño a los ojos, al menos así se lo pareció a Serafín, que se apresuró a tirar de la tela hasta alcanzar con ella las pantorrillas. Una de sus zapatillas azules, desprendida del pie, había ido a parar al umbral como si, hastiada de sol, buscara un lugar sombreado y familiar.

—¡Me cago en el santo cáliz! Muévete, Alain, corre, joder, corre —lo azuzó a gritos.

Serafín no tardó en convencerse de que no había nada que hacer. Afortunadamente, Flore y los niños pasarían el día en Barbentane, pensó.

Así se lo explicaron cuando André llegó mientras el doctor confirmaba la muerte de su madre.

* * *

En la habitación, a solas, a André le faltó el aire y en el pecho el corazón le pareció a punto de echar a volar. Sudaba y sentía las piernas flojas. Apenas le obedecían. Se puso en pie, se acercó a la ventana, la abrió. Era inútil. Lo sabía. Sabía que necesitaría unos minutos, que debía hacer lo posible por seguir respirando, por mantener el control, por no ceder a tanto espanto. No era la primera vez, no sería la última.

Claudine muerta junto a la casa. El peor de los recuerdos.

El miedo absoluto.

* * *

Le hablaron de un accidente. Serafín sostenía que en un arrebato de ira Claudine quiso librarse del maldito reloj, que lo había arrastrado a través de la enorme sala hasta acercarlo al balcón con la intención de arrojarlo al vacío, pero no era poco esfuerzo. Aseguraba que Claudine fue arrastrada en su caída por el enorme artefacto algo más alto que ella. Todos sabían que odiaba aquel reloj. Se precipitó sin querer y sin querer encontró la muerte. Así había sido y así necesitaban creerlo, no había mucho más que hablar.

* * *

A André, confiar en una caída accidental le ayudaba a serenarse. No soportaba la idea de que Claudine, la adorada Claudine, hubiera querido morir. Morir y abandonarlo. Simplemente, no podía. Mal acomodado en una habitación verde en una ciudad que no conocía y en la que el silencio parecía privilegio de acaudalados, André se repetía una y mil veces que había sido un accidente. Una mala jugada del destino.

Despacio, muy despacio, el miedo se alejaba, el corazón recuperaba su ritmo y el aire regresaba a los pulmones. Una caída accidental fruto del duelo y de la rabia, un mal paso. Se desvanecía el pánico, pero no desaparecía el dolor. Ni menguaba.

Varias emisoras de radio llegaban ahora hasta la habitación. Algunas, a falta de otras noticias, glosaban todavía la gesta de los primeros hombres que habían caminado a saltitos sobre la luna. Otras ofrecían canciones «para alegrar y refrescar la mañana» y una de ellas insistía en describir los devastadores efectos del último huracán.

La ruidosa habitación verde continuaba resultando lóbrega a pesar de que había subido la persiana hasta el límite. Tampoco conseguía ventilarla. En ella nunca bailaba el polvo entre destellos dorados a caballo de un rayo de sol ni corría el aire como en la casa de la Provenza en la que había pasado la vida entera.

Capítulo 26

El Retiro no era un bar al uso, sino un local triangular en la planta baja de un teatro modesto, el Arnau. Tenía forma de escuadra y ocupaba una de las esquinas de la avenida del Paralelo con Conde del Asalto. Durante el verano el personal quitaba las puertas y el local quedaba franco. Los camareros se limitaban a echar el cierre bajando las persianas. En invierno volvía a cerrarse mediante las puertas de cristal que los camareros encajaban a mediados de octubre en sus bisagras.

A finales de julio, con el calor reblandeciendo los adoquines, el bar completamente abierto a la calle parecía el escaparate de una licorería. Detrás de la barra y duplicadas debido a la pared de espejo junto a la que se alineaban, las botellas mediadas ofrecían su reclamo a los paseantes. Anís y *anisette* para las señoras, ponche, orujo, ginebra y brandy de imitación se ordenaban junto a un espejo que aliviaba, en la medida de lo posible, la opresión derivada de la falta de espacio.

No tenían cabida las mesas, y los clientes, que a juicio de André eran muchos dadas las condiciones adversas, lejos de amilanarse por el evidente agobio, se escoraban en la barra con la vista puesta en el Paralelo. Se daban ordenadamente la espalda unos a otros en la actitud del que guarda fila. Era un lugar adecuado para mirar y ser mirado, para avistar una chica guapa, un culo prieto o un maromo de los que se dejan invitar y lo que se tercie.

Todo en el Retiro se hallaba a la vista. Desde el interior los clientes piropeaban a las mujeres de escotes profundos o empinados traseros, chistaban a los conocidos o increpaban a voces al vendedor de lotería por no repartir suerte. Si la sombra lo propiciaba, algunos cogían la copa y, afianzados en la pared del teatro, se demoraban en la contemplación de los paseantes con los ojos entornados y el pitillo quemando entre los dedos.

Todos dejaban escapar el tiempo entre un sorbo y el siguiente.

Cuando André se acercó al Retiro el viejo Andrés Ribera ya estaba allí, en un extremo, el último en la fila, el único que podía apoyarse al mismo tiempo en la barra y en un diminuto fragmento de pared. Custodiaba con la yema de los dedos una copa de coñac y se apoyaba en un bastón con la mano libre.

A media distancia comprobó que vestía como era habitual, de riguroso invierno. De cerca, André constató que seguía oliendo mal. Miraba hacia la calle con los ojos casi cerrados, las blanquecinas pupilas casi invisibles. Tenía Andrés Ribera la piel del color de los ladrillos, y el pelo, ralo y gris, no blanco, recordaba el agua de fregar. Varias sartas de arrugas muy profundas le cruzaban el rostro. En su silueta enjuta y extrañamente arrogante André creyó advertir las huellas de una lejana gallardía.

La mano que apoyaba sobre el mármol y su mandíbula inferior se agitaban como si bailotearan al son de un violín desbocado. En sus ojos, en los que se amontonaba todo el resentimiento de este mundo, no quedaba música, había desaparecido de su vida mucho tiempo atrás. Exactamente en 1921.

—No te das por vencido —observó el viejo con acritud.

—Le dije que vendría.

—¿Dónde está el tabaco? —quiso saber Andrés Ribera extendiendo la mano hacia el joven.

Por unos instantes, los dedos temblones de aquel viejo le recordaron a André a los de la anciana responsable de la pensión. Se llevó la mano al bolsillo y depositó sobre la barra dos cajetillas que acababa de comprar, consciente de que era la moneda con la que pagaba sus palabras.

El viejo, tras comprobar que nadie les observaba, se apresuró a guardar el tabaco.

—Esto está mejor. Ya sabes, yo soy como esas putas de ahí, ya no doy nada por nada —dijo, y sonrió con malicia dejando a la vista sus escasos y oscuros dientes al tiempo que señalaba con la mirada a dos mujeres que paseaban despacio frente al Retiro.

André se fijó en ellas, la falda muy estrecha y con profunda raja posterior, los tacones altos y el busto altivo. Mucha pintura a cuestas. No eran guapas, al menos no se lo parecieron, aunque a Andrés parecían gustarle. A diferencia de otras mujeres que bajaban la vista de inmediato, estas miraban a los hombres directamente a los ojos mientras, con las pestañas, probablemente postizas, acariciaban el fondo de sus carteras. Un agitar de pestañas y una mirada sin recato bastaban para alterar la ordenada hilera de varones acodada en la barra del Retiro y soliviantar unos ánimos bien predispuestos.

Se situó André frente al viejo rompiendo así la rutina consistente en darse sistemáticamente la espalda. Habría querido alejarse, se hallaba demasiado cerca, podía oler su aliento y en él el hedor a alcohol y a dientes mal envejecidos. Estaba convencido de que, de acercarle una cerilla, prendería una llama como en la boca de un faquir.

—¿Qué quieres saber? No ando yo para estar templando gaitas —le increpó en el tono del que señala que no desea perder el tiempo en explicaciones que nunca creyó necesario dar.

—¿Cómo lo mató?

—No fue difícil. Como se mataba entonces. Lo esperé a la salida de la fábrica. Siempre era el último en irse, ya te dije que era un cabrón. Hacía números con su contable hasta muy tarde. Contaban entre los dos hasta la última perra. Solo conocía un dios, el de las dos caras. La cruz y la cara —añadió Andrés ante la cara perpleja de André, que no acababa de entender—. No tenía prisa por llegar a casa, juraría que detestaba a su mujer, él y cualquiera que hubiera cruzado un par de palabras con ella.

Hizo una pausa y dio un sorbo al coñac que quedaba en su copa.

—Conseguí una pistola, tampoco eso fue difícil, en Barcelona las había a cientos, a patadas. Me quedé esperando en una esquina. Era la primera vez que tenía un trasto de aquellos en las manos. Por la mañana habíamos enterrado a Caterina en Montjuic y aquella misma noche se las hice pagar todas juntas. No tenía sentido esperar, estas cosas o se hacen en caliente o... Salieron Romeu y su contable y yo me planté delante de ellos a cara descubierta y con la pistola. Le dije al pobre hombre que se fuera, que no iba con él. Le faltaron piernas para salir corriendo. Hasta me dio las gracias.

Andrés enarboló el bastón hacia la calle como si empuñara un rifle y cerró uno de sus ojos como si con el otro apuntara de nuevo al empresario.

—Le pegué dos tiros allí mismo, por si con uno no había bastante. Ya habrás oído lo de que mala hierba nunca muere. Aquella mala hierba iba a morir, aunque fuera lo último que hiciera, pero primero le expliqué por qué lo hacía. Le hablé de Caterina, de la puta plancha, de su hijo Andreu... Le dije lo que pensaba de él, le escupí mis razones y el muy hijo de perra me ofreció todo el oro del mundo. Todo. Le faltó tiempo para intentar comprarme. Pida lo que quiera, lo que quiera, le daré lo que me pida, pero no me mate. Le arreglaré la vida, se lo juro. Suplicaba, prometía y lloraba como un crío, como una mujer, como una vieja muerta de miedo. Incluso hizo el gesto de quitarse el reloj y ofrecérmelo. Como si un reloj pudiera comprar una vida. Pero ¿sabes qué?

André no sabía.

—No lo dudé ni por un momento. Yo lo perdí todo, pero a él se las hice pagar todas juntas. Le pegué dos tiros a aquel canalla, uno en el pecho y otro en la frente. Salí corriendo, tiré la pistola en el puerto y volví a casa. Así de sencillo.

—¿No le buscaron nunca?

—En aquellos años Barcelona estaba llena de pistolas y de pistoleros. Algo habrás oído.

André negó con un gesto.

—Mataban de un tiro a empresarios, a sindicalistas, a rentistas… El día menos pensado se te aproximaba alguien y te volaba los sesos de un tiro. Así se negociaban aquí los convenios. Se ajustaban las cuentas por dinero. Tampoco era difícil encontrar matones a sueldo, solo tenías que saber a quién dirigirte. Pasaba un día sí y el otro también. Había gente armada por todas partes. Eran otros tiempos; donde no llegaba la ley, donde se echaba en falta la justicia, allí llegaban las pistolas.

Se detuvo unos instantes y, tras consultar a André con la mirada, carraspeó largamente y pidió otro coñac. No recuperó el hilo de su relato hasta no haberse llevado de nuevo la copa hasta los labios.

—El contable no me conocía de nada. ¿Qué relación podían encontrar? Habían pasado los años y ya nadie recordaba a Caterina en aquella casa. ¿Cómo iban a reconocerme? Además, aquel hijo de perra debía tener tantos enemigos y tantas cuentas pendientes que no debió extrañarle a nadie que alguien le diera el finiquito.

André se encogió de hombros e hizo cara de no entender.

—Sí, hombre, el finiquito. A nadie le extrañó que se lo cargaran. No creo ni que se molestaran en buscarme. Tampoco investigaban como ahora. Los delitos, fueran robos o crímenes de sangre, raramente se resolvían. Corrían otros tiempos, hijo, y no daban abasto con tanto muerto.

Andrés se interrumpió con cierta brusquedad. La palabra hijo, completamente fortuita y exenta de significado, le amargaba en la boca como un rastro de bilis. Hizo danzar la ventruda copa entre los dedos y extravió la mirada entre los vehículos que avanzaban en dirección a la plaza de España.

—Hacía unos diez años que Caterina no trabajaba para él. Por la cara que puso casi ni la recordaba. A mí no me había visto en la vida. Ni Caterina ni yo éramos nadie. No éramos nadie —repitió, y sus palabras supuraban resentimiento—. No hubo más testigos, y de haberlos habido quizás tampoco se hubieran ido de la lengua. Sin quererlo le hice un favor a mucha gente. No lo dudes, chico. A mucha gente. El contable antes habría muerto que delatar a alguien. Casi se quedó sin habla de puro miedo. No sé ni si buscaron un culpable. Quizás le cargaran el muerto a otro. La verdad es que no lo sé. ¿Qué más da? Tampoco habría cambiado mucho si me hubieran cogido. Para lo que me tocó vivir después…

Vació la copa en su garganta con un gesto algo brusco. Se le enturbiaron los ojos y bajó la vista como si diera por concluido el relato de su atormentada vida. El viejo movía la lengua en el interior de su boca como si rebañara los últimos restos de coñac.

—Tú, chaval. ¿Te pagas otra o lo dejamos aquí? —preguntó al cabo de unos instantes mostrando la copa vacía—. Tampoco quiero engañarte, no creas que hay mucho más que contar. Y si te paras a pensar, a ti, ni te va ni te viene. Te puedes ahorrar el gasto.

André asintió. Pensó que al maltrecho hígado de aquel viejo renegrido y arisco no le vendría de otra copa. Habría jurado que Andrés, que en aquellos momentos miraba a dos muchachas cuyas faldas hasta la rodilla permitían contemplar buena parte de sus bonitas piernas, no estaba especialmente interesado en una larga vida.

Las muchachas paseaban sin prisa, reían y se empujaban la una a la otra mientras echaban hacia atrás las oscuras cabelleras en un gesto que a André le recordó a su madre. Ojalá no lo hubieran hecho.

¡Claudine!

Su estómago se contrajo dolorosamente y durante unos instantes André se dobló sobre sí mismo. El viejo no se dio cuenta. Sonreía. Las jóvenes mostraban la complicidad y la despreocupación que solo conservan aquellos que lo ignoran casi todo del mundo y han vivido la mejor parte de sus vidas. Durante unos instantes, Andrés Ribera solo tuvo ojos para ellas.

Levemente recuperado y con una mano sobre el abdomen, André alzó la copa y de inmediato un camarero con las mangas sobre los codos y un trapo sucio con el que fregoteó el mármol volvió a llenarla hasta la mitad.

—Oye, rata, que paga este —reclamó Andrés en un tono tan agrio que a punto estuvo André de disculparse en su nombre.

El camarero, por no volver a oírlo y con cara de pocos amigos, añadió un chorro muy breve.

—Acábesela y despeje esto, que lleva aquí media mañana y no quiero problemas. Que nos conocemos —zanjó a modo de advertencia.

Andrés Ribera no era bien recibido en El Retiro. A André no le extrañó.

—¿A mí me vas a echar tú de aquí, bujarrón?

El alcohol acentuaba su carácter díscolo, turbulento y bravucón. Parecía un viejo gallo de pelea al que de un momento a otro le fallarían las patas y daría sin remedio con el pico en tierra. Andrés sacó pecho, pero apenas se notó bajo la ropa excesiva, se envalentonó y de nuevo enarboló el bastón como si fuera a emprenderla a palos con el camarero, que, desde el otro extremo, lo observaba con profundo hastío.

—Déjelo, Andrés —sugirió André en voz muy baja—. Déjelo, ya tiene usted su copa, no vale la pena.

—Ven aquí si te atreves, maricón, que te parto el alma.

Entre los presentes hubo risas y algún comentario poco compasivo. Andrés Ribera era poco más que un esperpento. Una sombra deforme de sí mismo.

—¡Gilipollas!

—¿Qué hizo durante tantos años? —inquirió André temiendo que la escena, ya de por sí grotesca, se saliera de madre.

—¿Qué voy a hacer? ¿Tú qué crees? ¿Rascarme los huevos? Trabajar como un jodido hijo de puta. Descargar barcos, subirme al andamio, repartir telegramas, servir copas… De todo, hice de todo. No podía quedarme aquí. Y no por la policía, sino porque no podía vivir con aquel hijo que no era mío. Crucé la frontera, me bajé de un tren en Marsella y allí me quedé. Trabajo no me faltaba, y yo siempre fui trabajador…

El viejo no se ahorró una mirada atravesada al camarero, que, en el otro extremo, sostenía una animada conversación con uno de los clientes mientras apuraba una caña.

—Era joven, tenía salud y en Marsella cada día atracaban barcos. Primero pensé poner tierra de por medio y largarme a Brasil, a Venezuela o a la Argentina. La gente contaba y no acababa: buenos trabajos, buena comida, vida fácil… Pensé que si no había de volver, cuanto más lejos, mejor. Cada día me decía a mí mismo que al día siguiente compraría un pasaje y embarcaría. Muchas veces junté el dinero, pero…

Hay pesar en su voz de derrotado.

—No llegué a subir a bordo. Siempre encontraba una excusa para no hacerlo. Lo aplazaba. Me decía: dentro de un mes, cuando mejore el tiempo, pasada la Navidad para empezar con mejor pie, en primavera, mejor en verano para estar todo el día en cubierta... Tenía los francos, los guardaba para irme, pero no me fui. Y no sabría decir por qué.

—¿Volvió a casarse?

—No. Ni se me pasó por la cabeza. Tuve mujeres, eso sí, mujeres de esas que corren por las tabernas, no soy ningún santo. Pero ninguna como ella, eso sí que no. Otro tipo de mujeres. Guapas, no diré que no, pero no como para vivir con ellas. Algunas eran unas golfas y bebían todavía más que yo.

Se llevó la copa a los labios y la medió de un sorbo.

—Había mujeres por todas partes. —La voz de Andrés es un hilo apagado entre un carraspeo y el siguiente—. Muchas estaban solas, como yo, otras se aburrían y frecuentaban las cantinas. De haberme ido, lo habría hecho solo. No me habría llevado a ninguna de ellas. Ya estaban bien donde estaban, aquel era un buen sitio para ellas. Algunas me lo pidieron, no vayas a creer. Bien que querían salir de allí conmigo, más de una habría hecho cualquier cosa por embarcarse de mi brazo. Incluso me habrían mantenido.

Andrés se interrumpió para despejar la garganta. En su mirada una sombra acanallada y amarga. Mientras se llevaba de nuevo la copa a la destartalada boca lanzó una mirada al camarero con la que renovaba el desafío. El camarero hizo lo que debía. La ignoró.

—Nunca pagué por tirarme a una mujer; eso, no. No tuve necesidad. Nunca —aclaró con un asomo de orgullo—. Las invitaba si se terciaba, les hacía algún regalo, pero si venían conmigo era porque querían, sin francos de por medio.

—¿No se movió usted de Marsella?

—Para nada. En cierta manera me recordaba a Barcelona, pero me parecía mucho más grande y el puerto mucho mayor. Encontrabas de todo, estaba lleno de *pieds noirs* que mercadeaban con cualquier cosa, de marinos que venían de todas partes, de gente de todas las calañas. Negros, asiáticos… Había ladrones, mercenarios… Muchos que se las dan de valientes no habrían pisado aquellas calles ni por todo el oro del mundo, pero a mí no me daba miedo. Corría el vino, la ginebra barata, la maldita absenta que tanto les gusta. Todo al alcance de la mano. ¿Qué más podía pedir alguien como yo?

André no respondió a la pregunta. El viejo miraba hacia la calle.

—Era un hombre fuerte y no me asustaba el trabajo. No le tenía miedo a nada, no tenía nada que perder. Me quedé allí, en el puerto. Alquilé un cuartucho en una calle que desembocaba en el muelle y que me recordaba mucho a la calle en la que me había criado. Compré un hornillo con mi primer sueldo. Eso fue todo. Cuando acababa de trabajar paseaba por el puerto, que es tan grande que no te lo acabas. Sabía el precio de los pasajes y tenía decidido el barco al me subiría algún día. Los veía desatracar y me quedaba allí, mirando cómo se despedían de sus familias los que emprendían el viaje. Sacudían las manos y los pañuelos, se podían oír sus voces desde cubierta, se tiraban besos, lloraban y se prometían cartas. Y yo…

Un nuevo sorbo, casi el último, y un regresar la mirada al interior del local.

—Yo me imaginaba en cubierta sin nadie a quien saludar, con las manos en los bolsillos y mirando a mar abierto.

Andrés Ribera golpeó el suelo con el bastón en un movimiento automático y pareció encorvarse un poco más.

—Tuve el dinero en la mano muchas veces, pero me lo acababa gastando en las tabernas, allí mismo, en el puerto. A veces pienso que por eso no me fui, por no pasar ese mal rato, por no tener a nadie a quien decirle adiós desde la cubierta del barco.

—¿Y su madre? ¿No intentó usted saber de ella en tantos años?

—Fue mi madre la que me pidió que me marchara. Le expliqué que iba a matarlo, se lo conté todo. Ella me conocía mejor que nadie, mejor que Caterina. Sabía que no había vuelta atrás. No intentó detenerme, era una mujer sabia. Me pidió que no volviera nunca. Prefería no volver a verme que saberme en prisión. Me conocía, en prisión habría muerto en pocos meses. No estoy hecho para estar encerrado. La pobre salió malparada de tanta mierda como le tocó vivir.

—Entonces ¿fue mi padre el único que nunca llegó a saber nada?

—Así es. Es lo mejor que pudo pasar. Lo mejor que pude hacer por él. Quitarme de en medio.

—¿Usted cree?

—Lo creí entonces y lo sigo creyendo.

Un nuevo golpe de bastón subraya sus palabras. El camarero mira de reojo a Andrés y regresa a una animada conversación sobre la luna y los hombres que la han pisado por primera vez.

—Hay que tener cojones para ir hasta allí y ponerte a caminar —dice mientras se lleva la mano a los genitales—. ¿Quién te dice que no te sale un bicho como una plaza de toros?

—¡Gilipollas! —susurra Andrés, que también atiende a la conversación ajena—. Hice lo que debía. Ni más ni menos. Las cosas son así, hay que echarles valor. Y yo lo hice. Le eché valor. Hice justicia y le pegué dos tiros. Solo me arrepiento de una cosa. De no haberle sacado dinero antes de matarlo. Sobre todo, por mi madre, porque tuvo un final malo y hay cosas que con dinero duelen menos.

—¿Conoció usted a Rosa?

—He conocido a muchas con ese nombre.

—La primera mujer de mi padre.

—Sí, a esa Rosa la conocí cuando era una cría como él. Ya entonces era muy guapa, de las que te miras dos veces, aunque a mí no me vayan las crías, eso sí que no, pero guapa lo era un rato. Y lista, decían que era lista, creo que estudió alguna cosa. Dicen que salió huyendo cuando entraron los fascistas. Creo que se fueron juntos, tu padre y ella. También oí decir muchos años después que se habían casado y que ella murió en un campo. También decían que tu padre había muerto y aquí estás tú. Es todo lo que sé, chaval. Lo que es seguro es que no volvió por aquí.

—Pero ¿sabe usted si…?

—Paga, chico, que estas putas piernas no son lo que eran y si no me voy ahora no me llevarán.

André preguntó qué se debía y abonó la cuenta. Andrés Ribera apuró la copa y con mano temblona la dejó sobre la barra de mármol con un chasquido como el de las fichas de dominó.

—Si la rompes, la pagas, esto funciona así —gritó el camarero desde el otro extremo.

—Que te jodan, cabrón —masculló el viejo en retirada.

Giró sobre sus pies y, sin despedirse de André, empezó a alejarse a pasos cortos y cautelosos. Cruzó el Paralelo entre bocinazos de apremio y se adentró en Conde del Asalto camino de la pensión. André lo siguió con la mirada hasta que el viejo se perdió de vista.

Capítulo 27

Fueron largas las horas de aquel día tórrido. Los adoquines espejeaban a lo lejos por efecto del calor y en las calles hombres y mujeres se llevaban los pañuelos a la frente, el escote o las palmas de las manos para retirar el sudor. A André no le habría sorprendido ver burbujear los termómetros que había advertido a la puerta de algún establecimiento.

En los quioscos la prensa hablaba de las altas temperaturas y de los terribles efectos de un golpe de calor. En algunas portadas las imágenes de los pueblos destrozados por el paso de un huracán y en las páginas interiores comentarios sorprendidos y algo escandalizados referidos a la proliferación en las playas españolas del dos piezas lucido por turistas descocadas y desconocedoras del pudor.

André recorrió despacio las calles barridas por el sol del mediodía. No sentía hambre. No alcanzó a pensar que llevaba horas sin comer. Contemplaba la ciudad como si se hallara fuera de ella, como si la sobrevolara, como el astronauta que no llegó a descender de la nave y contempló a través de un cristal la superficie lunar.

Caminó por la ronda San Antonio hasta las inmediaciones de la universidad y anduvo Gran Vía adelante hasta la plaza Cataluña y allí se sentó. Contempló el arranque tornasolado de los picos de las palomas que revoloteaban en torno a las criaturas. Observó cómo algunas se posaban sobre sus hombros y otras se aventuraban en el hueco de las diminutas manos que les ofrecían las semillas que sacaban de una bolsita de celofán. Algunos críos parecían complacidos; otros, asustados, daban un paso atrás y lloriqueaban. Algunas palomas, más pacientes, picoteaban los granos que los niños dejaban caer. Cerradas las escuelas durante el verano, las madres buscaban las sombras del mediodía avanzado mientras sus hijos, aparentemente inmunes al calor asfixiante, corrían, reían y perseguían amigos y palomas.

Algunas mujeres muy rubias de lengua ininteligible y piel lechosa exhibían largas piernas en pantalón corto ante la apreciativa mirada de algunos viejos reunidos en corros bajo los árboles. Desconcertadas, pero divertidas, consultaban planos y fruncían el ceño debido al sol.

André observó largamente a los paseantes mientras recuperaba, una y mil veces, las palabras de Andrés Ribera e intentaba comprender la razón de tanta sinrazón. Se alegraba íntimamente de que aquel viejo bravucón y justiciero no fuera su abuelo. No se movió del banco hasta que el sol empezó a declinar sobre las calles y las sombras se alargaron sobre las aceras. De repente, como si regresara a su cuerpo tras una ausencia de horas, cayó en la cuenta de que sentía hambre y una sed atroz.

Se levantó y, a pocos pasos, en el Núria, un local que por su ubicación era frecuentado por turistas, carteristas y trileros, encontró remedio a todo ello.

De regreso a la pensión esquivó a la anciana que, sentada en un cuartucho cerca de la entrada, hacía un solitario bajo el haz de luz procedente de la única bombilla encendida, la de una lámpara flexible como la que André recordaba haber visto utilizar a las costureras. Se acercaba las cartas a los ojos para reconocerlas mientras las acariciaba con las yemas de los dedos como si esperara identificarlas por su relieve. Pasó André ante la puerta entreabierta procurando no hacer ruido. Nada le debía a la patrona puesto que había pagado por adelantado varias noches. Esperaba poder zanjar su despedida con un adiós irremediable desde la puerta de la calle. O sin él.

Tardó unos minutos en guardar sus pertenencias en la bolsa de viaje, dio una última mirada a la habitación verde. Desde el patio llegaban las notas de un informativo y el olor a aceite procedente de una sartén. Profundamente aliviado, cerró la puerta tras de sí.

—Adiós —fue todo lo que dijo antes de atravesar el umbral que lo separaba de la calle. La mujer, concentrada en recordar las cartas que cogía lentamente del mazo, no pudo oírlo.

Sobre el mar apenas entrevisto, el cielo era cada vez más oscuro y en las aceras los caminantes se detenían buscando el consuelo de una brisa tan leve que más parecía una invención, un alivio fruto de la imaginación. Cruzó a buen paso la avenida que lo separaba de la estación. Creía recordar que un tren partía al anochecer y bien poco le importaba pasar la noche entera en un banco en el andén. Cualquier cosa era preferible a regresar a la habitación verde.

Consultó el panel en el que se alineaban ordenadamente las próximas salidas. Le reconfortó saber que apenas quedaban un par de horas. Pronto subiría a un tren y, si le acompañaba la suerte, podría abandonarse en el silencio de un compartimento. André dejó volar el tiempo sentado en un banco incomodísimo y custodiando su bolsa. Pensó que en todo el día apenas había hecho otra cosa que observar a los demás, seguir sus movimientos, espiar la irritación o la alegría en las caras. Horas y horas de ensimismada contemplación.

A pocos pasos algunas mujeres, armadas de escobas y recogedores, retiraban colillas y papeles y observaban al joven taciturno, cuya mirada recorría el andén de un extremo a otro. André ya no recordaba obsesivamente las palabras del viejo Ribera y su amargura dejaba lentamente de pesarle. No se compadecía de él, tampoco envidiaba su suerte.

Con el paso de los días olvidaría incluso cómo el viejo, entre una copa y la siguiente, sacaba algo de brillo al filo de sus ojos. Tampoco recordaría la mugrienta habitación verde.

Sentía la cabeza vacía, ligera y tan fría como el interior de una cripta, y el cuerpo exhausto como si acabara de librar una competición contra sí mismo.

Fue el primero en subir al tren cuando anunciaron su disposición en uno de los andenes de la enorme estación. Se derrumbó en su asiento y, por primera vez en muchos, muchos días, experimentó el consuelo de saber que, a más de mil kilómetros, en París, a pocas calles del Hotel Lutecia, detrás de un mostrador y al frente de un bistrot, alguien le recibiría con una sonrisa.

Alguien que siempre olía a lavanda.

Este libro se publicó
en el mes de octubre de 2017

1973

WORLD PEACE THROUGH WORLD LAW

WORLD PEACE
Through WORLD LAW

By GRENVILLE CLARK *and* LOUIS B. SOHN

HARVARD UNIVERSITY PRESS · 1958

Cambridge, Massachusetts

LIBRARY OF CONGRESS CATALOG CARD NUMBER: 58-7246

PRINTED BY RUMFORD PRESS, CONCORD, NEW HAMPSHIRE, U. S. A.

BOUND BY THE COLONIAL PRESS

TO ALL THOSE
WHO SEEK THE RULE
OF LAW IN WORLD AFFAIRS

TABLE OF CONTENTS

THE PROPOSED REVISED CHARTER OF
THE UNITED NATIONS

ANNEX I. DISARMAMENT

ANNEX II. THE UNITED NATIONS PEACE FORCE

ANNEX III. THE JUDICIAL AND CONCILIATION SYSTEM OF THE UNITED NATIONS

ANNEX IV. THE WORLD DEVELOPMENT AUTHORITY

ANNEX V. THE REVENUE SYSTEM OF THE UNITED NATIONS

ANNEX VI. PRIVILEGES AND IMMUNITIES

ANNEX VII. BILL OF RIGHTS

APPENDIX A

THE 1945 CHARTER

APPENDIX B

THE PROPOSED REVISED CHARTER

INTRODUCTION

By Grenville Clark

This book sets forth a comprehensive and detailed plan for the maintenance of world peace in the form of a proposed revision of the United Nations Charter. In so doing the purpose is to contribute material for the world-wide discussions which must precede the establishment of truly effective institutions for the prevention of war.

At the outset, it may be helpful to explain: *first*, the underlying conceptions of this plan for peace; and *second*, the main features of the plan whereby these conceptions would be carried out.

The fundamental premise of the book is identical with President Eisenhower's pronouncement of October 31, 1956: "There can be no peace without law." In this context the word "law" necessarily implies world law, i.e., law which would be uniformly applicable to all nations and all individuals in the world and which would definitely forbid violence or the threat of it as a means for dealing with international disputes. This world law must also be law in the true sense of law which is capable of enforcement, as distinguished from a mere set of exhortations or injunctions which it is desirable to observe but for the enforcement of which there is no effective machinery.

The proposition "no peace without law" embodies the conception that peace cannot be ensured by a continued arms race, nor by an indefinite "balance of terror", nor by diplomatic maneuver, but only by the acceptance of institutions corresponding in the world field to those which maintain "law and order" in local communities and nations.

A prime motive for this book is that the world is far more likely to make progress toward genuine peace, as distinguished from a precarious armed truce, when a *detailed* plan adequate to the purpose is available, so that the structure and functions of the proposed world institutions may be fully discussed on a world-wide basis. Consequently, this book comprises a set of definite and interrelated proposals to strengthen the United Nations through the establishment of such legislative, executive and judicial institutions as are necessary to maintain world order under enforceable world law.

UNDERLYING PRINCIPLES

The following are the basic principles by which Professor Sohn and I have been governed.

First: It is futile to expect genuine peace until there is put into effect an effective system of *enforceable* world law in the limited field of war prevention. This implies the adoption on a world-wide basis of the measures and institutions which the experience of centuries has shown to be essential for the maintenance of law and order, namely, clearly stated law against violence, courts to interpret and apply that law and police to enforce it. All else, we conceive, depends upon the acceptance of this approach.

Second: The world law against international violence must be explicitly stated in constitutional and statutory form and must, under appropriate penalties, forbid the use of force by any nation against any other for any cause whatever, save only in self-defense.

Third: World judicial tribunals to interpret and apply the world law against international violence must be established and maintained, and also organs of mediation and conciliation,—so as to substitute peaceful means of adjudication and adjustment in place of violence, or the threat of it, as a means of dealing with international disputes.

Fourth: A permanent world police force must be created and maintained which, while safeguarded with utmost care against misuse, would be fully adequate to forestall or suppress any violation of the world law against international violence.

Fifth: The complete disarmament of all the nations (rather than the mere "reduction" or "limitation" of armaments) is essential, this disarmament to be accomplished in a simultaneous and proportionate manner by carefully verified stages and subject to a well-organized system of inspection. It is now generally accepted that disarmament must be universal and enforceable. That it must also be complete is no less necessary, since: (a) in the nuclear age no mere reduction in the new means of mass destruction could be effective to remove fear and tension; and (b) if any substantial national armaments were to remain, even if only ten per cent of the armaments of 1957-58, it would be impracticable to maintain a sufficiently strong world police force to deal with any possible aggression or revolt against the authority of the world organization. We should face the fact that until there is *complete* disarmament under world law there can be no assurance of genuine peace.

Sixth: Effective world machinery must be created to mitigate the vast disparities in the economic condition of various regions of the world, the continuance of which tends to instability and conflict.

The following supplementary principles have also guided us:

Active participation in the world authority must be universal, or virtually so; and although a few nations may be permitted to decline active membership, any such nonmember nations must be equally bound by the obligation to abolish their armed forces and to abide by all the laws and regulations of the world organization with relation to the prevention of war. It follows that ratification of the constitutional document creating the world organization (whether in the form of a revised United Nations Charter or otherwise) must be by a preponderant majority of all the nations and people of the world.

The world law, in the limited field of war prevention to which it would be restricted, should apply to all individual persons in the world as well as to all the nations,—to the end that in case of violations by individuals the world law could be invoked directly against them without the necessity of indicting a whole nation or group of nations.

The basic rights and duties of all nations in respect of the maintenance of peace should be clearly defined not in laws enacted by a world legislature but in the constitutional document itself. That document should also carefully set forth not only the structure but also the most important powers of the various world institutions established or authorized by it; and the constitutional document should also define the limits of those powers and provide specific safeguards to guarantee the observance of those limits and the protection of individual rights against abuse of power. By this method of "constitutional legislation" the nations and peoples would know in advance within close limits what obligations they would assume by acceptance of the new world system, and only a restricted field of discretion would be left to the legislative branch of the world authority.

The powers of the world organization should be restricted to matters directly related to the maintenance of peace. All other powers should be reserved to the nations and their peoples. This definition and reservation of powers is advisable not only to avoid opposition based on fear of possible interference in the domestic affairs of the nations, but also because it is wise for this generation to limit itself to the single task of preventing international violence or the threat of it. If we can accomplish that we should feel satisfied and could well leave to later generations any enlargement of the powers of the world organization that they might find desirable.

While any plan to prevent war by substituting world law for international violence must be fully adequate to the end in view, it must also be *acceptable* to this generation. To propose a plan lacking in the basic essentials for the prevention of war would be futile. On the other hand, a plan which, however ideal in conception, is so far ahead of the times as to raise insuperable opposition would be equally futile. Therefore, we have tried hard to strike a sound balance by setting forth a plan which, while really adequate to prevent war, would, at the same time, be so carefully safeguarded that it *ought* to be acceptable to all nations.

MAIN FEATURES OF THE WHOLE PLAN

In harmony with these underlying principles, the most important specific features of the proposed Charter revision may be summarized as follows:

(1) *Membership*. The plan contemplates that virtually the whole world shall accept permanent membership before the revised Charter comes into effect,—the conception being that so drastic a change in the world's political structure should, in order to endure, be founded upon unanimous or nearly unanimous approval.

The assurance of assent by a great preponderance of the nations and peoples of the world would be accomplished by the revised Articles 3 and 110 providing: (a) that every independent state in the world shall be eligible for membership and may join at will; (b) that the revised Charter shall come into force only when ratified by five sixths of all the nations of the world, the ratifying nations to have a combined population of at least five sixths of the total world population and to include every nation with more than forty million inhabitants. The assurance of permanent membership would be provided by the revised Article 6 whereby no nation, once having ratified the revised Charter, could either withdraw or be expelled.

The practical result would be that the plan would not even become operative until active and permanent support had been pledged by a great majority of all the nations, including all the largest nations.

Since in July 1957 there were ninety-three nations generally recognized as independent states or likely to be so recognized within a few years thereafter, and since this number will probably not soon increase beyond one hundred, the number of nonratifying nations under the proposed ratification formula could hardly exceed sixteen, all of which would be nations with populations of less than forty million. And since, as a practical matter, the average population of such nonratifying nations would probably not exceed ten million, the population of the maximum number of nonratifying nations could hardly be more than 160 million, or less than six per cent of the world's population, which we have estimated as of July 1957 at 2,763,135,000.

With so large a preponderance in the number and population of the ratifying nations, it is reasonable to suppose that within a few years after the ratification of the revised Charter, there would be no nonmember nations whatever. For it seems clear that few, if any, nations would wish to stand out when at least five sixths of all the nations of the world, having over ninety per cent of its population, had agreed to the new plan for world peace.

The likelihood that there might not be a single nonmember nation is made the greater by the proposed requirement (under revised Articles 2 and 11) that every one of the necessarily small minority of nonmember nations shall, nevertheless, be required to comply with all the prohibitions and obligations of the disarmament plan and with the obligation under no circumstances to resort to force. This provision that *every* nation in the world shall be bound to comply with the plan for the substitution of world law for international violence is deemed fundamental, since if even one small nation were permitted to possess the new weapons of mass destruction, such fears and suspicions might remain as to prevent the adherence of others, and the entire plan might be frustrated.

In view of the proposed requirement that every nation would, irrespective of membership, be bound to observe the world law in the field of war prevention, and the further fact that any minority of nonmember nations would necessarily be small, it may be argued that it would be simpler and legitimate to impose compulsory membership on all the nations without exception. The plan set forth in a preliminary draft of the present proposals issued in 1953 did in fact provide that once the revised Charter had been ratified by a very large majority of the nations, all other nations should be deemed full and permanent members, even though they might have deliberately refused ratification. In deference, however, to the view that no nation should be *forced* to accept such affirmative obligations of membership as the duty to contribute financially, the present plan stops short of *compelling* membership by any nation, no matter how overwhelming the support for the revised Charter.

Nevertheless, the practical result would be little different from that of universal compulsory membership since, as already noted: (1) any nonratifying nations would necessarily be small in number and could have no more than a minor fraction of the world's population; and (2) even this small minority of nations, although exempt from certain positive duties of membership, would be bound equally with the member Nations to comply with the world law prohibiting international violence and requiring complete disarmament. This practical result would be accomplished, however, without the element of coercion involved in requiring active membership from the relatively few smaller nations which might choose not to ratify.

(2) *The General Assembly.* A radical revision is proposed as to the powers, composition and method of voting of the General Assembly.

Although the plan sets forth in the Charter itself all the *basic provisions* of the disarmament process and of other main features (such as the proposed world police force, the revenue system and the judicial system) it would still be true that in order to *implement* these basic provisions, the powers of the legislative and executive branches of the world organization must be considerable.

The plan calls for imposing the final responsibility for the enforcement of the disarmament process and the maintenance of peace upon the General Assembly itself, and gives the Assembly adequate powers to this end. These powers would, however, be strictly limited to matters directly related to the maintenance of peace. They would *not* include such matters as regulation of international trade, immigration and the like, or any right to interfere in the domestic affairs of the nations, save as expressly authorized by the revised Charter in order to enforce disarmament or to prevent international violence where a situation which ordinarily might be deemed "domestic" has actually developed into a serious threat to world peace.

To ensure the observance of these limitations, the granted powers would be enumerated and defined in the revised Charter; while, as still further protection, there would be an explicit reservation to the member Nations and their peoples of all powers not thus granted. The proposed powers are defined in revised Article 11 and in various other provisions of the revised Charter, while the reservation of all nongranted powers is contained in revised Article 2 and the proposed Bill of Rights (Annex VII).

As above mentioned, the principle is followed that all the *main features* of the whole plan shall be included in the revised Charter itself as "constitutional legislation", having in mind that the nations will be more likely to accept the plan if all its principal provisions are clearly set forth in the constitutional document itself. The effect would be to bind the nations in advance not only to many fundamentals but also to many important details, and thus to leave for the General Assembly a more limited legislative scope than might be supposed.

Since, however, the General Assembly, even with elaborate "constitutional legislation", would need to have some substantial legislative powers, the plan calls for a revision of the system of representation in the Assembly. For it cannot be expected that the larger nations would consent to give the Assembly any considerable *legislative* power under the present system whereby Albania,

Costa Rica, Iceland, Liberia, etc., have equal voting power with the United States, the Soviet Union, India, the United Kingdom, etc.

The purpose is, by abolishing the present system of one vote for each member Nation, to substitute a more equitable system, and thus to make the nations more willing to confer on the General Assembly the limited yet considerably increased powers that it would need.

The proposed system calls for representation related to population but with the important qualifications that no nation, however large, shall have more than thirty Representatives and that even the smallest nation shall have one Representative. The upper limit of thirty would be imposed partly because weighted representation is not likely to be accepted by the smaller nations unless the differences in representation between the majority of the nations and the largest nations are kept within moderate limits, and also because without some such limitation, the General Assembly would be of so unwieldy a size as to be unable to transact business. At the other extreme the purpose is to ensure that even the very small nations shall have some voice.

The proposed formula divides the ninety-three nations, generally recognized in 1957 as independent states or likely to be so recognized within a few years thereafter, into seven categories according to population, with representation for each category as follows:

Over 140 million..... 4 nations...30 Representatives...120
40-140 million....... 8 nations...16 Representatives...128
20-40 million........11 nations... 8 Representatives... 88
5-20 million.........35 nations... 5 Representatives...175
1.5-5 million........23 nations... 3 Representatives... 69
0.5-1.5 million.......10 nations... 2 Representatives... 20
Under 0.5 million.... 2 nations... 1 Representative ... 2

93 nations   602 Representatives

It is proposed that the populations of colonial and semi-colonial areas (i.e., the non-self-governing territories and dependencies, including territories under trusteeship administration) shall not be counted in determining the representation of the independent states but that, in order to afford equal treatment to the approximately 100 million people (in 1957) of these areas, they shall be entitled to representation in proportion to population on the same average basis as the people of the member Nations. As of July 1957 this method would entitle these areas as a whole to twenty-three Representatives. The General Assembly would allocate these Representatives among the various subareas, taking into account their relative populations.

Of the assumed 625 Representatives, 602 would therefore represent the assumed ninety-three independent states, while the non-self-governing and trust territories would have twenty-three Representatives.

The four most populous nations of the world—China, India, the Soviet Union and the United States—would each have the maximum of thirty Representatives; and the two smallest nations (Iceland and Luxembourg) would have one Representative each. The 625 Representatives would represent a total estimated world population (as of July 1957) of 2,763,135,000, or an average of about 4,420,000 for each Representative.

The effect would be that, with relation to population, the smaller nations would still have a disproportionately large voice, but not nearly as much so as under the present system of one vote for each member Nation irrespective of population.

Over a period of years, the authors have studied many plans for determining representation by various formulas that would take account of such factors as relative literacy, relative wealth as measured by per capita income, etc. We have concluded, however, that the introduction of any such other factors would raise so many complications and involve such uncertain and invidious distinctions that it is wiser to hold to a formula related only to population but modified by the proposed provisions for maximum and minimum representation.

We have also studied numerous suggestions for a bicameral world legislature in which the nations would have voting power in one house in proportion to their populations, but equal voting power in the other house irrespective of their size. Modifications of this plan in the shape of a system of double voting in a single house have also been studied. After weighing these alternatives, we conclude that the one-chamber solution here proposed (together with representation related to population, but modified by the proposed system of categories and the proposed maximum and minimum number of Representatives) is not only simpler, but also is probably as fair an arrangement as any other. However, we hold no dogmatic views on this difficult subject, the essential point being that there must be some radical, yet equitable, change in the present system of representation in the General Assembly as a basis for conferring upon the Assembly certain essential, although carefully limited, powers of legislation which it does not now possess.

As to the method of selection of the Representatives, it is proposed that a system of full popular election shall be gradually introduced. This would be done under a three-stage plan providing: (a) that in the first stage all the Representatives would be chosen by the respective national legislatures of the member Nations; (b) that in the second stage at least half the Representatives would be chosen by popular vote of those persons qualified to vote for the most numerous branch of the national legislature; and (c) that in the third stage all the Representatives would be chosen by the same sort of popular vote. The first two stages would normally be of twelve years each (three four-year terms of the General Assembly) but could each be extended by eight years by a special vote of the Assembly. The popular selection of all the Representatives would, therefore, normally become mandatory twenty-four years after the ratification of the revised Charter and in any case not later than forty years after the revised Charter comes into force.

With regard to the terms of service of the Representatives, it is proposed that they shall serve for four years.

Concerning the procedure for voting in the General Assembly, it is proposed in place of the present method: (a) that a majority of all the Representatives must be present in order to constitute a quorum, and that no decision of any sort (except a motion to adjourn from day to day for lack of a quorum) shall be made by less than a majority of the Representatives present and voting; (b) that on certain "important questions" which would be specifically defined, decisions shall be by a "special majority" consisting of a majority of all the Representatives then in office, whether or not present and voting; and (c) that in respect of several special questions, also specifically defined, there shall be even larger special majorities which in one instance would require the affirmative vote of four fifths of all the Representatives including three fourths of the Representatives from the larger nations.

Two full-time Standing Committees of the General Assembly would be constitutionally provided for, namely, a Standing Committee on the Peace Enforcement Agencies and a Standing Committee on Budget and Finance. The former would be a "watchdog" committee to exercise legislative supervision over the process and maintenance of disarmament and over the United Nations Peace Force. The latter would have vital functions in submitting to the Assembly recommendations as to the amount and apportionment of each annual budget for all the activities of the strengthened United Nations.

With relation to the powers of the revised General Assembly, a clear distinction would be made between *legislative* powers and powers of recommendation. The legislative powers would be strictly limited to matters directly related to the maintenance of peace, whereas the extensive powers of mere recommendation now possessed by the Assembly would be retained and even broadened. To this end, the Assembly's legislative authority would, as above mentioned, exclude any regulation of international trade, immigration and the like and any right to interfere in the domestic affairs of the nations, save only as strictly necessary for the enforcement of disarmament or, in exceptional circumstances, for the prevention of international violence.

On the other hand, as distinguished from the power to legislate, the General Assembly would have the right to make nonbinding *recommendations* on any subject which it deemed relevant to the maintenance of peace and the welfare of the world's people.

(3) *The Executive Council.* It is proposed to abolish the present Security Council and to substitute for it an Executive Council, composed of seventeen Representatives chosen by the General Assembly itself. This new and highly important organ would not only be chosen by the Assembly, but would be responsible to and removable by the Assembly; and the Council would serve for the same four-year terms as the Representatives in the Assembly.

Special provision would be made for representation of the larger nations, whereby the four largest nations (as of July 1957, China, India, the U.S.A. and the U.S.S.R.) would each be entitled at all times to have one of its Representatives on the Council; and four of the eight next largest nations (as of July 1957, Brazil, France, West Germany, Indonesia, Italy, Japan, Pakistan and the United Kingdom) would in rotation also be entitled to representation, with the proviso that two of these four shall always be from nations in Europe and the other two from nations outside Europe. The remaining nine members would be chosen by the Assembly from the Representatives of all the other member Nations and the non-self-governing and trust territories under a formula designed to provide fair representation for all the main regions of the world and to ensure that every member Nation, without exception, shall in due course have a Representative on this all-important Council.

In contrast to the voting procedure of the present Security Council, whereby any one of the five nations entitled to "permanent" membership has a veto power in all nonprocedural matters, the decisions of the new Executive Council on "important" matters would be by a vote of fourteen of the seventeen Representatives composing it. Other decisions would be by a vote of eleven.

This Executive Council would constitute the *executive arm* of the revised United Nations, holding much the same relation to the General Assembly as that of the British Cabinet to the House of Commons. Subject to its responsibility to the Assembly, the new Council would have broad powers to supervise and direct the disarmament process and other aspects of the whole system for the maintenance of peace provided for in the revised Charter.

The Executive Council would, for example, decide (subject to review by the General Assembly) as to whether each stage of the disarmament process had been satisfactorily completed and, once complete national disarmament was achieved, would watch over its maintenance. Nevertheless, the Council would always remain subordinate to the Assembly, which would have final authority to make such crucial decisions as the possible postponement of stages of the disarmament process, and the imposition of sanctions in case of any breach of the peace or serious violation by any nation of the authority of the United Nations.

(4) *Economic and Social Council, Trusteeship Council.* These two Councils would be continued but with a somewhat larger and different composition than under the present Charter designed to provide a wider and better-balanced representation on these Councils. Their membership would consist entirely of Representatives in the General Assembly chosen by the Assembly itself; and like the Executive Council these two other Councils would be directly responsible to the Assembly. Their responsibilities would be somewhat enlarged and their usefulness would be enhanced by reason of the greatly increased funds which would be available to them under the proposed new revenue system.

(5) *The Disarmament Process.* Annex I contains a carefully framed plan for the elimination—not the mere "reduction" or "limitation"—of *all* national armaments.

It calls for a "transition period" of one year following the coming into force of the revised Charter during which the first new General Assembly would be selected, the first Executive Council would be chosen by the Assembly, and an Inspection Commission would be appointed by that Council. The plan then calls for a "preparatory stage" of two years, during which an arms census would be taken, an Inspection Service would be organized and other preparations would be made. Finally it provides for an "actual disarmament stage" of ten years during which there would be a step-by-step proportionate reduction in all categories of all national armed forces and all armaments at the rate of ten per cent per annum.

The reduction process during each year of the "actual disarmament stage" would be verified by the Inspection Commission, which would report fully to the Executive Council as to whether the required proportionate reductions had been duly carried out by all the nations. The General Assembly, advised by the Council, would have power to suspend the disarmament process for six months at a time if not fully satisfied that it was being faithfully fulfilled. On the other hand, after the first four years, the Assembly would have the power to cut in half the remaining six years, so as to achieve complete national disarmament in seven years from the beginning of the "actual disarmament stage". The plan should, however, be thought of as a twelve-year plan if normally carried out without either delay or acceleration, i.e., the two years of the "preparatory stage" and the normal ten years of the "actual disarmament stage". At the end of the latter period, no *national* military forces whatever would exist; and the only military force in the entire world (as distinguished from limited and lightly armed internal police forces) would be a world police force, to be called the "United Nations Peace Force", which would be built up parallel with and proportionately to the disarmament process.

The disarmament plan also includes provision for a United Nations Nuclear Energy Authority with dual functions: (a) to assist the Inspection Service in guarding against possible diversion of nuclear materials to any war-making purpose, and (b) to promote the world-wide use of nuclear materials and processes for peaceful purposes. To these ends the Nuclear Energy Authority would have wide powers to acquire by purchase at a fair price all nuclear materials in the world, with the obligation to have them put to use at fair rentals for peaceful purposes in all parts of the world under arrangements that would apportion the materials fairly and safeguard them against seizure. It is contemplated that this new Authority, having wider scope and membership than the International Atomic Energy Agency agreed upon in 1956, would take over the personnel and functions of that Agency.

Provision is also made for reporting any violations of the disarmament plan; for correcting such violations; for the prosecution of serious individual violators in regional courts of the United Nations; and for sanctions against nations themselves in the possible event of defiance or evasion by any government. As a still further safeguard there would be the above-mentioned committee of the General Assembly (the Standing Committee on the Peace Enforcement Agencies) with the function of keeping a sharp eye on all aspects of the disarmament process and of keeping the Assembly informed of any derelictions or defects.

It is a basic premise of this necessarily elaborate plan for complete national disarmament that, while the proposed system of inspection and control could not provide *absolute* assurance against the clandestine retention or manufacture of weapons, it could and would provide highly effective protection. It would be fallacious and a counsel of despair to reject the idea of the complete abolition of national armaments, including nuclear weapons, merely because no absolute or "foolproof" guarantee can be supplied that every ounce of dangerous war material has been accounted for and that no dangerous new weapon can ever be secretly made.

It is believed that the whole proposed system of inspection, including the inspection of all means of "delivery" of nuclear weapons, would, in practice, make it impossible for any group within a nation or any nation itself to assemble weapons that would constitute a serious danger. It is to be remembered also that a powerful world police force would always be in the background for the very purpose of deterring or suppressing any rash attempt at international violence.

The guarantees of safety to be relied upon when all national armaments are discarded lie, therefore, in the *combination* of a comprehensive and highly organized inspection system with a coercive force of overwhelming power. Not exclusively on one or the other, but on the combined effect of both, the world could safely rely in the abandonment once and for all of all national military forces.

(6) *A World Police Force.* The plan is framed on the assumption that mankind has not yet reached the stage at which any nation can be trusted, either upon the basis of moral obligation or of an inspection system or of both together, always to observe even the most solemn agreement to refrain from violence.

Our conception is that if police forces are necessary to maintain law and order even within a mature community or nation, similar forces will be required, at least for a long time, to deter or suppress any attempted violence between nations. In consequence, detailed constitutional provision is made for a world police, to be organized and maintained by the strengthened United Nations and to be called the "United Nations Peace Force". This world police force would be the only *military* force permitted anywhere in the world after the process of national disarmament has been completed. It would be built up during the actual disarmament stage, so that as the last national military unit is disbanded the organization of the Peace Force would simultaneously be completed.

Annex II provides in detail for the organization and maintenance of the proposed United Nations Peace Force—for its recruitment and pay, its terms of service, its maximum and minimum strength, and for its training, equipment, disposition and functions. This Peace Force would consist of two components—a standing component and a Peace Force Reserve—both of which would, save in the most extreme emergency, be composed solely of volunteers.

The standing component would be a full-time force of professionals with a strength of between 200,000 and 600,000 as determined by the General Assembly. It would be recruited mainly but not exclusively from the smaller nations; would be stationed proportionately throughout the world; and would be under the strict supervision and control of civilian authorities, namely, the Executive Council and General Assembly.

On the other hand the Peace Force Reserve would not consist of organized units, but only of individuals partially trained and subject to call for service with the standing component in case of need. It would have a strength of between 600,000 and 1,200,000 as determined by the General Assembly.

While a world police force, well-equipped and strong enough to prevent or promptly to suppress any international violence, is, we believe, indispensable, the danger that it might be perverted into a tool of world domination is fully recognized. With this danger clearly in mind, meticulous care has been taken to surround the proposed Peace Force with the most careful limitations and safeguards so as to make its subversion virtually impossible.

To achieve genuine peace some sacrifices must be made and some risks taken. What we have attempted is to reduce these to the very minimum. We have sought, on the one hand, to provide for a world police so strong as to be capable of preserving peace in any foreseeable contingency and, on the other hand, to impose such careful safeguards that there would be every possible assurance that it would not be misused.

(7) *The Judicial and Conciliation System.* In accordance with the conception that the *abolition* of national armaments is indispensable to genuine peace, and that if such armaments are abolished other means must be simultaneously provided for the adjudication or settlement of international disputes and for "peaceful change", provision is made for a world system of conciliation and adjudication.

With respect to those international disputes which are susceptible of settlement upon legal principles, it is proposed to empower the General Assembly to direct the submission of any such dispute to the International Court of Justice whenever the Assembly finds that its continuance is likely to endanger international peace. In case of such submission, the Court would have compulsory jurisdiction to decide the case, even if one of the parties should refuse to come before the Court.

The International Court of Justice would also be given authority to decide questions relating to the interpretation of the Charter; and to decide disputes involving the constitutionality of laws enacted thereunder.

In order to deal with the inevitable disputes between nations of a sort which may threaten peace but are not of an exclusively legal nature, it is proposed to constitute a World Equity Tribunal of the highest possible prestige. In ordinary circumstances this new Tribunal could not make binding decisions, as distinguished from recommendations, except with the consent of the parties. But provision is made that if the General Assembly votes by a very large special majority that the carrying out of the Tribunal's recommendations is essential for the preservation of peace, the recommendations of the Tribunal shall become enforceable by the same means as a judgment of the International Court of Justice.

The purpose of this important departure is to supplement other methods for settling *nonlegal* international disputes (such as negotiation, conciliation and agreed arbitration) by providing an impartial world agency of so high a stature that, under exceptional conditions involving world peace, its recommendations may properly be given the force of law.

In order to provide means for the trial of individuals accused of violating the disarmament provisions of the revised Charter or of other offenses against the Charter or laws enacted by the General Assembly, and to provide safeguards against possible abuse of power by any organ or official of the United Nations, provision is also made for regional United Nations courts, inferior to the International Court of Justice, and for the review by the International Court of decisions of these regional courts.

The regional United Nations courts, together with the International Court of Justice, would introduce a regime of genuine and enforceable world law in respect of *legal* questions involving world peace; and the World Equity Tribunal would be an important new means for the authoritative settlement of nonlegal situations dangerous to peace.

In addition to these judicial agencies, it is proposed to establish a World Conciliation Board which could be voluntarily availed of by the nations or to which the General Assembly could refer any international dispute or situation likely to threaten peace. The functions of this new Board would be strictly confined to mediation and conciliation; and, if it failed to bring the disputing nations to a voluntary settlement, resort could be had to the International Court of Justice or the World Equity Tribunal as might be most suitable in view of the nature of the issues involved.

In order to achieve genuine peace we must have more than disarmament and more than a world police. We must also have world tribunals to which the nations can resort with confidence for the adjustment or decision of their disputes. It is with this conviction that these proposals are made for a comprehensive system of conciliation and adjudication.

(8) *Enforcement and Penalties.* The plan envisages a variety of enforcement measures, including the prosecution in United Nations regional courts of individuals responsible for a violation of the disarmament provisions. Moreover, in case of a serious violation for which a national government is found to be directly or indirectly responsible, the General Assembly could order economic sanctions against the nation concerned. In extreme cases the Assembly (or the Executive Council in an emergency and subject to immediate review by the Assembly) would also have authority to order the United Nations Peace Force into action. Any such action would, however, be limited, if at all possible, to air or naval demonstrations and would involve actual military operations against a violating nation only if absolutely necessary.

(9) *World Development.* The plan further provides (revised Article 59 and Annex IV) for the establishment of a World Development Authority, whose function would be to assist in the economic and social development of the underdeveloped areas of the world, primarily through grants-in-aid and interest-free loans. This Authority would be under the direction of a World Development Commission of five members to be chosen with due regard to geographical distribution by the Economic and Social Council, subject to confirmation by the General Assembly.

The World Development Commission would be under the general supervision of the Economic and Social Council which would have power to define broad objectives and priorities. That Council would be composed of twenty-four Representatives of whom twelve would come from the member Nations with the highest gross national products and twelve from the other member Nations. Assurance would thus be provided that proper account would be taken not only of the views of those nations contributing large shares of

United Nations revenue, but also of the nations most in need of the Authority's assistance.

This proposed World Development Authority could, if the General Assembly so decided, have very large sums at its disposal, since the Authority's funds would be allocated to it by the Assembly out of the general revenues of the United Nations. With the large resources which the Assembly could and should provide, the World Development Authority would have the means to aid the underdeveloped areas of the world to the extent necessary to remove the danger to peace caused by the immense economic disparity between those areas and the industrialized regions of the world.

While universal, enforceable and complete disarmament, together with adequate methods for the peaceful settlement of disputes, are certainly indispensable, genuine peace cannot be assured by these means alone. There is also required a more positive approach through the amelioration of the worst economic ills of mankind. To this end, the new World Development Authority, together with the Nuclear Energy Authority, would serve as important arms of the strengthened United Nations.

(10) *A United Nations Revenue System.* It would obviously be futile to establish the proposed new world institutions called for by the plan (including the United Nations Peace Force, the Inspection Service, the World Development Authority, the Nuclear Energy Authority, the World Equity Tribunal and the World Conciliation Board) unless a well-planned system is provided for their sufficient and reliable financial support. Such a system should also, of course, provide for the adequate support of the already existing organs and agencies of the United Nations which would be continued with, in some cases, enlarged functions and responsibilities. These include the revised General Assembly itself, the strengthened International Court of Justice, the Economic and Social Council, the Trusteeship Council, the Secretariat and the various specialized agencies already affiliated with the United Nations.

The United Nations Peace Force, with an assumed strength for its standing component of, say, 400,000 (midway between the proposed constitutional maximum of 600,000 and minimum of 200,000) and with an assumed strength for the Peace Force Reserve of, say, 900,000 (midway between the proposed constitutional maximum of 1,200,000 and minimum of 600,000) would alone require some $8 billion annually. The minimum annual amount required for the General Assembly and Executive Council, the judicial system, the Secretariat, the Inspection Service, the Nuclear Energy Authority and the other organs and agencies other than the World Development Authority may be estimated at $2 billion. To this should be added a large amount on the order of $25 billion which should be annually appropriated by the General Assembly for the proposed World Development Authority in order to make a real impression on the vast problem of mitigating the worst economic disparities between nations and regions.

Upon first impression, this assumed $25 billion figure for world development may appear high, but is in fact moderate if the purpose is to accomplish a substantial change in the living conditions of the more underdeveloped areas of the world. This is so because before the machinery for supplying any such amount can become operative, there will doubtless be an increase in world population to well over 3 billion, by which time the number of people living in poverty relative to the standards of the industrialized nations will certainly be not less than 2 billion. Accordingly, the annual expenditure of $25 billion to improve the condition of these people would represent only about $12 per capita which is little enough to accomplish any substantial improvement in their living standards.

It is apparent, therefore, that the reasonable expenses of a world authority adequately equipped to deter or suppress any international violence and also to do something substantial for the economic betterment of the under-developed parts of the world, could easily run to $35 billion per annum. And while this amount would be only about one half the 1957-58 budget of a single nation—the United States—it would, nevertheless, be so large a sum that reliance for supplying it should not be placed on a system of yearly contributions by the separate governments of some ninety nations. Apart from a World Development Authority, the maintenance of a high level of efficiency and morale by the proposed Inspection Service, the Peace Force and the Nuclear Energy Authority would be of crucial importance; and it would indeed be folly to set up these and other vital organs without reliable machinery for supplying the necessary funds. To this end, a carefully devised *collaborative* revenue system is proposed.

A chief feature of this system would be that each member Nation would assign in advance to the United Nations all or part of certain designated taxes assessed under its national laws. Each nation would undertake the entire administrative function of collecting the taxes thus assigned to the United Nations, these taxes to be paid directly to a fiscal office of the United Nations in each member Nation. In this way it would be unnecessary to create any considerable United Nations bureaucracy for this purpose.

Another important feature would be an *over-all limit* on the maximum amount of revenue to be raised in any year, namely two per cent of the gross world product (total value of all goods produced and services rendered) as estimated from year to year by the above-mentioned permanent committee of the General Assembly (the Standing Committee on Budget and Finance).

The General Assembly would adopt the annual United Nations budget covering all its activities, and would determine the amounts to be supplied by the taxpayers of each member Nation for that budget. These amounts would be alloted on the basis of each Nation's estimated proportion of the estimated gross world product in that year subject to a uniform "per capita deduction" of not less than fifty or more than ninety per cent of the estimated average per capita product of the ten member Nations having the lowest per capita national product, as determined by the Assembly. A further provision would limit the amount to be supplied by the people of any nation in any one year to a sum not exceeding two and one half per cent of that nation's estimated national product.

Taking 1978 as an example, and assuming that the gross world product for that year was estimated at $2200 billion, the maximum United Nations revenue which could be raised would be $44 billion. And if for the 1978 fiscal year a budget of $9 billion less than the maximum, or $35 billion, was voted, it being then estimated that the United States had one third of the gross world product, the amount which the taxpayers of the United States could be called upon to supply, allowing for the "per capita deduction" would be about $12.6 billion. This charge upon the taxpayers of the United States, while substantial, would still be less than one third of the $40 billion to be supplied by them in 1957-58 for military purposes alone. It follows that upon the completion of national disarmament, whereby this $40 billion item would be entirely eliminated, even the maximum possible charge for the budget of the strengthened United Nations would seem relatively small. The same would be true of any other nation with large military expenses.

In addition to the provisions for the raising of annual revenue, a United Nations borrowing power would also be provided for, with the limitation that the total United Nations debt outstanding in any year shall not exceed five per cent of the estimated gross world product in that year.

A more detailed explanation of this revenue plan is set forth in Annex V. It is believed that the plan would be effective to provide reliable and adequate revenues for the strengthened United Nations without involving the creation of a United Nations revenue-raising bureaucracy.

(11) *Privileges and Immunities.* Annex VI relates to the privileges and immunities of the United Nations itself and of the greatly expanded personnel (including the United Nations Peace Force) which, under the revised Charter, would be in the service of the United Nations.

For the successful operation of an effective world organization to maintain peace, a body of genuinely international servants of high morale is clearly essential. To this end, it seems advisable to provide constitutionally and in some detail not only as to the privileges and immunities of the United Nations as an organization, but also as to the rights and privileges of all United Nations personnel and the limitations thereon.

(12) *Bill of Rights.* Annex VII would contain a Bill of Rights having a two-fold purpose: (a) to emphasize the limited scope of the strengthened United Nations by an explicit reservation to the member Nations and their peoples of all powers not delegated by express language or clear implication; and (b) to guarantee that the strengthened United Nations shall not in any manner violate certain basic rights of the individual, that is to say of any person in the world.

The reason for the former is to make doubly sure that the authority of the United Nations shall not be enlarged by indirection, but shall be confined within the limits set forth in the revised Charter.

The latter set of provisions would not extend to any attempted protection of the individual against the action of his own government. It may be argued that the time has come for a world organization to guarantee to every person in the world and against any authority whatever a few fundamental rights, such as exemption from slavery, freedom from torture and the right to be heard before criminal condemnation. We have not, however, thought it wise to attempt so vast a departure; and the proposed guarantees relate solely to possible infringements by the United Nations itself. Against such violations it does seem advisable and proper to have the explicit assurances which would be provided by Annex VII.

(13) *Ratification*. The proposed requirements for ratification of the revised Charter are: (a) that ratification shall be by five sixths of the world's nations, including every nation with a population of more than forty million, the aggregate of the populations of the ratifying nations to equal at least five sixths of the total world population; and (b) that each nation's ratification shall be by its own constitutional processes.

At first glance, these requirements may appear excessively difficult. But it must be remembered that it would be impossible to accomplish the main purpose of the whole plan—the establishment of an effective system of world law—unless there is a preponderant acceptance throughout the world of the constitutional document which would provide for the necessary world institutions. In practice, this means that the eight or ten principal Powers—especially the Soviet Union and the United States—would first need to agree. But once these Powers (containing together a majority of the world's people and a great preponderance of wealth and influence) had reached agreement on the essentials of a revised Charter, there can be no doubt that virtually all the other nations would, as a practical matter, give their assent. Thus the obviously desirable object of obtaining the unanimous or nearly unanimous assent of all the nations appears also to be a practical one,—once the indispensable assent of the leading Powers has been obtained.

(14) *Continued Organs and Agencies*. It should be emphasized that far from impairing the existing organs and agencies of the United Nations, which despite all obstacles have accomplished important results, the intention is not only to preserve but to strengthen them. Thus the General Assembly would have much greater scope through having the final responsibility for the maintenance of peace, through the new system of representation and voting and through the new, although limited, power to legislate.

The Security Council would, indeed, be abolished, but would be replaced by the veto-less Executive Council, chosen by and responsible to the General Assembly. The Economic and Social Council and the Trusteeship Council would be continued with important changes as to their composition and functions, and with much stronger financial support under the new revenue system. The International Court of Justice would be continued with greater jurisdiction. And as to various other organs, and such agencies as the Food and Agricultural Organization (FAO), the United Nations Educational, Scientific and Cultural Organization (UNESCO), the International Labor Organization (ILO) and the World Health Organization (WHO), the revision would not only permit their continuance but would give opportunity for the enlargement of their activities and usefulness.

The intention is not to dispense with anything which has proved useful, but rather to revise and supplement the existing structure so that the United Nations will be fully and unquestionably equipped to accomplish its basic purpose—the maintenance of international peace.

WHETHER TO REVISE THE UNITED NATIONS CHARTER
OR TO CREATE A NEW WORLD ORGANIZATION

We have cast our proposals in the form of a proposed revision of the present United Nations Charter, retaining the structure of its 111 Articles and supplementing those very Articles, as revised, by seven Annexes.

We have done this because it seems logical and reasonable to utilize an existing organization of such scope and experience as the United Nations; because the primary purpose of the United Nations has been from the beginning "to save succeeding generations from the scourge of war"; because the name "United Nations" is very suitable to a world authority dedicated to the maintenance of world peace under world law; and because the creation of a new and separate world organization adequately equipped for the maintenance of peace would necessarily overshadow the present United Nations.

Nevertheless, we do not regard this question of method as one of principle, but merely of expediency. It must be recognized that if the creation of adequate world institutions for the prevention of war is to be achieved through the medium of the United Nations, numerous amendments of the Charter will be required which would together amount to a fundamental change in the structure and powers of the United Nations. And if it should develop that for technical or psychological reasons it would be more difficult to accomplish these amendments than to create a wholly new world organization to take over the peace-maintenance functions of the United Nations, we wish to make it clear that we would not object to that alternative method. In other words, a thorough revision of the Charter is merely, as we see it, the most reasonable means to the end in view and not an end in itself.

For example, it has been suggested that, while continuing the United Nations in nearly its present form, there could be separately created by universal or nearly universal treaty a new world organization wholly restricted in its functions to those matters directly connected with the prevention of international violence. Such a world organization existing parallel with the United Nations might be called the "World Peace Authority" and, to be effective, would necessarily have to possess institutions and powers similar to those formulated in the proposed Charter revision for the enforcement of disarmament and of world law in the field of war prevention. In that case, the United Nations could remain as a league of sovereign states; and could continue as a forum for the exchange of views on all matters of international interest.

The existence of a new, separate and powerful world organization alongside the present United Nations would obviously be an awkward arrangement. And yet since it would be better to tolerate some awkwardness than to do nothing effective to institute a genuine regime of world law, the idea should not be entirely dismissed.

We emphasize also that while an elaborate disarmament plan is included in the proposed revision of the Charter (Annex I), this does not imply that the revision of the Charter must necessarily precede an agreement on disarmament. It is quite conceivable that an agreement on the technical aspects of disarmament will be reached first, and that a revision of the Charter would come about later, largely as a means of ensuring adequate supervision and enforcement of such a disarmament agreement.

What we wish to make crystal clear is that in casting our proposals in the form of a revision of the present Charter, we are not dogmatic about advancing this as the only available means to the desired end; and that if it develops that some other method is more feasible, we would be very ready to adopt it in order to reach the end in view.

THE PRACTICAL PROSPECTS

What are the practical prospects for world peace under world law? Is there a real prospect that this great purpose will be actually realized, not at some remote date but within a moderate period?

I take a hopeful view on this question and will mention some of the main factors which influence my opinion.

The new weapons. Undoubtedly the most potent single factor is the ever-increasing "improvement" in nuclear weapons and in the means of "delivering" them. Whether justifiably or not, we are kept largely in ignorance; and yet by piecing together many bits of published information, we can clearly see the drift. The important thing is not so much the explosive power of the largest bomb that can be made, but rather the power of the bombs that can be "delivered" on target by plane or by guided or ballistic missile.

It is hard to grasp the destructive potential of the new nuclear weapons; but a few comparisons may help.

One measure of comparison is to relate a one-megaton nuclear bomb (the equivalent of 1,000,000 tons of T.N.T.) to the Hiroshima bomb and to the bombing of Germany in 1941-45. This comparison shows that a one-megaton bomb is equivalent to *fifty times* the power of the Hiroshima bomb, which was officially announced as equal to 20,000 tons of T.N.T. And as to the bombing of Germany in World War II, the comparison reveals that a single one-megaton bomb would be equal in explosive power to nearly *four fifths* of all the hundreds of thousands of bombs dropped on Germany in that war.

The number and explosive force of the nuclear weapons possessed by the nuclear Powers (the U.S., the Soviet Union and the United Kingdom) are kept in strict secrecy. Yet it is a fair surmise that after years of intense effort the Soviet Union and the United States have acquired stocks of bombs with a destructive capacity that is truly appalling. It is significant that those who know most in this regard take the most serious view. For example, in May 1957 a member of the Atomic Energy Commission of the United States, when asked whether people generally regarded nuclear weapons too seriously or too lightly replied that they were "too little concerned" because they "do not fully appreciate the tremendous power of atomic armament." Another member of the same Commission has surmised that in an all-out war, nuclear weapons might be used having a strength 2300 times greater than that of all the bombs dropped by the United States and its allies in the whole of World War II. And President Eisenhower has spoken of the "immeasurable danger" which would result from a failure to prohibit nuclear weapons.

Another comparison in terms of bulk may be helpful. Let us imagine a solid column of T.N.T. with a uniform size equal to that of the Washington Monument at its base, i.e., about fifty-five feet square. In order to comprise 1,000,000 tons of T.N.T., that fifty-five foot square column would need to be 6416 feet high. If we imagine that column of T.N.T. set up and exploded in the middle of London or New York or Moscow, we can see that even so vast a city as any of these would be largely destroyed.

An important factor is that fast "progress" has been made in obtaining more and more explosive power from less and less bulk of nuclear material. In view of this, it is fair to assume that bombs of at least one-megaton power can already be dropped by plane; and that smaller yet very powerful nuclear bombs will be "deliverable" by guided or ballistic missiles over ranges of at least 1500 miles not later than 1962.

What will the world do when this is generally grasped? Will the peoples of the world shrug their shoulders and say, in effect, that the removal of this unprecedented threat doesn't much concern them and that it is entirely up to their officials to deal with it?

No one can be sure. But I do not believe that the peoples will be so futile and apathetic. I do not think that they will sit by in helplessness. They will recognize, I believe, that this is not a threat from forces of nature beyond their control. They will see that it is not like a volcanic eruption, an earthquake or a tidal wave, but that it is man-made and therefore removable by man, if only he will use reasonable intelligence.

I judge, therefore, that not a generation hence, but very soon, there will develop a steadily increasing demand from many peoples that something effective be done to remove this dire but unnecessary menace to man's future. And I believe that the peoples will rise up and insist that their chiefs of state, prime ministers and foreign offices shall cease to deal in half or quarter measures, and that their leaders shall no longer shrink from complete national disarmament under enforceable world law.

Pressure from Europe. Along with the general world-wide pressure just mentioned, I surmise that another main influence will be a steadily mounting special pressure from Western and Southern Europe. This is for the simple reason that as the arms race continues, these particular nations will come more and more directly under the threat of destruction by nuclear weapons.

I have had maps made to show what centers of Europe could be reached by ballistic missiles with an accurate range of 1500 miles from various points in the Soviet Union itself. The centers which could be reached by such missiles carrying nuclear bombs include nearly all the European capitals and major cities—London and Glasgow; Paris and Marseilles; Rome and Milan; Brussels and Antwerp; Amsterdam; Copenhagen; Oslo; Barcelona and Madrid; Athens; Istanbul and Ankara; and, of course, the West German cities.

If we suppose that powerful nuclear bombs could be launched from many missile sites in Soviet territory within 1500 miles of these cities, it would matter little to the nations of Europe that in case of war the Soviet Union and its allies could be almost literally destroyed by Western nuclear bombs within a matter of days, or even hours, if within the same space of time all the chief centers of Europe could be destroyed.

For years I have believed that the question of complete disarmament and all that it implies would come to a head when the Soviet Union was able to install a considerable number of ballistic missile sites from the Baltic to the Black Sea from which nuclear missiles with accurate ranges up to 1500 miles could be launched against Western Europe. When this comes about would not some, at least, of the European nations say in effect: "This arms race may be all very well for the superpowers; but our very life is threatened by it; and we must now insist that the idea of complete disarmament under world law be taken seriously."?

In 1957-58 the Soviet Union is already almost surrounded by a ring of bases from which nuclear bombs could be launched by plane or missile in such volume that all urban life could soon be destroyed. Since this power increases from day to day, it seems plain that the pressure on the Soviet Union to assent to a comprehensive plan for disarmament under world law will be overwhelming. What has been lacking is a similar pressure on the West which, however, will soon be forthcoming, at least so far as Europe is concerned.

When this pressure coincides with the corresponding pressure on the Soviet Union, I judge that the time will be ripe for the serious consideration of the sort of plan advanced in this book and that this will not be a generation hence, but within a few years after 1958.

Moral reluctance to destroy. Another powerful influence is, I feel sure, the strong reluctance of the average American to have his country, as the dominant nuclear Power, engage in the mass destruction inherent in nuclear war.

It has come about that in the event of an East-West war the main reliance of the West would be upon nuclear warfare conducted primarily by the United States. War plans are formed on that basis; and as this is written in November 1957, hundreds of planes are poised at scores of airfields ready to strike from a dozen directions at the heart of Russia with nuclear weapons.

It is obvious, therefore, that if the world drifts into a major war the United States might well emerge as the greatest killer and destroyer in all history. It cannot be foretold how drastic the bombing would need to be to bring a stubborn and strong opponent to terms. Nor once started, could self-restraint be trusted to keep the bombing within limits. Thus it is more than possible that if such a war should occur, the United States would become involved in the mass destruction of literally millions of noncombatants.

I am aware that we have gone a long way toward callousness in war. Yet I venture that there remains among the American people enough reluctance to kill and maim men, women and children by thousands at a time, to make them shrink from so vast a holocaust. If I am right, a powerful weight will be thrown into the scales for genuine peace under enforceable world law.

Other influences. Besides the factors just mentioned, there are other influences which I should mention.

There is the world-wide desire to lift the present vast burden caused by competitive armaments. This involves as of 1957-58 an annual world expense of some $100 billion for the maintenance of some sixteen million men on active duty and their ever-more elaborate equipment and reserves. This expense amounts to nearly eight per cent of the gross product of the whole world. It holds back the economic and social progress of many nations and prevents

adequate measures to lessen the gap between living conditions in the industrialized West and in the underdeveloped areas of the world.

There is also the realization that the fears and tensions of the arms race
tend to the erosion of basic civil rights—a danger which the wisest citizens
in many nations regard with grave apprehension.

I hold, therefore, a definitely optimistic view as to the practical prospects
for genuine peace through disarmament and world law. We all know the
formidable opposition to be overcome. It will include traditionalism, narrow
nationalism, the fetish of "sovereignty" and most formidable of all, I believe,
the natural opposition of the military everywhere to have their age-old
profession declared obsolete.

Powerful as these influences are, I judge that the combined forces making
for enforceable world law are stronger still and will surely prevail. And I
expect that progress toward acceptance of the fundamentals for world
order will be much faster in the five years 1958-62 than in the previous ten
years—partly under pressure of necessity, partly through the continued effort
of people of good will all over the world.

I believe, therefore, that we have only to persist in order to achieve world
peace through world law—not at some remote date, but within a relatively
few years.

EVOLUTION AND PURPOSE OF THE PROPOSALS

This book is the work of two lawyers. One of them, the writer of this Introduction, has been engaged in the practice of law in New York or in public
affairs since 1906. The other, Mr. Sohn, is a generation younger, a scholar
learned in the history of past efforts to achieve peace and now a Professor
of Law at the Law School of Harvard University where his courses include
"United Nations Law" and "Problems in the Development of World Order".

The detailed proposals of the book are the result of an evolution over a
period of years. In my own case, they took tentative form in a proposed
world constitution privately circulated in 1940; and ten years later certain
basic ideas of the proposals were expounded in my small book A PLAN FOR
PEACE. In the case of Professor Sohn, who came to the United States from
Poland as a young lawyer in 1939, the proposals reflect twenty years of thought
and teaching on the subject and his experience as a legal officer of the
United Nations.

Our collaboration began in October 1945 at a conference of private citizens
as to "how best to remedy the weaknesses of the United Nations Charter",
which some persons even then recognized as inadequate to ensure world
peace; and our association has continued ever since.

During 1949, in response to various demands for a comprehensive set of
proposals for Charter revision, I resolved to undertake this arduous task and
sought out Mr. Sohn who was then a lecturer at the Harvard Law School.
He agreed; and the result of our collaboration was a joint document, issued
in 1953, entitled PEACE THROUGH DISARMAMENT AND CHARTER REVISION, together with a SUPPLEMENT thereto issued in 1956. Both of these were widely

circulated for comment and criticism; and the present volume represents a combination and revision of those two documents.

The title WORLD PEACE THROUGH WORLD LAW reflects a change of emphasis, progressively arrived at, whereby complete disarmament, however indispensable, is treated as one of several interrelated and equally indispensable elements of world order rather than as an end in itself. Our basic premise, however, remains intact, namely, that if the world really wants peace, it must accept world institutions fully adequate to achieve complete disarmament and to enforce world law within the limited field of war prevention. Far from being weakened by recent events, this fundamental conviction is stronger than ever.

As already stated, the purpose of this book is to provide material for the extensive discussions which will be required before truly effective world institutions for the maintenance of peace can be accepted by the peoples of the world.

It is true that the authors have *attempted* to present a complete plan whereby genuine peace, in a disarmed world, would actually be secured. It is true also that we have confidence in our work which is the result of so many years of study and of searching criticism by hundreds of qualified persons in many nations. Nevertheless, it would indeed be presumptuous to assert that we have the final answers to the various thorny problems. We well know that better solutions may be hammered out in the process of debate. We do believe, however, that these detailed and specific proposals will serve to encourage others to discuss the many and difficult questions that are involved.

The need is not for more generalities in recognition of the necessity for world law. There are already enough of these. Rather the need is for alternative detailed plans to furnish a basis for discussion; and our purpose is to supply such a plan. If by so doing this book hastens even slightly the day when the rule of law actually prevails between all nations, it will have fulfilled its purpose.

For modern man the prevention of war is not only the most important of problems; it is also one of the most difficult. During our work we have often thought of Professor Einstein's remark on this point. When asked why it is that when the mind of man has reached so far as to solve the secrets of the atom it has not been able to devise means to protect mankind from destruction by the new discoveries, he replied: "The answer is simple. It is because politics is more difficult than physics."

Nevertheless, the authors have a prudent optimism as to the prospects for success, not in some remote future, but reasonably soon.

Accordingly our proposals are advanced in the firm conviction that genuine peace through world law is now a practical prospect which practical men can work for with reasonable hopes.

GRENVILLE CLARK,
Dublin, New Hampshire, U.S.A.

November 1957

ACKNOWLEDGMENTS

The writing of this book was aided during the five-year period, 1951-56, by a grant from the Ford Foundation. This grant was especially helpful in enabling the world-wide distribution for criticism and comment of our 1953 document entitled PEACE THROUGH DISARMAMENT AND CHARTER REVISION. It also made possible the similar distribution of a 1956 Supplement to that document and personal consultations with highly qualified persons in the United States, in Europe and in Asia. By these means the evolving proposals have had the benefit of an unusually rigorous scrutiny from various standpoints. We appreciate this generous grant and especially the interest and support of Mr. Paul G. Hoffman, Mr. Robert M. Hutchins, Mr. John Cowles and Mr. W. H. Ferry.

We have also received generous aid from the Institute for International Order, of which Mr. Earl D. Osborn is President; the World Constitution Research Council; the Foundation for World Government; and from Mr. Elliott S. Nichols and Mr. George Henry Warren.

Among public men, United States Senator Ralph E. Flanders has most steadily encouraged our work.

Mr. Robert H. Reno of Concord, New Hampshire, U.S.A. has been our constant adviser. His Digest of our 1953 document was read by thousands and resulted in many helpful suggestions. An excellent lawyer and long a student of world organization, his counsel has greatly aided us.

This volume could hardly have been written without the aid of Mrs. Norman Wight, who has done virtually all the secretarial work on the book. Mrs. Wight has personally typed the entire book, most of it several times over as the proposals have evolved and changed in substance and form. She has read the proof, handled the correspondence and attended to every detail with an intelligence and persistence which have been invaluable.

We express appreciation also to Mr. Thomas J. Wilson, Director of the Harvard University Press, and his associates. Their experienced advice has been generously given.

The number of persons—at least two thousand—who have commented on the preliminary drafts of our proposals is so large as to make it impossible to mention their names. They include distinguished statesmen, lawyers and scholars of many nations; but also many average citizens from whom have come some of the most searching questions and suggestions. Many of the most valuable criticisms have been those of students, especially the active-minded students in the course on "World Organization" at the Law School of Harvard University. The comments of these young men, untrammelled by tradition, have been no less valuable than those of elder statesmen.

We wish to thank especially the hundreds of persons in many countries who have taken time and trouble to send us detailed comments,—some of which must have required days of concentrated work. The aid we have thus received has convinced us that there are many capable private citizens throughout the world who will not apathetically stand aside while the world drifts into new disaster, but will themselves make a powerful effort to achieve world peace through world law.

GRENVILLE CLARK,
Dublin, New Hampshire, U.S.A.

LOUIS B. SOHN,
Harvard University Law School,
Cambridge, Massachusetts, U.S.A.

November 1957

xxxvi

THE PROPOSED REVISED CHARTER OF THE UNITED NATIONS

Preliminary Note. The following detailed proposals for revision of the Charter embody a combination, in amended form, of a document issued by the authors in 1953 entitled PEACE THROUGH DISARMAMENT AND CHARTER REVISION and a SUPPLEMENT thereto issued in 1956. These documents have been combined and revised in the light of suggestions resulting from their world-wide distribution for criticism and comment.

In respect of the 111 Articles of the 1945 Charter, the proposals are submitted in textual form with a comment discussing the proposed changes from the 1945 text. All Articles in which any change is proposed are printed in parallel columns. The right-hand column incorporates the suggested amendments, Article by Article, with all changes or additions indicated by italics. The left-hand column contains the corresponding Articles of the 1945 Charter, with the portions to be omitted or amended in italics. Articles in which no changes are proposed are printed across the page.

The proposed revision calls for seven Annexes as follows:

Annex I, entitled "Disarmament", contains a detailed plan for universal, complete and enforceable disarmament. This Annex is submitted in textual form in thirty-two Articles with an explanation of the purpose of each Article.

Annex II, entitled "The United Nations Peace Force", sets forth a detailed plan for the organization, command and maintenance of a world police force to be established parallel with the carrying out of the disarmament process. This Annex is also submitted in textual form in eight Articles with a "General Comment" on its essential features.

Annex III, entitled "The Judicial and Conciliation System of the United Nations", includes in outline form: a proposed revision of the Statute of the International Court of Justice; a proposed Statute for a new World Equity Tribunal; a proposed Statute providing for subordinate "regional courts" of the United Nations; and a proposed Statute for a new agency to be called the World Conciliation Board.

Annex IV, entitled "The World Development Authority", outlines a plan for a new United Nations organ equipped with broad powers to alleviate excessive economic disparities between different regions of the world.

Annex V, entitled "The Revenue System of the United Nations", describes in detail a proposed collaborative system between the United Nations and the member Nations to provide the United Nations with reliable and adequate revenue for the support of all the principal and subsidiary organs and agencies of the United Nations, including the United Nations Peace Force.

Annex VI, entitled "Privileges and Immunities", provides in outline for the privileges and immunities of the United Nations itself and of the greatly increased number of international civil and military personnel who would be in the service of the United Nations under the revised Charter.

1

Annex VII, entitled "Bill of Rights", refers to certain basic safeguards and guarantees whereby all powers not delegated to the United Nations "by express language or clear implication" would be reserved to the member Nations; and whereby all individuals would be safeguarded as to certain fundamental rights against abuse of power by the strengthened United Nations.

Appendix A contains an unannotated text of the 1945 Charter, including the present Statute of the International Court of Justice. Appendix B contains an unannotated text of the proposed revision of Articles 1-111 and of the proposed Annexes I and II, and outlines of the main features of the proposed Annexes III-VII.

CHARTER OF THE UNITED NATIONS

PRESENT TEXT	PROPOSED TEXT
WE THE PEOPLES OF THE UNITED NATIONS DETERMINED	WE THE PEOPLES OF THE UNITED NATIONS DETERMINED
to save succeeding generations from the scourge of war, which twice in our lifetime has brought untold sorrow to mankind, and	to save succeeding generations from the scourge of war, which twice in our lifetime has brought untold sorrow to mankind, and
to reaffirm faith in fundamental human rights, in the dignity and worth of the human person, in the equal rights of men and women and of nations large and small, and	to reaffirm faith in fundamental human rights, in the dignity and worth of the human person, in the equal rights of men and women and of nations large and small, and
to establish conditions under which justice and respect for the obligations arising from treaties and other sources of international law can be maintained, and	to establish conditions under which justice and respect for the obligations arising from treaties and other sources of international law can be maintained, and
to promote social progress and better standards of life in larger freedom,	to promote social progress and better standards of life in larger freedom,
AND FOR THESE ENDS	AND FOR THESE ENDS
to practice tolerance and live together in peace with one another as good neighbors, and	to practice tolerance and live together in peace with one another as good neighbors, and
to unite our strength to maintain international peace and security, and	to unite our strength to maintain international peace and security, and
to ensure, by the acceptance of *principles and the institution of methods,* that armed force shall not be used, save in the common interest, and	to ensure, by the acceptance of *world law in the field of war prevention and through adequate institutions for its enforcement,* that armed force shall not be used, save in the common interest, and

3

to employ international machinery for the promotion of the economic and social advancement of all peoples,

HAVE RESOLVED TO COMBINE OUR EFFORTS TO ACCOMPLISH THESE AIMS.

Accordingly, *our respective Governments, through representatives assembled in the city of San Francisco, who have exhibited their full powers found to be in good and due form, have agreed to the present Charter of the United Nations and do hereby establish an international organization to be known as the United Nations.*

to employ international machinery for the promotion of the economic and social advancement of all peoples,

HAVE RESOLVED TO COMBINE OUR EFFORTS TO ACCOMPLISH THESE AIMS.

Accordingly, *the Charter of the United Nations adopted at San Francisco in 1945, having now been revised, the United Nations is hereby continued under the revised Charter with the structure, functions and powers set forth in the following Articles and Annexes.*

Comment. No change is proposed in the present admirable statement of the *fundamental aims* of the United Nations. This could hardly be improved upon,—the difficulty being that the means provided to fulfil these aims have, in practice, proved inadequate.

Thus, in the present Preamble, the only stated means to ensure "that armed force shall not be used, save in the common interest" are "the acceptance of principles and the institution of methods" without any specification as to the nature of those "principles" and "methods". In place of this general phrase, it is proposed explicitly to state the necessity for effective world law by substituting the words "the acceptance of world law in the field of war prevention and through adequate institutions for its enforcement".

This vital change would stress that the new United Nations would be based on paramount world law, and must possess effective means to enforce that law. The limited field in which this world law would operate, i.e., in respect of matters directly related to the prevention of war, and the powers and institutions required for enforcement, are spelled out in detail in the revised text of the 111 Articles and in the seven Annexes. The purpose of the change is to make it clear from the start that the basic principle on which the revision is founded is that of enforceable world law "in the field of war prevention".

The other change in the Preamble is in its final paragraph. This has been revised in order to emphasize that the strengthened United Nations, notwithstanding fundamental changes in its character and powers, would nevertheless be a continuance of the original United Nations established at San Francisco in 1945.

CHAPTER I

PURPOSES AND PRINCIPLES

Article 1

The Purposes of the United Nations are:

1. To maintain international peace and security, and to that end: to take effective *collective* measures for the prevention and removal of threats to the peace, *and* for the suppression of acts of aggression or other breaches of the peace, and to bring about by peaceful means, and in conformity with the principles of justice and international law, adjustment or settlement of international disputes or situations which might lead to a breach of the peace;

The Purposes of the United Nations are:

1. To maintain international peace and security, and to that end: *to abolish all national military forces and, through a United Nations system of inspection and a United Nations military force,* to take effective measures *for the enforcement of disarmament,* for the prevention and removal of threats to the peace, for the suppression of acts of aggression or other breaches of the peace, *and for ensuring compliance with this revised Charter and the laws and regulations enacted thereunder;* and, *through United Nations agencies and tribunals,* to bring about by peaceful means, and in conformity with the principles of justice and international law, adjustment or settlement of international disputes or situations which might lead to a breach of the peace;

2. To develop friendly relations among nations based on respect for the principle of equal rights and self-determination of peoples, and to take other appropriate measures to strengthen universal peace;

2. To develop friendly relations among nations based on respect for the principle of equal rights and self-determination of peoples, and to take other appropriate measures to strengthen universal peace;

3. To achieve international cooperation in solving international

3. To achieve international cooperation in solving international

5

problems of an economic, social, cultural, or humanitarian character, and in promoting and encouraging respect for human rights and for fundamental freedoms for all without distinction as to race, sex, language, or religion; and

problems of an economic, social, cultural, or humanitarian character, and in promoting and encouraging respect for human rights and for fundamental freedoms for all without distinction as to race, sex, language, or religion; and

4. To be a center for harmonizing the actions of nations in the attainment of these common ends.

4. To be a center for harmonizing the actions of nations in the attainment of these common ends.

Comment. The only change in the above Article is in paragraph 1 where it seems best specifically to mention the principal direct means whereby peace would be maintained under the revised Charter. These are: complete disarmament of all the nations, carefully safeguarded and enforced by a United Nations inspection system and a United Nations military force (see Annexes I and II); and a system of agencies and tribunals for the settlement by peaceful means of all international disputes (see Annex III).

Article 2

The *Organization* and its *Members,* in pursuit of the Purposes stated in Article 1, shall act in accordance with the following Principles.

The *United Nations* and its *member Nations,* in pursuit of the Purposes stated in Article 1, shall act in accordance with the following Principles.

1. *The Organization is based on the principle of the sovereign equality of all its Members.*

1. *All nations shall be equally entitled to the protection guaranteed by this revised Charter, irrespective of size, population or any other factor; and there are reserved to all nations or their peoples all powers inherent in their sovereignty, except such as are delegated to the United Nations by this revised Charter, either by express language or clear implication, and are not prohibited by this revised Charter to the nations.*

2. All *Members,* in order to ensure to all of them the rights and benefits resulting from member-

2. All *member Nations,* in order to ensure to all of them the rights and benefits resulting from mem-

6

ship, shall fulfil in good faith the obligations assumed by them in accordance with *the present* Charter.

3. All *Members* shall settle their international disputes by peaceful means in such a manner that international peace and security, and justice, are not endangered.

4. All *Members* shall refrain in their international relations from the threat or use of force against the territorial integrity or political independence of any state, or in any other manner inconsistent with the Purposes of the United Nations.

5. All *Members* shall give the United Nations every assistance in any action it takes in accordance with *the present* Charter, and shall refrain from giving assistance to any state against which the United Nations is taking preventive or enforcement action.

6. The *Organization* shall ensure that states which are not *Members* of the United Nations act in accordance with these Principles so far as may be necessary for the maintenance of international peace and security.

7. Nothing contained in *the present* Charter shall authorize the United Nations to intervene in matters which are essentially within

bership, shall fulfil in good faith the obligations assumed by them in accordance with *this revised* Charter.

3. All *nations* shall settle their international disputes by peaceful means in such a manner that international peace and security, and justice, are not endangered.

4. All *nations* shall refrain in their international relations from the threat or use of force against the territorial integrity or political independence of any state, or in any other manner inconsistent with the Purposes of the United Nations.

5. All *member Nations* shall give the United Nations every assistance in any action it takes in accordance with *this revised* Charter, and *all nations* shall refrain from giving assistance to any state against which the United Nations is taking preventive or enforcement action.

6. The *United Nations* shall ensure that states which are not *members* of the United Nations act in accordance with these Principles so far as may be necessary for the maintenance of international peace and security, *and that they observe all the prohibitions and requirements of the disarmament plan contained in Annex I of this revised Charter.*

7. Nothing contained in *this revised* Charter shall authorize the United Nations to intervene in matters which are essentially within

the domestic jurisdiction of any state or shall require *the Members* to submit such matters to settlement under *the present* Charter; but this principle shall not prejudice the application of enforcement measures under Chapter VII.

the domestic jurisdiction of any state or shall require *any state* to submit such matters to settlement under *this revised* Charter; but this principle shall not *prejudice such action as may be necessary to maintain international peace and security. In particular, this principle shall not prejudice: (a) the execution of the provisions for disarmament contained in Annex I; (b) the limited authority of the General Assembly to legislate pursuant to Article 11 of this revised Charter; (c) the limited authority of the Assembly to raise revenue pursuant to Article 17 and Annex V of this revised Charter; (d) the limited authority of the Assembly, pursuant to Article 36 of this revised Charter, to refer questions relating to disputes or situations which are likely to endanger the maintenance of international peace and security to the World Equity Tribunal, the authority of the Tribunal to make recommendations with respect to any questions referred to it and the authority of the Assembly to approve the recommendations of the Tribunal; or (e)* the application of enforcement measures under Chapter VII *and Article 94 of this revised Charter. Nor shall this principle prevent the United Nations from making such nonbinding recommendations as are hereinafter authorized.*

Comment. In this statement of Principles and elsewhere in the proposed revision, the term "Members" has been changed to "member Nations", and the term "Organization" to "United Nations". These changes are made both for clarity and because of the new character of the United Nations under the revision.

8

Paragraph 1 has been remodeled in order to clarify the meaning of the phrase "sovereign equality" which is ambiguous and misleading. The two concepts contained therein—"equality" and "sovereignty"—need to be treated separately; and their proper meaning needs to be spelled out in more adequate terms.

In respect of *equality*, it goes without saying that the nations of the world are far from being equal in power and influence. It is, nevertheless, fundamental that *in the eyes of the law* every nation should stand equal with every other, in the same way as individuals are or should be treated equally by the internal law of their countries, regardless of the individual's wealth, position or status. Accordingly, the Charter of the United Nations should extend equal protection to all states, and all states should be accorded equal access to the remedies provided for them by the Charter. The proposed amendment of paragraph 1 makes explicit this meaning of the principle of equality by making it a basic principle of the United Nations that: "All nations shall be equally entitled to the protection guaranteed by this revised Charter, irrespective of size, population or any other factor".

The *sovereignty* of all states is necessarily subject to all the obligations which they voluntarily accept; and this "sovereignty" is modified by international treaties and conventions and by constantly developing rules of customary international law. The present Charter of the United Nations has similarly modified the sovereignty of all member Nations, and the extensive amendments in this proposed revision would carry the process of voluntary limitation of sovereignty much further.

Under the proposed revision, the "sovereignty" of all the nations and their peoples would be modified to the extent that: (a) certain *enumerated and limited* powers would be granted to the United Nations; and (b) the exercise of a few other "sovereign" powers, relating to the maintenance of national military forces and the making of war, would be specifically prohibited to all nations. These granted powers and specific prohibitions—all directly related to the maintenance of peace—are stated with precision in later proposals.

The proposed paragraph 1 calls for an explicit reservation to all nations or their peoples of "all powers inherent in their sovereignty, except such as are delegated to the United Nations by this revised Charter, either by express language or clear implication, and are not prohibited by this revised Charter to the nations." This language has been influenced by, but is somewhat broader than, the corresponding reservation in the Tenth Amendment to the Constitution of the United States whereby: "The powers not delegated to the United States by the Constitution, nor prohibited by it to the States, are reserved to the States respectively or to the people."

No substantial change is proposed in paragraph 2 of this Article which relates only to the duty of *member Nations* to fulfil in good faith the obligations assumed by them *by virtue of their membership*, and does not apply to the few nations which might not ratify the revised Charter.

The proposed amendments to paragraphs 3, 4 and 5 would extend to all nations, whether members of the United Nations or not, the obligation to settle international disputes peacefully, to refrain from the use of force and from giving assistance to any state against which the United Nations is taking action. On the other hand, the duty, under paragraph 5, actively to assist the United Nations would continue to apply only to member Nations.

The scope of paragraph 6, which deals with the duty of the United Nations to ensure the application of the basic principles of the Charter to nations which may not become member Nations, has been extended to cover explicitly the obligation of these nations to observe "all the prohibitions and requirements of the disarmament plan contained in Annex I" of the revised Charter. While the proposed amendments do not require any state to become an active member of the United Nations against its will, it is plain that certain basic provisions of world law must apply to all nations, whether or not they have accepted membership in the United Nations. In particular, every nation of the world must be bound by all the requirements and obligations of the revised Charter in respect of disarmament, since if all the member Nations are required wholly to disarm, it is obvious that even the few nations which might choose not to ratify the revised Charter cannot be left free to arm as they please. On the other hand, there is no need to impose upon any nonmember nation certain other obligations which apply only to nations which voluntarily accept active membership—such as the obligation to contribute to United Nations revenue.

The present *unqualified* prohibition in paragraph 7 against intervention in any matters "essentially within the domestic jurisdiction of any state" is plainly inconsistent with the plan for universal, enforceable and complete disarmament contained in Annex I and with various new powers relating to the prevention of war which the United Nations would possess under the revised Charter. For example, while it is now taken for granted that a nation's right to maintain military forces is wholly within its domestic jurisdiction, this right would be entirely eliminated by the disarmament plan under Annex I, which requires not merely the reduction but the gradual *abolition* of the military forces of each and every nation in the world.

To remove this contradiction and other inconsistencies which would exist by reason of the enlarged powers for the prevention of war, it is proposed to qualify the present restriction by stating that the prohibited intervention in matters of "domestic jurisdiction" shall "not prejudice" the carrying out of all necessary measures, as defined in the revised Charter, for the maintenance of peace. It is specifically provided that this domestic jurisdiction clause shall in no way prejudice: (a) the carrying out of the disarmament plan under Annex I; (b) the new limited authority to legislate for the maintenance of peace which the General Assembly would have under revised Article 11 and related provisions; (c) the raising of revenue under the new system provided for in revised Article 17 and Annex V; and (d) the carefully limited authority of the Assembly, by the adoption of recommendations of the proposed new World Equity Tribunal, to impose upon the nations concerned a settlement of nonlegal questions involved in a dangerous dispute. The present qualification that the "domestic jurisdiction" clause shall not prejudice enforcement measures under Chapter VII is retained.

10

In addition, it has been thought wise to add the further qualification that the making of nonbinding recommendations as "hereinafter authorized" shall not be construed as a forbidden intervention in matters of domestic jurisdiction. This qualification would cover recommendations of the General Assembly under revised Articles 12-14 and of the Economic and Social Council under revised Article 62. The effect would be to remove any basis for the argument, often made in the past, that even nonbinding recommendations constitute intervention in the domestic affairs of the nations.

Notwithstanding these important modifications of the "domestic jurisdiction" clause, it should be emphasized that the proposed text retains the broad principle that national authority over traditionally domestic affairs is not *in general* to be disturbed. It is only when United Nations authority is clearly required to prevent the calamity of modern war that power is given to step in. In short, while the revision contemplates greatly enlarged powers *in matters directly related to the prevention of war*, including disarmament, it does not contemplate the creation of a supranational authority with compulsory powers in any other field. The purpose is to create effective powers to prevent the nations from "murdering each other". It is not to seek reform in political, economic and social systems, no matter how beneficial such changes might seem.

11

CHAPTER II

MEMBERSHIP

Article 3

The *original Members* of the United Nations shall be the states *which, having participated in the United Nations Conference on International Organization at San Francisco, or having previously signed the Declaration by United Nations of January 1, 1942, sign the present Charter and ratify it* in accordance with Article 110.

1. The *initial member Nations* of the United Nations *under this revised Charter* shall be: *those of* the states *listed in Article 9 whose ratifications,* in accordance with Article 110, *have brought the revised Charter into force; and such other states listed in Article 9 as shall ratify the revised Charter within two years from the date on which it comes into force.*

2. *Any nation listed in Article 9 which has not become an initial member Nation and retains the legal status of an independent state and any nation not listed in Article 9 which after the signing of this revised Charter achieves the legal status of an independent state shall be entitled to become a member Nation, subject in each case to its acceptance of the obligations contained in the revised Charter. Any such nation desiring to become a member Nation shall make written application to the Secretary-General who shall forthwith notify all member Nations of such application. Unless at least ten member Nations shall within thirty days from such notification file written notice with the Secretary-General questioning the legal status of the applicant as an independent state,*

the applicant shall become a member Nation at the end of the thirty-day period. In case the legal status of the applicant as an independent state is thus questioned, the General Assembly shall refer the question to the International Court of Justice for final decision.

Comment. Thorough revision of the provisions of the Charter relating to membership is proposed in order to further the universality of the United Nations. This result would be achieved by several interlocking provisions, the combined effect of which should be to assure universal or virtually universal membership.

First, it is proposed (revised Article 110) that the revised Charter shall become effective only upon its acceptance by an overwhelming majority of the nations and peoples of the world, namely upon ratification by five sixths of all the nations, these to include every nation with a population of more than forty million, and subject to the condition that the aggregate of the populations of the ratifying nations must equal at least five sixths of the total world population.

To illustrate: If we assume that at the time the revised Charter comes into force the ninety-three nations listed in revised Article 9 are recognized as independent states, the new United Nations would, under the five-sixths requirement, start with a membership of at least seventy-eight nations (revised Articles 3 and 110). Thus the number of nonratifying nations could not in any event exceed fifteen. Moreover, by reason of the further requirement of Article 110 that every nation with a population of more than forty million must ratify in order to bring the revised Charter into force, the total population of the nations which might not ratify would be relatively small.

Second, the provision of revised Article 2, paragraph 6, imposing upon all nonmember nations the obligation to comply with all the disarmament provisions of the revised Charter should be a powerful inducement toward universal membership. This provision is made essential by the devastating and growing power of modern weapons. That power is now so vast that if the nations generally are to disarm it is plainly necessary to forbid any nation whatever, however small, to possess any armaments, save only such limited and lightly armed forces as are required for internal order. Clearly also, the United Nations must have authority to enforce this restriction upon every nation, whether or not it chooses to accept the obligations of active membership. It is therefore to be expected that nations made subject to these obligations would wish to have the full representation in the United Naions which they could only obtain through active membership.

Third, the proposed change in the requirements for membership in this revised Article 3, whereby any nation having the legal status of an independent state would be absolutely entitled to membership, should also be a strong influence toward universality.

13

Under the present membership provisions (present Article 4, now merged with revised Article 3), the admission of a new member requires: (1) a recommendation of the Security Council, which calls for at least seven votes, all the five permanent members concurring; and (2) approval by a two-thirds vote of the General Assembly. Moreover, the present Charter requires that nations applying for membership must be "peace-loving" and also "able and willing" to carry out the obligations contained in the Charter. The application of these provisions has led to many difficulties, and it seems clear that both the qualifications for membership and the procedure need to be simplified.

Accordingly, this revised Article 3, paragraph 2, provides that every "nation which achieves the legal status of an independent state" is "entitled" to become a member Nation, subject only to acceptance of its obligations under the revised Charter. Thus, any independent state desiring to join the United Nations would have to fulfil only one formal condition. It would merely need to file with the Secretary-General a written application stating that it has accepted those obligations; and it would not be subject to rejection because of unpopularity of its political or social system or any other reason.

In an ordinary case, the new membership would automatically become effective thirty days after the Secretary-General had notified all member Nations of the application. No further action would be required; there would be no need for any votes by the General Assembly or by the Executive Council; there would be no possibility of a veto.

Only in the very exceptional case of a serious challenge to the applicant's status as "an independent state" would additional steps be required. The proposal is that if ten member Nations deem it necessary to question the applicant's status, they may do so by written notice to the Secretary-General; and that the General Assembly would then be obliged to refer the matter to the International Court of Justice for final decision—unless, of course, the applicant should withdraw at that stage. By this procedure the question of eligibility would not be left to a political decision but would be determined by the highest judicial organ of the United Nations on the basis of the applicable rules of international law. Each applicant nation would thus be ensured of fair treatment; and if its claim to statehood were held valid, no political maneuvers could deprive if of the right to join the United Nations.

For the above reasons: there would be absolute assurance that the membership would include all but a rather small minority of the nations, which minority could include only a minor fraction of the world's population; and there would be a strong likelihood that in actual practice the membership would be universal or virtually so.

Article 4

1. Membership in the United Nations is open to all other peace-loving states which accept the obligations contained in the present   *The citizens of the member Nations shall be deemed to be citizens of the United Nations as well as of their own respective nations.*

Charter and, in the judgment of the Organization, are able and willing to carry out these obligations.

2. The admission of any such state to membership in the United Nations will be effected by a decision of the General Assembly upon the recommendation of the Security Council.

Comment. It is proposed that the present text of this Article be deleted, since the matter of admitting new member Nations is already covered by the revised text of Article 3.

The new Article 4 deals with a new subject, namely United Nations citizenship. This citizenship would be extended to all the citizens of all the member Nations. The reason for this new feature is that the revised Charter would not only grant certain rights and privileges to individuals, but would also impose definite obligations on individuals. For example, individuals, as well as governments and organizations, would be bound by many regulations concerning disarmament and might be punished directly by the United Nations for violating them, subject to a "Bill of Rights" (to be contained in Annex VII) safeguarding certain fundamental rights against possible abuse of power by the United Nations. The citizens of member Nations would also be granted, by the revised Article 9, the right to elect Representatives to the General Assembly. In view of this new position of the individual within the framework of the United Nations, it is normal and appropriate to grant to the citizens of member Nations the further status of "citizens of the United Nations", just as in the United States the citizens of the forty-eight States are also "citizens of the United States".

Article 5

A Member of the United Nations against which preventive or enforcement action has been taken by the Security Council may be suspended from the exercise of the rights and privileges of membership by the General Assembly upon the recommendation of the Security Council. The exercise of these rights and privileges may be restored by the Security Council.

A member Nation which, in the judgment of the General Assembly, has violated any basic principle or provision of this revised Charter may be suspended from the exercise of the rights and privileges of membership by the General Assembly. The exercise of these rights and privileges may be restored by the General Assembly.

15

Comment. The proposed changes in Article 5 are closely related to the proposed fundamental change in Article 6, whereby no member Nation may either withdraw or be expelled. The very fact that membership would thus be permanent and unbreakable emphasizes that there should be some way other than expulsion to discipline a member Nation which has seriously disregarded its obligations. This is provided by empowering the General Assembly to suspend a member Nation, if found by the Assembly to have violated any "basic principle or provision" of the Charter. Moreover, in view of the proposed change whereby the Security Council would be superseded by an Executive Council which would be subordinate to the Assembly (revised Article 24), this power of suspension is made exercisable by the Assembly alone, without the necessity of a recommendation by the new Executive Council. For the same reason, the power to restore the privileges of membership would be given to the Assembly rather than to the Executive Council.

Article 6

A Member of the United Nations which has persistently violated the Principles contained in the present Charter may be expelled from the Organization by the General Assembly upon the recommendation of the Security Council.

No member Nation may withdraw from the United Nations or be expelled therefrom.

Comment. The present Charter not only permits the expulsion of member Nations but also contains no specific provision against withdrawal. And yet the whole purpose of the revision could be frustrated if even one of the most important nations should withdraw, thereby depriving the United Nations of essential moral and material support. Moreover, the rationale and spirit of revised Article 110, whereby the revised Charter would come into effect only when all nations with a population of more than forty million have ratified it, would be brought to naught if a large nation which had initially consented to the revised Charter could later rescind that consent.

Acceptance of the revised Charter by each ratifying nation would be on the assumption that virtually all the nations of the world, including every one of the larger nations, would also ratify. This assumption would necessarily imply that the ratifying nations would continue their membership, since any important withdrawals could only result in destroying the virtual universality of membership which is fundamental to the whole plan.

The basic reason for denying the right to withdraw under any circumstances is simply that there is too much at stake. For, once a truly effective organization has been formed by general consent to maintain peace under world law, it would be intolerable to permit its disintegration. It is therefore deemed essential to provide explicitly that "no nation may withdraw from the United Nations".

The present provision permitting expulsion of a member Nation is similarly inconsistent with the complete or almost complete universality of membership which would be realized through the ratification procedure under revised Article 110 and the provision in revised Article 3 for the automatic admission of all independent states. It is also clear that the conception of enforceable world law upon which the whole revision is based can be better fulfilled if no member Nation is "outlawed" through expulsion so that every nation, once having joined the United Nations, could be required to fulfil its obligations within the framework of membership. If it is desired to curtail the violator's rights and privileges, this can be effectively accomplished by suspension under revised Article 5. Consistently with the provision against withdrawal, is is therefore proposed that revised Article 6 shall explicitly provide that "no member Nation may * * * be expelled" from the United Nations.

CHAPTER III

ORGANS

Article 7

1. There are established as the principal organs of the United Nations: a General Assembly, *a Security* Council, an Economic and Social Council, a Trusteeship Council, an International Court of Justice, and a Secretariat.

1. There are established as the principal organs of the United Nations: a General Assembly, *an Executive* Council, an Economic and Social Council, a Trusteeship Council, an International Court of Justice, *a World Equity Tribunal, a World Conciliation Board,* and a Secretariat.

2. Such subsidiary organs as may be found necessary may be established in accordance with *the present* Charter.

2. Such subsidiary organs as may be found necessary may be established in accordance with *this revised* Charter.

Comment. The change from "Security Council" to "Executive Council" is made because of the later proposal whereby the present Security Council would be replaced by an Executive Council responsible to the General Assembly (see revised Article 24).

The inclusion as a principal organ of a "World Equity Tribunal" is because of the vital function of this proposed new tribunal (see revised Articles 36 and 93 and Annex III).

For a similar reason the proposed new "World Conciliation Board" is included (see revised Articles 36 and 93 and Annex III).

It should be noted, however, that the revised Charter would provide for several other organs (including the World Development Authority, the United Nations Nuclear Energy Authority, the Inspection Commission and the Military Staff Committee) which, in practice, might well be no less important than some of the "principal organs" enumerated in this Article. The reason for not listing these other organs as "principal organs" is that each of them would be subject to some control not only by the General Assembly, but also by one or more of the "principal" organs listed in revised paragraph 1 of this Article.

Article 8

The United Nations shall place no restrictions on the eligibility of men and women to participate in any capacity and under conditions of equality in its principal and subsidiary organs.

Comment. No change is proposed in the above Article.

CHAPTER IV

THE GENERAL ASSEMBLY

COMPOSITION

Article 9

1. The General Assembly shall consist of *all the Members of the United Nations.*

2. *Each Member shall have not more than five representatives in the General Assembly.*

1. The General Assembly shall consist of *Representatives from all the member Nations and from the non-self-governing and trust territories under their administration.*

2. *For the purpose of determining the number of Representatives in the General Assembly from the respective member Nations, the member Nations shall be divided into seven categories as follows:*

a. From any member Nation having a population of over 140,-000,000 there shall be thirty Representatives.

b. From any member Nation having a population of over 40,-000,000 and not over 140,000,000 there shall be sixteen Representatives.

c. From any member Nation having a population of over 20,-000,000 and not over 40,000,000 there shall be eight Representatives.

d. From any member Nation having a population of over 5,000,-000 and not over 20,000,000 there shall be five Representatives.

e. From any member Nation having a population of over 1,500,-000 and not over 5,000,000 there shall be three Representatives.

f. From any member Nation having a population of over 500,-000 and not over 1,500,000 there shall be two Representatives.

g. From any member Nation having a population of not over 500,000 there shall be one Representative.

3. The apportionment of Representatives pursuant to the foregoing formula shall be made on the basis of world censuses, the first census to be taken within ten years from the coming into force of this revised Charter and subsequent censuses to be taken in every tenth year thereafter, in such manner as the General Assembly shall direct.

4. Until an apportionment of Representatives shall be made on the basis of the first world census, the apportionment of Representatives shall be as follows:

Member Nations[1]	Population (Estimated as of July 1, 1957)	Interim Number of Representatives
Afghanistan	12,250,000	5
Albania	1,450,000	2
Argentina	19,750,000	5
Australia	9,600,000	5
Austria	7,100,000	5
Belgium	9,000,000	5
Bolivia	3,300,000	3
Brazil	61,150,000	16
Bulgaria	7,700,000	5
Burma	20,200,000	8
Cambodia	4,500,000	3
Canada	16,500,000	5
Ceylon	9,000,000	5
Chile	7,050,000	5
China (People's Republic)	615,000,000	30
China (Republic)	9,500,000	5
Colombia	13,200,000	5
Costa Rica	1,050,000	2
Cuba	6,300,000	5
Czechoslovakia	13,450,000	5
Denmark	4,500,000	3
Dominican Republic ...	2,700,000	3
Ecuador	3,850,000	3
Egypt	23,900,000	8
El Salvador	2,300,000	3
Ethiopia	19,400,000	5
Finland	4,350,000	3

20

France (including overseas departments)[2] ...	54,400,000	16
Germany (Federal Republic)[3]	53,200,000	16
Germany (Democratic Republic)[4]	17,850,000	5
Ghana	4,750,000	3
Greece	8,150,000	5
Guatemala	3,400,000	3
Haiti	3,400,000	3
Honduras	1,750,000	3
Hungary	9,900,000	5
Iceland	160,000	1
India	391,000,000	30
Indonesia	84,000,000	16
Iran	20,100,000	8
Iraq	5,500,000	5
Ireland	2,900,000	3
Israel	1,950,000	3
Italy	49,750,000	16
Japan	91,000,000	16
Jordan	1,520,000	3
Korea (Republic)	21,900,000	8
Korea (Peoples Dem. Rep.)	10,100,000	5
Laos	1,450,000	2
Lebanon	1,480,000	2
Liberia	1,300,000	2
Libya	1,150,000	2
Luxembourg	320,000	1
Malaya[5]	6,300,000	5
Mexico	31,400,000	8
Mongolia (People's Republic)	1,000,000	2
Morocco	10,100,000	5
Nepal	8,700,000	5
Netherlands (including overseas self-governing territories)[6]	11,475,000	5
New Zealand	2,220,000	3
Nicaragua	1,300,000	2
Nigeria[5]	33,400,000	8
Norway	3,500,000	3
Pakistan	85,000,000	16
Panama	960,000	2
Paraguay	1,650,000	3
Peru	9,900,000	5
Philippines	22,600,000	8
Poland	28,200,000	8
Portugal	8,900,000	3
Rhodesia-Nyasaland[5] ...	7,400,000	5
Romania	17,800,000	5
Saudi Arabia	7,450,000	5
Somalia[5]	1,300,000	2
Spain	29,500,000	8
Sudan	10,200,000	5
Sweden	7,400,000	5
Switzerland	5,100,000	5
Syria	4,300,000	3
Thailand	21,000,000	8
Tunisia	3,900,000	3
Turkey	25,000,000	8
Union of South Africa .	14,100,000	5
U.S.S.R.	204,200,000	30
United Kingdom	51,850,000	16
United States[7]	174,600,000	30
Uruguay	2,700,000	3
Venezuela	6,100,000	5
Vietnam, North	15,000,000	5
Vietnam, South	12,000,000	5
West Indies Federation[5]	3,150,000	3

Yemen	4,950,000	3
Yugoslavia	18,100,000	5
Total (93 member Nations)	2,663,135,000	602
Trust and non-self-governing territories	100,000,000	23
Grand Total estimated world population as of July 1, 1957	2,763,135,000	625

[1] This table is based on the assumption that the 93 nations therein listed (all of which will presumably have the status of independent states when the revised Charter comes into force) will become member Nations. In the possible event that one or more nations should not ratify the revised Charter, there would, of course, be no Representatives from such nation or nations. Any such nonmember nation would necessarily have a population of not more than 40,000,000 (see revised Article 110). The population figures in this table are based primarily on the April 1957 statistical paper of the United Nations entitled "Population and Vital Statistics Reports" (Series A, Vol. IX, No. 2).

[2] The estimate of 54,400,000 includes 43,800,000 for continental France and 10,600,000 for Algeria and other "overseas departments".

[3] The 53,200,000 estimate for the Federal Republic of Germany includes 51,000,000 for West Germany proper (including the Saar) and 2,200,000 for West Berlin.

[4] The 17,850,000 estimate for the German Democratic Republic includes 16,700,000 for East Germany proper and 1,150,000 for East Berlin.

[5] Malaya, Nigeria, the Federation of Rhodesia and Nyasaland, Somalia (the present Italian trusteeship) and the West Indies Federation are included in this table in anticipation of their attaining the status of independent states by the time the revised Charter comes into force.

[6] The 11,475,000 estimate for the Netherlands includes 11,050,000 for the Netherlands proper and 425,000 for the self-governing territories of Surinam and the Netherlands Antilles.

[7] The 174,600,000 estimate for the United States includes 171,200,000 for the continental United States and 3,400,000 for Alaska, Hawaii, and Puerto Rico.

5. If, by reason of increases in population, the application of the formula provided for in paragraph 2 of this Article would increase the number of Representatives from the member Nations to more than 630, the General Assembly shall revise the population limits in each of the seven categories by such uniform percentage as shall result in keeping the total number of Representatives from the member Na-

tions at not more than 630 but not less than 600.

6. The non-self-governing and trust territories under the administration of member Nations shall be represented in the General Assembly in accordance with decisions made from time to time by the Assembly. In determining the total number of Representatives from these territories, the Assembly shall be guided by the principle that the number of such Representatives shall bear the same proportion to the number of Representatives from the member Nations in the Assembly as the population of these territories bears to the population of the member Nations; and in allotting such Representatives to the respective territories or groups of territories, the Assembly shall take into account their respective populations.

7. Representatives shall be chosen for terms of four years, such terms to begin at noon on the third Tuesday of September in every fourth year, subject in respect of the first Representatives chosen to paragraph 6 (a) of Article 110 of this revised Charter.

8. For the first three terms after the coming into force of this revised Charter, the Representatives from each member Nation shall be chosen by its national legislature, except to the extent that such legislature may prescribe the election of the Representatives by popular vote. For the next three terms, at least half of the Representatives of each member Nation shall be elected by popular vote and the

remainder shall be chosen by its national legislature, except to the extent that such legislature may prescribe that all or part of such remainder shall also be elected by popular vote. Beginning with the seventh term, all the Representatives of each member Nation shall be elected by popular vote. The General Assembly may, however, by a two-thirds vote of all the Representatives in the Assembly, whether or not present or voting, postpone for not more than eight years the coming into effect of the requirement that at least half of the Representatives shall be elected by popular vote; and the Assembly may also by a like majority postpone for not more than eight years the requirement that all the Representatives shall be elected by popular vote. In all popular elections held under this paragraph, all persons shall be entitled to vote who are qualified to vote for the members of the most numerous branch of the national legislatures of the respective nations.

The Representatives of non-self-governing and trust territories shall be chosen in such manner as the General Assembly shall determine, taking into account that the right of the peoples of the respective territories to participate directly in the selection of their Representatives should be recognized to the maximum extent possible.

9. Any vacancy among the Representatives of any member Nation shall be filled in such manner as the national legislature of such member Nation may determine;

and any vacancy among the Representatives of non-self-governing or trust territories shall be filled in such manner as the General Assembly shall determine. A Representative chosen to fill a vacancy shall hold office for the remainder of the term of his predecessor.

10. The Representatives shall receive reasonable compensation, to be fixed by the General Assembly and paid out of the funds of the United Nations.

Comment. As to membership in the General Assembly, Article 9 of the present Charter provides merely that the Assembly shall consist "of all the Members of the United Nations"; and although (by paragraph 2 of the present Article 9) each member Nation may have five individuals to represent it, each nation has only one vote (present Article 18, paragraph 1). The result is that all the member Nations now have equal voting rights in the General Assembly, irrespective of population or any other factor. Thus, Albania has the same vote as the Soviet Union; Costa Rica the same as the United States; and Luxembourg the same as the United Kingdom.

It was apparent when the present Charter was adopted in 1945 that under a voting arrangement of this sort substantial powers could not be given to the General Assembly, since it was not reasonable that the large nations should be bound in any important matter by the decisions of a body in which their votes had no more weight than those of nations with perhaps one hundredth of their population and power. This remains a fundamental defect in the present Charter which needs correction before the Assembly can be given even the minimum powers necessary to prevent war.

Article 9 has, therefore, been completely remodeled with the purpose of so reconstituting the General Assembly that all the nations should be willing to confer upon it the limited yet considerably increased powers which must be lodged in the United Nations under any effective plan for the maintenance of peace.

The question of the best method to solve this crucial problem of representation is recognized as one of the most difficult in the framing of an effective world organization. The authors of these proposals have themselves wrestled with the problem for years. They have considered various plans of weighted representation which would reflect such factors as economic and natural resources, productive capacity, national income, trade and literacy. They have, however, rejected such an approach upon grounds of principle. They believe that all such plans, which necessarily give weight to wealth and other factors that are largely the result of geography and history, involve an anachronistic and unjust discrimination. Such a discrimination would run counter to the

25

inherent equality of all individuals, which in the modern world should not be denied.

The authors have, therefore, come to the conclusion that the true solution lies in an apportionment based *fundamentally* on population, but so modified for reasons of both fairness and workability as to ensure some representation even to the smallest nation and to impose a reasonable limit on the representation of even the largest nation.

The concrete proposal is that even the smallest nation shall have one Representative and that no nation, however large, shall have more than thirty Representatives. This upper limit is proposed because weighted representation constitutes an important departure from the present system of one vote for each nation and is not likely to be acceptable unless the differences in representation between the majority of the member Nations and the most populous nations are kept within moderate limits. A further reason for the upper limit of thirty is that without some such limit the General Assembly would be so unwieldy as to be unable to transact business. At the other extreme, the objective is to ensure that even extremely small nations shall have some voice.

On these principles, the proposals call for a General Assembly apportioned upon the following formula. All nations recognized as independent states and which are, therefore, eligible for membership, would be divided into seven categories according to population. Their representation (including five nations which as of July 1957 were not yet recognized as independent states but are likely to be so recognized within a few years) would be as follows on the basis of estimated populations as of July 1, 1957:

Over 140 million.....	4 nations...	30 Representatives...	120
40-140 million.......	8 nations...	16 Representatives...	128
20-40 million........	11 nations...	8 Representatives....	88
5-20 million........	35 nations...	5 Representatives...	175
1.5-5 million........	23 nations...	3 Representatives....	69
0.5-1.5 million.......	10 nations...	2 Representatives....	20
Under 0.5 million....	2 nations...	1 Representative ...	2

93 nations   602 Representatives

The apportionment of Representatives in accordance with this formula would be made "on the basis of world censuses" of which the first would be taken "within ten years from the coming into force" of the revised Charter, subsequent censuses to be taken "in every tenth year thereafter".

In the meanwhile, pending the first census, there would be an interim apportionment whereby Representatives would be allotted in accordance with estimated populations on a date shortly before the coming into force of the revised Charter. Thus if the revised Charter took effect in 1958, the apportionment would be as shown in the table as of July 1, 1957 providing for 602 Representatives from the assumed ninety-three member Nations. This proposal for an interim apportionment follows the precedent of Article 1, Section III of the Constitution of the United States, where, in order to put the Federal

Union into operation, a temporary number of representatives was fixed for each of the thirteen original States.

The matter of representation for areas that have not attained independent status presents a separate and difficult problem. As to this, it is proposed that the population of all colonial and semi-colonial territories (every non-self-governing territory and dependency, including territories under trusteeship administration) shall *not* be counted in determining the representation of the independent states. These colonial and semi-colonial areas had an aggregate population as of July 1, 1957 of about one hundred million; and it is proposed that their combined representation shall bear the same relation to their aggregate population as the total representation of the independent states bears to the aggregate population of those states. On the basis of the July 1, 1957 estimates, this principle would entitle these areas to twenty-three Representatives whose allocation as between the territories or groups of territories would be a function of the General Assembly taking "into account their respective populations."

It may be objected that a General Assembly of more than 600 would be too large for a legislative body. But when it is remembered that this Assembly would represent all the people of the world, such a number does not seem excessive. Most national legislatures are certainly much larger relative to the populations represented, a well-known example being the Parliament of the United Kingdom which in 1957 had 630 members to represent only fifty-two million people.

The problem of a probable great increase in world population must, however, be considered. On that question, it is believed that no matter how large the world's population may become, it would be unwise, for practical reasons, to permit the General Assembly to number more than 650, including the Representatives from the non-self-governing areas. Accordingly, the provision is added that if there is such an increase in the world's population that the representation formula would result in having more than 630 Representatives from the member Nations, the population limits of the categories shall be changed by the Assembly in such a way that while the total number of Representatives from the member Nations shall not be less than 600, it shall not exceed 630,—with the proviso that all such changes in the limits shall be effected by a percentage uniformly applied to each category. The practical effect, assuming not over twenty Representatives from the non-self-governing areas would be to keep the Assembly's desirable maximum membership of 650.

To illustrate: Let us assume that the revised Charter goes into effect before 1970; that the first world census is taken in 1970; and that the world's population is then found to be 3.3 billion. In that situation, the application of the unadjusted formula would probably result in more than 630 Representatives from the member Nations, in which case it would be the duty of the Assembly, pursuant to paragraph 5 forthwith to revise the category limits by a uniform percentage increase. For example, if the Assembly revised the limits by a ten per cent uniform increase, the top category, entitled to thirty Representatives each, would include nations with a population in excess of 154 million instead of 140 million; the second category would include those with populations

27

between 44 and 154 million; the third category between 22 and 44 million; the fourth category between 5.5 and 22 million; and so on. Assuming that by 1970 there are 100 member Nations and that the representation of the non-self-governing areas is by then somewhat reduced, the result should be an Assembly with a total membership of not more than 640.

The effect of this representation plan would be that, while the smaller nations would still have a disproportionately large voice relative to population, this disproportion would not be nearly as great as under the system of one vote for each member Nation irrespective of population. Nor would the disproportion be as great as under a bicameral system whereby every nation, however small, would have an equal voice with the largest nations in one of the two houses. Nor again would the disproportion in favor of the smaller nations be as large as under a double-voting system in a single house whereby any measure, in order to carry, would need approval not only by a majority vote of the Representatives voting individually, but also by a majority of the delegations, with each delegation casting a single and equal vote.

On the much-discussed issue as to whether a General Assembly with much greater powers should be unicameral or bicameral, the authors have concluded that the balance of advantage lies in this instance with a unicameral system.

This conclusion has been reached only after the most careful study and in spite of the traditional use of the bicameral system in most federations. In order to test the relative advantages, a detailed proposal for a bicameral plan was, in fact, prepared with the following main features: (1) There would be a Senate whose concurrence would be necessary for all decisions. It would be composed of one Senator from each member Nation, with the proviso that this Senator shall be either Chief of State, Prime Minister or Foreign Minister unless a particular nation chose to elect its Senator by popular vote or by vote of its national legislature. (2) The other house—to be called the Chamber of Representatives—would be composed on a plan similar to the above plan for a unicameral General Assembly, but with a somewhat greater spread between the representation of the smaller and the larger nations.

On balance, however, it was thought that neither this nor other bicameral plans would be as workable and effective as the proposed unicameral system. In saying this the authors recognize that, despite the more cumbersome procedure under a bicameral system which might often cause undue delay or even deadlock, such a system might sometimes produce better-considered decisions. Nevertheless, weighing the relative advantages of the two systems, the authors prefer the *unicameral plan* because: (a) it is easier to create an equitable plan of representation within a single house than to achieve a well-balanced apportionment where the problem is complicated by the necessity of allotting representation in two houses; and (b) a General Assembly composed of one chamber can, as a practical matter, function more promptly and effectively.

As to the *terms of office* of the Representatives, the proposal is that they shall serve for four-year terms with no restriction on re-election. This four-year term is proposed largely because of the advantages to be expected from the legislative experience and the capacity for teamwork which would result

28

from working together in at least four annual sessions. It is also to be expected that a considerable number of the Representatives would be continued in office for more than one term. Through this combination of a fairly long term with eligibility for re-election, world leaders having the confidence of all the nations would naturally emerge, just as national leaders develop among those repeatedly elected to parliamentary bodies.

Concerning the *date for the convening* of the first and subsequent terms of the General Assembly, this has been fixed for the third Tuesday of September in order to conform with the present practice of the United Nations and because this should afford sufficient time to adopt the budgets of the United Nations for fiscal years beginning on January 1 (see Annex V).

With regard to the *method of election* of the Representatives, it is proposed that a system of full popular election shall be gradually introduced. This would be accomplished in three stages subject to the possible extension of the first two stages, for not more than eight years in each case, by special majority vote of the General Assembly. During the first stage, normally covering the first three terms of the Assembly (twelve years), the choice of Representatives would be by the respective national legislatures of the member Nations, subject to the right of each legislature to prescribe popular election for all or part of the particular nation's quota of Representatives. During the second stage, again twelve years, it would be *required* that at least half of the Representatives of each member Nation be chosen by popular vote of those persons qualified to vote for the most numerous branch of the national legislature; the other half still to be elected by the national legislature itself unless it should prescribe that part or all of the other half be likewise elected by popular vote. Finally, after twenty-four years (unless the first two stages had been extended), the election by popular vote of *all* the Representatives would become mandatory. In this way a considerable period of adjustment leading up to complete selection by popular vote would be provided,—a period which would vary between a minimum period of twenty-four years and a maximum of forty years if the Assembly should use its full powers of postponement.

It will be noted that, as distinguished from the present method whereby delegates to the General Assembly are appointed by the executive branches of the respective Governments, the Representatives would be chosen from the beginning either by the legislative branches of their nations or by popular vote. Moreover, the plan would ensure a steadily increasing participation of the world's people in the selection of the Representatives, until at the end of the twenty-four years (or forty years in case of maximum postponement) the qualified voters themselves in every nation would elect *all* of their Representatives. These provisions are carefully framed to stress the desirability that the Representatives should receive their mandate directly from their peoples. In this way a genuinely popular control would gradually be established over the policies and administration of the strengthened United Nations.

Concerning the *selection of Representatives from the non-self-governing and trust territories,* provision is made for their choice "in such manner as

29

the General Assembly shall determine", with the injunction to the Assembly, however, that the right of the people to participate directly should be recognized "to the maximum extent possible."

The proposal for the *filling of vacancies* permits each member Nation to choose for itself what method shall be employed. This would enable each member Nation to use any of the optional methods prescribed for the election of Representatives, or any other method that the national legislature of the member Nation from which the original Representative was chosen may find desirable.

The purpose of the provision for *compensation* of the Representatives, whereby "reasonable" compensation "shall" be paid by the United Nations, is twofold: (a) to ensure that the Representatives shall not be financially dependent upon their Governments, and (b) to emphasize that the Representatives in office are servants of the world community as well as of their respective nations. The provision is framed in broad terms so as to leave room for adequate expense, travel and retirement allowances.

The provisions of this revised Article 9 should be read in connection with the provision as to voting contained in revised Article 18. In that revised Article it is provided that the Representatives shall vote as individuals, and that they shall reach decisions on all important matters by a majority "of all the Representatives then in office, whether or not present or voting", rather than by a two-thirds majority of the member nations as provided in the present Article 18. These new requirements would prevent decisions on important matters by any minority due to absences or abstentions, such as have occurred under the present Charter.

FUNCTIONS AND POWERS

Article 10

The General Assembly *may* discuss any questions or *any* matters within the scope of *the present* Charter *or relating to the powers and functions of any organs provided for in the present Charter, and, except as provided in Article 12, may* make recommendations to *the Members of the United Nations or to the Security Council or to both on any such questions or matters.*

The General Assembly *shall have the power:*

a. to enact legislation binding upon member Nations and all the peoples thereof, within the definite fields and in accordance with the strictly limited authority hereinafter delegated;

b. to deal with disputes, situations and threats to the peace, as hereinafter provided;

c. to make *nonbinding* recommendations to *the member Nations, as hereinafter provided;*

d. to elect the members of other

organs of the United Nations, as hereinafter provided;

e. *to discuss, and to direct and control the policies and actions of the other organs and agencies of the United Nations, with the exception of the International Court of Justice, the World Equity Tribunal and the World Conciliation Board; and*

f. *to discuss any questions or any matters within the scope of this revised Charter.*

Comment. The present Article 10 merely empowers the General Assembly to *discuss* "any questions or any matters within the scope of the present Charter", or "relating to the powers and functions" of the organs of the Organization and to *make recommendations* on such subjects, with the exception (under present Article 12) that no recommendation is permitted as to any matters which are being dealt with by the Security Council.

In view of the proposed fundamental enlargement of the powers of the General Assembly, it is necessary to remodel this Article completely. The Assembly's broad authority to discuss all matters within the scope of the Charter is retained, together with its authority to recommend; but the authority to recommend has been strengthened by eliminating the above-mentioned restriction on recommendations. The present authority to discuss the operation of all the organs of the United Nations is also retained with the added authority to *direct and control* all the organs and agencies of the United Nations, except the International Court of Justice, the World Equity Tribunal and the World Conciliation Board, all of which should be independent of any political control whatever.

A more basic change is the grant to the General Assembly of new power to legislate within certain limits and new power to deal directly not only with disputes and situations but also with *threats to the peace.*

It must be noted that this revised Article purports only to state the *general scope* of the General Assembly's authority, and that for various specific and detailed powers reference must be made to later Articles. For example, the enumeration of the limited legislative powers is in Article 11; the detailed provisions for dealing with disputes, situations and threats to the peace are mainly in Chapters VI and VII; the specific authority to elect members of other organs is mainly conferred by Articles 23, 61 and 86; while the specific powers to recommend are mainly in Articles 12 to 14.

Article 11

1. The General Assembly *may consider the general principles of*

1. The General Assembly *shall have the primary responsibility for*

cooperation in the maintenance of international peace and security, *including the principles governing* disarmament *and the regulation of armaments, and may make recommendations with regard to such principles to the Members or to the Security Council or to both.*

2. The General Assembly may discuss any questions relating to the maintenance of international peace and security brought before it by any *Member of the United Nations,* or by the *Security* Council, or by a *state* which is not a *Member* of the United Nations in accordance with Article 35, paragraph 2, and, *except as provided in Article 12,* may make recommendations with regard to any such questions to the *state* or *states* concerned or to the *Security* Council or to both. Any such question on which action is necessary *shall* be referred to the *Security* Council by the General Assembly either before or after discussion.

the maintenance of international peace and security *and for ensuring compliance with this revised Charter and the laws and regulations enacted thereunder.*

2. *To this end the General Assembly shall have the following legislative powers:*
a. to enact such laws and regulations as are authorized by Annex I of this revised Charter relating to universal, enforceable and complete national disarmament, including the control of nuclear energy;
b. to enact such laws and regulations as are authorized by Annex II of this revised Charter relating to the military forces necessary for the enforcement of universal and complete national disarmament, for the prevention and removal of threats to the peace, for the suppression of acts of aggression and other breaches of the peace, and for ensuring compliance with this revised Charter and the laws and regulations enacted thereunder;
c. to enact appropriate laws defining the conditions and establishing the general rules for the application of the measures provided for in Chapter VII;
d. to enact appropriate laws defining what acts or omissions of individuals or private organizations within the following categories shall be deemed offenses against the United Nations: (1) acts or omissions of government officials of

any nation which either themselves constitute or directly cause a threat of force, or the actual use of force by one nation against any other nation, unless such threat or use of force is in self-defense under the circumstances defined in Article 51 of this revised Charter; (2) acts or omissions of any government official or any other individual or of any private organization which either themselves constitute or directly cause a serious violation of Annex I of this revised Charter or of any law or regulation enacted thereunder; (3) acts or omissions causing damage to the property of the United Nations or injuring any person in the service of the United Nations while engaged in the performance of official duties or on account of the performance of such duties; and (4) acts or omissions of any individual in the service of any organ or agency of the United Nations, including the United Nations Peace Force, which in the judgment of the General Assembly are seriously detrimental to the purposes of the United Nations;

e. to enact appropriate laws: (1) prescribing the penalties for such offenses as are defined by the General Assembly pursuant to the foregoing subparagraph (d); (2) providing for the apprehension of individuals accused of offenses which the Assembly has defined as sufficiently serious to require apprehension, such apprehension to be by the United Nations civil police provided for in Annex III or by national authorities pursuant to arrangements with the United Nations or by the joint action of both; (3) *establishing procedures for the trial of such individuals in the regional courts of the United Nations provided for in Annex III; and* (4) *providing adequate means for the enforcement of penalties.*

3. The General Assembly may call the attention of the *Security* Council to situations which are likely to endanger international peace and security.

3. *No such law shall, however, relieve an individual from responsibility for any punishable offense by reason of the fact that such individual acted as head of state or as a member of a nation's government. Nor shall any such law relieve an individual from responsibility for any such offense on the ground that he has acted pursuant to an order of his government or of a superior, if, in the circumstances at the time, it was reasonably possible for him to refuse compliance with that order.*

4. *The powers of the General Assembly set forth in this Article shall not limit the general scope of Article 10.*

4. *The member Nations agree to accept and carry out the laws and regulations enacted by the General Assembly under paragraph 2 of this Article, and the decisions of the Assembly made under this revised Charter including the Annexes; provided, however, that any member Nation shall have the right to contest the validity of any such law, regulation or decision by appeal to the International Court of Justice. Pending the judgment of the Court upon any such appeal, the contested law, regulation or decision shall nevertheless be carried out, unless the Assembly or the Court shall make an order permitting noncompliance during the Court's consideration of the appeal.*

5. As soon as possible after the coming into force of this revised Charter, the Executive Council shall negotiate with any state which may not have become a member of the United Nations an agreement by which such state will agree to observe all the prohibitions and requirements of the disarmament plan contained in Annex I of this revised Charter, and to accept and carry out all the laws, regulations and decisions made thereunder, and by which the United Nations will recognize the right of any such state and of its citizens to all the protection and remedies guaranteed by this revised Charter to member Nations and their citizens with respect to the enforcement of Annex I and the laws, regulations and decisions made thereunder. If a state refuses to make such an agreement, the Executive Council shall inform the General Assembly which shall decide upon measures to be taken to ensure the carrying out of the disarmament plan in the territory of such state.

Comment. This important Article deals with the proposed legislative powers of the General Assembly directly related to the enforcement of peace.

The present text of Article 11 merely empowers the General Assembly to "consider" the general principles of cooperation as to the maintenance of peace (including "the principles governing disarmament and the regulation of armaments"); to "discuss" any questions relating to the maintenance of peace; to make "recommendations" on these subjects; and to "call the attention" of the Security Council to situations likely to endanger peace.

By contrast, the proposed revision would empower the General Assembly to enact effective *laws* to implement universal and complete national disarmament. This authority would include power to enact legislation providing for the punishment of acts in violation of the disarmament plan and for the apprehension and fair trial of violators.

The purpose is to prevent war between any nations, however large or strong, by substituting the rule of law rather than force or the threat of it as the means

35

of settling international disputes. The alternative means provided are: the enactment of clear law forbidding international violence, with definite penalties; complete disarmament of all the nations; an effective world police; judicial and other agencies with adequate powers to deal with disputes; and a well-financed program to mitigate the vast differences in the economic and social condition of the various peoples. These are measures corresponding to those long adopted for the maintenance of domestic order within local communities and nations.

In furtherance of several of these objectives, it is proposed to delete all the provisions of the present Article 11, substituting therefor a wholly new text.

The present paragraph 1 is omitted as no longer appropriate. Its general language is replaced in the new text by a detailed grant of powers to enact certain kinds of *laws* as specifically defined. The present paragraph 4 is omitted because the reservation therein contained as to the powers of the General Assembly under Article 10 is no longer necessary in view of the proposed increase in the authority of the Assembly.

The present paragraphs 2 and 3 are also omitted because they have in substance been transferred to revised Article 12. This transfer is made in view of the fact that the subject matter of these paragraphs relates entirely to powers of discussion and recommendation; and it seems best to separate powers of that character from the new powers of legislation defined in the revised Article 11. In this way the General Assembly's main legislative powers would be concentrated in the new Article 11, while its main powers to discuss and recommend would be concentrated in the new Articles 12-14.

The proposed text of Article 11 embodies two fundamental changes: (1) the transfer of the "primary responsibility" for the maintenance of peace from the Security Council to the General Assembly; and (2) the grant to the Assembly of certain powers to make binding laws as distinguished from mere recommendations. These new legislative powers are strictly limited, and yet would, it is believed, prove sufficient to enable the United Nations to fulfil its basic purpose of preventing war,—not merely minor wars, but any armed conflict between nations, small or great.

Disarmament. The first of the General Assembly's new powers (in (2) (a) of Article 11) would be to enact "such laws and regulations as are authorized by Annex I of this revised Charter relating to universal, enforceable and complete national disarmament, including the control of nuclear energy." This power must, therefore, be read in relation to the proposed Annex I which contains a comprehensive and detailed disarmament plan. It should be read also in relation to the proposed Annex II which, by its provisions for a strong United Nations military force (the United Nations Peace Force), is designed to ensure the fulfillment of the disarmament plan and the suppression of any attempted violation.

This comprehensive plan for complete national disarmament and its enforcement rests upon the premise that until the present system of national military forces is totally abolished, it will be impossible to achieve genuine peace. As mentioned in the Introduction, it has been repeatedly demonstrated that the existence of strong national military forces tends of itself to engender mutual fears which constitute a major influence toward ultimate conflict. The recent development of new and appalling weapons has intensified this tendency. The fears and tensions thus created make negotiation difficult and real progress toward peace almost impossible.

Moreover, the immense economic burden of armaments drains away human effort and natural resources to an extent that reduces standards of living in many countries, handicaps the effort to overcome poverty and ignorance, and thus tends to create unrest which may ultimately lead to war.

It seems essential that the *main features* of the disarmament plan shall be included in the Charter itself as "constitutional legislation". But since the necessary provisions covering even the main features involve considerable detail, it is deemed best to include them in an Annex rather than in the main body of the Charter. In this respect, the revision follows the precedent whereby the Statute of the International Court of Justice was included as an Annex to the present Charter.

Annex I, therefore, contains all the most important features of a comprehensive plan for the complete, although gradual, elimination of *all* national military forces and armaments and for confining internal police forces to such as are strictly necessary for the maintenance of internal order. Moreover, in view of the close relation between the use of nuclear energy for peaceful purposes and its use for military purposes, Annex I also includes provisions for the control of nuclear energy.

Even though, however, all the main features of the disarmament plan are fully covered in Annex I, there will necessarily remain a considerable area requiring detailed regulation from year to year in order to supplement and make effective the basic provisions of that Annex. The purpose of the first legislative power (in (2) (a) of revised Article 11) is, therefore, to confer authority for the detailed implementation of Annex I. This is done by giving power to the General Assembly to adopt such "laws and regulations" as are "authorized by Annex I". In this way, the disarmament plan can be enforced through the necessary detailed regulations and penalties while, at the same time, the Assembly's legislative power in this field would be strictly defined and limited.

Military Forces—the "United Nations Peace Force". The second legislative power (in (2) (b) of revised Article 11) enables the implementation of Annex II "relating to the military forces necessary for the enforcement of universal and complete national disarmament". The elaborate plan of Annex II for an effective "United Nations Peace Force" is based on the premise that for a long time to come some effective military force in the hands of the United Nations will be essential to enable the United Nations to fulfil its basic purpose —"to maintain international peace and security" (Article 1).

The present Charter contains no *reliable* provision for the maintenance of a permanent international military force. After years of effort, it has proved impossible to make "special agreements" under the present Article 43 for making national contingents available to the United Nations on call; and even if the small United Nations Emergency Force organized in 1956 could be indefinitely maintained, it would clearly be inadequate to the need. Accordingly, the proposed Annex II contains a comprehensive plan for the creation of a permanent and substantial *international* police force, to be known as the "United Nations Peace Force" and to be organized over a period of years parallel with the step-by-step carrying out of the disarmament plan under Annex I.

As in the case, however, of Annex I, detailed laws and regulations will be necessary in order to implement the main features of this world police plan; and this second legislative power is designed to confer that authority, always within the strict limitations of Annex II itself.

Sanctions against member Nations. The third proposed legislative power would enable the General Assembly to implement the provisions of Chapter VII relating to measures which may be applied to member Nations failing to comply with the Charter or the laws enacted thereunder.

This provision in revised Article 11 (2) (c) must be read and interpreted together with revised Articles 39-50 which deal in greater detail with measures to be taken by the United Nations to maintain or restore peace or to ensure compliance with the Charter and the laws enacted by the General Assembly. These measures include provisional measures (Article 40), economic and diplomatic sanctions (Article 41), and the employment of the United Nations Peace Force (Article 42). The revised text of these three Articles would greatly strengthen the powers of the United Nations in this field and provide more effective procedures for the application of the various measures. In particular, the new text would make it mandatory on the United Nations to take these measures in the serious contingencies envisaged by Chapter VII. Under these circumstances the competent organs of the United Nations would be bound to take action; they would be *required* to decide upon the measures to be taken instead of merely having the option to adopt such measures.

The basic responsibility under the revised Chapter VII for enforcement measures against nations as such would be in the General Assembly, and the new Executive Council would act only as an arm of the Assembly and under its direction and control. All the principal decisions would ordinarily be made by the Assembly and the Council's power to direct any enforcement action would be limited to temporary action in emergency cases.

While the *main provisions* on such enforcement measures are set forth in Chapter VII, it would still be necessary to enact appropriate laws "defining the conditions" under which the various measures provided for in Chapter VII may be applied. It would be the duty of the General Assembly to enact these laws. Thus the Assembly would determine the circumstances under which the various measures would be taken, so as to put the world on notice that the occurrence of certain events would bring about immediate action by the United Nations. Such approval in advance by the Assembly of general plans of action to be applied in various sets of circumstances would also allow a broader delegation of authority to the Executive Council, enabling it to proceed on defined lines without waiting for further action by the Assembly. Moreover, such preliminary decisions by the Assembly would obviate the necessity for prolonged discussions in time of emergency and would shorten the delay in directing the necessary measures.

In defining the various circumstances in which enforcement action could be taken, the General Assembly would necessarily take into account the broadened provisions of the revised Charter, whereby enforcement measures would be required not only in case of an imminent threat to the peace, serious breach of the peace or act of aggression, but also in the event of other serious failure to comply with the revised Charter and the laws and regulations enacted thereunder. Thus action might be necessary to remedy serious situations resulting from persistent refusal to permit inspections, from denial of access to bases or facilities leased by the United Nations, or from interference with the arrest of persons who have violated laws enacted by the United Nations.

By revised Article 11 (2) (c), the General Assembly would have power to enact appropriate laws "establishing the general rules" as to the application of enforcement measures. Under this provision, the Assembly could authorize plans for the coming into effect of economic sanctions, such as an embargo on exports to any nation violating the revised Charter. Such plans could also provide for proper coordination of the measures to be taken, for the prevention of evasion by nations or individuals, and for assistance to cooperating nations confronted with special economic problems arising from the carrying out of economic sanctions (see revised Article 50).

Under revised Article 11 (2) (c), the General Assembly could also define the circumstances under which the United Nations Peace Force could be employed for the enforcement of sanctions, including the conditions under which the Peace Force would be restricted to preliminary measures as distinguished from the stronger measures which might be called for in the most extreme case.

Sanctions against individuals. The fourth proposed legislative power of the General Assembly (in (2) (d) of revised Article 11) is to enact appropriate laws defining the "acts or omissions of individuals or private organizations" which "shall be deemed offenses against the United Nations". This power is based on the premise that in certain cases of violation of the revised Charter, or of the laws supplementary thereto, action should be taken not against nations but against individuals.

While it is true that in case of a large-scale defiance of the authority of the United Nations by the government of a nation sanctions against the nation itself might be necessary under revised Article 11 (2) (c) and under Chapter VII, such actions should be avoided whenever possible. Instead, direct steps should be taken, whenever possible, only against those individuals who have violated the revised Charter or the laws of the United Nations. For, as long as it is possible to prevent an armed conflict by prompt action against a few dangerous individuals, such action is certainly preferable to sanctions against an entire nation.

The power to act against individual offenders is appropriate not only if an individual unlawfully participates in military action, but also if an individual defies the regulations with respect to disarmament, as by building an arms factory or by manufacturing components of nuclear weapons, or if he obstructs proper activities of the United Nations Inspection Service or of the United Nations Peace Force.

There is no need, nor would it be practicable, to define all possible punishable offenses in the Charter itself; and it is consequently essential to confer legislative power on the General Assembly in this field. It is, however, advisable to limit the Assembly's power in this regard by defining the classes of acts or omissions which can be made punishable. This is done in subparagraph (2) (d) by limiting the authority to define "offenses against the United Nations" to four "categories" of cases where the act or omission would clearly constitute a serious defiance of the authority of the United Nations in the field of war prevention.

In connection with this power of the General Assembly to define offenses, the important provision of paragraph 3 of this revised Article, abolishing the defense of sovereign or official immunity, should be noted. In the past, proceedings against individuals guilty of offenses against the law of nations have been prevented or hampered by the defenses that heads of state enjoy sovereign immunity from prosecution, that certain of the highest officials are exempt from criminal responsibility for official acts and that subordinate officials are also exempt if they act pursuant to orders of their government or of a superior. If, however, there is to be an effective system of individual responsibility for violation of what amounts to world law against the maintenance of national armaments, it seems essential wholly to abolish all these exemptions so that no official, high or low, can escape individual prosecution for active participation in forbidden activities or for connivance in such acts. In evident accordance with this rationale, the Draft Code of Offenses against the Peace and Security of Mankind, adopted by the International Law Commission of the United Nations in 1954, proposes the abolition of all exemptions of this character. The provisions of paragraph 3 of revised Article 11 are modeled on Articles 3 and 4 of this Draft Code. Like the Draft Code, this paragraph removes without qualification the defenses of sovereign and official immunity. It also follows the Draft Code in respect of removing the defense of compliance with a superior's order, except that paragraph 3 permits such a defense if the violator can show that it was not "reasonably" possible for him to refuse obedience to such an order.

It is not sufficient merely to empower the General Assembly to define offenses. In addition the Assembly must have authority to prescribe penalties and to provide methods for apprehending offenders and for their trial and for the enforcement of penalties against duly convicted persons. All these matters are covered in subparagraph (2) (e) of this revised Article 11.

With regard to penalties, the laws enacted by the General Assembly would presumably provide fines for minor offenses and imprisonment for major crimes. There should be no power to impose the death penalty and a provision to that effect would be included in the proposed Bill of Rights (Annex VII). Excessive bail and any cruel and unusual punishment, including excessive fines, would also be prohibited by the Bill of Rights.

The apprehension of alleged violators presents a difficult problem. For this purpose it will plainly be necessary for the strengthened United Nations to have *some* civil police force of its own. And yet it is advisable that such a force be relatively small. What is required, therefore, is a series of collaborative arrangements with all the nations whereby they would themselves arrest the alleged violator and turn him over to United Nations custody or would at least assist the United Nations civil police in arresting him. Subparagraph (2) (e) of this revised Article consequently calls not only for a United Nations civil police, but also for "arrangements" with national authorities. The numerical limit of this civil police force (10,000) and its specific functions are set forth in Part D of Annex III, which also establishes the procedures for making the proposed "arrangements" with national authorities.

The offenders would be tried before the regional tribunals of the United Nations, established under paragraph 3 of revised Article 93 and Part D of Annex III; and by this revised Article 11 (2) (e) the General Assembly is given the power to enact appropriate laws "establishing procedures for the trial of such individuals" before the regional tribunals. As provided in Annex III, decisions of these tribunals could be appealed to the International Court of Justice in cases of special importance.

Finally, it is necessary to make provision for the enforcement of judgments rendered by United Nations tribunals; and consequently revised Article 11 (2) (e) empowers the General Assembly to enact appropriate laws "providing adequate means for the enforcement of penalties". Machinery could thus be created for the collection of fines, and a United Nations court official could be appointed to sequester property under warrant whenever necessary. A few United Nations places of detention for serious offenders would also have to be provided.

Laws enacted pursuant to the authority thus conferred should provide sufficient means for the enforcement of an effective system of world law within the limited field of war prevention. On the other hand, it will be important to provide also against the possibility of abuse of power by the police and prosecuting authorities of the United Nations. To this end guarantees of fair trial, including the right to counsel, the right to be confronted with adverse witnesses, etc., are included in the proposed Bill of Rights (Annex VII).

Agreements to support United Nations laws and decisions. Paragraph 4 of revised Article 11 contains a pledge by member Nations "to accept and carry out the laws and regulations enacted by the General Assembly under paragraph 2 of this Article," and "the decisions of the Assembly made under this revised Charter including the Annexes". The present Charter contains a provision of this sort only with respect to decisions of the Security Council (Article 25), since only that Council can now make any binding decision.

As already noted, however, the primary responsibility for the maintenance of peace would, under the revised Charter, be transferred to the General Assembly, which would have power not only to make binding "decisions", but also, within strictly defined limits, to enact binding "laws and regulations" on the subject (paragraph 2 of revised Article 11). It is necessary, therefore, to broaden the obligation of the member Nations so as to include *both* the decisions made by the Assembly and those made by the Executive Council (under revised Article 25). In addition, it is proposed that this obligation shall extend to the laws and regulations enacted by the Assembly.

Both in paragraph 4 of revised Article 11 and in the new Article 25 (with respect to decisions of the Executive Council), provision has been made for a new right to test by appeal the validity of laws, regulations and decisions. It is fair and necessary to offset the increase in the obligations of member Nations by providing careful safeguards against an extension of these obligations into areas not contemplated in the Charter. Whenever, therefore, a member Nation believes that a law, regulation or decision is invalid, it would be entitled to bring the question before the International Court of Justice. But to make sure that such a challenge does not impede the orderly functioning of the United Nations, it is provided that "the contested law, regulation or decision shall nevertheless be carried out", unless the General Assembly or the Court shall permit a stay of execution during the Court's consideration of the appeal. In this way, both the interests of a complaining nation and of the United Nations would be properly safeguarded.

The above relates only to the agreement to carry out United Nations laws and decisions which would be made by every member Nation merely by virtue of its ratification of the revised Charter. However, as mentioned in the comments on revised Articles 2 and 3, it is also essential that any *nonmember nation,* although not obligated to carry out all United Nations laws and decisions shall at least be bound to comply with the requirements of the disarmament plan and with the measures necessary to its enforcement. And since any nonmember nation would not be automatically bound in this respect, it would be advisable for the United Nations to have a special agreement with any such nonmember, whereby it would be bound to collaborate in the carrying out of the disarmament plan to the same extent as a member Nation. Accordingly, paragraph 5 of revised Article 11 directs the negotiation of agreements of this sort with every nonmember nation. It also provides for the remote contingency that a nonmember nation might refuse to make such an agreement, in which case the General Assembly would be required to decide upon the necessary measures to enforce compliance with the disarmament plan even without an agreement.

Corresponding to the obligations to be accepted by nonmember nations under such agreements, paragraph 5 provides that the United Nations shall guarantee to them the same rights and remedies granted to member Nations and their citizens by the revised Charter with respect to the enforcement of the disarmament plan. This guarantee would include the right to contest the contitutional validity of any law, regulation or decision of the General Assembly or Executive Council, but would, of course, exclude the right to send Representatives to the Assembly.

Article 12

1. *While the Security Council is exercising in respect of any dispute or situation the functions assigned to it in the present Charter, the General Assembly shall not make*

1. The General Assembly may discuss any questions relating to the maintenance of international peace and security brought before it by any *member Nation,* or by

any recommendation with regard to that dispute or situation unless the Security Council so requests.

the *Executive* Council, or by a *nation* which is not a *member* of the United Nations in accordance with Article 35, paragraph 2, and may make recommendations with regard to any such questions to the *nation* or *nations* concerned or to the *Executive* Council or to both. Any such question on which action is necessary *may* be referred to the *Executive* Council by the General Assembly either before or after discussion.

2. The Secretary-General, with the consent of the Security Council, shall notify the General Assembly at each session of any matters relative to the maintenance of international peace and security which are being dealt with by the Security Council and shall similarly notify the General Assembly, or the Members of the United Nations if the General Assembly is not in session, immediately the Security Council ceases to deal with such matters.

2. The General Assembly may call the attention of the *Executive* Council to *disputes or* situations which are likely to endanger international peace and security.

Comment. As elsewhere noted, it is proposed (by revised Articles 23 and 24) to abolish the present Security Council and to replace it by a new organ to be called the Executive Council, which would be chosen by and act as an agent of the General Assembly; and under revised Article 11, the Assembly would take over the primary responsibility for the maintenance of peace, now entrusted to the Security Council. The new Executive Council, superseding the Security Council, would, therefore, function in this field not as an independent organ, but rather as an instrumentality of the Assembly. Consequently, the present Article 12, providing that the Assembly may not act on matters pending before the Security Council, becomes inapplicable and is wholly omitted.

This elimination permits the transfer to Article 12 of the powers of the General Assembly, now contained in paragraphs 2 and 3 of Article 11, to discuss any questions relating to the maintenance of peace and to make recommendations on that subject. By this rearrangement the Assembly's powers, on the one hand to legislate and on the other to discuss and recommend, are separated. The new Article 11 is confined to the Assembly's specific

43

powers of legislation and the new Article 12 to its powers of discussion and recommendation.

At the same time, certain drafting changes are necessary. In view of the proposed substitution of the Executive Council for the present Security Council, four references to the "Security Council" in the former text have been changed to the "Executive Council".

A further change eliminates the phrase "except as provided in Article 12" from the provision authorizing the General Assembly to make recommendations as to the maintenance of peace. This restriction is no longer appropriate in view of the proposed transfer to the Assembly of the primary responsibility for the maintenance of peace.

Another result of this transfer of responsibility is the change from "shall" to "may" in the sentence relating to the reference by the General Assembly of any question as to the maintenance of peace on which action is necessary. The former text made it obligatory for the Assembly to refer any such question to the Security Council. This was logical when the Security Council had the primary responsibility for the maintenance of peace. But with the proposed transfer of this function to the Assembly and the substitution of the Executive Council for the Security Council, the obligatory provision is plainly inapplicable. There is substituted the merely permissive phrase that the Assembly "may", if it wishes, refer the matter to its new agent, the Executive Council. In the usual case the Assembly would, under this provision, doubtless refer any situation *requiring action* for the maintenance of peace to the Executive Council. At the same time the provision is sufficiently flexible to permit the Assembly to deal with the situation directly or to refer the matter to some organ other than the Executive Council or to a body specially constituted to deal with the particular problem.

Article 13

1. The General Assembly shall initiate studies and make recommendations for the purpose of:

a. promoting international cooperation in the political field and encouraging the progressive development of international law and its codification;

b. promoting international cooperation in the economic, social, cultural, educational, and health fields, and assisting in the realization of human rights and fundamental freedoms for all without distinction as to race, sex, language, or religion.

2. The further responsibilities, functions, and powers of the General Assembly with respect to matters mentioned in paragraph 1 (b) above are set forth in Chapters IX and X.

Comment. No changes are proposed in the above Article.

It should be noted, however, that the scope of the General Assembly's functions and influence under this Article would doubtless be greatly increased by the availability of the much larger funds which could be provided under the revenue plan set forth in Annex V. (See also revised Article 17 and the comment thereon.) Under the plan proposed in Annex V, there would be reliable means of raising revenue which would enable the Economic and Social Council and various specialized agencies to command funds far exceeding the meager budgets under which they have been obliged to operate in the absence of any adequate revenue system. The new plan would enable not only the Economic and Social Council itself, but also such agencies as the Food and Agriculture Organization and the World Health Organization vastly to extend the scope and usefulness of their work.

Article 14

Subject to the provisions of Article 12, the General Assembly may recommend measures for the peaceful adjustment of any situation, regardless of origin, which it deems likely to impair the general welfare or friendly relations among nations, including situations resulting from a violation of the provisions of *the present* Charter setting forth the Purposes and Principles of the United Nations.

1. *The* General Assembly may recommend measures for the peaceful adjustment of any situation, regardless of origin, which it deems likely to impair the general welfare or friendly relations among nations, including situations resulting from a violation of the provisions of *this revised* Charter setting forth the Purposes and Principles of the United Nations.

2. *Each member Nation undertakes to give prompt and due consideration to any recommendation addressed to such nation by the General Assembly under Articles 12 and 13 and this Article, and to report as soon as practicable what action it has taken with reference thereto, or, if no action has been taken, its reasons therefor.*

Comment. The first change in this Article, namely, the omission of the introductory phrase, "Subject to the provisions of Article 12", is intended to broaden the power of the General Assembly to recommend measures for "peaceful change", i.e., for the peaceful adjustment of situations likely to impair the general welfare of the nations or friendly relations among them. In view of the proposed transfer to the Assembly of the primary responsibility for the maintenance of peace, it is no longer appropriate to prevent the Assembly from making such recommendations simply because another organ may also be dealing with the particular situation.

45

The purpose of the second change, embodied in the proposed new paragraph 2, is to provide a more adequate constitutional basis for the obligation of member Nations to give consideration to the General Assembly's recommendations. This is done in two ways. *First*, it is proposed to require the member Nations to undertake "to give prompt and due consideration to any recommendation addressed to such nation by the General Assembly under Articles 12 and 13 and this Article". *Second*, it is proposed to impose an explicit obligation "to report as soon as practicable" as to what action the nations concerned have taken with reference to the recommendation.

If a member Nation should find it inadvisable to take any action, it ought at least to report its reasons therefor. Its statement of reasons would then be subject to the scrutiny of the General Assembly and might lead to new recommendations taking into account the difficulties raised by such statement.

No sanctions are provided for failure merely to comply with recommendations made under Articles 12, 13 and 14. But it should be noted that if a refusal to comply with any such recommendation should result in a much more serious situation, i.e., one "likely to endanger the maintenance of international peace and security", the General Assembly could utilize its powers under Chapter VI, including its authority under Article 36, to refer the situation to the World Conciliation Board or to the World Equity Tribunal and, under careful safeguards, to enforce that Tribunal's decision.

Article 15

1. The General Assembly shall receive and consider annual and special reports from the *Security* Council; these reports shall include an account of the measures that the *Security* Council has decided upon or taken to maintain international peace and security.

2. The General Assembly shall receive and consider reports from the other organs of the United Nations.

1. The General Assembly shall receive and consider annual and special reports from the *Executive* Council; these reports shall include an account of the measures that the *Executive* Council has decided upon or taken to maintain international peace and security.

2. The General Assembly shall receive and consider reports from the other organs of the United Nations.

Comment. The only changes in this Article are the substitution in two places of "Executive" for "Security" Council.

As already noted the status of the new Executive Council would be very different from that of the Security Council. Instead of being an independent body like the Security Council, the Executive Council would be in substance the agent of the General Assembly, since it would be chosen by the Assembly, would be subject to the Assembly's constant direction and even subject to discharge by the Assembly if it no longer commanded the Assembly's confidence.

The competence of the Executive Council would also be different from that of the Security Council. The competence of the new body would be broader in that it would include responsibility for "ensuring compliance with this revised Charter and the laws and regulations enacted thereunder" (see revised Article 24). It would be narrower in that its responsibility for the maintenance of peace would no longer be primary, since under the revised Charter that "primary" responsibility would be in the Assembly and the Executive Council's function in that regard would be as an instrument of the Assembly. Nevertheless, the *principal function* of the new Council would be the maintenance of peace. Consequently, it remains appropriate to continue the requirement that the Executive Council, like the Security Council, must include in its reports "an account of the measures" which it "has decided upon or taken to maintain international peace and security."

In this connection there should be noted the suggested changes in paragraph 3 of revised Article 24. One change would require the Executive Council to submit to the General Assembly such special reports as the Assembly may call for. This change would impose an obligation on the Executive Council to submit such reports, in contrast to the former provision of Article 24, which left to the Security Council the option whether it should report. The other change would require the Executive Council to report immediately to the Assembly on any emergency action taken by it under Chapter VII; and in such a case the Assembly, if not then in session, would be convened immediately.

As to paragraph 2 there is no reason to change the provision with respect to the receipt and consideration by the General Assembly of reports from other organs of the United Nations.

Article 16

The General Assembly shall perform such functions with respect to the international trusteeship system as are assigned to it under Chapters XII and XIII, including the approval of the trusteeship agreements *for areas not designated as strategic.*

The General Assembly shall perform such functions with respect to the international trusteeship system as are assigned to it under Chapters XII and XIII, including the approval of the trusteeship agreements.

Comment. The only change in this Article is to eliminate the words "for areas not designated as strategic." This change is necessary in view of the proposed substitution of the Executive Council for the Security Council and the proposal to vest in the General Assembly the "primary responsibility" for the maintenance of peace. Under the present Charter (Article 83), the Security Council, by reason of this primary responsibility, has the function of approving trusteeship agreements for "strategic areas." But in consequence of the proposed transfer of this "primary responsibility" to the General Assembly, there is no longer any reason to distinguish between trusteeship agreements in general and such agreements relative to "strategic areas." It is proposed, therefore, to make the approval of both types of trusteeship agreements the function of the General Assembly (revised Articles 83 and 85).

There is no need for any other alteration in this Article, although certain important changes are proposed in Chapters XII and XIII with respect to the functions of the General Assembly in the trusteeship field.

Article 17

1. The General Assembly shall consider and approve the *budget* of the *Organization*.

2. *The expenses of the Organization shall be borne by the Members as apportioned by the General Assembly.*

3. The General Assembly shall consider and approve any financial and budgetary arrangement with specialized agencies referred to in Article 57 *and* shall examine the *administrative* budgets of such specialized agencies *with a view to making recommendations to the agencies concerned.*

1. The General Assembly shall consider and approve the *annual budgets* of the *United Nations*.

2. *The General Assembly shall have power to enact such laws and regulations as are authorized by Annex V of this revised Charter relating to the provision of sufficient and reliable revenues to meet the budgets of the United Nations through collaborative arrangements with the member Nations.*

3. *The General Assembly shall have power to enact such laws and regulations as are authorized by Annex V of this revised Charter relating to the borrowing of money on the credit of the United Nations.*

4. The General Assembly shall consider and approve any financial and budgetary arrangements with specialized agencies referred to in Article 57, shall examine *and approve* the budgets of such specialized agencies *and shall allocate to them in the annual budgets of the United Nations such funds as it deems necessary for their expenses.*

5. All decisions of the General Assembly pursuant to this Article shall be made by a majority of all the Representatives then in office, whether or not present and voting, including in respect of votes on the adoption of the budgets of the United Nations a majority of the Representatives then in office, whether or not present and voting, from the member Nations which would have the ten largest quotas of the budget then voted upon.

Comment. The proposed Annex V embodies a carefully safeguarded plan for the raising of revenues to assure the fulfillment by the United Nations of its enlarged responsibilities, including the maintenance of such new organs or agencies as the United Nations Peace Force, the Inspection Service, the Nuclear Energy Authority and the World Development Authority. The maintenance of these new bodies, along with all the other organs and agencies, would necessarily require such large sums that it would be impracticable to depend upon the present system whereby the national authorities of every member Nation must annually make a new contribution. Instead, there is proposed a system of collaborative arrangements between the United Nations and the respective member Nations whereby specified national revenues would be assigned in advance for each nation's allotted portion of the annual budgets of the United Nations. Annex V contains an extended outline of this proposed plan which would be set forth in detailed text, just as Annex I provides in detail for the disarmament process and Annex II for the United Nations Peace Force.

Consequently this revised Article 17 is framed, like the corresponding legislative powers relating to disarmament and the Peace Force, so as broadly to empower the General Assembly to enact such laws and regulations "as are authorized by Annex V". The purpose in so doing is, on the one hand, to give the Assembly ample power to enact such legislation as is affirmatively necessary to carry out the revenue plan, and on the other hand, to incorporate by reference the constitutional limitations on that authority which are embodied in Annex V. For example, that Annex would provide that the budget of the United Nations in any year shall not exceed two per cent of the estimated gross world product in that year; and it would also provide a careful formula for the determination of the proportionate share of each annual budget to be contributed by the people of each member Nation.

Since the borrowing of money is usually regarded as a function separate from the raising of funds for current expenses, paragraph 3 of this revised Article confers explicit authority on the General Assembly to enact such laws and regulations "as are authorized by Annex V" with relation to the borrowing of

49

funds. Here again the effect of the reference to Annex V is not only to confer the affirmative authority to borrow, but also to incorporate a constitutional limit on the total United Nations debt outstanding at the end of any year, i.e., an amount not exceeding, except in case of grave emergency, five per cent of the estimated world product for that year.

Paragraph 4 of this revised Article 17 would greatly broaden the control of the General Assembly over the activities of all the specialized agencies, not only by requiring that the separate budgets of these agencies be approved by the Assembly, but also by making the general budget of the United Nations the main source of their funds. At present these agencies are fairly independent with respect to both their policies and their finances; and, although the Assembly can examine their budgets, it can do no more than make recommendations to them concerning their finances. This power has proved to be insufficient to effect proper coordination of the activities of the specialized agencies, and a drastic change is necessary in order to forestall even greater difficulties in the future. This change would be accomplished through the proposed provision that the funds of these agencies shall no longer be separately collected by them from member Nations, but shall be provided by the United Nations itself out of its general budget. Under this new arrangement the specialized agencies would presumably receive far larger sums than they now have and could accomplish much more for the economic and social advancement of the world's people.

Paragraph 5 relates to the required voting majority on the financial questions arising under this Article. The proposal is that decisions on all such questions shall require a special majority of all the Representatives then in office whether or not present or voting; and that in respect of the adoption of the budgets of the United Nations, this special majority must include a majority of the Representatives from the ten member Nations which would be called upon to supply the largest revenue quotas for the budget which is being voted upon. This latter provision is proposed because it seems only fair that the nations which would furnish the largest amounts for a particular budget should have a major voice in determining the amount of that budget.

More detailed comment regarding this all-important revenue plan is contained in Annex V.

VOTING

Article 18

1. *Each member of the General Assembly* shall have one vote.	1. *In the General Assembly the Representatives shall vote as individuals, and each Representative* shall have one vote.
2. Decisions of the General Assembly on important questions	2. Decisions of the General Assembly on important questions shall

shall be made by a *two-thirds* majority of *the members present and voting*. These questions shall include: *recommendations* with respect to the maintenance of international peace and security, the election of *non-permanent* members of the *Security* Council, the election of the members of the Economic and Social Council, the election of members of the Trusteeship Council in accordance with *paragraph 1 (c) of* Article 86, *the admission of new Members to the United Nations,* the suspension of the rights and privileges of membership, *the expulsion of Members, questions relating to the operation of the trusteeship system, and budgetary questions.*

be made by a majority of *all the Representatives then in office, whether or not present or voting.* These questions shall include: *action* with respect to the *pacific settlement of disputes and the* maintenance of international peace and security *in accordance with Articles 33 through 44, Articles 50 through 53 and Annexes I and II; the enactment of legislation in accordance with Article 11;* the election of *the* members of the *Executive* Council *and their discharge by a vote of lack of confidence, in accordance with Article 23;* the election of the members of the Economic and Social Council *and their discharge by a vote of lack of confidence, in accordance with Article 61;* the election of members of the Trusteeship Council *and their discharge by a vote of lack of confidence,* in accordance with Article 86; *the taking of measures to give effect to judgments of the International Court of Justice and to recommendations of the World Equity Tribunal in accordance with Article 94; and* the suspension *and restoration* of the rights and privileges of membership *in accordance with Article 5.*

3. Decisions on other questions including the determination of additional categories of questions to be decided by *a two-thirds majority,* shall be made by a majority of the *members* present and voting.

3. Decisions on other questions, including the determination of additional categories of questions to be decided by *the special majority provided for in paragraph 2,* shall be made by a majority of the *Representatives* present and voting, *except when this revised Charter elsewhere provides for a special majority on a particular question.*

Comment. Radical changes in this Article 18 are necessary in order to give effect to the new conception of the United Nations embodied in other proposed changes. Under the present Charter, the United Nations is an organization of states based upon the principle of "sovereign equality"; and it was consistent with that conception to allot one vote to each member Nation irrespective of its population or power. Thus the Soviet Union with a population in 1957 of over 200,000,000 has no greater voice in the General Assembly than Albania with a population of less than 1,500,000; and the United States with a population more than one thousand times that of Iceland is entitled to cast only the same vote as the latter.

Under such a system of voting, it is natural, as already emphasized, that only powers of discussion and recommendation could be conferred on the General Assembly. For it would be unreasonable to expect large and powerful nations to be bound by decisions of a body in which they might be outvoted by a group of countries having only a small proportion of the world's population and power.

Under the proposed amendments, however, the structure and functions of the United Nations would be very different from those provided in the present Charter. While the additional powers of the new United Nations would be restricted and carefully safeguarded, the revised Charter would, nevertheless, embody definite limitations of national sovereignty in the interest of peace. Most of these limitations would be carefully spelled out by "constitutional legislation" in the text of the revised Charter itself (including the Annexes), so that the scope of the General Assembly's authority would be much less than might be imagined. Nevertheless, certain powers and responsibilities of considerable consequence would necessarily be entrusted to the Assembly. Besides the "primary responsibility" for peace these would include some definite legislative and financial powers (see revised Articles 11 and 17 and the comments thereon). It is essential therefore to have a new voting system in the Assembly, since the larger nations would certainly not consent to be bound by decisions, even within the Assembly's strictly limited field, if every nation had the same vote irrespective of population or any other factor.

As a solution for this problem, the new system of representation set forth in revised Article 9 is proposed, under which Representatives would be allotted by categories based on population, with the proviso that every member Nation shall have at least one Representative and that no nation shall have more than thirty.

This leaves, however, several questions as to the mode of voting, the required quorum and the majorities necessary for decisions. The question of the required quorum is dealt with in revised Article 19; the others in the present Article.

As above noted (revised Article 9), it is proposed wholly to abolish the present system whereby each member state has a single vote, substituting therefor the system of apportionment of votes from one to thirty. In paragraph 1 of this revised Article 18 it is further proposed that the Representatives from each member Nation shall vote as individuals, each of them having a single vote. It is true that the Representatives of a particular nation would tend to vote together on issues of great importance to that nation; and it would be unwise to prohibit such a practice by constitutional provision. It can, however, be

52

expected that there would develop in the course of time a spirit of representing the interests of the world as a whole rather than those of particular nations; and that the Representatives would more and more tend to vote in accordance with their individual judgment as to the best interests of all the peoples, as in the case of national parliaments where the interests of the whole nation are usually regarded of no less importance than the interests of a particular section or group.

Paragraphs 2 and 3 deal with the question of the required majority for Assembly decisions.

By revised paragraph 2, it is proposed in respect of "important" questions to substitute for the present requirement of a two-thirds majority of the member states present and voting the requirement of an absolute majority of the individual Representatives, i.e., "a majority of all the Representatives then in office, whether or not present or voting." The effect of this change would be to provide more adequate safeguards against possible decisions reflecting only a minority opinion of the world's people.

The present system of voting by member states, with no restriction on abstentions, permits the making of important decisions by even a minority of the member states, which minority in turn may represent only a very small proportion of the world's population. For example, some decisions of consequence have been made with less than one third of the member states taking a position, the remainder being recorded as abstaining. With the enlarged powers of the General Assembly under the proposed revision, it is essential to prevent any such possibility and to take precautions that important decisions shall reflect a clear majority opinion. This is done by the requirement of a majority of *all* the Representatives, since it would be virtually impossible to obtain such a vote in the Assembly which did not reflect a strong consensus of world opinion.

Concerning the definition of "important" questions, the principal changes are: (a) to include legislation and decisions relating to the pacific settlement of disputes and the maintenance of peace as authorized by revised Article 11, Articles 33 through 44, Articles 50 through 53 and Annexes I and II; (b) to include decisions under revised Article 94 relating to the enforcement of judgments of the International Court of Justice and of recommendations of the World Equity Tribunal which have been previously approved by the special majority provided for in revised Article 36; and (c) to exclude mere recommendations of any character. Other changes in the definition are consequential upon proposed alterations elsewhere in the Charter, as for example the election of the members of the new Executive Council and their replacement, instead of the election of nonpermanent members of the present Security Council.

In addition to the special majority required on these "important" questions, the revised Charter elsewhere provides for some even larger special majorities; for example, the special majority under revised Article 36 relating to the approval of recommendations of the World Equity Tribunal, that called for by revised Article 108 with reference to amendments to the Charter and that required by Annex V with respect to budgetary matters.

The revised paragraph 3, like the former paragraph 3, permits decisions of all questions, except those mentioned in paragraph 2 as "important" and those other questions on which even larger special majorities are provided for, by a simple majority of the Representatives "present and voting".

It could reasonably be expected that decisions of the General Assembly arrived at through this combination of the new system of representation, the method of individual voting by the Representatives and the requirements as to a quorum and as to special majorities, would reflect the clearly preponderant opinion of the world community.

Article 19

A Member of the United Nations which is in arrears in the payment of its financial contributions to the Organization shall have no vote in the General Assembly if the amount of its arrears equals or exceeds the amount of the contributions due from it for the preceding two full years. The General Assembly may, nevertheless, permit such a Member to vote if it is satisfied that the failure to pay is due to conditions beyond the control of the Member.

A majority of all the Representatives shall constitute a quorum to do business; but a smaller number may adjourn from day to day.

Comment. The present Article 19, dealing with the matter of arrears of member Nations, is wholly omitted in view of its inapplicability to the proposed new budgetary and revenue system. The space thus left open is utilized to cover the question of a quorum in the General Assembly.

Under the present Charter there is no provision whatever relating to a quorum in the General Assembly. As above noted, it has been thought wise, in view of the proposed new powers of the Assembly, to provide (in revised Article 18) that on important questions there shall be a vote of all the Representatives whether or not present or voting. For similar reasons it is deemed best to provide that no business of any sort except adjournment from day to day shall be transacted unless a majority of all the Representatives are actually present.

PROCEDURE

Article 20

The General Assembly shall meet in regular annual sessions and in such special sessions as occasion may require. Special sessions shall be convoked by the Secretary-Gen-

The General Assembly shall meet in regular annual sessions, *beginning on the third Tuesday of September,* and in such special sessions as occasion may require. Special

54

eral at the request of the *Security Council* or of a majority of the *Members of the United Nations.*

sessions shall be convoked by the Secretary-General at the *written request of the Executive Council, or of the Standing Committee of the General Assembly on the Peace Enforcement Agencies, or of a majority of the member Nations, or of one third of all the Representatives in the General Assembly.*

Comment. The provision that the General Assembly shall meet annually and may have such special sessions as occasion may require is left intact, but with a further provision specifying the third Tuesday in September as the date on which the annual sessions shall begin.

The provision that special sessions may be convoked at the request of a majority of the member Nations (i.e., of their governments) is left intact; and, corresponding to the present provision that special sessions may be convoked at the request of the Security Council, provision is made for convocation at the request of the new Executive Council. In addition, however, provision is made for the convoking of special sessions at the request of the proposed standing committee of the Assembly which will have the important function of watching over and reporting upon the peace enforcement agencies (see revised Article 22 and Annexes I and II); and at the request of one third of all the Representatives in the General Assembly.

These alternative methods would, it is believed, make ample provision for convoking a special session in the event of any real emergency.

Article 21

The General Assembly shall adopt its own rules of procedure. It shall elect its President for each session.

Comment. No change is proposed in this Article.

Article 22

The General Assembly may establish such subsidiary organs as it deems necessary for the performance of its functions.

1. The General Assembly may establish such subsidiary organs as it deems necessary for the performance of its functions.

2. In particular, the General Assembly shall establish a Standing Committee on the Peace Enforcement Agencies, with the functions set forth in Annexes I and II, and a Standing Committee on Budget

55

and Finance, with the functions set forth in Annex V.

3. The Standing Committee on the Peace Enforcement Agencies shall consist of seventeen Representatives. They shall be elected by the General Assembly within thirty days from the beginning of the first regular session of each newly chosen Assembly, and shall serve during the four-year term of the Assembly by which they are elected and until their successors are elected by a new Assembly. In electing the members of the Committee, the Assembly shall be guided by the following principles: (a) that eight of the members of this Committee shall be chosen from among the Representatives of those member Nations which, pursuant to Article 9, are entitled to sixteen or more Representatives in the Assembly; (b) that the remaining nine members of the Committee shall be chosen from among the Representatives of those member Nations which, pursuant to Article 9, are entitled to less than sixteen Representatives in the Assembly and of the non-self-governing and trust territories; (c) that no two members of the Committee shall be nationals of the same nation; (d) that no member of the Committee shall be a national of any nation which has one of its nationals on the Military Staff Committee or the Inspection Commission or the Nuclear Energy Commission; and (e) that, subject to the foregoing limitations, the Committee shall be chosen with due regard to equitable geographical distribution.

4. The Standing Committee on Budget and Finance shall consist of seventeen Representatives. They shall be elected by the General Assembly within thirty days from the beginning of the first regular session of each newly chosen Assembly, and shall serve during the four-year term of the Assembly by which they are elected and until their successors are elected by a new Assembly. In electing the members of the Commitee, the Assembly shall be guided by the following principles: (a) that eight of the members of this Committee shall be chosen from among the Representatives of the member Nations which at the time the Committee is elected have the eight largest quotas for the budget of the United Nations, except that in choosing the first Committee the Assembly shall elect a Representative from each of the eight member Nations which in the judgment of the Assembly are likely to have the eight largest quotas for the first budget under this revised Charter; (b) that the remaining nine members of the Committee shall be chosen from among the Representatives of all the other member Nations and the non-self-governing and trust territories; (c) that no two members of the Committee shall be nationals of the same nation; and (d) that, subject to the foregoing limitations, the Committee shall be chosen with due regard to equitable geographical distribution.

5. Vacancies in the membership of these Standing Committees shall be filled by the General Assembly by the selection of a Representative from the same member Nation or non-self-governing or trust territory in the representation of which the vacancy has occurred.

6. The General Assembly may by a vote of lack of confidence, discharge either of these Standing Committees as a whole, provided: (a) that the members of the Committee so discharged shall continue to serve until their successors are elected; (b) that the Assembly shall proceed forthwith to the election of a new Committee; (c) that the members of the new Committee shall be elected from among the Representatives of the same member Nations or non-self-governing or trust territories which were represented on the discharged Committee; (d) that the members of the new Committee shall be elected by the same formula and method provided for in paragraphs 3 or 4 of this Article as the case may be; and (e) that the new Committee shall serve, unless sooner discharged, until the regular quadrennial election of the Committee following the quadrennial election of the Assembly.

7. No member of either of these Standing Committees shall simultaneously be a member of the other Standing Committee, or a member of the Executive Council or the Economic and Social Council or the Trusteeship Council.

8. The members of these Standing Committees shall, during their period of service thereon, receive additional compensation to be fixed by the General Assembly.

Comment. No changes are proposed in this Article with respect to the general power of the General Assembly to establish subsidiary organs. Under this provision, the present Assembly has established many important committees and commissions to deal with special problems and to supervise the carrying out of its resolutions. For example, this provision formed the basis for the Commission on Korea (1948), the Atomic Energy Commission (1946) and the Disarmament Commission (1952). Under this provision also, the Assembly in 1947 established an Interim Committee (the "Little Assembly"), composed of representatives of all member Nations and empowered to function between sessions of the full Assembly. The present authority to establish "such subsidiary organs" as the Assembly "deems necessary" is, therefore, continued as paragraph 1 of the revised Article.

Apart from this general authority, however, it seems advisable to make mandatory the establishment of a standing "watchdog" committee of the General Assembly to aid the Assembly in its all-important function of supervising the carrying out and enforcement of the proposed plan for complete national disarmament. Moreover, the proposed United Nations revenue system makes advisable a second standing committee to aid in the preparation of the annual budgets of the United Nations and in the legislative supervision of the system. In order to make certain that these committees will be established and to give them constitutional status, it is proposed (in paragraph 2 of this revised Article) to make it obligatory on the Assembly to maintain these two standing committees. In view of their great importance, it is also deemed best to provide specifically for their composition, mode of appointment and term of service.

The proposal is that each committee shall have seventeen members chosen by the General Assembly from among its own number, the committee members to be appointed by each new Assembly within thirty days after it convenes and to serve during the four-year term of that Assembly and until the appointment of their successors by the next Assembly. Definite provisions are also proposed in order to ensure well-balanced committees which would command the confidence of the Assembly itself and of the governments of the member Nations.

As to the Standing Committee on the Peace Enforcement Agencies, it is proposed (in paragraph 3) that there shall always be eight members from the large nations which, pursuant to revised Article 9, are entitled to sixteen or more Representatives; and that the other nine shall come from all the other member Nations and the non-self-governing territories. Furthermore, in order to provide the utmost assurance of the independence of this Committee, it would be provided that no member of the Committee could come from a nation which already had a national on the Military Staff Committee, the Inspection Commission or the Nuclear Energy Commission.

Concerning the Standing Committee on Budget and Finance, it seems fair to provide (in paragraph 4) that eight of its seventeen members shall be Representatives from the eight member Nations which are obligated to supply the largest amounts toward the budget of the United Nations, since the peoples of those nations would presumably supply considerably more than half the total annual revenue. The other nine members would be chosen from among the Representatives of the other member Nations and the non-self-governing territories.

As to both Standing Committees, it would be provided that subject to the applicable limitations their members shall be selected with "due regard to equitable geographical distribution"; and it would be made clear that no member Nation could have more than one of its Representatives on the same Committee at any one time.

The functions of the proposed Standing Committee on the Peace Enforcement Agencies are defined in the proposed Annexes I and II, which provide, respectively, for the disarmament plan (including the United Nations Inspection Service) and for the military forces (the United Nations Peace Force) necessary to ensure compliance with the revised Charter. It is intended that this Committee shall keep a constant watch over the progress of the disarmament plan (including the operation of the inspection system) and over the organization, administration and activities of the Peace Force; and that it shall be responsible for keeping the General Assembly constantly informed on these subjects. Thus, one of this Committee's functions would be to inform the Assembly immediately of any danger of evasion, abuse or collusion in the fulfillment of the disarmament plan. It would also be empowered (by revised Article 20 and by Article 4 of Annex I and Article 3 of Annex II) to have the Assembly called into special session if an emergency arises which, in the Committee's judgment, requires prompt action by the Assembly itself.

The proposed Standing Committee on Budget and Finance is an essential part of the machinery under the proposed Annex V, which provides a careful procedure for the preparation and adoption of the annual budgets of the United Nations and for the allocation of the amounts to be supplied from the various member Nations. In these respects, Annex V would impose duties of the utmost importance on this Standing Committee, including the conduct of negotiations with each member Nation as to the national revenues to be assigned toward the payment of the particular nation's share of the budget of the United Nations from year to year.

In order to preserve the balanced composition of these two Standing Committees, special provision would be made (in paragraph 5) that in filling vacancies the General Assembly must select a Representative from the same member Nation (or non-self-governing or trust territory) whose Representative held the vacated membership.

As in the case of the Executive Council, the Economic and Social Council and the Trusteeship Council (revised Articles 23, 61 and 86), it is proposed (in paragraph 6) to empower the General Assembly to discharge either of the Standing Committees as a whole by a vote of lack of confidence, provided that a new Committee is immediately appointed and that its members are chosen from the same nations or territories and in the same manner as the discharged Committee.

In view of the nature of these Standing Committees, it is deemed essential that no member of either Committee shall simultaneously serve on the other Committee, or on any of the three Councils; and paragraph 7 so provides.

The delicate and important functions of these Standing Committees would doubtless require them to sit throughout the year; and, consequently, as in the case of the three Councils, provision is made for additional compensation to the Representatives serving on the two Standing Committees.

CHAPTER V

THE *SECURITY* COUNCIL

THE *EXECUTIVE* COUNCIL

COMPOSITION

Article 23

1. The *Security* Council shall consist of *eleven Members of the United Nations. The Republic of China, France, the Union of Soviet Socialist Republics, the United Kingdom of Great Britain and Northern Ireland, and the United States of America shall be perma-nent members of the Security Council.* The General Assembly shall elect *six other Members of the United Nations to be non-permanent* members of the *Security* Council, *due regard being spe-cially paid, in the first instance to the contribution of Members of the United Nations to the maintenance of international peace and security and to the other purposes of the Organization, and also to equitable geographical distribution.*

2. *The non-permanent members of the Security Council shall be elected for a term of two years. In the first election of the non-permanent members, however, three shall be chosen for a term of one year. A retiring member shall not be eligible for immediate re-election.*

1. The *Executive* Council shall consist of *seventeen Representa-tives. They shall be elected by the General Assembly within thirty days from the beginning of the first regular session of each newly chosen Assembly, and shall serve during the four-year term of the Assembly by which they are elected and until their successors are elected by a new Assembly.*

2. The General Assembly shall elect *the* members of the *Executive* Council *in accordance with the fol-lowing formula and method:*

61

a. Each of the four member Nations which, pursuant to Article 9, are entitled to thirty Representatives in the Assembly shall have the right to have one of its Representatives elected to the Council at every quadrennial election of the Council.

b. Each of the eight member Nations which, pursuant to Article 9, are entitled to sixteen Representatives in the Assembly shall have the right to have one of its Representatives elected to the Council at every alternate quadrennial election of the Council. Prior to the first election, the Assembly shall designate the four member Nations in this category, two in Europe and two outside Europe, which shall be represented in the first Executive Council.

c. The member Nations other than the twelve mentioned in the foregoing subparagraphs (a) and (b) and the non-self-governing and trust territories under the administration of member Nations shall between them have the right to have nine of their Representatives elected to the Council at every quadrennial election of the Council. Prior to the first election and after each world census, the Assembly shall divide the member Nations and the non-self-governing and trust territories which together constitute this group into nine regional subgroups which shall be as nearly equal as possible in the number of member Nations in each subgroup. Prior to each election, the Assembly shall designate a member Nation or non-self-govern-

ing or trust territory in each sub-group which shall have the right to have one of its Representatives elected to the Council provided that: (1) in the case of a subgroup which does not include any non-self-governing or trust territory, no member Nation shall be redesignated until every other member Nation in that subgroup has been designated; and (2) that in the case of a subgroup which does include one or more non-self-governing or trust territories, no member Nation shall be redesignated until every other member Nation in that subgroup has been designated and also at least one of the non-self-governing or trust territories.

d. After the designations called for by the foregoing subparagraphs (b) and (c) have been made, the Representatives of the seventeen member Nations or the non-self-governing or trust territories which are entitled to have Representatives elected to the Council at the particular election, shall hold separate meetings which shall respectively nominate to the Assembly two of their own number deemed by the separate meetings best qualified to serve on the Council, provided that in the case of any such member Nation or non-self-governing or trust territory, which has either one or two Representatives, their names shall be deemed automatically nominated.

e. After the nominations called for by the foregoing subparagraph (d) have been made, the Assembly shall elect to serve on the Council one of the two nominees

63

of each of the seventeen member Nations or non-self-governing or trust territories which are then entitled to have one of its Representatives on the Council, taking into account the personal qualifications of each nominee for service on the Council, except that if any of such seventeen member Nations or non-self-governing or trust territories has only one Representative in the Assembly, that Representative shall be deemed automatically elected.

3. Each member of the Security Council shall have one representative.

3. In case, by reason of changes in population, the merger or division of member Nations or the coming into existence of new independent states, there should be more or less than four member Nations in the category entitled, pursuant to Article 9, to thirty Representatives in the General Assembly or more or less than eight member Nations in the category entitled, pursuant to Article 9, to sixteen Representatives in the Assembly, the Assembly shall, by a two-thirds majority vote of all the Representatives then in office, whether or not present or voting, make such adjustments in the representation on the Council from these two categories of member Nations, and also such change in the representation from the group containing the five categories of member Nations entitled, pursuant to Article 9, to less than sixteen Representatives in the Assembly and the non-self-governing or trust territories, as will to the utmost possible extent preserve the balance provided for in the fore-

going *paragraph 2 as between the first two categories and the group containing the other five categories; provided that in so doing the membership of the Executive Council shall not be increased to more than twenty-three.*

4. Vacancies in the membership of the Executive Council shall be filled in the following manner: The Representatives of the member Nation or non-self-governing or trust territory in whose representation on the Council the vacancy has occurred shall nominate two of their own number, and thereupon the General Assembly shall elect one of the two nominees taking into account the personal qualifications of each nominee for service on the Council; provided that in the case of any such member Nation or non-self-governing or trust territory which has either one or two Representatives their names shall be deemed automatically nominated, and in the case of any such member Nation or non-self-governing or trust territory which has only one Representative in the Assembly that Representative shall be deemed automatically elected.

5. The General Assembly may by a vote of lack of confidence discharge the Executive Council as a whole, provided: (a) that the members of the Council so discharged shall continue to serve until their successors are elected; (b) that the Assembly shall proceed forthwith to the election of a new Council; (c) that the members of the new Council shall be elected from among the Representatives of the same member Nations or non-self-governing or trust territories which were represented on the discharged Council; (d) that the members of the new Council shall be nominated and elected by the same formula and method as called for by paragraph 2 of this Article; and (e) that the new Council shall serve, unless sooner discharged, until the regular quadrennial election of the Council following the quadrennial election of the Assembly.

6. The members of the Executive Council shall retain their seats in the General Assembly.

7. The members of the Executive Council shall, during their period of service thereon, receive additional compensation to be fixed by the General Assembly.

Comment. The proposed revision requires important changes in Chapter V which deals with the present Security Council, since the revision proposes entirely to abolish the Security Council and to replace it with an Executive Council, differently composed and with different functions, powers and voting procedures.

Basic changes are needed in the present Articles 23-27 which deal with the "Composition", "Functions and Powers" and "Voting" of the Security Council; while minor changes are needed in the remaining Articles 28-32 of Chapter V. Detailed provisions for the composition and mode of selection of the new Executive Council are contained in this revised Article 23. The revised Articles 24-26 deal with the powers of the new Council; and revised Article 27 deals with voting procedures and abolishes the present "veto".

It will be recalled that by revised Article 11, paragraph 1, the *General Assembly* would have the "primary responsibility" for the maintenance of peace, so that the new Executive Council would not have the basic responsibility in this respect possessed by the Security Council under the present Article 24. Instead, the Executive Council would, by revised Article 24, function in this all-important field as "the agent of the General Assembly", subject at all times to the Assembly's supervision and direction.

Despite this different status, the proposed Executive Council would be an organ of great authority and importance. In particular, the new Council would have general *executive* responsibility for the carrying out and maintenance of the whole plan for complete national disarmament, including supervision of the proposed Inspection Commission and Nuclear Energy Authority (Annex I, Articles 4 and 25). The new Council would also have general control of the United Nations Peace Force, and in an emergency not admitting of delay could even direct action by that Force to maintain or restore international peace (revised Article 42 and Annex II).

In view of these vitally important functions of the proposed Executive Council and its relationship to the General Assembly, it is clearly necessary to make most careful provisions for the composition of the Council and for the procedures whereby its members are chosen. Accordingly, this revised Article 23 embodies a necessarily elaborate plan for the selection of the Council, designed to create a carefully balanced body representative at all times of the whole membership of the United Nations.

In contrast to the present Security Council, composed as it is of delegates appointed by the governments of the member Nations, it is proposed that the Executive Council shall consist of seventeen Representatives in the General Assembly, *chosen by the Assembly itself from its own membership.* In this way no nation as such would be entitled to appoint any member of the new Council and the Council would consist solely of persons well-known to the Assembly and enjoying its confidence.

The plan also provides that, while no member Nation would be entitled to "permanent" representation on the Council, the few very largest nations (comprising the first category under paragraph 2 of revised Article 9) would be entitled to representation at all times so long as their respective populations continued to exceed 140 million, or such higher limits as would presumably be established within a few decades by the General Assembly pursuant to paragraph 5 of revised Article 9. It is also proposed that the nations comprising the second category under paragraph 2 of revised Article 9, i.e., with populations between 40 and 140 million (or between later higher limits fixed under paragraph 5 of revised Article 9), shall be entitled to representation on the Council during *alternate* General Assemblies.

As of July 1957, the four member Nations in the first category (China, India, the Soviet Union and the United States) would each be entitled to have one of its Representatives on the Executive Council at all times. Each of the next eight largest nations would be entitled to be represented in the Council for four years out of every eight years, under a provision whereby their representation would rotate within two geographical subgroups of four member Nations each. This second category of eight nations would initially be composed of four European nations (France, Germany, Italy and the United Kingdom) and four non-European nations (Brazil, Indonesia, Japan and Pakistan). It is, therefore, proposed that the four nations in this group which at any one time would be entitled to have Representatives on the Council shall be equally divided between the subgroups,—two from Europe and two from outside Europe.

The smaller member Nations (comprising the last five categories under paragraph 5 of revised Article 9), together with the non-self-governing and trust territories under the administration of member Nations, would as one group be entitled to nine seats on the Executive Council. In order to ensure equitable distribution of seats among the members of this large group, the smaller nations (assumed in revised Article 9 to number eighty-one) and the territories would be divided into nine regional subgroups. These nine subgroups would be as nearly equal as possible in the number of nations in each subgroup; and each subgroup would have attached to it the non-self-governing and trust territories in its general area. While it is likely that each subgroup would itself *recommend* which nation (or non-self-governing or trust territory) in the subgroup should have one of its Representatives elected to the Council at a particular election, the final designation would be in the hands of the General Assembly itself. To ensure, however, that every one of these smaller nations shall in due course have one of its Representatives on the Council, it is proposed that no member of a subgroup shall be redesignated until every other member Nation in that subgroup has been designated. Provision is also made to ensure that in the subgroups which include one or more non-self-governing or trust territories (mostly in Africa and the Pacific), at least one such territory shall be designated before any member Nation can be redesignated.

In practice this plan for representation on the Executive Council would give a slight majority (nine to eight) to the group consisting of the small nations and the non-self-governing and trust territories. While as of July 1957 this group contained only about 31 per cent of the world's population (an estimated 848 million out of 2763 million), the group nevertheless includes more than five sixths of the independent states of the world. The plan therefore represents a compromise between representation on the basis of population and representation on the basis of separate sovereignties. But it is a compromise which recognizes the representation of the separate national states as the dominant factor rather than representation on the basis of population, just as the plan for representation in the General Assembly itself gives similiar preponderant weight to the element of separate nationhood.

The proposed method of choosing the *individual* members of the Executive Council from among the Representatives of the designated nations or territories embodies another careful balancing of the interests of particular nations and of the world community. Although it is proposed to vest in the General Assembly the *ultimate* power of choosing the individual members of the Council, the Assembly's choice would be restricted to Representatives *nominated* by the member Nations (or non-self-governing or trust territories) which are entitled to representation on the Council during a particular term of the Assembly. The Representatives of each member Nation (or territory) thus designated would be required to name two candidates for the seat allocated to that nation (or territory); and the Assembly would then select the one deemed to be the better qualified for service on the Council.

As above indicated, the proposed formula for representation in the Executive Council is based on the assumption that for the foreseeable future there will be four nations in the first category, comprising the nations with the very largest populations; and that there will be eight nations in the second category comprising the middle-sized countries. It seems reasonable to anticipate that there will be no changes for a long time in the number of member Nations in these two categories, especially in view of the fact that large increases in population would be balanced by the adjustments in the population limits of the categories which are required by paragraph 5 of revised Article 9. For example, before another member Nation reaches a population of 40,000,000, entitling it to sixteen Representatives in the General Assembly, the minimum requirement for that number of Representatives would almost surely have been raised to 44,000,000, and so on.

It is conceivable, however, that unequal changes in population, or the merger or division of nations, might result in changes in the number of nations belonging to the first two categories. And since the success of the plan for a careful balance of representation on the Executive Council clearly depends on the permanent maintenance of that balance, it is necessary to provide a method for adjusting the number of members of the Council itself. Since it does not seem necessary to require amendment of the Charter in such a contingency, it is proposed to grant to the General Assembly, acting by a two-thirds majority of its whole membership, the power to make the necessary adjustments: (1) in the total membership of the Council itself; and (2) in the number of members allocated, on the one hand, to the first two categories comprising the most populous nations and, on the other hand, to the five other categories which together comprise the large group of smaller nations and the non-self-governing and trust territories. Any such adjustment should, however, be subject to two qualifications: (a) that they shall not disturb the balance between the two first categories and the large group of small nations; and (b) that they shall not result in an unwieldy Executive Council. Accordingly, paragraph 3 of this revised Article provides that in making an adjustment the Assembly shall "to the utmost possible extent preserve the balance" in the Council; and the same paragraph provides that the membership of the Council shall not exceed an upper limit of twenty-three.

The proposed voting procedure in the Executive Council is also carefully balanced in such a way as to ensure that the Council's decisions would reflect the opinions of a considerable majority of its members and thus, due to the balanced method of their selection, also reflect the opinion of the majority of the General Assembly and presumably of the world's people. For this reason, it is proposed that all decisions of the Council on important questions shall require a majority of fourteen out of seventeen votes, and that decisions on all other questions shall require a majority of eleven votes rather than a bare majority of nine (revised Article 27).

The provisions concerning vacancies are also intended to ensure that the carefully planned balance in the composition of the Executive Council shall not be disturbed. For this reason, it is proposed that any vacancy must be filled by the election of a Representative from the same nation (or territory) from which the outgoing Council member came.

The close correlation between each General Assembly and the body which would serve as its executive is assured through the provisions whereby their periods of service would be almost identical. This results from the requirement that each new General Assembly shall elect a new Executive Council as soon as possible (within thirty days) after the beginning of the Assembly's first session; and from the further provision that the Council shall serve for the remainder of the full four-year term of the Assembly which elects it and for the short further period until the election of a new Council by the next Assembly.

This relationship would be further safeguarded by the proposed power of the General Assembly to declare that the Executive Council no longer has the confidence of the Assembly, with the consequence that an entirely new Council must be forthwith chosen. While provision is made only for the replacement of the Council as a whole and not of individual members, the Assembly might well re-elect some or most of the individuals composing the discharged Council, dropping out only those members whose continued service is no longer deemed desirable. Provision is also made that, as in the case of vacancies, the members of a new Council must come from among the Representatives of the same nations (or territories) which were represented on the discharged Council.

This provision with respect to the discharge of the Executive Council follows to some extent the usual parliamentary system. Similarly, the proposal that members of the Council shall retain their seats in the General Assembly and thus maintain close contact with the activities and trends of the Assembly reflects the usual parliamentary practice.

The provision for special compensation to the members of the Executive Council recognizes the justice of additional compensation in view of the fact that their duties would be far more arduous than those of the average Representative. It should here be recalled that similar extra compensation would be provided for other members of the General Assembly who serve on the Standing Committee on the Peace Enforcement Agencies and the Standing Committee on Budget and Finance,—since the members of those committees would also have arduous duties and, like the members of the Executive Council, would doubtless need to be almost constantly available throughout the year (revised Article 22).

FUNCTIONS AND POWERS

Article 24

1. In order to ensure prompt and effective action by the United Nations, *its Members confer on* the *Security* Council *primary responsibility* for the maintenance of international peace and security,

1. In order to ensure prompt and effective action by the United Nations, the *Executive* Council *shall act as the agent of the General Assembly in the fulfillment of the primary responsibility of the*

70

and agree that in carrying out its duties under this responsibility the Security Council acts on their behalf.

Assembly for the maintenance of international peace and security *and for ensuring compliance with this revised Charter and the laws and regulations enacted thereunder. The General Assembly shall supervise the carrying out by the Executive Council of its duties, and the Assembly may from time to time issue such directions to the Council as the Assembly deems necessary.*

2. In discharging *these* duties the *Security* Council shall act in accordance with *the Purposes and Principles of the United Nations. The* specific powers granted to the *Security* Council for the discharge of these duties are laid down in Chapters VI, VII, VIII, and XII.

2. In discharging *its* duties the *Executive* Council shall act in accordance with *this revised Charter and the laws and regulations enacted by the General Assembly, and in accordance with the directions of the Assembly. Certain* specific powers granted to the Council for the discharge of these duties are laid down in Chapters VI, VII, VIII, and XII, *and in Annexes I and II.*

3. The *Security* Council shall submit annual and, *when necessary,* special reports to the General Assembly *for its consideration.*

3. The *Executive* Council shall submit annual reports to the General Assembly and *such* special reports *as the Council may deem necessary or as the Assembly may call for. If the Council decides to take emergency action under Chapter VII, it shall immediately submit a report thereon to the Assembly which, if not then in session, shall, in accordance with Article 39, be immediately convened to consider such report.*

Comment. As already noted, the composition, status, functions and powers of the Executive Council would be very different from those of the present Security Council. The individuals composing the new Council, instead of being appointed by their respective governments, would be chosen by the

71

General Assembly itself from among its own members. Moreover, instead of being, like the Security Council, an independent body, the Executive Council would, under paragraph 1 of this revised Article, act as the executive arm of the Assembly in respect of the maintenance of peace, being responsible to the Assembly and subject at all times to the Assembly's direction and control.

This relationship between the Executive Council and the General Assembly follows from the proposed transfer (by revised Article 11) of the "primary responsibility" for the maintenance of peace to the Assembly itself. In consequence the function of the new Council is defined in this revised Article as that of the "agent" of the Assembly "in the fulfillment" of the Assembly's basic responsibility to prevent war. The intention is that, while the new Council shall have vital functions in this field, its powers (in contrast to those of the present Security Council) would be exercised subject to the direction and control of the Assembly rather than independently of the Assembly.

In addition to the special function of the Executive Council as the General Assembly's agent for the maintenance of peace, revised paragraph 1 would vest in the Council the broad *executive* responsibility for "ensuring compliance with this revised Charter and the laws and regulations enacted thereunder." But in this respect also the new Council would at all times be subject to "such directions" of the Assembly "as the Assembly deems necessary."

It is not contemplated, however, that prior permission from the General Assembly would be required for all the acts of the Executive Council even in the field of sanctions against actual or threatened aggression. For since the Assembly would normally not be in session throughout the year, the Council should have sufficient authority to assure prompt action for the preservation of peace in case of pressing emergency; and express provisions to this effect are included in Chapter VII and Annexes I and II. Nevertheless, in order to preserve at all times the paramount authority of the General Assembly, the new text of paragraph 3 would require the Executive Council, if it takes emergency action, immediately to convoke a session of the Assembly, if the Assembly is not then in session, and to submit a report to the Assembly which could then exercise the power (under paragraph 1) to issue "such directions to the Council as the Assembly deems necessary."

The powers of the Executive Council would be further limited and governed by the express requirement in paragraph 2 of this revised Article that it must discharge all its duties in accordance with the Charter, and the laws, regulations and directions of the General Assembly. Thus the obligation of the present Security Council to "act in accordance with the Purposes and Principles of the United Nations" has been made more precise.

The new Executive Council would have the same obligation as the present Security Council to submit both annual and special reports to the General Assembly. The new text, however, clarifies a possible ambiguity in the present text by specifying that special reports shall be presented not only when the Executive Council deems them necessary, but also when the Assembly calls for such reports. This provision has its parallel in revised Article 15 under which the Assembly "shall receive and consider annual and special reports from the Executive Council", which reports "shall include an account of the measures that the Executive Council has decided upon or taken to maintain international peace and security." On the basis of such reports, the General Assembly could issue further directives to the Executive Council, or, in case of complete dissatisfaction, could (revised Article 23, paragraph 5) replace it by a new Council.

The provisions of this revised Article 24 relate only to the general character of the functions of the Executive Council. Its specific functions are defined in other parts of the revised Charter, especially in Chapters VI, VII, VIII, and XII and in the proposed Annexes I and II. Under Chapter VI, the new Council could be authorized by the General Assembly to exercise important functions with regard to the pacific settlement of international disputes. Under Chapter VII it would be authorized to take temporary emergency measures to maintain or restore international peace in case of a threat to or breach of the peace. It would supervise regional arrangements in accordance with Chapter VIII; and under Chapter XII would administer territories under the direct trusteeship of the United Nations itself. The duties of the new Council with relation to the disarmament plan and the United Nations Peace Force are set forth in Annexes I and II.

As compared with the functions of the present Security Council, it will be seen that the responsibilities of the proposed Executive Council would in one respect be less, i.e., in that, instead of being charged with the *primary* responsibility for the maintenance of peace, the new Council would act in this regard only as the arm or agent of the General Assembly. On the other hand, as compared with the Security Council, the Executive Council would have a larger responsibility under the provision which broadly charges the Council with the duty of "ensuring compliance" with the revised Charter and all the laws and regulations enacted by the Assembly. The new Council would also have much greater day-to-day executive responsibilities by reason of its highly important duties under Annexes I and II to direct the carrying out of the whole plan of national disarmament and to supervise the United Nations Peace Force. Moreover, for the fulfillment of these various executive responsibilities, the new Council would (under revised Article 23) be a far more representative body than the present Security Council and would, of course, be freed from the crippling "veto" which has so often frustrated action by the Security Council. All in all, therefore, the new Executive Council would doubtless prove to be not only more important, but also much more effective than the Security Council.

Article 25

The *Members of the United Nations* agree to accept and carry out the decisions of the *Security* Council *in accordance with the present Charter.*

The *member Nations* agree to accept and carry out the decisions of the *Executive* Council, *subject only to the right to contest the validity of any such decisions by appeal to the International Court of Justice. Pending the judgment of the Court upon any such appeal, the contesting member Nation shall nevertheless carry out the decision of the Council, unless the Council or the Court shall make an order permitting noncompliance during the Court's consideration of the appeal.*

Comment. Corresponding to the present Article 25, which requires the member Nations to comply with the decisions of the Security Council, this revised Article obligates them to comply with the decisions of the new Executive Council. The revised Article, however, makes this obligation subject to the right to test the validity of a decision of the Executive Council by appeal to the International Court of Justice.

This new feature is, in part, a consequence of the fact that, while under the revised Charter the authority of the United Nations would be largely increased, it would, nevertheless, be constitutionally restricted to functions directly related to the prevention of war. Member Nations should, therefore, have the right to challenge the constitutional validity of the orders of any organ or agency of the United Nations. Under revised Article 11, paragraph 4, such a right would be accorded with relation to laws, regulations or decisions of the General Assembly itself; and it is equally important to provide that the Executive Council shall not be immune from a challenge on the ground of unconstitutionality. In addition, there might be legitimate claims of invalidity for reasons which could not strictly be called constitutional reasons as, for example, that the Assembly had not authorized the Council to make a particular decision, although the Assembly could constitutionally have done so; and it should be possible to question the validity of a Council decision on grounds of this kind.

An appeal to the International Court of Justice is therefore made available to a member Nation claiming that a decision of the Executive Council is invalid for any reason,—as being, for example, not in accordance with the revised Charter itself, or in conflict with a law or regulation properly enacted by the General Assembly, or as being inconsistent with a prior direction of the Assembly.

Provision has been made, however, that decisions of the Executive Council must be carried out despite such an appeal, unless the Council itself or the International Court shall allow a stay of execution pending the judgment of the Court. This provision seems essential because the decisions of the Council under Chapter VII (in case of a breach of the peace) or under Annex I (in case of a violation of the disarmament plan) would usually be of so urgent a character that they should be carried out notwithstanding a challenge of their validity unless in special circumstances a stay of compliance should be granted.

74

Similar provisions for appeal are unnecessary in the case of action by the Economic and Social Council or the Trusteeship Council, since even under the proposed revision these organs would be empowered only to make recommendations, as distinguished from binding orders.

Article 26

In order to promote the establishment and maintenance of international peace and security *with the least diversion for armaments of the world's human and economic resources*, the *Security* Council shall *be responsible for formulating, with the assistance of the Military Staff Committee referred to in Article 47, plans to be submitted to the Members of the United Nations for the establishment of a system for the regulation of armaments.*

In order to promote the establishment and maintenance of international peace and security, the *Executive* Council shall, *subject to the supervision of the General Assembly, see to it that the provisions of this revised Charter with respect to disarmament are carried out.*

Comment. In contrast to the present Article 26, which merely provides for the preparation of disarmament plans to be submitted to the respective member Nations, a basic concept of the proposed revision is that detailed provisions for total national disarmament (Annex I) should be included in *the Charter itself*, so that, upon acceptance of the revised Charter, each member Nation would be automatically bound to carry out the disarmament plan. Accordingly, what is required is an effective agency charged with the executive responsibility for ensuring that the constitutionally established plan of disarmament shall be duly fulfilled. Under this revised Article 26, that result would be accomplished by imposing upon the Executive Council the duty to "see to it that the provisions of this revised Charter with respect to disarmament are carried out."

Pursuant to revised Article 24, the Executive Council would have the broad responsibility for ensuring compliance with the Charter in general, so that it seems fitting in this Article 26 to emphasize the Council's duty to ensure compliance with the disarmament plan in particular. Annex I contains detailed provisions covering the functions of the Executive Council in this regard. Under that Annex the Council would have "general supervision" over the United Nations Inspection Service with authority to issue all necessary instructions to the Service. Moreover, although responsibility for imposing sanctions in case of serious violation of the disarmament plan would *ordinarily* be that of the General Assembly, the Council would have certain interim and emergency powers in this respect. Thus if the Assembly were not in session and a serious violation of the disarmament plan should occur, the Council would not be helpless but could, in case of an emergency requiring "immediate action" (revised Article 39, paragraph 2), declare such an emergency and could resort to interim measures under Chapter VII, including action by the United Nations Peace Force (revised Articles 40 and 42). In such case, however, the Council would be required to report at once to the General Assembly if in session (revised Article 24, paragraph 3) or, if the Assembly were not then in session, to have it convoked as soon as possible and in any case within a week (revised Article 39, paragraph 2). The Assembly would then (revised Article 39, paragraph 2) make the final decisions with respect to further action or the cancellation or modification of the Council's interim measures. (See also Article 32 of Annex I.)

VOTING

Article 27

1. *Each member* of the *Security* Council shall have one vote.

2. Decisions of the *Security* Council on *procedural* matters shall be made by an affirmative vote of *seven* members.

3. Decisions of the *Security* Council on all other matters shall be made by an affirmative vote of *seven* members *including the concurring votes of the permanent members; provided that, in decisions under Chapter VI, and under paragraph 3 of Article 52, a party*

1. *The members* of the *Executive* Council *shall vote as individuals, and each of them* shall have one vote.

2. Decisions of the *Executive* Council on *important* matters shall be made by an affirmative vote of *fourteen* members. *These matters shall include: action with respect to the pacific settlement of international disputes and the maintenance of international peace and security in accordance with Articles 33 through 44, Articles 50 through 53 and Annexes I and II, and any other matters which the General Assembly may from time to time define as important.*

3. Decisions of the *Executive* Council on all other matters shall be made by an affirmative vote of *eleven* members.

to a dispute shall abstain from voting.

4. In case the General Assembly shall increase or decrease the membership of the Executive Council pursuant to paragraph 3 of Article 23, the required majority for decisions of the Council shall be increased or decreased in the ratio of one vote for each two members added to or subtracted from the membership.

Comment. As noted in the comments on revised Articles 23-26, the proposed Executive Council would be a body of the highest importance. In fact, the greatly increased scope and authority of the United Nations under the revised Charter would make the Executive Council of greater importance than the present Security Council, even though the new Council would mainly function as an agent of the General Assembly rather than as an independent body. It is by reason of the vital functions of this new Executive Council that the elaborate procedures for its selection are proposed in revised Article 23,—in order, by ensuring a careful balance in its composition, to promote a high degree of confidence in the Council. The voting procedures in this revised Article 27 are also intended to promote maximum confidence in the decisions of the new Council.

No provision is made corresponding to the "veto" power of any one of the "Big Five" contained in the present Charter, since it is clear that in the new Executive Council no decision, great or small, should be blocked by any single vote. On the other hand, it will be best to require that all its decisions shall be by a substantial majority; and of the utmost consequence that every *important* decision be based on so large a majority vote as clearly to command the support of the General Assembly and of world opinion. To this end, the voting provisions should not be so rigid as to prevent the new Council from functioning effectively, and yet strict enough to ensure that its decisions, especially the important ones, will have very strong support. It is believed that the requirement of a minimum majority of eleven of the seventeen Council members for any decision (paragraph 3), together with the requirement of a minimum majority of fourteen in "important matters" (paragraph 2), meets these tests.

According to the estimates contained in revised Article 9, the populations of the four largest nations (each of which would be entitled to have one of its Representatives on the Executive Council) were, as of July 1, 1957: China, 615,000,000; India, 391,000,000; United States, 174,600,000; U.S.S.R., 204,200,000. Thus the combined population of these four nations in 1957 was roundly 1,384,800,000 or 50.1 per cent of the estimated total world population of 2,763,135,000. The estimated 1957 population of all the other eighty-nine nations listed in revised Article 9 (and of the non-self-governing and trust territories) is, therefore, approximately 1,378,335,000 or 49.9 per cent of the assumed world population.

Based on these figures, it will be seen that with the proposed minimum requirement of fourteen affirmative votes for important decisions, no such decision could be made unless supported by Executive Council members representing not only a majority of the nations, but also a majority of the world's population. (This is on the assumption, of course, that the Council members elected from the smaller nations are regarded not as representing their respective nations, but rather the respective regional groups established under revised Article 23 in which their nations are included.) It will also be seen that the requirement of fourteen out of seventeen votes on important questions would make impossible a decision on such questions if the Representatives from any four of the eight larger nations then represented on the Council voted against the proposed decision. Moreover, this requirement would prevent a decision opposed by any four members of the Council representing any four of the nine small-nation regional groups.

Even as to less important decisions, the requirement of eleven affirmative votes—two more than a simple majority—would ensure substantial support.

The proposed voting procedure would eliminate the distinction between procedural and substantive matters under paragraphs 2 and 3 of the present Article 27. This distinction does not exist in the other two Councils of the United Nations (the Economic and Social Council and the Trusteeship Council). Neither does it exist in the International Court of Justice, nor in most parliamentary and executive bodies. The difficulties arising from that distinction have often been demonstrated by the experience of the present Security Council; and there seems to be no good reason for the continuance of this complication. The revised Article, therefore, merely distinguishes between "important" matters and other matters; and as to what matters shall be deemed "important" it specifies that they shall include all decisions with regard to the pacific settlement of international disputes and the maintenance of peace, and "any other matters" which the General Assembly may choose to define as important. It is believed that this method of determining what questions are of sufficient consequence to require the larger majority of fourteen would be more in harmony with realities and more workable than the present distinction between "procedural" and other matters.

The proposed distinction between "important" and other questions is also identical with that made under revised Article 18 with regard to decisions of the General Assembly itself, whereby decisions of the Assembly on "important" matters would require a majority of all the Representatives whereas decisions on other matters would require no more than a majority of the Representatives present and voting.

In order to safeguard the carefully balanced plan of representation and voting in the Executive Council, it is necessary to provide that the voting balance shall not be disturbed in case of any increase or decrease in the membership of the Council which might be made under paragraph 3 of revised Article 23. Accordingly, in order to have a definite standard which would

78

substantially adjust the required voting majorities to any such increase or decrease, it is proposed (paragraph 4) that the required majority shall increase or decrease in the ratio of one vote for each increase or decrease of two in the Council's membership.

Another and fundamental difference from the present Article 27 is proposed by the provision of revised paragraph 1 that the members of the Executive Council "shall vote as individuals". This corresponds to a similar provision in revised Article 18 in respect of voting by Representatives in the General Assembly.

Both provisions embody the conception that the revised United Nations would be something very different from and more than a league of sovereign states represented by delegates selected by governments; and that its governing bodies should be more directly representative of and responsible to the *peoples* of the world. It is a reasonable expectation that through these provisions there would develop a spirit of world citizenship whereby the Representatives in the General Assembly, and especially those Representatives chosen to serve on the Executive Council, would come to think of themselves as representing not so much their own nations as the world community. For just as in a parliamentary government the members of the national legislature commonly regard themselves as responsible for the interests of the entire people even though they may properly pay special attention to the interests of their constituencies, so in the revised General Assembly and new Executive Council a corresponding sense of responsibility for the interests of the whole world may be expected to develop.

The provision in revised Article 23, whereby the General Assembly could discharge the Executive Council by a vote of lack of confidence, might well operate to aid the development of such a sense of world responsibility. For, if it seemed to the Assembly that too many members of the Council were adopting excessively nationalistic or narrow views, the Assembly could at any time discharge the Council and omit those particular Representatives upon the appointment of the new Council.

It should be emphasized that the provisions of revised Article 23 relating to the Executive Council's composition, of revised Articles 24-26 relating to its powers and of this revised Article 27 relating to its voting procedures are closely interrelated and should be read together. Taken together, it is believed that they would produce a well-balanced executive body which could not only function effectively but also command world confidence.

PROCEDURE

Article 28

1. The *Security* Council shall be so organized as to be able to function continuously. *Each member of*

1. The *Executive* Council shall be so organized as to be able to function continuously, *and it shall*

79

the Security Council shall for this purpose be represented at all times at the seat of the Organization.

hold regular meetings at least twice in each month.

2. The Security Council shall hold periodic meetings at which each of its members may, if it so desires, be represented by a member of the government or by some other specially designated representative.

2. The members of the Executive Council shall hold themselves at the disposal of the Council at all times, unless on leave or prevented from attending by illness or other serious reason.

In case of the temporary absence of any member, due to illness or other cause, the Executive Council may appoint as substitute a Representative from the same member Nation as that of the absent member, to serve during such absence but for not more than four months. An absence of more than four months shall be deemed to create a vacancy to be filled in accordance with paragraph 4 of Article 23.

3. The *Security* Council may hold meetings at such places other than the seat of the *Organization* as in its judgment will best facilitate its work.

3. The *Executive* Council may hold meetings at such places other than the seat of the *United Nations* as in its judgment will best facilitate its work.

Comment. While the General Assembly would not normally be in session throughout the whole of each year, it is important that the body which acts as its executive agent shall be constantly available. It is therefore proposed (paragraph 1) that, as in the case of the present Security Council, the new Executive Council "shall be so organized as to be able to function continuously". It is further proposed that the new Council shall be required to hold regular meetings at least twice a month,—on the ground that, in view of the Council's vital responsibilities, it should not fail to meet frequently and regularly throughout the year.

The second sentence of the present paragraph 1 is no longer applicable, since the members of the Executive Council would not be appointed by governments but would be elected by the General Assembly itself from among the Representatives (revised Article 23). Nor is the present paragraph 2 applicable, since it also contemplates meetings of *governmental* delegates.

The new paragraph 2 would impose an obligation on the members of the

Executive Council to hold themselves personally "at the disposal of the Council at all times", except when on leave or in case of illness or "other serious reason." The purpose is to emphasize the important and continuous character of the Council's duties, and the language is modeled on Article 23 of the present Statute of the International Court of Justice.

In view of the importance of the Executive Council and the requirement of fourteen votes for important decisions, it is desirable that the Council shall have a full membership. It is to meet this situation that provision is made in the second part of the new paragraph 2 that substitutes may be appointed to act in place of regular members during even temporary absences. The provision that the substitute must be a Representative from the same member Nation ensures that the plan of distribution of the members of the Council shall not be disturbed even by temporary absence. The time limit of four months is designed to emphasize the temporary character of the appointment of substitutes by the Executive Council itself. A longer absence would automatically create a vacancy, requiring the General Assembly to exercise its power under revised Article 23 promptly to fill the vacancy.

Paragraph 3 of the present Article remains unchanged in substance.

Article 29

The *Security* Council may establish such subsidiary organs as it deems necessary for the performance of its functions.	The *Executive* Council may establish such subsidiary organs as it deems necessary for the performance of its functions.

Comment. Although no change is proposed in the power to appoint subsidiary organs, it should be noted that the exercise of this power by the new Executive Council would be subject, under revised Article 24, to the supervision and direction of the General Assembly.

The difficulties encountered by the present Security Council in the exercise of this power have been mainly due to the question as to whether the unanimity ("veto") rule applies to the appointment of investigative commissions. A remedy for this situation is provided by the new voting procedures in revised Article 27, whereby the "veto" is eliminated.

Article 30

The *Security* Council shall adopt its own rules of procedure, including the method of selecting its President.	The *Executive* Council shall adopt its own rules of procedure, including the method of selecting its President.

Comment. The power of the new Executive Council to adopt its own rules of procedure is left untrammeled. It is to be hoped, however, that the practice of the present Security Council which calls for monthly changes in the presidency would be abandoned. The tenure of the President of the Executive Council should ordinarily last from one election of the Council's members by the General Assembly to the next election. Such a tenure should enhance the President's status and influence and should contribute to the effective performance of the functions of the new Council.

Article 31

Any Member of the United Nations which is not a member of the Security Council may participate, without vote, in the discussion of any question brought before the Security Council whenever the latter considers that the interests of that Member are specially affected.

1. If the Executive Council considers that in the discussion of any question brought before it, the interests of a member Nation are specially affected, and if no Representative from such member Nation is then a member of the Executive Council, the Council shall invite the Representatives from that member Nation to designate one of their number to participate, without vote, in the discussion; or if such member Nation has only one Representative, that Representative shall be invited to participate.

2. If the Executive Council considers that in the discussion of any question brought before it, the interests of a non-self-governing or trust territory are specially affected, and if no Representative from such territory is then a member of the Council and if there is a Representative from such territory in the General Assembly, the Council shall invite that Representative to participate, without vote, in the discussion. If, however, there is then no Representative from such territory in the Assembly, the Council shall appoint a properly qualified person resident in such territory to represent the interests of such territory and to participate, without vote, on its behalf in the discussion.

82

Comment. The purpose of the present Article is to permit a member nation not represented on the Security Council to participate in its discussions, although without vote, if the interests of that nation are especially involved.

The revised Article retains this general purpose but makes some changes in the method. Instead of having an advocate appointed by the government of the member Nation concerned, provision is made for the designation by the Representatives from that nation of one of their own number to represent that nation in the Executive Council's discussion, if the Council finds that the interests of that particular nation are "specially affected".

The reason for this change is that, since the Executive Council would be composed of Representatives chosen by the General Assembly itself instead of persons appointed by governments (revised Article 23), it is more appropriate that a member Nation should be represented before the Council by one of its Representatives then in the Assembly.

Moreover, in order to be fair to any non-self-governing or trust territory whose interests might be "specially affected", provision is made that a Representative, if any, from such territory shall be invited to take part on the same basis as a Representative from a member Nation. As an additional safeguard, it is further provided that if there is then no Representative from such territory, the Executive Council shall appoint a properly qualified person to represent the interests of such territory and to participate, without vote, on its behalf in the discussions of the Council.

Article 32

Any Member of the United Nations which is not a member of the Security Council or any state which is not a *Member of the United Nations,* if *it* is a party to a dispute under consideration by the *Security* Council, *shall be invited* to participate, without vote, in the discussion relating to the dispute. The *Security* Council shall lay down such conditions as it deems just for the participation of a state *which is not a Member of the United Nations.*

1. If *any member Nation* is a party to a dispute under consideration by the *Executive* Council, *and if no Representative from such member Nation is then a member of the Executive Council, the Council shall invite the Representatives from that member Nation to designate one of their number* to participate, without vote, in the discussion relating to the dispute; *or if such member Nation has only one Representative, that Representative shall be invited to participate.*

2. If any state which is not a *member* of the United Nations is a party to a dispute under consid-

83

eration by the *Executive* Council, *the Council shall invite its government to appoint a delegate* to participate, without vote, in the discussion relating to the dispute. The *Executive* Council shall lay down such conditions as it deems just for the participation of *such* a state.

Comment. The present Article 31 applies only to participation in the discussion of *questions* by the Security Council and only when that Council considers that the interests of a member nation are "specially affected". On the other hand, the present Article 32 applies to any *dispute* between member nations and does so automatically whenever such dispute is under consideration by the Security Council without the necessity for any decision by the Council that the member nation's interests are "specially affected". The present Article 32 also applies if a *nonmember* nation is "a party" to the "dispute" before the Security Council.

The proposed revision of Article 32 in no way changes the automatic right to be heard of any "party to a dispute", but merely affects the method of a nation's participation in the "discussion" before the Executive Council.

It should be observed that while this revised Article 32 makes no provision for participation in the discussions of the Executive Council by non-self-governing or trust territories, since they obviously cannot be "parties" to "disputes" between *nations,* provision is made under revised Article 31 for their participation in the discussion of "any question" in which their interests are deemed by the Council to be "specially affected".

In the case of member Nations not already represented on the Executive Council, the Council would be required to invite the Representatives in the General Assembly of each member Nation which is a party to the dispute to designate one of their own number to participate in the discussion; and care is taken to provide that any such member Nation with only one Representative can likewise participate. The reason for this change is the same as the reason for the corresponding change in Article 31,—namely, that since the Executive Council would be composed of members of the General Assembly itself (instead of governmental delegates as in the case of the present Security Council), it is more fitting that a member Nation should be represented before the Council by a fellow Representative in the Assembly.

In the case, however, of nonmember nations (if there are any such), the present practice would be followed whereby the government of the nonmember nation concerned would be invited to appoint a delegate. And in so doing, the Executive Council would be empowered (as the Security Council is now) to prescribe such conditions "as it deems just" with regard to the participation of the invited nonmember nation.

CHAPTER VI

PACIFIC SETTLEMENT OF DISPUTES

General Comment. The nations of the world can be expected to renounce force and the threat of force as a means of dealing with international disputes only if *adequate alternative means* are provided for the peaceful settlement of these controversies. This is the age-old experience as to disputes between individuals and communities within a nation. It is no less true of international disputes.

Since the very fact that the nations possess dangerous armaments engenders fears and suspicions which render peaceful settlements difficult, it follows that national disarmament is itself an essential element in any plan for "pacific settlement".

But even in a disarmed world pressures and tensions could easily be built up which might lead to violent encounters between nations, if only with improvised weapons; and while this violence could be suppressed by a world police force, it is important that violence or the threat of it shall not be used at all.

In this connection it is especially necessary to take into account the recurring and inevitable dissatisfactions of various nations and peoples with the *status quo*. As conditions change these dissatisfactions are normal; and it is almost certain that some of them will be so acute as to lead to violence unless alternative methods are provided to deal with them upon principles of justice and under procedures giving assurance of a fair hearing for all concerned.

Accordingly the United Nations must not be limited to the suppression of attempts to change existing conditions by force *after* the violence has occurred or is imminent. On the contrary, it should be clearly understood that violent changes in the existing order can be prevented in the long run only by providing adequate and flexible means for peaceful change such as negotiation, mediation, arbitration, conciliation and adjudication, or such a combination of these as may be most suitable to the particular case. To this end it is plain that carefully organized world institutions are essential.

Another important consideration is that the means provided should include suitable procedures to deal with potential threats to the peace *before* they become really dangerous,—as distinguished from waiting until the threat is imminent and serious. For the peace and welfare of the world community such preventive measures are no less necessary than is preventive medicine for the health of the individual.

For all these reasons it is clear that, for the maintenance of peace, national disarmament alone is not sufficient, no matter how complete and efficiently supervised and even when supplemented by an effective world police. It is also essential to equip the United Nations with more comprehensive and improved machinery to deal at an early stage with all important international controversies.

This vital objective of equipping the United Nations with adequate means to forestall, rather than merely to suppress international violence, can be achieved only through a complete revision of Chapter VI. The changes relate not only to the settlement of an actual "dispute", but also to the adjustment of any dangerous or potentially dangerous "situation". The changes concern the jurisdiction and powers of the organs established for these purposes and the procedures to be employed in order to achieve just and satisfactory settlements.

A main concept governing the changes is that the new powers granted to the United Nations in this field of pacific settlement should be exercised or controlled by the organ in which *all* member Nations are represented, i.e., by the General Assembly. It is proposed, therefore, to vest in the Assembly itself the specific and primary responsibility for "pacific settlement",—a change which is in harmony with revised Article 11 whereby the Assembly would have general and "primary" responsibility for the "maintenance of international peace and security".

The General Assembly would, therefore, be expressly empowered: *first,* to call upon the nations concerned to seek a solution of any "dispute", or any "situation" which "might lead to international friction or give rise to a dispute", by "peaceful means of their own choice" (revised Article 33); and *second,* to determine what other procedures should be followed if the nations concerned fail to agree on their own "peaceful means" or if, having sought an agreed settlement, their efforts to reach a settlement have failed (revised Article 36).

It is to be anticipated, however, that, by reason of its size and many responsibilities, the General Assembly might find it necessary to delegate in advance some of its powers in respect of pacific settlement (as, e.g., concerning disputes or situations likely to become serious when the Assembly is not in session); or the Assembly might wish to delegate its authority as to a particular dispute or situation. Accordingly the revised text of several Articles of this Chapter VI permits such a delegation to the Executive Council by empowering the Council to deal with disputes and situations "if authorized by the Assembly", or "if acting in the matter pursuant to authority from the Assembly" (revised Articles 33, 34, 36 and 37).

The action to be taken by the General Assembly (or by the Executive Council, if authorized by the Assembly) would naturally depend on the gravity of the particular dispute or situation. In a minor dispute or in a situation likely to give rise to no more than minor difficulty, the Assembly (or the Council) would no doubt merely call upon the nations concerned to settle the dispute or adjust the situation by the above-mentioned "peaceful means of their own choice" (revised Article 33).

If, however, what was originally a minor dispute or situation should later become dangerous, or if a dispute or situation were from the very beginning considered by the General Assembly (or by the Executive Council) to be one "likely" to endanger peace, further action could be directed. Thus if legal questions should be involved, the Assembly (or Council) could direct the nations concerned to submit these questions to the International Court of Justice for a binding decision under revised Article 36. Paragraph 3 of that Article definitely establishes the principle of compulsory jurisdiction as to legal questions involving world peace. And, if the nations concerned were unwilling to comply with the direction of the Assembly (or Council), an advisory opinion could readily be obtained, pursuant to revised Article 96, at the request of the Assembly or Council.

On the other hand, if the issues were of a sort which could not be satisfactorily resolved on the basis of applicable legal principles, the General Assembly (or the Executive Council) could refer the issues, as might be most suitable, either to the new World Conciliation Board or the new World Equity Tribunal. The powers of the Conciliation Board would be limited to mediation directed toward bringing the nations concerned to a mutually agreed solution; while the Equity Tribunal would be authorized to recommend its own solution which, in certain circumstances, could be made binding upon all the nations concerned. (See revised Article 36, paragraphs 4-10.)

With these changes made, the United Nations would no longer lack adequate means for settling or adjusting *any* dangerous international "dispute" or "situation", and for achieving peaceful change. Recourse to force would no longer be necessary to obtain an equitable solution; and one of the principal excuses for resort to international violence would no longer exist.

The text of the six revised Articles of this Chapter and the detailed comments thereon will more fully explain the much stronger and more comprehensive system for "pacific settlement" contemplated by the proposals.

Article 33

1. *The* parties to any dispute, *the continuance of which is likely to endanger the maintenance of international peace and security,* shall, first of all, seek a solution by negotiation, enquiry, mediation, conciliation, arbitration, judicial settlement, resort to regional agencies or arrangements, or other peaceful means of their own choice.

1. *Nations which are* parties to any dispute *or are concerned in any situation which might lead to international friction or give rise to a dispute* shall, first of all, seek a solution by negotiation, enquiry, mediation, conciliation, arbitration, judicial settlement, resort to regional agencies or arrangements, or other peaceful means of their own choice.

2. The *Security* Council shall, when *it deems* necessary, call upon the *parties* to settle *their* dispute by such means.

2. The *General Assembly or the Executive* Council, *if authorized by the Assembly,* shall, when *deemed* necessary, call upon the

nations concerned to settle *the* dispute *or adjust the situation* by such means.

Comment. The present Article 33 limits the obligation to settle any dispute by pacific means to a dispute "the continuance of which is likely to endanger the maintenance of international peace and security".

This restriction, whereby the obligation to settle disputes peacefully applies only to disputes obviously dangerous to peace, seems inconsistent with revised Article 2, paragraph 3, which imposes on all nations the obligation to settle by peaceful means "their international disputes", without any qualification as to how serious the dispute must be in order for this obligation to apply. The restriction also seems inconsistent with a fundamental principle of the United Nations whereby the use of force or the threat of it by one nation against another is forbidden under *all* circumstances, save in self-defense against attack (Preamble; Article 2, paragraph 4; and Article 51).

Another objection to the present limitation on the duty of the nations to settle their disputes by peaceful means is that, in practice, there may be many disputes which, although not yet "likely" to endanger peace, are yet serious enough to warrant the attention of the United Nations. It is not desirable that disputes of this sort should simmer for a long time, poisoning friendly relations between nations; and the nations concerned should be obligated to attempt their solution by means at their own disposal, whether or not the controversy has yet reached a dangerous stage.

For these several reasons it is proposed in this revised Article 33 to enlarge the obligation to seek settlements by negotiation or other peaceful means chosen by the parties, so that there can be no question of the duty of *all* nations in this regard as to *all* international controversies. Consistently with this principle the actual means employed would naturally be in proportion to the seriousness of the issues, so that, if the questions involved were of minor importance, it might not be necessary to employ the carefully provided machinery for mediation, conciliation or judicial settlement.

It will be further noted that the revised Article is intended to assure that nations shall deal peacefully not only with actual "disputes" but also with any "situation" which "might lead" to international trouble. The situations to be dealt with are defined in paragraph 1 as situations "which might lead to international friction or give rise to a dispute", a phrase which is taken from the present text of Article 34 and adequately describes the type of situations which should be of concern to the United Nations. There seems to be no valid reason for dealing with a "situation" of that sort in later Articles of this Chapter and neglecting to do so in this Article 33.

A change in paragraph 2 is also proposed in order to confer on the General Assembly (rather than on the Security Council, as at present) the responsibility for calling upon the nations concerned to deal with "any dispute" or troublesome "situation" by peaceful means. This is one of the consequences of the transfer to the Assembly of the general responsibility for the maintenance of peace (revised Articles 11 and 24). The proposed change contemplates, however, the possible delegation by the Assembly to the new Executive Council of this power to require nations involved in a controversy to seek a peaceful settlement. To this end, that Council would be empowered to deal with a dispute or situation "if authorized" by the Assembly. This authority might, for example, be conferred for periods when the Assembly is not in session or might be restricted to certain kinds of disputes or situations, or to a particular one.

Finally, it should be noted that the beginning clause of revised paragraph 1 makes it clear that the general obligation to settle international controversies by peaceful means would apply to *all* nations, whether or not they are members of the United Nations. Since the plan for complete national disarmament and the prohibition against the use of force would apply equally to member and nonmember nations, it seems appropriate to impose the supplementary obligation to settle all international controversies by peaceful means not only on the member Nations, but also on those few nations which might choose not to become members under the revised Charter.

Article 34

The *Security* Council may investigate any dispute, or any situation which might lead to international friction or give rise to a dispute, *in order to determine whether the continuance of the dispute or situation is likely to endanger the maintenance of international peace and security.*

The *General Assembly or the Executive* Council, *if authorized by the Assembly,* may investigate any dispute or any situation which might lead to international friction or give rise to a dispute.

Comment. The principal change in this Article is in harmony with previous changes which confer on the General Assembly the primary responsibility for the maintenance of peace. In accord with that concept the revised text vests in the Assembly itself the primary authority to investigate any "dispute" or troublesome "situation". The power of the Executive Council to make investigations of this sort would be limited to those disputes or situations as to which the Assembly has delegated authority to the Council.

The other change omits the present restriction that the purpose of the investigation must be limited to determining "whether the continuance of the dispute or situation is likely to endanger the maintenance of international peace and security." The reasons for this omission are similar to those mentioned in the comment on revised Article 33. For, just as the General Assembly (or the Executive Council when authorized by the Assembly) should have power to "call upon" the nations to seek a peaceful solution of *any* dispute or situation which might cause trouble, the Assembly (or Council) should be empowered itself to look into any such dispute or situation.

The purpose of this revised Article 34, as of the present Article, is to give express authority for investigations by the General Assembly (or the Executive Council) *upon its own initiative* as distinguished from authority to investigate when the dispute or situation is brought to the Assembly (or Council) by a nation under revised Article 35. The rules of the Assembly (or Council) would presumably provide for the procedure and conditions under which investigations of this sort would be initiated and conducted.

Article 35

1. Any *Member of the United Nations* may bring any dispute, or any situation of the nature referred to in Article 34, to the attention of the *Security* Council or of the General Assembly.

1. Any *member Nation* may bring any dispute, or any situation of the nature referred to in Article 34, to the attention of the General Assembly or, *if such dispute or situation is one with which the Executive Council has been authorized by the Assembly to deal,* to the attention of *that* Council.

2. A state which is not a *Member* of the United Nations may bring to the attention of *the Security* Council or of the General Assembly any dispute *to which it is a party* if *it* accepts in advance, for the purposes of the dispute, the obligations of pacific settlement provided in the *present* Charter.

2. A state which is not a *member* of the United Nations may bring any *such* dispute *or situation* to the attention of the General Assembly or, *if such dispute or situation is one with which the Executive Council has been authorized to deal, to the attention of that* Council, *if such state* accepts in advance, for the purposes of the dispute *or situation,* the obligations of pacific settlement provided in *this revised* Charter.

3. *The proceedings of the General Assembly in respect of matters brought to its attention under this Article will be subject to the provisions of Articles 11 and 12.*

Comment. While the general purpose of this revised Article is in accord with the present Article, i.e., to enable any troublesome international problem to be brought to the attention of the United Nations, the proposed changes would somewhat broaden the scope of the Article. Moreover, in view of previous provisions conferring on the General Assembly the primary responsibility for peace, the revised Article provides that recourse must be to the Assembly

90

itself, unless the Assembly shall have delegated authority in this respect to the Executive Council.

Another change is proposed, in paragraph 2, to enable a nonmember nation to bring to the United Nations not only a "dispute" but also a "situation" of the kind described in Article 34, i.e., a situation "which might lead to international friction or give rise to a dispute." It is proposed also to remove the present limitation that a nonmember nation, as distinguished from a member Nation, shall be entitled to bring before the United Nations only a dispute "to which it is a party". This change is in harmony with a basic principle of the revision, namely that in the field of maintaining peace the rights and duties of nonmember nations should so far as possible be the same as those of member Nations.

Paragraph 3 of the present Article is omitted because the proposed changes in Articles 11 and 12 remove the restriction, contained in the present Article 12, whereby the General Assembly is forbidden to make "any recommendation" with regard to a dispute or situation under consideration by the Security Council "unless the Security Council so requests." Since, therefore, the Assembly would have full authority to deal with disputes or situations at any stage, the restriction imposed by the present paragraph 3 is obviously inappropriate and should be removed.

Article 36

1. The *Security* Council may, at any stage of a dispute of the nature referred to in Article 33 *or of a situation of like nature,* recommend appropriate procedures or methods of adjustment.

1. The *General Assembly or the Executive* Council, *if authorized by the Assembly,* may, at any stage of a dispute, *or of a situation* of the nature referred to in Article 33, recommend appropriate procedures or methods of adjustment.

2. The *Security* Council should take into consideration any procedures for the settlement of the dispute which have already been adopted by the *parties.*

2. The *General Assembly or the Executive* Council, *if acting in the matter pursuant to authority from the Assembly,* should take into consideration any procedures for the settlement of the dispute *or adjustment of the situation* which have already been adopted by the *nations concerned.*

3. *In making recommendations under this Article, the Security Council should also take into consideration that legal disputes*

3. *In case the General Assembly or the Executive Council, if acting in the matter pursuant to authority from the Assembly, decides*

should as a general rule be referred by the parties to the International Court of Justice in accordance with the provisions of the Statute of the Court.

that the continuance of any dispute or situation is likely to endanger the maintenance of international peace and security and that the dispute or situation involves questions which can be satisfactorily decided upon the basis of applicable legal principles, the Assembly or Council may direct that these legal questions be submitted to the International Court of Justice for final determination. If the nations which are parties to the dispute or are concerned in the situation fail, within two months after the direction by the Assembly or the Council, to agree on the submission to the Court of such legal questions, any nation which is a party to the dispute or is concerned in the situation may bring the questions before the Court by written application. The Court shall have authority to pronounce final judgment in accordance with the provisions of the Statute of the Court on the legal questions submitted to it under this paragraph. If any nation fails to comply with a judgment of the Court, the provisions of Article 94 concerning the enforcement of judgments of the Court shall apply.

4. In case the General Assembly or the Executive Council, if acting in the matter pursuant to authority from the Assembly, decides that the continuance of any dispute or situation is likely to endanger the maintenance of international peace and security and that the dispute or situation involves questions which cannot be satisfactorily de-

cided upon the basis of applicable legal principles, the Assembly or the Council may refer such non-legal questions to the World Conciliation Board. The Board shall thereupon, in accordance with the provisions of its Statute contained in Part C of Annex III, conduct such investigations as it may deem necessary and shall endeavor to bring the nations concerned to an agreement.

5. If no agreement is reached within six months from the date on which such nonlegal questions were referred to the World Conciliation Board pursuant to the foregoing paragraph 4, or within such extension of that period as the nations concerned assent to, the Board shall notify the General Assembly of this fact.

6. Thereupon the General Assembly may, by a three-fifths majority vote of all the Representatives then in office, whether or not present or voting, refer such nonlegal questions to the World Equity Tribunal; provided that if any important legal questions involved in the dispute or situation have been referred to the International Court of Justice, the nonlegal questions shall not be referred to the Tribunal until the legal questions have been decided by the Court.

7. Alternatively the General Assembly may, by a three-fifths majority vote of all the Representatives then in office, whether or not present or voting, refer such non-

legal questions directly to the World Equity Tribunal without first referring them to the World Conciliation Board; provided that if any important legal questions involved in the dispute or situation have been referred to the International Court of Justice, the nonlegal questions shall not be referred to the Tribunal until the legal questions have been decided by the Court.

8. When questions have been referred to the World Equity Tribunal under either paragraph 6 or paragraph 7 of this Article, the Tribunal shall, in accordance with its Statute contained in Part B of Annex III, conduct public hearings and make such investigations as it may deem necessary, and shall submit to the General Assembly such recommendations as the Tribunal may deem reasonable, just and fair for the solution of the questions referred to it.

9. The General Assembly shall promptly consider any such recommendations of the World Equity Tribunal and shall vote upon them in their entirety. If the Assembly, by a four-fifths majority vote of all the Representatives then in office, including a three-fourths majority of the Representatives then in office from the member Nations entitled to thirty Representatives in the Assembly and a three-fourths majority of the Representatives then in office from the member Nations entitled to sixteen Representatives in the Assembly, approves the recom-

mendations of the Tribunal in their entirety and declares that the dispute or situation is likely to continue unless the recommendations are carried out and that such continuance is in fact likely to endanger peace, the Assembly shall call upon the nations concerned to comply with the recommendations so approved. If any nation fails to comply with any recommendation of the Tribunal so approved by the Assembly, the provisions of Article 94 concerning the enforcement of approved recommendations of the Tribunal shall apply.

10. If the recommendations of the World Equity Tribunal are not approved in their entirety by the General Assembly by the special majority required by the preceding paragraph, the Assembly may refer the questions involved back to the Tribunal for further consideration; or the Assembly may itself make such recommendations in the light of the recommendations of the Tribunal as it shall consider appropriate; or the Assembly may propose to the nations concerned some other procedure for the settlement of the dispute or adjustment of the situation.

Comment. As already noted in the General Comment on this Chapter VI, it is fundamental to domestic order that individuals shall be required to use some means other than violence for the settlement of all their disputes. And since the time has come when the world can no longer neglect the application of this simple principle to international controversies, the purpose of Chapter VI, as revised, is to create a comprehensive and flexible system for "pacific settlement" in order to provide fully adequate *alternative means* to deal fairly and peacefully with *any* international controversy.

In harmony with this purpose, revised Article 33 would bind *all* the nations (including any nonmember nations) to seek the settlement of *all* controversies "which might lead to international friction or give rise to a dispute" by "peaceful means of their own choice". Revised Article 33 would also authorize the General Assembly (or the Executive Council "if authorized by the Assembly") to "call upon" the nations concerned to employ "such means". Revised Article 34 would empower the Assembly (or Executive Council) to investigate any "dispute", or troublesome "situation", while revised Article 35 would authorize any nation to bring any "dispute" or any such "situation" to the attention of the Assembly (or of the Council).

The function of this revised Article 36 is to supplement these obligations to seek solutions through means chosen by the nations themselves by providing procedures whereby in serious controversies which are "likely to endanger" peace, the nations concerned, if unable to agree on peaceful methods "of their own choice", can be *required* to settle their controversies without violence.

This is done: (a) by requiring all nations to submit to the International Court of Justice for final decision all *legal* issues involved in dangerous disputes or situations; and (b) by authorizing the General Assembly (or Executive Council under authority of the Assembly) to refer any dangerous *nonlegal* dispute or situation to either or both of the two proposed new organs for "pacific settlement", namely the World Conciliation Board and the World Equity Tribunal.

By reason of these new *compulsory* procedures, revised Article 36 is of prime importance; and the circumstances in which these procedures would apply require careful explanation.

As above indicated, revised Article 36 takes into account that international controversies fall into two main categories which should be dealt with in different ways, namely: (a) controversies wholly or partly dependent upon legal questions, i.e., questions which are susceptible of decision upon accepted legal principles; and (b) controversies which are wholly or largely dependent upon nonlegal considerations.

The first category includes controversies which depend *solely* upon legal questions and also controversies which, while not wholly dependent upon legal questions, involve one or more legal questions the final adjudication of which would facilitate the settlement of the controversy. For example, there may be an international dispute which depends entirely upon the interpretation of a treaty and involves nothing more than a strictly legal issue. Or there may be a controversy in which, although the authoritative interpretation of a treaty would not settle the whole dispute, such interpretation would narrow the issues and open the way to a settlement. (The legal questions, still unsettled at the end of 1957, as to rights of access to the Gulf of Aqaba furnish a good example; and one may also note that, in the dispute between France and the United Kingdom concerning the nationality decrees in Tunis and Morocco in 1923, an agreed settlement was reached following an advisory opinion by the Permanent Court of International Justice on a jurisdictional legal issue.)

Even if the adjudication of the legal questions in a particular "dispute" or "situation" did not settle the entire controversy, a final decision of these questions might well lead to a full settlement by negotiation; and that settlement might be all-important to the maintenance of peace. Accordingly, paragraph 3 of this revised Article provides that where in any international "dispute" or "situation" questions capable of determination on legal principles are involved, the General Assembly (or the Executive Council, if so authorized by the Assembly) may "direct" that such legal questions "be submitted" to the International Court of Justice "for final determination", provided that in the opinion of the Assembly (or Council) "the continuance" of the dispute or situation is "likely to endanger" the maintenance of peace.

It is sometimes forgotten that, under the present Charter and Statute of the International Court of Justice, there is no compulsory jurisdiction whatever. Accordingly, no matter how clearly a dispute endangers the peace of the world and no matter how plainly it is susceptible of decision upon purely legal principles, no provision of the present Charter or Statute of the International Court *obliges* the parties to submit to a judicial determination. In so far as such jurisdiction exists, it is solely by virtue of declarations made under the so-called "optional clause" of the Statute of the International Court or by special treaties. And although as of July 1, 1957, thirty-three nations had accepted compulsory jurisdiction under the optional clause, these acceptances were often subject to such weakening reservations that there is in practice no assurance that even the most dangerous international legal dispute between these nations can in fact be judicially determined.

It should be emphasized, therefore, that the proposed power to "direct" the judicial determination of "legal questions" in cases where, in the opinion of the General Assembly (or Executive Council), the dispute endangers the peace of the world, would constitute a new departure in that *all* nations would be *obligated* to submit such legal questions without reservation to *final and binding* decision by the International Court of Justice.

In respect of the enforcement of judgments of the International Court of Justice, the last sentence of paragraph 3 prescribes that Article 94 shall apply. This means not only that diplomatic and economic sanctions would be available (under revised Article 41) but also, in the last resort, military sanctions through the United Nations Peace Force (under revised Article 42).

It is obvious that the proposed authority to *direct* the submission of legal questions for final adjudication by the International Court of Justice, together with the provisions for the enforcement of the Court's judgments, would definitely establish the principle of compulsory jurisdiction in respect of all legal issues substantially affecting international peace, and would constitute a great step forward in the acceptance of the rule of law between nations.

It may be noted that this authority to direct the submission of legal questions to the International Court of Justice is supplemented by the further authority of the General Assembly (or the Executive Council), pursuant to Article 96, to refer the legal questions involved in a dispute or situation to the Court for an advisory opinion whenever the disputing nations refuse to submit their case directly to the Court.

Of at least equal importance with the proposals for the enlarged jurisdiction of the International Court of Justice are the new paragraphs 4-10 of revised Article 36, providing for the reference to the World Conciliation Board or the World Equity Tribunal of dangerous international disputes or situations which are primarily *not* of a legal nature.

The proposed methods, under paragraphs 4-10, for dealing with these nonlegal disputes and situations take account of the fact that they vary greatly in character and need to be handled in diverse ways. With regard to these paragraphs, it should be stressed that the procedures therein provided for are in no way intended as a substitute for the voluntary settlement of non-legal controversies, but only as alternative methods in case the nations concerned cannot agree on some procedure to achieve a settlement or, having agreed on a procedure, nevertheless fail to reach a settlement.

Thus revised Article 33 envisages various voluntary methods which might be agreed upon by the disputants themselves among which are "negotiation", "enquiry", "mediation", "conciliation", "arbitration", "judicial settlement", and "resort to regional agencies or arrangements". Moreover, the General Assembly (or Executive Council) would continue to have ample power to "recommend" such methods and to "call upon" the nations concerned to use any or all of them (revised Article 33, paragraph 2, and revised Article 36, paragraphs 1 and 2). Accordingly, the proposed power under paragraphs 4-10, whereby disputes or situations "likely to endanger" peace could be referred to the World Conciliation Board or the World Equity Tribunal without regard to the consent of the parties is not to be understood as discouraging the use of voluntary methods. Rather, this power is an all-important alternative in cases where the nations concerned either fail to employ any agreed upon procedure at all, or where such a procedure has been tried but has failed to produce a solution.

In respect of nonlegal questions involving world peace, it is of no less vital consequence than in respect of legal questions which endanger peace that the United Nations shall not be helpless to require their final settlement. And to this end there must be well-defined peaceful procedures which the nations concerned can be *required* to employ just as under paragraph 3 they could be required to submit legal questions of the same consequence to the International Court of Justice.

With these considerations in mind, paragraph 4 would authorize the General Assembly (or the Executive Council) to refer to the World Conciliation Board any dispute or situation, even over the opposition of the nations concerned, provided that the Assembly (or the Council) had first determined: (a) that the continuance of that particular dispute or situation "is likely to endanger the maintenance of international peace and security"; and (b) that the dispute or situation "involves questions which cannot be satisfactorily decided upon the basis of applicable legal principles".

The World Conciliation Board would then be required to make "such investigations as it may deem necessary" and to "endeavor to bring the nations concerned to an agreement." If those nations should reach a mutually acceptable solution, the Board would inform the General Assembly (or the Executive Council) of its terms and declare the matter closed. If, however, the Board should not succeed in bringing about an agreement within six months, the Board would so notify the Assembly. The Assembly might then decide that no further action need be taken,—for example if the controversy had in the meantime lost its dangerous character. But if the "dispute" or "situation" continued to be "likely to endanger" peace, in the Assembly's opinion, the Assembly could and presumably would refer the controversy to the World Equity Tribunal by the three-fifths vote required by paragraph 6.

In contrast to the World Conciliation Board, which would be strictly confined to efforts to bring the parties to a voluntary agreement, the World Equity Tribunal would have authority itself to recommend a solution; and that solution, if approved in its entirety by the General Assembly by the preponderant special majority required by paragraph 9, would become enforceable under revised Article 94 through precisely the same diplomatic, economic and military sanctions available for the enforcement of judgments of the International Court.

The proposal should here be noted (paragraphs 8 and 9) that, in order to avoid conflicts of jurisdiction between the World Equity Tribunal and the International Court of Justice, the Tribunal would be empowered to deal with the nonlegal questions involved in any dispute or situation referred to it only after the legal questions therein involved had been decided by the Court. In this way simultaneous consideration by the Court and the Tribunal of the same dispute or situation would be carefully avoided.

On the other hand, there seems to be no objection to the simultaneous consideration of different aspects of a dispute or situation by the International Court and the World Conciliation Board, since a settlement or adjustment by agreement arrived at with the assistance of the Board would make it unnecessary for the Court to render a judgment in the case. As between private litigants, there is no reason why negotiation and mediation should not proceed simultaneously with the trial of the case; and if an agreed settlement is reached before the court decides the issues, it is often to the best interests of all concerned. Similar considerations apply to international controversies, and would make it unwise to forbid mediation or conciliation merely because the Court has the case under consideration.

The practical application of the alternative procedures provided for in paragraphs 4-10 can best be envisaged in relation to some of the more urgent international problems which actually threatened world peace in 1957 or may do so unless taken in hand.

A list of such problems, made late in 1957 and by no means complete, would include: the division of Korea and of Vietnam, where large opposing armies stand on guard; the problem of Formosa (Taiwan) and of Quemoy and Matsu; the Kashmir problem; the question of assured access to the oil of the Middle East; the problem of international control of vital passages between seas and oceans, such as the Turkish Straits, Suez and Panama; the problem of fair apportionment of the water of various international rivers; the question of an international regime for Antarctica; the struggle for independence in Algeria; the division of Germany; the question of Soviet domination of nations in Eastern Europe; the problem of the repression in South Africa of the nonwhite majority by the white minority; and the acute Israeli-Arab hostility.

It may well be that a peaceful solution of some of these problems can only be expected when the disarmament plan, which is so vital a feature of these

99

proposals, is completed or is well under way. For example, it is hardly to be supposed that any Soviet government would think it safe *while the arms race continues* to relinquish its position in East Germany, Poland, Czechoslovakia, Romania and Bulgaria. And until national armaments are well on their way to abolition, it is hard to see how Korea or Vietnam can be reunited, or how Communist China and Nationalist China can be reconciled.

On the other hand, certain other problems could be adequately dealt with under revised Article 36 soon after the adoption of the revised Charter and without waiting for disarmament. One of these would be the Israeli-Arab problem; and it will illustrate the application of revised Article 36, especially the procedure for referring a complex and hard controversy to the World Equity Tribunal, to consider how a nonviolent and permanent settlement of that long-standing problem could be achieved.

Let us assume that the revised Charter has been in force for some years and that while disarmament is by no means complete, the new institutions which would function under revised Article 36 are well-established, i.e., the General Assembly on its new basis, the new Executive Council, the strengthened International Court of Justice, the World Conciliation Board and the World Equity Tribunal. Let us also assume that the United Nations Peace Force has been organized to the point that it has sufficient strength to police all the borders between Israel and its neighbors.

Let us further assume that the hostility between Israel and certain Arab states continues to be so acute that it would be futile to urge direct negotiations between them, and even futile to invoke the good offices of the World Conciliation Board.

In these circumstances, the normal remedy would be to refer the entire "situation" to the World Equity Tribunal by the three-fifths vote of the General Assembly required by paragraph 4. This vote would be upon the ground that the continuance of the situation would be "likely to endanger" international peace, as would certainly be the case. Simultaneously the Assembly might well order the United Nations Peace Force to patrol all the borders between the hostile nations pending the recommendations of the Tribunal and action of the Assembly thereon.

The World Equity Tribunal, acting under paragraph 8, would then hold hearings, conduct its own investigation and review all aspects of the situation, —subject to the proviso that if any legal questions had been referred to the International Court of Justice, the Tribunal would suspend its proceedings until the Court's decision was rendered.

The World Equity Tribunal's function would be, after full inquiry and fair hearing of all sides, to recommend a comprehensive solution on the basis of what is "reasonable, just and fair" to all the nations concerned. Accordingly, the Tribunal could and would consider the problem of the resettlement of the Arab refugees, the problem of the use of Jordan River water, the problem of access to the Gulf of Aqaba and of Israel's rights of transit through the Suez Canal in the light of any decision by the International Court, and the whole question of workable boundaries as between Israel and all its neighbors.

The World Equity Tribunal would then present to the General Assembly a comprehensive set of recommendations for a "solution" on the basis of what is "reasonable, just and fair".

At this point, Israel and all the other nations concerned would have the opportunity to accept the recommended solution, in which event the matter would be deemed closed. Failing such acceptance, however, the General Assembly would consider the World Equity Tribunal's report and could act on that report in several ways: (1) The Assembly could vote a nonacceptance of the report, in which case the situation could, at the Assembly's option, be returned to the Tribunal for further consideration (paragraph 10). (2) The Assembly could accept the report, in whole or with modifications, but by no more than the normal majority required on important questions (i.e., by a majority of all the Representatives), in which case the proposed solution, as so approved by the Assembly, would go to the nations concerned as a recommendation only, although necessarily a powerful one. (3) Or finally, the Assembly could approve the solution recommended by the Tribunal "in its entirety" by the preponderant majority of four fifths of all the Representatives, including three fourths of the Representatives from the largest nations, in which event that solution would become enforceable by all the available sanctions.

If, as could normally be expected, the General Assembly did approve the World Equity Tribunal's report even by no more than the ordinary majority of all the Representatives, it could be expected that the moral effect would be such as to bring about voluntary acceptance. And in case the approval were by the very large preponderant majority which would automatically authorize the use of sanctions against any noncomplying nation, the pressure for voluntary acceptance would be almost irresistible.

While, therefore, it would be important to have the possibility of sanctions in reserve, it is reasonable to expect that Israel and all other nations concerned would voluntarily comply with the World Equity Tribunal's proposed solution either at the point when the Tribunal's report was made, or at the later stage of its approval by the General Assembly.

In this way, there is every reasonable prospect that even so complex and embittered a situation as the Israeli-Arab problem could and would be peacefully adjusted,—through the use of machinery which is lacking under the present Charter.

What applies to the Israeli-Arab problem applies also to various other disputes and situations in the world "likely to endanger" peace. Some of them would be easier of solution than the Israeli-Arab conflict because less bitter and prolonged; while some would be still more difficult of solution and could, indeed, yield to the procedures of revised Article 36 only when national disarmament is well under way and the fears and tensions engendered by the arms race have subsided.

In the supposed Israeli-Arab case, it is assumed that no "domestic jurisdiction" question would be involved. But in several other of the existing dangerous situations, matters would certainly be involved in which, under the present Charter (Article 2, paragraph 7), the United Nations would not be

101

clearly authorized to intervene, no matter how serious they became. For example, in the Algerian problem and that of racial repression in South Africa, it would probably be a valid objection *under the present Charter* that these situations are no concern of the United Nations. This objection could be made no matter what world-wide emotions were stirred or how much world peace was actually endangered, so long as the actual events causing the disturbance were confined to the territory of Algeria or of the Union of South Africa.

It is to meet this difficulty that the amendment of Article 2, paragraph 7, is proposed whereby it is expressly provided that the principle of nonintervention by the United Nations in matters of "domestic jurisdiction" shall not prejudice the employment of the procedures for pacific settlement under revised Article 36 when the General Assembly has decided that the situation, even though *ordinarily* "domestic", has so developed that it is in fact endangering world peace.

Thus, the impotence of the United Nations in such "domestic jurisdiction" matters would be abolished, although only in exceptional circumstances and subject to the most careful safeguards. Through the modification of Article 2, paragraph 7, together with revised Article 36, it would be established, in effect, that a situation, which would be "domestic" if it did not affect world peace, ceases to be such when its effect is actually to create danger of international violence.

In summary: The new system provided by this revised Article 36 for the pacific settlement of disputes and situations which are "likely to endanger" peace embodies three main concepts: *First,* there should be such comprehensive and flexible world machinery for peaceful settlements on the basis of fair hearing, law and equity that no nation could any longer have even a plausible reason to plead the lack of such machinery as an excuse for violence; and this machinery should include mediation, the compulsory adjudication of legal issues and authoritative recommendations on nonlegal questions. *Second,* when a particular international controversy has been judged dangerous to peace by a vote of the world's representative body (the revised General Assembly), there should be workable *practical means* (through the enforcement of judgments of the International Court of Justice and of solutions proposed by the World Equity Tribunal, when overwhelmingly approved by the Assembly) to deal effectively with threatening situations *before* they erupt into international violence. *Third,* while the United Nations would have no power to deal with troubles within a nation, no matter how hideous, unless those troubles clearly endanger world peace, there should be no "domestic jurisdiction" dogma so rigid as to prevent United Nations intervention as a last resort if and when the peace of the world is plainly involved.

The rationale of these proposals is that the world can no longer afford to be without adequate institutions not only to suppress international violence *after* it occurs, but also, so far as reasonably possible, to *prevent* it from occurring. The provisions of this revised Article 36 (together with interrelated provisions of other Articles and Annexes) have this sole purpose in view. They would, it is believed, be effective to achieve that purpose.

102

1. *Should the parties to a dispute of the nature referred to in Article 33 fail to settle it by the means indicated in that Article, they shall refer it to the Security Council.*

1. *In case the General Assembly or the Executive Council, if authorized by the Assembly, determines, in accordance with Article 36, that the continuance of any dispute or situation is likely to endanger the maintenance of international peace and security, it shall prescribe provisional measures to be adopted by the nations concerned. The Assembly or the Council, if authorized by the Assembly, may from time to time modify any such provisional measures, taking into account any recommendations which may be made by the International Court of Justice, the World Conciliation Board or the World Equity Tribunal.*

2. *If the Security Council deems that the continuance of the dispute is in fact likely to endanger the maintenance of international peace and security, it shall decide whether to take action under Article 36 or to recommend such terms of settlement as it may consider appropriate.*

2. *The nations concerned shall be bound to observe such provisional measures and to abstain from any sort of action which might aggravate the dispute or situation.*

3. *In order to ensure that the nations concerned will observe such provisional measures, the General Assembly or the Executive Council, if authorized by the Assembly, may direct that units of the United Nations Peace Force be stationed temporarily in the territory of the nations concerned, whether or not with their consent; and in such a case the nations concerned shall furnish to the Peace Force*

*such assistance and facilities as
may be required for the purpose of
maintaining peace in the area.*

Comment. The subject matter of the present text of this Article 37 is covered by the revised text of Article 36, which provides various alternative methods for dealing with disputes or situations the continuance of which is likely to endanger the maintenance of peace. The present text of Article 37 has, therefore, been deleted and a new text dealing with a different subject matter has been substituted in its place.

The purpose of the proposed new text is to close an important gap in the provisions of the present Charter relating to the pacific settlement of any threatening "dispute" or "situation", i.e., the lack of any *requirement* that the General Assembly (or the Executive Council) shall prescribe provisional measures when peace is endangered and while the problems involved are being investigated, mediated, arbitrated or adjudicated by the World Conciliation Board, the World Equity Tribunal or the International Court of Justice, as the case may be.

Even before any steps are taken relative to the merits of a dispute or situation, it may be of vital importance to prevent any *further aggravation* of the dispute or situation. Accordingly, this revised Article not only confers the necessary authority on the General Assembly (or the Executive Council) to order provisional measures, but also imposes a duty upon the Assembly (or the Council) to direct such measures whenever a dispute or situation is likely to endanger peace. Broad power would be conferred on the Assembly (or Council) to modify the initial provisional measures; and if the dispute or situation were referred to the World Conciliation Board, the World Equity Tribunal or the International Court, any one of these organs would be empowered to recommend such further provisional measures as it deemed necessary. On the basis of these recommendations, as well as on its own initiative, the Assembly (or the Council) could modify the original provisional measures from time to time.

This revised Article also provides (paragraph 2) that the nations concerned shall be bound to take all the steps necessary to ensure compliance with the prescribed provisional measures. They might be required, for instance, to suspend the enforcement of a national law or the execution of a national decision, the validity of which had been challenged before the International Court of Justice.

Still further (by paragraph 2), all the nations concerned would be required, even before any provisional measures were prescribed, to "abstain from any sort of action which might aggravate the dispute or situation."

Finally this revised Article provides (paragraph 3) that the General Assembly (or the Executive Council, if authorized by the Assembly) may order the temporary stationing of units of the United Nations Peace Force in the territory of any nation to the extent necessary to ensure compliance with the provisional measures; and it is made clear that this may be done irrespective of the consent of any nation concerned.

These provisions should be effective to ensure that a serious danger to peace would become no worse during the possibly long period that might be needed to work out a solution through the organs and procedures provided for in the preceding revised Articles of this Chapter VI.

Article 38

Without prejudice to the provisions of Articles 33 to 37, the *Security* Council may, if all the parties to any dispute so request, make recommendations to the *parties* with a view to a pacific settlement of the dispute.

Without prejudice to the provisions of Articles 33 to 37, *the General Assembly or* the *Executive* Council may, if all the *nations which are* parties to any dispute *or are concerned in any situation* so request, make recommendations to the *nations concerned* with a view to a pacific settlement of the dispute or *adjustment of the situation; or if so requested the Assembly or Council may decide the dispute or define the terms upon which the situation shall be adjusted, the decision in either case to be binding on all the nations concerned.*

Comment. This Article relates to the contingency that all the nations involved in any dispute or situation, even if not sufficiently serious to endanger peace, decide that they wish to have the General Assembly or Executive Council deal with the problem. They may wish to have the Assembly or Council do no more than make recommendations or they may go further and wish to have a final decision made. The present text partially provides for such a contingency in permitting mere "recommendations" regarding any dispute. There seems every reason, however, for enlarging the scope of this voluntary procedure. The revised Article does so by providing: (a) that the nations concerned may, by unanimous agreement, designate either the General Assembly or the Executive Council to deal with the matter; (b) that the Assembly or Council, as the case may be, may be asked to deal with a "situation" as well as with a "dispute"; and (c) that the nations concerned may not only request the making of "recommendations" but, alternatively may ask the Assembly or Council, as the case may be, to render a binding decision.

It should be noted that this proposed provision for the unanimous reference of any "dispute" or "situation" to the General Assembly or Executive Council is in no way inconsistent with the various alternative procedures provided under the preceding revised Articles of Chapter VI.

It may sometimes, or even often, occur that all the nations concerned in a difficult "dispute" or "situation" would prefer to have the General Assembly itself, or its agent, the Executive Council, deal directly with the subject matter rather than contest the issues before the International Court of Justice or the World Equity Tribunal or invoke the aid of the World Conciliation Board or resort to any other process. When such is the unanimous wish of the nations concerned, the Assembly or Council (whichever may have been requested to deal with the matter) should have clear authority to comply with the request. And this authority should be not only to make "recommendations", but actually to make a final and binding decision, if so requested.

While the latter procedure might be seldom invoked, it might well provide the best solution when the nations concerned unite on this method. A precedent is found in the final settlement of the fate of the former Italian colonies under the 1947 Peace Treaty with Italy, which contained a provision authorizing the General Assembly to make recommendations on that subject. The parties to the Treaty all agreed to accept as binding the recommendations subsequently made by the Assembly; and the final result was a solution reasonably satisfactory to all concerned.

CHAPTER VII

ACTION WITH RESPECT TO THREATS TO THE PEACE, BREACHES OF THE PEACE, AND ACTS OF AGGRESSION

Article 39

The *Security* Council shall determine the existence of any threat to the peace, breach of the peace, *or* act of aggression and shall *make recommendations, or* decide what measures shall be taken in accordance with Articles 41 *and* 42, to maintain or restore international peace and security.

1. The *General Assembly or the Executive* Council, *to the extent authorized by paragraph 2 of this Article,* shall determine the existence of any *imminent* threat to the peace, *serious* breach of the peace, act of aggression, *or serious refusal to comply with this revised Charter or the laws and regulations enacted thereunder,* and shall decide what measures shall be taken, in accordance with Articles 40, 41, 42 *and* 43, to maintain or restore international peace and security *or to ensure compliance with this revised Charter and the laws and regulations enacted thereunder.*

2. When the General Assembly is not in session and an emergency arises which the Executive Council considers to require immediate action, the Council shall declare such emergency and shall take such interim measures of the kind referred to in Articles 40 and 42 as it may deem necessary, provided that the Council shall simultaneously request the Secretary-General to convoke a special session of the Assembly to meet as soon as possible and in any case within a week

from such declaration. At such spe-
cial session the Assembly shall ap-
prove, modify or revoke the declar-
ation and interim measures of the
Council; and the Assembly may di-
rect such other measures as it
deems necessary. The authority of
the Council to take interim meas-
ures shall cease as soon as the As-
sembly convenes.

Comment. The broad purpose of this revised Article is similar to that of the present Article, i.e., to confer authority: (1) to declare the existence of actual or imminent breaches of international peace or of serious violations of the Charter; and (2) to decide upon and apply effective measures to prevent violence, restore order or vindicate the authority of the Charter. In several important respects, however, the revised Article modifies and strengthens the powers granted by the present Article.

The proposed grant of authority to the General Assembly (paragraph 1) to determine the existence of actual aggression or serious threats to the peace or serious refusals to comply with the Charter and the laws of the United Nations, and of authority to decide what measures shall be taken, is a further consequence of the previous proposal that the Assembly itself shall have the general and "primary" responsibility for the maintenance of peace (revised Articles 11 and 24). The new Executive Council would, in this regard, have authority only when the Assembly is not in session and when the Council decides that an emergency exists which requires "immediate action"; and even then the Council's action would be subject to prompt review by a special session of the Assembly to be convoked within a week after the Council's action (paragraph 2).

The proposed inclusion in the General Assembly's authority of power to determine the existence not only of any direct danger to peace but also of any "serious refusal" to comply with the Charter or with "the laws and regulations enacted thereunder" is a consequence of the proposed enlargement of the general scope of the Assembly's power and in particular of the grant of authority to legislate within certain strict limits. Since to be effective it is essential that the Assembly's legislation be properly enforced, it is clearly necessary to grant adequate authority to the Assembly (within the limits of revised Articles 40, 41, 42 and 43) to see to it that the duly enacted and valid laws and regulations of the Assembly are obeyed. At the same time it is appropriate to include express authority to ensure compliance with the Charter itself.

It is important to have in mind the difference between: (a) the authority and procedures covered by this revised Article 39 and the other revised Articles of this Chapter VII; and (b) the authority and procedures covered by revised Articles 33-38 of the preceding Chapter VI. The latter provide a variety of methods for the peaceful settlement of "disputes" or the adjustment of "situations" at the stage when they are "likely" to "endanger" peace, but *before* any such dispute or situation has reached the stage of an actual aggression or breach of the peace or imminent threat to the peace. In other words, all the elaborate provisions of Chapter VI relate to the *pacific* settlement of disputes or situations which, while dangerous, have not yet become imminent threats to or actual breaches of the peace. By contrast, the provisions of Chapter VII relate to the treatment of actual or imminent breaches of the peace by means which are *not* pacific, i.e., through diplomatic and economic sanctions (revised Article 41) and, if necessary, through military action by the United Nations Peace Force (revised Articles 42 and 43).

The employment of means of this sort (except on an interim basis during acute emergency) should be a function of the General Assembly itself; and the use of these enforcement measures, when necessary, should be not only the right but also the duty of the Assembly.

Consequently, the provision of the present Article permitting mere "recommendations" in these serious contingencies has been eliminated. The new wording makes it clear that when a formal finding has been made by the General Assembly that the authority of the United Nations has been flouted, the Assembly shall be bound to *order* direct measures rather than merely to recommend them,—although the Assembly may, of course, vary the strength of such measures depending upon the circumstances of each case.

It will be noted that two important obstacles to effective enforcement action would be removed by the proposed changes in this Article. *First,* the obstacle of the veto in the present Security Council would be abolished, and either the General Assembly would be able to take action by the majority provided for in revised Article 18, or the new Executive Council could take emergency interim action by the majority provided for in revised Article 27. *Second,* the ability of the United Nations to take effective enforcement measures would be greatly increased by the availability of the United Nations Peace Force which the General Assembly (or the Executive Council in an emergency when the Assembly was not in session) could order into action without delay.

Article 40

In order to prevent an aggravation of the situation, the *Security* Council may, before *making the recommendations or* deciding upon the measures provided for in Article 39, call upon the parties concerned to comply with such provisional measures as it deems necessary *or desirable.* Such provisional measures shall be without prejudice to the rights, claims, or	In order to prevent an aggravation of the situation, *the General Assembly, or* the *Executive* Council *in the circumstances defined in paragraph 2 of Article 39,* may, before deciding upon the measures provided for in Article 39, call upon the parties concerned to comply with such provisional measures as it deems necessary. Such provisional measures shall be without

position of the parties concerned. *The Security Council shall duly take account of failure to comply with such provisional measures.*

prejudice to the rights, claims, or position of the parties concerned. *In case of noncompliance with such provisional measures, the General Assembly, or the Executive Council in the circumstances defined in paragraph 2 of Article 39, shall decide what measures shall be taken in accordance with Articles 41, 42 and 43 to enforce compliance therewith; and such measures may, in accordance with paragraph 3 of Article 37, include the stationing of the United Nations Peace Force in the territory of the nations concerned in the situation.*

Comment. The proposed grant of authority to the General Assembly to direct compliance with "provisional measures" is one more recognition of the "primary responsibility" of the Assembly for the maintenance of peace (revised Articles 11 and 24). In view of the proposed general responsibility of the Assembly in this regard, it should likewise have authority to prescribe "provisional measures" designed to "prevent an aggravation of the situation". The authority given to the Executive Council in this respect is limited to "the circumstances defined in paragraph 2 of Article 39", i.e., when the General Assembly is not in session and the Council declares an emergency requiring "immediate action".

The new last sentence confers more direct and decisive authority than does the present Article for the enforcement of provisional measures. The present clause, providing only that due "account" shall be taken of a failure to comply with provisional measures, seems to imply that a nation has no real obligation to comply with a provisional measure, and that there is nothing that the United Nations could do at this stage to require compliance. It is proposed to substitute a clear-cut mandate to the General Assembly (or the Executive Council to the limited extent permitted in an emergency) to decide upon the measures to be taken in order to ensure compliance. These measures would be subject to the limitations of revised Articles 41, 42 and 43; but it is specifically provided that such measures may include the use of the United Nations Peace Force under the provisions of revised Article 37. As in the case of the mandate under revised Article 39, the increased power under this revised Article 40 would be in harmony with the greatly strengthened authority to enforce peace which the United Nations would possess under the whole revision.

In the event that any interim provisional measures were prescribed by the Executive Council, all such measures would be subject to approval, modifica-

110

tion or revocation by the General Assembly at its special session to be forthwith convoked (paragraph 2 of revised Article 39).

Article 41

The *Security Council may* decide what measures not involving the use of armed force are to be employed to give effect to its decisions, *and it may call upon the Members of the United Nations to apply such measures.* These may include complete or partial interruption of economic relations and of rail, sea, air, postal, telegraphic, radio, and other means of communication, and the severance of diplomatic relations.

1. The *General Assembly shall* decide what measures not involving the use of armed force are to be employed to give effect to its decisions. These may include complete or partial interruption of economic relations and of rail, sea, air, postal, telegraphic, radio, and other means of communication, and the severance of diplomatic relations.

2. The General Assembly shall direct the member Nations to apply the measures decided upon, and shall invite any state which is not a member of the United Nations to do likewise.

Comment. Although it is proposed by the creation of a United Nations Peace Force (revised Articles 11 and 42 and Annex II) to equip the United Nations itself with effective *military* means to enforce peace, it is eminently desirable to retain and strengthen the present powers to impose diplomatic and economic sanctions so as to obviate, if possible, the use of military force.

The proposal to empower the General Assembly itself to order diplomatic and economic sanctions is in harmony with corresponding changes in other Articles whereby the Assembly, in view of its "primary responsibility" for the maintenance of peace, is granted specific powers to fulfil that responsibility. In contrast with revised Articles 39, 40 and 42 which contemplate measures requiring the utmost speed in order to be effective, this revised Article 41 deals only with diplomatic and economic measures as to which it is almost inconceivable that interim action by the Executive Council (reviewable by the Assembly within a week) would be essential. Consequently, this revised Article confers no such interim emergency authority on the Council as is conferred by revised Articles 39, 40 and 42.

By paragraph 2 of this revised Article, the General Assembly would be required to "direct" all the member Nations to apply the economic sanctions and the severance of diplomatic relations decided upon and to "invite" any state which might not be a member of the United Nations to do likewise.

The changes from "may decide" to "shall decide" and from "may call

111

upon" to "shall direct" are proposed in order to clarify and strengthen both the responsibility and the power of the United Nations to maintain peace. Again this is a recognition of the fact that the proposed revision creates, within the limited sphere of preventing war, a world authority equipped with genuine and effective power not only to make decisions, but also to enforce them.

This revised Article 41 should be read in connection with revised Article 48 whereby the member Nations *obligate* themselves to carry out all enforcement measures required of them by the General Assembly,—including the nonmilitary sanctions covered by this revised Article.

Article 42

Should the *Security* Council consider that measures provided for in Article 41 would be inadequate or have proved to be inadequate, it *may take* such action by air, sea, or land *forces* as may be necessary to maintain or restore international peace and security. Such action may include demonstrations, blockade, and other operations *by air, sea, or land forces of Members of the United Nations.*

1. Should *the General Assembly, or* the *Executive* Council *in the circumstances defined in paragraph 2 of Article 39,* consider that measures provided for in Article 41 would be inadequate or have proved to be inadequate, it *shall direct* such action by air, sea, or land *elements of the United Nations Peace Force* as may be necessary to maintain or restore international peace and security *or to ensure compliance with this revised Charter and the laws and regulations enacted thereunder.* Such action may include demonstrations, blockade, and other operations; *but any such action shall be taken within the limitations and pursuant to the procedures contained in Annex II.*

2. In case the United Nations has directed action by the United Nations Peace Force, all the member Nations shall, within the limitations and pursuant to the procedures contained in Annex II, make available to the United Nations such assistance and facilities, including rights of passage, as the United Nations may call for.

Comment. The changes proposed in this Article are obviously of extreme importance. As already noted, the United Nations under the proposed revision would no longer have to depend on the willingness of member Nations to contribute military forces, but would have its own "United Nations Peace Force" ready to act on a moment's notice (revised Article 11 and Annex II). The purpose of this revised Article 42 is to define the circumstances in which and the procedures by which the Peace Force can be utilized to maintain or restore international peace.

In harmony with other proposals whereby the General Assembly (fully representative as it would be of all or nearly all the world's people) would have the "primary responsibility" for maintaining peace, all the critical decisions for that purpose should be made by that body. It follows, therefore, that the authorization of so important a step as the use of military sanctions ought to be solely the function of the Assembly,—save only that (as provided in revised Article 39) the Executive Council should have some *interim* authority to direct such sanctions in case of an emergency requiring "immediate action".

This revised Article 42 embodies that conception. By paragraph 1 the General Assembly is given authority to order the United Nations Peace Force into action if the Assembly considers that nonmilitary sanctions under revised Article 41 "would be inadequate or have proved to be inadequate". As already noted, the authority of the Executive Council in this regard would be much more limited. For that Council could order action by the Peace Force only: (a) if the Assembly is not in session and (b) if the Council determines that there is an emergency requiring "immediate action". Even then, the Council's action would be of no more than an interim character, since it would be subject to review and change within not more than one week by the special session of the Assembly which would have to be convoked immediately (revised Article 39).

In the first sentence of paragraph 1 of this revised Article, it is proposed to change "may take" to "shall direct", in order to clarify and strengthen the obligation and authority of the General Assembly (and, in an emergency, of the Executive Council) in this field of military sanctions. The conception is that, if the Assembly (or the Council) has reached a decision that measures short of armed force are or would be inadequate, it should be *required* to employ the United Nations Peace Force, since otherwise the United Nations would have to confess impotence to maintain peace.

The omission in the second sentence of revised paragraph 1 of the phrase "by air, sea, or land forces of Members of the United Nations" is obviously necessary, since military action under this revised Article would be exclusively by the United Nations Peace Force (including any Peace Force reservists called into service of the United Nations under revised Article 43) and not by any national forces.

Paragraph 1 also provides that "any such action" (i.e., military sanctions) must be taken "within the limitations and pursuant to the procedures contained in Annex II." Hence it follows that this revised Article must be read in connection with the detailed provisions of Annex II. On this subject Article 4,

113

paragraph 5, of Annex II provides that "any action by the United Nations Peace Force pursuant to Articles 37, 40, 42 or 43 of this revised Charter shall be limited to such operations as are strictly necessary to maintain or restore international peace or to ensure compliance with this revised Charter and the laws and regulations enacted thereunder." And Article 4 of Annex II goes on to provide more definite safeguards to ensure that the use of military force shall be limited to that which is absolutely essential to deter or suppress violence.

The new paragraph 2 of this revised Article 42 contains the requirement that "all the member Nations" must give all necessary assistance to the United Nations (within the limits of Annex II) if the United Nations Peace Force has been called into action.

Article 43

1. *All Members of the United Nations, in order to contribute to the maintenance of international peace and security, undertake to make available to the Security Council, on its call and in accordance with a special agreement or agreements, armed forces, assistance, and facilities, including rights of passage, necessary for the purpose of maintaining international peace and security.*

1. *If the standing component of the United Nations Peace Force has been called into action pursuant to Article 42, but the General Assembly determines that the situation is of so serious a character that it cannot be dealt with by the then existing strength of such standing component, the Assembly shall declare the existence of a grave emergency and shall call to active duty as many members of the Peace Force Reserve as the Assembly may deem necessary. Any such call shall be made pursuant to the procedures and subject to the limitations contained in Annex II.*

2. *Such agreement or agreements shall govern the numbers and types of forces, their degree of readiness and general location, and the nature of the facilities and assistance to be provided.*

2. *If the General Assembly determines that the strength of the United Nations Peace Force would be insufficient to deal adequately with the situation, even when the authorized strength of its standing component and of the Peace Force Reserve has been increased to the maximum limits provided for in Annex II and even when all the*

114

members of the Peace Force Reserve have been called to active duty, the Assembly shall declare the existence of an extreme emergency and shall direct that for the period of such emergency only the strength of the Peace Force shall be increased beyond the maximum limits provided for in Annex II to such number as the Assembly deems necessary and that the member Nations shall cooperate with the United Nations in obtaining additional recruits; provided that such increase shall be made pursuant to the procedures and subject to the limitations contained in Annex II.

3. The agreement or agreements shall be negotiated as soon as possible on the initiative of the Security Council. They shall be concluded between the Security Council and Members or between the Security Council and groups of Members and shall be subject to ratification by the signatory states in accordance with their respective constitutional processes.

Comment. Hard experience in the 1946-1957 period has demonstrated the inadequacy of the present Article 43. It relies entirely on voluntary agreements between nations to supply military forces to the United Nations; and despite years of negotiation it has proved impossible to conclude such agreements. In consequence, when the Korean emergency arose in 1950 and the attacks on Egypt by Israel, France and the United Kingdom occurred in 1956, the United Nations neither had any military forces of its own nor any forces which it was entitled to call for as a matter of right. In consequence, although a number of nations voluntarily supplied contingents, the burden fell unequally upon the various members of the United Nations.

To remedy this situation it is proposed completely to remodel this Article in order that the United Nations shall have adequate means, even in the most extreme contingency, to maintain or restore peace and to enforce compliance with the revised Charter and the laws of the United Nations.

The situation envisaged is not only that diplomatic and economic sanctions

115

under revised Article 41 have proved insufficient, **but** also that the situation is so serious that, in the General Assembly's opinion, it cannot be dealt with by the then existing strength of the United Nations Peace Force. Such a contingency would, indeed, be extremely remote, since with total national disarmament, a strong United Nations military force should be able to deal readily with even the most formidable threat. Nevertheless, the importance of maintaining the authority of the United Nations in all circumstances is so vital that every precaution should be taken to see that the United Nations shall have reserve power which would be clearly sufficient to suppress any conceivable defiance of its authority.

This would be in part accomplished by revised paragraph 1 whereby the United Nations Peace Force Reserve (to be established pursuant to Annex II and to be composed of a large number of individual reservists with basic training) would be subject to call for active service if the General Assembly decided that the then existing strength of the standing component of the Peace Force was inadequate. This provision would be supplemented by the further authority, under revised paragraph 2, greatly to strengthen the Peace Force in case of extreme emergency by obtaining new recruits to whatever number may be required, but for the period of the emergency only. To this end revised paragraph 2 authorizes the General Assembly to require the member Nations to aid (within the limits of Annex II) in the recruitment of the additional personnel.

It should be noted that the authority to summon into service the members of the Peace Force Reserve and to call on the member Nations for cooperation in the still further increase of the Peace Force would be granted to the General Assembly alone. Since the Assembly could be quickly convoked in special session and since there could hardly be any situation in which a few days difference in the summoning of the Peace Force reservists would be important, it seems unnecessary to give interim emergency power to the Executive Council in this regard.

Article 44

When the Security Council has decided to use force it shall, before calling upon a Member not represented on it to provide armed forces in fulfillment of the obligations assumed under Article 43, invite that Member, if the Member so desires, to participate in the decisions of the Security Council concerning the employment of contingents of that Member's armed forces.

The General Assembly shall enact in advance such general regulations as the Assembly may deem necessary in order to enable the member Nations to comply promptly and effectively with any call or direction by the Assembly under Articles 41, 42 and 43.

Comment. The present text of this Article is no longer applicable, since under the revised Charter the United Nations would have its own military forces in the shape of the United Nations Peace Force.

The purpose of the entirely new text is to require the General Assembly to adopt "advance" general regulations with regard to: (1) the carrying out by the member Nations of diplomatic and economic sanctions under revised Article 41; and (2) the facilities to be supplied and the assistance to be rendered by member Nations under revised Articles 42 and 43 if military sanctions are being imposed. It would obviously facilitate the carrying out of the obligations of the member Nations with regard to all these sanctions if careful provision were made in advance as to what would be expected of them.

Article 45

In order to enable the United Nations to take urgent military measures, Members shall hold immediately available national air-force contingents for combined international enforcement action. The strength and degree of readiness of these contingents and plans for their combined action shall be determined, within the limits laid down in the special agreement or agreements referred to in Article 43, by the Security Council with the assistance of the Military Staff Committee.

The member Nations shall adopt such internal legislation and administrative measures as may be necessary to assure prompt and effective compliance with such general regulations as are enacted by the General Assembly under Article 44 and under Annex II.

Comment. The present text of this Article is no longer applicable: (1) because under the revised Charter the United Nations would have its own military forces available for any military sanctions which might be necessary (namely, the standing United Nations Peace Force supplemented, if necessary, by the calling up of Peace Force reservists); and (2) because, under the disarmament plan (Annex I), the member Nations would have no "air-force contingents" since they would be permitted to have only such strictly limited and lightly armed forces as would be necessary for the maintenance of internal order.

The new text of this Article supplements the previous revised Articles of Chapter VII so that, taken together, they constitute a complete scheme for the application of diplomatic, economic and military sanctions as required.

Revised Article 41 provides for diplomatic and economic sanctions; revised Articles 42 and 43 for military sanctions; while the purpose of revised Article 44 is to ensure the enactment by the United Nations of advance regulations

117

to facilitate the carrying out by the member Nations of their duty to collaborate in the application of sanctions, if and when they are called upon to act. Finally, this revised Article 45 completes the plan by obligating every member Nation to adopt such stand-by *internal* measures as may be necessary to effectuate the "general regulations" adopted by the Assembly under revised Article 44. In this way there would be maximum assurance that all the measures directed by the United Nations would be taken without undue delay.

Article 46

Plans for *the application of armed force* shall be made by the *Security* Council with the assistance of the Military Staff Committee.

Plans for *possible action by the United Nations Peace Force to maintain or restore international peace and security or to ensure compliance with this revised Charter and the laws and regulations enacted thereunder, pursuant to Article 42 and Annex II*, shall be made *in advance* by the *Executive* Council with the assistance of the Military Staff Committee.

Comment. The general purpose of the revised text is the same as that of the present text. The changes are intended only to make clear that the plans for the use of armed force by the United Nations shall be made "in advance". This planning activity would, of course, cover not only potential action by the regular standing United Nations Peace Force but also by the Peace Force as it might be enlarged by the calling out of reservists and, in exceptional circumstances, by additional recruits obtained with the aid of member Nations pursuant to revised Article 43.

Article 47

1. There shall be established a Military Staff Committee to advise and assist the *Security* Council on all questions relating to the *Security Council's* military requirements for the maintenance of international peace and security, *the employment and command of forces placed at its disposal, the regulation of armaments, and possible disarmament.*

1. There shall be established a Military Staff Committee to advise and assist *the General Assembly and* the *Executive* Council on all questions relating to the military requirements *of the United Nations* for the maintenance of international peace and security *and for ensuring compliance with the revised Charter of the United Nations and the laws and regulations enacted thereunder. The functions of the Military Staff Committee*

shall include advice and assistance concerning the organization, administration, recruitment, discipline, training, equipment, compensation and disposition of the United Nations Peace Force, including the reservists enrolled in the Peace Force Reserve.

2. The Military Staff Committee shall consist of *the Chiefs of Staff of the permanent members of the Security Council or their representatives. Any Member of the United Nations not permanently represented on the Committee shall be invited by the Committee to be associated with it when the efficient discharge of the Committee's responsibilities requires the participation of that Member in its work.*

2. The Military Staff Committee shall consist of *five persons, none of whom shall be a national of any of the member Nations then having sixteen or more Representatives in the General Assembly, and no two of whom shall be nationals of the same member Nation. They shall be appointed by the Executive Council for terms not exceeding five years, subject to confirmation by the General Assembly. The Executive Council shall have authority to remove any member of the Military Staff Committee, whenever the Council deems it necessary.*

3. The Military Staff Committee shall be responsible under the *Se*curity Council for the *strategic direction* of *any armed forces placed at the disposal of the Security Council. Questions relating to the command of such forces shall be worked out subsequently.*

3. *When action by the United Nations Peace Force has been directed pursuant to Articles 42 and 43, the Executive Council, with the assistance of the Military Staff Committee, shall be responsible for the general strategic direction* of *that Force.* The Military Staff Committee shall be responsible, under *the direction and control of* the Council, for the *actual operations of the Peace Force. The Council shall, with the advice of the Committee, appoint the principal commanders of the Peace Force for the period of its actual operations.*

*4. The Military Staff Committee
with the authorization of the Security Council and after consultation with appropriate regional
agencies, may establish regional
subcommittees.*

Comment. The purposes of this revised Article 47 are: (a) to provide for a carefully selected professional group to advise the General Assembly and the Executive Council with respect to military matters; and (b) to provide for the professional direction of any actual military operations by the United Nations Peace Force. It should, however, be stressed that the final authority would at all times remain in civilian hands, i.e., in the General Assembly and the Executive Council. This principle is implemented by the terms of revised Articles 46 and 47 and of Annex II which between them clearly provide: (1) that the Council (subject to general laws and regulations adopted by the Assembly) would have general control over the organization, discipline, training, equipment and disposition of the Peace Force; (2) that the Council would also be responsible, with the advice of the Military Staff Committee, for the general strategic direction of the Peace Force; and (3) that the Council would also have ultimate direction and control even of actual operations.

Consistent with this ultimate responsibility of the Executive Council and its powers of control, the strictly military command of the Peace Force would be left in the hands of military men. To prevent possible abuse, however, it is deemed advisable to assign this power of command not to a single individual but to a committee of five, to be known as the Military Staff Committee.

This Military Staff Committee would be appointed by the Executive Council, subject to confirmation by the General Assembly. Safeguards are also contained in the requirements that: (1) no two members of the Committee shall be nationals of the same member Nation; (2) all members of the Committee must come from the smaller nations, i.e., from nations other than those nations having more than sixteen Representatives in the Assembly; (3) their terms of appointment shall not exceed five years; (4) the members of the Committee shall be subject to dismissal at the Council's discretion; and (5) the terms of appointment of principal commanders in the field shall be limited to the period of actual operations of the Peace Force in a particular situation. These safeguards are further supplemented by various provisions of Annex II with respect to the composition, distribution and equipment of the Peace Force.

These careful and interrelated safeguards embody, it is believed, every reasonable precaution against abuse of power by the armed forces of the United Nations, and should provide strong assurance that the world police force would be "tyranny-proof".

Article 48

1. *The* action *required to carry*   1. *To the extent that member*

out the decisions of the Security Council for the maintenance of international peace and security shall be taken by all the *Members of the United Nations* or by some of them, as the *Security* Council may determine.

Nations are directed by the General Assembly, or by the Executive Council in the circumstances defined in paragraph 2 of Article 39, to take action for the maintenance of international peace and security *or for ensuring compliance with this revised Charter and the laws and regulations enacted thereunder, such action* shall be taken by all the *member Nations* or by some of them, as *the Assembly, or* the Council *in the circumstances defined in paragraph 2 of Article 39,* may determine.

2. *Such decisions* shall be *carried out* by the *Members of the United Nations* directly and through *their action in* the appropriate international agencies of which they are members.

2. *Any such required action* shall be *taken* by the *member Nations* directly and through the appropriate international agencies of which they are members.

Comment. The broad purpose of the revised Article is the same as that of the present Article, namely to obligate all the member Nations loyally to carry out such measures to maintain peace and to ensure compliance with the Charter as have been determined upon by the appropriate organs of the United Nations. The changes merely recognize the proposed "primary responsibility" of the General Assembly for the maintenance of peace and for ensuring compliance with the Charter (revised Article 11) and the substitution of the proposed Executive Council for the present Security Council (revised Articles 23 and 24).

Article 49

The *Members of the United Nations* shall join in affording mutual assistance in carrying out the measures decided upon by the *Security* Council.

The *member Nations* shall join in affording mutual assistance in carrying out the measures decided upon *by the General Assembly, or* by the *Executive* Council *in the circumstances defined in paragraph 2 of Article 39.*

Comment. The purpose of the revised Article is the same as that of the present Article. The reference to the General Assembly and the change from the "Security Council" to the "Executive Council" are made for the same reasons as the corresponding changes in revised Article 48.

Article 50

If preventive or enforcement measures against any state are taken by the *Security* Council, any other state, whether a *Member* of the United Nations or not, which finds itself confronted with special economic problems arising from the carrying out of those measures shall have the right to *consult the Security Council with regard to a solution of those problems.*

If preventive or enforcement measures against any state are taken *by the General Assembly, or* by the *Executive* Council *in the circumstances defined in paragraph 2 of Article 39,* any other state, whether a *member* of the United Nations or not, which finds itself confronted with special economic problems arising from the carrying out of those measures shall have the right to *obtain relief from the General Assembly.*

Comment. This revised Article is directed toward the same end as the present one, i.e., to provide for assistance to any nation (even a nonmember nation) which is confronted with special economic difficulties as a result of its participation in the application of sanctions directed by the United Nations. The changes take into account the fact that the proposed revision would set up a really effective system of diplomatic, economic and military sanctions, and that the possible consequences of the required collaboration might be more serious to a particular nation than under the present Charter. Fairness requires that the right to special relief of any nation which suffers disproportionate economic loss by reason of its participation in enforcement measures shall be correspondingly broadened.

The present right "to consult . . . with regard to a solution of those problems" seems inadequate, and it is proposed to substitute the right to "obtain relief from the General Assembly" in such circumstances. Such relief would ordinarily take the form of a temporary exemption for a particular member Nation from participation in certain economic sanctions, or of an arrangement to substitute trade with other nations for trade with the nation against which the sanctions are directed. In exceptional circumstances, however, the relief could take the form of actual money grants from the general funds of the United Nations available under the revenue system established by revised Article 17 and Annex V.

Under this revised Article 50, for example, Korea would have had the *right* to United Nations relief for the damage suffered during the conflict on Korean soil; and instead of taking up a voluntary subscription among the nations for a relief fund, the United Nations itself would have had authority to appropriate funds for the purpose of helping to repair the damage.

In this way, relief for exceptional economic damage suffered by a particular nation would be recognized as a matter of right rather than charity. Moreover, the burden of the relief, instead of falling unevenly upon particular nations by reason of their voluntary contributions, would be distributed equitably among the peoples of the member Nations through their payments for the budget of the United Nations pursuant to Annex V.

Other changes in this Article result from the enlargement of the responsibility of the General Assembly for the maintenance of peace (revised Article 11) and from the substitution of the Executive Council for the Security Council (revised Article 23).

It may also be noted that there is no need to provide for interim relief by the Executive Council, since if the General Assembly were not in session it would be convoked in special session within a week after the decision to apply sanctions (revised Article 39), and would thus be able promptly to adopt such measures of relief as might be needed.

Article 51

Nothing in *the present* Charter shall impair the inherent right of individual or collective self-defense if an armed attack occurs against *a Member of the United Nations,* until the *Security* Council has taken the measures necessary to maintain international peace and security. Measures taken by *Members* in the exercise of this right of self-defense shall be immediately reported to the *Security* Council and shall not in any way affect the authority and responsibility of the *Security* Council under the *present* Charter to take at any time such action as it deems necessary in order to maintain or restore international peace and security.

Nothing in *this revised* Charter shall impair the inherent right of individual or collective self-defense if an armed attack occurs against *any nation,* until *the General Assembly, or* the *Executive* Council *in the circumstances defined in paragraph 2 of Article 39,* has taken the measures necessary to maintain international peace and security. Measures taken by *any nation* in the exercise of this right of self-defense shall be immediately reported to *the General Assembly and* the *Executive* Council and shall not in any way affect the authority and responsibility *of the Assembly, or* of the Council *in the circumstances defined in paragraph 2 of Article 39,* under the *revised* Charter to take at any time such action as it deems necessary in order to maintain or restore international peace and security.

Comment. Notwithstanding that the proposed revision should make wholly obsolete the exercise of any national defense against armed attack, it is deemed wise to leave intact the present recognition of "the inherent right of individual and collective self-defense".

The combined plan for universal, complete and enforceable disarmament (revised Article 11 and Annex I), for the United Nations Peace Force (revised Articles 11 and 42 and Annex II) and for the strengthened International Court of Justice and the new World Conciliation Board and World Equity Tribunal (revised Article 36 and Annex III) would provide interrelated world institutions affording solid assurance for the prevention of war and the pacific settlement of all international disputes. Assuming the development and successful operation of these institutions, the nations in a disarmed and better-ordered world would have no motive to maintain leagues of self-defense. Such arrangements would almost automatically fall into disuse; they would be no more necessary than self-defense arrangements in well-ordered and well-policed local communities.

Since, however, it will take time for the new world institutions to develop and improve themselves, it now seems best to recognize not only the right of self-defense by a single nation, but also the right of groups to maintain collective arrangements for this purpose. In this connection, it may also be noted that, in view of the various duties imposed upon nonmember nations by the revised Charter, it is proposed to recognize explicitly that "any nation", and not merely member Nations, shall be entitled to exercise the right of self-defense.

Several drafting changes in this Article are designed merely to recognize the broadened responsibility of the General Assembly for the maintenance of peace (revised Article 11) and the substitution of the Executive Council for the Security Council (revised Article 23).

CHAPTER VIII

REGIONAL ARRANGEMENTS

Article 52

1. Nothing in *the present* Charter precludes the existence of regional arrangements or agencies for dealing with such matters relating to the maintenance of international peace and security as are appropriate for regional action, provided that such arrangements or agencies and their activities are consistent with the Purposes and Principles of the United Nations.

2. The *Members of the United Nations* entering into such arrangements or constituting such agencies shall make every effort to achieve pacific settlement of local disputes through such regional arrangements or by such regional agencies before referring them to the *Security* Council.

3. The *Security* Council shall encourage the development of pacific settlement of local disputes through such regional arrangements or by such regional agencies either on the initiative of the states concerned or by reference from the *Security* Council.

4. This Article in no way impairs the application of Articles 34 and 35.

1. Nothing in *this revised* Charter precludes the existence of regional arrangements or agencies for dealing with such matters relating to the maintenance of international peace and security as are appropriate for regional action, provided that such arrangements or agencies and their activities are consistent with the Purposes and Principles of the United Nations.

2. The *nations* entering into such arrangements or constituting such agencies shall make every effort to achieve pacific settlement of local disputes through such regional arrangements or by such regional agencies before referring them *to the General Assembly, or* to the *Executive* Council *if the Council has been authorized by the Assembly to deal with such disputes.*

3. The *General Assembly and the Executive* Council shall encourage the development of pacific settlement of local disputes through such regional arrangements or by such regional agencies either on the initiative of the states concerned or by reference from the *Assembly or* Council.

4. This Article in no way impairs the application of Articles 34 and 35.

Comment. As in the case of collective self-defense under Article 51, it seems best to leave undisturbed the right to have regional arrangements or agencies in relation to the pacific settlement of disputes. Nor is there any reason to change the proviso that any such "arrangements" or "agencies" must be consistent with the "Purposes and Principles" of the United Nations. If it should develop that any such arrangement or agency is in fact functioning in a manner contrary to the basic purposes of the United Nations, there is an implied power to require its dissolution.

The drafting changes in paragraphs 2 and 3 take into account the enlarged responsibility of the General Assembly for the maintenance of peace (revised Article 11); the substitution of the Executive Council for the Security Council (revised Article 23); and the extension of the duty to seek pacific settlement of disputes to all nations, whether member Nations or not (revised Article 2, paragraph 3, and revised Article 33).

Article 53

1. The *Security* Council shall, where appropriate, utilize such regional arrangements or agencies for enforcement action under its authority. But no enforcement action shall be taken under regional arrangements or by regional agencies without the authorization of the *Security* Council, *with the exception of measures against any enemy state, as defined in paragraph 2 of this Article, provided for pursuant to Article 107 or in regional arrangements directed against renewal of aggressive policy on the part of any such state, until such time as the Organization may, on request of the Governments concerned, be charged with the responsibility for preventing further aggression by such a state.*

2. The term enemy state as used in paragraph 1 of this Article applies to any state which during the Second World War has been an enemy of any signatory of the present Charter.

The *General Assembly, or the Executive* Council *in the circumstances defined in paragraph 2 of Article 39,* shall, where appropriate, utilize such regional arrangements or agencies for enforcement action under its authority. But no enforcement action shall be taken under regional arrangements or by regional agencies without the authorization *of the Assembly, or* of the Council *in the circumstances defined in paragraph 2 of Article 39.*

126

Comment. This revised Article retains the conception that regional arrangements or agencies may be utilized for enforcement action, but that no such action shall be taken unless duly approved by the appropriate authority of the United Nations. As such authority the revised text merely substitutes the General Assembly (or the Executive Council to the limited extent permitted in a pressing emergency) for the Security Council.

The other change wholly eliminates the reservation that action against enemy states in World War II (Germany, Italy, Japan, etc.) may be taken without authorization by the United Nations. This change and the corresponding one in revised Article 107 are made partly because the situation giving rise to this reservation has become obsolete; and also because the revised Charter would establish an effective system for dealing with aggression by any nation, whether or not a former enemy state. It would be inconsistent with this system of effective world law in the field of war prevention to permit enforcement action by any nation or group of nations except pursuant to express prior authorization or special request of the United Nations.

Article 54

The *Security* Council shall at all times be kept fully informed of activities undertaken or in contemplation under regional arrangements or by regional agencies for the maintenance of international peace and security.

The *General Assembly and the Executive* Council shall at all times be kept fully informed of activities undertaken or in contemplation under regional arrangements or by regional agencies for the maintenance of international peace and security.

Comment. The only change in this Article substitutes the General Assembly and the Executive Council for the Security Council, for the same reasons that a similar change has been made in various other Articles.

It should be noted that this revised Article, requiring notice to the General Assembly and the Executive Council of any "activities" undertaken or contemplated by regional agencies, applies both to activities relating to peaceful settlement of disputes (revised Article 52) and to "enforcement action" authorized or requested by the Assembly or Council (revised Article 53). As to the latter, it should be remembered that revised Article 53 contains an unqualified prohibition against any regional enforcement action whatever without specific authority from the General Assembly or Executive Council.

CHAPTER IX

INTERNATIONAL ECO-
NOMIC AND SOCIAL
COOPERATION

WORLD ECONOMIC AND
SOCIAL ADVANCEMENT

General Comment. It seems very desirable to continue the existing provisions for the promotion of economic and social advancement by means of recommendations and by the coordination of specialized agencies; and the only basic change in this Chapter is the proposed establishment of the World Development Authority (revised Article 59).

In this connection it should be emphasized that the proposed changes in other parts of the Charter would have a tremendous effect in enlarging the ability of the United Nations to accomplish results in the economic and social field.

It should be noted, for instance, that the proposed changes in the domestic jurisdiction clause (paragraph 7 of revised Article 2) would remove the present restrictions on mere "nonbinding recommendations". In other words, the "domestic jurisdiction" restriction would no longer apply at all to mere recommendations on any subject within the broad purposes of the revised Charter, including any matter of an economic, social, cultural or humanitarian character.

It is also to be remembered that by the Preamble it will remain one of the basic purposes of the United Nations to promote the "economic and social advancement of all peoples"; and that the capacity of the United Nations to accomplish this end would be vastly increased through the new power to raise funds for such purposes under the proposed revenue system (revised Article 17 and Annex V). These provisions would provide a reliable means for raising very large funds for the work of the Economic and Social Council, including the World Development Authority, and the specialized agencies. The new World Development Authority in particular would greatly add to the capacity of the United Nations to improve world economic and social conditions,—especially through grants-in-aid and interest-free loans to governments.

Technical and financial assistance to economically underdeveloped countries would thus be put on a much more adequate basis, and long-term plans could be put into effect without fear that member Nations would suddenly cease their voluntary contributions. It could be confidently expected that the enlarged activities of the United Nations in this field would greatly accelerate world economic development, and that, through steady increases in the world's gross product, constantly increasing funds for further improvement would be provided in the budgets of the United Nations. Moreover, with the growth of new centers of economic strength throughout the world, the financial burden which would mainly fall at first on only a few nations would become better distributed.

By these means the "conditions of stability and well-being" mentioned in Article 55 could actually be established in every part of the world instead of being only a remote objective as they must be under the present wholly inadequate machinery.

Article 55

With a view to the creation of conditions of stability and well-being which are necessary for peaceful and friendly relations among nations based on respect for the principle of equal rights and self-determination of peoples, the United Nations shall promote:

a. higher standards of living, full employment, and conditions of economic and social progress and development;

b. solutions of international economic, social, health, and related problems; and international cultural and educational cooperation; and

c. universal respect for, and observance of, human rights and fundamental freedoms for all without distinction as to race, sex, language, or religion.

Comment. No changes are proposed in this Article. But it should be noted, as explained in the General Comment on this Chapter IX, that the proposed revision would vastly increase the capacity of the United Nations to achieve the great objectives stated in this Article.

Article 56

All *Members* pledge themselves to take joint and separate action in cooperation with the *Organization* for the achievement of the purposes set forth in Article 55.

All *member Nations* pledge themselves to take joint and separate action in cooperation with the *United Nations* for the achievement of the purposes set forth in Article 55, *and to submit such reports as may be required by the Economic and Social Council under Article 64.*

Comment. The only important change in this Article is the added requirement that all member Nations shall submit reports to the Economic and Social Council. This change and the change in revised Article 64 which requires the Council to obtain reports are proposed in order to facilitate the work of the Council.

Pursuant to paragraph 3 of Article 63 and Annex V, the Economic and Social Council would be responsible for scrutinizing the budgets covering all activities in the economic and social field, not only of the organs of the United Nations proper, but also of all the specialized agencies; and would also be responsible for submitting all these budgets to the General Assembly. For this purpose, the Council would need to have all the necessary data, which it could best obtain through reports from member Nations. The Council should, therefore, have the necessary power to prescribe the form of these reports and the information to be furnished; and the member Nations should be bound to submit the information requested.

Article 57

1. The various specialized agencies, established by intergovernmental agreement and having wide international responsibilities, as defined in their basic instruments, in economic, social, cultural, educational, health, and related fields, shall be brought into relationship with the United Nations in accordance with the provisions of Article 63.

2. Such agencies thus brought into relationship with the United Nations are hereinafter referred to as specialized agencies.

Comment. This Article authorizes the United Nations to establish close relations with other international organizations which are "established by intergovernmental agreements" and have "wide international responsibilities". Ten such organizations have already been brought into relationship with the United Nations and have thus become the "specialized agencies" referred to in the Article. As of 1957 these agencies were: The Food and Agriculture Organization of the United Nations (FAO), the World Health Organization (WHO), the United Nations Educational, Scientific and Cultural Organization (UNESCO), the International Labor Organization (ILO), the International Bank for Reconstruction and Development (IBRD), the International Monetary Fund (IMF), the International Civil Aviation Organization (ICAO), the Universal Postal Union (UPU), the International Telecommunication Union (ITU), and the World Meteorological Organization (WMO). New organizations coming into existence in the future would be brought into a similar relationship with the United Nations.

While no changes are proposed in this Article, it should again be noted that the proposed changes in other Articles would have an important effect on the future development and effectiveness of the various specialized agencies. Through the authority of the General Assembly to pass upon their budgets and to provide the funds for their expenses (new paragraph 4 of revised Article 17), the General Assembly would be able to exercise closer control than at present over the policies of all these specialized agencies.

Article 58

The *Organization* shall make recommendations for the coordination of the policies and activities of the specialized agencies.

The *United Nations* shall make recommendations for the coordination of the policies and activities of the specialized agencies.

Comment. Only a small drafting change is proposed in this Article. But see revised Articles 17 and 63 with regard to the strengthened control of the United Nations over the specialized agencies.

Article 59

The *Organization* shall, where appropriate, *initiate negotiations among the states concerned for the creation of any* new specialized agencies required for the accomplishment of the purposes set forth in Article 55.

1. There is established a World Development Authority which shall function in accordance with the annexed Statute which forms an integral part of this revised Charter as Annex IV.

2. The United Nations shall, where appropriate, establish such new specialized agencies as may be required for the accomplishment of the purposes set forth in Article 55. The constitutions of such agencies shall be prepared by the Economic and Social Council and shall be approved by the General Assembly. They shall come into force upon the deposit of ratifications by a majority of the member Nations but shall bind only those nations which have then ratified them or thereafter accede to them.

Comment. An all-important change made by paragraph 1 of this Article is the establishment of the World Development Authority to function under the proposed Annex IV. It is intended that this new Authority shall be of utmost consequence as the most important medium for the realization by the United Nations of its great purpose to advance "social progress and better standards of life in larger freedom" through "international machinery for the promotion of the economic and social advancement of all peoples" (see Preamble).

This new World Development Authority would function as the principal executive arm of the Economic and Social Council, the members of which would constitute in effect the Board of Directors of the Authority. If the governments and peoples of the world desire to do so, they would have available through the new revenue system (revised Article 17 and Annex V) the machinery for supplying this new Authority with ample funds—on the scale, if necessary, of some $25 billion per annum—to deal with the vast problem of mitigating the differences in economic status between various regions of the world. More detailed explanation of the structure, procedures, financing and functions of this proposed Authority is contained in Annexes IV and V.

In the revised paragraph 2 it is proposed to strengthen the powers of the United Nations concerning the creation of new specialized agencies. This would be done by removing the requirement of intergovernmental negotiations and by authorizing the United Nations (i.e., the General Assembly with the assistance of the Economic and Social Council) to establish such agencies by its own action.

Article 60

Responsibility for the discharge of the functions of the *Organization* set forth in this Chapter shall be vested in the General Assembly and, under authority of the General Assembly, in the Economic and Social Council, which shall have for this purpose the powers set forth in Chapter X.

Responsibility for the discharge of the functions of the *United Nations* set forth in this Chapter shall be vested in the General Assembly and, under authority of the General Assembly, in the Economic and Social Council, which shall have for this purpose the powers set forth in Chapter X.

Comment. No change, except the formal change from "Organization" to "United Nations", is proposed in this Article, since the present text provides sufficiently for the control and supervision of the Economic and Social Council by the General Assembly.

CHAPTER X

THE ECONOMIC AND SOCIAL COUNCIL

COMPOSITION

Article 61

1. The Economic and Social Council shall consist of *eighteen Members of the United Nations* elected by the General Assembly.

2. Subject to the provisions of paragraph 3, six members of the Economic and Social Council shall be elected each year for a term of three years. A retiring member shall be eligible for immediate re-election.

1. The Economic and Social Council shall consist of *twenty-four Representatives, none of whom shall simultaneously be a member of the Executive Council. They shall* be elected by the General Assembly *within thirty days from the beginning of the first regular session of each newly chosen Assembly, and shall serve during the four-year term of the Assembly by which they are elected and until their successors are elected by a new Assembly.*

2. *The General Assembly shall elect the members of the Economic and Social Council in accordance with the following formula and method:*

a. *Each of the twelve member Nations with the highest gross national product, as estimated by the Standing Committee on Budget and Finance for the year in which the quadrennial election of the Council occurs, shall have the right to have one of its Representatives elected to the Council at every quadrennial election.*

b. *The member Nations other than the twelve mentioned in the foregoing subparagraph and the*

non-self-governing and trust terri-
tories under the administration of
member Nations shall between
them have the right to have twelve
of their Representatives elected to
the Council at every quadrennial
election of the Council. Prior to
each election, the Assembly shall
designate the twelve member Na-
tions or non-self-governing or trust
territories each of which shall have
the right to have one of its Repre-
sentatives elected to the Council,
due regard being specially paid to
equitable geographical distribu-
tion.

c. After the designations called
for by the foregoing subparagraph
have been made, the Representa-
tives of the twenty-four member
Nations or non-self-governing or
trust territories which are entitled
to have Representatives elected to
the Council at the particular elec-
tion, shall hold separate meetings
which shall respectively nominate
to the Assembly two of their own
number deemed by the separate
meetings best qualified to serve on
the Council; provided that in the
case of any such member Nation or
non-self-governing or trust territory,
which has either one or two Rep-
resentatives, their names shall be
deemed automatically nominated.

d. After the nominations called
for by the foregoing subparagraph
(c) have been made, the Assembly
shall elect to serve on the Council
one of the two nominees of each
of the twenty-four member Na-
tions or non-self-governing or trust
territories then entitled to have
one of its Representatives on the

134

Council, taking into account the personal qualifications of each nominee for service on the Council, except that if any of such twenty-four member Nations or non-self-governing or trust territories has only one Representative in the Assembly, that Representative shall be deemed automatically elected.

3. At the first election, eighteen members of the Economic and Social Council shall be chosen. The term of office of six members so chosen shall expire at the end of one year, and of six other members at the end of two years, in accordance with arrangements made by the General Assembly.

3. Vacancies in the membership of the Economic and Social Council shall be filled in the following manner: The Representatives of the member Nation or non-self-governing or trust territory in whose representation on the Council the vacancy has occurred shall nominate two of their own number, and thereupon the General Assembly shall elect one of the two nominees, taking into account the personal qualifications of each nominee for service on the Council; provided that in the case of any such member Nation or non-self-governing or trust territory which has either one or two Representatives their names shall be deemed automatically nominated, and in the case of any such member Nation or non-self-governing or trust territory which has only one Representative in the Assembly that Representative shall be deemed automatically elected.

4. Each member of the Economic and Social Council shall have one representative.

4. The General Assembly may by a vote of lack of confidence discharge the Economic and Social Council as a whole, provided: (a) that the members of the Council so discharged shall continue to

135

serve until their successors are elected; (b) that the Assembly shall proceed forthwith to the election of a new Council; (c) that the members of the new Council shall be elected from among the Representatives of the same member Nations or non-self-governing or trust territories which were represented on the discharged Council; (d) that the members of the new Council shall be nominated and elected by the same formula and method as called for by paragraph 2 of this Article; and (e) that the new Council shall serve, unless sooner discharged, until the regular quadrennial election of the Council following the quadrennial election of the Assembly.

5. The members of the Economic and Social Council shall retain their seats in the General Assembly.

6. The members of the Economic and Social Council shall, during their period of service thereon, receive additional compensation to be fixed by the General Assembly.

Comment. Certain changes in this Article are parallel to those in the Articles relating to the composition of the other two councils of the United Nations, namely the Executive Council and the Trusteeship Council (revised Articles 23 and 86). Thus no member Nation would be entitled to appoint its own representative on the Economic and Social Council; and, in lieu of that method of appointment, the individuals comprising this Council would be chosen by the General Assembly from among its own membership.

The increase in the number of members of the Economic and Social Council from eighteen to twenty-four is intended to assure proper representation for member Nations from all regions of the world and belonging to different forms of economic and social development. In this connection it should be noted that the number of member Nations has steadily increased and that the ultimate number may well reach one hundred, as compared with the original fifty-one member Nations in 1945.

The formula and method for the selection of the twenty-four members of the Economic and Social Council follow closely the formula and method proposed for the selection of the Executive Council (revised Article 23), the purpose being to ensure a fair and broad distribution of the membership among all the member Nations. In view of the special functions of the Economic and Social Council, however, the formula for the eligibility of nations to have members on the Council is somewhat different from that proposed for the Executive Council. For since a primary function of the Economic and Social Council would be to supervise the administration of the World Development Authority with its potentially large funds for the advancement of the social and economic welfare of the world's peoples, it seems right that those nations which would contribute most to those funds should be ensured of representation on the Council. To this end, it is proposed that the twelve member Nations having the largest gross national products (as estimated by the Standing Committee on Budget and Finance) shall be entitled to seats on the Council at all times,—not, be it noted, the twelve nations with the highest per capita incomes, but the twelve nations whose national products are the highest. The other twelve member Nations entitled to representation from time to time would be selected by the Assembly, with due regard for equitable geographical distribution.

Through these careful provisions it is believed that the Economic and Social Council would at all times comprise so representative a cross section of the nations of the world that it would command a high degree of confidence.

As in the case of the Executive Council and Trusteeship Council (revised Articles 23 and 86), it is proposed to give the General Assembly full authority to discharge the Economic and Social Council as a whole by a vote of lack of confidence, provided that a new Council is forthwith appointed and that its members are chosen from the same nations and in the same manner as the discharged Council.

Article 62

1. The Economic and Social Council may make or initiate studies and reports with respect to international economic, social, cultural, educational, health, and related matters and may make recommendations with respect to any such matters to the General Assembly, to the *Members of the United Nations,* and to the specialized agencies concerned.

2. It may make recommendations for the purpose of promoting respect for, and observance of, human rights and fundamental freedoms for all.

3. It may prepare draft conventions for submission to the General Assembly, with respect to matters falling within its competence.

4. It may call, in accordance with the rules prescribed by the United Nations, international conferences on matters falling within its competence.

1. The Economic and Social Council may make or initiate studies and reports with respect to international economic, social, cultural, educational, health, and related matters and may make recommendations with respect to any such matters to the General Assembly, to the *member Nations,* and to the specialized agencies concerned.

2. It may make recommendations for the purpose of promoting *economic and social advancement and* respect for, and observance of, human rights and fundamental freedoms for all.

3. It may prepare draft conventions for submission to the General Assembly, with respect to matters falling within its competence.

4. It may call, in accordance with the rules prescribed by the United Nations, international conferences on matters falling within its competence.

Comment. The only material change proposed in this Article is the addition in paragraph 2 of a reference to "economic and social advancement". The purpose of this addition is to make it perfectly clear that the Economic and Social Council would be empowered to promote the objective of "higher standards of living, full employment, and conditions of economic and social progress and development" as set forth in subparagraph (a) of Article 55.

While this change is not important, since the power thus stated probably already exists by implication, it should again be noted that, under the revised Charter, the scope of the Economic and Social Council would in practice be

138

much enlarged by reason of its responsibility for allocating the greatly increased funds for economic and social advancement which would presumably be available under the proposed new revenue system. (For further explanation, see the General Comment on Chapter IX, the comment on revised Article 59 and Annexes IV and V.)

Article 63

1. The Economic and Social Council *may* enter into agreements with *any of* the agencies referred to in Article 57, defining the terms on which the *agency* concerned shall be brought into relationship with the United Nations. Such agreements shall be subject to approval by the General Assembly.

2. It *may* coordinate the activities of the specialized agencies through consultation with and recommendations to such agencies and through recommendations to the General Assembly and to the *Members of the United Nations.*

1. The Economic and Social Council *shall* enter into agreements with *all* the agencies referred to in Article 57, defining the terms on which the *agencies* concerned shall be brought into relationship with the United Nations. Such agreements shall be subject to approval by the General Assembly.

2. It *shall* coordinate the activities of the specialized agencies through consultation with and recommendations to such agencies and through recommendations to the General Assembly and to the *member Nations.*

3. It shall scrutinize the budgets of the specialized agencies and shall submit these budgets with its recommendations to the General Assembly.

Comment. The changes in this Article are intended to make it clear that the Economic and Social Council shall be bound to make agreements with all the specialized agencies defining their relations with the United Nations; and that it shall also be obliged to coordinate their activities. The optional character of the present provisions is inconsistent with the proposed enlarged scope and responsibilities of this Council.

The new paragraph 3 would also make it the duty of the Economic and Social Council to examine the budgets of all the specialized agencies and to submit these budgets with its recommendations to the General Assembly. Thereupon the budgets would be referred to the Standing Committee on Budget and Finance of the Assembly which would further scrutinize them and report thereon to the Assembly. The Assembly as a whole would then have the final responsibility for the approval of the budgets and the appropriation of the necessary funds (see revised Articles 17 and 22 and Annex V).

Article 64

1. The Economic and Social Council *may* take appropriate steps to obtain regular reports from the specialized agencies. *It may make arrangements with the Members of the United Nations and with the* specialized agencies to obtain reports on the steps taken to give effect to its own recommendations and to recommendations on matters falling within its competence made by the General Assembly.

1. The Economic and Social Council *shall* take appropriate steps to obtain regular reports from the specialized agencies. *The Council shall also take appropriate steps* to obtain reports *from the member Nations* and the specialized agencies on the steps taken to give effect to its own recommendations and to recommendations on matters falling within its competence made by the General Assembly.

2. It *may* communicate its observations on these reports to the General Assembly.

2. It *shall* communicate its observations on these reports to the General Assembly.

Comment. The purpose of the main change in this Article from "may" to "shall" and of the corresponding change in Article 56 is to make it more certain that the Economic and Social Council would be supplied with full information concerning the activities of the specialized agencies and of the member Nations in the economic and social field.

Mandatory power to obtain full information both from the specialized agencies and from the member Nations seems essential in view of the very large appropriations for economic and social purposes which would presumably be made by the United Nations from the revenues made available by the proposed new revenue system (Annex V).

Article 65

The Economic and Social Council may furnish information to the *Security* Council *and shall assist the Security Council* upon its request.

The Economic and Social Council *shall furnish such information and assistance to the General Assembly as the Assembly may request; and the Council* may furnish information *and assistance* to the *Executive* Council *and other organs of the United Nations* upon *their* request.

140

Comment. The changes in this Article are required by the proposed substitution of the Executive Council for the Security Council and by the new responsibilities of the General Assembly and of the Executive Council as its agent. In view of the paramount position of the General Assembly, it seems proper that the Assembly shall have the *right* to receive assistance and information from the Economic and Social Council. It also seems proper to include "other organs" with the Executive Council in the provision permitting the Economic and Social Council to furnish information and assistance.

Article 66

1. The Economic and Social Council shall perform such functions as fall within its competence in connection with the carrying out of the recommendations of the General Assembly.

2. It may, with the approval of the General Assembly, perform services at the request of *Members of the United Nations* and at the request of specialized agencies.

3. It shall perform such other functions as are specified elsewhere in *the present* Charter or as may be assigned to it by the General Assembly.

1. The Economic and Social Council shall perform such functions as fall within its competence in connection with the carrying out of the *directions and* recommendations of the General Assembly.

2. It may, with the approval of the General Assembly, perform services at the request of *member Nations* and at the request of specialized agencies.

3. It shall perform such other functions as are specified elsewhere in *this revised* Charter or as may be assigned to it by the General Assembly.

Comment. The only substantial change in this Article is in paragraph 1, where it seems logical and necessary to make it clear that the Economic and Social Council is subject to "directions" as well as "recommendations" of the General Assembly.

VOTING

Article 67

1. Each member of the Economic and Social Council shall have one vote.

1. Each member of the Economic and Social Council shall have one vote.

2. Decisions of the Economic and Social Council shall be made by *a majority of the members present and voting.*

2. Decisions of the Economic and Social Council *on important questions* shall be made by *an affirmative vote of eighteen* members. *These questions shall include: recommendations on budgetary matters in accordance with Article 63 and Annex V; decisions under Annex IV concerning the World Development Authority; and any other questions which the General Assembly may from time to time define as important.*

3. Decisions of the Economic and Social Council on all other questions shall be made by an affirmative vote of thirteen members.

Comment. As above noted, revised Article 61 provides that in lieu of the present provision whereby the General Assembly chooses eighteen member Nations to be represented on the Economic and Social Council whose governments respectively name their delegates, the Council shall be composed of twenty-four Representatives chosen individually by the Assembly itself from among its own number. This important proposal, however, calls for no change in the text of paragraph 1 of this Article 67, since the term "member" of the Council applies equally to the individual Representatives serving on the Council, each of whom would have an equal vote.

On the other hand, an important change is proposed in paragraph 2, namely that decisions of the Economic and Social Council on certain important questions shall require the vote of eighteen of its twenty-four members, and on other questions the vote of thirteen members,—instead of a mere majority of the members present and voting as provided in the present text. In view of the greatly enlarged scope and authority of the Council under the proposed revision, it seems wise to require a majority vote of the whole membership of the Council on any question; and a special majority of three fourths of all the members in respect of recommendations concerning the presumably very large budgets on which the Council would be required to report to the General Assembly; and also in respect of decisions under Annex IV relating to the World Development Authority. The required eighteen out of twenty-four votes would give assurance that these important recommendations and decisions represent the considered opinion of preponderant majorities and are acceptable to at least one half of each of the two groups of nations represented on the Council. The same three-fourths majority would be required on other questions which the Assembly might designate as "important".

Article 68

The Economic and Social Council shall set up commissions in economic and social fields and for the promotion of human rights, and such other commissions as may be required for the performance of its functions.

Comment. No change is proposed in this Article.

Article 69

The Economic and Social Council shall invite *any Member of the United Nations* to participate, without vote, in *its* deliberations *on* any matter of particular concern to *that Member.*

1. If the Economic and Social Council considers that any matter *brought before it is* of particular concern to *any member Nation, and if no Representative from such member Nation is then a member of the Council, the* Council shall invite *the Representatives from that member Nation to designate one of their number* to participate, without vote, in *the* deliberations *of the Council; or if such member Nation has only one Representative, that Representative shall be invited to participate.*

2. If the Economic and Social Council considers that any matter *brought before it is* of particular concern to *any state which is not a member of the United Nations, the* Council shall invite *its government to appoint a delegate to* participate, without vote, in *the* deliberations *of the Council. The Council shall lay down such conditions as it deems just for the participation of such a state.*

3. If the Economic and Social Council considers that any matter *brought before it is* of particular

143

concern to *any non-self-governing or trust territory, and if no Representative from such territory is then a member of the Council and if there is a Representative from such territory in the General Assembly, the* Council shall invite *that Representative* to participate, without vote, in *the* deliberations *of the Council. If, however, there is then no Representative from such territory in the Assembly, the Council shall appoint a properly qualified person resident in such territory to represent the interests of such territory and* to participate, without vote, *on its behalf* in *the* deliberations *of the Council.*

Comment. The purpose of the proposed new text is similar to that of the present Article, namely, to give opportunity to any nation (or non-self-governing or trust territory) which is especially concerned with any matter under consideration by the Economic and Social Council to participate, but without vote, in the Council's deliberations.

The first change, in paragraph 1, whereby the Economic and Social Council itself is empowered to decide whether a particular matter is of special concern to a member Nation, is advisable in order to remove the ambiguity in the present text as to how this preliminary question is to be decided. The second change establishes a definite procedure for the representation of the interests of a member Nation thus especially concerned. The proposal is that, unless the affected nation happens already to have one of its Representatives on the Council, the Representatives of that nation in the General Assembly shall be asked to designate one of their number to participate in the Council's discussion. This procedure is in harmony with the proposed change (revised Article 61) whereby the members of the Economic and Social Council, instead of being appointed by member Nations selected by the General Assembly as entitled to representation on the Council, shall be directly selected by the Assembly itself from among its own membership.

The new paragraph 2 gives to possible nonmember states especially concerned in a matter before the Economic and Social Council the same right to be represented in the Council's deliberations as is accorded to nonmember states before the Executive Council under similar circumstances (revised Article 32). As previously mentioned, there would probably be few, if any, nonmember nations,—in view of the ratification provisions whereby the revised Charter could come into effect only with the assent of a preponderant majority of the nations and in view of the provision against withdrawal (revised Articles

110 and 6). And yet the mere possibility that membership might not be universal makes it advisable to provide that any nonmember state shall have a right to be heard before the Council.

The new paragraph 3 makes it possible for any non-self-governing or trust territory especially concerned in a matter brought before the Economic and Social Council to participate in the discussion on the same basis as a non-member nation under similar circumstances. The procedure established for this purpose is analogous to the procedure for the participation of such territories in the discussions of the Executive Council (revised Article 31).

Article 70

The Economic and Social Council may make arrangements for representatives of the specialized agencies to participate, without vote, in its deliberations and in those of the commissions established by it, and for its representatives to participate in the deliberations of the specialized agencies.

Comment. No change is proposed in this Article.

Article 71

The Economic and Social Council may make suitable arrangements for consultation with nongovernmental organizations which are concerned with matters within its competence. Such arrangements may be made with international organizations and, where appropriate, with national organizations after consultation with the *Member of the United Nations* concerned.

The Economic and Social Council may make suitable arrangements for consultation with nongovernmental organizations which are concerned with matters within its competence. Such arrangements may be made with international organizations and, where appropriate, with national organizations after consultation with the *member Nation* concerned.

Comment. The only change in this Article is consequential on the use of "member Nation" instead of "Member of the United Nations" throughout the revision.

Article 72

1. The Economic and Social Council shall adopt its own rules of procedure, including the method of selecting its President.

2. The Economic and Social Council shall meet as required in accordance with its rules, which shall include provision for the convening of meetings on the request of a majority of its members.

Comment. No change is proposed in this Article.

CHAPTER XI

DECLARATION REGARDING NON-SELF-GOVERNING TERRITORIES

General Comment on Chapters XI-XIII. Chapter XI and the following two Chapters deal with two categories of non-self-governing territories: (a) possessions acquired by colonial Powers prior to World War I; and (b) the colonial territories which were transferred from the defeated Powers to the victors as a result of World War I.

The territories in the second group were placed under an international mandate to be exercised by the mandatory Powers "on behalf of" the League of Nations (Article 22 of the Covenant of the League of Nations). These territories were to a certain extent under the supervision of the Council of the League, and a special commission was established to examine annual reports of the Mandatories.

Some of the territories under mandate achieved independence prior to the establishment of the United Nations in 1945 (Iraq, Syria, Lebanon) and the mandate for Palestine was terminated by the creation of the states of Israel and Jordan in 1948. All other mandated territories in this group, i.e., those in Africa and the Pacific, were placed under the trusteeship system of the United Nations in accordance with Chapter XII of the Charter. Only the Union of South Africa refused to place the mandated territory of South-West Africa under trusteeship, and the special status of that territory—i.e., limited supervision by the United Nations in place of the League, but in accordance with the terms of the mandate and not of the trusteeship provisions of the Charter—was determined by an advisory opinion of the International Court of Justice in 1950.

Most of the trust territories were placed by the United Nations under the administration of the former mandatory powers: the Cameroons (France and the United Kingdom), Nauru (Australia), New Guinea (Australia), Ruanda-Urundi (Belgium), Tanganyika (United Kingdom), Togoland (France and the United Kingdom) and Western Samoa (New Zealand). The Japanese mandate over the Marianas, Marshalls and Carolinas became the Trust Territory of the Pacific, a strategic area under the administration of the United States. A new trusteeship was created for the Italian colony of Somaliland; Italy became the administering authority, but only for a period of ten years ending in December 1960, at which time Somaliland will become the independent state of Somalia. (Other Italian colonies were not placed under trusteeship: Libya became independent and Eritrea was joined to Ethiopia in a federal union.) On March 6, 1957, the trusteeship agreement for British Togoland was terminated; and that territory was joined to the new state of Ghana (formerly the Gold Coast) which attained independent status on the same day.

Many other colonial territories attained independence in recent years without going through the intermediary stage of mandate or trusteeship. This group includes, besides Ghana, the new states of Burma, Cambodia, Ceylon, India, Indonesia, Laos, Morocco, Pakistan, the Philippines, Sudan, Tunisia, North Vietnam and South Vietnam; and all of these, except North and South Vietnam, are now members of the United Nations.

Other former colonial territories (e.g., Malta, Puerto Rico and Southern Rhodesia) have become self-governing, although not fully independent; or have obtained a special constitutional status within the framework of a larger union (e.g., several French possessions and the Dutch territories of Curaçao and Surinam). There still remain, however, about sixty colonial possessions which are clearly non-self-governing and thus fall within the scope of the special declaration contained in Chapter XI rather than under the trusteeship provisions of Chapters XII and XIII.

In summary, there are, apart from those territories which have achieved independence or full self-government at the end of 1957 or will soon do so, some seventy territories, with a population of about 100,000,000, which still require the assistance of the United Nations in their progress toward self-government or full independence. Ten of these territories, with a population of about 20,000,000, fall under the Trusteeship provisions of Chapters XII and XIII. The remainder, about sixty in number and having a population of around 80,000,000, fall under the less stringent general provisions of Chapter XI.

Since the creation of the United Nations, many disputes have arisen as to the meaning of Chapter XI. But it is clear that in this Chapter the colonial Powers accepted very broad general obligations to promote the well-being and political advancement of the non-self-governing territories under their administration. The present Charter, however, leaves indefinite the specific means whereby these general obligations should be carried out, and also leaves indefinite the functions of the United Nations in respect of the fulfillment by member Nations of their obligations. It is therefore proposed: (a) to amend Article 73 in order to clarify the obligations accepted by member Nations as to non-self-governing territories under their administration; and (b) completely to revise Article 87 so as to broaden the responsibility and authority of the General Assembly and the Trusteeship Council in respect of the many non-self-governing territories other than "trust" territories.

The purpose of these changes is to enable the United Nations more effectively to achieve its stated objectives in the field of advancing the economic and social well-being and political development of *all* the non-self-governing territories.

Article 73

Members of the United Nations which have or assume responsibilities for the administration of territories whose peoples have not yet attained a full measure of self-	*Member Nations* which have or assume responsibilities for the administration of territories whose peoples have not yet attained a full measure of self-government

government recognize the principle that the interests of the inhabitants of these territories are paramount, and accept as a sacred trust the obligation to promote to the utmost, within the system of international peace and security established by *the present* Charter, the well-being of the inhabitants of these territories, and, to this end:

a. to ensure, with due respect for the culture of the peoples concerned, their political, economic, social, and educational advancement, their just treatment, and their protection against abuses;

b. to develop self-government, to take due account of the political aspirations of the peoples, and to assist them in the progressive development of their free political institutions, according to the particular circumstances of each territory and its peoples and their varying stages of advancement;

c. to further international peace and security;

d. to promote constructive measures of development, to encourage research, and to cooperate with one another and, when and where appropriate, with specialized international bodies with a view to the practical achievement of the social, economic, and scientific purposes set forth in this Article; and

e. to transmit regularly to the *Secretary-General for information purposes, subject to such limitation as security and constitutional considerations may require,* statistical and other information *of a*

recognize the principle that the interests of the inhabitants of these territories are paramount, and accept as a sacred trust the obligation to promote to the utmost, within the system of international peace and security established by *this revised* Charter, the well-being of the inhabitants of these territories, and, to this end:

a. to ensure, with due respect for the culture of the peoples concerned, their political, economic, social, and educational advancement, their just treatment, and their protection against abuses;

b. to develop self-government, to take due account of the political aspirations of the peoples, and to assist them in the progressive development of their free political institutions, according to the particular circumstances of each territory and its peoples and their varying stages of advancement;

c. to further international peace and security;

d. to promote constructive measures of development, to encourage research, and to cooperate with one another and, when and where appropriate, with specialized international bodies with a view to the practical achievement of the social, economic, and scientific purposes set forth in this Article; and

e. to transmit regularly to the *Trusteeship Council* statistical and other information relating to *political,* economic, social, and educational conditions in the territories for which they are respec-

technical nature relating to eco- tively responsible.
nomic, social, and educational
conditions in the territories for
which they are respectively responsible *other than those terri-*
tories to which Chapters XII and
XIII apply.

Comment. The changes made in the introductory paragraph of this Article—
from "Members of the United Nations" to "Member Nations" and from "the
present" Charter to "this revised" Charter—are consequential on the use of
"this revised" Charter and "member Nations" throughout the revision.

The changes in subparagraph (e) are intended to remove an ambiguity in
the present text due to an inconsistency between this subparagraph and the
preceding subparagraphs. On the one hand, subparagraphs (a) and (b) deal
with the obligation of the nations administering non-self-governing territories
to ensure the "political" advancement of the peoples concerned, to develop
self-government, to take due account of the "political" aspirations of the peoples, and to assist them in the progressive development of their free "political"
institutions. On the other hand, the present subparagraph (e) obligates the
administering nations to transmit to the United Nations only "statistical and
other information of a technical nature relating to economic, social, and educational conditions" in non-self-governing territories other than those under
trusteeship, without mentioning "political" information. Even under the present
Charter strong contentions have been made that political information should
be transmitted to the proper authorities of the United Nations in order to
enable them to appraise the fulfillment by the administering nations of their
"sacred trust" to develop the political institutions of the peoples under their
administration. Accordingly, it seems right to make explicit the obligation of
the administering nations to submit to the United Nations information on
"political" as well as on economic, social and educational matters.

It is also necessary to remove from subparagraph (e) some phrases which
could be construed as nullifying the obligation to submit any information.
Thus it seems inappropriate to limit that obligation to information "of a technical nature", since information on social and political conditions is often
nontechnical in nature. It would also seem contradictory to allow an administering authority to withhold legitimate and reasonable information as
to the political advancement of a territory on the ground of "security and
constitutional considerations", since many political developments have constitutional implications.

It is further proposed to omit the phrase "for information purposes" in subparagraph (e), which at present limits the purposes for which the information
may be utilized. This phrase has in the past provided some basis for the con-
tention that the information submitted may not even be discussed by the
United Nations. The omission of the phrase should remove any possible ambiguity with respect to the power of the General Assembly to discuss all information submitted under this revised Article 73, and would harmonize the

Assembly's authority under this Article with its general authority under revised Article 10 to discuss any "questions or matters" within the scope of the Charter.

It is finally proposed that information shall be submitted not to the Secretary-General but directly to the Trusteeship Council which, under revised Articles 87 and 88, would be responsible for the examination of the information submitted under this revised Article 73.

Article 74

Members of the United Nations also agree that their policy in respect of the territories to which this Chapter applies, no less than in respect of their metropolitan areas, must be based on the general principle of good-neighborliness, due account being taken of the interests and well-being of the rest of the world, in social, economic, and commercial matters.

Member Nations also agree that their policy in respect of the territories to which this Chapter applies, no less than in respect of their metropolitan areas, must be based on the general principle of good-neighborliness, due account being taken of the interests and well-being of the rest of the world, in social, economic, and commercial matters.

Comment. The only change in this Article is consequential on the use of "member Nations" instead of "Members" throughout the revision.

CHAPTER XII

INTERNATIONAL TRUSTEESHIP SYSTEM

Article 75

The United Nations shall establish under its authority an international trusteeship system for the administration and supervision of such territories as may be placed thereunder by subsequent individual agreements. These territories are hereinafter referred to as trust territories.

Comment. No change is proposed in this Article.

Article 76

The basic objectives of the trusteeship system, in accordance with the Purposes of the United Nations laid down in Article 1 of *the present* Charter, shall be:

a. to further international peace and security;

b. to promote the political, economic, social, and educational advancement of the inhabitants of the trust territories, and their progressive development towards self-government or independence as may be appropriate to the particular circumstances of each territory and its peoples and the freely expressed wishes of the peoples concerned, and as may be provided by the terms of each trusteeship agreement;

c. to encourage respect for human rights and for fundamental freedoms for all without distinction as to race, sex, language, or religion, and to encourage recogni-

The basic objectives of the trusteeship system, in accordance with the Purposes of the United Nations laid down in Article 1 of *this revised* Charter, shall be:

a. to further international peace and security;

b. to promote the political, economic, social, and educational advancement of the inhabitants of the trust territories, and their progressive development towards self-government or independence as may be appropriate to the particular circumstances of each territory and its peoples and the freely expressed wishes of the peoples concerned, and as may be provided by the terms of each trusteeship agreement;

c. to encourage respect for human rights and for fundamental freedoms for all without distinction as to race, sex, language, or religion, and to encourage recogni-

151

tion of the interdependence of the peoples of the world; and

d. to ensure equal treatment in social, economic, and commercial matters for all *Members of the United Nations* and their nationals, and also equal treatment for the latter in the administration of justice, without prejudice to the attainment of the foregoing objectives and subject to the provisions of Article 80.

tion of the interdependence of the peoples of the world; and

d. to ensure equal treatment in social, economic, and commercial matters for all *member Nations* and their nationals, and also equal treatment for the latter in the administration of justice, without prejudice to the attainment of the foregoing objectives and subject to the provisions of Article 80.

Comment. Only two changes are proposed in this Article, i.e., from "the present" to "this revised" Charter and from "Members of the United Nations" to "member Nations". These changes are merely consequential on the use of "this revised" Charter and "member Nations" throughout the revision.

Article 77

1. The trusteeship system shall apply to such territories in the following categories as may be placed thereunder by means of trusteeship agreements:

a. territories now held under mandate;

b. territories which may be detached from enemy states as a result of the Second World War; and

c. territories voluntarily placed under the system by states responsible for their administration.

2. It will be a matter for subsequent agreement as to which territories in the foregoing categories will be brought under the trusteeship system and upon what terms.

Comment. No change is proposed in this Article.

Article 78

The trusteeship system shall not apply to territories which have become *Members of the United Nations, relationship among which shall be based on respect for the principle of sovereign equality.*

The trusteeship system shall not apply to territories which have become *member Nations.*

152

Comment. The first change in this Article, i.e., from "Members of the United Nations" to "member Nations" is merely consequential on the use of "member Nations" instead of "Members" throughout the revision.

The second change would delete the reference to the principle of "sovereign equality" for the reasons stated in the comment on revised Article 2.

Article 79

The terms of trusteeship for each territory to be placed under the trusteeship system, including any alteration or amendment, shall be agreed upon by the states directly concerned, including the mandatory power in the case of territories held under mandate by a *Member of the United Nations,* and shall be approved as provided for in Articles 83 and 85.

The terms of trusteeship for each territory to be placed under the trusteeship system, including any alteration or amendment, shall be agreed upon by the states directly concerned, including the mandatory power in the case of territories held under mandate by a *member Nation,* and shall be approved as provided for in Articles 83 and 85.

Comment. The only change in this Article is consequential on the use of "member Nation" instead of "Member of the United Nations" throughout the revision.

Article 80

1. Except as may be agreed upon in individual trusteeship agreements, made under Articles 77, 79, and 81, placing each territory under the trusteeship system, and until such agreements have been concluded, nothing in this Chapter shall be construed in or of itself to alter in any manner the rights whatsoever of any states or any peoples or the terms of existing international instruments to which *Members of the United Nations* may respectively be parties.

1. Except as may be agreed upon in individual trusteeship agreements, made under Articles 77, 79, and 81, placing each territory under the trusteeship system, and until such agreements have been concluded, nothing in this Chapter shall be construed in or of itself to alter in any manner the rights whatsoever of any states or any peoples or the terms of existing international instruments to which *member Nations* may respectively be parties.

2. Paragraph 1 of this Article shall not be interpreted as giving grounds for delay or postponement

2. Paragraph 1 of this Article shall not be interpreted as giving grounds for delay or postponement

of the negotiation and conclusion of agreements for placing mandated and other territories under the trusteeship system as provided for in Article 77.

of the negotiation and conclusion of agreements for placing mandated and other territories under the trusteeship system as provided for in Article 77.

Comment. No change is proposed in this Article, except that "member Nations" is substituted for "Members of the United Nations", consequential on the use of "member Nations" instead of "Members" throughout the revision.

Article 81

The trusteeship agreement shall in each case include the terms under which the trust territory will be administered and designate the authority which will exercise the administration of the trust territory. Such authority, hereinafter called the administering authority, may be one or more states or the *Organization* itself.

The trusteeship agreement shall in each case include the terms under which the trust territory will be administered and designate the authority which will exercise the administration of the trust territory. Such authority, hereinafter called the administering authority, may be one or more states or the *United Nations* itself.

Comment. The only change proposed in this Article is from "Organization" to "United Nations" in the second sentence, consequential on the substitution throughout the revision of the term "United Nations" for "Organization".

It should be emphasized, however, that this Article may become of great importance. It would, for example, permit the direct administration by the "United Nations itself" of important straits and canals between seas and oceans which are now administered by particular nations. If the United Nations should in the future be designated as the administering authority for such passages and adjoining zones for the benefit of all nations, acceptable solutions might well be found for serious conflicts concerning these vital waterways. This power to designate the United Nations itself as administering authority might also apply to the temporary administration of disputed areas pending their final assignment to or division between contending nations.

Article 82

There may be designated, in any trusteeship agreement, a *strategic* area or areas which may include part or all of the trust territory to

There may be designated, in any trusteeship agreement, *an* area or areas *for the use of the United Nations* which may include part or all

which the agreement applies, *without prejudice to any special agreement or agreements made under Article 43.*

of the trust territory to which the agreement applies.

Comment. The elimination of the last clause of this Article is proposed because of the important changes in revised Articles 42 and 43. The present Articles 42 and 43 call for United Nations military measures to be taken by national forces made available under special agreements between the Security Council and the governments of the member states comprising the United Nations. The proposed revision of Articles 42 and 43 would, however, eliminate the necessity for any such special agreements, since the United Nations would possess its own military forces (the United Nations Peace Force) in accordance with Annex II. The reference to agreements under Article 43 is, therefore, no longer relevant.

In view also of the comprehensive disarmament plan called for by the proposed Annex I, which would completely abolish all national military forces, it is obvious that when the disarmament process is completed no "strategic areas" would be needed for any national forces. This Article 82 and Article 83 may, however, be usefully adapted to provide for the designation in trust territories of certain areas which the United Nations Peace Force might need for the stationing of its units and for the production and storage of military equipment. Various areas throughout the world would be needed by the United Nations for these purposes, and several trusteeship areas might be very suitable.

Article 83

1. *All* functions of the United Nations *relating to strategic* areas, including the approval of the terms of the trusteeship agreements and of their alteration or amendment, shall be exercised by the *Security* Council.

1. *The* functions of the United Nations *with regard to trusteeship agreements for trust territories which may be administered by the United Nations itself under Article 81 and for* areas *which may be designated for the use of the United Nations under Article 82,* including the approval of the terms of the trusteeship agreements and of their alteration or amendment, shall be exercised by *the General Assembly with the assistance of* the *Executive* Council.

2. The basic objectives set forth in Article 76 shall be applicable to

2. The basic objectives set forth in Article 76 shall be applicable to

155

the people of each *strategic* area.

the people of each *such territory or area.*

3. The *Security* Council shall, subject to the provisions of the trusteeship agreements and without prejudice to security considerations, avail itself of the assistance of the Trusteeship Council to perform those functions of the United Nations under the trusteeship system relating to political, economic, social, and educational *matters in* the *strategic* areas.

3. *The General Assembly may authorize the Executive Council to perform on its behalf, and subject to its supervision and direction, such functions with respect to the administrative arrangements for the territories and areas referred to in paragraph 1, the appointment of the administrative staffs for such territories and areas, and the general control over their administration, as the Assembly may deem appropriate.*

4. The *General Assembly and the Executive* Council shall, subject to the provisions of the trusteeship agreements and without prejudice to security considerations, avail itself of the assistance of the Trusteeship Council to perform those functions of the United Nations under the trusteeship system relating to *the* political, economic, social, and educational *development of the peoples of* the *territories and* areas *referred to in paragraph 1.*

Comment. As noted in the comment on revised Article 82, no national "strategic areas" whatever would exist upon the completion of the process of national disarmament pursuant to Annex I; and Articles 82 and 83 have therefore been remodeled to enable the setting aside of areas for the use of the United Nations Peace Force.

In view of the transfer to the General Assembly of the primary responsibility for the maintenance of peace (revised Article 11), it is suitable that the general responsibility for areas set aside for the use of the United Nations Peace Force should likewise be in the Assembly; and this is provided for in revised paragraph 1 of this Article 83.

It is also suitable that the General Assembly should have over-all responsibility for any areas which may be placed under the direct trusteeship of the United Nations itself (such as important straits and canals between seas and oceans or areas in dispute between two or more nations pending settlement as to their disposition); and this responsibility is therefore provided for in paragraph 1.

As to the actual administration of the areas in both of these categories, the most appropriate organ to be entrusted with such administration is the Executive Council. This is so in the case of the areas set aside for the use of the United Nations Peace Force because these would constitute facilities actually in use by the United Nations itself for the maintenance of peace. Similar considerations apply to the administration of disputed areas temporarily administered by the United Nations. The question of how best to administer vital international waterways which may in the future be placed under United Nations trusteeship for the benefit of the whole world presents a different question. But, on the whole, it seems that the Executive Council would in this instance also be the most suitable administrative agent.

In the case of any and all of these areas, it is proposed, however, that the aid of the Trusteeship Council shall be availed of in so far as the administration relates to political, economic, social, and educational development in those areas.

Article 84

It shall be the duty of the administering authority to ensure that the trust territory shall play its part in the maintenance of international peace and security. To this end the administering authority *may make use of volunteer forces,* facilities, and assistance from the trust territory in carrying out the obligations toward the *Security Council* undertaken in this regard by the administering authority, *as well as for local defense and the maintenance of law and order within the trust territory.*

1. *The trust territories shall be subject to the disarmament provisions of Annex I of this revised Charter and to the limitations of that Annex relative to internal police forces for the maintenance of law and order within the trust territory, to the same extent as the metropolitan areas of all the nations.*

2. It shall be the duty of the administering authority to ensure that the trust territory shall play its part in the maintenance of international peace and security. To this end the administering authority *shall aid recruitment in the*

157

trust territory for the standing component of the United Nations Peace Force and the United Nations Peace Force Reserve, and shall provide facilities *in* and assistance from the trust territory in carrying out the obligations toward the *United Nations* undertaken in this regard by the administering authority *under Annex II of this revised Charter.*

Comment. The purpose of the first change in this Article (new paragraph 1) is to make it perfectly clear that the trust territories are subject to the disarmament provisions of the proposed Annex I and to the limitations on the maintenance of internal police forces therein contained, to the same extent as all the independent states. Subject to those limitations, however, the administering authority would be permitted to recruit such voluntary forces as it might need for the maintenance of law and order within the trust territory.

The purpose of the second change (in paragraph 2) is to confirm, in modified form, the equal duty of the trust territories to do their part, on the same basis as all the member Nations, in the maintenance of peace,—by helping to recruit for the standing component of the United Nations Peace Force and the Peace Force Reserve, by providing facilities to the United Nations, etc.

Article 85

1. The functions of the United Nations with regard to trusteeship agreements for all areas *not* designated *as strategic,* including the approval of the terms of the trusteeship agreements and of their alteration or amendment, shall be exercised by the General Assembly.

1. The functions of the United Nations with regard to trusteeship agreements for all areas *other than trust territories administered by the United Nations itself under Article 81 and* areas designated *for the use of the United Nations under Article 82,* including the approval of the terms of the trusteeship agreements and of their alteration or amendment, shall be exercised by the General Assembly *with the assistance of the Trusteeship Council.*

2. *The Trusteeship Council, operating under the authority of the*

2. *The General Assembly may authorize the Trusteeship Council*

General Assembly, shall assist the General Assembly in carrying out these functions.

to perform on its behalf, and subject to its supervision and direction, such functions with respect to the trust territories referred to in paragraph 1 as the Assembly may deem appropriate.

Comment. The purpose of the changes in this Article is to harmonize its provisions with those of revised Article 83.

Since as already noted there would, under the revised Charter, no longer be any "strategic areas", the areas covered by this Article 83 are described as those which are not designated under revised Articles 81 and 82 either as direct United Nations trusteeships or as set aside for the use of the United Nations Peace Force. In other words, the areas covered by this revised Article would be those which are under trusteeships administered by member Nations as distinguished from the United Nations itself. As to these areas, the general responsibility would be left, as under the present Article, with the General Assembly. Moreover, the actual supervision of the carrying out of their responsibilities by the administering nations would remain, as now, with the Trusteeship Council. But certain changes in the language have been made in order to broaden and clarify the functions of the Trusteeship Council as agent for the General Assembly in this regard.

CHAPTER XIII

THE TRUSTEESHIP COUNCIL

COMPOSITION

Article 86

1. The Trusteeship Council shall consist of *the following Members of the United Nations:*

a. *those Members* administering trust territories;

b. *such of those Members mentioned by name in Article 23 as are not administering trust territories; and*

1. The Trusteeship Council shall consist of *Representatives elected by the General Assembly within thirty days from the beginning of the first regular session of each newly chosen Assembly. They shall serve during the four-year term of the Assembly by which they are elected and until their successors are elected by a new Assembly. The Assembly shall elect the members of the Council in accordance with the following formula and method:*

a. *Each of the member Nations administering trust territories or other non-self-governing territories shall have the right to have one of its Representatives elected to the Council at every quadrennial election of the Council.*

b. *The member Nations which have achieved independence since 1939 and the non-self-governing and trust territories under the administration of member Nations shall between them have the right to have as many of their Representatives elected to the Council as are equal in number to those elected*

c. *as many other Members elected for three-year terms by the General Assembly as may be necessary to ensure that the total number of members of the Trusteeship Council is equally divided between those Members of the United Nations which administer trust territories and those which do not.*

under subparagraph (a) of this paragraph.

c. *The member Nations other than those mentioned in the foregoing subparagraphs (a) and (b) shall between them have the right to have as many of their Representatives elected to the Council as are equal in number to those elected under subparagraph (a) of this paragraph.*

d. *Prior to each quadrennial election, the Assembly shall designate those of the member Nations or non-self-governing or trust territories in the groups mentioned in subparagraphs (b) and (c) of this paragraph each of which shall have the right to have one of its Representatives elected to the Council, due regard being specially paid to equitable geographical distribution.*

e. *After the designations called for by the foregoing subparagraph (d) have been made, the Representatives from all the member Nations or non-self-governing territories which are entitled to have Representatives elected to the Council at the particular election shall hold separate meetings which shall respectively nominate to the Assembly two of their own number deemed by the separate meetings best qualified to serve on the Council; provided that in the case of any such member Nation or non-self-governing or trust territory which has either one or two Representatives, their names shall be deemed automatically nominated.*

f. *After the nominations called*

for by the foregoing subparagraph (e) have been made, the Assembly shall elect to serve on the Council one of the two nominees of each of the member Nations or non-self-governing or trust territories then entitled to have one of its Representatives on the Council, taking into account the personal qualifications of each nominee for service on the Council, except that in the case of any such member Nation or non-self-governing or trust territory which has only one Representative in the Assembly, that Representative shall be deemed automatically elected.

2. Each member of the Trusteeship Council shall designate one specially qualified person to represent it therein.

2. Vacancies in the membership of the Trusteeship Council shall be filled in the following manner: The Representatives of the member Nation or non-self-governing or trust territory in whose representation on the Council the vacancy has occurred shall nominate two of their own number, and thereupon the General Assembly shall elect one of the two nominees taking into account the personal qualifications of each nominee for service on the Council; provided that in the case of any such member Nation or non-self-governing or trust territory which has either one or two Representatives their names shall be deemed automatically nominated, and in the case of any such member Nation or non-self-governing or trust territory which has only one Representative in the Assembly that Representative shall be deemed automatically elected.

162

3. *The General Assembly may by a vote of lack of confidence discharge the Trusteeship Council as a whole, provided: (a) that the members of the Council so discharged shall continue to serve until their successors are elected; (b) that the Assembly shall proceed forthwith to the election of a new Council; (c) that the members of the new Council shall be elected from among the Representatives of the same member Nations or non-self-governing or trust territories which were represented on the discharged Council; (d) that the members of the new Council shall be nominated and elected by the same formula and method as called for by paragraph 1 of this Article; and (e) that the new Council shall serve, unless sooner discharged, until the regular quadrennial election of the Council following the quadrennial election of the Assembly.*

4. *No member of the Trusteeship Council shall simultaneously be a member of the Executive Council or of the Economic and Social Council.*

5. *The members of the Trusteeship Council shall retain their seats in the General Assembly.*

6. *The members of the Trusteeship Council shall, during their period of service thereon, receive additional compensation to be fixed by the General Assembly.*

Comment. In harmony with the method proposed for the selection of the new Executive Council (revised Article 23) and the enlarged Economic and

163

Social Council (revised Article 61), it is proposed that the Trusteeship Council shall be chosen by the General Assembly from among its own number, instead of having its members appointed by national governments. As in the case of the Executive Council and the Economic and Social Council, the purpose is to make the Trusteeship Council more responsive to the policies and control of the Assembly itself, which (revised Articles 16 and 85) has general supervising responsibility for the trusteeship system. To the same end, the Assembly would have authority (paragraph 3), as in the case of the two other Councils, to discharge the Trusteeship Council by a vote of lack of confidence, provided that a new Council is appointed forthwith.

The other major change here proposed is an increase in the number of members of the Trusteeship Council to be chosen from nations other than the nations which are administering trust territories. Under the present Charter there were (as of July 1957) seven member Nations which under the present subparagraph (1) (a) were entitled to representation on the Council by reason of being administrators of trust territories; two member Nations represented under subparagraph (1) (b) by virtue of permanent membership on the Security Council; and five member Nations elected by the General Assembly under subparagraph (1) (c). In practice, this has resulted in a more or less continuous deadlock between the seven administering nations and a combination of the nations represented under the two other categories. As a result of the many seven to seven votes, the work of the Council has been seriously hampered.

With this situation in view and also because it is proposed to enlarge the functions of the Trusteeship Council to include the supervision of the administration by member Nations not only of trust territories, but also of all other non-self-governing territories (revised Articles 73 and 87), an entirely new plan for the composition of the Council is proposed. The practical result of this change would be to increase the Council's responsibility so that, instead of covering only the 20,000,000 inhabitants of the trust territories proper, it would embrace some 80,000,000 others living in non-self-governing territories other than the territories administered under trust agreements with the United Nations. It seems advisable, therefore, that the Council should have a larger and more broadly representative membership.

To this end, the proposal is that the Trusteeship Council shall consist of three groups of equal number: (a) a group of Representatives from the member Nations which are actually administering either trust territories or other non-self-governing territories; (b) a group of Representatives from the member Nations which have achieved independence since 1939; and (c) a group of Representatives from all the other member Nations, i.e., from all the member Nations not covered by the two preceding categories.

As above mentioned, the three groups would be equal in number so that the number in each of the two latter groups would be dependent upon the number from time to time in the first group of administering member Nations. As of July 1957, the eight nations indisputably in this first group were Australia, Belgium, France, Italy, the Netherlands, New Zealand, the United Kingdom and the United States. In addition, Spain and Portugal may be considered as belonging to this group dependent upon whether their non-European possessions are deemed to be "provinces" or "non-self-governing territories". Consequently, assuming either eight or ten as the number of the first group, the Council would consist of twenty-four or thirty Representatives.

It seems clear that the group of nations which are actually administering trust or other non-self-governing territories should all be represented on the Trusteeship Council. It also seems advisable that those nations which have recently emerged from a dependent status should, in view of their experience, have an equal representation; and finally, as a balancing force, it seems advisable that all the other member Nations taken together should have similar representation.

It is believed that under this plan the Trusteeship Council would be so widely representative and so well-balanced as to command world confidence.

FUNCTIONS AND POWERS

Article 87

The General Assembly and, under its authority, the Trusteeship Council, *in carrying out their functions, may:*

a. consider reports submitted by the *administering authority;*

b. accept petitions and examine them in consultation with the *administering* authority;

c. provide for periodic visits to the respective trust territories at times agreed upon with the *administering authority; and*

d. take these and other actions in conformity with the terms of the trusteeship agreements.

1. The General Assembly and, under its authority, the Trusteeship Council *shall have the following functions:*

a. *to supervise the system for the administration of trust territories, established pursuant to Chapter XII; and*

b. *to examine the administration of all other non-self-governing territories with relation to the fulfillment of the obligations accepted by member Nations in Article 73.*

2. In carrying out these functions, the Trusteeship Council, sub-

165

ject to the authority of the General Assembly, shall:

a. consider reports *and information* submitted by the *respective authorities responsible for the trust territories and the other non-self-governing territories;*

b. accept petitions and examine them in consultation with the authority *responsible for the trust or non-self-governing territory from which the petition has come;*

c. provide for periodic visits to the respective trust *and other non-self-governing* territories at times agreed upon with the *authorities responsible for them;*

d. make recommendations to *the authorities responsible for the trust territories and the other non-self-governing territories concerning the fulfillment by them of their obligations under trusteeship agreements or under Article 73, as the case may be;*

e. *make reports to the Assembly concerning the fulfillment by the respective authorities responsible for the trust territories and the other non-self-governing territories of their obligations under trusteeship agreements or under Article 73, as the case may be, together with recommendations as to measures to be taken in any case of nonfulfillment; and*

f. take these and other actions, *in so far as they relate to trust territories,* in conformity with the terms of the trusteeship agreements.

Comment. Together with revised Article 73 this revised Article so enlarges the responsibility of the Trusteeship Council (under the authority of the General Assembly) that it would extend to some sixty more areas and some 80,000,000 more people than the Council is now responsible for.

Revised Article 73 contains the acceptance by all member Nations responsible for the administration of non-self-governing territories of "a sacred trust" to promote the well-being of the inhabitants of those territories and to "develop self-government" through assisting the "progressive development of their free political institutions" in accordance with their particular circumstances.

Supplementing that revised Article 73, this revised Article 87 sets forth in some detail the specific functions of the Trusteeship Council in respect of the fulfillment of this "sacred trust". As to territories administered under trust agreements, the revised Article confirms the functions of the Council under the present Charter making more explicit, however (in subparagraphs (d) and (e) of paragraph 2), some functions which have been performed in practice under the present Charter but are not explicitly mentioned in the present Article 87. Beyond this, the revised Article extends all these functions to the larger field of non-self-governing territories which are not subject to trust agreements.

It is believed that this revised Article 87, read with revised Article 73, would make clear not only the broad responsibility of the United Nations for *all* the non-self-governing territories in charge of member Nations, but would also provide adequate procedures for the effective fulfillment of this responsibility.

Article 88

The Trusteeship Council shall formulate a questionnaire on the political, economic, social, and educational advancement of the inhabitants of each trust territory, and the administering authority for each *trust* territory *within the competence of the General Assembly* shall make an annual report to the *General Assembly* upon the basis of such questionnaire.	The Trusteeship Council shall formulate a questionnaire on the political, economic, social, and educational advancement of the inhabitants of each trust territory *and of each non-self-governing territory other than trust territories,* and the administering authority for each *such* territory shall make an annual report to the *Trusteeship Council* upon the basis of such questionnaire.

Comment. The changes in this Article are necessary in order to coordinate its terms with revised Articles 73 and 87. Since by those revised Articles the obligations of the United Nations in respect of non-self-governing territories of every kind and the corresponding duties of the Trusteeship Council in that regard would be greatly increased, it follows that the Council should be supplied with full information by the administering authorities of all these non-

167

self-governing territories. Therefore the language of this Article has been modified to state broadly that every administering authority must make an annual report upon the basis of the Trusteeship Council's questionnaire. In this way the language would harmonize with the obligation, assumed by member Nations under subparagraph (e) of revised Article 73, to furnish this information.

VOTING

Article 89

1. Each member of the Trusteeship Council shall have one vote.

2. Decisions of the Trusteeship Council shall be made by a majority of *the members present and voting.*

1. Each member of the Trusteeship Council shall have one vote.

2. Decisions of the Trusteeship Council *on important questions* shall be made by a *two-thirds* majority *vote* of *all its* members *whether or not* present *or* voting, *including a majority of all the Representatives then on the Council from the member Nations administering trust territories or other non-self-governing territories. These questions shall include: recommendations in accordance with Article 87 to the authorities responsible for the trust territories and other non-self-governing territories concerning the fulfillment by them of their obligations under trusteeship agreements or under Article 73, as the case may be; recommendations to the General Assembly in accordance with Article 87 in cases of nonfulfillment of these obligations; and any other questions which the Assembly may from time to time define as important.*

3. Decisions of the Trusteeship Council *on all other questions* shall be made by a majority of *all its* members, *whether or not* present *or* voting.

168

Comment. As called for in revised Article 86, the individual members of the Trusteeship Council would be chosen by the General Assembly itself from among its own number, instead of being appointed by the national governments of the member Nations represented on the Council. That change, however, calls for no alteration in the language of paragraph 1 of Article 89, since the present language is entirely appropriate to confer an equal vote on each individual person serving on the Council.

Moreover, under revised Article 86 the composition of the Trusteeship Council would be carefully balanced by having three equal groups of members (i.e., Representatives) from: (a) each of the member Nations actually administering non-self-governing or trust territories; (b) the member Nations which have achieved independence since 1939; and (c) all the other member Nations.

With this composition of the Trusteeship Council in mind, the proposed voting procedure calls for a special majority on "important questions" of two thirds of all the Council's members, with the proviso that such two-thirds majority shall include a majority of that one third of the Council's members who come from member Nations administering non-self-governing or trust territories. It is proposed that the "important questions" to which this special majority would apply shall include direct recommendations to member Nations, pursuant to revised Article 87, relative to the fulfillment of their obligations to the peoples under their charge; and recommendations to the General Assembly, in accordance with revised Article 87, concerning steps to be taken in case of the nonfulfillment of such obligations. If the Assembly considers that other questions should be designated as "important" so as to require this special majority vote in the Council, the Assembly would have authority to designate those questions.

The requirement that the proposed special majority shall include a majority of the Representatives on the Trusteeship Council from administering nations, is that in view of the greatly increased scope and authority of the Council and the fact that two thirds of its members would come from nations which are not themselves administering any non-self-governing territory, it seems desirable to have a safeguard against possible unreasonable demands upon the administering nations. Under the proposed formula, the administering nations would have some measure of protection against demands which a majority of them considered impracticable in the requirement that at least a majority of their Representatives on the Council would need to assent to the recommendations.

On all questions not classified as "important", an ordinary majority of all the members of the Trusteeship Council is proposed.

PROCEDURE

Article 90

1. The Trusteeship Council shall adopt its own rules of procedure, including the method of selecting its President.

169

2. The Trusteeship Council shall meet as required in accordance with its rules, which shall include provision for the convening of meetings on the request of a majority of its members.

Comment. No change is proposed in this Article.

Article 91

The Trusteeship Council shall, when appropriate, avail itself of the assistance of the Economic and Social Council and of the specialized agencies in regard to matters with which they are respectively concerned.

Comment. It is not necessary to make any changes in this Article.

170

CHAPTER XIV

THE *INTERNATIONAL COURT OF JUSTICE*

THE *JUDICIAL AND CON-CILIATION SYSTEM OF THE UNITED NATIONS*

General Comment. The title of this Chapter has been changed from "The International Court of Justice" to "The Judicial and Conciliation System of the United Nations". This is partly in view of the proposals for a World Equity Tribunal and a World Conciliation Board empowered to deal with questions of a nonlegal character which would not fall within the jurisdiction of the International Court of Justice (revised Article 93, paragraphs 1 and 2). It also takes into account the new tribunals inferior to the International Court of Justice which the General Assembly would be empowered to establish for the trial of offenses by individuals against the Charter or the laws and regulations enacted thereunder and for safeguarding the rights of individuals and nations against abuse by the organs and officials of the United Nations (revised Article 93, paragraph 3).

The general purpose of the changes in this Chapter is to make formal provision for: (1) the continuance of the International Court of Justice with new authority to interpret the Charter and with broadened compulsory jurisdiction over legal disputes between all nations; (2) the establishment of the new World Equity Tribunal, with broad authority to deal with disputes between nations of a nonlegal nature; (3) the establishment of the World Conciliation Board to assist the nations in finding agreed solutions for their disputes; and (4) the establishment of a system of inferior tribunals empowered to try individual offenders against the Charter and the limited class of laws for the prevention of war which could be enacted by the General Assembly and to pass upon the validity of various acts of United Nations organs and officials.

Article 92

The International Court of Justice shall be the principal judicial organ of the United Nations. It shall function in accordance with the annexed Statute, which is based upon the Statute of the Permanent Court of International Justice and forms an integral part of *the present* Charter.

1. The International Court of Justice shall be the principal judicial organ of the United Nations. It shall function in accordance with the annexed Statute, which is based upon the Statute of the Permanent Court of International Justice and forms an integral part of *this revised* Charter *as Part A of Annex III.*

2. All *member Nations* are *ipso facto* parties to the Statute of the International Court of Justice.

3. A state which is not a *member* of the United Nations may become a party to the Statute of the International Court of Justice on conditions to be *set forth in general regulations to be adopted* by the General Assembly.

Comment. Paragraph 1 of this revised Article continues the International Court of Justice as "the principal judicial organ" of the United Nations. The only change is the reference to the Statute of the International Court as Part A of the proposed Annex III instead of referring to it as the only Annex to the Charter. It is to be noted, however, that the jurisdiction and importance of the Court would be greatly increased by the proposals that compulsory jurisdiction be granted to the Court in respect of several categories of cases. Pursuant to the new paragraph 3 of revised Article 96 and Part A of Annex III, this compulsory jurisdiction would include: (a) dangerous legal disputes between nations referred to the Court under revised Article 36; (b) disputes involving the interpretation or application of the Charter or the interpretation, application or constitutional validity of laws and regulations enacted thereunder; and (c) certain other important disputes mentioned in Part A of Annex III.

To the new paragraph 2 has been transferred the subject matter of paragraph 1 of the present Article 93. This is to the effect that all member Nations by joining the United Nations automatically become parties to the Statute of the International Court of Justice.

To the new paragraph 3 has been transferred the subject matter of paragraph 2 of the present Article 93 which relates to the conditions under which a nonmember nation may become a party to the Statute of the International Court of Justice. The new paragraph, however, requires the General Assembly to prescribe these conditions in general regulations rather than to stipulate the conditions "in each case" as under the present provision.

It should here be noted that nonmember nations would not, unless they voluntarily become parties to the Statute of the International Court of Justice, be bound to submit to its jurisdiction except in the contingencies provided for in revised Article 36, i.e., when the General Assembly has referred a dispute or situation to the Court on the ground that its continuance is "likely to endanger" peace.

Article 93

1. All *Members of the United Nations* are *ipso facto* parties to

1. *The World Equity Tribunal, established by Article 7 of this re-*

the Statute of the International Court of Justice.

2. A state which is not a *Member* of the United Nations may become a party to the Statute of the International Court of Justice on conditions to be *determined in each case* by the General Assembly *upon the recommendation of the Security Council.*

vised Charter, shall function in accordance with the annexed Statute which forms an integral part of this revised Charter as Part B of Annex III.

2. The World Conciliation Board, established by Article 7 of this revised Charter, shall function in accordance with the annexed Statute which forms an integral part of this revised Charter as Part C of Annex III.

3. The regional courts of the United Nations, established by Part D of Annex III, shall function in accordance with the provisions thereof. Subject to these provisions, the General Assembly shall determine from time to time the organization, jurisdiction and procedure of the regional courts.

Comment. Both of the two paragraphs of the present Article have been eliminated, their subject matter having been transferred to revised Article 92, as noted above in the comment on that Article.

This elimination permits the inclusion under Article 93 of new subject matter, i.e., of references to the World Equity Tribunal, the World Conciliation Board and the regional courts of the United Nations.

As to the World Equity Tribunal which is established by revised Article 7, provision is made that it shall function pursuant to Part B of Annex III. Similarly as to the World Conciliation Board, also established by revised Article 7, it is provided that this organ shall function in accordance with Part C of Annex III. As to nonlegal "disputes" and "situations" between nations which are "likely to endanger" peace, these two new organs, as explained in the comment on revised Article 36, should provide effective means for the pacific settlement of dangerous international difficulties. The purpose and mode of functioning of these two organs are described elsewhere. The effect of this revised Article 93 would be to make explicit constitutional provision for their status.

Finally, as to the regional courts system, established by Part D of Annex III, it is provided that these courts shall function in accordance therewith, subject to laws to be enacted by the General Assembly to regulate their organization, jurisdiction and procedure. Concerning the jurisdiction of these regional courts, it should be noted that their main functions would be: the trial of violators of the revised Charter and of laws and regulations enacted thereunder, especially in respect of the enforcement of the disarmament plan (Annex I); and the hearing of complaints against organs and officials of the United Nations.

Article 94

1. Each *Member of the United Nations* undertakes to comply with the decision of the International Court of Justice in any case to which it is a party.

2. If any party to a case fails to perform the obligations incumbent upon it under a judgment rendered by the Court, the other party may have recourse to the *Security Council,* which *may, if it deems necessary, make recommendations or* decide upon measures to be taken to give effect to the judgment.

1. Each *member Nation* undertakes to comply with the decision of the International Court of Justice in any case to which it is a party.

2. If any party to a case fails to perform the obligations incumbent upon it under a judgment rendered by the Court, the other party may have recourse to the *General Assembly* which *shall* decide upon measures to be taken to give effect to the judgment, *including measures under Articles 41 and 42.*

3. *If any nation fails to comply with any recommendation of the World Equity Tribunal which has been approved by the General Assembly in accordance with paragraph 9 of Article 36, the Assembly shall decide upon measures to be taken to give effect to the recommendation, including measures under Articles 41 and 42.*

Comment. Revised paragraph 1 merely reaffirms the provision whereby every member Nation promises to comply with any decision of the International Court of Justice in any case to which it is a party.

Revised paragraph 2 strengthens the procedure for the enforcement of judgments of the Court by providing: (a) that if any nation, party to a case before the Court, fails to comply with the Court's judgment the other party may resort to the General Assembly; and (b) that in such event the Assembly "shall" determine the measures to be taken for the enforcement of the judgment.

174

Under the present Charter a party aggrieved by noncompliance with a judgment of the International Court of Justice has recourse only to the Security Council. The new provision, allowing recourse to the General Assembly, is proposed because of the great importance which due compliance with a solemn judgment of the Court might have in upholding the authority of the strengthened United Nations; and it takes into account that under the revised Charter the primary responsibility for the maintenance of peace would rest with the Assembly. Thus, any defiance of a judgment of the Court would have to be dealt with in the first place by the Assembly itself which, however, might employ the Executive Council or other organs for the actual carrying out of such enforcement measures as the Assembly might have decided upon.

The other important change in paragraph 2 is the substitution of an obligation to see to the enforcement of a judgment of the Court for the merely discretionary authority in that respect provided for in the present Article 94. This is done by the substitution of the word "shall" for the phrase "may, if it deems necessary" and by requiring the Assembly to "decide upon" measures of enforcement rather than giving it the option merely to "make recommendations" in that regard.

The new paragraph 3 deals with the measures to be taken in case of noncompliance with recommendations of the World Equity Tribunal if and when such recommendations become enforceable pursuant to revised Article 36. Under the terms of paragraph 9 of that revised Article and Part B of Annex III, the recommendations of the Tribunal would become binding only when the following conditions have been fulfilled: (a) the Tribunal has adopted the recommendations by a two-thirds vote; (b) the General Assembly has approved the recommendations by a four-fifths majority vote of all the Representatives then in office, including a three-fourths majority of the Representatives from the nations having thirty Representatives in the Assembly and a three-fourths majority of the Representatives from the nations having sixteen Representatives in the Assembly; and (c) the Assembly has declared by the same special majority that the dispute or situation is likely to continue unless the recommendations are carried out and that the dispute or situation is in fact likely to endanger peace. When, however, these stringent requirements are fulfilled, the Assembly would be bound to "decide upon measures" to enforce the recommendations of the Tribunal as approved by the Assembly in exactly the same way as it would be required to enforce the judgments of the International Court of Justice.

It is to be noted that pursuant to revised Article 18 the "taking of measures" to enforce either a judgment of the International Court of Justice or of approved recommendations of the World Equity Tribunal would be "important questions" requiring the approval of a majority of all the Representatives then in office, whether or not present or voting.

Since the recommendations of the World Equity Tribunal would relate to nonlegal questions, as distinguished from legal questions adjudicated by the International Court of Justice, it may be argued that the recommendations of the Tribunal should not be enforceable at all or that, at least, the measures for the enforcement of the Tribunal's recommendations should go no further than diplomatic and economic sanctions. On the other hand, it might well be that the recommendations of the Tribunal concerning a dangerous situation would be of greater real importance for the maintenance of international peace than any judgment of the Court, so that the carrying out of those recommendations, when approved by the General Assembly, would, as a practical matter, be no less important for the authority of the United Nations than the enforcement of any possible judgment of the Court. Moreover, it must be remembered that no recommendations of the Tribunal would become enforceable at all unless they had received the overwhelming approval of the Assembly under the above-mentioned severe requirements of paragraph 9 of revised Artice 36. In other words, as distinguished from judgments of the International Court, the recommendations of the Tribunal could be enforced only after they had been declared essential for the maintenance of peace by a greatly preponderant vote of the world's representative body. Having passed that test, there would seem to be no sound reason to provide any different procedure or means for the enforcement of approved recommendations of the Tribunal than for the enforcement of judgments of the Court.

Article 95

Nothing in *the present* Charter shall prevent *Members of the United Nations* from entrusting the solution of their differences to other tribunals by virtue of agreements already in existence or which may be concluded in the future.	Nothing in *this revised* Charter shall prevent *member Nations* from entrusting the solution of their differences to other tribunals by virtue of agreements already in existence or which may be concluded in the future.

Comment. No change is proposed in this Article except the consequential changes whereby "this revised" is substituted for "the present" Charter and "member Nations" for "Members of the United Nations".

Article 96

1. The General Assembly or the *Security* Council may request the International Court of Justice to give an advisory opinion on any legal question.	1. The General Assembly, the *Executive* Council, *the Economic and Social Council, the Trusteeship Council* or *the World Equity Tribunal* may request the International Court of Justice to give an advisory opinion on any legal question.
2. Other organs of the United	2. Other organs of the United

176

Nations and specialized agencies, which may at any time be so authorized by the General Assembly, may also request advisory opinions of the Court on legal questions arising within the scope of their activities.

Nations, specialized agencies and *regional organizations, which may at any time be so authorized by the General Assembly, may also request advisory opinions of the Court on legal questions arising within the scope of their activities.*

3. Any dispute relating to the interpretation or application of this revised Charter, or the constitutionality, interpretation or application of any law or regulation enacted thereunder, may be submitted for decision to the Court by any nation, either on its own behalf or on behalf of any of its citizens.

Comment. Paragraphs 1 and 2 relate to strictly advisory opinions by the International Court of Justice. Under the present paragraph 1 only the General Assembly or Security Council has the right to request such an opinion. By the proposed change this right would be given to the new Executive Council and would be extended to the Economic and Social Council, the Trusteeship Council and the new World Equity Tribunal. Under the present Charter the Assembly has given the Economic and Social Council and Trusteeship Council permission to ask advisory opinions; but in view of the importance of these two councils, it seems proper to make this a matter of right rather than a privilege dependent upon the Assembly's discretion. The change would also extend this right to the World Equity Tribunal, which might find it of great importance to obtain a prompt legal opinion on some question relating to the problem referred to it.

Present paragraph 2 empowers the General Assembly to authorize "other organs" and "specialized agencies" to obtain advisory opinions of the Court. In view of the increasingly important role being played, especially in the economic field, by various regional organizations, such as the Organization of American States and the European Coal and Steel Community, it is proposed to extend the right to request advisory opinions to these organizations, subject to a prior authorization by the Assembly.

The new paragraph 3 proposes the most important change in this Article. This is the provision whereby "any nation" shall have the right to submit "for decision" by the International Court of Justice "any dispute relating to the interpretation or application of this revised Charter, or the constitutionality, interpretation or application of any law or regulaton enacted thereunder".

The direct right thus given to every nation in the world to ask for a "decision" by the International Court concerning the interpretation and application of the revised Charter itself and concerning the constitutionality, inter-

177

pretation and application of a law or regulation enacted thereunder, would be entirely independent of the above-mentioned privilege of organs of the United Nations to seek advisory opinions. In view of the enlarged powers of the United Nations under the revised Charter, this independent right seems a necessary and proper safeguard. It should extend not only to all member Nations but also to any nonmember nations which in certain important respects, such as the obligation to disarm, would be bound equally with the member Nations.

It seems only right that machinery be provided whereby "any nation, either on its own behalf or on behalf of any of its citizens" would be enabled to ascertain from the highest world judicial authority how any provision of the revised Charter, or of any law or regulation enacted thereunder, should be interpreted or applied, and to test the constitutional validity under the revised Charter of any particular law or regulation. To this end, it is proposed that any nation shall be entitled to bring before the International Court any "dispute", either with another nation or with the United Nations itself, with respect to any of these questions.

CHAPTER XV

THE SECRETARIAT

Article 97

The Secretariat shall comprise a Secretary-General and such staff as the *Organization* may require. The Secretary-General shall be appointed by the General Assembly upon the recommendation of the *Security* Council. He shall be the chief administrative officer of the *Organization*.

The Secretariat shall comprise a Secretary-General and such staff as the *United Nations* may require. The Secretary-General shall be appointed by the General Assembly upon the recommendation of the *Executive* Council. *He shall serve for a term of six years and until his successor has been appointed; and shall be eligible for reappointment but for no more than one term. The Assembly shall have authority to remove him, by a vote of two thirds of all the Representatives then in office, whether or not present or voting, whenever the Assembly deems it necessary.* He shall be the chief administrative officer of the *United Nations.*

Comment. The principal changes in this Article relate to the term of the Secretary-General and to his removal from office. The present text contains no provision on these subjects. In view, however, of the greatly increased scope of the United Nations under the revised Charter, and the consequent increase in the importance of the Secretary-General, it is desirable to specify the length of his term and to provide for his possible dismissal if by a large majority the General Assembly should deem it essential.

The other changes in this Article are consequential on the use of the term "United Nations" instead of "Organization", and on the substitution of the new "Executive Council" for the "Security Council". As to the latter it is to be remembered that since there would be no veto in the Executive Council (revised Article 27), it is unlikely that any prolonged deadlock would occur as to the recommendation by the Council of a new Secretary-General.

Article 98

The Secretary-General shall act in that capacity in all meetings of

The Secretary-General shall act in that capacity in all meetings of

179

the General Assembly, of the *Se-curity* Council, of the Economic and Social Council, and of the Trusteeship Council, and shall perform such other functions as are entrusted to him by these organs. The Secretary-General shall make an annual report to the General Assembly on the work of the *Organization.*

the General Assembly, of the *Executive* Council, of the Economic and Social Council, and of the Trusteeship Council, and shall perform such other functions as are entrusted to him by these organs. The Secretary-General shall make an annual report to the General Assembly on the work of the *United Nations.*

Comment. The only changes in this Article are consequential on the substitution of the "Executive Council" for the "Security Council" and of the "United Nations" for the "Organization".

Article 99

The Secretary-General *may* bring to the attention of the *Se-curity* Council any matter which in his opinion may threaten the maintenance of international peace and security.

The Secretary-General *shall* bring *to the attention of the General Assembly or, if the Assembly is not in session,* to the attention of the *Executive* Council any matter which in his opinion may threaten the maintenance of international peace and security, *and any refusal to comply with this revised Charter or the laws and regulations enacted thereunder which in his opinion is of an especially serious character.*

Comment. The three proposed changes of substance in this Article are: (a) the substitution of "shall" for "may" in connection with the Secretary-General's function of giving warning of threats to the peace; (b) the extension of his duty to give warning to any serious "refusal to comply with this revised Charter or the laws and regulations enacted thereunder"; and (c) the requirement that the General Assembly shall receive any such warning if in session; and otherwise the Executive Council as its agent.

As to the first, there seems no reason why the Secretary-General should have discretion as to warning the organs directly responsible for the maintenance of peace. If in his judgment a threat to the peace actually exists, it should be his *constitutional duty* to give warning of so serious a state of affairs.

As to the second, it seems desirable to impose on the Secretary-General the duty to warn the organs of the United Nations responsible for maintaining the authority of the United Nations of any serious violation of the Charter (or of the laws or regulations enacted thereunder).

As to naming the General Assembly as entitled to receive the warning, this requirement follows from the proposal that the Assembly shall have the "primary responsibility" for the maintenance of peace (revised Article 11); while the requirement that the Executive Council be notified if the Assembly is not in session is merely to make certain that the other organ directly responsible for maintaining peace shall receive the warning when the Assembly is not able immediately to deal with the matter. In that event it would be the duty of the Executive Council to take emergency measures if the situation were so serious as to demand immediate action, and to request the Secretary-General immediately to convoke a special session of the Assembly (revised Article 39).

Article 100

1. In the performance of their duties the Secretary-General and the staff shall not seek or receive instructions from any government or from any other authority external to the *Organization*. They shall refrain from any action which might reflect on their position as international officials responsible only to the *Organization*.

2. Each *Member of the United Nations* undertakes to respect the exclusively international character of the responsibilities of the Secretary-General and the staff and not to seek to influence them in the discharge of their responsibilities.

1. In the performance of their duties the Secretary-General and the staff shall not seek or receive instructions from any government or from any other authority external to the *United Nations*. They shall refrain from any action which might reflect on their position as international officials responsible only to the *United Nations*.

2. Each *member Nation* undertakes to respect the exclusively international character of the responsibilities of the Secretary-General and the staff and not to seek to influence them in the discharge of their responsibilities.

Comment. The only suggested changes in this Article are consequential on the use throughout the revision of "United Nations" instead of "Organization" and of "member Nation" instead of "Member of the United Nations".

Article 101

1. The staff shall be appointed by the Secretary-General under regulations established by the General Assembly.

1. The staff shall be appointed by the Secretary-General under regulations established by the General Assembly.

2. Appropriate staffs shall be permanently assigned to the Economic and Social Council, the Trusteeship Council, and, as required, to other organs of the United Nations. These staffs shall form a part of the Secretariat.

2. Appropriate staffs shall be permanently assigned to *the General Assembly, the Executive Council*, the Economic and Social Council, the Trusteeship Council, and, as required, to other organs of the United Nations. These staffs shall form a part of the Secretariat.

3. The paramount consideration in the employment of the staff and in the determination of the conditions of service shall be the necessity of securing the highest standards of efficiency, competence, and integrity. Due regard shall be paid to the importance of recruiting the staff on as wide a geographical basis as possible.

3. The paramount consideration in the employment of the staff and in the determination of the conditions of service shall be the necessity of securing the highest standards of efficiency, competence, and integrity. Due regard shall be paid to the importance of recruiting the staff on as wide a geographical basis as possible.

Comment. The only change in this Article is the addition of the General Assembly and the Executive Council in the mention of the organs to which "appropriate staffs" shall be "permanently assigned". While authority to supply the General Assembly and the new Executive Council with appropriate staffs would presumably be implied, it seems best to list them specifically among the organs to be thus equipped.

CHAPTER XVI

MISCELLANEOUS PROVISIONS

Article 102

1. Every treaty and every international agreement entered into by any *Member of the United Nations* after the *present* Charter comes into force shall as soon as possible be registered with the Secretariat and published by it.

1. Every treaty and every international agreement entered into by any *member Nation* after the *original* Charter *came* into force *in 1945, including every such treaty or agreement entered into by any member Nation after this revised Charter comes into force,* shall as soon as possible be registered with the Secretariat and published by it.

2. No party to any such treaty or international agreement which has not been registered in accordance with the provisions of paragraph 1 of this Article may invoke that treaty or agreement before any organ of the United Nations.

2. No party to any such treaty or international agreement which has not been registered in accordance with the provisions of paragraph 1 of this Article may invoke that treaty or agreement before any organ of the United Nations.

Comment. The first change in paragraph 1 is consequential on the use throughout the revision of "member Nation" instead of "Member of the United Nations". The other change is to make it perfectly clear that the treaties and international agreements required to be registered shall include not only the treaties and agreements made during the period between the adoption of the 1945 Charter and the adoption of the revised Charter, but also all future treaties and agreements made after the revised Charter comes into force.

Article 103

In the event of a conflict between the obligations of the *Members of the United Nations* under *the present* Charter and their obligations under any other international agreement, their obligations

1. In the event of a conflict between the obligations of the *member Nations* under *this revised* Charter *or the laws and regulations enacted thereunder* and their obligations under any other inter-

under *the present* Charter shall prevail.

national agreement, their obligations under *this revised* Charter *or such laws and regulations* shall prevail.

2. This revised Charter and the laws and regulations of the United Nations which shall be made in pursuance thereof shall be the supreme law of the United Nations, and all authorities of the member Nations shall be bound thereby, anything in the constitution or laws of any member Nation to the contrary notwithstanding.

Comment. Apart from consequential changes it is proposed to revise paragraph 1 by providing that not only the revised Charter itself shall prevail over any other international obligation, but also any laws and regulations enacted under the revised Charter. This change is made necessary by the new, although carefully limited, legislative powers conferred upon the General Assembly by the proposed revision (revised Article 11).

The new paragraph 2 makes explicit the superiority of the revised Charter and the laws and regulations enacted thereunder over the constitutions and laws of the member Nations. It seems wise to make perfectly clear that although the strengthened United Nations would have only limited powers strictly confined to the maintenance of peace, its authority in that field shall be superior to any other authority whatever. This is necessary because on no other terms could the United Nations fulfil its main function of maintaining peace. In harmony with this conception, paragraph 2 makes definite the obligation of "all authorities" of the member Nations to be bound by the revised Charter and the laws and regulations enacted thereunder. It follows that when necessary the constitutions of member Nations would need to be revised so as to accord with this principle.

Article 104

The *Organization* shall enjoy in the territory of each *of its Members* such legal capacity as may be necessary for the exercise of its functions and the fulfillment of its purposes.

1. The *United Nations* shall enjoy in the territory of each *member Nation* such legal capacity as may be necessary for the exercise of its functions and the fulfillment of its purposes.

2. The United Nations shall have the right to acquire buildings and

184

such other property as it may need for its offices. Such properties shall be acquired from or with the assistance of member Nations, by agreement if possible and otherwise by condemnation with just compensation. In case of a dispute as to whether the compensation paid or offered by the United Nations is just, the private owner of the property in question, or the nation which owns such property or within which such property is situated acting on its own behalf or on behalf of the private owner of such property as the case may be, may submit the dispute for decision to the United Nations regional court within the jurisdiction of which such property is situated. If either the United Nations or the private owner of the property in question or the nation which owns such property or in the territory of which such property is situated is dissatisfied with the decision of the regional court, any of them shall have the right to appeal to the International Court of Justice; except that in the case of a private owner, such right shall be subject to any legislation which may be enacted by the General Assembly pursuant to Part D of Annex III. In the case of such an appeal to the International Court of Justice, the decision of that Court shall be final.

Comment. Apart from consequential changes in this Article, it is proposed to add a new paragraph dealing with the right of the United Nations to acquire such properties as it may need for its offices. Ordinarily the United Nations would acquire such properties with the assistance of the nation in the territory of which the property is situated. If, however, a particular nation should not be willing to cooperate, the United Nations would have authority to institute condemnation proceedings and to acquire the properties in question by paying just compensation. Should there be any dispute concerning the fairness of the compensation, such dispute would be submitted in the first instance to a United Nations regional court, from which an appeal could be taken to the International Court of Justice.

Article 105

1. The *Organization* shall enjoy in the territory of each *of its Members* such privileges and immunities as are necessary for the fulfillment of its purposes.

1. The *United Nations* shall enjoy in the territory of each *member Nation* such privileges and immunities as are necessary for the fulfillment of its purposes.

2. Representatives *of the Members of the United Nations* and officials of the *Organization* shall similarly enjoy such privileges and immunities as are necessary for the independent exercise of their functions in connection with the *Organization.*

2. Representatives *in the General Assembly, members of the other organs of the United Nations, members of the United Nations Peace Force* and officials *of the staff* of the *United Nations* shall similarly enjoy such privileges and immunities as are necessary for the independent exercise of their functions in connection with the *United Nations.*

3. The General Assembly *may make recommendations with a view to determining the details of the application of paragraphs 1 and 2 of this Article or may propose conventions to the Members of the United Nations for this purpose.*

3. The General Assembly *shall have the power to implement the provisions of Annex VI of this revised Charter relating to the principles which shall govern the privileges and immunities mentioned in paragraphs 1 and 2 of this Article.*

Comment. Only consequential changes are made in paragraph 1.

In paragraph 2, however, substantial changes are proposed in the definition of the individuals entitled to privileges and immunities. The proposal is that these shall be enjoyed: (a) by the Representatives in the General Assembly; (b) by those who are serving as members of the various other organs of the United Nations; (c) by those serving in the United Nations Peace Force; and (d) by "officials" of the staff of the United Nations.

For the effective functioning of a greatly strengthened United Nations it is clearly necessary that all within these categories shall have well understood and carefully defined privileges and immunities.

The question of what those privileges and immunities ought to be presents a problem that has already caused great difficulties; and several nations (including the United States) have refused to ratify a convention on the subject proposed by the General Assembly. It is very necessary that the basic principles governing these privileges and immunities be clearly defined in order to enable the strengthened United Nations properly to fulfil its purposes; and the matter is of such great importance that it is believed wise to make such definition constitutional. It is therefore proposed to set forth the principles covering privileges and immunities in a special Annex (the proposed Annex VI). In this way the basic rules to be followed in defining such privileges and immunities would be made constitutional in the same way as, for example, the principles of the proposed disarmament plan and of the revenue system would be defined in Annexes I and V. Within the framework of the principles thus constitutionally laid down in Annex VI, the General Assembly would have authority to make the necessary detailed regulations to implement those principles.

CHAPTER XVII

TRANSITIONAL SECURITY ARRANGEMENTS

Article 106

Pending *the coming into force of such special agreements referred to in Article 43 as* in the opinion of the *Security Council* enable *it to begin the exercise of* its responsibilities under Article 42, the parties to the Four-Nation Declaration, signed at Moscow, October 30, 1943, and France, shall, in accordance with the provisions of paragraph 5 of that Declaration, consult with one another and as occasion requires with other *Members of the United Nations* with a view to such joint action on behalf of the *Organization* as may be necessary for the purpose of maintaining international peace and security.

Pending *the organization of the United Nations Peace Force under Annex II of this revised Charter to an extent which,* in the opinion of the *General Assembly, will* enable *the United Nations to exercise* its responsibilities under Article 42, the parties to the Four-Nation Declaration, signed at Moscow, October 30, 1943, and France *and India,* shall in accordance with the provisions of paragraph 5 of that Declaration, consult with one another and as occasion requires with other *member Nations* with a view to such joint action on behalf of the *United Nations* as may be necessary for the purpose of maintaining international peace and security.

Comment. Besides the obvious consequential changes, two changes of substance are proposed in this Article. One is a change in the interim period during which certain Powers are obliged to consult as to joint action for the maintenance of peace. This period would now be defined as the period prior to "the organization of the United Nations Peace Force under Annex II of this revised Charter to an extent which, in the opinion of the General Assembly, will enable the United Nations to exercise its responsibilities under Article 42" instead of the period until the coming into force of adequate special agreements under the present Article 43. The reason for this change is that the revised Article 42 would abolish the present plan for the negotiation of special agreements under Article 43 through which national forces would be made available for military sanctions, the plan for a United Nations Peace Force being substituted therefor.

The other change is the addition of India to the group of Powers which would be obligated to consult during the interim period. The group would then consist of the following six nations: China, France, India, the U.S.S.R., the United Kingdom and the U.S.A. This addition of India is proposed because, under the revision, India would be one of the four largest nations which, with China, the U.S.S.R. and the U.S.A., would be entitled to thirty Representatives each in the General Assembly; and also because its inclusion would more nearly balance the Western and Eastern nations in the consulting group, i.e., France, the United Kingdom and the U.S.A. in the West, with China and India in the East and the U.S.S.R. in both.

Article 107

Nothing in *the present* Charter shall invalidate or preclude action, in relation to any state which during the Second World War *has been* an enemy of any signatory to the *present* Charter, taken or authorized as a result of that war by the Governments having responsibility for such action.

Pending the organization of the United Nations Peace Force under Annex II of this revised Charter to an extent which, in the opinion of the General Assembly, will enable the United Nations to exercise its responsibilities under Article 42, nothing in *this revised* Charter shall invalidate or preclude action, in relation to any state which during the Second World War *was* an enemy of any *original* signatory to the Charter, taken or authorized as a result of that war by the Governments having responsibility for such action.

Comment. Besides the necessary consequential changes, a substantial change is proposed through a limitation on the period during which the reserved right to take action against "enemy" states in the Second World War may be exercised.

Under the present Article the period during which the right is reserved to act against former enemy states appears to be unlimited. In view, however, of the plan whereby the United Nations would have its own adequate and independent military force—the United Nations Peace Force—there is no reason why the reserved right to act against enemies of the Western Alliance in World War II should exist in perpetuity. It is therefore proposed that this period be limited to the period prior to "the organization of the United Nations Peace Force under Annex II of this revised Charter to an extent which, in the opinion of the General Assembly, will enable the United Nations to exercise its responsibilities under Article 42".

The plan for the organization of the United Nations Peace Force (Annex II) provides for building up that Force concurrently with the carrying out of the progressive disarmament plan. This would normally require a period of thirteen years from the ratification of the revised Charter, but might be shortened to ten years (Article 10 of Annex I). Accordingly, if that disarmament plan is

189

adopted and fulfilled, the maximum period during which action could be taken against former "enemy" states would not exceed thirteen years after the ratification of the revised Charter, and might be considerably shorter if before that time the General Assembly should determine that the Peace Force has become strong enough adequately to safeguard the peace.

CHAPTER XVIII

AMENDMENTS

Article 108

Amendments *to the present* Charter shall come into force for all *Members of the United Nations* when they have been adopted by a vote of two thirds of *the members of* the General Assembly and ratified in accordance with their respective constitutional processes by *two thirds* of the *Members of the United Nations, including all the permanent members of the Security Council.*

After the adoption of this revised Charter, amendments *thereto* shall come into force for all *member Nations* when they have been adopted by a vote of two thirds of *all the Representatives in* the General Assembly *then in office, whether or not present or voting,* and ratified in accordance with their respective constitutional processes by *five sixths* of the *member Nations; provided that the population of the ratifying member Nations shall be at least five sixths of the population of the world as stated in the last preceding world census, and provided that the ratifying member Nations shall include three fourths of the member Nations entitled under Article 9 to thirty Representatives in the Assembly and three fourths of the member Nations entitled under that Article to sixteen Representatives in the Assembly.*

Comment. Alternative methods for the proposal of amendments are provided by the two Articles of Chapter XVIII. One is the method provided in Article 108, i.e., the adoption of the proposed amendments by the General Assembly itself. The other is the method provided in Article 109, i.e., the proposal of amendments through a General Conference called for the special purpose of reviewing the Charter.

Under revised Article 108 important changes are proposed in the procedures both for the adoption and the ratification of amendments, that is to say of amendments *subsequent to* the coming into force of the revised Charter. With regard to the preparation of such future amendments, the present Article calls for their submission for ratification when adopted by a vote of two thirds of the member states through their delegates in the General Assembly. The revised Article would, however, provide for the adoption of future amendments not by any vote of member Nations as such, but by a vote of two thirds of all the Representatives in the General Assembly whether or not present or voting, i.e., by a two-thirds vote of all the individuals serving in the Assembly.

In respect of the *ratification* of future amendments, other important changes are proposed. The present Article 108 calls for ratification by "two thirds of the Members of the United Nations, including all the permanent members of the Security Council." Instead of this provision, it is proposed: (a) that ratification by "five sixths" of the member Nations be required; (b) that "the population of the ratifying member Nations shall be at least five sixths of the population of the world as stated in the last preceding world census"; and (c) that "the ratifying member Nations shall include three fourths of the member Nations entitled under Article 9 to thirty Representatives in the General Assembly and three fourths of the member Nations entitled under that Article to sixteen Representatives in the Assembly."

In one respect, these new requirements for ratification are less rigid than under the present Articles 108-109,—in that no single nation of the "Big Five" or of any other group would have a "veto" power over any amendment. The present "veto" on amendments would be abolished through the provision which would permit ratification if the required five sixths of the member Nations include three fourths of each of the two top categories comprising the largest nations. As of July 1957, this would mean the assent of three of the four nations with populations over 140,000,000 (China, India, the U.S.S.R. and the U.S.A.) and six of the eight nations with populations between 40,000,-000 and 140,000,000 (Brazil, France, West Germany, Indonesia, Italy, Japan, Pakistan and the United Kingdom). On the other hand, the proposed ratification requirements are stricter than the present formula in providing not only that "five sixths" of all the member Nations must assent, but also that these ratifying nations shall contain "five sixths of the population of the world".

This revised Article 108 and revised Article 109 should be read in relation to revised Article 110; and the distinction should be noted that whereas revised Article 110 deals with the ratification of the revised Charter itself, Articles 108 and 109 deal with the proposal and ratification of amendments to the revised Charter *after* its adoption.

In respect of the ratification of the revised Charter itself, the proposal (revised Article 110) is that ratification shall require not only the assent of five sixths of the member Nations which shall contain at least five sixths of the world's population, but also that the ratifying nations shall include *all* the nations of the world with a population of over 40,000,000. By contrast, the corresponding provisions of revised Articles 108 and 109 require the assent of only three fourths of these largest nations,—twelve in number as of July 1, 1957. The reason for this difference is that in order to ensure the necessary overwhelming support for the revised Charter in its initial stage, it is considered essential to have the prior assent of literally all the world's largest na-

192

tions,—defined as those over 40,000,000. On the other hand, in the case of future amendments *after* the strengthened United Nations is functioning under the revised Charter, it seems unduly severe to require absolutely unanimous approval by the largest nations. Instead, it seems sufficient to require only the assent of three fourths of the nations in each of the two top categories.

In practice, this formula for the approval of future amendments would mean that if, when an amendment to the revised Charter was submitted for ratification, there were still four nations then entitled to thirty Representatives in the General Assembly, the amendment could be approved even if one of these did not ratify. And it would mean that if, when such an amendment was submitted, there were still eight nations entitled to sixteen Representatives, the amendment could be approved notwithstanding that two of the eight failed to ratify.

On the one hand, these requirements for the ratification of amendments after the adoption of the revised Charter would make their ratification so difficult as to ensure that the revised Charter could be altered only with the overwhelming approval of the nations and peoples. On the other hand, the requirements would not be so rigid as virtually to preclude any amendment, notwithstanding its approval by a great preponderance of the member Nations.

Article 109

1. *A General Conference of the Members of the United Nations for* the purpose of reviewing the *present* Charter may be held at a date and place to be fixed by a two thirds vote of *the members of the General Assembly and by a vote of any seven members of the Security Council. Each Member of the United Nations* shall have one vote *in the conference.*

1. *After the adoption of this revised Charter, General Conferences* for the purpose of reviewing the *revised* Charter *or considering a particular amendment or amendments thereto* may be held *pursuant to the following provisions:*

a. *Such a General Conference shall* be held at a date and place to be fixed by a two thirds vote of *all the Representatives in the General Assembly then in office, whether or not present or voting.*

b. *On application of two thirds of the member Nations, the Assembly shall call such a General Conference, and shall fix the place and date for the convening thereof, which shall not be more than one year after the receipt of such application.*

193

c. *The number of delegates which each member Nation shall be entitled to send to a General Conference shall be the same as the number of Representatives from that member Nation in the Assembly at the time of the Conference. The delegates shall be chosen in each member Nation in the same manner as that provided in Article 9 for the choice of Representatives in the Assembly.*

d. *Delegates shall vote as individuals and each delegate shall have one vote.*

2. Any alteration of *the present* Charter recommended by a two-thirds vote of *the conference* shall take effect when ratified *in accordance with their respective constitutional processes by two-thirds of the Members of the United Nations including all the permanent members of the Security Council.*

2. Any alteration of *this revised* Charter recommended by a two-thirds vote of *all the delegates in the General Conference, whether or not present or voting,* shall take effect when ratified *by the same method and subject to the same conditions as are provided in Article 108 in respect of amendments proposed by the General Assembly.*

3. If such a conference has not been held before the tenth annual session of the General Assembly following the coming into force of *the present* Charter, the proposal to call such a conference shall be placed on the agenda of that session of the *General* Assembly, and the conference shall be held if so decided by a majority *vote of the members of the General Assembly and by a vote of any seven members of the Security Council.*

3. If such a conference has not been held before the tenth annual session of the General Assembly following the coming into force of *this revised* Charter, the proposal to call such a conference shall be placed on the agenda of that session of the Assembly, and the conference shall be held if so decided by *a vote of* a majority *of all the Representatives in the Assembly then in office, whether or not present or voting; and if in each ensuing ten-year period such a conference has not been held, the same procedure shall apply.*

194

Comment. As in the case of revised Article 108, this revised Article 109 relates only to the submission and ratification of amendments *after* the adoption of the revised Charter.

In respect of such future amendments, paragraph 1 provides that in addition to the submission of amendments by the General Assembly itself under revised Article 108, such amendments may be submitted for ratification through a General Conference called either to review the revised Charter as a whole or to consider a particular amendment or amendments.

By paragraph 1 of the present Article a General Conference for this purpose may be called by a vote in the General Assembly of two thirds of the member states with the assent of any seven members of the Security Council. In lieu of this single method for the convening of a General Conference, subparagraphs (a) and (b) of revised paragraph 1 provide two alternative methods for convening such a conference. The first of these would be action of the General Assembly upon its own initiative through a two-thirds vote of all the Representatives. The other would be through action by the Assembly upon the application of two thirds of the member Nations, in which case it would be mandatory for the Assembly to convoke the General Conference within a year from the receipt of the application. The second alternative is proposed in order to ensure that if a large majority of the governments of the member Nations themselves believe that a General Conference should be called (either for a review of the whole Charter or the consideration of specific amendments) such a conference will be convened whether or not the Assembly happens to be sympathetic.

Subparagraph (c) of revised paragraph 1 covers the composition of a General Conference and the election of delegates thereto. As to the composition of a General Conference, the proposal is that it shall consist of a number of delegates precisely equal to the number of Representatives in the General Assembly to which the member Nations are then respectively entitled. As to the mode of selection of the delegates, it is proposed that they be chosen by the same method in each member Nation as is used by that nation for the selection of its Representatives in the Assembly (revised Article 9).

As to voting in a General Conference, subparagraph (d) of revised paragraph 1 provides that each delegate shall have one vote and shall vote as an individual.

Revised paragraph 2 provides for the taking effect of any amendments submitted by a General Conference through precisely the same ratification requirements as are provided for by revised Article 108 in respect of amendments submitted directly by the General Assembly; and precisely the same considerations apply as are stated in the comment on revised Article 108.

Revised paragraph 3 adopts and extends the basic idea of the present paragraph 3 in recognizing the advisability of periodical consideration of the question of Charter review. But whereas the present paragraph 3 provides for the mandatory consideration of this question by the General Assembly only on one occasion, i.e., in its tenth session after the coming into force of the 1945 Charter, the revised paragraph 3 provides that the Assembly shall consider the advisability of a review conference at the end of every ten-year period after the adoption of the revised Charter, if during that period no such conference has been held. It will be observed that this provision does not make a review conference mandatory during each ten-year period, but only makes it mandatory for the Assembly to consider the question of whether it is advisable to hold such a conference. On the other hand, it is proposed that, when the question of a General Conference under this provision comes up in the Assembly, no more than a majority vote of all the Representatives shall be required for a decision to convoke the conference.

CHAPTER XIX

RATIFICATION AND SIGNATURE

Article 110

1. *The present* Charter shall be *ratified by the signatory states* in accordance with *their respective* constitutional processes.

2. The ratifications shall be deposited with the *Government of the United States of America, which* shall notify all the *signatory states* of each deposit *as well as the Secretary-General of the Organization when he has been appointed.*

3. *The present* Charter shall come into force upon the deposit of ratifications by *the Republic of China, France, the Union of Soviet Socialist Republics, the United Kingdom of Great Britain and Northern Ireland, and the United States of America, and by a majority of the other signatory states. A protocol of the ratifications deposited shall thereupon be drawn up by the Government of the United States of America which shall communicate copies thereof to all the signatory states.*

1. *This revised* Charter shall be *submitted for ratification to all the nations of the world, namely those listed in Article 9. Ratification by each nation shall be* in accordance with *its* constitutional processes.

2. The ratifications shall be deposited with the *Secretary-General of the United Nations, who* shall notify all the *nations* of each deposit.

3. *This revised* Charter shall come into force upon the deposit of ratifications by *five sixths of all the nations of the world as listed in Article 9; provided that the population of the ratifying nations as estimated in Article 9 shall be at least five sixths of the population of the world as estimated in Article 9, and that the ratifying nations shall include every nation with a population of more than 40,000,000 as estimated in Article 9; and further provided that this revised Charter shall come into force only if the required ratifications are deposited with the Secretary-General within seven years from the date of its submission for ratification. Upon the deposit of the required ratifica-*

197

4. The states signatory to the present Charter which ratify it after it has come into force will become original Members of the United Nations on the date of the deposit of their respective ratifications.

tions with the Secretary-General within the seven-year period, he shall forthwith notify all the nations of the world of the coming into force of this revised Charter and the date thereof.

4. After the coming into force of this revised Charter and until the new or modified organs and authorities called for by the revised Charter are ready to assume their functions, the then existing organs of the United Nations shall continue in operation with the functions and powers possessed by them under the Charter of 1945.

5. The period of one year from the date on which this revised Charter comes into force shall be known as the transition period.

6. During the transition period:
a. The General Assembly, constituted in pursuance of this revised Charter, shall be chosen as soon as practicable and shall be convoked by the Secretary-General to meet within seven months after the date upon which the revised Charter comes into force.
b. The Executive Council shall be elected by the General Assembly within one month from the date on which the Assembly meets.
c. Such other steps shall be taken by the General Assembly as may be necessary for the establishment and organization of the new or modified organs and authorities provided for in the revised Charter.

Comment. This revised Article 110, relating to the ratification of the revised Charter, provides much stricter conditions for ratification than those provided for the ratification of the 1945 Charter under paragraph 3 of the present Article 110.

The proposal is that the revised Charter shall come into force only upon the following conditions: (1) Ratification shall be by at least five sixths of all the nations of the world as listed in revised Article 9. As of July 1957 this would require ratification by at least seventy-eight of the ninety-three nations which are then recognized as independent states or are likely to become independent before the revised Charter could come into force. (2) The estimated population of the ratifying nations shall be at least five sixths of the total estimated world population, in both cases according to the estimates in revised Article 9. By these estimates, made as of July 1, 1957, this would require ratification by nations with an aggregate population of about 2,303,-000,000 out of an estimated world population of 2,762,735,000. (3) The ratifying nations shall include every nation, without exception, with a population of over 40,000,000, as estimated in revised Article 9. As of July 1, 1957, this would require ratification by twelve such nations. (4) The required ratifications, adopted in accordance with the constitutional processes of each nation, shall be notified to the Secretary-General within seven years from the submission of the revised Charter for ratification.

At first impression these requirements may seem unduly severe. It is believed, however, that it would be unwise to initiate the far-reaching changes in the political system of the world called for by the revision, unless the plan has advance assurance of overwhelming support in world opinion; and the proposed requirements are intended to ensure that prior support.

Concerning the changes called for by the revised Charter, it is necessary to recognize their far-reaching character, notwithstanding the many careful safeguards by which the changes would be balanced and limited. These safeguards include the required majorities in the General Assembly; the elaborate provisions for the selection and control of the Executive Council, the Economic and Social Council and the Trusteeship Council; the close controls over the United Nations Peace Force; the precisely defined functions of the International Court of Justice, the World Equity Tribunal and the World Conciliation Board; the limitations on the proposed revenue system and on the functions of the World Development Authority; the reservations and guarantees of the proposed Bill of Rights; and so on. Nevertheless, it should be clearly recognized that, with all these safeguards, the net result of the revision would be a vast change from the present regime of virtually "sovereign" states under which the nations can arm without restriction and there are no reliable means to settle international disputes without violence.

In lieu of this age-old system, the revised Charter would provide for nothing less than the absolute renunciation of war save in clear self-defense or as a collective measure to suppress a possible revolt against the new system of world order. Nor would this declared purpose be without sufficient backing; since the revised Charter would actually create world institutions with fully adequate power to enforce peace in all circumstances. There would be universal and complete national disarmament under strict inspection. There would be a powerful world police force. There would be alternative procedures and tribunals for the peaceful settlement of all kinds of international disputes. There would be a revenue system whereby the member Nations would be required to contribute in proportion to their ability to pay for the expenses of the United Nations, including its Peace Force and the World Development Authority. In short, the United Nations, instead of being, as now, a league of independent states retaining their "sovereign equality", would become a world authority equipped with adequate rights and powers of its own in the field of preventing war. While these rights and powers would be carefully limited to the field of war prevention, the member Nations would, within that field, accept definite and unprecedented limitations on their traditional freedom of action; and moreover, there would be no right of withdrawal by the ratifying nations once the revised Charter had come into effect.

In these circumstances, it seems clear that there should be a method of ratification for the revised Charter different from and stricter than that which was provided (under the present Article 110) for the ratification of the 1945 Charter and even stricter than the method for the ratification of amendments provided in the present Articles 108 and 109.

The formula for the ratification of the 1945 Charter called for unanimous approval by the "Big Five" (China, France, the U.S.S.R., the United Kingdom and the U.S.A.) and by a majority of the other nations which signed the Charter at San Francisco, while the present formula for the ratification of amendments calls for approval by two thirds of all the member Nations, including all of the "permanent members of the Security Council", namely the same "Big Five". Although this present formula for the approval of amendments requires unanimous approval by the "Big Five", it would, nevertheless, permit ratification of even the most extensive changes without the assent of one third of the member Nations.

In relation to the revised Charter this possibility should be out of the question in view of the great changes which the revision would bring about. Because of these changes whereby vastly greater authority would be granted to the United Nations, it is believed that ratification of the revised Charter should require the virtually unanimous approval of all the people of the world.

In practical effect, the proposed conditions would meet this requirement. For these conditions would mean not merely that five sixths of all the nations had accepted the new world system, but that every single one of the largest nations (with a population over 40,000,000) had pledged its support. With the Charter in force under these circumstances, it is hardly to be supposed that many of the small minority of nations which had not ratified the revised Charter when it came into force would wish to remain outside,—especially since the population of any such minority would necessarily be far less than one sixth of the world's population. In actual practice, therefore, the effect would be to ensure that the revised Charter, when ratified under the required conditions, would have the virtually unanimous approval of all the world's people.

It is proposed that the new formula for ratification embodied in this revised

Article 110 shall form part of the revision itself,—just as the Constitution of the United States when adopted in 1787 contained the formula for its own ratification. Although it would be possible to raise the technical point that any alterations of the present Charter should be ratified under the existing formula pursuant to the present Articles 108 and 109, it seems unlikely that any such objection would be pressed in view of the fact that the new ratification provisions: (a) would require the assent of every large nation (over 40,000,000) in the world, without exception; and (b) would require the assent of a far larger number of all the nations and a far larger proportion of the world's population than does the present formula.

It is reasonably to be hoped that, in view of the vast tangible and intangible advantages to be expected from the revised Charter, its ratification, even under the proposed severe requirements, would follow quite promptly after its submission. The provision in paragraph 3 that the revised Charter must be ratified within seven years from its submission is, however, included upon the theory that if within seven years the requirements for its acceptance have not been met, the way should be cleared for a new start in view of possible changed conditions and of objections which might have been raised. This seven-year period seems appropriate because the restrictions and obligations of the revised Charter should certainly not be undertaken inadvisedly or lightly and because certain nations, including the United States, might find it necessary or advisable to amend their respective constitutions in order clearly to authorize their acceptance of the revised Charter. On the other hand, seven years should be ample for the required deliberations in the respective nations in view of the debates which would have occurred even before the revised Charter was submitted for ratification.

The purpose of the provisions (in the new paragraphs 4, 5 and 6) for a "transition period" of one year after the revised Charter comes into effect and for the continued functioning of the existing organs until the machinery under the revised Charter is organized, is to ensure continuity and an orderly transfer of authority.

Article 111

The present Charter, of which the Chinese, French, Russian, English, and Spanish texts are equally authentic, shall remain deposited in the archives of the *Government of the United States of America.* Duly certified copies thereof shall be transmitted by *that Government* to the Governments of *the other signatory states.*

This revised Charter, of which the Chinese, French, Russian, English, and Spanish texts are equally authentic, shall remain deposited in the archives of the *United Nations.* Duly certified copies thereof shall be transmitted by *the Secretary-General of the United Nations* to the Governments of *all the nations of the world.*

IN FAITH WHEREOF the representatives of the *Governments* of

IN FAITH WHEREOF the representatives of the *peoples* of the

the United Nations have signed *the present* Charter.

DONE at *the city of San Francisco* the *twenty-sixth* day of *June,* one thousand nine hundred and *forty-five.*

United Nations have signed *this revised* Charter.

DONE at .... the .... day of ....., one thousand nine hundred and ......

Comment. Apart from consequential changes, the only change proposed in this Article is that the "peoples" of the United Nations instead of "Governments" shall through their representatives sign the Charter. So changed, this final clause would conform to the Preamble of the revised Charter where it is said that "We the peoples of the United Nations" have decided to continue the United Nations with the amended "structure, functions and powers" set forth in the revised 111 Articles and the Annexes.

ANNEX I

DISARMAMENT

General Comment. The disarmament plan contained in this Annex is based on the assumption that genuine peace can be effectively maintained only in a world in which *all* the nations have been *completely* disarmed.

Under modern conditions it seems clear that any effort to prevent war through mere "deterrents" and a "balance of terror" can afford no solid assurance of peace.

Experience teaches that long-continued arms races have usually ended in violent conflict, since the fears and tensions engendered by the competition create an atmosphere in which war may break out almost by accident and without a fixed design for war on either side. Moreover, while it is often said that the appalling power of modern weapons provides a guarantee against serious war, the situation is so unprecedented that there is no clear experience to support this conclusion. For while the terrific destruction which could be wrought is a strong deterrent, that very fact might tempt an ambitious or desperate nation under reckless leadership.

In short, life under a long "balance of terror" would at best be precarious, wasteful of talent, energy and material resources; and consequently less satisfactory than it ought to be and could be for almost everyone in the world.

While, therefore, competition in armaments may provide time to seek a solution, it is of itself no solution at all. The true and permanent solution lies elsewhere. It lies in recognizing without reserve that "There can be no peace without law", and that for world order disarmament is indispensable.

Nor can the mere "reduction" or "limitation" of armaments provide a solution.

One reason is that mere reduction would be ineffective to eliminate the mutual fears and suspicions which poison the world's atmosphere. If we assume that in 1958 the West has 6000 nuclear bombs and the East 2000, would it greatly help to reduce these to 3000 and 1000, if each of the remaining bombs could raze a city and destroy a million people? Or would it materially lessen world tension if all arms industries were reduced by half, having in mind that, under modern conditions, they could be readily expanded at any time? The fact is that so long as *any* national forces are permitted (together with the arms production and military research which would accompany them), they would remain formidable; and much of the suspicion and fear that might lead to new wars would still remain.

Another reason is that mere reduction, unless it amounted to the virtual elimination of all national forces and armaments, would make it impracticable to maintain a world police force of sufficient strength to deter or suppress any conceivable attempt at international violence. It is of the essence of domestic law and order that the internal police shall be sufficiently

203

strong to put down any potential defiance of law; and this is correspondingly true as to world order and the world police. It would, however, be unwise and impracticable for financial and other reasons to maintain a world police of sufficient strength to dominate any considerable national military forces which might combine to resist the world authority. And since an *effective* and *respected* world police is an indispensable element of world order, it follows that for this reason alone national states should not be permitted to maintain any military forces whatever, and should be confined to such internal police forces as are essential for internal order only.

What the matter comes to, therefore, is that if the peoples of the world really want to prevent war, they must be willing to pay the price in the shape of disarmament which is not only universal and enforceable, but also *complete.*

If the Western nations want to see the communist bloc disarmed, they must recognize the fact that the communist bloc has an equal desire and interest to see a disarmed West. And if the communist nations cannot feel safe until the West is disarmed, they must accept the proposition that their own freedom from fear cannot be achieved until they also disarm at the same time and to the same extent. In short, they must *both* realize that disarmament can be achieved only by the simultaneous and reciprocal abolition of *all* their military forces and implements of war.

The purpose of this Annex is, therefore, to provide a *detailed plan* for achieving universal and complete national disarmament, and for the effective supervision and enforcement not only of the disarmament process itself, but also of the state of complete disarmament once it is achieved. It is proposed to accomplish this aim by carefully supervised stages, and in a simultaneous and proportionate manner.

After the completion of the process of disarmament, *all* national military forces would be abolished. The only *military* force in the world would then be the world police force, to be established under Annex II and consisting of the standing "United Nations Peace Force" supplemented by the "United Nations Peace Force Reserve". It would, of course, be necessary to permit the nations to maintain some strictly limited and lightly armed *police* forces needed for the maintenance of internal order; but even these nonmilitary forces would be under constant United Nations supervision in order to ensure that none of them could become the nucleus of an effective military force.

It cannot be expected that the nations of the world will agree to eliminate all their military forces except by gradual stages. They will lack sufficient confidence in each other to discard their armaments except through a carefully verified stage-by-stage process. On the one hand, these stages must be long enough to ensure thorough verification. On the other hand, they must be short enough to demonstrate adequate progress, and thus to maintain the pressure of public opinion which would be a main guarantee that the governments would not abandon the plan before its completion. Accordingly, two main stages are proposed: a preparatory stage of two years and an actual disarmament stage of ten years.

The two-year preparatory stage would begin at the end of a transition period of twelve months following the coming into force of the revised Charter, during which transition period the main organs of the United Nations would be constituted in a revised form. It is proposed that the first eight months of the preparatory stage shall be devoted to the creation of a new instrument—the United Nations Inspection Service—and to the taking by the Inspection Service of an arms census. At the end of the eighth month an arms truce would come into effect, and thereafter no nation would be entitled to enlarge its military forces, armaments or facilities for the production of armaments beyond those then possessed by it and reported in its reply to the arms-census questionnaire. During the following ten months, the Inspection Service would verify: (a) the accuracy and completeness of the information furnished by each nation, and (b) the observance by each nation of the arms truce. The remaining six months of the preparatory stage would be utilized for the scrutiny by the Executive Council and the General Assembly of the reports of the Inspection Service as to the over-all results of the verification. If everything were found satisfactory, the preparatory stage would terminate on schedule, and the actual disarmament stage would begin immediately; otherwise a postponement could be ordered by the General Assembly for a period not longer than six months. Further postponements, in no case exceeding six months, could be ordered by the General Assembly if necessary. It should be emphasized, however, that in ordinary course the preparatory stage would end two years after the one-year transition period, i.e., three years from the date on which the revised Charter comes into force.

During the normal ten-year period of actual disarmament, every nation in the world (including any nonmember nations) would be obliged to reduce *all* its military strength by ten per cent annually; while if the General Assembly decided to shorten the normal period, the reductions after the first four years would be correspondingly larger. It would be required that all the reductions be distributed proportionally among the personnel of the major military services and among their major components; and proportionally also among the various categories of the armaments of the various services and components; and likewise among the various facilities for armament production. Annual reduction plans would be subject to approval and supervision by the Inspection Service, and a serious violation could result in the postponement of further annual reductions, for periods of not more than six months at a time, until the violation was remedied.

After the end of the actual disarmament stage, no nation would possess any *military* establishment whatever; various prohibitions or limitations as to military training, the production of armaments and the production and use of nuclear materials would come into effect; and all potentially dangerous activities would become subject to license by the United Nations Inspection Service.

The Inspection Service would be directly and primarily responsible for supervising the execution of the disarmament plan and the observance of the various prohibitions and licensing requirements necessary to guarantee the maintenance of complete disarmament. It is proposed that the Inspection Service shall be under the administrative direction of an Inspector-General and under the general direction of an Inspection Commission, composed of five nationals of smaller nations. Careful safeguards are also proposed to ensure the impartiality of the Inspection Service and to eliminate the possibility of its domination by any nation or group of nations. It is provided, for example, that among the Inspectors of the Service the nationals of no nation shall exceed four per cent of the total number of Inspectors.

The proposed powers of the Inspection Service are carefully defined in this Annex I itself, and the General Assembly would be empowered to adopt further regulations to ensure, on the one hand, the efficacy of the inspection system and, on the other hand, to protect nations and individuals against possible abuses of power. While Inspectors would be given unlimited access to establishments with especially dangerous potentials, periodic inspections of less dangerous activities would be restricted to a reasonable number per year. Additional inspection of activities subject only to periodic inspection and of places not ordinarily subject to inspection could be conducted only on the basis of a special authorization issued by a United Nations regional court (to be established under Part D of Annex III). Such an authorization could be granted only upon a showing to the court of reasonable cause to believe or suspect that a prohibited activity is being conducted in the place sought to be inspected. Regular aerial surveys would be provided for, subject to the limitation that no more than three surveys of any particular territory could be conducted in any year. Special aerial surveys could also be made, but only upon court authorization and a showing to the court of reasonable cause.

In contrast to the official United States proposals presented to the United Nations in 1946, the proposals of this Annex do not envisage United Nations *ownership* of the potentially dangerous facilities which produce or utilize nuclear materials. In view of the tremendous development in both these types of facilities, it no longer seems feasible to place their actual ownership and management in the hands of an international monopoly. Instead, it is proposed that special methods of *supervision* be established for these facilities. For example, United Nations guards would be stationed at crucial production points, and especially qualified persons would be appointed by the Inspection Service or by the United Nations Nuclear Energy Authority (mentioned in the next paragraph) to take part in the actual operation of dangerous facilities on all levels (as directors, accountants, engineers, research scientists, etc.). Such a distribution of international officials among the staffs of all these potentially dangerous facilities would supplement the regular processes of inspection, so that the combination should provide effective safeguards against the diversion of nuclear materials from these facilities.

While it is proposed that the Inspection Service shall exercise its inspection powers both in relation to nuclear weapons and "conventional" weapons, certain additional safeguards in respect of nuclear (atomic) energy would be placed in the hands of a new and separate world agency—the United Nations Nuclear Energy Authority. By this assignment various functions rela-

206

tive to ensuring the use of nuclear energy for peaceful purposes only would be placed in the hands of the Nuclear Energy Authority, and a double-check would be provided against the diversion of nuclear materials for military use.

It is proposed that the Nuclear Energy Authority shall take over by purchase at a fair price all the stocks of "special nuclear materials"* which the nations would be required to discard during the period of actual disarmament and keep them in temporary custody until they can be properly allocated to industrial or other nonmilitary purposes. The Nuclear Energy Authority would also assist the General Assembly in determining annual maximum quotas for the total world production of "special nuclear materials" and of any raw materials from which these materials are processed. The Authority would also fix maximum quotas for the production within each nation of such "special nuclear materials" and raw materials. All such quotas would be based on the estimated need of such materials for various peaceful purposes.

In order to prevent a potentially dangerous accumulation of stocks of nuclear materials in any region of the world, the Nuclear Energy Authority would also be required to arrange for the proportionate distribution of all such materials in its custody and of all facilities for their production and utilization, among at least eleven and not more than twenty regions of the world to be delineated by the General Assembly. It is proposed that not less than five per cent or more than ten per cent of the total of these materials and facilities shall be situated in any one of these regions.

The Nuclear Energy Authority would also be given broad powers to promote the peaceful use of nuclear (atomic) energy. To this end it could engage directly in research, stimulate national and private research, build and operate its own laboratories and experimental facilities, and assist in the building and operation of national and private laboratories and facilities. With the consent of the nation concerned, the Authority could also build and operate plants for the practical utilization of nuclear energy; but its operation of such plants would be temporary only and could in no case exceed ten years.

Moreover, the plan provides that the Nuclear Energy Authority shall have important responsibilities as to the possible use of nuclear energy for military purposes. In this regard the plan contemplates (as provided in Annex II) that the United Nations Peace Force may be authorized by the General Assembly to employ nuclear weapons, in case of dire need and to the extent absolutely necessary, in the unlikely but conceivable contingency of a serious actual aggression in which clandestine nuclear weapons are actually used or

* Pursuant to the definition in Article 5 of this Annex of the term "special nuclear materials", that term, as used in this Annex and elsewhere throughout these Proposals, applies to materials which may be capable of employment in nuclear weapons, whether fissionable or fusionable. Such materials would doubtless include uranium 235, plutonium, uranium 233 and any other material capable of releasing substantial quantities of atomic energy through nuclear fission or fusion or other nuclear reaction of the material; and the General Assembly would be empowered by Article 23 of Annex I from time to time to define what materials shall be deemed to be included within this technical term.

207

in which their use is threatened or imminent. And however unlikely this contingency may be, some limited stocks of nuclear weapons would be needed for the sole use of the Peace Force, if and when authorized by the Assembly.

In order to ensure that these nuclear weapons would not even get into the possession of the Peace Force unless the General Assembly had authorized such possession under the above-mentioned extreme conditions, this Annex I would further provide that the custody of such limited stocks of nuclear weapons as the Assembly might authorize shall be in the hands of the Nuclear Energy Authority. The limited stocks so authorized would at the outset consist of nuclear weapons discarded from national stockpiles during the period of actual disarmament. The Authority would, however, be authorized to conduct such research as might be needed to offset any possible clandestine production of new types of nuclear weapons, and itself to produce new types to the extent permitted by the Assembly. Any such new types as well as the nuclear weapons originally placed in the Authority's custody could be handed over by the Authority to the Peace Force solely upon the basis of the above-mentioned special authorization of the Assembly.

The plan provides for the payment by the United Nations of fair compensation for all nuclear materials transferred to the Nuclear Energy Authority, including any nuclear weapons, whether finished or partly finished, which might be transferred by the various nations during the disarmament process to the custody of the Authority for the possible use of the Peace Force. The United Nations would, therefore, need to be provided with sufficient funds for the prompt payment of such compensation. And while in the period following the completion of the actual disarmament process such payments might readily be made out of the current revenues of the United Nations (including revenues received from the sale or lease of nuclear materials by the Authority), the very large sums which would need to be paid as compensation during the actual disarmament stage would doubtless require the use of borrowed funds. Accordingly, this Annex I authorizes the United Nations to issue its bonds for this purpose, within the limitation on the total borrowing power of the United Nations contained in Annex V.

Finally, this Annex makes provision for enforcement measures against individuals, organizations and nations who may commit violations of the Annex or of any law or regulation enacted thereunder. With respect to individuals and private organizations, it is impracticable to define the punishable offenses, the penalties therefor and the procedures to be followed for the punishment of offenders in the constitutional document itself; and consequently it is obvious that the General Assembly must be authorized to legislate upon these matters. The laws enacted for that purpose should also include specific guarantees against any abuses of power, in addition to the general safeguards embodied in the proposed United Nations Bill of Rights (Annex VII). All penal proceedings against individuals and private organizations would be brought by a new legal official—the United Nations Attorney-General—to be appointed pursuant to Part D of Annex III; and the cases would be tried before the regional courts of the United Nations to be established under Part D of Annex III. This Annex makes provision for all these matters.

It seems reasonable to assume that in most instances action against individuals or private organizations, either by warning or legal proceedings, would suffice to prevent or remedy a violation. But procedures must also be provided for dealing with violations for which a nation's government is directly or indirectly responsible, and with respect to which action against an individual would not suffice. Accordingly this Annex covers the procedures applicable to such cases. While the Inspection Commission would be given authority to deal with such violations in the first place and to conduct special investigations to establish the facts of each case, a nation disagreeing with the findings of the Commission would have a right of appeal to the Executive Council, and further to the International Court of Justice. If a violation of this sort were not promptly remedied, the Executive Council could either itself take appropriate measures, short of sanctions of any sort, to obtain compliance; or, if in the Council's opinion sanctions were required, could refer the question to the General Assembly. The Assembly, if not then in session, would be called into special session for the purpose of considering sanctions. Except in a most unusual situation, the imposition of diplomatic and economic sanctions would be sufficient to obtain compliance by the nation concerned. But in extreme circumstances military sanctions through the use of the United Nations Peace Force would be available.

A variety of procedures would, therefore, be available to the authorities of the United Nations for dealing with possible violations of the disarmament plan; and the various measures thus provided for should effectively deter any serious attempt at violation.

* * *

The above is a description of only the main features of Annex I. To understand fully the proposed detailed powers and safeguards requires careful study of the text of the thirty-two Articles and of the comment on each Article.

No apology is made for the elaborate character of the proposed disarmament plan. While it is now generally recognized that the world can no longer tolerate the arms race and the risk of modern war, it is an illusion to suppose that war can be abolished except under a highly developed system which will provide the confidence indispensable to complete national disarmament and the settlement of international disputes by peaceful means alone.

CHAPTER I

BASIC PRINCIPLE

Article 1

1. Since universal and complete disarmament, effectively supervised and enforced, is essential for world peace, all national military forces, armaments and facilities for the production of armaments shall be abolished. This abolition shall be accomplished by stages and in a simultaneous and proportionate manner, as provided in this Annex.

2. The abolition of all national military forces shall not prevent the maintenance of such strictly limited and lightly armed internal police forces as are permitted by this Annex.

Comment. The reasons for the basic principle of this Article have been explained in the Introduction and in the General Comment on this Annex. Other provisions of this Annex should be interpreted in the spirit of this principle, namely, that the *abolition* of all national military forces, armaments and armament facilities is essential for world peace.

CHAPTER II

DISARMAMENT PLAN AND PROCEDURE

Article 2

The abolition of all national military forces, armaments and facilities for the production of armaments called for by Article 1 of this Annex shall be carried out in accordance with a plan consisting of two main stages, namely, a first stage to be known as the preparatory stage covering the first two years after the transition period of one year provided for in Article 110 of this revised Charter, and a second stage to be known as the actual disarmament stage covering the ten subsequent years; except that the preparatory stage may be lengthened and that the actual disarmament stage may be either shortened or lengthened as hereinafter provided.

Comment. By this Article the disarmament plan envisaged by this Annex would be divided into two main stages: a preparatory stage of two years and an actual disarmament stage of ten years, the former being subject to lengthening under Articles 5 and 7 of this Annex and the latter being subject to shortening or lengthening under Articles 10 and 12 of this Annex.

This two-stage plan should, however, be read in connection with those provisions of Article 110 of the revised Charter which call for a transition period of one year during which several important preliminary steps would be taken. That transition period would commence on the day of the coming into force of the revised Charter, i.e., when five sixths of all the nations of the world (having at least five sixths of the world's population and including every nation with a population of more than 40,000,000) have deposited their ratifications with the Secretary-General of the United Nations (revised Article 110, paragraph 3). The new General Assembly organized under the revised Charter would be required: (a) to meet for its first session not later than the seventh month of the transition period; (b) to elect the first members of the Executive Council within a month after the Assembly's first meeting; and (c) to take such other steps as are necessary to establish the new or modified organs provided for in the revised Charter (revised Article 110, paragraph 6).

In addition, under Article 4 of this Annex, the Inspection Commission would be appointed within two months after the election of the Executive Council and the Inspector-General would be appointed within two months after the appointment of the Inspection Commission itself.

In this way the basic measures preparatory to the organization of the system required for the carrying out of the disarmament plan would be taken within the one-year transition period after the revised Charter comes into force.

211

Article 3

During the preparatory stage, a United Nations Inspection Service shall be organized; an arms census shall be taken and verified; an arms truce shall be inaugurated, verified and maintained; the types, arms and training of the internal police forces which each nation shall be allowed to maintain shall be determined; all as hereinafter provided for.

Comment. It is proposed that the following steps be taken during the two-year preparatory stage: (a) the organization of the Inspection Service, as provided for by Article 4 of this Annex; (b) the taking of an arms census pursuant to Article 5 of this Annex; (c) the inauguration of an arms truce, to be maintained pursuant to Article 6 of this Annex; (d) the verification of the arms census and of the arms truce, as provided for in Article 7 of this Annex; and (e) the determination of the types, arms and training of the internal police forces which each nation shall be allowed to maintain, as provided for in Article 8 of this Annex. Only when all these steps have been satisfactorily completed will the actual disarmament stage become operative.

While it is desirable to start diminishing the burden and danger of armaments at the earliest possible moment, every one of these preliminary steps is absolutely necessary in order to provide confidence and to ensure success; and adequate time is required for the satisfactory completion of each step. Although some of the preliminary steps may be taken simultaneously, the beginning of several of these steps must be preceded by the building of the necessary machinery for their verification; in particular, the arms truce cannot start prior to the completion of the organization of the Inspection Service. On the other hand, each step should begin as soon as possible, and it is therefore proposed that the arms truce shall commence after the end of the eighth month of the preparatory stage (Article 6 of this Annex). In this way, the armaments race would be stopped at the end of twenty months after the coming into force of the revised Charter, and sixteen months in advance of the inauguration of the actual disarmament stage.

Article 4

As provided by Article 3 of this Annex, the United Nations Inspection Service shall be organized during the preparatory stage and shall be directed as follows:

1. A United Nations Inspection Commission shall have the direction and control of the United Nations Inspection Service. The Inspection Commission shall consist of five persons, none of whom shall be a national of any of the nations then having sixteen or more Representatives in the General Assembly, and no two of whom shall be nationals of the same nation. The members of the Inspection Commission

shall be appointed by the Executive Council, subject to confirmation by the General Assembly. The first members of the Inspection Commission shall be appointed by the first Executive Council within two months after the election of the Council by the General Assembly pursuant to Article 110 of this revised Charter. The terms of office of the first members of the Inspection Commission shall begin on the same date and shall expire, as designated by the Council at the time of their appointment, one at the end of one year, one at the end of two years, one at the end of three years, one at the end of four years and one at the end of five years from that date; later appointments shall be for terms of five years. The Executive Council shall have general supervision over the Inspection Commission and may from time to time issue such instructions to it as the Council deems necessary. The Executive Council shall also have authority to remove any member of the Inspection Commission whenever the Council deems it necessary.

The General Assembly, through its Standing Committee on the Peace Enforcement Agencies provided for in Article 22 of this revised Charter, shall watch over the carrying out by the Inspection Commission and the Executive Council of their responsibilities under this Chapter and other provisions of this Annex. The Standing Committee shall be entitled to obtain from the Commission and the Council all relevant information and shall make such investigations as it may deem necessary or as the Assembly may request it to make. If in the judgment of the Standing Committee a situation exists which requires the convoking of a special session of the Assembly, it shall be entitled in accordance with Article 20 of this revised Charter to request the Secretary-General to convoke such special session.

2. An Inspector-General shall be the administrative head of the United Nations Inspection Service, subject to the direction and control of the United Nations Inspection Commission. The Inspector-General shall not be a member of the Inspection Commission, nor a national of any nation which at the time of his appointment has one of its nationals on the Inspection Commission, nor a national of any of the nations then having sixteen or more Representatives in the General Assembly. The Inspector-General shall be appointed by the Inspection Commission for a term of six years, subject to confirmation by the Executive Council. The first Inspector-General shall be appointed by the first Inspection Commission, subject to confirmation by the first Executive Council, within two months after the appointment of the first Inspection Commission. The Commission shall have authority to remove the Inspector-General whenever the Commission deems it necessary.

3. During the first eight months of the preparatory stage, the Inspector-General shall complete to the extent possible the recruitment and

training of the Inspectors and other personnel of the United Nations Inspection Service, subject to regulations concerning qualifications, tenure, compensation and other conditions of service to be adopted by the General Assembly after receiving proposals therefor from the Inspection Commission and the recommendations of the Executive Council as to such proposals. Such regulations shall include provisions for the following:

a. That all members of the Inspection Service shall be selected on the basis of their competence, integrity and devotion to the purposes of the United Nations.

b. That they shall make a solemn declaration that they will perform their functions impartially and conscientiously.

c. That they shall not seek or receive instructions from any government or other authority external to the United Nations.

d. That they shall refrain from any conduct which might reflect on their position as international officials.

e. That they shall receive fully adequate pay and allowances, together with fully adequate retirement pensions after loyal and reasonably long service, all such compensation and pensions to be free from all taxation.

f. That they shall be recruited on as wide a geographical basis as possible.

g. That with respect to those members of the Inspection Service who are to perform duties of actual inspection, the number of nationals of any nation shall be limited to not more than four per cent of the total number of such Inspectors.

Comment. The whole disarmament plan depends on a *combination* of: (1) effective supervision and enforcement through an adequate system of inspection; and (2) an effective world police—the proposed United Nations Peace Force.

It is clear that the very first step should be the organization of an efficient inspection service in order to verify and supervise from the outset the various successive steps of the disarmament process. Accordingly it is proposed that the first Inspection Commission and the first Inspector-General shall be appointed during the one-year transition period, i.e., the first Inspection Commission by the first Executive Council within the first two months after its election by the General Assembly, and the first Inspector-General by the first Inspection Commission within the first two months after its appointment by the Council. In this way the basic steps for the organization of the Inspection Service would be taken even before the beginning of the preparatory stage.

Other provisions covering the organization of the Inspection Service are designed to provide careful safeguards against the domination of the Service by any nation or group of nations, and against abuse of power by the persons in control of the Service. To this end it is proposed that the general direction and control of the Service be vested, not in the hands of a single

214

individual, but in a group of five persons (the Inspection Commission), no two of whom shall be nationals of the same nation. Moreover, in order to prevent the large nations from exerting too much influence on the Inspection Service and to avoid undue competition between them for the limited number of seats on the Inspection Commission, it is desirable to exclude from the Commission nationals of the large nations which would be entitled to sixteen or more Representatives in the General Assembly and which by virtue of that fact would be assured adequate representation on the Executive Council (see Articles 9 and 23 of the revised Charter). Similarly, provision is made that the Inspector-General shall come from one of the smaller nations, i.e., those having less than sixteen Representatives in the General Assembly. Even in the lower ranks of the Inspection Service the large nations should not be represented to an undue extent; and it is therefore proposed that the number of Inspectors from any nation shall not exceed four per cent of the total number of Inspectors. Finally, in order to prevent the undue influence of any nation, large or small, in the administration of the Inspection Service, it is proposed that the Inspector-General shall not come from any nation already having one of its nationals on the Inspection Commission.

To provide a proper balance between the need for change in the membership of the Inspection Commission and the desirability of adequate continuity, it is proposed that one member of the Commission be elected each year and that their terms be for five years. The Inspector-General, for administrative reasons, ought to have a slightly longer term than the members of the Commission, and for him a six-year term is suggested.

In respect of administrative matters, it is proposed to confer authority upon the Inspector-General and the Inspection Commission, while in respect of general supervision and ultimate control the Executive Council and General Assembly would have the responsibility.

The Inspector-General would be the administrative head, responsible for the day-to-day operations of the Inspection Service, for the recruitment, training and assignment of Inspectors, for the coordination of the various inspection activities, and for the preparation of reports to the Inspection Commission on the verification of the successive steps of the disarmament plan. On the other hand the Inspection Commission would have the general direction and control of the Inspection Service, would have authority to remove the Inspector-General, would prepare proposed regulations governing the conditions of service for submission to the General Assembly through the Executive Council, and would submit progress reports to the Council on the verification of the successive steps of the disarmament process. In turn, general supervision over the activities of the Inspection Commission would be in the hands of the Executive Council, which would have authority to issue instructions, to pass upon regulations, to remove any member of the Inspection Commission and to take action on the reports of the Commission. In its turn, the Council would submit to the Assembly reports on the progress of the disarmament program, and would be finally responsible to the Assembly and subject to its directions. The Assembly would have the power to approve the main regulations governing the conditions of service of the In-

215

spectors and other personnel of the Inspection Service, to approve the appointments of the members of the Inspection Commission and to vote the budget of the Inspection Service. The Assembly would also be empowered to take all such measures authorized by the revised Charter, including this Annex, as it might deem necessary in case of a serious violation; and in general would have the ultimate responsibility for the due execution of the disarmament plan.

A continuing relationship between the General Assembly and the necessarily elaborate machinery for inspection and enforcement is provided for through the Assembly's Standing Committee on the Peace Enforcement Agencies to be appointed pursuant to Article 22 of the revised Charter. This Standing Committee would be empowered to call for the fullest information from the Inspection Commission and the Executive Council with regard to the operation and enforcement of every step of the disarmament process, and to conduct such investigations as the Assembly or the Standing Committee might deem necessary.

All possible measures need to be adopted to ensure the highest standards of competence and integrity among the personnel of the Inspection Service. Well-qualified persons must receive proper compensation for their services. Their salaries must be high enough to provide reasonable assurance of financial independence during service and they should have adequate pensions upon retirement. They must be free from all taxation by any nation or any political subdivision thereof and by the United Nations. They must neither seek nor receive instructions from national governments.

The vital process of effective inspection should be participated in by all nations. It is, therefore, proposed that the Inspectors shall be recruited on as wide a geographical basis as possible; and in order to prevent the domination of the inspection process by any nation, it is proposed that the nationals of no nation shall exceed four per cent of the total number of Inspectors.

The proposed duties and powers of the Inspection Service during the execution of the disarmament plan are defined in succeeding Articles of this Chapter II. Its duties and powers with respect to the maintenance of complete disarmament after the completion of the disarmament process are defined in Chapter III of this Annex, especially in Article 17. Finally, Chapter IV describes the actual inspection process, further defines the powers of the Inspection Service and establishes safeguards against abuse of these powers.

Article 5

As provided by Article 3 of this Annex, an arms census shall be taken during the preparatory stage as follows:

1. Not later than the end of the second month of the preparatory stage, the Inspector-General shall send to every nation a questionnaire approved by the Inspection Commission. This questionnaire shall require from each nation full information concerning:

a. The location and description of all its military installations.

b. The manpower strength, organization, composition and disposition of all its active and reserve military forces and of all its internal police forces, as determined by the General Assembly pursuant to Article 8 of this Annex.

c. The location, kind and quantity of all finished and unfinished arms and weapons (including nuclear, biological, chemical and other weapons of mass destruction), ammunition and military equipment, possessed by or at the disposal of these forces.

d. The location, description and rate of current output of all facilities within its territory which are engaged in the production of arms, weapons, ammunition, explosives, or military equipment of any kind, or of tools for such production; and the location and description of all facilities within its territory which, although not currently engaged in the production of any such arms, weapons, ammunition, explosives, equipment or tools, have been engaged therein at any time during the five years preceding the coming into force of this revised Charter, together with the record of output of all such facilities for the last year in which they were engaged in the production of any such arms, weapons, ammunition, explosives, equipment or tools.

e. The location, description and rate of current output of all heavy industry plants within its territory (including all plants of the tool-manufacturing industry), which are capable of easy adaptation to the production of armaments of any description (including arms, weapons, ammunition, explosives, and military equipment of any kind) or of tools for such production.

f. The location and description of all laboratories or other facilities within its territory which are engaged in any work relating to the development of new weapons of any kind.

g. The location, type, amount and stage of processing of all raw materials within its territory which might enter into the production of special nuclear materials and which have been removed from their place of deposit in nature; and of all materials which have been made radioactive by artificial means. By "special nuclear materials" is meant materials capable of employment in nuclear weapons, whether fissionable or fusionable, and defined as such by the General Assembly pursuant to Article 23 of this Annex.

h. The location, description and rate of past and current output of all mines within its territory which are engaged in the mining of raw materials which might enter into the production of special nuclear materials.

i. The location, description and rate of past and current output of all facilities of any kind within its territory which are engaged: in the processing of raw materials which might enter into the production of special nuclear materials; or in the processing of special nuclear ma-

217

terials themselves; or in the production of auxiliary materials which might be employed in the making of special nuclear materials or nuclear weapons, such as graphite, heavy water, beryllium, lithium and cobalt; or in the production of radioactive materials in substantial quantity.

   j. The location and description of all laboratories or other facilities within its territory which are concerned with the study of nuclear energy.

   k. The location and description of all facilities within its territory which are utilizing special nuclear materials or substantial quantities of radioactive materials for research, industrial, commercial or other nonmilitary purposes.

   The questionnaire may require such other information as the Inspector-General, with the approval of the Inspection Commission, shall deem necessary or advisable in order to obtain from every nation complete information as to its armed forces and armaments, as to all special nuclear materials within its territory and as to all means and facilities for the production of such armaments or materials within its territory.

   2. Every nation shall duly complete the questionnaire and return it to the Inspector-General not later than the end of the eighth month of the preparatory stage.

   3. During the first two weeks of the ninth month of the preparatory stage, the Inspector-General shall make a report to the Inspection Commission as to whether or not all the nations have returned questionnaires which appear to be duly completed in accordance with the requirements of paragraphs 1 and 2 of this Article. If the Inspector-General reports any case or cases of noncompliance, the Commission shall consider what measures shall be taken. If the Commission determines that any noncompliance is serious, it shall immediately present a special report to the Executive Council to that effect, stating whether or not in the Commission's judgment the noncompliance is so serious as to prejudice the execution of the entire disarmament plan. If the Council accepts the conclusion of the Commission that any such noncompliance is so serious as to prejudice the execution of the entire disarmament plan, it shall so state and shall recommend that further execution of the disarmament plan ought to be suspended. The General Assembly shall consider such a recommendation of the Council as soon as possible, and if the Assembly is not then in session, a special session thereof shall be convoked immediately. If the Assembly approves the recommendation of the Council, the Assembly shall by resolution determine the duration of the suspension, which suspension shall in no case exceed six months. If the noncompliance which led to the suspension has not been remedied before the end of the period of suspension, the Commission shall report this fact to the Council, which shall present to the Assembly its recommendations on the subject. In the light of these recommenda-

tions, the Assembly shall decide whether another suspension, not exceeding six months, is necessary. In case more than one suspension is necessary, a similar procedure shall be followed in each instance, but the period of suspension shall in no case exceed six months.

Comment. In any system of disarmament based on periodic reductions by a predetermined percentage, it is clearly necessary to establish in advance the starting point for such reductions. The size and quantities of the military forces, armaments and facilities for the production of armaments possessed by each nation at the beginning of the disarmament process should, therefore, be determined as early as possible in the disarmament process through a complete arms census. Accordingly it is proposed that the gathering of information for such a census shall take place during the same first eight months of the preparatory stage during which the Inspection Service is being organized pursuant to Article 4, paragraph 3, of this Annex. One of the first tasks of the Inspection Service when sufficiently organized would be to verify the accuracy and completeness of the data thus obtained.

In furtherance of this plan, it is proposed that the Inspector-General (appointed during the one-year transition period preceding the preparatory stage pursuant to paragraph 2 of Article 4 of this Annex), shall send a detailed questionnaire to all the nations before the end of the second month of the preparatory stage. Every nation (including any nonmember nations) would be required to complete the questionnaire and return it to the Inspector-General not later than the end of the eighth month of the preparatory stage, i.e., at the very moment when the Inspection Service would be ready for action.

The information to be furnished by every nation pursuant to the questionnaire must give a complete picture of that nation's military strength and of its capacity to produce armaments. This information must include complete data with respect to "special nuclear materials" (i.e., materials which might enter into the production of nuclear weapons) and with respect to facilities engaged in the production of such materials.

Compliance with the obligation to furnish all this information would constitute the first test of the willingness of all the nations to fulfil their obligations as to disarmament. Soon after the end of the period set for the completion and return of the questionnaires, the Inspector-General would have a clear picture as to how completely the various nations have furnished the required information; and it is proposed that he shall make a report to the Inspection Commission on that subject during the first two weeks of the ninth month of the preparatory stage. The Commission would then consider what measures should be taken in case of noncompliance by one or more nations. In ordinary circumstances no strong action would be required. For example, if the noncompliance were due to negligence of an official or if the nation were a small one, an admonition should suffice to bring about compliance; while if the noncompliance were due to extraordinary circumstances, e.g., an earthquake, flood or revolution, an extension of the time limit would naturally be granted to the nation in question. If, however, the Commission were confronted with a case of noncompliance by an important nation of so serious a character that in the Commission's opinion a continued noncompliance would "prejudice the execution of the entire disarmament plan", the Commission would be required to refer the matter immediately to the Executive Council. The Council might either disagree with the finding of the Commission and allow the next step of the disarmament plan to start on time, or it might agree with the judgment of the Commission as to the seriousness of the noncompliance. In the latter case the Council would be obliged to recommend to the General Assembly that further execution of the disarmament plan be suspended until the elimination of the noncompliance. If the Assembly were not then in session, a special session would have to be convoked to deal speedily with the matter.

At this point the General Assembly might disagree with the Inspection Commission and the Executive Council as to the seriousness of the noncompliance in question and decide to adhere to the original disarmament schedule. But if the Assembly should agree that the noncompliance was serious enough to justify the suspension of the whole disarmament plan, it would be required to determine the duration of the suspension, which in no case could exceed six months. If the noncompliance were eliminated before the end of the period of suspension, the next steps of the disarmament plan would come into effect at the end of that period. If, however, an important nation (or a group of nations) should persist in noncompliance of so serious a sort as to prejudice the further execution of the disarmament plan, an additional period or periods of suspension would be ordered by the Assembly, none of which could, however, exceed six months.

Careful safeguards would thus be provided to ensure that complying nations shall not be required to go forward with the disarmament plan if there has been any important default by other nations in the fulfillment of their obligation under this Article to furnish timely and complete information. At the same time, the relatively short suspensions which could be authorized —not more than six months at a time—would sustain the pressure on any recalcitrant nation to supply all the required information and thus to permit the resumption of the disarmament process.

Article 6

1. The arms truce, to be inaugurated during the preparatory stage as called for by Article 3 of this Annex, shall commence on the first day of the ninth month of the preparatory stage. Beginning with that date the following limitations and prohibitions shall apply during the remainder of the preparatory stage:

a. No nation shall possess any military forces, armaments or facilities for the production of armaments in excess of those possessed by it on the date when the arms truce takes effect and reported in its questionnaire returned to the Inspector-General pursuant to Article 5 of this Annex.

b. No nation shall make any increase in the forces, armaments and facilities so possessed and reported, provided, however, that replacement of personnel by new recruits and of discarded or used-up weapons, equipment and supplies by new weapons, equipment and supplies of no greater military value shall not be construed as an increase.

c. No nation shall produce or allow the production of any arms, weapons or military equipment whatever, or of tools for such production, except: (1) to provide the replacements which are permitted under subparagraph b of this paragraph; (2) to supply the light arms, ammunition and equipment which its internal police forces are allowed to have; (3) for the sale to other nations of permissible light arms, ammunition or equipment needed by internal police forces in their territories; and (4) such small arms as are required to meet the reasonable needs of duly licensed hunters or of duly licensed individuals for personal protection, either in the nation where such arms are produced or elsewhere.

d. No nation shall permit any research directed toward the invention of new military weapons or the improvement of existing military weapons, including the use for military purposes of any nuclear materials; and no nation shall make or permit the making of tests of nuclear weapons or ballistic missiles.

e. No nation shall construct or allow the construction of any ship or airplane containing any feature which would facilitate the adaptation of such ship or airplane to military purposes.

f. No nation shall prepare or allow the preparation of its heavy industry (including its tool-manufacturing industry) for the production of armaments of any description (including arms, weapons, ammunition, explosives and military equipment of any kind) or of tools for such production.

g. No nation shall prepare or allow the preparation of any plant within its territory for the production of chemical or biological weapons.

h. No nation shall produce or allow the production of any special nuclear materials, except to the extent that the General Assembly may authorize such production for research, industrial, commercial, or other nonmilitary purposes.

2. The General Assembly, upon the recommendation of the Executive Council, shall adopt regulations prescribing the conditions and limitations which shall apply: (a) to the production of weapons, equipment and supplies for the replacements referred to in paragraph 1 (b) of this Article, and (b) to the production of light arms for the internal police forces and of small arms for the use of licensed hunters and licensed individuals for personal protection referred to in paragraph 1 (c) of this Article.

Comment. Once the revised Charter, including the disarmament plan, has come into force, it is important to stop the armaments race at the earliest possible moment. For it would not augur well for the whole disarmament plan if any nation were permitted to utilize the entire preparatory stage for a last-minute attempt to gain a competitive advantage over other nations before the disarmament process actually begins.

On the other hand, an arms truce should not be established until means are available to ensure that every nation is properly maintaining it, i.e., until an adequate inspection service is available.

Accordingly, the earliest possible moment for starting an arms truce is deemed to be the beginning of the ninth month of the preparatory stage by which time the new General Assembly would have met in its first session, the Executive Council and the Inspection Commission would have been chosen, the Inspector-General would have been appointed and the organization of the Inspection Service would have begun. Since it would then be possible to enforce a set of prohibitions to prevent violations of the arms truce, it is appropriate that such prohibitions should go into effect at this point.

In view of these considerations, subparagraphs (1) (a) and (1) (b) of this Article 6 specifically require that from the moment when the arms truce begins on the first day of the ninth month of the preparatory stage, no nation shall be permitted to increase its military forces, armaments and facilities for the production of armaments beyond those then possessed by it and reported in its return to the arms-census questionaire. Since, however, the military forces of many nations consist of short-term recruits, those nations should be permitted to replace one group of recruits with another. Similarly, it should be permissible to replace worn-out equipment and used-up munition stocks by new arms and equipment, provided that the new material is of no greater military value than the old. To ensure against abuse of this authority to make replacements, the General Assembly would be empowered (paragraph 2) to issue, upon the recommendation of the Executive Council, detailed regulations governing such replacements, and in particular to prescribe the amounts of military material which any nation would be permitted to produce for replacement purposes. The broad authority to adopt such regulations would include power to prescribe methods for assessing the military value of such replacements.

By subparagraph (1) (c) of this Article, no nation in the world would be permitted from the moment that the arms truce goes into effect to produce any military equipment and supplies or arms of any sort whatever save only: (a) such replacements as would be permitted under the General Assembly's regulations; and (b) such limited amounts of light arms as would be permitted for internal police forces pursuant to Article 14 of this Annex, and for the use of licensed hunters and licensed individuals for personal protection pursuant to subparagraph (1) (c) of this Article.

Subparagraph (1) (d) prohibits any research by any nation for the invention or improvement of military weapons from the moment that the arms truce takes effect. This prohibition is in accord with the above proposition that when the preliminary steps have been taken to enable supervision of the arms truce, it would be inconsistent with the disarmament plan to permit any further national military activity except the bare minimum required to maintain the then existing national forces.

In harmony with this purpose, subparagraphs (1) (e)–(g) prohibit various activities which might directly or indirectly sustain the military potential of any nation. These prohibitions would forbid the inclusion in ships or airplanes of features which would facilitate their adaptation to military use and the preparation of industrial plants for any military production.

Subparagraph (1) (h) limits the production of "special nuclear materials" to amounts authorized by the General Assembly for nonmilitary purposes.

It will be noted that the provisions of this Article would cover only the period of the arms truce which, unless extended by the General Assembly, would be the period of sixteen months from the beginning of the ninth month of the preparatory stage to the beginning of the actual disarmament stage. A similar set of prohibitions would be in effect, pursuant to paragraph 6 of Article 11 of this Annex, covering the period of the actual disarmament stage. Finally, under Article 14 of this Annex, there would be another set of prohibitions covering the entire period of complete disarmament.

Article 7

As provided by Article 3 of this Annex, the arms census and the arms truce shall be verified during the preparatory stage as follows:

1. During the ten months following the eighth month of the preparatory stage, the United Nations Inspection Service shall verify the accuracy and completeness of the information furnished by the respective nations pursuant to Article 5 of this Annex, and shall also verify the observance of the arms truce inaugurated under Article 6 of this Annex. This verification shall be accomplished by Inspectors of the Inspection Service acting with the authority and subject to the limitations provided for in Articles 18 to 24 of this Annex.

2. If the Inspection Service reports any case or cases of noncompliance, the Inspection Commission shall consider what measures shall be taken and if it determines that there has been a serious deficiency in the information furnished by any nation or a serious nonobservance of the arms truce or that any nation has placed any serious obstacle in the way of verification by the Inspection Service, it shall immediately present a special report on the subject to the Executive Council stating whether or not in the Commission's judgment the deficiency, nonobservance or obstacle is so serious as to prejudice the execution of the entire disarmament plan.

3. In addition to such special reports, if any, the Inspection Commission shall during the nineteenth month of the preparatory stage make a general report to the Executive Council concerning the adequacy of the information furnished by all the nations and concerning the observance of the arms truce and the over-all results of the verification.

4. The Executive Council shall forthwith consider all reports of the Inspection Commission; and if the Commission has determined that

there has been a serious deficiency in the information furnished by any nation, or a serious nonobservance of the arms truce or that any nation has placed any serious obstacle in the way of verification by the Inspection Service, the Council shall consider what measures shall be taken. If the Council accepts the conclusion of the Inspection Commission that any such deficiency, nonobservance or obstacle is so serious as to prejudice the execution of the entire disarmament plan, the Council shall take such interim action as it is authorized to take pursuant to Article 32 of this Annex and shall immediately present a special report on the subject to the General Assembly for possible action by it under that Article.

In addition to such special reports, if any, the Executive Council shall during the twentieth month of the preparatory stage make a general report to the General Assembly, which report shall include the conclusions of the Council as to the completeness of the information furnished by all the nations, as to the observance of the arms truce and as to the adequacy of the verification of such information and such observance.

If the Executive Council concludes that such information, observance or verification is so unsatisfactory as to prejudice the execution of the entire disarmament plan, it shall so state and shall immediately present a special report to the General Assembly recommending that the coming into operation of the actual disarmament stage ought to be postponed, but the period of such postponement shall in no case exceed six months. If, however, the Council concludes that such information, observance and verification are reasonably satisfactory, it shall so state; and the Council shall then decide and announce that the first or preparatory stage of the disarmament plan shall terminate on schedule at the end of the two-year period provided for in Article 2 of this Annex, and that the second or actual disarmament stage of the plan shall then begin, subject only to a resolution of the General Assembly under paragraph 5 of this Article disagreeing with such decision of the Council.

5. If the Executive Council has presented a special report to the General Assembly informing it that there has been a serious deficiency in the information furnished by any nation or a serious nonobservance of the arms truce or that any nation has placed a serious obstacle in the way of verification by the Inspection Service, the Assembly shall deal with the matter as soon as possible, and shall have authority to take such action under Article 32 of this Annex as it may deem necessary. If the Assembly is not then in session, a special session thereof shall be convoked immediately.

In any event, the General Assembly shall consider the general report of the Executive Council within one month after its submission; and, if necessary, a special session shall be convoked for the purpose.

If the Executive Council has decided that the actual disarmament stage shall come into operation on schedule at the end of the preparatory stage, that decision shall be deemed final unless the General Assembly before that date shall disagree with the decision of the Council and by resolution specifying its objections postpone the operation of the actual disarmament stage, which postponement shall in no case exceed six months.

If, however, the Executive Council has recommended that the coming into operation of the actual disarmament stage ought to be postponed, the General Assembly shall by resolution approve or disapprove that recommendation. If the recommendation of the Council for a postponement is approved, the Assembly shall in its resolution determine the duration of the postponement, which postponement shall in no case exceed six months. If the recommendation of the Council for a postponement is disapproved, the Assembly shall in its resolution direct that the actual disarmament stage shall come into operation on schedule at the end of the two-year period of the preparatory stage.

6. In the event of any postponement of the coming into operation of the actual disarmament stage, the question whether that stage shall come into operation at the end of the period of postponement shall be considered by the General Assembly in advance of the date on which the period of postponement is to end. The Executive Council shall report to the Assembly whether the conditions which led to the postponement have been remedied and the Assembly in the light of such report shall decide whether the actual disarmament stage shall come into operation at the end of the period of postponement or whether another postponement, not exceeding six months, is necessary. In case more than one postponement is necessary, a similar procedure shall be followed in each instance, but the period of postponement shall in no case exceed six months.

Comment. Under the plan proposed in this Article the central period of the preparatory stage (the ninth through the eighteenth month) would be devoted to the verification of both the arms census and the arms truce. It cannot be expected that this task could be accomplished in less than ten months, since the Inspection Service would be obliged not only to check the accuracy of the information supplied by each nation, but also its completeness. It would have to verify not only the amount of arms and weapons existing at depots mentioned in the returns of the arms-census questionnaire, but also, to the extent possible, whether any weapons have been secreted in other localities. Similar enquiries would have to be made with respect to the other items of the questionnaire: military installations, manpower strength of the military forces, facilities for the production of armaments, materials which might enter into the production of nuclear weapons, etc. A determined effort on the part of the Inspection Service would be required to finish this tremendous task in only ten months; and yet it should be possible within that period.

In conducting their inspections, the United Nations Inspectors would be guided by regulations on the subject, to be adopted by the General Assembly under Chapter IV of this Annex. These regulations would determine not only the powers of the Inspectors but also the limitations necessary to protect nations and individuals against any possible abuses by the Inspectors of their powers. The regulations would embody and supplement the basic principles enunciated in Chapter IV of this Annex. They would provide, for instance, that certain facilities and establishments can be inspected at any time; that other facilities and establishments may be entered only after an advance notice or on the basis of a special authorization by an appropriate United Nations judicial authority; that Inspectors shall observe all rights of personal privacy and private property to the fullest extent consistent with the effective discharge of their duties; and that the Inspectors shall not disclose any confidential information or commercial secrets acquired incidentally in the course of inspection.

It is proposed that if an Inspector discovers that information furnished by a nation is incomplete or inaccurate or that a nation is not observing the arms truce, he shall report immediately to the Inspector-General who, under Chapter VII of this Annex, could either call on the nation concerned to remedy the violation or refer the matter to the Inspection Commission. If the nation concerned did not make amends and the Inspection Commission then determined that the action of that nation constituted a serious violation, the Commission would forthwith present a report on the subject to the Executive Council, which could either take appropriate action itself or refer the matter to the General Assembly. Any action in respect of a violation of this Annex would be taken in accordance with the provisions of Chapter VII of this Annex, which permit in the last resort the taking of enforcement measures under Chapter VII of the revised Charter.

If no difficulties had arisen, or if they had been satisfactorily met, the Inspection Commission would, in the nineteenth month of the preparatory stage, make a general report to the Executive Council concerning the adequacy of the information furnished, the observance of the arms truce and the over-all results of the verification. During the following month, the Council would make a similar report to the General Assembly. If the Council was satisfied with the progress of events, it would then make an official announcement that the preparatory stage of the disarmament plan will end at the end of the two-year period, and that the actual disarmament stage will, therefore, begin on schedule.

The General Assembly, to be convened during the twenty-first month of the preparatory stage, would consider the report of the Executive Council and, if it disagreed with the Council's estimate of the situation, could postpone for no longer than six months the beginning of the actual disarmament stage. If, however, the Assembly made no such decision before the end of the preparatory stage, the decision of the Council would stand and the actual disarmament stage would begin on schedule.

On the other hand, it is possible that the Executive Council might itself decide that the actual disarmament stage should be temporarily postponed, in which case, however, its recommendation to that effect would require explicit approval by the General Assembly. If the Assembly should approve the Council's recommendation, it would be required to determine the duration of the postponement, which in no case could exceed six months. If the Assembly should disapprove such a recommendation for postponement, it would itself announce the commencement on schedule of the actual disarmament stage.

A similar procedure would apply at the end of the postponement period, and a further postponement could be ordered by the General Assembly if the conditions which led to the original postponement had not been remedied, provided always that no postponement could exceed six months.

The general purpose of these careful safeguards is to ensure that no nation faithfully complying with the requirements shall be placed at a disadvantage, and thus to create that atmosphere of confidence which is indispensable to the working out of the plan.

The limitation of six months upon any single postponement is intended to force renewed attention of the General Assembly at frequent intervals to any cause for postponement. The effect of frequent Assembly debates on possible postponements would also be to center the attention of all the peoples of the world on the reasons for and against any proposed postponement; and the result should be to discourage any delay in starting the process of actual disarmament unless such a delay were clearly essential.

Article 8

1. During the first two months of the preparatory stage, the General Assembly shall, after receiving proposals on the subject from the Inspection Commission and the recommendations of the Executive Council as to such proposals, determine by regulations uniformly applicable to all nations:

a. What types of forces shall be deemed to be internal police forces, provided that in making such determination, the General Assembly shall be guided by the principle that all national, provincial, state and local police, border guards, and other public and private police, whether uniformed or not, shall be deemed to be internal police forces.

b. What types of arms and equipment internal police forces shall be entitled to possess, provided that in making such determination, the General Assembly shall be guided by the principles that such arms shall be limited to light arms, such as revolvers, rifles and automatic rifles, and that all equipment shall be limited to such as is appropriate for internal police duties.

c. What kind of training of internal police forces shall be permissible, provided that in making such determination, the General Assembly shall be guided by the principle that such forces shall receive only such training as is necessary to enable them properly to perform internal police duties only.

2. The General Assembly may from time to time and after receiving proposals on the subject from the Inspection Commission and the recommendations of the Executive Council as to such proposals make such changes in the determinations made under paragraph 1 of this Article as it may deem necessary.

Comment. The plan for *complete* disarmament contained in this Annex is based on the premise that during the actual disarmament stage all national *military* forces will be reduced to zero. On the other hand, each nation would be permitted to retain certain internal police forces, but only within such limits as to numbers, training and equipment as are strictly necessary for the maintenance of internal order.

During the actual disarmament stage each nation would, therefore, be obliged not only to eliminate all its military forces but also to reduce its internal police forces to the strength plainly necessary for the maintenance of internal order, for which purpose they would alone be permitted. To this end it is proposed in Article 14 of this Annex that the strength of the internal police force of any nation shall not exceed two for each 1000 of its population nor in any case 500,000; and also that all such internal police forces shall be limited to light arms suitable for police duties and that their training and equipment shall be limited to such as are appropriate to police duties only.

In order to carry out this plan, it is essential as a preliminary step to define with precision the meaning of "internal police forces" and the exact scope of the limitations as to their training and equipment. Accordingly, this Article 8 authorizes the General Assembly, with advice from the Inspection Commission and the Executive Council, to make these definitions, subject in each case to the principles stated in the text.

The initial definitions are required to be made within the first two months of the preparatory stage in order to enable the nations to separate under a common standard their internal police forces from their military forces for the purpose of returning their arms-census questionnaires pursuant to Article 5 of this Annex. But since these initial definitions may later need to be changed, paragraph 2 of this Article 8 authorizes the General Assembly to make changes therein from time to time.

THE ACTUAL DISARMAMENT STAGE

Article 9

1. On the first day of the actual disarmament stage, the Executive Council shall announce the beginning of the period of actual disarmament.

2. Within two weeks thereafter, the Executive Council shall publish a

schedule listing as of the beginning of the actual disarmament stage all the military forces of every nation in the world, together with all the armaments and facilities for the production of armaments of each nation. The Council shall at the same time publish a second schedule listing as of the beginning of the actual disarmament stage the existing strength of the internal police forces of every nation in the world, together with all their arms and equipment; and also setting forth an estimate by the Council of the maximum strength of the internal police forces which may be maintained in each nation after the end of the period of actual disarmament under the limitations of Article 14 of this Annex, together with an estimate of the maximum arms and equipment which such forces shall be permitted to have under the limitations of that Article at the end of the period of actual disarmament.

Comment. It is proposed that on the first day after the completion of the preparatory stage, the Executive Council shall issue a public announcement that the stage of actual disarmament has begun, bringing this historic fact to the attention of all the governments and peoples of the world. On that day a series of new obligations would become binding and the arms truce would be supplemented by the progressive scaling down of all national military forces, armaments and facilities for the production of armaments.

The Executive Council would at that time already be in possession of information furnished by all the nations with respect to their military strength, and would have received a report from the United Nations Inspection Commission that all such information had been verified and was in complete order. On this basis the Council would, within two weeks after the beginning of the actual disarmament stage, publish two schedules: one listing all the existing military forces, armaments and facilities for the production of armaments of every nation in the world; and another schedule listing the existing strength, arms and equipment of all the internal police forces of every nation.

The second schedule would be accompanied by the Executive Council's estimate of the maximum strength, arms and equipment of the internal police forces which each nation would be permitted to maintain after the end of the actual disarmament stage. In making this estimate the Council would have to take into account not only the changes in population expected to take place during the actual disarmament stage but also the strict limitations imposed by Article 14 of this Annex, i.e., that the strength of the internal police forces of any nation shall not exceed two for each 1000 of its population and in no case shall exceed 500,000, and that the light weapons to which these forces would be restricted shall be kept within the kinds and limits specified in that Article.

These two schedules—of military forces and of internal police forces—and the accompanying estimate of the prospective permitted strength of the internal police forces must be published at the very beginning of the actual disarmament stage, since the figures embodied in the two schedules would serve as the basis for calculating the percentage reductions in both types of forces to be made annually during this stage, as provided for by Articles 10-12 of this Annex.

Article 10

1. During the ten-year period of the actual disarmament stage, every nation in the world shall annually reduce by ten per cent all its military forces, armaments and facilities for the production of armaments, so that at the end of the actual disarmament stage all national military forces, armaments and facilities for the production of armaments shall be abolished.

During the ten-year period of the actual disarmament stage, every nation in the world shall also annually reduce its internal police forces and their arms and equipment by ten per cent of the excess thereof over the estimated maximum which such nation is permitted to have after the end of the actual disarmament stage under the limitations of Article 14 of this Annex.

2. After the completion of at least forty per cent of the disarmament process, the General Assembly may by a vote of two thirds of all the Representatives then in office, whether or not present or voting, shorten the remainder of the actual disarmament stage by not more than half through an increase in the percentages of the required reductions to not more than twenty per cent annually.

Comment. As provided in the over-all plan set forth in Article 2 of this Annex, it is proposed that the process of actual disarmament shall be completed in ten years, unless shortened or lengthened under the applicable provisions, and this Article 10 implements that plan.

The ten-year period of actual disarmament seems long enough to permit annual reductions of such a limited size (ten per cent) that complying nations would not be put at too great a disadvantage if a nation or group of nations should suddenly cease to disarm and the General Assembly should find it necessary to suspend further disarmament until the elimination of the situation caused by such noncompliance. At the same time this period of ten years seems short enough to ensure that the momentum and good will generated by the actual operation of the plan will not be dissipated by the time the crucial point arrives when the very last military forces of every nation must be disbanded.

It is possible, however, that the successful completion of the disarmament process during the first few years of the actual disarmament stage might bring such relief and confidence among the peoples of the world that they would demand that the tempo of disarmament be accelerated. To enable such a speed-up, paragraph 2 of this Article empowers the General Assembly, by a special majority vote of two thirds of all the Representatives then in office, to shorten the actual disarmament stage to seven years, provided that the first forty per cent of the disarmament process has been completed. On the other hand, as above noted, provision is made in Article 12 of this Annex for extending the ten-year period (but for no more than six months at a time) if it becomes absolutely essential to do so.

The disarmament plan envisaged by this Annex distinguishes sharply between *military* forces and internal *police* forces (as defined by the General Assembly pursuant to Article 8 of this Annex). As explained in the Introduction and in the General Comment on this Annex, the whole disarmament plan is based on the premise that nothing less than *complete* disarmament will suffice. On the other hand, the practical necessity is recognized that, subject to careful safeguards, each nation shall be entitled to possess such lightly armed police forces as are strictly necessary for internal order.

The essence of the entire proposal is that the disarmament process, while it must be complete, shall proceed in such carefully guarded stages that no nation need fear the consequences of compliance. Consequently, this Article provides for the gradual but steady elimination of all military forces over a ten-year period. They would be reduced annually by ten per cent, and after ten years no nation would be allowed to maintain any military forces whatever. Similarly, all national armaments and facilities for the production of armaments would be gradually reduced to nothing over this same ten-year period. While most of such armaments and machines and tools for their production would be destroyed or scrapped, a small part of them would be made available for the use or equipment of the United Nations Peace Force, to be built up during the same ten-year period. The disarmament of the nations (under this Annex I) and the building up of the world police (under Annex II) would thus proceed simultaneously and in parallel.

A slightly different procedure would be followed with respect to the internal police forces. Since every nation would be allowed to retain some such forces, a particular nation would be obliged to reduce them only if they exceeded the estimated maximum which such nation would be permitted to have at the end of the actual disarmament stage, i.e., no more than two members of such forces for each 1000 of its population and in no case more than 500,000. Similarly, the light arms at the disposal of the permitted internal police forces would be restricted to not more than one revolver or rifle for each member of these police forces and not more than one automatic rifle for each 100 members of such forces (Article 14 of this Annex). The necessary reductions would be made by the annual elimination of ten per cent of the excess strength, arms and equipment. Provisions are made later (in Article 13 of this Annex) for a final determination of the permissible strength of the internal police forces of each nation, and for such periodic changes in their permitted strength as may be necessary in view of population changes.

A nation whose internal security forces were below the authorized strength would be permitted to increase them up to that limit. However, the maximum strength set for each nation would not, of course, impose an obligation to maintain internal police forces of that strength; and if any nation did not wish for any reason to maintain internal police forces of the permitted strength, the United Nations would certainly raise no objections.

As heretofore explained, a practicable disarmament plan needs to provide

231

not only for complete disarmament, but also for disarmament which is universal, simultaneous and proportionate.

No disarmament plan is possible, unless *all* nations are bound by it. It is obvious that if any one of the larger and stronger nations were exempted from the disarmament process, no disarmament would be feasible. But it is also true in this world of novel weapons of tremendous destructive power that even a small nation might become a menace to the peace of the world. The disarmament system must, therefore, cover *all* nations, whether they are members of the United Nations or not. Under the ratification procedure proposed in Article 110 of the revised Charter (whereby the revised Charter would not come into force until ratified by five sixths of all the nations having at least five sixths of the world's population and including every nation with a population of more than 40,000,000), it is very possible, in practice, that there would actually be no nonmember nations whatever; and in any event any such nonmember nations would be few in number and relatively small in size. In case, however, there should be a few nations which chose to refrain from active membership, it is essential that they shall nevertheless be bound to refrain from violence on the same basis as the member Nations and to settle all their disputes by peaceful means; and these specific obligations are imposed by Article 2 of the revised Charter. Correspondingly, all nonmember nations must be required to observe the disarmament provisions; and to this end this Article 10, in harmony with the entire Annex, imposes the obligation to disarm upon "every nation in the world". In recognition of this obligation, paragraph 5 of Article 11 of the revised Charter provides for agreements by which every nonmember nation would be brought into a special relationship with the United Nations and whereby all nonmember nations would agree to comply with the disarmament provisions of this Annex and the laws, regulations and decisions made thereunder.

The disarmament plan embodied in this Annex depends also on its *simultaneous* execution by all nations. It is obvious that no nation would be willing or could be expected to disarm ahead of the others; and therefore all necessary safeguards must be established to ensure that no nation would be put in a disadvantageous position because other nations have not executed their part of the plan at the proper time. Such safeguards are provided for by Article 12 of this Annex which empowers the Inspection Commission to approve the annual disarmament plans of each nation and thus to ensure their simultaneous execution.

The disarmament plan must further make sure that all nations will disarm *proportionately*. The diminution of military strength must be equal for all nations. No nation can be expected to disarm by a larger percentage than others; and no nation should be deprived of a main source of its military strength while other nations still retain their principal sources of strength. Thus a nation strong in nuclear weapons should not be entirely deprived of them while other nations retain a large proportion of their preponderant land armies. Similarly, a nation could not reasonably be asked to abandon its ballistic missiles while another was permitted to retain its bombing planes.

This Article provides, therefore, for an annual across-the-board cut of ten per cent in *all* forces, armaments and facilities for the production of armaments. Further provisions on this subject are contained in Article 11 of this Annex.

Article 11

1. All reductions in the personnel of active and reserve military forces and in their arms, weapons, ammunition and military equipment shall be distributed in each annual period proportionately as between the major services, land, sea and air, of every nation and the main components thereof; as between the active and reserve elements of each major service and the main components thereof; and as between the units stationed in the home territory and abroad.

All reductions in the personnel of the internal police forces of every nation and in their arms, ammunition and equipment shall be distributed in each annual period proportionately as between the main components of such forces in each nation, and as between the active and reserve elements thereof, unless the Executive Council, upon the recommendation of the Inspection Commission, shall for good cause shown permit a different distribution of the reductions.

All reductions in the facilities for the production of armaments shall be distributed in each annual period proportionately as between the various facilities in the territory of every nation which produce the principal categories of armaments and the main subdivisions thereof.

2. When required reductions are made in the personnel of active and reserve military forces and of internal police forces, all persons relieved from active duty in such forces or released from membership therein shall be permanently exempt from any obligation for future military duty of any description, save only such obligation as may in an extreme emergency be imposed upon them by their respective nations for service in the United Nations Peace Force pursuant to Article 43 of this revised Charter and Annex II.

3. When required reductions are made in the arms, weapons, ammunition and military equipment of active and reserve military forces and of internal police forces, all the arms, weapons and ammunition, and all the equipment suitable for military use only, which such forces are required to discard, shall be destroyed or scrapped, save only such arms, weapons, ammunition and equipment as are transferred to the United Nations Peace Force in accordance with Annex II, or to the Nuclear Energy Authority in accordance with Articles 26 and 27 of this Annex, such transfer to be subject to payment of compensation as provided in Article 28 of this Annex.

4. When required reductions are made in facilities for the production of armaments, all machines, appliances and tools of any kind which

are suitable for the production of military material only and which are to be discarded in order to make the necessary reductions, shall be destroyed or scrapped, save only such machines, appliances and tools as are transferred to the United Nations for use in the manufacture of military material for the United Nations Peace Force in accordance with Annex II, such transfer to be subject to payment of compensation as provided in Article 28 of this Annex.

5. Subject to the principles stated in the foregoing paragraphs of this Article, the General Assembly shall, after receiving proposals on the subject from the Inspection Commission and the recommendations of the Executive Council as to such proposals, make regulations to govern the carrying out of the reductions required by this Annex.

6. During the actual disarmament stage, all nations shall continue to observe the limitations and prohibitions set forth in Article 6 of this Annex, except that such limitations and prohibitions shall apply in each year of this stage to the lower levels of military forces, armaments and facilities for the production of armaments brought about by the application of Article 10 of this Annex. The General Assembly, upon the recommendation of the Executive Council, shall adopt regulations governing the replacement of personnel discharged because of the termination of their period of service rather than because of the required reductions under Article 10 of this Annex.

Comment. This Article supplements the preceding Article 10 of this Annex and specifies how the various reductions provided for in Article 10 shall be executed. In particular, paragraph 1 of this Article spells out the application of the principle of proportionate reduction to military forces, armaments and facilities for the production of armaments. It is clearly not sufficient to provide broadly for an annual ten per cent reduction in the military forces of the various nations, since a particular nation might, for example, simply demobilize the necessary number of foot soldiers and leave the strength of its air force and navy unimpaired. Similarly, some other nation might limit a required numerical cut to maintenance troops of its air force but keep all its pilots in the service. The obligations with respect to the reduction of weapons might also be easily evaded if a nation were permitted to divide the reduction unequally between its fighter planes and long-range bombers, or between its fissionable and fusionable weapons. A really fair and safe method of reduction requires, therefore, that each nation must reduce in an equal manner the personnel of each major service (land, sea and air), and also of each major component thereof, as well as each major category of weapons. Similar rules should be applied to internal police forces and to the facilities for the production of armaments. Reductions of the same proportionate size should be made, for instance, in each nation's capacity to produce various types of guns, tanks, airplanes, warships or nuclear weapons. Here again, identical cuts should be made in the capacity to produce various categories of these weapons, e.g., with respect to guided and ballistic missiles, separate cuts would be necessary in the capacity for the production of short-, medium- and long-range missiles. Moreover, this principle of proportionate reductions would need to be applied uniformly to troops stationed in the home territory and abroad. For example, if in a given year the ground forces of a particular nation should consist of 500,000 men of whom 100,000 were stationed abroad, a ten per cent reduction of 50,000 in that year would have to be divided in such a way as to ensure that 40,000 be discharged from the forces stationed in the home territory and 10,000 from those stationed abroad.

Paragraphs 2-5 of this Article deal with the implications of reductions in various components of a nation's military strength. Thus reductions in the personnel of military forces and of internal police forces would result in the permanent exemption from national military service of persons relieved from active duty or released from membership in military reserve. No new recruits could be inducted, except to replace personnel discharged not because of the reduction, but because of the termination of the period of service for which they had volunteered or had been drafted. To prevent possible abuses in this field, the General Assembly would be empowered to make regulations governing such replacements. There is also the remote possibility that former members of national armed forces or new recruits might be drafted by their respective nations to serve in the United Nations Peace Force in case of an extreme emergency, pursuant to Article 43 of the revised Charter and Annex II.

When arms or military equipment suitable for military use only are discarded by military or internal police forces in order to make a required reduction, they would be destroyed or scrapped in accordance with regulations on the subject to be adopted by the General Assembly. On the other hand, the temporary replacement of arms or equipment not yet subject to reduction, but which have been discarded because of obsolescence, would be permitted under special regulations to be issued by the General Assembly under Article 6 of this Annex.

In order to avoid unnecessary waste, discarded arms and equipment which are immediately needed for the United Nations Peace Force or which could be put in storage for its use in case of emergency, would not be destroyed but would be transferred to the United Nations. All nuclear weapons, except those which would be placed in the custody of the United Nations Nuclear Energy Authority for the possible use of the United Nations Peace Force, would also be destroyed, and all the nuclear materials contained in these dismantled weapons would be transferred to the Nuclear Energy Authority, which would allocate them to peaceful uses in accordance with the provisions of Chapter V of this Annex.

Since most facilities for the production of armaments could be used for other purposes, it is not proposed to destroy them when they become subject to reduction. But all the machines, appliances and tools which are suitable for the production of military material only would be removed from such facilities and destroyed or scrapped. If, however, they were needed for equipping the United Nations Peace Force, such machines, appliances and tools, instead of being destroyed, would be transferred to the United Nations which, at the end of the actual disarmament stage, would alone have the right to manufacture any armaments or military equipment whatever.

The execution of the provisions of this Annex would require from time to time the issuance of additional rules for the guidance of national governments, of private individuals (e.g., owners of facilities for the production of armaments) and of the United Nations Inspection Service. Accordingly, whenever the Inspection Commission might find it necessary, it would submit to the General Assembly, through the Executive Council, a report on the subject, on the basis of which the Assembly could adopt further regulations.

Paragraph 6 of this Article provides for the extension to the actual disarmament stage of the provisions in Article 6 of this Annex which relate to various limitations and prohibitions against increases by direct or indirect means in the military strength of any nation.

Article 12

1. During the first month of each of the ten years of the actual disarmament stage, every nation in the world shall submit to the Inspection Commission a detailed plan for a ten per cent reduction within that year of all its military forces, armaments and facilities for the production of armaments, and wherever necessary such plans shall include proposals for adjustments in particular cases in which an exact ten per cent reduction is technically impossible. This plan shall also contain proposals for the reduction, if necessary, of its internal police forces and their arms and equipment by ten per cent of the excess thereof, if any, over the maximum which such nation is permitted to have after the end of the actual disarmament stage under the limitations of Article 14 of this Annex.

2. During the second month, the Inspection Commission shall approve the plan of each nation or direct its modification in so far as the Commission may deem necessary in order to ensure that the plan complies with the regulations made by the General Assembly under Article 11 of this Annex and that the reductions by all nations shall, to the utmost practicable extent, be simultaneous and proportionate.

3. If any nation is dissatisfied with any modification made by the Inspection Commission of its own plan or is dissatisfied with the plan of any other nation as accepted or modified by the Commission, it may appeal to the Executive Council during the first ten days of the third month. The Council shall decide all such appeals before the end of the third month, and shall have the authority to approve or modify the contested plan; its decisions shall be final.

4. During the following six months, the plan of each nation, as so approved or modified, shall be fully carried out; and the United Nations Inspection Service shall supervise and verify the execution of all such

plans through inspection by Inspectors of the Inspection Service acting with the authority and subject to the limitations provided for in Articles 18 to 24 of this Annex. During this six-month period, the Inspector-General shall make monthly reports to the Inspection Commission as to the progress of the required reductions and the verification thereof; and during the last week of the six-month period, he shall make a final report to the Commission as to the over-all results. The Inspection Commission shall forthwith consider all such reports of the Inspector-General; and if the Inspector-General has reported that any nation has failed to carry out any required reduction or has placed any obstacle in the way of verification, the Commission shall consider what measures shall be taken. If the Commission determines that any such failure or obstacle is serious, it shall immediately present a special report to that effect to the Executive Council, stating whether or not in the Commission's judgment the failure or obstacle is so serious as to prejudice the execution of the entire disarmament plan.

In addition to such special reports, if any, the Inspection Commission shall during the tenth month make a general report to the Executive Council concerning the execution of the required reductions, including the opinion of the Commission as to whether the over-all results have been reasonably satisfactory.

5. The Executive Council shall forthwith consider all reports of the Inspection Commission; and if the Commission has determined that there has been any serious failure on the part of any nation to carry out any required reduction, or that any nation has placed any serious obstacle in the way of verification by the Inspection Service, the Council shall consider what measures shall be taken. If the Council accepts the conclusion of the Commission that such failure or obstacle is so serious as to prejudice the execution of the entire disarmament plan, the Council shall take such interim action as it is authorized to take pursuant to Article 32 of this Annex and shall immediately present a special report on the subject to the General Assembly for possible action by it under that Article.

In addition to such special reports, if any, the Executive Council shall during the eleventh month make a general report to the General Assembly, which report shall include the conclusions of the Council as to the adequacy of the performance by all the nations of their obligation to carry out their approved reduction plans and as to the adequacy of the verification of such performance.

If the Executive Council concludes that such performance or verification is so unsatisfactory as to prejudice the execution of the entire disarmament plan, it shall so state and shall recommend that the coming into operation of the next annual reduction ought to be postponed for a period not exceeding six months. If, however, the Council concludes that such performance and verification are reasonably satisfactory, it shall so state; and the Council shall then decide and announce that the next annual reduction shall begin on schedule, subject only to a resolution of the General Assembly under paragraph 6 of this Article disagreeing with such decision of the Council.

6. If the Executive Council has presented a special report to the General Assembly informing it that there has been a serious failure on the part of any nation to carry out a required reduction or that any nation has placed a serious obstacle in the way of verification by the Inspection Service, the Assembly shall deal with the matter as soon as possible, and shall have authority to take such action under Article 32 of this Annex as it may deem necessary. If the Assembly is not then in session, a special session thereof shall be convoked immediately.

In any event, the General Assembly shall in the twelfth month consider the general report of the Executive Council; and, if necessary, a special session shall be convoked for the purpose.

If the Executive Council has decided that the next annual reduction shall come into operation on schedule, that decision shall be deemed final unless before the end of the twelfth month the General Assembly shall disagree with the decision of the Council and by resolution specifying its objections postpone the next annual reduction, which postponement shall in no case exceed six months.

If, however, the Executive Council has recommended that the next annual reduction ought to be postponed, the General Assembly shall by resolution approve or disapprove that recommendation. If the recommendation of the Council for a postponement is approved, the Assembly shall in its resolution determine the duration of the postponement, which postponement shall in no case exceed six months. If the recommendation of the Council for a postponement is disapproved, the Assembly shall in its resolution direct that the next annual reduction shall come into operation on schedule.

7. In the event of the postponement of any annual reduction, the question whether that postponed reduction shall come into operation during the year following the period of postponement shall be considered by the General Assembly in advance of the date on which the period of postponement is to end. The Executive Council shall report to the Assembly whether the conditions which led to the postponement have been remedied and the Assembly in the light of such report shall decide whether the next annual reduction shall come into operation during the year following the period of postponement or whether another postponement, not exceeding six months, is necessary. In case more than one postponement is necessary, a similar procedure shall be followed in each instance, but the period of postponement shall in no case exceed six months.

Comment. To ensure simultaneous execution by all the nations of the world of the annual ten per cent reduction of: (1) their military forces, armaments and facilities for the production of armaments and (2) any excess of their internal police forces over the authorized maximum, this Article calls for the submission by every nation of detailed plans for the required reductions and provides that the Inspection Commission shall pass upon all such plans and either approve them or direct their modification.

More specifically, the proposal is that during the first two months of each of the ten years of the actual disarmament stage, every nation in the world shall submit to the Inspection Commission its detailed plan specifying how it intends to carry out the reductions required during that year. Each yearly plan would necessarily contain a detailed list of the military units which the particular nation proposes to disband or reduce, of the armaments which it proposes to discard and of the facilities for the production of armaments which it proposes to dismantle; and also a detailed proposal for reducing any excess of its internal police forces. During the third month of each year of the actual disarmament stage, the Commission would carefully examine these national plans and verify that the proposed cuts for that year have been properly apportioned among all the services and their major components, and among the various categories of armaments and types of facilities for the production of armaments.

The Inspection Commission, having received and examined the plans of all the nations, would then be responsible for seeing to it that the reductions were carried out in such a way that all the major nations would disband or scrap similar forces, armaments and facilities at the same time. Thus the Commission, under its authority to modify national plans "in order to ensure . . . that the reductions by all the nations shall, to the utmost practicable extent, be simultaneous and proportionate", would, for example, synchronize the plans of the principal naval nations so that each would scrap the same proportion of its fleet on the very same day. The Commission could also modify any other features of national plans in order to carry out a reduction proposed by a nation in a more proportionate manner as, for example, by directing the elimination of certain units of that nation's military strength different from those specified in its particular national plan. To prevent any misuse of this power of modification by the Commission, provision is made for appeals to the Executive Council by any nation which is dissatisfied either with any modification made by the Commission in that nation's own plan or with the plan of any other nation as accepted or modified by the Commission. The decisions of the Executive Council on such appeals would be final.

It is assumed that the Inspection Commission would direct that the annual reductions shall not be delayed to the last possible day and that they shall be carried out gradually during the six months following the final approval of each disarmament year. It is also assumed that the Commission would require all major acts of scrapping large quantities of arms and equipment to be performed in the presence and under the supervision of United Nations Inspectors and that other reductions would be verified by the Inspectors through examinations of official records and inspections on the spot. Such

239

inspections would, it is assumed, be conducted not only in the military establishments and facilities for the production of armaments listed in the arms census, but also in other establishments and facilities which, though not listed in the arms census, could easily be used for military purposes. Chapter IV of this Annex defines in some detail the proposed powers of the Inspectors in this field and provides guarantees against their abuse.

If serious difficulties should arise during any annual reduction period and any nation should either fail to carry out a required reduction or prevent adequate verification of the fulfillment of its obligations with respect thereto, the Inspection Commission would be required immediately to notify the Executive Council which could either itself apply sanctions to the extent that it is authorized to do so by Chapter VII of the revised Charter and by Article 32 of this Annex, or refer the matter to the General Assembly for alternative or further action.

If, however, everything went smoothly, the general report of the Inspection Commission, to be submitted to the Executive Council in the tenth month of each year of actual disarmament, would certify the satisfactory fulfillment of the required reductions. Ordinarily, the Council would approve this report in the eleventh month of each disarmament year and announce the commencement on schedule of the next annual reduction. Nevertheless, the right is reserved to the General Assembly to change this decision during the twelfth month by a special resolution. Assuming, however, that the Assembly agrees with the decision of the Council, the Commission and all national authorities would be able at the close of each reduction year to start work on the detailed plans for the next annual reduction.

It is possible, of course, that the Executive Council, either on the advice of the Inspection Commission or on its own initiative, might decide that the performance by some nation or nations of their obligation to reduce, or the verification of the process of reduction by the United Nations Inspection Service, had been so unsatisfactory as to prejudice the execution of the entire disarmament plan. In such event, the Council could recommend a postponement of the next annual reduction, but under no circumstances for more than six months. Moreover, since even a brief postponement would be a serious matter, it is proposed that any postponement could come into effect only by a special resolution of the General Assembly.

Before the end of any period of postponement, the Executive Council would be required to present a report to the General Assembly concerning the improvement, or otherwise, of the situation which led to the postponement. In the light of that report, the Assembly would determine either that everything is now in order and that the next annual reduction shall come into operation at the end of the period of postponement, or that some further postponement is necessary. A similar procedure is provided for at the end of each period of postponement, any postponement whatever being always limited to a maximum of six months. Thus the Assembly would have to consider anew at frequent intervals the matter of any postponed reduction, and even if one or more postponements were necessary, there would be constant pressure to remedy the causes of the delay and to proceed as soon as possible with the disarmament process.

CHAPTER III

GENERAL PROVISIONS FOR THE MAINTENANCE
OF COMPLETE DISARMAMENT

Article 13

1. On the first day after the end of the actual disarmament stage, the Executive Council shall announce that all national military forces, armaments and facilities for the production of armaments have been abolished, and shall proclaim the termination of the actual disarmament stage and the beginning of the period of complete disarmament.

2. Within ten days thereafter, the Executive Council shall publish a schedule listing the maximum strength of the internal police forces which may be maintained in each nation under the limitations of Article 14 of this Annex, together with the kind and amount of arms and equipment which such forces shall be permitted to have under the limitations of that Article. This schedule shall govern until the Council shall publish a new schedule subsequent to the first world census taken under Article 9 of this revised Charter.

3. The Executive Council shall, within three months after the population figures are available from the first world census and within three months after the population figures are available from each subsequent world census, publish a revised schedule listing for every nation the maximum permissible strength of the internal police forces which may be maintained in that nation and the permissible arms and equipment of those forces. Each such schedule shall govern until the next schedule is published.

Comment. The plan contemplates that in normal course all nations would be completely disarmed ten years after the beginning of the actual disarmament stage. If the General Assembly should use its power under paragraph 2 of Article 10 of this Annex to shorten the actual disarmament period, the moment of complete disarmament might arrive at the end of the seventh, eighth or ninth year of that period. On the other hand, that final moment might be somewhat delayed, if some serious difficulties should lead the Assembly to order one or more postponements pursuant to Article 12 of this Annex.

Whenever the historic moment arrives, the Executive Council would be required formally to proclaim it. The actual disarmament stage would then have ended and the period of complete disarmament would have begun. From that point on, no nation could legally possess any *military forces* whatever (it being understood that the lightly armed and strictly limited forces which may be retained for internal order only are not deemed to be military forces), or any armaments or facilities for the production of armaments.

Within ten days after the beginning of the period of complete disarmament, the Executive Council would publish a definitive schedule listing for each nation the maximum permissible strength, arms and equipment of the internal police forces of that nation. This final schedule would replace the provisional estimate made at the beginning of the actual disarmament stage pursuant to Article 9 of this Annex; and like that estimate, this final schedule would be based on the principle that the strength of the internal police forces of any nation shall not exceed two for each 1000 of its population and in no case may exceed 500,000. Because of population changes which could not be foreseen at the time of the estimate ten years previously, the final schedule at the end of the actual disarmament stage would almost necessarily differ from the estimate made at the beginning of that stage, with consequent changes in the strength of the internal police forces permitted in the various nations. Similarly, a new schedule would be published after the first world census to be taken within ten years after the coming into force of the revised Charter and after each of the subsequent world censuses to be taken at ten-year intervals (Article 9 of the revised Charter).

Article 14

After the termination of the actual disarmament stage and the beginning of the period of complete disarmament:

a. No nation shall maintain any military forces whatever; and no nation shall have any internal police forces in excess of two for each 1000 of its population and in no case exceeding 500,000, the permissible number for each nation to be determined in the successive schedules to be published by the Executive Council pursuant to Article 13 of this Annex.

b. No nation shall allow any military training whatever either under government or private direction; and no nation shall allow any training of its internal police forces except such training as is appropriate to internal police duties and is permitted under the regulations adopted by the General Assembly pursuant to Article 8 of this Annex.

c. No nation shall possess any military weapons or equipment whatever. No nation shall allow the possession by its internal police forces of any arms or equipment except of the types permitted by the regulations adopted by the General Assembly pursuant to Article 8 of this Annex; and in no case shall the number of revolvers and rifles combined exceed one for each member of the internal police forces, the number of automatic rifles one for each 100 members of such forces and the ammunition supplies 100 rounds per rifle or revolver and 1000 rounds per automatic rifle. No nation shall allow the possession by any public or private organization or individual of any military equipment whatever or of any arms except such small arms as are reasonably needed by duly licensed hunters or by duly licensed individuals for personal protection.

d. No nation shall produce or allow the production of any military weapons or equipment whatever, or of tools for such production, and no nation shall produce or allow the production of any light arms except: (1) to supply the light arms, ammunition and equipment which its internal police forces are allowed to have; (2) for sale to other nations of permissible light arms, ammunition or equipment needed by their internal police forces; and (3) such small arms as are required to meet the reasonable needs of duly licensed hunters or of duly licensed individuals for personal protection, either in the nation where such arms are produced or elsewhere.

e. No nation shall permit any research directed toward the invention of new military weapons or the improvement of existing military weapons, including the utilization for military purposes of any nuclear materials.

f. No nation shall produce or allow the production of any explosives except in so far as the General Assembly may authorize their production for use in mining, agricultural and other industries of that nation, or for sale for similar purposes in other nations.

g. No nation shall construct or allow the construction of any ship or airplane containing any feature which would facilitate the adaptation of such ship or airplane to military purposes.

h. No nation shall prepare or allow the preparation of its heavy industry (including its tool-manufacturing industry) for the production of armaments of any description (including arms, weapons, ammunition, explosives and military equipment of any kind) or of tools for such production.

i. No nation shall prepare or allow the preparation of any plant for the production of chemical or biological weapons.

j. No nation shall possess or allow the possession of any special nuclear materials, or of substantial quantities of radioactive materials, except to the extent that the General Assembly may authorize such possession for research, industrial, commercial or other nonmilitary purposes, and subject to the licensing requirements of Article 16 of this Annex and to such limitations as may be determined by the Assembly pursuant to Articles 23 and 26 of this Annex.

k. No nation shall operate or allow the operation of facilities for the processing of materials which might enter into the production of special nuclear materials, or facilities for the processing of special nuclear materials themselves, or facilities for the production of radioactive materials in substantial quantities, or facilities using any such materials for research, industrial, commercial or other nonmilitary purposes, except when licensed pursuant to Article 16 of this Annex, and only in such

243

manner and subject to such limitations as may be determined by the General Assembly pursuant to Articles 23 and 26 of this Annex.

Comment. Once disarmament is completed, not only would all national military forces be abolished, but also all national military *activities* would be prohibited. At this point there should come into effect a comprehensive set of safeguards to ensure against the revival of any national military activities whatever. Under Article 6 of this Annex a similar set of prohibitions is proposed to take effect forthwith on the coming into force of the arms truce and to cover the sixteen-month period of the arms truce; and, under paragraph 6 of Article 11 of this Annex, that set of prohibitions would apply also during the ten-year period of the actual disarmament stage. This Article 14 continues in force in identical or modified form various of the prohibitions provided for in Articles 6 and 11 of this Annex, but adds some new prohibitions. The purpose is to have in effect during the period of complete disarmament as comprehensive a set of permanent safeguards against rearmament as possible.

All national governments would be obligated both themselves to observe this new set of permanent prohibitions and to enforce them against all organizations and individuals within their jurisdiction. The United Nations Inspection Service would verify the compliance by every nation with these provisions; and various measures of enforcement would be available against violators, whether governments or individuals.

It being always understood that the permitted internal police forces would not be deemed to be military forces, the maintenance of any military forces whatever by any nation would, by subparagraph (a) of this Article, be completely forbidden. This prohibition would apply to military forces of all kinds, including para-military organizations. Consequently, by subparagraph (b) no military training whatsoever would be permitted except, of course, the limited type of training required for the members of the internal police forces.

Subparagraph (c) would wholly prohibit the possession of any military arms or equipment, except that internal police forces would be allowed to possess certain light arms, ammunition and equipment of the types authorized by Article 8 of this Annex. This subparagraph (c), however, contains definite restrictions on the number of the principal arms which internal police forces could possess, e.g., no more than one automatic rifle for each 100 members of such forces. The prohibition against the possession of arms would extend to all private individuals and organizations, except that some small arms would be allowed for hunting and personal protection only.

In order to place all nations on an equal basis, it is important to abolish not only all military forces (land, sea and air) and all stocks of military weapons, but also to abolish the advantage possessed by nations having well-developed armament industries. In consequence, it is necessary to prohibit entirely the manufacture of all military weapons and equipment, whether by public or private industry. The only arms manufacture which could remain would be for the production of the light arms permitted to the internal police forces, and of small arms for hunting or personal protection. And even this permitted production would be strictly limited to the amounts required

244

by the internal police forces, hunters, etc., of the country of production, or for export to satisfy similar needs abroad (subparagraph d).

It would obviously be inconsistent with the regime of total national disarmament to permit any nation to engage in or allow any effort to invent new weapons or improve existing weapons; and consequently subparagraph (e) prohibits any such military research.

Since modern explosives can easily be converted into dangerous weapons, production of explosives should also be restricted to the minimum necessary for usual purposes, such as mining, road building, etc.; and subparagraph (f) covers this subject.

In a world in which all naval vessels and military airplanes have been abolished, there would be an ever-present danger that nonmilitary ships and airplanes could suddenly be converted to military purposes. And because this danger is especially great with respect to airplanes, proposals have been made by various governments that all airplanes should be internationalized. While it does not seem practicable to obtain consent to so drastic a proposal, everything possible should be done to prevent the conversion of these nonmilitary means of transportation into tools of war. It is proposed, therefore, to keep a close watch over the construction of all ships and airplanes, and the United Nations Inspection Service would be empowered to conduct periodic inspections not only of shipyards and airplane factories, but also of all ships and airplanes which might be easily adapted to military use. With these considerations in mind subparagraph (g) prohibits the construction of any ship or airplane containing any feature designed for adaptation to military purposes.

Since it is important to destroy the ability to make war at its inception rather than to attempt to curtail an already developed war potential at the last moment, it is not enough merely to prohibit the actual manufacture of armaments. It is necessary to go a further step down the production scale by prohibiting (subparagraph h) the advance adaptation of heavy industry to the production of military items; in particular the military adaptation of the tool-manufacturing industry.

For similar reasons precautions need to be taken against the too easy adaptation of chemical and biological production facilities to military production; and subparagraph (i) contains a separate prohibition on this subject.

Special safeguards are also necessary with respect to "special nuclear" and radioactive materials which can be easily converted for use in weapons of tremendous destructive power. It seems imperative, therefore, that all such materials shall come into the custody of the United Nations as soon as they reach a stage at which, subject only to final processing, they can be incorporated in nuclear weapons. As stated in Article 5 of this Annex, the term employed to describe materials which have reached this stage is "special nuclear materials". By subparagraph (j) of this Article 14 the possession of any such "special nuclear materials" by any government or by anyone other than the United Nations itself would be permitted only if they are already in use or are about to be used for research, industrial, commercial or other nonmilitary purposes. Correlative provision is made in Chapter V of this Annex for the transfer to a proposed new organ, to be called the United

245

Nations Nuclear Energy Authority, of all "special nuclear materials" which are not immediately needed for such nonmilitary purposes.

To this end it is proposed that the United Nations, through its Nuclear Energy Authority, shall acquire by purchase at a fair price the full ownership of these excess materials; this ownership, however, to be subject to a strict obligation (pursuant to the provisions of Chapter V of this Annex) to make the materials available as speedily as circumstances permit for research, industrial, commercial or other nonmilitary uses under such stipulations and arrangements as would ensure against their diversion to military use. The enforcement of the prohibition against any unauthorized national or private possession of any "special nuclear materials" would constitute one of the chief functions of the United Nations Inspection Service; and the allotment for nonmilitary use of these materials would constitute the most important function of the Nuclear Energy Authority.

The danger of diversion for military purposes of nuclear and radioactive materials from facilities producing them or utilizing them for nonmilitary purposes is so great that for some years after the so-called Baruch Plan of 1946 the actual *ownership* by the United Nations of all such materials and facilities was considered by many as the only safe solution. But if very careful safeguards are provided in the shape of: (a) wide distribution of such facilities throughout the globe, (b) a strict system of United Nations supervision, and (c) a strong world military force (the United Nations Peace Force), it is believed that outright ownership by the United Nations may be safely dispensed with. The feasibility of this approach will necessarily depend to a large extent on the effectiveness of the supervision system. It is not enough in respect of these dangerous facilities and materials merely to provide for periodic inspection or even for continuous inspection by the most competent inspectors. Supplementing all such inspections, it will be advisable to have a system enabling persons appointed by the United Nations actually to participate in the operation and management of the facilities on various levels.

Articles 23 and 26 of this Annex give, therefore, to each nation (or even to each facility producing or using "special nuclear materials") a choice among three options: (1) to close the facilities entirely; (2) to lease them to the United Nations; or (3) to make an agreement with the United Nations which would authorize personnel of the United Nations Inspection Service or of the United Nations Nuclear Energy Authority, or of both, to participate in the management and operation of the facility. It would be provided that unless an agreement satisfactory to the United Nations is concluded within a period to be specified by the General Assembly, the dangerous facility shall not be built, and, that if it is already in existence, it shall either be closed and dismantled or transferred to the United Nations under a long-term lease.

It is to be expected that most nations owning such facilities (or the private owners thereof) would prefer to reach an agreement with the United Nations authorizing the Inspection Service or the Nuclear Energy Authority, or both, to appoint properly qualified persons to take part in the management and operation of any such dangerous facility. While some standard clauses would doubtless be embodied in all such agreements, these agreements would necessarily differ, depending on the size of the facility, the type of activity conducted therein and the danger of diversion from it of "special nuclear materials" or radioactive materials. Such agreements could provide, for example, that representatives of the Inspection Service or the Nuclear Energy Authority be permitted to participate, without vote, in all meetings of the board of directors (if any) of the facility and of any other group responsible for the formulation of policy or the conduct of the principal activities of that facility. In most cases, such agreements would also authorize the assignment to the facility of properly qualified persons selected by the Inspection Service or the Nuclear Energy Authority (scientists, engineers, accountants, etc.), with the right actually to participate in the operation of the facility or in the research conducted therein. The management of the facility would be obliged to treat these United Nations appointees in the same way as its other employees, to provide for them mutually satisfactory positions within the facility, and to give them free access to all parts of the facility. During their assignment to a particular facility, these persons would be subject to local regulations and to rules established by the management of the facility, unless such regulations or rules should conflict with their duties as United Nations employees. Besides the ordinary duties assigned to these persons by the management of the facility, they would be obliged to make regular reports to the Nuclear Energy Authority; to assist the Inspectors of the United Nations Inspection Service in the inspection of the particular facility; and to give immediate notice to the Nuclear Energy Authority and the Inspection Service of any unauthorized diversion of "special nuclear" or radioactive materials. These special appointees, when assigned to a national or private facility, would continue to be paid by the United Nations; but the facility benefiting from their services would be required to pay to the United Nations an amount equivalent to the value of their services, in accordance with regulations on the subject to be enacted by the General Assembly (paragraph 4 of Article 23 of this Annex).

Where the danger of diversion of "special nuclear" or radioactive materials is especially great, the agreement between the United Nations and the management of the facility would authorize the United Nations to appoint guards to be stationed around-the-clock at all the important locations, with the right to take any necessary action to prevent any unauthorized removal of such materials (paragraph 3 of Article 23 of this Annex).

Besides the above-mentioned specific prohibitions and safeguards under Articles 23 and 26 of this Annex, general provision is made in subparagraph (k) of this Article 14 that no dangerous facility may be operated by any nation or private person except in a manner and subject to limitations determined by legislation enacted by the General Assembly. Thus the Assembly might provide for special accounting procedures, constructional changes in the facility to make diversion of "special nuclear" and radioactive materials more difficult, and for such other safeguards as experience might prove to be advisable (paragraphs 2 and 5 of Article 23 of this Annex).

The sum of all the above safeguards may seem formidable, but it is believed that no less rigorous a system will suffice to give reasonable assurance against

247

the diversion of these deadly materials to military purposes. Rigorous as they are, these safeguards fall short of the plan for complete *ownership* of all nuclear facilities contemplated by the Baruch Plan of 1946 and by the later majority report of the United Nations Atomic Energy Commission. The conception governing the plan here proposed in respect of nuclear and radioactive materials is to find a middle way between a plan which, while ideally "foolproof", would not be realizable in practice, and a plan which, while readily acceptable, would not in practical operation give sufficient assurance against diversion. It is believed that the proposed plan would be both acceptable and effective.

Article 15

After the termination of the actual disarmament stage and the beginning of the period of complete disarmament:

1. Every nation shall annually submit to the Executive Council in form prescribed by that Council a certificate signed by the chief executive of each such nation to the effect that neither the government of that nation nor, so far as known to that government, any person within the territory of that nation is engaging in any activity prohibited by Article 14 of this Annex and that both the government and, so far as known to that government, all such persons are fulfilling in good faith all the requirements of this Annex for the maintenance of complete disarmament.

2. Every nation shall annually supply to the Inspector-General, pursuant to a questionnaire furnished by him, the following information:

a. The manpower strength, organization, composition and disposition of its internal police forces.

b. The location and description of all installations utilized by its internal police forces for training and quartering.

c. The location, kind and quantity of all arms, ammunition and equipment possessed by or at the disposal of its internal police forces.

d. The location, description and rate of current output of all facilities within its territory engaged in the production of any light arms, ammunition or equipment of the sort permitted for internal police forces, or of any small arms permitted for hunting and personal protection, or of tools for any such production.

e. The location, description and rate of current output of all facilities within its territory engaged in the production of explosives of the sort permitted for mining, agricultural and other industries.

f. The number, kind, home ports or home airfields of all ships and airplanes capable of adaptation to military use, owned or operated by it or its nationals.

g. The location, description and rate of current production of all shipyards and airplane plants within its territory.

h. The location, ᵉ sort permitted for mining, agricultural and other heavy industry plants
tool-manufacturing indust or by any public or private organization or the production of armam within its territory which is easily adaptable to ons, ammunition, explosive or biological weapons.
tools for such production.   by any public or private organization or

i. The location, description its territory containing any substantial plant within its territory which might enter into the production of production of chemical or biological mill or dump within its territory

j. A description of all extensive su uch raw materials.
within its territory for the purpose of blic or private organization or raw materials which might enter into the engaged in the processing of materials.   roduction of special nuclear

k. The location, type and estimated content tory which are known to contain substantial or private organization or which might enter into the production of specia ngaged in the processing

l. The location, type, amount and stage ve materials in substantial materials within its territory which might ente special nuclear materials and which have been r y any public or private of deposit in nature; and of all materials which antity of raw materials active by artificial means.   nuclear materials and

m. The location, description and rate of curre posit in nature; or of within its territory which are engaged in the mil quantity of radioac- which might enter into the making of special nuclear m.

n. The location, description and rate of current outp public or private of any kind within its territory which are engaged in ory in which it is raw materials which might enter into the making of al quantities of materials; or in the processing of special nuclear materia r other non- or in the production of auxiliary materials which might bg used.
in the process of making special nuclear materials or nuclear zation or such as graphite, heavy water, beryllium, lithium and cobalt; o uction production of radioactive materials in substantial quantity.   king

o. The location and description of all laboratories or other facil vy within its territory which are concerned with the study of nuclea energy.

p. The location and description of all facilities within its territory which are utilizing any special nuclear materials or substantial quanti- ties of radioactive materials for research, industrial, commercial or other nonmilitary purposes.

Comment. In the territory of each nation, its own governmental authorities would have co-ordinate responsibility with the United Nations for the execution of the disarmament plan. It seems proper, therefore, to require that the government of every nation should present annually to the United Nations a certificate, signed by its chief executive (head of state, prime minis-

within whose territory such activity is being or would be conducted, with the request that the government of such nation shall obtain the necessary license on his or its behalf; and no such public or private organization or individual shall conduct any such activity until the required license has been obtained.

3. No nation shall conduct or allow the conduct of any activity mentioned in paragraph 1 of this Article unless the required license has first been obtained.

4. Such licenses shall be issued in accordance with regulations to be adopted by the General Assembly after receiving a report on the subject from the Inspection Commission and the recommendations of the Executive Council as to such report. In adopting such regulations the Assembly shall be guided by the principle that their purpose is to aid in providing assurance that none of the activities required to be licensed shall be conducted in a manner endangering the maintenance of complete disarmament.

5. If the Inspector-General should refuse to grant a license, the nation making the application, or the public or private organization or individual on whose behalf the application was made, shall have the right to appeal to the Inspection Commission, and the right to appeal from a decision of the Commission to the United Nations regional court within the jurisdiction of which is included the territory of the nation which made the application in question. The Inspector-General shall have the right to appeal from a decision of the regional court to the International Court of Justice; and the nation which made the application in question shall have the same right of appeal, on its own behalf or on behalf of the public or private organization or individual for whom it made the application. The public or private organization or the individual on whose behalf the application was made shall have the right to appeal from a decision of the regional court to the International Court of Justice to the extent permitted by the laws enacted by the General Assembly pursuant to Part D of Annex III, except when the nation which has applied for the license on behalf of such public or private organization or individual has itself undertaken an appeal on behalf of such organization or individual. In case of any such appeal to the International Court of Justice, the decision of that Court shall be final.

Comment. Effective supervision of potentially dangerous activities which, if misused, could lead to clandestine rearmament, can be considerably aided by means of a thorough licensing system. While the licenses would be issued by the United Nations Inspection Service, the conception is that the respective national governments should have the primary responsibility for seeing to it that all the activities within their territories requiring a license are duly licensed.

For such a system, there are several distinct advantages: (a) the United

Nations would thus be relieved from the tremendous administrative task of dealing directly with the many thousands of applicants for licenses; (b) since this task would be assumed by the governments of the respective nations, opposition on the ground of excessive intrusion by a supranational authority would be reduced; (c) the respective national governments, through having the obligation to see to it that licenses are actually obtained for all the activities within their territories requiring a license, would normally have a greater sense of moral responsibility for the effective supervision of potentially dangerous activities than they would have if the licensing system were administered solely by an outside authority; and (d) by imposing this duty upon the respective national governments, any nation neglecting to see to it that organizations or individuals engaged in activities requiring licenses actually obtain them would itself be subject to rebuke or sanctions in addition to the sanctions which could be imposed upon the organizations or individuals failing to conform to the licensing requirements.

On the other hand, the licensing system would also impose direct responsibility for operating without a license upon the organizations and individuals required to be licensed, so that they could be directly penalized for failure to comply with the licensing system.

Still further, such a licensing system would facilitate the administrative task of inspection by defining the class of activities deemed to be potentially most dangerous and therefore subject to a more rigid system of inspection than other activities whose operation would be potentially less dangerous.

The main activities subject to license are defined in this Article 16 itself, and the General Assembly is empowered to issue regulations defining the standards and procedure for the issuance of licenses. To prevent any abuse of this licensing power, a nation should have the right of appeal either on its own behalf or on behalf of the applicant against any refusal of the Inspector-General to grant a license. Such an appeal would first be made to the Inspection Commission from whose decision an appeal could be made to the nearest United Nations regional court (to be established under Part D of Annex III). Provision is also made for a final appeal by either side to the International Court of Justice. Similar rights of appeal would also be granted to any organization or individual on whose behalf a nation has made the application, except that the final right of appeal to the International Court of Justice could be restricted by the General Assembly to cases of importance (as authorized by paragraph 7 of Part D of Annex III).

Under this Article 16 it would be a violation of law to conduct any activity requiring a license without such license. And in case of discovery by the United Nations Inspection Service or otherwise that such an activity is being conducted without a license, enforcement action is provided for, pursuant to Chapter VII of this Annex, against the delinquent person and the responsible nation.

Article 17

1. The United Nations Inspection Service shall verify the compliance by every nation with the prohibitions contained in Article 14 of this

Annex, the accuracy and completeness of the information required to be furnished by every nation under Article 15 of this Annex and the observance by every nation of the licensing requirements of Article 16 of this Annex. This verification shall be accomplished by Inspectors of the Inspection Service acting with the authority and subject to the limitations provided for in Articles 18 to 24 of this Annex.

2. The Inspector-General shall submit monthly reports to the Inspection Commission as to the progress of the verifications, and such special reports as the Inspector-General or the Inspection Commission may deem necessary. If the Inspector-General reports that any nation has violated the provisions of Article 14 of this Annex, or that any nation has failed to furnish complete and accurate information pursuant to Article 15 of this Annex, or that any nation is not observing the licensing requirements of Article 16 of this Annex, or that any nation has placed any obstacle in the way of verification by the Inspection Service, the Commission shall consider what measures shall be taken. If the Commission determines that any such violation, failure, nonobservance or obstacle is serious, it shall immediately present a special report on the subject to the Executive Council.

In addition to such special reports, if any, the Inspection Commission shall make an annual report to the Executive Council as to the results of the verifications, which report shall include the opinion of the Commission as to whether the over-all results have been reasonably satisfactory and such proposals for the enactment of new regulations or other action as the Commission deems desirable in the light of its experience.

3. The Executive Council shall forthwith consider all reports of the Inspection Commission; and if the Commission has determined that there has been a serious violation of the prohibitions contained in Article 14 of this Annex, or a serious failure to furnish information pursuant to Article 15 of this Annex, or a serious nonobservance of the licensing requirements of Article 16 of this Annex, or that any nation has placed any serious obstacle in the way of verification by the Inspection Service, the Council shall consider what measures shall be taken. If the Executive Council accepts the conclusion of the Inspection Commission that any such violation, deficiency, nonobservance or obstacle is serious, the Council shall take such interim action as it is authorized to take pursuant to Article 32 of this Annex and shall immediately present a special report on the subject to the General Assembly for possible action by it under that Article.

In addition to such special reports, if any, the Executive Council shall make an annual report to the General Assembly, which report shall include the conclusions of the Council as to the observance of the provisions of this Annex with respect to complete disarmament and as to the adequacy of the verification thereof.

4. If the Executive Council has presented a special report to the General Assembly informing it that there has been a serious violation of the prohibitions contained in Article 14 of this Annex, or a serious failure to furnish information pursuant to Article 15 of this Annex, or a serious nonobservance of the licensing requirements of Article 16 of this Annex, or that any nation has placed a serious obstacle in the way of verification by the Inspection Service, the Assembly shall deal with the matter as soon as possible and shall have authority to take such action under Article 32 of this Annex as it may deem necessary. If the General Assembly is not then in session, a special session thereof shall be convoked immediately.

The annual reports of the Executive Council shall be considered by the General Assembly at its regular annual sessions, and the Assembly may on the basis thereof issue such directions to the Council, and through it to the Inspection Commission, as the Assembly deems necessary.

Comment. The task of verifying whether all the nations are complying with their obligations as to the maintenance of national disarmament after it has been completed (like the task of verifying the stages of the disarmament process itself under Articles 7 and 12 of this Annex), would be in the hands of the United Nations Inspection Service. While the former task would be only temporary, the task under this Article 17 would be permanent, to be performed year after year. The Inspection Service would be required to verify constantly that no prohibited activities are conducted anywhere in the world; that activities subject to license are not conducted without a license; and that all the information required to be furnished by nations and other licensees is actually furnished and is correct.

A chain of reports is provided for in order to ensure constant supervision of the whole inspection process. The Inspector-General would have to report monthly to the Inspection Commission, which in turn would report annually to the Executive Council. In turn, the Executive Council would make an annual report to the General Assembly, which would be required to consider the report at its regular annual session. In addition, the Assembly's Standing Committee on the Peace Enforcement Agencies, to be established under Article 22 of the revised Charter, would keep a permanent watch over the operation of the inspection system, and would give to the Assembly independent appraisals of the performance of the Inspection Service. If the Standing Committee should discover evidence of a dangerous evasion of the disarmament provisions, or a serious abuse by the Inspection Service of its powers, or any collusion between members of the Service and any nation or any facility subject to license, it would have authority to have the Assembly called into special session under Article 20 of the revised Charter (see Article 4 of this Annex). The Assembly would then have to consider the matter forthwith and could take such enforcement action, pursuant to Article 32 of this Annex as it might deem necessary.

On the other hand, if the Inspection Service should uncover a violation with respect to the maintenance of complete disarmament, and if the Inspection

Commission deemed such a violation serious, the Commission would immediately present a special report to the Executive Council. The Council, if it agreed that the violation was serious, would take the necessary interim measures and would immediately submit the question to the General Assembly, which if not then in session, would be specially convoked for that purpose. The Assembly in such a case would have full authority to order enforcement action under Chapter VII of the revised Charter, including action by the United Nations Peace Force (Article 32 of this Annex).

*　*　*

In summary, it will be seen that the purpose of the above Chapter III (Articles 13-17) is to provide an extremely comprehensive system to ensure that once national armaments have actually been eliminated they will so remain. When the successful abolition of national armaments is an accomplished fact and confidence grows in the permanence of complete disarmament, the fears and tensions of the former regime of competitive armaments could be expected to abate.

CHAPTER IV

THE INSPECTION PROCESS—AUTHORITY AND LIMITATIONS

Article 18

1. With the authority and subject to the limitations provided for in this Chapter, the United Nations Inspection Service shall have direct responsibility for and direct supervision over the fulfillment by all the nations and all individuals of their obligations under this Annex with respect to all phases of disarmament, including the arms census, the arms truce, the successive annual reductions during the actual disarmament stage and the subsequent maintenance of complete disarmament.

2. Upon the recommendation of the Executive Council or upon its own initiative, the General Assembly shall adopt such laws and regulations as it may deem necessary to ensure the efficacy of the United Nations inspection system and at the same time to protect nations and individuals against any abuses. Such laws and regulations shall embody the principles stated in the following Articles of this Chapter.

3. The General Assembly shall enact such laws as it may deem necessary to punish violations by members of the Inspection Service of the laws and regulations which have been adopted under paragraph 2 of this Article.

Comment. Both the effective execution of the disarmament plan and the successful maintenance of complete disarmament, once achieved, would largely depend on the impartiality and efficiency of the United Nations Inspection Service. In respect of impartiality, Article 4 of this Annex establishes the necessary safeguards. It provides, for instance, various limitations upon the number of nationals of any nation who may serve in the Inspection Service and ensures that the Inspection Commission will not be dominated by the great Powers. This Chapter IV supplements those provisions by careful regulation of the actual conduct of the inspection process. On the one hand, it defines the powers which may be exercised by the members of the Inspection Service; on the other hand, it protects national and private interests against possible abuse of power by the Service.

Only a few guiding principles concerning the inspection process should be stated in this Chapter IV itself. The necessarily detailed regulations governing this process would be adopted by the competent organs of the United Nations. Paragraph 2 of this Article 18 would empower the General Assembly to enact laws and regulations on the subject, either on its own initiative or upon the recommendation of the Executive Council. Such regulations would presumably delegate to the Council the power to implement them and allow the Inspection Commission to issue such additional administrative instructions as it might deem necessary.

In respect of possible derelictions of duty by members of the Inspection Service—such as abuse of authority or corruption—contrary to laws or regulations adopted by the General Assembly, the Assembly would be empowered by paragraph 3 of this Article to impose appropriate penalties. The trial of any such offenses would, pursuant to Part D of Annex III, be in the regional courts of the United Nations. On the other hand, offenses which members of the Inspection Service might commit against the domestic law of the respective nations would be triable in the courts of those nations, except that a member of the Service would be entitled to limited immunity under Annex VI with respect to his official acts.

It should be clearly understood that the principles stated in this Chapter IV and in the regulations enacted thereunder apply to all phases of disarmament, not only to the arms census, the arms truce and the process of actual disarmament, but also to the maintenance of complete disarmament once it has been accomplished.

Chapters II and III of this Annex prescribe the functions to be performed by the Inspection Service throughout all these phases, while Chapter IV specifies how these functions are to be exercised in various situations.

Article 19

1. The Inspectors of the United Nations Inspection Service shall have complete freedom of entry into, movement within and egress from the territory of every nation. They shall have the right to use all communication and transportation facilities available within each nation to the extent necessary for the effective exercise of their functions. Their United Nations *laissez-passer* shall be accepted as valid travel documents by the authorities of all nations, and such authorities shall issue long-term visas to them without charge.

2. If a nation because of some special circumstances objects to the presence in its territory of a particular Inspector, the Inspector-General, if he finds the complaint justified, shall recall such Inspector from that territory as soon as possible. If the Inspector-General finds the complaint unjustified, the objecting nation may appeal to the Inspection Commission, which shall decide whether the Inspector shall be recalled.

3. In conducting inspections, the Inspectors shall have due regard for all rights of personal privacy and private property, taking into consideration the laws and customs of the respective nations to the fullest extent consistent with the effective discharge of their duties.

4. Neither the United Nations nor its Inspectors nor other personnel shall use or disclose any confidential or private information which is

acquired in the course of inspection and which is unrelated to the accomplishment and maintenance of disarmament.

5. The United Nations shall be liable to pay just compensation for any damage unnecessarily caused by its Inspectors or other personnel of the Inspection Service in the exercise of their functions. The conditions of such liability and the procedures for fixing the amount of such damages shall be determined by the General Assembly.

Comment. Since the members of the United Nations Inspection Service should have complete freedom of movement, no restrictions should be put on their right to enter the territory of any nation, to travel therein and to leave it. Moreover, since ordinary immigration restrictions could not be applied to them, they should be entitled to enter any nation on the basis of their special travel documents (the United Nations *laissez-passer*). They should not be required to obtain visas for each trip, and arrangements should be made for granting them in advance long-term visas to all nations of the world. It is also important that the Inspectors shall have the right to use all means of communication and transportation available in the nation under inspection and shall be free to communicate with their headquarters, without any interference or censorship.

It is possible, however, that a nation might have objections to the presence within its territory of a particular Inspector. If, for instance, an Inspector should publish a statement criticizing in immoderate language the government or people of a nation on grounds unrelated to the control of disarmament, that nation might wish to ask his recall as soon as possible. But care must be taken to prevent a sabotaging of the inspection process through the untimely recall of too many Inspectors, and consequently the Inspector-General would be authorized to accede to a request for recall only if he deems it justified by the facts of the case. If, however, the Inspector-General should disagree with a nation as to the recall of a particular Inspector, the aggrieved nation would have the right to appeal to the Inspection Commission.

In the conduct of inspections, the Inspectors would, of course, be required to observe the limitations imposed by this Annex and the regulations enacted thereunder. In particular, they would be required to pay due respect to all rights of personal privacy and private property, taking into consideration the laws and customs of the nations in which they are working in so far as consistent with the efficient discharge of their duties. Other guarantees against abuses by personnel of the United Nations are provided for in the proposed Bill of Rights, set forth in Annex VII. Moreover, as provided in Article 18 of this Annex, they would be subject to penalties imposed by regional courts of the United Nations for derelictions in connection with their duties.

Special precautions are needed to prevent disclosure by the United Nations or its Inspectors and other personnel of any confidential or private information acquired through the inspection process. Only if such information is closely related to the accomplishment or maintenance of disarmament would it be permissible to disclose it in an official document of the United Nations or during the meetings of one of the organs of the United Nations. No other information, e.g., relating to new industrial processes, could be legally disclosed under any circumstances, and special penalties would presumably be imposed for a violation of this injunction.

If some property or interests of a nation or public or private organization or individual should be unnecessarily damaged in the course of an inspection or in consequence of the improper conduct of an Inspector or other personnel, the United Nations should be liable to pay just compensation. It would be the function of the General Assembly to enact appropriate laws defining the conditions of such liability and the procedures to determine the amount of compensation due to the injured entity or person.

Article 20

1. During the preparatory stage and the actual disarmament stage and until the establishment of the licensing system provided for in Article 16 of this Annex, all installations, plants, laboratories and other facilities and places of every description which have been reported in the arms census provided for in Article 5 of this Annex, shall be completely open to inspection by United Nations Inspectors who shall be entitled to enter them without hindrance at any time upon presentation of their credentials, in order to verify the accuracy and completeness of the information furnished by the respective nations pursuant to Article 5 of this Annex, the observance of the arms truce inaugurated under Article 6 of this Annex and the execution of the plan for complete disarmament pursuant to Articles 10 to 12 of this Annex.

2. After the establishment of the licensing system provided for by Article 16 of this Annex, all facilities, establishments and places in which activities licensed under that Article are conducted, shall be completely open to inspection by United Nations Inspectors who shall be entitled to enter them without hindrance at any time upon presentation of their credentials, in order to ascertain whether the state of complete disarmament provided for in Chapter III of this Annex is being fully maintained.

3. In addition, periodic inspections of the following shall, subject to the limitations provided in Article 21 of this Annex, be conducted by United Nations Inspectors:

a. Of all ships and airplanes capable of adaptation to military use in order to make sure that they do not contain any feature which would facilitate their adaptation to military purposes.

b. Of all shipyards and airplane plants in order to make sure that they do not construct any ship or airplane containing any feature which would facilitate the adaptation of such ship or airplane to military purposes.

c. Of all heavy industry plants (including all plants of the tool-manufacturing industry) which are capable of easy adaptation to the production of armaments of any description or of tools for such production, in order to make sure that they have not been actually adapted to such production.

d. Of all areas containing substantial deposits of raw materials which might enter into the production of special nuclear materials.

The Executive Council shall determine from time to time how often such periodic inspections are to be conducted. Within the limits thus determined, the United Nations Inspection Service may conduct the periodic inspections at any time of its own choosing.

4. The United Nations Inspectors shall have authority:

a. To examine central and local, governmental and private records relating to any licensed activity or any facility, establishment or area which is subject to periodic United Nations inspection, including records relating to personnel, financing, consumption of raw materials and of heat and electricity, and distribution of finished products.

b. To check the consistency of these records with the situation on the spot.

c. To question the managers and employees of any facility or establishment subject to inspection concerning any matter relevant to compliance with this Annex.

5. No nation shall penalize directly or indirectly any person or public or private organization supplying information to the United Nations with respect to any violation of this Annex.

Comment. This Article envisages two basic types of inspection: (1) inspection at any time of facilities, establishments and places in which are conducted activities with especially dangerous potentials; and (2) periodic inspection of certain types of airplanes and ships, and of certain other facilities and areas. It should here be noted that the United Nations Inspection Service would also be entitled, under Article 22 of this Annex and subject to its limitations, to conduct inspections by aerial surveys; and under Article 21 of this Annex and subject to its limitations, to conduct special inspections of facilities and places not ordinarily subject to inspection, either by consent or upon a showing to a United Nations regional court of reasonable cause to believe or suspect a violation of this Annex.

During the preparatory stage and the actual disarmament stage (a twelve-year period unless shortened or lengthened), it seems very necessary that the United Nations inspection system shall extend broadly to all those installations, facilities and activities which would have been reported in the arms census called for by Article 5 of this Annex. This is important because the carrying out of the disarmament process can only proceed on the basis of confidence that every nation is fully complying with the step-by-step requirements; and to provide that confidence, it is essential that the inspection be unhindered and thorough. On the other hand, when the process of actual disarmament has been completed, so that no national military forces or arms-producing facilities would any longer exist, it would be possible with safety somewhat to restrict the scope of the inspections.

Accordingly, paragraph 1 of this Article gives broad authority during the twelve-year period of the disarmament process itself to inspect at will each and every installation, facility, etc. that has been reported in the arms census; while after the actual disarmament stage has been completed and when the licensing system has been set up, the unrestricted inspection process would be limited by paragraph 2 to licensed activities.

With regard to all the places thus made subject to unhindered inspection at will, Inspectors would have the right to enter merely upon presentation of credentials. A refusal to permit entry by an Inspector into any such place could be considered a serious violation of the provisions of this Annex and might even lead to enforcement measures under Chapter VII of this Annex.

Where the danger of evasion is less serious, periodic inspections should suffice. The Executive Council would determine within what periods (e.g., annually, semi-annually or quarterly) such periodic inspections shall be conducted, taking into account, on the one hand, the necessity of preventing violations and, on the other hand, the need to protect the establishments subject to inspection against too frequent interference with their day-to-day operations. After the Council has decided in general terms as to the frequency of periodical inspections for various types of facilities, the Inspection Service could order an inspection of a particular facility at any time within the permitted limits.

The Inspectors should be permitted not only to enter a facility but also to examine its records and to check their consistency with the situation on the spot. They should be given access also to governmental records, e.g., in order to make certain that no armaments expenditures are hidden under some other name in a nation's budget. Since also some of the facilities producing special nuclear materials would require large amounts of heat and electricity, the Inspectors should be allowed to check consumption records of heat and electricity and to investigate all facilities consuming them in more than ordinary amounts. They should have the right to question the management and personnel of any plant as to any possible violations; and for the protection of anyone giving information, it is proposed in paragraph 5 to prohibit the imposition of any penalty by reason of any such effort to aid the enforcement of disarmament.

Article 21

1. Before each periodic inspection under Article 20 of this Annex, the United Nations Inspection Service shall give notice to the nation concerned, and that nation may, if it so desires, or shall, if requested by the Inspection Service, send a liaison representative (or several of them, if agreed to or requested by the Inspection Service) to accompany and assist the Inspectors. The liaison representatives shall see to it that the Inspectors receive the cooperation of national officials and other persons

concerned, and that they be granted such freedom of movement and access as is necessary for the proper supervision of the execution of this Annex or of the regulations enacted thereunder by the General Assembly. In no case shall the liaison representatives delay or restrict, or permit other nationals to delay or restrict, the Inspectors in the prompt, safe and efficient performance of their functions; but if a liaison representative considers that an act about to be performed by an Inspector is not authorized by this Annex or the laws or regulations enacted thereunder, he may call the matter to the attention of his government which may request the United Nations regional court within the jurisdiction of which is included the place where the act complained of is to be performed to issue an injunction.

2. Periodic inspections shall ordinarily be conducted only after reasonable notice. But in exceptional circumstances, where the purpose of the inspection might be defeated through removal or concealment or otherwise if advance notice were given, the United Nations Inspection Service may conduct the inspection without notice, provided that it has first obtained a special authorization from the United Nations regional court within the jurisdiction of which is included the place where the inspection is to be conducted. Such an authorization may require the Inspection Service to invite a liaison representative of the nation concerned to accompany the Inspectors.

3. Inspection of places, facilities or records other than those specifically made subject to inspection by this Chapter may be conducted with the written approval of a duly authorized national official in the case of publicly owned or controlled places and facilities, or, in the case of privately owned places and facilities, with the consent of the management thereof or, if such consent be withheld, with the written approval of a duly authorized national official. The requirements of paragraph 1 of this Article with respect to notice and liaison representatives shall apply also to inspections under this paragraph. In exceptional circumstances, however, a special authorization may be obtained by the United Nations Inspection Service from the United Nations regional court within the jurisdiction of which is included the place where the inspection is to be conducted to conduct such an inspection without approval or consent or notice to anyone. Such an authorization may require the Inspection Service to invite a liaison representative of the nation concerned to accompany the Inspectors.

4. Special authorizations for the exceptional inspections provided for in paragraphs 2 and 3 of this Article shall be issued by a United Nations regional court only when the United Nations Inspection Service shows to the court reasonable cause to believe or suspect that there exists within the areas or premises sought to be entered and inspected:

a. any activity which should have been reported by a nation in its

263

reply to the arms-census questionnaire provided for by Article 5 of this Annex, but which has not been so reported;

b. any activity prohibited by this Annex;

c. any material the possession of which by nations or persons is prohibited under this Annex;

d. any activity requiring a license under this Annex, but with respect to which no license has been obtained;

e. any material the possession of which is required to be licensed under this Annex, but with respect to which no license has been obtained;

f. any evidence that a violation of this Annex or of any law or regulation adopted thereunder has occurred, is occurring or is threatened.

5. The special authorization shall describe, so far as practicable, the area or premises authorized to be entered and inspected, and shall specify the manner in which the inspection shall be conducted. It may authorize the United Nations Inspectors to take temporary custody of property which they believe to be possessed by any nation or person in violation of this Annex or of any law or regulation adopted thereunder.

Comment. While there should be no limit on inspection of licensed facilities, it seems desirable to provide special guarantees against abuses of the inspection process in relation to: (a) the inspection of facilities subject only to periodic inspection; and (b) the inspection of places which are not ordinarily subject to inspection at all. Somewhat different guarantees are appropriate in these two types of situations.

Periodic inspections should usually be preceded by an adequate notice to the nation concerned, specifying the place and time of the proposed inspection. If the nation thus notified so desires, or if the United Nations Inspection Service so requests, one or more liaison representatives appointed by that nation should accompany the Inspectors on their mission. The function of such liaison representatives would be a dual one. On the one hand, they would watch over the conduct of the Inspectors and be entitled to complain to appropriate organs of the United Nations if a particular Inspector should overstep the bounds of his authority. On the other hand, they would assist the Inspectors in the performance of their duties, facilitate their trips in unfamiliar surroundings, help in establishing contact with local officials and the management of the facility to be inspected, remove obstacles in the path of the inspection, and in general smooth out the difficulties inherent in the novel process of international inspection of national or private facilities. They would have to see to it that the Inspectors are granted all necessary freedom of movement and sufficient access to all places subject to inspection, and that the Inspectors are enabled to perform their functions safely and without delay or friction.

In no case would the liaison representatives be permitted to delay or restrict the progress of the inspection, and they would be duty bound to prevent other persons from delaying or restricting the activities of the Inspectors. If, however, a liaison representative believes that a particular act of an Inspector is not authorized by this Annex or the laws or regulations adopted thereunder, he would presumably point this out to the Inspector or his immediate superior. And if the Inspector should deem it necessary to perform that act despite such warning, the liaison representative could bring the matter to the attention of his government which might request the nearest United Nations regional court (to be established under Part D of Annex III) to issue an injunction. Until such an injunction was issued, the Inspector could continue his inspection; but if his action were found to be unauthorized by this Annex I, or the laws or regulations adopted thereunder, the United Nations would be liable for damages caused thereby (in accordance with paragraph 5 of Article 19 of this Annex). The regulations or the Inspection Service should provide also for the adequate discipline of Inspectors who take steps unauthorized by this Annex or any laws or regulations of the United Nations (see paragraph 3 of Article 18 of this Annex).

It is conceivable that, if advance notice is given to a nation concerned, a periodic inspection would not always guarantee the absence of a violation; for instance, if tools for making prohibited armaments could easily be removed from a heavy industry plant. In such a case an inspection without notice is provided for, on condition that the Inspector in charge of the desired inspection obtains a special authorization from the nearest United Nations regional court. A specially authorized inspection of this sort would be conducted not only without notice, but also without a liaison representative from the nation concerned, except when the regional court has made the authorization conditional on an invitation for a liaison representative to accompany the Inspectors. For example, liaison representatives might be necessary to ensure the safety of the inspecting group, or to help it in obtaining access to a particular area or plant. To facilitate the assignment of a liaison representative in such emergency cases, each nation might be required by regulation to furnish to the Inspection Service at stated intervals a list with names and addresses of the liaison representatives designated by it and resident in the vicinity of the facilities subject to periodic inspection. Upon receiving a special authorization from the regional court, the Inspector in charge of the particular inspection would select one of the liaison representatives on the list and request him to accompany the inspecting group, without giving any warning to the facility to be inspected. The feasibility of such an arrangement would, however, depend to a large extent on restrictions that would need to be placed on the freedom of communication of the liaison representative thus selected; and in many instances it would doubtless be preferable for the regional court to authorize a special inspection of this sort without any accompanying liaison representative.

However extensive the system of licensing and of periodic inspection, an adequate inspection process cannot be limited solely to the places which are licensed or which are made subject to periodic inspection. Still other places must be inspected from time to time in order to ensure that prohibited activities are not conducted therein. Ordinarily inspections of this latter sort should take place only by consent of the management, or if such consent is refused, by permission of a properly authorized national official. In some cases national laws would doubtless provide for the issuance of such permits. If, however, such a consent or permission is not obtainable, or if a prior notice to the nation concerned is deemed inadvisable, the Inspector in charge of the particular inspection should be entitled to apply for a special authorization to the nearest United Nations regional court. As in the case of a specially authorized periodic inspection, the regional court could in such case also require that the inspecting group be accompanied by a liaison representative of the nation concerned.

In all such applications to a regional court, either for a periodic inspection without notice, or for an inspection of places or facilities not ordinarily subject to inspection, the applying Inspector would be required to satisfy the court that there is reasonable cause to suspect a violation. It is also proposed that the court, in any such authorization, shall describe, so far as practicable, the place to be inspected and shall specify the manner in which the inspection is to be conducted. The court could also authorize the Inspector in charge to take temporary custody of any property found in the place to be inspected when the mere possession of such property is prohibited, or when the Inspector believes it will be used for a prohibited purpose.

Article 22

1. The United Nations Inspection Service shall be entitled to conduct periodic aerial surveys to supplement other methods of inspection. Such periodic surveys shall be conducted in accordance with general regulations to be adopted by the General Assembly, after receiving a report on the subject from the Inspection Commission and the recommendations of the Executive Council as to such report. The Council shall determine from time to time how often such periodic surveys are to be conducted, provided that no more than three periodic surveys of any particular part of the territory of any nation shall be conducted in any year. Within the limits thus determined, the Inspection Service may conduct the periodic surveys at any time of its own choosing. Any nation concerned shall receive adequate notice of every periodic aerial survey, and shall have the right to send one observer on each survey flight.

2. In exceptional circumstances, when the Inspection Service deems an aerial survey advisable in addition to the periodic surveys permitted under paragraph 1 of this Article, or believes that the purpose of a survey would be defeated if advance notice were given, the Inspection Service may conduct a survey without notice provided that it has first obtained a special authorization from the United Nations regional court within the jurisdiction of which is located the area to be surveyed. Such authorization shall, however, be granted only upon a showing to the court that there is reasonable cause to believe or suspect that there exists

within the area to be surveyed an activity prohibited by this Annex or by any law or regulation adopted thereunder.

3. Copies of photographs taken during any aerial survey shall be furnished to the nation concerned upon its request. No such photographs may be made available to any other nation or published without the consent of the nation concerned, except that in so far as they may constitute evidence of a violation of this Annex or of any law or regulation adopted thereunder, they may be used as such evidence.

Comment. According to available scientific information, aerial surveys would constitute a useful method of supplementing other methods of inspection, since telltale signs of unauthorized activities could often be discovered from the air more easily than on the ground, and since an aerial survey permits a quick survey of a large area at a relatively small expense and with the use of only a few highly qualified persons.

Two types of aerial survey are envisaged by this Article: periodic aerial surveys to be conducted on a routine basis; and special surveys to be conducted in exceptional circumstances.

While routine surveys should be conducted as often as necessary, nations should at the same time be protected against constant flights by United Nations survey planes over the length and breadth of their territories. This Article 22 therefore establishes a limit on the annual number of periodic survey flights by providing that no more than three such surveys shall be conducted in any year with respect to any particular area. Subject to this limitation, the Executive Council would determine from time to time how often these periodic aerial surveys shall be conducted; it might, for instance, determine that in a particular year only one complete survey is necessary, while in another year it might wish to utilize this power of inspection to the full by authorizing three complete surveys. The programming of each periodic survey would be left to the Inspection Service, but it might be expected that regulations enacted by the General Assembly would require the Inspection Service to treat all nations equally, without any discrimination as to the length and quality of surveys, except as might be justified by the respective sizes of their territories and the configuration of the terrain.

Ordinarily, the nation concerned would receive an adequate notice of each periodic survey flight and would be entitled to send an observer on it. But a United Nations regional court would, on request of the Inspection Service, have the power to authorize a flight without notice, if there were reason to believe that such a flight would help to locate an unauthorized activity or facility. Such special surveys would not be considered as substitutes for the routine periodic surveys, but might be conducted apart from and in addition to the regular surveys authorized for a particular year. The constitutional limitation of three surveys per year would not apply to these special surveys.

Proper safeguards are necessary with respect to photographs taken during an aerial survey. This Article, therefore, provides that no such photographs shall be published or made available to any other nation without the consent of the nation concerned, except when the photographs constitute evidence of a violation of this Annex or of a law or regulation adopted thereunder. It is also provided that copies of all photographs taken must be furnished to the nation concerned upon its request. This requirement would, of course, in no way limit the right of the Inspection Service on its own motion to bring any photographs to the attention of the nation concerned, pointing out any places which appear to require further investigation on the spot; nor would it limit the Inspection Service's right to conduct any such investigation directly, subject, however, to the limitations contained in this Chapter.

Article 23

1. The General Assembly may, after receiving proposals on the subject from the Inspection Commission and the recommendations of the Executive Council as to such proposals, prescribe that, in addition to the general information supplied by all the nations pursuant to the provisions of this Annex, any public or private organization or individual licensed under Article 16 of this Annex shall supply to the Inspector-General, pursuant to a questionnaire furnished by him, such special information as may in the opinion of the Inspector-General facilitate the conduct of inspections.

2. The General Assembly may, after receiving proposals on the subject from the Inspection Commission and the recommendations of the Executive Council as to such proposals, prescribe that any public or private organization or individual licensed under Article 16 of this Annex shall adopt such special accounting procedures approved by the Inspector-General as may in the opinion of the Inspector-General facilitate the conduct of inspections.

3. The General Assembly may, after receiving proposals on the subject from the Inspection Commission and from the United Nations Nuclear Energy Commission, to be established under Chapter V of this Annex, and the recommendations of the Executive Council as to such proposals, adopt general regulations prescribing that United Nations Inspectors or special United Nations guards shall be stationed in any category of facilities or establishments reported under Article 5 of this Annex or licensed under Article 16 of this Annex, whenever the Assembly shall find that with respect to that category of facilities or establishments there is: special danger of any prohibited production of arms, weapons, ammunition, explosives or military equipment; or special danger of diversion of special nuclear materials or of materials which might enter into the production of such materials. Any such regulations shall apply without discrimination to all facilities within a particular category wherever situated.

4. The General Assembly may, after receiving proposals on the subject

from the Inspection Commission and from the Nuclear Energy Commission and the recommendations of the Executive Council as to such proposals, enact regulations prescribing that with respect to certain categories of facilities or establishments required to be licensed under Article 16 of this Annex no license shall be granted, unless the nation or public or private organization or individual applying for such license shall enter into an agreement with the Inspection Service or the Nuclear Energy Authority, or both, authorizing them to appoint properly qualified persons to take part in the management and operation of the facility or establishment in question. These regulations shall determine: the number and qualifications of the persons to be appointed under such agreements, it being understood that their number and qualifications may differ for various categories of facilities; the relations between the persons appointed by the United Nations and the management of the facility or establishment; the extent to which the persons thus appointed shall be subject to local regulations; the duties of such persons toward the United Nations; the compensation to be paid them by the United Nations and the method to be adopted for calculating the amount to be paid to the United Nations for their services by the facilities or establishments in which they are stationed. Any such regulations shall apply without discrimination to all facilities within a particular category whereever situated.

5. The General Assembly may, after receiving proposals on the subject from the Inspection Commission and from the Nuclear Energy Commission and the recommendations of the Executive Council as to such proposals, prescribe such special safeguards as it may deem necessary for:

a. The extracting or processing of raw materials which contain, besides other raw materials, any substantial amount of raw materials which might enter into the production of special nuclear materials.

b. The production, storage, transfer, transportation, import or export: of the light arms, ammunition and equipment, the production of which is permitted under Articles 8 and 14 of this Annex; of any raw materials which might enter into the production of special nuclear materials; of any special nuclear materials; and of any materials made artificially radioactive.

c. The production, storage, transfer, transportation, import or export of special equipment and materials (such as ball bearings, gyroscopes, mass spectrometers, diffusion barriers, gas centrifuges, electromagnetic isotope separation units, graphite, heavy water, beryllium, lithium and cobalt) which might be employed in the making of armaments of any description or in making special nuclear materials or nuclear weapons.

d. The operation of facilities having features of size and design or construction or operation which, in combination with their location or production or consumption of heat or electricity, make them peculiarly adaptable by conversion for the processing of special nuclear materials, or for the production of radioactive materials in substantial quantities.

6. The General Assembly shall, after receiving proposals on the subject from the Inspection Commission and from the Nuclear Energy Commission and the recommendations of the Executive Council as to such proposals, define any terms used in this Annex which in the judgment of the Assembly require definition. In particular, it shall determine from time to time:

a. What weapons shall be considered as "nuclear, biological, chemical and other weapons of mass destruction"; what materials shall be considered as "special nuclear materials" or as "raw materials which might enter into the production of special nuclear materials"; and what facilities shall be considered as facilities "engaged in the production of arms, weapons, ammunition, explosives, or military equipment of any kind, or of tools for such production", or "facilities engaged in the mining or processing of raw materials which might enter into the production of special nuclear materials", or as "facilities using any such materials for research, industrial, commercial or other nonmilitary purposes".

b. What amounts of light arms, ammunition and equipment, or of radioactive materials, shall be considered as "substantial" quantities thereof.

c. What categories of ships or airplanes shall be considered as "containing any feature which would facilitate the adaptation of such ship or airplane to military purposes".

d. What categories of heavy industry shall be considered as "capable of easy adaptation to the production of armaments".

e. What plants shall be considered as plants "capable of easy adaptation to the production of chemical or biological weapons".

Comment. An underlying conception of this entire Annex is that the responsibility both for the accomplishment and the maintenance of complete disarmament shall, to the greatest possible extent, be assumed by the national governments of the respective nations. It is to this end that various provisions of this Annex define and regulate the obligations of national governments to see to it that all public and private organizations and individuals within their respective territories faithfully comply with the provisions of this Annex and the regulations enacted thereunder.

As a further safeguard, however, it is desirable that organizations and individuals shall have a direct obligation to the United Nations to observe the provisions of the disarmament plan. Accordingly, previous Articles of this Annex and this Article 23 authorize the General Assembly to enact special regulations which shall apply not only to the national governments themselves, but also directly to certain public or private organizations or individuals engaged in activities required to be licensed.

For example, by the terms of this Article 23 (paragraphs 1 and 2)

270

the General Assembly is authorized to prescribe that operators of any facilities licensed under Article 16 of this Annex shall furnish certain data to the Inspector-General and shall adopt special accounting procedures needed to facilitate the conduct of inspections.

This Article further provides (paragraph 3) that when the General Assembly finds that there is special danger of illegal production in any category of facilities licensed under Article 16 of this Annex, or of the diversion of potentially dangerous materials therefrom, it may provide that Inspectors, or especially qualified guards, be regularly stationed in such places. In order, however, that these extra precautions shall not be applied in a discriminatory manner as between particular countries, provision is made that any such special measures must apply equally to all facilities, wherever situated, within the particular category as to which the General Assembly deems the special safeguards necessary.

The various careful safeguards envisaged in this Annex should be sufficient to provide every reasonable assurance against clandestine rearmament, except that still further precautions ought to be taken with respect to some facilities with especially dangerous potentials, such as those engaged in the actual processing or utilization of the "special nuclear materials" suitable for nuclear weapons. To this group belong, in particular, most of the facilities engaged: in the treatment or refining of raw materials which might enter into the production of "special nuclear materials"; or in the production of "special nuclear materials" themselves, or of radioactive materials in substantial quantities; or in the use of such materials for research, industrial or other nonmilitary purposes. It is not enough to require that these especially dangerous facilities must be operated under license and be open to constant inspection. Neither is it sufficient to assign to such facilities special guards or permanent Inspectors. In some, if not all of such facilities, a still further safeguard is advisable. It is proposed, therefore, to institute in these particular facilities an additional system of supervision by specially qualified persons actually participating in the operation and management of the facilities on various levels. A nation or a public or private organization or individual wishing to operate a facility of this especially dangerous character would not be given the necessary license except under an agreement with the United Nations Inspection Service or the United Nations Nuclear Energy Authority, or both, authorizing them to appoint as many persons as the Inspection Commission or the Nuclear Energy Commission deems necessary to the managerial and operational staff of the facility in question. Again, it is important not to discriminate between facilities situated in different countries, although it may be necessary to adopt different rules for different types of facilities or for facilities of different size. While some measure of discretion must be left to the Inspection Commission and the Nuclear Energy Commission, proper uniformity would be provided by the detailed regulations on this subject to be adopted by the General Assembly under paragraph 4 of this Article.

These regulations might provide, for instance, that one or more persons appointed by the Inspection Commission or the Nuclear Energy Commission shall be permitted to take part in the meetings of the board of direc-

271

tors or other group responsible for the conduct of the principal activities of the particular potentially dangerous facility. While such persons should be permitted to participate, on a footing of equality, in the meetings of such a board or group, and should be entitled to receive or have access to all the information available to the other members thereof, it does not seem necessary to give them a veto over the decisions of the board or group, or even to permit them to take part in voting thereon. They should be entitled, however, to participate in the discussions of such a board or group, in order to be able to warn the other members thereof that some particular decision or activity would or might be incompatible with the disarmament regulations of the United Nations, and to report to the Inspector-General and the Nuclear Energy Commission any such decision or activity.

An agreement of this sort with respect to a potentiality dangerous facility might also authorize properly qualified members of the Inspection Service or of the Nuclear Energy Authority's staff to participate in the actual operation of the facility, whenever the Inspection Commission or the Nuclear Energy Commission deemed it necessary. Thus a scientist might be assigned to assist in the research conducted in the facility, an engineer might take part in the construction of a new atomic reactor and an accountant might be put in charge of an especially important accounting division of the facility. Once a member of the Inspection Service was appointed to the staff of such a facility, he should be treated as one of its staff and should have corresponding rights and obligations, except when the special agreement with the Inspection Commission or the Nuclear Energy Commission establishes some necessary differences, e.g., by according him access to records and to parts of the facility which are not accessible to other employees. These United Nations members of the staff would also have the additional obligation to present periodic and, when necessary, emergency reports to the Inspector-General and the Nuclear Energy Commission, and—as persons familiar with local conditions—to assist the regular United Nations Inspectors in the inspection of the facility in which they are working. To ensure necessary independence for members of the Inspection Service or the personnel of the Nuclear Energy Authority assigned to a facility, it should be provided that they will continue to be paid by the United Nations, although it seems proper that the owners of the facility shall recompense the United Nations for the actual value of their services.

The General Assembly should also have authority to prescribe safeguards concerning various aspects of the production, storage, transfer, transportation, import and export of some particular kinds (enumerated in paragraph 5 of this Article 23) of potentially dangerous materials. On the basis of experience, it may be necessary to devise new methods of indirect supervision of various potentially dangerous activities in order to ensure the efficiency of the inspection process and the fulfillment by all authorities and persons concerned of their obligations under this Annex. As with all the other safeguards of this Annex, the purpose is to provide as sure a guarantee as possible that any violation of the provisions of the Annex will be detected at an early stage and remedied before assuming too dangerous proportions.

The final paragraph of this Article 23 authorizes the General Assembly to define from time to time certain key terms used in this Chapter and in other parts of the Annex. The most important is the power to define what weapons should be considered to be "nuclear weapons" or "other weapons of mass destruction", and what materials should be considered to be "special nuclear materials". While at present "special nuclear materials" are limited to those containing uranium, plutonium or thorium, it may be necessary, with the progress of nuclear science, to broaden the definition to include other important materials. In this connection it may be noted that the Protocol of the Western European Union on control of armaments, signed at Paris on 23 October 1954, defines "atomic weapons" as follows:

"(a) An atomic weapon is defined as any weapon which contains, or is designed to contain or utilize nuclear fuel or radioactive isotopes and which, by explosion or other uncontrolled nuclear transformation of the nuclear fuel, or by radioactivity of the nuclear fuel or radioactive isotopes, is capable of mass destruction, mass injury or mass poisoning.

"(b) Furthermore, any part, device, assembly or material especially designed for, or primarily useful in, any weapon as set forth under paragraph (a), shall be deemed to be an atomic weapon.

"(c) Nuclear fuel as used in the preceding definition includes plutonium, Uranium 233, Uranium 235 (including Uranium 235 contained in Uranium enriched to over 2.1 per cent by weight of Uranium 235) and any other material capable of releasing substantial quantities of atomic energy through nuclear fission or fusion or other nuclear reaction of the material. The foregoing materials shall be considered to be nuclear fuel regardless of the chemical or physical form in which they exist."

Article 24

Appropriate measures pursuant to Article 32 of this Annex shall be taken if a nation shall try to prevent the conduct of an inspection or aerial survey especially authorized by a United Nations regional court or shall in any other manner place any serious obstacle in the way of the United Nations Inspectors.

Comment. It is obvious that if any nation should place serious obstacles in the way of the United Nations Inspectors, it would be a matter of great concern, requiring prompt measures. To this end, as will be seen in Article 32 of this Annex, the General Assembly would have wide powers to correct such a situation, and certain emergency measures could be taken by the Executive Council subject to the limitations of paragraph 2 of Article 39 of the revised Charter.

CHAPTER V

UNITED NATIONS NUCLEAR ENERGY AUTHORITY

General Comment. The proposed United Nations Nuclear Energy Authority is intended to fulfil a dual purpose: (a) to supplement the work of the United Nations Inspection Service by supervising certain critical stages in the production and distribution of special nuclear materials, i.e., of materials which might enter into the making of nuclear weapons, whether fissionable or fusionable (as defined pursuant to Articles 5 and 23 of this Annex); and (b) to promote to the greatest possible extent the utilization of nuclear energy for peaceful purposes.

In the latter respect, the Nuclear Energy Authority would exercise all the functions of the International Atomic Energy Agency, the statute of which was approved by an international conference on October 26, 1956; but the proposed Authority would have broader powers than the Agency and larger resources at its disposal.

The main functions of the International Atomic Energy Agency will be:

(1) To encourage and assist research on the practical application of atomic (nuclear) energy for peaceful uses.

(2) To receive from member nations such "special fissionable" (nuclear) materials as the members of the Agency deem it "advisable" to transfer to the Agency.

(3) To establish and administer safeguards designed to ensure that "special fissionable" materials and equipment and information made available by the Agency will not be used "in such a way as to further any military purpose".

(4) To distribute the "special fissionable" materials in its possession in such a way as not to allow concentration of large amounts of such materials in any one country or region of the world.

(5) "To acquire or establish any facilities, plant and equipment useful in carrying out its authorized functions, whenever the facilities, plant and equipment otherwise available to it in the area concerned are inadequate or available only on terms it deems unsatisfactory."

(6) To allocate its resources in such a manner as to secure "the greatest general benefit in all areas of the world, bearing in mind the special needs of the under-developed areas in the world."

All these functions of the International Atomic Energy Agency are clearly compatible with the functions of the United Nations Nuclear Energy Authority as proposed in this Annex I.

It is believed, however, that the structure and powers of the Agency have much to be desired. For example, the Agency will apparently have supervisory powers only over activities within nations which receive "special fissionable" materials from it and not over activities within other nations which

274

might be the principal producers of nuclear materials. Moreover, the Agency's principal organs—a General Conference of all the members and a large Board of Governors—would seem to be too cumbersome for effective direct supervision of the Agency's many functions; and since the relation of the Agency to the United Nations does not seem entirely clear it seems likely that the United Nations would not have sufficient control over the Agency's activities.

While it might be possible to amend the statute of the Agency in such a way as to empower it to exercise the additional functions necessary to ensure complete control of *all* nuclear materials, it seems wiser to establish a new authority of wider scope and directly within the framework of the revised Charter, and to transfer to that authority all the functions of the Agency.

Another possible alternative would be to continue the Agency within its authorized field of activity and to assign to a new United Nations authority only those functions which are so closely connected with the disarmament plan that they can best be carried out by an organ subject to direct United Nations control. It seems, however, that it would be more efficient and less wasteful of available personnel and financial resources if all responsibilities and functions with respect to the control of nuclear energy were assigned to a single authority rather than to overlapping and perhaps competing administrative units.

Accordingly, it is proposed that when the United Nations Nuclear Energy Authority comes into being, arrangements be made to merge the International Atomic Energy Agency with the new Authority and to transfer to the Authority all the personnel and assets of the Agency (see Article 26 of this Annex).

Article 25

1. There shall be a United Nations Nuclear Energy Authority which shall be under the general direction and control of a United Nations Nuclear Energy Commission.

2. The Nuclear Energy Commission shall consist of five persons, none of whom shall be a national of any of the nations then having sixteen or more Representatives in the General Assembly; nor a national of any nation which has one of its nationals on the Inspection Commission; and no two of whom shall be nationals of the same nation. The members of the Nuclear Energy Commission shall be appointed by the Executive Council, subject to confirmation by the Assembly. The first members of the Nuclear Energy Commission shall be appointed by the first Executive Council within two months after the election of the Council by the General Assembly pursuant to Article 110 of this revised Charter. The terms of office of the first members of the Commission shall begin on the same date and shall expire, as designated by the

Council at the time of their appointment, one at the end of one year, one at the end of two years, one at the end of three years, one at the end of four years and one at the end of five years from that date; later appointments shall be made for terms of five years. The Executive Council shall have general supervision over the Nuclear Energy Commission and may from time to time issue such instructions to it as the Council deems necessary. The Executive Council shall also have authority to remove any member of the Nuclear Energy Commission whenever the Council deems it necessary.

The General Assembly, through its Standing Committee on the Peace Enforcement Agencies provided for in Article 22 of this revised Charter, shall watch over the carrying out by the Nuclear Energy Commission and the Executive Council of their responsibilities under this Chapter and other provisions of this Annex. The Standing Committee shall be entitled to obtain from the Commission and the Council all relevant information and shall make such investigations as it may deem necessary or as the Assembly may request it to make. If in the judgment of the Standing Committee a situation exists which requires the convoking of a special session of the Assembly, it shall be entitled in accordance with Article 20 of this revised Charter to request the Secretary-General to convoke such special session.

3. A General Manager shall be the administrative head of the staff of the Nuclear Energy Authority subject to the direction and control of the Nuclear Energy Commission. The General Manager shall not be a member of the Nuclear Energy Commission, nor a national of any nation which at the time of his appointment has one of its nationals on the Nuclear Energy Commission, nor a national of the nation whose national is then serving as the Inspector-General of the United Nations Inspection Service, nor a national of any of the nations then having sixteen or more Representatives in the General Assembly. The General Manager shall be appointed by the Nuclear Energy Commission for a term of six years, subject to confirmation by the Executive Council. The first General Manager shall be appointed by the first Nuclear Energy Commission, subject to confirmation by the Executive Council, within two months after the appointment of the first Nuclear Energy Commission. The Nuclear Energy Commission shall have authority to remove the General Manager whenever the Commission deems it necessary.

4. The staff of the Nuclear Energy Authority shall be appointed by the General Manager, subject to regulations concerning qualifications, tenure, compensation and other conditions of service to be adopted by the General Assembly after receiving proposals therefor from the Nuclear Energy Commission and the recommendations of the Execu-

tive Council as to such proposals. Such regulations shall include provisions for the following:

a. That all members of the staff of the Nuclear Energy Authority shall be selected on the basis of their competence, integrity and devotion to the purposes of the United Nations.

b. That they shall make a solemn declaration that they will perform their functions impartially and conscientiously.

c. That they shall not seek or receive instructions from any government or other authority external to the United Nations.

d. That they shall refrain from any conduct which might reflect on their position as international officials.

e. That they shall receive fully adequate pay and allowances together with fully adequate retirement pensions after loyal and reasonably long service, all such compensation and pensions to be free from all taxation.

f. That they shall be recruited on as wide a geographical basis as possible.

g. That with respect to those members of the staff who are to perform duties requiring high scientific and technical qualifications, the number of nationals of any nation shall be limited to not more than four per cent of the total number of such scientific and technical members of the staff.

Comment. The new problems of world security created by the discovery of nuclear fission and fusion cannot be exclusively dealt with by an inspection system. On the one hand, the great potentialities for industrial and other peaceful uses of nuclear energy obviously preclude the abolition or even the curtailment of facilities for its production and utilization. On the other hand, the easy convertibility of materials used for peaceful purposes into materials from which nuclear weapons may be made requires that special precautions be taken with respect to those materials. It does not seem wise to burden the United Nations Inspection Service with too many duties in this field; and it, therefore, seems desirable to place all necessary safeguards in respect of nuclear energy which are not closely related to inspection, in the hands of a special world authority. This is here designated as the United Nations Nuclear Energy Authority, the proposed functions of which are defined in the succeeding Articles of this Chapter.

With respect to the composition and direction of this Nuclear Energy Authority, it is proposed to adopt all the safeguards which apply to the United Nations Inspection Service. The explanations concerning these safeguards made in the comment on Article 4 of this Annex apply equally to this Article 25. These safeguards are intended to provide the maximum assurance that the Nuclear Energy Authority, like the Inspection Service, shall not be dominated by any nation or group of nations, and that the highest standards of competence and integrity will be achieved by the staff of the Authority.

Article 26

1. The United Nations Nuclear Energy Authority shall have the following functions and powers in order to promote the use of nuclear energy for peaceful purposes and to assist in the prevention of the use of nuclear energy by any nation for military purposes:

a. To acquire for a just compensation and take into its custody all special nuclear materials in the world which, in its judgment, are not needed for immediate use for research, industrial, commercial or other nonmilitary purposes.

b. To supervise the production of special nuclear materials and the distribution of facilities for such production, and also the distribution of special nuclear materials themselves, all to the extent necessary to prevent a dangerous concentration of such facilities and materials in any country or region.

c. To establish its own research laboratories and facilities for the utilization of nuclear energy for scientific, industrial, commercial and other nonmilitary purposes, and to assist nations, public or private organizations or individuals in the establishment of adequate research laboratories and facilities for the utilization of nuclear energy for such purposes.

d. To assume the responsibilities of the International Atomic Energy Agency and for that purpose to acquire such of the assets and employ such of the personnel of the Agency as the General Assembly may authorize.

e. To cooperate with the United Nations Inspection Service in the supervision of licensed facilities and establishments, in accordance with the provisions of Article 23 of this Annex.

f. To conduct, or arrange for the conduct of, surveys and explorations to discover new sources of any raw materials which might enter into the production of special nuclear materials.

2. During the actual disarmament stage provided for in Articles 9 to 12 of this Annex, every nation in the world shall annually reduce all stocks of special nuclear materials situated in its territory which are not in actual use for research, industrial, commercial or other nonmilitary purposes by ten per cent (or if the actual disarmament stage is shortened pursuant to paragraph 2 of Article 10 of this Annex, by such larger annual percentage as is appropriate to the shortened period); and all such reductions shall be distributed proportionately as between the principal types of these materials. All the materials which any nation is required to discard in order to make such reductions shall be transferred to the Nuclear Energy Authority, subject to compensation therefor as provided in Article 28 of this Annex. The Authority may, however, authorize the transfer of these materials to a laboratory or facility duly licensed under Article 16 of this Annex; and during the

actual disarmament stage it may authorize a temporary transfer of these materials to a laboratory or facility duly reported under Article 5 of this Annex if proper safeguards have been established to ensure that these materials will be used only for research, industrial, commercial or other nonmilitary purposes.

3. The General Assembly shall, after receiving proposals on the subject from the Nuclear Energy Commission and the recommendations of the Executive Council as to such proposals, establish maximum annual quotas for the total world production, and for the production within each nation, of raw materials which might enter into the production of special nuclear materials, of special nuclear materials themselves and of radioactive materials. The first of such maximum annual quotas shall be established by the Assembly at least two months before the beginning of the ninth month of the preparatory stage provided for in Articles 2 to 8 of this Annex and shall take effect on the first day of that month; and in each year thereafter the Assembly shall establish the quotas for the ensuing year at least two months prior to the beginning of such ensuing year. Such quotas shall not exceed by more than ten per cent the estimated annual needs for each category of these materials for use in research, industrial, commercial and other nonmilitary activities. The Nuclear Energy Commission shall assign maximum annual quotas for the production of raw materials which might enter into the production of special nuclear materials as between the principal areas containing significant deposits of such raw materials, subject to the principle that comparable known deposits throughout the world shall be depleted proportionately to the end that so far as possible no nation's known deposits shall be drawn upon to a greater extent than the known deposits of any other nation, and pursuant to such other standards as may be established by the General Assembly. The Nuclear Energy Commission shall also assign maximum annual quotas for the production of special nuclear materials and radioactive materials to each facility duly licensed to produce such materials.

4. All special nuclear materials and all radioactive materials which are produced under paragraph 3 of this Article and are not needed for immediate use for research, industrial, commercial or other nonmilitary purposes, shall be transferred to the Nuclear Energy Authority, subject to compensation therefor as provided in Article 28 of this Annex and in accordance with regulations to be adopted by the General Assembly after receiving proposals on the subject from the Nuclear Energy Commission and the recommendations of the Executive Council as to such proposals.

5. The special nuclear materials and radioactive materials acquired by the Nuclear Energy Authority under paragraphs 2 and 4 of this Article either shall be kept by it in safe storage, or used by it in its

279

own laboratories or facilities, or transferred to laboratories or facilities licensed for the use of such materials for research, industrial, commercial or other nonmilitary purposes, subject to such conditions as the General Assembly may from time to time prescribe in general regulations.

6. The Nuclear Energy Authority shall arrange for such a geographical distribution of the stocks of materials acquired under paragraphs 2 and 4 of this Article as will minimize the risk that any nation or group of nations might achieve a military advantage by the seizure of stocks situated within a particular territory or region; and, to this end, such arrangements shall provide that not less than five per cent or more than ten per cent of the total United Nations stock of these materials shall be situated in any one of the regions provided for in paragraph 9 of this Article.

7. In order to ensure a wide distribution of facilities for the production of special nuclear materials and radioactive materials, the Nuclear Energy Authority either shall itself build and, with the consent of the nation concerned, operate facilities for the production of these materials in the territories of nations which do not possess sufficient facilities of this sort, or shall assist those nations in the building and operation of such facilities. The Nuclear Energy Authority shall aim at such a distribution of these facilities as will minimize the risk that any nation or group of nations might achieve a military advantage by utilizing the output of facilities situated in a particular territory or region for the production of nuclear weapons. After a period of adjustment to be determined by the General Assembly but which in no case shall exceed ten years after the end of the actual disarmament stage, all facilities for the production of special nuclear materials and radioactive materials shall be distributed among the various regions of the world provided for in paragraph 9 of this Article in accordance with the principle that not less than five per cent or more than ten per cent of the total productive capacity of all such facilities shall be concentrated in any one of such regions.

8. The Nuclear Energy Authority shall also promote the utilization of nuclear energy for scientific, industrial, commercial and other nonmilitary purposes, and for that purpose the Authority either shall itself build and operate the necessary laboratories and experimental facilities, or shall assist nations, or public or private organizations or individuals in the building and operation of such laboratories or experimental facilities. In addition, in order to ensure a wide distribution of facilities making use of nuclear energy for scientific, industrial, commercial and other nonmilitary purposes, the Authority either shall itself build and operate such facilities in such of the regions provided for in paragraph 9 of this Article as do not possess sufficient facilities of this sort, or shall

assist in the building and operation of such facilities in those regions; but in no case shall such facilities be built or operated by the Authority in the territory of any nation without that nation's consent, and in no case shall such facilities be operated by the Authority for more than ten years after their completion. The Nuclear Energy Authority shall aim at such a distribution of all these laboratories and facilities as will minimize the risk that any nation or group of nations might achieve a military advantage by seizing the special nuclear materials or radioactive materials which are contained in any such laboratories or facilities. After a period of adjustment to be determined by the General Assembly but which in no case shall exceed ten years after the end of the actual disarmament stage, all laboratories and facilities utilizing nuclear energy for peaceful purposes shall be distributed among the various regions of the world provided for in paragraph 9 of this Article in accordance with the principle that not less than five per cent or more than ten per cent of the total amount of the materials available in the world for such purposes shall be contained in laboratories or facilities situated in any one of such regions.

9. The General Assembly shall during the first three months of the first year of the actual disarmament stage make an initial delineation of not less than eleven or more than twenty regions of the world for the purposes of paragraphs 6, 7 and 8 of this Article, thereby assigning each nation to a particular region. This initial delineation shall be revised by the Assembly during the first year following the completion of the first world census provided for in Article 9 of this revised Charter, and in the first year following the completion of each subsequent world census. In making these delineations, the Assembly shall observe the principles that no nation shall be divided between two or more regions, that every nation which is entitled to thirty Representatives in the Assembly shall constitute a separate region and that no region shall have a population of less than 150 million.

10. The Nuclear Energy Authority shall adopt appropriate measures to assure the internal and external security of its facilities, laboratories and stockpiles, and shall employ for that purpose either its own guards or units of the United Nations Peace Force assigned to it, or both. The Authority shall institute and maintain the most rigorous accounting procedures and an effective system of continuous supervision in order to prevent any diversion of materials acquired by it or produced or utilized in its facilities.

11. The Nuclear Energy Authority shall make all necessary arrangements with the Inspection Service to assign properly qualified members of the staff of the Authority to take part in the management and operation of facilities and establishments with respect to which agreements

281

for such participation have been concluded pursuant to paragraph 4 of Article 23 of this Annex.

12. The Nuclear Energy Authority shall make all necessary arrangements to discover new sources of any raw materials which might enter into the production of special nuclear materials, and for that purpose either shall itself conduct surveys and explorations, or arrange with any nation, public or private organization or individual for the conduct of such surveys and explorations. The General Assembly shall, after receiving proposals on the subject from the Nuclear Energy Commission and the recommendations of the Executive Council as to such proposals, adopt regulations for the conduct of such surveys and explorations. The Assembly shall also establish procedures for dealing with possible complaints by any nation alleging abuse by the Nuclear Energy Authority of its power to conduct these surveys and explorations.

13. Appropriate measures pursuant to Article 32 of this Annex shall be taken if a nation shall to any serious extent fail to conform to the provisions as to quotas contained in this Article.

Comment. As stated in the General Comment on this Chapter V, the proposed United Nations Nuclear Energy Authority is intended to assume all the functions of the International Atomic Energy Agency with respect to promoting the world-wide use of nuclear energy for peaceful purposes. The proposed Authority, supplementing the work of the United Nations Inspection Service, would also have important responsibilities with respect to supervising the production and distribution of all materials which might enter into the making of nuclear weapons.

Various functions of the necessary supervision would be performed by the Inspection Service under the previous Chapters of this Annex, but other functions could be more effectively exercised by the proposed Nuclear Energy Authority. This assignment to the Authority of certain supervisory functions would also have the advantage of providing a cross-check on the efficacy of the Inspection Service and of avoiding too large a concentration of power in the hands of the Inspection Service.

In order to enable the Nuclear Energy Authority not only to promote the utilization of nuclear energy for peaceful purposes, but also to aid in the prevention of any unauthorized military use of nuclear energy, it is proposed to assign the following five principal functions or powers to the Authority:

1. The temporary custody of all special nuclear materials before their allotment to laboratories and facilities requiring them for scientific, industrial, commercial or other nonmilitary purposes.

2. The supervision of certain steps in the production and distribution of special nuclear materials, in particular through the administration of a system of quotas for various categories of materials and facilities.

3. The promotion of the use of nuclear energy for peaceful purposes both

through research in its own laboratories and facilities and through assisting national and private efforts in this field.

4. The supervision, jointly with the Inspection Service, of certain facilities producing or utilizing nuclear materials.

5. The conduct of surveys and explorations in order to discover new sources of raw materials which might enter into the production of special nuclear materials.

The Nuclear Energy Authority would have another important function quite apart from promoting the use of nuclear energy for peaceful purposes and the prevention of its use by any nation for military purposes, i.e., the function of providing the United Nations Peace Force with nuclear weapons in the possible, even if remote, event that the General Assembly might find it unavoidable to permit the use of such weapons against a nation which has first actually used or threatened to use nuclear weapons. The proposed functions of the Authority in this regard are, however, set forth separately in the following Article 27, this Article 26 being confined to the Authority's functions in respect of the peaceful use of nuclear energy and the prevention of any national use of such energy for any military purpose.

The first function of the Nuclear Energy Authority under the present Article, i.e., its custodial function, would at first be rather extensive, but would probably diminish in importance after the inauguration of a proper system of production and distribution quotas. During the period of actual disarmament and for some time thereafter, the Authority would need to have custody of all the stockpiles of nuclear materials suitable for nuclear weapons accumulated during the armaments race. For if confidence is to prevail that no considerable amounts of such materials are being concealed, they must be impounded by the Authority in safe custody until they can be properly allocated to peaceful purposes. How long this custodianship would continue would mainly depend on the speed at which the industrial use of nuclear energy is developed. Only small amounts of nuclear materials might be required for scientific purposes; but in view of the prospects for the extensive use of these materials in power plants and transportation, it might be possible for the Authority to distribute quickly even very large stocks of nuclear materials which would come into its custody through the dismantling of nuclear weapons. If, however, considerable delay should occur in the large-scale utilization of these materials, the transition period might be much longer and the custodial responsibilities of the Authority correspondingly greater. In any case, the custodial function would continue even after the Authority's initial stockpile had been distributed, since new nuclear materials would constantly become available.

In order to prevent new production from exceeding the requirements for peaceful purposes, it is proposed to establish a system of quotas to ensure that the production does not exceed the demand for industrial and other nonmilitary purposes by more than ten per cent. This margin of ten per cent is proposed in order to obviate a possible shortage of nuclear materials for peaceful uses because of erroneous estimates. The Nuclear Energy Authority would assign most of the new production directly to the chief industrial and commercial consumers, but would still need to purchase and provide custody for those materials which could not be immediately directed into consumption channels and also for any excess production resulting from the ten per cent margin.

Both during the initial period of large stockpiles and later, the Nuclear Energy Authority would need to establish careful safeguards to ensure that no nation can achieve a military advantage by seizing the stockpiles of special nuclear materials resulting from the dismantling of nuclear weapons and which are in the temporary custody of the Authority. It is essential that even a group of nations acting in concert shall not be able to achieve such an advantage, and the necessary safeguards must, therefore, apply not only to particular territories, but also to whole regions. To this end it is proposed that not less than five per cent or more than ten per cent of the total amount of special nuclear materials in the temporary custody of the United Nations shall be situated in any region of the world, and that the General Assembly shall from time to time determine which areas of the world shall be included in not less than eleven or more than twenty "regions" to be delineated for this purpose by the Assembly.

The second principal function of the Nuclear Energy Authority would be to administer a system of production quotas: (a) of raw materials which might enter into the production of special nuclear materials; (b) of the special nuclear materials themselves; and (c) of radioactive materials. As a first step the Nuclear Energy Commission would assist the General Assembly in the determination of the production quotas for the world as a whole and for each producing nation. The Commission would then allocate proportions of the global and national quotas thus determined among the principal producing areas and facilities, and would supervise the observance of the quotas so as to prevent a dangerous accumulation in any particular nation or region of materials suitable for nuclear weapons. In allocating quotas to principal areas containing significant deposits of raw materials which might enter into the production of special nuclear materials, the Commission would be required to follow the principle that comparable deposits throughout the world shall be depleted proportionately, thus avoiding so far as possible the exhaustion of deposits in some regions of the world, while large deposits remain in other regions. As new deposits were discovered, the quotas for various nations and areas would be revised, taking into account the size of the new deposits. Similarly, the Commission would assign separate production quotas to each facility engaged in the various stages of the processing of special nuclear materials and of radioactive materials. The Inspection Service would assist the Commission in the supervision of the quota restrictions, and special powers with respect to supervision over the transfer and transportation of potentially dangerous materials would doubtless be granted to the Inspection Service by the regulations to be enacted by the General Assembly under paragraph 5 of Article 23 of this Annex. If, however, additional controls became necessary, the Assembly would have power to prescribe them.

In determining the quotas for the processing of special nuclear materials after the beginning of the period of complete disarmament, account would need to be taken of the fact that the then existing processing facilities would probably be distributed in a very uneven fashion among the nations of the world. To achieve proportionate equality, it might even be necessary to close some facilities temporarily and to reopen them only after a better balance has been achieved. In order that such a balance may be reached as soon as possible, it seems necessary to empower the Nuclear Energy Authority to build or assist in building new facilities for the processing of special nuclear materials in those areas of the world where no such facilities then exist or where they have much smaller capacity than in other areas. Such facilities could be built either by the Authority itself, or by nations or public or private organizations or individuals with the assistance of the Authority, both with respect to technical matters and financing. Moreover, with the consent of the nation in whose territory the new facility has been built, the Authority could actually operate the facility, either permanently or until sufficient local technicians became available. Before such facilities built by the Authority were turned over to local management and operation, and also if agreements were made for assistance in building new facilities or rebuilding old ones, proper arrangements would be necessary to enable adequate supervision of such facilities by the Inspection Service or the Nuclear Energy Authority through participation in management and operation, in accordance with paragraph 4 of Article 23 of this Annex. The purpose of a building program of this sort would be to bring about the eventual distribution of these potentially dangerous facilities around the world in such a way that not less than five per cent or more than ten per cent of the world's total productive capacity would be located in any one region. From that point on, the Authority would limit its expansion program to the building of only such facilities as might be necessary to satisfy a growing demand for nuclear and radioactive materials. The building of any such new facilities would, of course, need to be done in such a way as not to disturb the required balance between the various regions of the world.

The third proposed function of the Nuclear Energy Authority is to promote the *utilization* of nuclear energy for peaceful purposes. To this end, the Authority would be empowered to engage directly in research aimed at finding new and better ways of utilizing nuclear energy for the common good of all mankind. The Authority could also stimulate and assist national and private research in this field. To accomplish this research aim, the Authority would be authorized to build and operate its own laboratories and experimental facilities and assist nations, public and private organizations and individuals in the building and operation of their own laboratories and experimental facilities. In addition, the Authority would be empowered to build and operate or to assist in the building and operation of such plants as may be needed for the practical utilization of nuclear energy for the production of electric power or other industrial or commercial purposes, provided however: (a) that no such plant shall be built or operated by the Authority without the consent of the nation concerned; and (b) that any such operation by the Authority shall be only of a temporary character, in no case exceeding ten years. With regard to all its activities to promote the utilization of nuclear energy for peaceful purposes, the guiding principle is laid down that there shall be no excessive concentration either of experimental or production facilities in any nation or region. It is to this end that the Authority is directed to take such steps as are necessary to arrange the division of facilities as equally as may be among the various regions of the world. The effect would be, on the one hand, to lessen the possibility that any nation or group of nations could obtain a military advantage by seizing a large part of the world's stockpile of these dangerous materials suitable for easy utilization in military weapons. On the other hand, such a distribution of facilities all over the world would spread the benefits of the atomic age to all nations and help to diminish those great discrepancies in standards of living between various peoples which constitute an underlying danger to the peace of the world.

The fourth function of the Nuclear Energy Authority would be to cooperate with the Inspection Service in the managerial and operational *supervision* of facilities engaged in the production or utilization of special nuclear materials. As has been explained in the comment on Articles 14 and 23 of this Annex, this type of supervision would take the place of the original American proposal (the so-called Baruch Plan) for complete United Nations *ownership* of all dangerous facilities. The personnel of the Nuclear Energy Authority would be specially qualified to take part in this method of supervision, and it is to be expected that the regulations adopted by the General Assembly under paragraph 4 of Article 23 would provide for the proper division of supervision under that paragraph between the Authority and the Inspection Service. Thus another cross-check would be provided on the efficacy of various inspection and supervision methods of the Inspection Service and the Authority.

The fifth function of the Nuclear Energy Authority would be to conduct, or arrange for the conduct of, surveys and explorations to discover new sources of any raw materials which might enter into the production of special nuclear materials. Ordinarily such surveys would be made by the national governments themselves or by public or private organizations or individuals. But if the Authority considers that no adequate surveys have been made in a particular area and cannot find anybody willing to make an adequate survey, the Authority should be entitled to conduct a survey directly and to send its own survey group to the area in question. The General Assembly would have the power to regulate the conduct of such surveys or explorations, and would also be authorized to adopt suitable procedures for dealing with complaints against any possible abuses on the part of the Authority.

As in other instances of possible serious violations of the disarmament plan, it would be necessary to take prompt and effective measures if any nation should attempt to evade the important restrictions imposed by this Article on the production of dangerous materials. Under Article 32 of this Annex the General Assembly would have wide powers to deal with such a situation and the Executive Council would be granted limited power to take temporary emergency measures.

1. The United Nations Nuclear Energy Authority shall have the following functions and powers in respect of nuclear weapons:

a. To conduct research and experiments and development work in the military application of nuclear energy.

b. To have custody of such stocks of nuclear weapons as, pursuant to decisions of the General Assembly, are set aside during the actual disarmament stage for the possible use of the United Nations Peace Force.

c. To produce, to the extent authorized by the General Assembly, new nuclear weapons for the possible use of the Peace Force.

d. To make available to the Peace Force such nuclear weapons as the General Assembly may authorize in the circumstances and under the conditions set forth in Article 4 of Annex II.

2. Upon the recommendation of the Executive Council or upon its own initiative, the General Assembly shall:

a. Adopt regulations governing the conduct by the Nuclear Energy Authority of research and experiments and of development work in the military application of nuclear energy.

b. Decide what portion of the stocks of nuclear weapons which are discarded by the nations during the actual disarmament stage pursuant to Article 11 of this Annex shall be placed in the custody of the Nuclear Energy Authority for the possible use of the United Nations Peace Force pursuant to Article 4 of Annex II.

c. Decide whether and to what extent the Nuclear Energy Authority shall engage in the production of new nuclear weapons for the possible use of the Peace Force.

3. The transfer of nuclear weapons to the Nuclear Energy Authority shall be subject to the payment of compensation as provided in Article 28 of this Annex.

Comment. The functions of the Nuclear Energy Authority covered by this Article relate to the potential arming with nuclear weapons of the United Nations Peace Force, which under the plan would possess a monopoly of military power after the completion of national disarmament. The plan contemplates that, while the Peace Force would not be regularly equipped with nuclear weapons, it could be provided with such weapons only if and when the Assembly has formally declared that nuclear weapons have been actually used either against a nation or against the United Nations itself or that such use is imminently threatened (Article 4 of Annex II). In order, however, to provide the most careful safeguards with respect to such possible use even in that extreme contingency, it is proposed that *all* nuclear weapons shall be in the custody of a nonmilitary agency—the Nuclear Energy Authority—until the General Assembly specifically directs that one or more nuclear weapons be released to the Peace Force for use in such contingency.

This custodianship by the Nuclear Energy Authority would apply both to existing nuclear weapons discarded by the nations during the actual disarmament stage and placed by the General Assembly in the custody of the Nuclear Energy Authority and to new nuclear weapons which the Authority might be empowered by the Assembly to produce. It should be emphasized that even the Assembly itself would have no power to authorize the turning over of nuclear weapons to the Peace Force except under the above-mentioned extreme contingency that nuclear weapons had actually been used or were about to be used against a nation or nations, or in a revolt against the United Nations itself.

The reason why it seems essential that the world police force—the United Nations Peace Force—shall have the potential capacity to use nuclear weapons is that it seems impossible to devise any system of inspection which can afford an *absolute* guarantee that no nuclear weapons will be concealed during the disarmament period or that no such weapons whatever will be clandestinely produced thereafter. And the reason why it seems necessary to make possible the production of new nuclear weapons for the use of the Peace Force is that, although all national and private military research would be prohibited after the period of complete disarmament has begun, it is always possible that secret and undiscovered research might lead to the invention of new nuclear weapons of even greater destructive power than those impounded from previous national stocks. It is important, therefore, to authorize the Nuclear Energy Authority to conduct research in the military application of nuclear energy and to produce weapons based on that research, so that in case of necessity the Peace Force could, if properly authorized by the General Assembly, be equipped with no less powerful weapons than those which might conceivably be developed by clandestine effort.

It should be noted that the conception of entrusting both the custody and possible production of these weapons of mass destruction to a non-military authority follows the precedents embodied in the United States Atomic Energy Acts of 1946 and 1954 and in similar legislatives acts of other countries. The effect would be to enable the Peace Force to suppress any possible aggression through the use when absolutely necessary of the most modern and destructive weapons while, on the other hand, providing strict safeguards against any possible attempt of the Peace Force to usurp power.

CHAPTER VI

FINANCIAL PROVISIONS

Article 28

1. The expenses of the United Nations Inspection Service and of the United Nations Nuclear Energy Authority shall be borne by the United Nations.

2. The General Assembly shall determine the salaries and allowances of the members of the Inspection Commission, the Inspector-General, the members of the Nuclear Energy Commission and of the General Manager of the Nuclear Energy Authority. The Assembly shall also, after receiving a report on the subject from the Inspection Commission, determine the salary scales of the staff of the Inspection Service, and shall, after receiving a report on the subject from the Nuclear Energy Commission, determine the salary scales of the staff of the Nuclear Energy Authority.

3. The annual budget of the Inspection Service shall be prepared by the Inspector-General, subject to the approval of the Inspection Commission. The annual budget of the Nuclear Energy Authority shall be prepared by the General Manager of the Authority, subject to the approval of the Nuclear Energy Commission. Both budgets shall be submitted to the General Assembly for action pursuant to the procedure provided for in Annex V.

4. The United Nations shall promptly pay just compensation for all arms, weapons, ammunition and equipment, and for all machines, appliances and tools for the production of military material, which are transferred to the United Nations under Article 11 of this Annex, and for all special nuclear materials and weapons which are transferred to the United Nations under Articles 11, 26 and 27 of this Annex; and the United Nations shall pay equitable rent for the laboratories, facilities and other properties used by the Inspection Service and the Nuclear Energy Authority. The compensation or rent to be paid under the previous sentence during the actual disarmament stage may be paid out of funds borrowed by the United Nations for that purpose as well as out of current funds of the United Nations; but the compensation or rent to be paid after the end of the actual disarmament stage shall be paid entirely out of current funds of the United Nations.

5. In case of a dispute as to whether the compensation paid or offered by the United Nations is just, or whether the rent paid or offered

by the United Nations is equitable, the private owner of the property in question, or the nation which owns such property or within which such property is situated acting on its own behalf or on behalf of the private owner of such property as the case may be, may submit the dispute for decision to the United Nations regional court within the jurisdiction of which such property is situated. If either the United Nations or the private owner of the property in question or the nation which owns such property or in the territory of which such property is situated is dissatisfied with the decision of the regional court, any of them shall have the right to appeal to the International Court of Justice; except that in the case of a private owner, such right shall be subject to any legislation which may be enacted by the General Assembly pursuant to Part D of Annex III. In the case of such an appeal to the International Court of Justice, the decision of that Court shall be final.

Comment. Although the main provisions relative to the finances and budget of the United Nations are contained in Annex V, it is advisable to include a few additional provisions on the subject in this Annex. Thus paragraph 1 of the above Article makes it clear that the United Nations shall bear the considerable expense of the United Nations Inspection Service and of the United Nations Nuclear Energy Authority in the same way that it bears the expenses of the various other organs and agencies of the United Nations.

The annual budget of the Inspection Service would be prepared by the Inspector-General, subject to the approval of the Inspection Commission; and the annual budget of the Nuclear Energy Authority by its General Manager, subject to the approval of the Nuclear Energy Commission. The budgets thus prepared would be examined under the provisions of Annex V by the Standing Committee on Budget and Finance of the General Assembly to be established pursuant to Article 22 of this revised Charter; and these budgets would be subject to final scrutiny, amendment and adoption by the Assembly itself.

The General Assembly would also determine from time to time the salaries and allowances of the chief officers of the Inspection Service and the Nuclear Energy Authority and of the members of the Inspection Commission and the Nuclear Energy Commission which would respectively control them. The Assembly would have like authority to determine the salary scales of the other personnel of the Inspection Service and the Nuclear Energy Authority; but it seems wise to require recommendations as to these salaries from the Commissions in charge of these agencies.

A financial problem for the United Nations in the field of disarmament, including nuclear-energy control, might result from the transfer to the United Nations during the actual disarmament stage of considerable quantities of arms and other valuable military equipment, and of large quantities of "special nuclear materials". Certain nations might perhaps be willing to make this transfer to the United Nations without compensation, but other nations and nearly all private organizations and individuals would doubtless require just and prompt compensation. This compensation might involve large sums, and since during the early years of the actual disarmament stage the United Nations might not have adequate revenues for this purpose, provision should be made for borrowing the necessary funds. In later years, however, it should be possible to provide the amounts needed for such compensation in the annual budgets of the United Nations, especially since much of the outgo for this purpose would probably be balanced by receipts derived from the sale or lease for research, industrial and other nonmilitary purposes of special nuclear materials from the United Nations stockpile.

In order to enable the United Nations to lease such buildings and real estate as would be necessary for the offices, laboratories and other facilities of the Inspection Service and Nuclear Energy Authority, provision is made for the payment of equitable rents.

It is also provided that any dispute as to the adequacy of such compensation or rent may be submitted for decision to the nearest United Nations regional court established under Part D of Annex III, from which decision an appeal could be taken to the International Court of Justice.

CHAPTER VII

ENFORCEMENT MEASURES AGAINST INDIVIDUALS, ORGANIZATIONS AND NATIONS

Article 29

The General Assembly shall, pursuant to Article 11 of this revised Charter, enact laws defining what violations of this Annex or of any law or regulation enacted thereunder, either by individuals or by private organizations, shall be deemed to be offenses against the United Nations; and shall also enact laws prescribing the penalties for such offenses and providing for the apprehension of individuals accused of serious offenses, for the trial of accused individuals or organizations and for the enforcement of penalties.

Comment. The enforcement measures envisaged in this Chapter cover two classes of possible violations: (1) violations which are individual acts only not involving any government and which can adequately be dealt with by the admonition or prosecution of individuals; and (2) violations which involve the government of a nation and which can adequately be dealt with only by representations to or sanctions against the government concerned. Articles 29 and 30 of this Annex deal with the former category, Article 32 with violations involving governments and Article 31 with both categories.

It is reasonable to assume that in most instances the government of a nation in whose territory a violation occurs would not be involved in it and that such violations could be adequately dealt with by prompt action against the individuals responsible for them. If, for example, the United Nations Inspection Service should discover that an individual scientist, not licensed by the United Nations, has without the knowledge of his government been experimenting with nuclear material, proper steps could be taken directly against him, and his government need not in any way be involved in the proceedings. Similar direct action could be taken against a private organization, such as a corporation manufacturing prohibited arms without the knowledge of its government. On the other hand, if a nation, as represented by its government, should make it impossible for the Inspection Service to conduct inspections in its territory, measures would need to be taken under Article 32 of this Annex even including, in a very serious case, action by the United Nations Peace Force against the offending nation.

The above Article 29 relates to the class of violations by individuals or private organizations which do not involve a national government. Since it is obviously inappropriate in a constitutional instrument to attempt a definition of all possible violations and to prescribe the penalties therefor, the General

Assembly would have broad authority under this Article and Article 11 of the revised Charter to enact the necessary laws on those subjects. The Assembly would also be authorized to prescribe the procedures for the trial of all persons charged with violations and for the enforcement of penalties; and also to make provision for the apprehension of individuals accused of serious offenses. The purpose is to provide an effective and just system for applying the principle of individual responsibility. Such a system must include adequate guarantees against abuse, and it is to be noted that all the safeguards embodied in the United Nations Bill of Rights (Annex VII) would apply to any prosecutions under this Article.

Article 30

1. If the Inspector-General determines that a particular violation of this Annex or of any law or regulation enacted thereunder is of a character that can be adequately dealt with by action against an individual or private organization, and considers that such violation is due only to error, negligence or other cause which makes prosecution of the violation unnecessary, he shall call on the individual or organization concerned to remedy the violation within a fixed period; and if the violation is duly remedied, no further action shall be taken.

2. If, however, the violation is not promptly remedied, or if the Inspector-General determines that the particular violation ought to be prosecuted, he shall notify the Attorney-General of the United Nations, appointed under Part D of Annex III. The Attorney-General shall arrange for the institution of appropriate proceedings in accordance with the laws enacted pursuant to Article 29 of this Annex and Article 11 of the revised Charter, for the apprehension when necessary of the alleged violator, and for such provisional measures as may be required to prevent the continuance of any alleged violation.

Comment. This Article deals with the procedure to be followed in case of a violation by an individual or private organization.

It would be the function of the Inspection Service to detect such violations and the duty of the Inspector-General to decide what action should be taken in each case. If the Inspector-General should consider that a particular violation is due only to error, negligence or other minor cause, he is directed merely to warn the individual or organization concerned and, if necessary, to require the cessation of the prohibited activity within a fixed period. If such a violation were remedied in accordance with the order of the Inspector-General, no further action would, of course, be necessary.

If, however, the violator should persist in the violation, or if the Inspector-General should consider that the violation is of so serious a character that it ought to be prosecuted in accordance with the laws enacted by the General Assembly, it would be his duty to refer the matter to the prosecuting authority of the United Nations, namely, the Attorney-General of the United

Nations to be appointed pursuant to Part D of Annex III. The Attorney-General would then be responsible for the final decision as to the necessity for penal proceedings and the place where they should be instituted; and also as to whether an accused individual should be arrested, and whether provisional measures should be taken to prevent the continuance of the alleged illegal activity.

Article 31

1. The Inspector-General shall have authority to suspend or revoke any license issued by him to any nation or public or private organization or individual pursuant to Article 16 of this Annex, if he finds that the licensee has violated the terms of the license or any provision of this Annex or of any law or regulation enacted thereunder.

2. In case of the suspension or revocation of a license by the Inspector-General, the licensee, whether such licensee is a nation, a public or private organization or an individual, shall have the right to appeal to the Inspection Commission, and the right to appeal from a decision of the Commission to the United Nations regional court within the jurisdiction of which is included the territory of the nation to which or through which the license in question was issued. The Inspector-General shall have the right to appeal from a decision of the regional court to the International Court of Justice; and any nation which is itself a licensee or through which a license has been issued, shall have the same right of appeal on its own behalf or on behalf of the licensee for whom it obtained the license. An individual licensee or a licensee which is a public or private organization shall also have a right to appeal from a decision of the regional court to the International Court of Justice to the extent permitted by the laws enacted by the General Assembly pursuant to Part D of Annex III, except when the nation which obtained the license for such individual or public or private organization has itself undertaken an appeal on behalf of such licensee. In the case of any such appeal to the International Court of Justice, the decision of that Court shall be final.

Comment. The purpose of this Article is to enable the Inspection Service to exercise effective control over all the potentially dangerous activities for which a license is required under Article 16 of this Annex, including activities conducted by a nation itself and activities conducted by individuals or organizations within its territory. To this end the Inspector-General would be empowered to suspend or revoke any license if he makes a finding that the licensee has violated either the terms of the license or some specific provision of this Annex or any law or regulation enacted thereunder. This authority should operate as a powerful deterrent to any prohibited activity either of the nation itself or of the licensees sponsored by that nation, and should constitute a highly effective sanction supplementing the other sanctions provided in this Annex.

It is to be assumed that the power merely to suspend would be used in the case of less serious violations, the power of revocation being reserved for violations of the most serious character. In consequence of either a suspension or revocation, the licensee would be required completely to cease the licensed activity; might be deprived of all materials the possession of which requires a license; and might even be obliged to close all or part of the plant in which the licensed activities were being conducted. In view of these serious consequences to the licensee, it is important to provide safeguards against possible abuse of the Inspector-General's authority in this respect.

It is accordingly proposed to give any licensee (whether a nation, or public or private organization, or individual) an unqualified right to appeal from an order of the Inspector-General to the Inspection Commission in the first instance, and a further unqualified right to appeal to a United Nations regional court if dissatisfied with the Commission's decision. In respect of final appeals to the International Court of Justice, it is proposed that the Inspector-General shall have this right without qualification and also any nation, either on its own behalf as licensee or on behalf of a licensee for which the nation obtained a license. With regard, however, to appeals to the International Court by individuals or organizations, it seems necessary to qualify the right of appeal by limiting such right to cases where the nation which obtained the license for the licensee has not itself undertaken an appeal for the licensee, and also to cases where an appeal is permitted by laws enacted by the General Assembly under Part D of Annex III. Such laws might well, like the laws governing the jurisdiction of the United States Supreme Court, give the International Court itself considerable discretion as to what appeals of this character it would entertain. The purpose is to provide for every reasonable right of appeal and yet to relieve the International Court from a possible undue burden.

Article 32

1. If the Inspector-General determines that a particular violation of this Annex or of any law or regulation enacted thereunder is of a character that cannot be adequately dealt with by action against an individual or private organization, but is a violation by a nation itself or by a public agency or organization for which the government of a nation is directly or indirectly responsible, the procedure provided for in this Article shall be followed.

2. If the Inspector-General considers that such a violation is due only to negligence, error or improper action of subordinate authorities or officials and does not constitute a deliberate act of the government of the nation concerned, he shall call on that government to remedy the violation within a fixed period; and if the violation is duly remedied, no further action shall be taken.

3. If, however, a violation of the minor kind mentioned in paragraph 2 is not promptly remedied, or if there is a too frequent repetition of such minor violations, or if several such violations occur simultaneously, or if the Inspector-General considers that a particular violation is serious, or that there is an imminent threat of a serious violation, he shall immediately notify the Inspection Commission.

4. If a nation considers that any provision of this Annex or of any law or regulation enacted thereunder has been violated by another nation, or that any such violation is threatened, it may make a complaint to the Inspection Commission.

5. Any nation whose compliance with this Annex or with any law or regulation enacted thereunder may have been subjected to public criticism, shall be entitled to present to the Inspection Commission a request for an investigation.

6. When the Inspection Commission receives a notification, complaint or request pursuant to paragraphs 3, 4 or 5 of this Article, it shall invite the nation whose compliance with this Annex or with any law or regulation enacted thereunder has been questioned to supply the Commission with all information and explanations which may be useful. The Commission shall also invite any complaining nation, any other interested nation and any organization or individual deemed likely to have useful information to supply such information to the Commission; and no nation shall penalize directly or indirectly any nation, organization or individual supplying information to the Commission upon such request. The Inspection Commission may also order a special investigation on the spot under the supervision of one or more of its members; and the Commission shall order such investigation if requested by the nation whose compliance has been questioned. The limitations on the inspection process provided for in Articles 18 to 23 of this Annex shall not apply to a special investigation conducted under this paragraph.

7. The Inspection Commission shall prepare as soon as possible a reasoned report on the result of any such special investigation, taking into account the explanations, if any, supplied by the nation whose compliance has been questioned. If the report does not represent the unanimous opinion of the members of the Commission, any member shall be entitled to present a separate report.

8. All such reports of the Inspection Commission shall be immediately communicated to the Executive Council, to the General Assembly and to all the nations. They shall be made public as soon as possible.

9. No nation shall take, or allow to be taken, any measures restricting the publication within its territory of any such report of the Inspection Commission; nor shall any nation penalize directly or indirectly any individual or organization responsible for such publication.

10. If the Inspection Commission finds that no violation of this Annex or of any law or regulation enacted thereunder has occurred, it shall so state in its report. Any nation which disagrees with such a finding shall have the right to have the Executive Council consider the matter and, if the Council approves the finding, to bring the case to the International Court of Justice for final decision.

11. If, however, the Inspection Commission finds that a violation has occurred, it shall call on the nation concerned to remedy the violation within a fixed period; and if the violation is duly remedied, the Commission shall so state in a special report. Any nation which disagrees with any such special report shall have the right to have the Executive Council consider the matter and, if the Council approves the special report, to bring the case to the International Court of Justice for final decision.

12. If the nation whose compliance has been questioned disagrees with a finding of the Inspection Commission that it has committed a violation, it shall have the right to have the Executive Council consider the matter and, if the Council approves the finding, to bring the case to the International Court of Justice for final decision. Pending the judgment of the Court upon any such appeal, the General Assembly (or the Executive Council in the circumstances defined in paragraph 2 of Article 39 of this revised Charter) may take such action under paragraph 13 of this Article as it may deem necessary to remedy the situation, unless the Court shall make an order enjoining such action during the Court's consideration of the appeal.

13. If a violation is not remedied within the period fixed by the Inspection Commission, the Commission shall immediately notify the Executive Council which shall forthwith submit the situation to the General Assembly if then in session; and the General Assembly shall take such action under Chapter VII of this revised Charter as it may deem necessary to ensure compliance with this Annex. If the Assembly is not then in session, the Council shall take such interim measures as are authorized by paragraph 2 of Article 39 of this revised Charter, provided that the Council shall simultaneously request the Secretary-General to convoke a special session of the General Assembly; the Assembly shall approve, modify or revoke the interim measures taken by the Council and may direct such further action under Chapter VII of this revised Charter as it deems necessary to ensure compliance with this Annex.

Comment. This Article deals with the procedure to be followed in case of a violation by a nation or by a public agency or organization for which the government of a nation is directly or indirectly responsible.

If in such a case the Inspector-General is informed of a violation of this Annex or of any law or regulation enacted thereunder, he shall first determine whether such violation can be remedied by action against an individual official. If the Inspector-General determines that such a remedy will be inadequate (e.g., because the violation is of such scope that it would not have been committed without governmental cognizance or assistance), he would call on the government of the nation concerned to remedy the violation within a fixed period. This step should be sufficient whenever the violation is due to negligence, error or improper action of subordinate officials (e.g., of a governor of a remote province who refuses to permit an inspection of his district). And if such violation were remedied in pursuance of the warning, no further action would be necessary, and no publicity need be given to the case.

If, however, the situation were not remedied within the period fixed by the Inspector-General, he would be required immediately to notify the Inspection Commission and send it all available information on the subject. The Inspector-General would also be required to send such a notification to the Inspection Commission, whenever there is a series of minor violations in a particular nation which seem to fall into a dangerous pattern, or when he believes that an actual or threatened violation is in itself of a serious character. Any such situation could also be brought before the Inspection Commission by any nation which had reason to believe that another nation had either actually violated the provisions of this Annex (or of any law or regulation enacted thereunder) or was about to commit such a violation. There is the further possibility that a nation might feel that its good faith was being questioned, as by a smearing press campaign, despite the fact that no official complaint had been brought against it; and in such case the nation concerned could request an investigation by the Inspection Commission to prove that the accusations were unfounded.

In any one of these cases, the Inspection Commission would be required to gather all available information. It would, moreover, be authorized to conduct a special investigation on the spot; and would be required to conduct such an investigation if requested by the nation whose compliance has been questioned. The investigating group would have complete freedom of movement in the territory of the nation which has been accused of a violation, and could not be hampered by the restrictions imposed by Chapter IV of this Annex on the ordinary activities of the Inspection Service; for example, the investigating group would not need to obtain a special court authorization for a search of suspected premises.

On the basis of the information received and of its own special investigation, the Inspection Commission would be required to draw up a report, which would be communicated to all concerned and widely publicized. The pressure of public opinion could thus be focused on the situation, and might well convince a nation which had been found guilty of a violation that it should bow to the verdict and remedy the situation within the period fixed by the Commission. Provision is also made that if the accused nation still feels that it is not guilty, it may appeal to the Executive Council and then to the International Court of Justice for a reconsideration of the case. It is further provided, however, that such an appeal shall not preclude any action necessary to remedy the situation, unless the Court should enjoin such action pending disposition of the appeal.

While affording every fair protection to an accused nation, it is necessary to ensure that the Inspection Commission does not too readily accept the nation's explanations. Provision is therefore made that any nation which believes that the Commission has erroneously exonerated the accused nation shall be entitled to appeal to the Executive Council, and from the decision of the Council to the International Court of Justice, the decision of which shall be final.

When a nation has been finally found guilty of a violation, the General Assembly (or in certain circumstances the Executive Council) would be empowered to decide what steps shall be taken to remedy the violation. Under Articles 41 and 42 of the revised Charter, these measures could include severance of diplomatic relations with the violator, or economic sanctions, and in extreme cases action by the United Nations Peace Force. If time permitted, the decision as to such disciplinary measures would be for the General Assembly. But under emergency conditions the Executive Council could direct interim measures in the first instance, all such decisions of the Council, however, to be promptly reviewed by the Assembly, which would either confirm, modify or revoke any such interim measures (Article 39 of the revised Charter).

The various measures described above should be sufficient to ensure prompt and adequate enforcement of the disarmament plan against all possible violators, irrespective of size or strength. While it is believed that all these measures must be provided for, it can reasonably be expected that the more drastic of them would seldom or never need to be employed. An efficient and imaginative inspection system should enable the United Nations to discover any threat of a serious violation at an early stage, when warnings or, at most, limited enforcement measures should suffice to remove the danger.

THE UNITED NATIONS PEACE FORCE

General Comment. This Annex contains a detailed plan for a world police force, to be called the United Nations Peace Force and to consist of two components, i.e., a full-time standing force with a strength of not less than 200,000 or more than 600,000 and a Peace Force Reserve with a strength of not less than 600,000 or more than 1,200,000. The standing force would be distributed throughout the world in its own bases and would include highly trained, mobile units ready to move at short notice; while the Reserve would be composed of partially trained individual reservists subject to call for service with the standing force in case of need.

These forces would not be composed of national contingents but of volunteers recruited from all the nations and with careful safeguards against any undue proportion from any nation. Within the above limits, the strength of the standing component and of the Reserve would be annually fixed by the General Assembly. All the expenses of the Peace Force would be borne by the United Nations pursuant to appropriations by the Assembly; and the Assembly would enact all necessary laws, within the limits of this Annex, governing the recruitment, pay, organization, administration, discipline, training, equipment and disposition of both components.

The general control of the Peace Force would rest with the Executive Council; while the immediate direction, both of the standing force and the Reserve, would be in the hands of a Military Staff Committee of five persons appointed from the smaller nations.

The General Assembly alone (except for temporary emergency action by the Executive Council) could order enforcement action by the Peace Force, any such action to be limited to measures absolutely essential to prevent or suppress violent aggression or serious defiance of the authority of the United Nations. Elaborate safeguards would be provided to prevent the use of the Peace Force for any other purpose.

This plan rests on two basic assumptions. The first is that, in order to provide the nations of the world with adequate protection, a permanent and indisputably effective supranational force must be provided to take the place of national armaments.

It is true, as already stressed, that the problem of maintaining peace calls for more than national disarmament and a world police, and that workable world institutions are also required to enable peaceful change and to mitigate excessive economic disparities between different regions of the world. Nevertheless, the importance of a reliable world police as an absolutely indispensable element of world order cannot be exaggerated,— just as an adequate and respected police force is essential to the maintenance of order in a large city. It has been well said that "in every civilized community the members contribute toward the maintenance of a police force as an arm of law and order" and "only the society of nations has failed to apply this rudimentary principle of civilized life." The purpose of this Annex is to apply that principle to the problem of world order through a detailed and practical plan.

The second basic assumption is that it would not be feasible to maintain an adequate world police force unless national disarmament is not only universal but also complete. While a world police force can and should be moderate in numbers, it must be strong enough to provide reliable protection against any foreseeable violation of world peace; and it would be clearly impracticable to maintain a world force of sufficient strength to supply the necessary confidence if any considerable national military forces remained in existence. For example, if we assume that in 1958 the strength of all national military forces on full-time duty is about sixteen million, a reduction even by three fourths to four million men would still make it impossible, as a practical matter, to maintain a world police that would unquestionably be superior to some possible military alliance. Theoretically it might seem feasible to reduce national military forces by nine tenths or more, to a point where even a strong alliance would not threaten a world police. In practice, however, it would probably be easier to agree on a complete elimination of national armaments than on a reduction to a very small fraction. And even if it were possible to reduce all the national forces of the world to one million men, the suspicion would still remain that they could be easily expanded and become dangerous in this age of new and appalling weapons. Since, therefore, the nations cannot be expected to dispense with their armaments unless they can confidently rely on a world police, the practical fact is that the problem of maintaining a world force capable of preventing international violence becomes manageable only under a regime of complete national disarmament.

With these considerations in mind, the proposed Annex I calls for absolutely complete national disarmament, thus making it practicable to provide in this Annex II for a United Nations military force sufficiently powerful promptly to suppress any threat to the world's peace. At the same time Annex II contains careful safeguards against the danger that any such world police force might itself threaten to dominate the world.

It is proposed that the United Nations Peace Force shall be built up parallel with and proportionate to the process of national disarmament and would thus attain its full strength at the end of the ten-year period of actual disarmament called for by Annex I. That strength would be determined from time to time by the General Assembly, but the Assembly would be required to observe the constitutional limitation that the strength of the standing component of the Peace Force shall not be less than 200,000 or more than 600,000 and of the Peace Force Reserve not less than 600,000 or more than 1,200,000. Only in the possible event of an extreme emergency, and if the General Assembly should determine that it was essential to exceed the ordinary maximum limits, would the Assembly have authority to enlarge the Peace Force for the period of the extreme emergency only beyond the maximum total limit of 1,800,000.

The members of the Peace Force would normally be recruited by voluntary enlistment only; and the Peace Force would ordinarily do its own recruiting. In case, however, of an extreme emergency when the ordinary maximum limits had been raised, the United Nations could seek the aid of the member Nations in bringing the strength of the Peace Force to the temporarily authorized higher level. In such event, the Assembly could assign quotas of recruits to be raised for the Peace Force by the respective nations. But even in this case, the member Nations would be required to fill their quotas by voluntary enlistment if possible, and to employ a compulsory draft only in the last resort.

To ensure against domination of the Peace Force by any nation or group of nations, it is proposed that the number of nationals of any nation serving in the Peace Force shall at no time exceed three per cent of the total strength of the Peace Force, except that this limit would be five per cent during a possible time of extreme emergency. On the other hand, no nation could be required to furnish recruits, even in an extreme emergency, to a number which would make the number of its nationals in the Peace Force exceed one per cent of the population of such nation.

For the maintenance of a successful world police force, it is all-important that it shall command the confidence and respect of the people of the world. Just as an effective police force of a great city—whether it be London, Moscow, New York or Tokyo—needs the confidence and, if possible, the liking of the people, the same is no less true of a police force for the world.

This objective is explicitly stated in paragraph 2 of Article 1 of this Annex II in the words: "In the recruitment and organization of the United Nations Peace Force the objective shall be to constitute and maintain a force which will be composed of individuals with exceptional qualifications, which will command the respect of all the peoples and be fully adequate to the task of safeguarding the peace of the world."

Accordingly, this Annex includes a careful set of provisions designed to ensure that the Peace Force shall be well adapted to its vital task.

Obviously the most important single factor in obtaining "respect" for a world police is the quality of its personnel. This will depend primarily on the physical, mental and moral qualifications of those who volunteer, on care in selection, on adequate pay and good living conditions while in service, on proper retirement allowances, and on the excellence of the officer corps. Therefore, while the General Assembly would have considerable discretion in enacting the "basic laws" for the organization of the Peace Force, it would be required to observe a number of Charter provisions on these points.

As to terms of service, the proposal is that for the standing component it shall be not less than four or more than eight years, as determined by the General Assembly, the purpose being to ensure that the personnel shall be highly trained. To ensure continuity and stability, re-enlistments of "especially well-qualified personnel" are also provided for; but, in order to have a continuous inflow of young recruits, it is proposed that the number of re-enlistments shall not exceed one half of those whose terms of service expire.

The proposed service terms for reservists are somewhat wider, i.e., not less than six or more than ten years, as fixed by the General Assembly. This difference is made, because as distinguished from the standing component, the Peace Force Reserve would consist merely of individual reservists, partially trained and living at home. They would be obliged to undergo not less than four or more than eight months basic training during the first two years of their period of service and thereafter would be required to take additional training aggregating not less than four or more than eight months. Except when in training, or when called to active duty (which could be only in case of grave emergency), they would live at home pursuing their regular vocations. Their arms would be kept at the various bases throughout the world at which units of the standing component were stationed. Their uniforms, however, would presumably be kept at home and might well be worn on occasions of ceremony such as United Nations Day, commemorating the anniversary of the coming into force of the 1945 Charter, or the equally significant anniversary of the coming into force of the revised Charter.

In respect of age limitations, the proposed maximum limit for initial enlistment in either component is twenty-five so as to make sure that, combined with the re-enlistment limitation, both the standing component and the Reserve would be mainly composed of young and vigorous men (and women, since a small percentage of both components would presumably consist of women).

With regard to compensation, there would be a specific requirement that the pay and allowances of the standing component shall be "fully adequate" and that there also must be "fully adequate retirement allowances" after "loyal and reasonably long service." As to the Reserve it would be provided that they shall receive "fair compensation" in return for "their obligation to hold themselves in readiness" and that when in training or on active duty, they shall receive "full pay and allowances on the same basis as members of the standing component."

The independence and prestige of the Peace Force would also be promoted by the proposed provision that members of the standing component shall have the right at the termination of their service to settle in any nation of their own choice if they have been honorably discharged after two full periods of enlistment.

The question of an officer corps of the highest possible standard is of prime importance. The methods whereby the officers would be selected, trained, promoted and retired must of necessity be left to the General Assembly. One requirement is, however, provided for, namely that there shall be "adequate opportunity" for the selection of highly qualified men from the ranks as officer candidates. As an encouragement for the enlistment of men of high quality, this provision is deemed essential.

Besides having the highest possible quality of personnel, the Peace Force should be equipped with excellent and up-to-date weapons. Moreover, in order to have a high degree of mobility so that the units of the standing component could be promptly concentrated, the Peace Force should be provided with fully adequate aircraft for troop transportation. Initially both components would be largely equipped by taking over arms and equipment dis-

303

carded by national forces during the process of stage-by-stage disarmament. In later years, however, the Peace Force would need to be provided with newly manufactured arms and equipment; and to this end provision is made for their direct manufacture by the United Nations in its own plants under the management of a separate agency to be known as the United Nations Military Supply and Research Agency. The functions of this Agency would include research in new weapons and equipment, in order that the Peace Force shall at all times be equipped in the most modern manner.

Another distinct set of provisions would provide strict safeguards to prevent subversion of the Peace Force either by external or internal influences. These safeguards would include the following provisions:

1. Units of the Peace Force shall be composed to the greatest possible extent of nationals of different nations and no unit exceeding fifty in number shall be composed of nationals of a single nation.

2. Units of the Peace Force shall be stationed in military bases leased and controlled by the United Nations itself; these bases to be located in easily defensible places (such as islands and peninsulas), and all to be located in the territories of the smaller nations, i.e., the eighty or more nations which would be entitled to less than sixteen Representatives in the General Assembly.

3. The standing component of the Peace Force shall be distributed in such a way that not less than five per cent or more than ten per cent of its total strength would be stationed in any one of the eleven to twenty regions of the world to be delineated for that purpose by the General Assembly.

4. The immediate direction of the Peace Force would not be in the hands of a single person, but would be entrusted to a committee of five persons all of whom would be nationals of the smaller nations—the Military Staff Committee. Only if action by the Peace Force had been ordered by the General Assembly or the Executive Council, could commanders for its land, sea and air components and regional commanders, or in exceptional circumstances a temporary Commander-in-Chief, be appointed by the Executive Council; and their terms would expire at the end of the particular operation.

5. The Military Staff Committee would be under the general control of the Executive Council; and the General Assembly, through its Standing Committee on the Peace Enforcement Agencies, would exercise a close watch over the carrying out by the Military Staff Committee and the Executive Council of their responsibilities.

With regard to authority to order action by the Peace Force, care has been taken to limit such authority solely to the civilian authorities of the United Nations, i.e., the General Assembly itself or the Executive Council. Action by the Council would be authorized only if the Assembly is not in session and special circumstances require immediate action, and there would be the additional safeguard that if the Council orders any such action, it must forthwith summon the Assembly in special session. These strict requirements would not, of course, prejudice the right of the Peace Force to defend itself in case of a possible direct attack against it.

Besides these safeguards as to authorizing any sort of action by the Peace Force, further safeguards are proposed as to the nature and extent of any such action. In this regard, it is proposed that in ordering any action by the Peace Force to prevent or remove a threat to the peace, to suppress an act of aggression or to ensure compliance with the revised Charter, the General Assembly (or the Executive Council) would be required to limit any such action to measures absolutely necessary to accomplish the desired end. For instance, in the event of threats to the peace of a minor sort, a mere demonstration by a few naval or air units of the Peace Force might well suffice to stop any further unlawful activity. Stronger measures would be required only in case of an actual aggression or serious resistance to United Nations authority; and even then any unnecessary destruction of life or property would be forbidden.

The solution proposed for the equipment of the Peace Force with nuclear weapons and their possible use is that the Force shall not be normally equipped with nuclear weapons at all, but that such weapons shall be held in reserve in the custody of the Nuclear Energy Authority, never to be used save by the order of the General Assembly itself and then only if such weapons have actually been used against the United Nations or such use is imminently threatened. While it would be possible to equip a world police force with these weapons of mass destruction so that it could crush any aggression by ruthless action, this is deemed no more consistent with the purpose of the Peace Force than it would be to equip a city police force with weapons which might tempt it to suppress a riot by the slaughter of thousands of citizens.

The Peace Force would, therefore, be so organized and equipped as to operate with the absolute minimum of force and destruction. On the other hand, while the possibility remains, as it would remain under the most effective inspection system, that somewhere or somehow nuclear weapons could be secretly concealed or manufactured, it seems necessary to make such counter-weapons available to the Peace Force in case of absolute need. The proposed precautions whereby these nuclear weapons would not ordinarily be in the possession of the Peace Force at all, but would be in charge of the Nuclear Energy Authority, subject only to release by order of the General Assembly itself, are intended to provide the maximum possible assurance against the misuse of these weapons.

During the ten-year disarmament period, when the Peace Force has not yet achieved its full strength, the United Nations might perhaps need additional military forces if an emergency should arise. Since some national military forces would still exist during all of that period until the very end thereof, it is proposed to impose upon each member Nation the interim obligation to make available to the United Nations one tenth of the gradually diminishing strength of its military forces as they exist from time to time during the actual disarmament stage. The possible employment of such national contingents would be subject to various safeguards; and the General Assembly would have power to adopt laws and regulations to provide further guarantees that these forces would only be called upon and used for proper purposes.

By virtue of these carefully integrated measures, the United Nations should be able to suppress any attack by nation against nation or any possible revolt against its own authority with a minimum of destruction, either of life or property. At the same time, it is believed that the careful safeguards established in this Annex would be sufficient to remove any possibility that the Peace Force itself might seek to endanger the freedom of the world.

The probable cost of the United Nations Peace Force is obviously a matter of interest and importance. It would, of course, depend largely on the authorized strength from time to time of the standing component which might vary, as determined by the General Assembly, between the constitutional minimum of 200,000 and the maximum of 600,000. If, however, we assume a midway figure of 400,000, some reasonably accurate estimates are possible on the basis of an assumed over-all per capita cost for all items,—pay, pensions, housing, clothing, food, transportation, equipment, etc. The corresponding cost per man in 1957 for the approximately 2,800,000 men in the military forces of the United States was about $14,000 per man; and, while this may seem a high figure, it is probably a fair estimate for a world police force of very high quality and stationed, as it would be, in all parts of the world.

On this assumption, the annual cost for a 400,000 standing component of the Peace Force would be roundly $5.5 billion, to which must be added the cost of the Peace Force Reserve. If we make a similar assumption that the Reserve would be maintained at a strength of 900,000, i.e., midway between the constitutional minimum and maximum of 600,000 and 1,200,000, and if we take an assumed average of about $2500 per man, and add active-training expenses for, say, 100,000 reservists each year, we would have a total annual cost for the Reserve of roundly $2.7 billion.

On this basis the total annual cost of the Peace Force would be slightly more than $8 billion,—an amount believed to be reasonable for a world police of very high quality and of an assumed strength of 400,000 on full-time duty with 900,000 reservists. If the actual strength were at the minimum of 200,000 and 600,000 for the two components, the estimated cost would be correspondingly less; on the other hand, correspondingly more if the two components were maintained at their constitutional maximum strength.

While a cost of, say, $8 billion for a world police force may seem formidable, it is to be remembered that this cost would be many times offset by the complete elimination of all national military forces, the expenses of which in 1958 is estimated at not less than $100 billion.

* * * * *

A United Nations Peace Force organized and restricted as envisaged by this Annex should give to the peoples of the world that assurance of protection which would enable them to accept with confidence the idea of complete national disarmament.

The proposed text of Annex II covering the organization, maintenance, command, etc. of this Peace Force now follows. While no detailed comment follows each of the eight Articles, it is believed that their intent and interrelation are adequately explained in the foregoing General Comment.

CHAPTER I

BASIC PRINCIPLES

Article 1

1. In order to make available to the United Nations effective means for the enforcement of universal and complete national disarmament, for the prevention and removal of threats to the peace, for the suppression of acts of aggression or other breaches of the peace, and for ensuring compliance with this revised Charter and the laws and regulations enacted thereunder, an independent United Nations military force shall be established to be called the United Nations Peace Force.

2. In the recruitment and organization of the United Nations Peace Force the objective shall be to constitute and maintain a force composed of individuals with exceptional qualifications, which will command the respect of all the peoples and be fully adequate to the task of safeguarding the peace of the world.

3. The United Nations Peace Force shall in no case be employed to achieve objectives inconsistent with the Purposes and Principles of this revised Charter.

CHAPTER II

ORGANIZATION AND FUNCTIONS

Article 2

1. The United Nations Peace Force shall consist of two components: a full-time, standing force and a reserve force composed of partially trained individual reservists subject to call. The term "United Nations Peace Force" or "Peace Force" shall be deemed to include both components; the term "standing component" shall be deemed to mean the full-time, standing force; and the term "Peace Force Reserve" or "Reserve" shall be deemed to mean the reserve force. The United Nations Peace Force shall be recruited and organized in accordance with the provisions of this Chapter.

2. The General Assembly shall annually determine the strength of the standing component and of the Peace Force Reserve for the next fiscal year, provided that, except in case of extreme emergency declared by the Assembly pursuant to Chapter III of this Annex, the strength of the standing component shall be not less than 200,000 or more than 600,000, and the strength of the Reserve shall be not less than 600,000 or more than 1,200,000.

3. The United Nations Peace Force shall be organized step by step in accordance with the following plan:

a. Before the end of the third month of the preparatory stage provided for in Annex I, the Executive Council shall appoint the first members of the Military Staff Committee, in accordance with and subject to the limitations of Article 47 of this revised Charter.

b. Before the end of the first year of the preparatory stage, the General Assembly shall, after receiving a report on the subject from the Executive Council, and in accordance with the objective set forth in paragraph 2 of Article 1 of this Annex and subject to the other principles and limitations set forth in this Annex, adopt the basic laws necessary to provide for the organization, administration, recruitment, discipline, training, equipment and disposition of both the standing and the reserve components of the Peace Force.

c. During the second year of the preparatory stage, the Military Staff Committee shall make all necessary preparations for the recruitment and training of both components of the Peace Force, and shall organize the administrative staff necessary for that purpose.

d. When the Executive Council has announced the beginning of the period of actual disarmament pursuant to Article 9 of Annex I, the Military Staff Committee shall proceed to the recruitment within the next year following such announcement of: (1) the first ten per cent of the strength of the standing component as then authorized by the General Assembly, and (2) the first ten per cent of the strength of the Peace Force Reserve as then authorized by the Assembly. Thereafter, the standing component and the Reserve shall be increased by ten per cent of their respective authorized strengths during each new annual period for the reduction of national military forces pursuant to Articles 10 and 12 of Annex I. The recruitment of the standing component and of the Reserve shall thus be carried on parallel with and proportionate to the process of national disarmament and shall be completed simultaneously with the completion of the actual disarmament stage; and the recruitment of both components shall be correspondingly accelerated if the General Assembly should shorten the actual disarmament stage in accordance with Article 10 of Annex I.

4. The members of both components of the United Nations Peace Force shall ordinarily be recruited wholly by voluntary enlistment. The General Assembly shall have no power to enact any compulsory draft law; and no nation shall apply any sort of compulsion to require its nationals or persons resident in its territory to enlist in either component of the Peace Force, except under the circumstances set forth in Article 43 of this revised Charter and subject to the limitations set forth in Chapter III of this Annex.

5. The members of both components of the United Nations Peace Force shall be selected on the basis of their competence, integrity and devotion to the purposes of the United Nations. At the time of initial enlistment they shall be not more than twenty-five years of age.

6. The members of both components of the United Nations Peace Force shall make a solemn declaration of loyalty to the United Nations, in a form prescribed by the General Assembly. They shall not seek or receive instructions from any government or other authority external to the United Nations. They shall refrain from any conduct which might reflect on their position as members of the Peace Force responsible only to the United Nations.

7. The term of service of members of the standing component of the United Nations Peace Force shall be not less than four or more than eight years, as determined from time to time by the General Assembly. The Assembly shall provide for the re-enlistment of especially well-qualified personnel, but the number of re-enlistments in any year shall not exceed one half of those whose terms of service expire during that year.

8. The term of service of members of the Peace Force Reserve shall

be not less than six or more than ten years, as determined from time to time by the General Assembly. They shall receive basic training of not less than four or more than eight months during the first two years of their term of service, and during the remainder of their term of service additional training of not less than four or more than eight months, as determined from time to time by the Assembly.

9. The officers of both components of the United Nations Peace Force shall be selected, trained, promoted and retired with a view to ensuring an officer corps of the highest possible quality; and adequate opportunity shall be provided for the selection as officer candidates of highly qualified men from the rank and file.

10. The members of the standing component of the United Nations Peace Force shall receive fully adequate pay and allowances together with fully adequate retirement pensions after loyal and reasonably long service. The members of the Peace Force Reserve, when in training or on active duty, shall receive full pay and allowances on the same basis as members of the standing component, and when not in training or on active duty shall receive fair compensation in return for their obligation to hold themselves in readiness. All such pay and other compensation, including retirement pensions, shall be free from all taxation.

11. A member of the standing component of the United Nations Peace Force after being honorably discharged therefrom following at least two full enlistment periods, shall be entitled to choose freely the nation in which he and his dependents desire to establish residence, and he and his dependents shall be entitled to acquire the nationality of that nation if they are not already nationals thereof.

12. The members of both components of the United Nations Peace Force shall be recruited on as wide a geographical basis as possible, subject, except in an extreme emergency as provided in Article 7 of this Annex, to the following limitations:

a. That the number of nationals of any nation (including any non-self-governing or trust territory under its administration) serving at any one time in either component shall not exceed three per cent of the then existing total strength of such component.

b. That the number of nationals of any nation (including any non-self-governing or trust territory under its administration) serving at any one time in any of the three main branches of either component (land, sea and air) shall not exceed three per cent of the then existing strength of such main branch.

c. That the number of nationals of any nation (including any non-self-governing or trust territory under its administration) serving at any one time in the officer corps of either of the three main branches of either component shall not exceed three per cent of the then existing strength of the officer corps of such main branch.

13. Units of the United Nations Peace Force shall be composed to the greatest possible extent of persons of different nationality and, to this end, no unit exceeding fifty in number shall be composed of nationals of a single nation (including any non-self-governing or trust territory under its administration).

14. The standing component of the United Nations Peace Force shall be stationed at military bases of the United Nations, which shall be so distributed around the world as to facilitate prompt action by the Peace Force in case such action is directed by the General Assembly, or the Executive Council in the circumstances defined in paragraph 2 of Article 39 of this revised Charter. No such base shall be situated within the territory of any nation which has sixteen or more Representatives in the General Assembly. All the remaining territory of the world shall be divided by the Assembly into not less than eleven or more than twenty regions for the purpose of the disposition among them of the standing component of the Peace Force. Not less than five per cent or more than ten per cent of the total strength of the standing component shall be stationed in bases located in any one of the regions so delineated, except when the Peace Force has been duly called upon to take action to maintain or restore international peace or to ensure compliance with this revised Charter and the laws and regulations enacted thereunder. All such military bases shall be located to the greatest extent possible on islands or peninsulas, or in other easily defensible positions.

15. The military bases of the United Nations shall be obtained by the United Nations from or with the assistance of the respective nations in the territories of which it is desired to locate the bases. Such bases shall be acquired on long-term leases, by agreement if possible and otherwise by condemnation with just compensation; provided that no such base shall be located in the territory of a nonmember nation without the consent of its government; and further provided that the United Nations shall not, except with the consent of the government concerned, acquire an area exceeding one tenth of one per cent of the territory of any nation or an area in any nation exceeding three per cent of the total area of all such bases.

The General Assembly shall adopt regulations governing the selection of the military bases and the payment of just compensation in the form of equitable rentals therefor. In case of a dispute as to whether the rent paid or offered by the United Nations is equitable, the private owner of the property in question, or the nation which owns such property or within which such property is situated acting on its own behalf or on behalf of the private owner of such property as the case may be, may submit the dispute for decision to the United Nations regional court within the jurisdiction of which such property is situated. If either the United Nations or the private owner of the property in question or the nation which owns such property or in the territory of which such property is situated is dissatisfied with the decision of the regional court, any of them shall have the right to appeal to the International Court of Justice; except that in the case of a private owner, such right shall be subject to any legislation which may be enacted by the General Assembly pursuant to Part D of Annex III. In the case of such an appeal to the International Court of Justice, the decision of that Court shall be final.

16. The United Nations Peace Force shall not possess or use any biological, chemical or other weapons adaptable to mass destruction, save only such nuclear weapons as it may be specially authorized by the General Assembly to possess and use pursuant to Article 4 of this Annex; but the Peace Force may possess and use all other weapons to the extent authorized and provided for by the Assembly. The Peace Force shall acquire its initial arms and equipment (including airplanes and naval vessels) through the transfer to it of arms and equipment (including airplanes and naval vessels) discarded by national military forces during the period of actual disarmament pursuant to paragraph 3 of Article 11 of Annex I. Any further arms and equipment (including airplanes and naval vessels) subsequently needed by the Peace Force shall be produced by the United Nations in its own production facilities. These production facilities shall be administered by a separate agency of the United Nations, which shall be called the United Nations Military Supply and Research Agency and shall be established pursuant to legislation to be enacted by the General Assembly. Such production facilities shall be initially equipped with machines, appliances and tools discarded during the period of actual disarmament pursuant to paragraph 4 of Article 11 of Annex I; and any further machines, appliances and tools subsequently needed for these production facilities shall be manufactured by the United Nations in its own plants, to be administered by the Military Supply and Research Agency. The requirement contained in the preceding two sentences that the production of arms and equipment (including airplanes and naval vessels), and of machines, appliances and tools for their manufacture shall be confined to the production facilities and plants of the United Nations itself, shall not apply if and when the General Assembly shall have declared the existence of an extreme emergency pursuant to Chapter III of this Annex.

17. The United Nations Military Supply and Research Agency shall, to the extent authorized and provided for by the General Assembly, engage in research related to the development of new military weapons or the improvement of existing weapons of the kind which the United Nations Peace Force is permitted to have; and also in research relative to methods of defense against the possible illegal use of nuclear, biological, chemical or other weapons adaptable to mass destruction.

19. The stocks of arms and equipment of both components of the

United Nations Peace Force shall be located in the military bases of the United Nations. The facilities of the United Nations Military Supply and Research Agency for the production of arms and equipment (including airplanes and naval vessels), its facilities for the production of machines, appliances and tools for the production of arms and equipment, and its facilities for research, shall also be located in the military bases of the United Nations or in areas leased by the United Nations for this purpose, such leases to be subject to the provisions and limitations of paragraph 15 of this Article. The Peace Force and the Military Supply and Research Agency respectively shall, subject to the approval of the Executive Council, arrange for such a geographical distribution of these stocks and facilities as will minimize the risk that any nation or group of nations might achieve a military advantage by the seizure of stocks or facilities situated in a particular territory or region; and to this end, such arrangements shall provide that not less than five per cent or more than ten per cent of the total amount of these stocks and not less than five per cent or more than ten per cent of the total productive capacity of these facilities shall be concentrated in any one of the regions provided for in paragraph 14 of this Article.

20. The United Nations Peace Force shall, to the extent authorized and provided for by the General Assembly, employ civilian personnel for the performance of all such services and functions as do not need to be performed by military personnel; but such civilian personnel shall not be deemed to be members of the Peace Force.

21. The expenses of the United Nations Peace Force and of the United Nations Military Supply and Research Agency shall be borne by the United Nations. The General Assembly shall determine the compensation and allowances of the Military Staff Committee; and after receiving a report on the subject from that Committee and the recommendations of the Executive Council as to such report, shall determine the pay and allowances of the personnel of the Peace Force. The annual budget of the Peace Force shall be prepared by the Military Staff Committee, subject to the approval of the Executive Council. The annual budget of the Military Supply and Research Agency shall be prepared by the management of that Agency subject to the approval of the Executive Council. Both budgets shall be submitted to the General Assembly for action pursuant to the procedure provided for in Annex V. No appropriation for the use of the Peace Force or the Military Supply and Research Agency shall be made for a longer term than two years.

Article 3

1. The General Assembly shall have authority from time to time to amend the basic laws adopted pursuant to subparagraph (b) of para-

graph 3 of Article 2 of this Annex and to enact such laws and regulations, additional to such basic laws, as it may deem necessary for the organization, administration, recruitment, discipline, training, equipment and disposition of the United Nations Peace Force; provided that all such amendments and new laws and regulations shall be in accordance with and subject to the principles and limitations set forth in this Annex.

2. Subject to such laws and regulations and subject to the general control of the Executive Council, the Military Staff Committee shall have the immediate direction of the United Nations Peace Force. The Executive Council may from time to time issue such instructions to the Military Staff Committee as the Council deems necessary.

3. The Military Staff Committee shall submit monthly reports to the Executive Council and such special reports as the Military Staff Committee may deem necessary or as the Council may call for.

4. The General Assembly, through its Standing Committee on the Peace Enforcement Agencies provided for in Article 22 of this revised Charter, shall watch over the carrying out by the Military Staff Committee and the Executive Council of their responsibilities under this Annex. This Standing Committee shall be entitled to obtain from the Council and the Military Staff Committee all relevant information and shall make such investigations as it may deem necessary or as the Assembly may request it to make. If in the judgment of the Standing Committee a situation exists which requires the convoking of a special session of the Assembly, it shall be entitled in accordance with Article 20 of this revised Charter to request the Secretary-General to convoke such special session.

Article 4

1. In accordance with Article 46 of this revised Charter, advance plans for possible action by the United Nations Peace Force to maintain or restore international peace or to ensure compliance with this revised Charter and the laws and regulations enacted thereunder, shall be made by the Executive Council with the assistance of the Military Staff Committee.

2. When action by the standing component or by both components of the Peace Force has been directed by the General Assembly pursuant to Articles 37, 40, 42 or 43 of this revised Charter, or if action by the standing component has been directed by the Executive Council in the circumstances defined in paragraph 2 of Article 39 of this revised Charter, the Military Staff Committee shall be responsible for the final preparation and execution of the plans for such action, subject to the general control of the Executive Council.

3. When action by only a part of the standing component of the

Peace Force has been directed by the General Assembly or the Executive Council, the Council may, with the advice of the Military Staff Committee, appoint regional commanders and commanders of the land, sea and air elements; and when action by the whole standing component has been directed, the Council, if it deems such appointment essential, may also appoint a Commander-in-Chief. All such commanders shall be appointed by the Executive Council for terms not exceeding the period of the actual operation in the particular situation; and they shall be removable at any time by the Council.

4. No action by the United Nations Peace Force pursuant to Articles 37, 40, 42 or 43 of this revised Charter shall be permitted without prior authorization of the General Assembly, or of the Executive Council in the circumstances defined in Article 37 or in paragraph 2 of Article 39, respectively, of this revised Charter, but this provision shall not impair the inherent right of the Peace Force to take strictly necessary measures of self-defense in case of an armed attack on its bases, ships, airplanes or units stationed outside its bases.

5. Any action by the United Nations Peace Force pursuant to Articles 37, 40, 42 or 43 of this revised Charter shall be limited to such operations as are strictly necessary to maintain or restore international peace or to ensure compliance with this revised Charter and the laws and regulations enacted thereunder, and any unnecessary destruction of life or property shall at all times be avoided. If in case of a large-scale violation which cannot be dealt with by more limited means it should be deemed absolutely essential to destroy or damage an inhabited locality, the inhabitants shall be given sufficient warning so that they may evacuate it in time. Whenever possible, and in particular when action is being taken to forestall rather than suppress a breach of the peace or a violation of this revised Charter or of the laws or regulations enacted thereunder, any use of force shall be preceded by naval or air demonstrations, accompanied by a warning that specified further measures will be taken if the breach or violation does not cease. When a violation consists of the operation of prohibited or unlicensed installations, establishments or facilities, the action of the Peace Force shall be confined to their occupation unless the destruction of such installations, establishments or facilities (including plants supplying them with heat and electricity and the main lines of communications in their vicinity) is absolutely essential to prevent a continuance of the illegal operation.

6. The United Nations Peace Force shall in no event employ nuclear weapons except when the General Assembly: (a) has declared that a nuclear weapon has actually been used either against a nation or against the United Nations itself or that there is a serious and imminent threat that a nuclear weapon will be so used; (b) has declared that nothing less than the use of a nuclear weapon or weapons by the Peace Force will

suffice to prevent or suppress a breach of the peace or violent defiance of the authority of the United Nations; and (c) has authorized the United Nations Nuclear Energy Authority to transfer to the Peace Force one or more nuclear weapons. When the occasion for the use or possible use of a nuclear weapon or weapons by the Peace Force has ceased, or when the General Assembly so directs, any nuclear weapon or weapons so transferred to the Peace Force shall be forthwith returned to the Nuclear Energy Authority.

7. The United Nations Peace Force, when taking action pursuant to Articles 37, 40, 42 or 43 of this revised Charter, shall be entitled to pass freely through the territory of any nation and to obtain from any nation such assistance with respect to temporary bases, supplies and transport as may be needed by it. The General Assembly shall enact laws regulating the extent of such assistance and the payment of just compensation therefor.

8. Upon the termination of any action by the United Nations Peace Force pursuant to Articles 37, 40, 42 or 43 of this revised Charter, the Peace Force shall be withdrawn as soon as possible to its bases.

Article 5

1. The members of the United Nations Peace Force and its civilian employees, together with their dependents, shall be entitled to all the privileges and immunities provided for in Annex VI.

2. The United Nations shall have exclusive criminal and disciplinary jurisdiction in respect of the members of the Peace Force, its civilian employees and the dependents of such members and employees in any area which the United Nations has leased for the use of the Peace Force within the territory of any nation. The General Assembly shall enact laws defining the offenses committed in any such area by any member of the Peace Force or by any civilian employee or any dependent of such member or employee, prescribing the penalties therefor, and providing for the apprehension, trial and punishment of any such member of the Peace Force, or civilian employee or dependent who is accused of any such offense. If a person so accused is found outside any such area, the authorities of the nation in which such person is found shall assist in his apprehension and in removing him to the area in which the alleged offense was committed.

3. Other criminal and civil jurisdiction in respect of members of the United Nations Peace Force and its civilian employees and their dependents, shall be exercised by the national authorities having jurisdiction in respect of the acts and omissions, transactions or relations in question in accordance with international law, except as such jurisdiction may be modified by agreement between the United Nations and

the respective nations. The General Assembly may, however, in case of an apparent gross denial of justice by any nation to any member of the Peace Force, or civilian employee thereof, or to any of their dependents, provide by law for an appeal by the United Nations or the person concerned to the United Nations regional court within the jurisdiction of which the denial of justice has occurred. If either the United Nations or the person or nation concerned is dissatisfied with the decision of the regional court, any of them shall have the right to appeal to the International Court of Justice; except that in the case of the person concerned, such right shall be subject to any legislation which may be enacted by the General Assembly pursuant to Part D of Annex III. In the case of such an appeal to the International Court of Justice, the decision of the Court shall be final.

CHAPTER III

ENLARGEMENT IN CASE OF GRAVE OR EXTREME EMERGENCY

Article 6

1. If the General Assembly, pursuant to paragraph 1 of Article 43 of this revised Charter, shall have declared the existence of a grave emergency, it shall call all or part of the United Nations Peace Force Reserve to active duty pursuant to the following procedures and subject to the following limitations:

a. If such call to active duty is for less than all of the Peace Force Reserve, members of the Reserve shall be called to duty in proportion, as nearly as may be, to the number of nationals of the respective nations then enrolled in the Reserve.

b. The period of active duty required under any such call shall not exceed the period of the grave emergency, and no member of the Reserve shall be obliged to serve after the expiration of the term of service for which he has been originally enrolled pursuant to paragraph 8 of Article 2 of this Annex.

2. If the General Assembly shall have declared the existence of a grave emergency pursuant to paragraph 1 of Article 43 of this revised Charter and if at that time the authorized strength of the standing component of the Peace Force is below its constitutional limit of 600,000 or the authorized strength of the Peace Force Reserve is below its constitutional limit of 1,200,000, the Assembly may increase the authorized strength of the standing force to 600,000 or of the Reserve to 1,200,000 or of both to these limits. The Assembly may authorize such increase or increases whether or not it has then called to active duty part or all of the Peace Force Reserve, and if any such increase or increases shall be authorized, the Assembly may call upon the member Nations to assist in the recruitment of either or both components to the increased strength.

Article 7

1. If the General Assembly, pursuant to paragraph 2 of Article 43 of this revised Charter, shall have declared the existence of an extreme emergency and shall have directed an increase of the strength of the Peace Force beyond the maximum combined strength of 1,800,000 for

both components as provided in paragraph 2 of Article 2 of this Annex, the Assembly shall direct the member Nations to cooperate with the United Nations in obtaining the needed additional personnel; provided that such increase shall be made pursuant to the following procedures and subject to the following limitations:

a. The quota of new recruits which any member Nation (including any non-self-governing or trust territories under its administration) may be directed to obtain shall not exceed a number which when added to the number of nationals of such nation (including any non-self-governing or trust territories under its administration) then serving in the Peace Force would make the total number of the nationals of such nation (including any non-self-governing or trust territories under its administration) exceed five per cent of the total strength of the Peace Force at that time.

b. The quota of new recruits which any member Nation (including any non-self-governing or trust territory under its administration) may be directed to obtain shall not exceed a number which when added to the number of nationals of such nation (including any non-self-governing or trust territory under its administration) then serving in the Peace Force would exceed one per cent of the population of such nation (including any non-self-governing or trust territory under its administration).

c. Persons recruited for the Peace Force under this Article shall be obtained by voluntary enlistment, but any member Nation which fails promptly to raise its quota shall adopt the necessary compulsory measures to enable it to fill its quota.

d. Personnel of the United Nations Peace Force recruited for the period of the extreme emergency under this Article shall not be required to serve beyond the period of the extreme emergency as declared by the General Assembly and shall be demobilized and returned to their nations of origin (or to a nation of their own choice, if accepted by that nation) as soon as possible after the end of the extreme emergency.

2. In accordance with Article 44 of this revised Charter, and subject to the procedures and limitations contained in paragraph 1 of this Article, the General Assembly shall adopt in advance regulations in respect of the aid to be furnished by member Nations in obtaining recruits for the Peace Force under this Article. These regulations shall establish standards in respect of age, education and physical condition to be applied by member Nations in supplying recruits under this Article.

3. In accordance with Article 45 of this revised Charter, the member Nations shall adopt in advance such internal legislation and administrative measures as may be necessary to assure prompt and effective compliance by them with the regulations adopted under paragraph 2 of this Article.

CHAPTER IV

TRANSITIONAL ARRANGEMENTS

Article 8

1. Each member Nation shall designate as available to the United Nations during the period of organization of the United Nations Peace Force one tenth of its military forces as they exist from time to time during such period. Such period shall be deemed to begin with the ninth month of the preparatory stage provided for in Article 2 of Annex I and to terminate at the end of the third month of the last year of the actual disarmament stage provided for in Article 10 of Annex I. During that period one fourth of the forces thus designated shall be maintained in a state of immediate readiness for military action under the direction of the United Nations.

2. If the General Assembly considers that the economic measures provided for in Article 41 of this revised Charter would be inadequate or have proved to be inadequate to maintain or restore international peace or to ensure compliance with this revised Charter and the laws and regulations enacted thereunder, and that the United Nations Peace Force has not yet reached sufficient strength to deal with the situation, the Assembly shall direct such action by part or all of the national forces which have been designated pursuant to paragraph 1 of this Article as it may deem necessary. Such action shall be taken within the limitations of Article 4 of this Annex.

3. The General Assembly shall have authority to enact such laws and regulations as it may deem necessary for the strategic direction, command, organization, administration and disposition of the national forces designated pursuant to paragraph 1 of this Article when action by any such national forces has been directed pursuant to paragraph 2 of this Article.

ANNEX III

THE JUDICIAL AND CONCILIATION
SYSTEM OF THE UNITED NATIONS

Comment. This Annex would consist of four Parts: (A) a proposed revision of the Statute of the International Court of Justice which now constitutes the only Annex to the 1945 Charter; (B) a new Statute for the World Equity Tribunal called for by paragraph 1 of Article 93 of the revised Charter; (C) a new Statute for the World Conciliation Board called for by paragraph 2 of revised Article 93; and (D) a new Statute for the regional courts of the United Nations called for by paragraph 3 of revised Article 93.

The broad purpose of this Annex is to provide for the judicial institutions of the United Nations requisite for the maintenance of the rule of law in the field of war prevention. It is proposed to accomplish this through the establishment of: (a) institutions and machinery for the adjustment or adjudication of disputes between nations of a sort likely to endanger peace; and (b) institutions and machinery for the application both to individuals and nations of the Charter and laws of the United Nations in respect of the maintenance of peace.

With regard to the former, i.e., the settlement or adjudication of international disputes, a comprehensive plan is proposed. This includes the grant to the existing International Court of Justice of compulsory jurisdiction in certain categories of legal disputes; the creation of an entirely new tribunal—the World Equity Tribunal—to deal with nonlegal disputes; and the creation of a new conciliation agency—the World Conciliation Board—to deal through conciliation and mediation with any international disputes whether of a "legal" or "nonlegal" character.

In respect of the enforcement of United Nations law, it is proposed to establish a system of United Nations regional courts subordinate to the International Court of Justice, in order to provide adequate machinery for dealing with offenses against the Charter or laws of the United Nations and adequate safeguards against possible abuse of power by any organ or official of the United Nations itself.

International disputes. It is impossible to predict what particular method, or combination of methods, will be most suitable for dealing in a peaceful manner with some particular controversy between nations. In one case the dispute may primarily involve questions which are susceptible of decision on legal principles and by strictly judicial proceedings,—for example, a boundary dispute depending on the interpretation of some ancient treaty or a dispute involving principles of international law concerning the treatment of aliens. It is proposed that in such instances the General Assembly (or the Executive Council by delegated authority from the Assembly) could order the disputing nations to submit to the final and enforceable judgment of the

International Court of Justice. In other instances, however, the dispute might primarily involve various political questions such as those involved in the complex Arab-Israeli controversy, so that a peaceful solution would require the decision of various "nonlegal" questions as much or more than the adjudication of any "legal" issue. Accordingly, in order to equip the United Nations to deal authoritatively with disputes of this character, the World Equity Tribunal, as described below, would be established.

Finally, it is proposed to create a World Conciliation Board, constituted and empowered as described below, whose function would be limited to mediation and conciliation and which could deal at any stage with international controversies of any sort.

Through a comprehensive and flexible system of this character, it is intended to provide suitable means for the adjustment or adjudication of *any and all* international controversies likely to endanger peace, and to eliminate once and for all any reasonable excuse for resort to violence on the ground that the United Nations lacks machinery and power to deal effectively with serious international controversies.

Enforcement of United Nations law. Along with the machinery for dealing with international disputes, it is intended, through the proposed system of United Nations regional courts, to provide effective tribunals throughout the world for the interpretation and application of the Charter, of the laws of the United Nations in respect of disarmament and of the other provisions for the prevention of war. It is also intended to provide adequate judicial safeguards against possible abuse of power by any United Nations agency and for the observance of the guarantees of the proposed Bill of Rights (Annex VII).

The system of United Nations regional courts would be supplemented by the creation of the office of Attorney-General of the United Nations and by the maintenance of a United Nations civil police force. The Attorney-General would have general responsibility for the prosecution in the regional courts of alleged offenses by individuals and private organizations against the Charter and the laws of the United Nations; while the civil police force (not to exceed 10,000 in number) would assist the Inspection Service in the detection of violations of the disarmament provisions, would investigate other possible violations and would be responsible for the apprehension of alleged offenders. The civil police force would be under the general direction of the Attorney-General.

Outline. The texts of the four Parts of this Annex remain to be drafted, but their main features would be as follows:

A. The Statute of the International Court of Justice

It is proposed to make the following principal changes in the present Statute:

1. The judges of the Court would be elected, not by concurrent action of the General Assembly and the Security Council, as at present, but by the General Assembly alone, the present system of nomination being, however, retained.

2. To ensure greater independence for the judges of the Court, the judges would be elected not for nine-year terms, as provided by the present Statute,

but for life. This life tenure would, however, be subject to the possibility of dismissal if, in the unanimous opinion of his colleagues, a judge is no longer able properly to perform his functions or, as now provided, has in their unanimous opinion "ceased to fulfil the required conditions" of his tenure.

3. In contrast to the provision of the present Statute that "only states may be parties in cases before the Court", access to the Court would also be granted: (a) to the United Nations; (b) to its specialized agencies; (c) to regional international organizations when authorized by the General Assembly; and (d) to individuals and private and public organizations in certain cases of appeal from the regional courts of the United Nations (see paragraph 7 of Part D, below).

4. The jurisdiction of the Court (which, apart from special agreement, is merely optional under the present Statute) would be made compulsory with respect to the following categories of disputes between any nation and the United Nations, between two or more nations, between one or more nations and one or more international organizations and between two or more international organizations:

a. any dispute relating to the interpretation or application of the revised Charter (including all the Annexes thereto);

b. any dispute relating to the constitutionality of any law, regulation or decision made or adopted under the revised Charter (including all the Annexes thereto), and any dispute relating to the interpretation or application of any such law, regulation or decision;

c. any dispute relating to legal questions involved in an international dispute or situation if the General Assembly (or the Executive Council, if acting in the matter pursuant to authority from the Assembly) should decide that the continuance of that dispute or situation is likely to endanger the maintenance of international peace and security and should direct that such legal questions be submitted to the Court pursuant to Article 36 of the revised Charter;

d. any dispute relating to the interpretation or application of the constitutions of specialized agencies;

e. any dispute relating to the interpretation or application of treaties and other international agreements or instruments registered with the Secretariat of the United Nations under Article 102 of the revised Charter;

f. any dispute relating to the validity of a treaty or other international agreement or instrument, or of a constitution or law of any member Nation, which is alleged to be in conflict with the revised Charter (or with any law or regulation enacted thereunder);

g. any other dispute where recourse to the Court against the United Nations is specifically provided for in the revised Charter (including all the Annexes thereto) or in any law or regulation enacted thereunder.

5. The International Court of Justice would also hear appeals from decisions of the regional courts of the United Nations in those cases in which such appeals are permitted by laws enacted by the General Assembly pursuant to paragraph 7 of Part D.

6. The International Court of Justice would have a general power of supervision over the administration of the regional courts.

7. The judgments of the International Court of Justice would be enforceable by measures to be adopted by the General Assembly under paragraph 2 of Article 94 of the revised Charter.

B. The Statute of the World Equity Tribunal

It is proposed to establish a new organ of the United Nations—the World Equity Tribunal—for dealing with disputes which are not primarily of a legal nature. By this is meant disputes which, while they may have some incidental legal aspect, involve questions which cannot be satisfactorily resolved on the basis of applicable legal principles. As pointed out in the comment on Article 36 of the revised Charter, many current international disputes are of this character and require adequate procedures to ensure their settlement. These procedures are set out in paragraphs 4-10 of revised Article 36, which should be read together with the Statute of the proposed World Conciliation Board (see Part C, below) as well as that of the World Equity Tribunal.

The Statute of the World Equity Tribunal would contain the following basic provisions:

1. The Tribunal would be composed of fifteen persons, whose character, experience and reputation would furnish the best assurance of impartiality and breadth of view. No two of them could be nationals of the same nation, and at least ten of them must have had more than twenty years of legal experience as judges, teachers of law or practicing lawyers.

2. The members of the Tribunal would be elected by the General Assembly from a list of persons nominated by the member Nations upon the recommendation of a committee in each member Nation which shall include representatives of the principal judicial tribunals and legal associations, and of leading academic, scientific, economic and religious organizations. In selecting the members of the Tribunal, the General Assembly would be required to pay due regard to their geographical distribution in order that in the Tribunal as a whole all the principal regions of the world would be fairly represented.

3. To ensure the independence of the members of the Tribunal, they would be elected for life, subject, however, to the possibility of dismissal if, in the unanimous opinion of his colleagues, a member is no longer able properly to perform his functions or has ceased to fulfil the required conditions of his tenure.

4. The Tribunal would have authority to deal only with disputes or situations involving the United Nations, the specialized agencies of the United Nations, nations, and non-self-governing or trust territories.

5. The Tribunal would have jurisdiction in respect of disputes or situations referred to it by voluntary agreement, as follows:

a. under a special agreement concluded between all the nations or international organizations concerned;

b. under a bipartite or multipartite treaty providing in advance for the reference of certain categories of questions to the Tribunal, provided that the particular question referred to the Tribunal falls within the categories enumerated in the treaty;

c. under unilateral declarations applicable to certain categories of ques-

324

tions, provided that all the nations concerned have made such declarations with respect to the category to which the particular question referred to the Tribunal belongs.

The agreement, treaty or declaration providing for the jurisdiction of the Tribunal could empower it either to make recommendations without binding force or to render a binding decision; and if the parties agreed to be bound by the decision of the Tribunal, it would be enforceable by the same measures as a judgment of the International Court of Justice, i.e., in accordance with paragraph 2 of Article 94 of the revised Charter.

6. Under certain conditions, the World Equity Tribunal would also have jurisdiction without regard to the agreement of those involved in the dispute or situation. This jurisdiction could be conferred by the General Assembly pursuant to Article 36 of the revised Charter with respect to any questions which in the judgment of three fifths of all the Representatives in the Assembly: (a) cannot be satisfactorily resolved on the basis of applicable legal principles; and (b) relate to a dispute or situation the continuance of which is likely to endanger the maintenance of international peace and security. If the Assembly should in this way refer a dispute or situation to the Tribunal, the Tribunal would conduct public hearings and make all necessary investigations.

Thereafter, the Tribunal could adopt such recommendations as it deems reasonable, just and fair for the solution of the whole dispute or situation, or of particular questions involved therein, which had been referred to the Tribunal; provided that the recommendations are approved by a two-thirds majority of all the members of the Tribunal.

Recommendations of the Tribunal (pursuant to Article 36 of the revised Charter) would become binding on all concerned only after they had been approved in their entirety by the General Assembly by a four-fifths majority vote of all the Representatives, including three fourths of the Representatives then in office from the member Nations entitled to thirty Representatives in the Assembly and three fourths of the Representatives then in office from the member Nations entitled to sixteen Representatives; provided that the resolution of the Assembly approving the recommendations had included a finding that the dispute or situation was likely to continue unless the recommendations of the Tribunal were carried out and that such continuance was in fact likely to endanger peace.

In case of any failure to comply with the recommendations of the Tribunal when so approved by the Assembly, the Assembly would be authorized to enforce them by means of economic and military sanctions, pursuant to paragraph 3 of Article 94 of the revised Charter, i.e., in a manner corresponding to that provided for the enforcement of judgments of the International Court of Justice in paragraph 2 of the same Article.

C. The Statute of the World Conciliation Board

It is proposed to establish a new organ of the United Nations—the World Conciliation Board—whose function it would be to help in bringing about mutually acceptable agreements between nations which become involved in disputes or situations dangerous to peace.

The Statute of the Board would contain the following basic provisions:

1. The Board would be composed of five persons, whose character, experience and reputation would furnish the best assurance of impartiality and breadth of view.

2. The members of the Board would be elected in the following manner:

a. There would be established a World Conciliation Panel, composed of persons highly qualified to serve as international mediators or conciliators. Each nation would appoint one such person to serve on the Panel for four years and until the appointment of his successor.

b. The World Conciliation Panel would meet before the first session of the first General Assembly elected under the revised Charter and every four years thereafter before the first session of each newly elected Assembly. At each of these meetings, the Panel would nominate from their own number fifteen candidates for membership on the World Conciliation Board, these nominees to be chosen with due regard to geographical distribution as well as individual qualifications.

c. The first General Assembly elected under the revised Charter would at the beginning of its first session elect five members of the Board from among the fifteen nominees to serve during the four-year term of that Assembly and until the election of their successors; and each subsequently elected Assembly would at the beginning of its first session similarly elect the five members of the Board from the list of fifteen nominees submitted by the Panel. In electing the members of the Board, the Assembly would be required to pay due regard to their geographical distribution in order to give representation to the main regions of the world. Members of the Board would be eligible for renomination and re-election.

3. When the Board is dealing with a dispute or situation, any nation which is party to such dispute or is concerned in the situation would, unless one of its nationals is then a member of the Board, have the right to request that the member of the World Conciliation Panel appointed by that nation be added to the Board during the consideration of such dispute or situation. If the Board should consider that in a dispute or situation referred to it, the interests of a non-self-governing or trust territory are specially affected, the Board would be required to request the Trusteeship Council to appoint a properly qualified person resident in such territory to represent the interests of the territory. Any member of the Panel thus temporarily added to the Board would have the right to participate, without vote, in the deliberations of the Board.

4. The Board would have authority to deal only with disputes or situations involving the United Nations, the specialized agencies of the United Nations, nations and non-self-governing or trust territories.

5. The Board would have authority to seek the settlement of disputes or situations referred to it:

a. under a special agreement concluded between all the nations or international organizations concerned;

b. under a bipartite or multipartite treaty providing in advance for the reference of certain categories of questions to the Board, provided that the particular question referred to the Board falls within the categories enumerated in the treaty;

c. under unilateral declarations applicable to certain categories of questions, provided that all the nations concerned have made such declarations with respect to the category to which the particular question referred to the Board belongs;

d. pursuant to a decision of the General Assembly or the Executive Council, under paragraph 4 of Article 36 of the revised Charter, that the continuance of the particular dispute or situation is likely to endanger the maintenance of international peace and security, that the dispute or situation involves questions which cannot be satisfactorily resolved on the basis of applicable legal principles, and that the dispute or situation as a whole or certain questions involved therein are suitable for consideration by the Board.

6. In the fulfillment of its functions, the Board would have authority: to appoint one or more individuals, preferably but not necessarily from the membership of the World Conciliation Panel, to mediate in the particular dispute or situation; to make such investigations as the Board may deem necessary to establish the facts and to clarify the issues; to hold such private or public hearings as the Board may deem best; and to use such other means to bring the nations concerned to a mutually acceptable agreement as the Board may deem appropriate.

7. If an agreement should be reached under the auspices of the Board, the Board would so report to the General Assembly and would submit to it the text of the agreement. If, however, no agreement should be reached within six months from the date on which a particular dispute or situation was submitted to the Board, or within such other period as the nations concerned might agree to, the Board would present to the Assembly a report containing a summary of the Board's efforts.

D. The Statute of the Regional Courts of the United Nations

It is proposed to establish United Nations regional courts, inferior to the International Court of Justice, for the trial of individuals and private organizations accused of violating the revised Charter or any law or regulation enacted thereunder. These regional courts would also be authorized to deal with other matters specifically provided for in the various Annexes, some of which are mentioned below.

The Statute for these courts would contain the following basic provisions:

1. The General Assembly would be required to establish not less than twenty or more than forty regional courts and to delineate the regions in which they would have jurisdiction.

2. Each regional court would be composed of three to nine judges, depending on the probable number of cases to be brought before it. Three judges would constitute a quorum, except that the General Assembly could authorize the performance of certain functions by single judges.

3. The judges would be appointed by the Executive Council from a list of qualified persons prepared by the International Court of Justice; the appointments to be subject to confirmation by the General Assembly. Not more

than one third of the judges of any regional court could be nationals of the nations included in the region of the court's jurisdiction, and no two judges of any regional court could be nationals of the same nation.

4. The judges would be appointed for life, subject only to the possibility of dismissal if, in the opinion of two thirds of all the judges of the International Court of Justice, a judge is no longer able properly to perform his functions or has ceased to fulfil the required conditions of his tenure.

5. Each regional court, in addition to regular sessions at its seat, would be required to hold periodical sessions in the capital or other principal city of each of the nations included in the region.

6. The jurisdiction of the regional courts would include:

a. the trial of individuals and private organizations accused of offenses against the revised Charter or any law or regulation enacted thereunder;

b. the issuance, under Articles 21 and 22 of Annex I of the revised Charter, of authorizations for the conduct, without notice, of periodic inspections and of aerial inspections, and of authorizations for the inspection of places and facilities other than those specifically made subject to inspection by Annex I;

c. the consideration of appeals against decisions of the Inspector-General refusing the grant of a license under Article 16 of Annex I, or suspending or revoking a license under Article 31 of that Annex;

d. the determination, in case of dispute, of the amount of compensation or rent payable by the United Nations under Article 104 of the revised Charter, Article 28 of Annex I and Article 2 of Annex II;

e. the issuance, under Article 21 of Annex I, of injunctions against performance by the Inspection Service of acts not authorized by Annex I or by laws or regulations enacted thereunder;

f. any other matter where access to a regional court by nations, public or private organizations or individuals is specifically provided for in the revised Charter (including any Annex thereto) or in any law or regulation enacted thereunder.

7. The General Assembly would be authorized to enact laws specifying the categories of cases in which appeals from decisions of the regional courts to the International Court of Justice would be allowed. It would be provided that these laws must permit appeals when it appears to at least one third of the judges of the International Court of Justice: (a) that a decision of a regional court may be inconsistent with a prior decision of the same issue of law by the International Court of Justice or by another regional court; (b) that a regional court may have wrongly decided a question involving the interpretation of the Charter of the United Nations; (c) that a regional court may have exceeded its jurisdiction; (d) that a regional court may have deprived a person of a right or privilege guaranteed by the Bill of Rights (Annex VII); or (e) that a regional court may have made a fundamental error resulting in a serious denial of justice.

8. The General Assembly would be empowered to enact laws prescribing the procedures to be followed in apprehending an accused individual, in trying individuals and private organizations, and in enforcing the penalties.

9. The prosecution of alleged offenses committed by individuals and private

organizations would be in the hands of an Attorney-General of the United Nations, to be appointed by the Executive Council, subject to confirmation by the General Assembly. Assistant Attorneys-General of the United Nations would be assigned to each regional court and, except in extraordinary circumstances, cases would be brought before the regional court within whose territorial jurisdiction the alleged offense was committed.

10. The General Assembly would be required to establish a civil police force of the United Nations, the functions of which would be: to aid the Inspection Service in the detection of violations of the disarmament provisions in Annex I; to investigate other actual or threatened offenses against the revised Charter or any law or regulation enacted thereunder; and to apprehend individuals accused of having committed such violations. This civil police force would be under the general direction of the Attorney-General of the United Nations. The General Assembly would be empowered to enact such laws and regulations as it might deem necessary for the organization, recruitment, discipline, training, equipment, administration and authority of this civil police force, subject to the limitation that the strength of the force shall not exceed 10,000.

11. The Attorney-General of the United Nations would be required to make arrangements with national authorities for:

a. assistance to the civil police force in the apprehension of persons accused of having committed offenses against the revised Charter and the laws and regulations enacted thereunder;

b. the detaining of such persons pending trial or pursuant to a judgment of a United Nations regional court;

c. the collection, for the account of the United Nations, of fines imposed by a judgment of a United Nations regional court.

12. Except where proper arrangements have been made with national authorities for the detention of offenders, they would be detained in United Nations houses of detention. Buildings would be leased by the United Nations for this purpose, or special buildings might be built on land leased to the United Nations.

13. Except to the extent that arrangements have been made with national authorities for the collection of fines for the account of the United Nations, the General Assembly would be required to enact laws providing for the direct collection of fines imposed by regional United Nations courts, by United Nations court marshals appointed by the Attorney-General, and defining the circumstances in which the marshals would be permitted to sequester property in order to satisfy a judgment of a United Nations court.

* * * * *

Through the institutions and measures above described, it is believed that the following purposes would be fulfilled: (1) there would exist tribunals of the highest independence and authority to which any nation could resort, thus removing any excuse for resorting to war or the threat of it for the settlement of any international dispute; (2) adequate means would be provided for dealing by due process of law with possible violators of the revised Charter and the laws enacted thereunder; and (3) adequate safeguards and appropriate remedies would be provided against possible abuse of power by any organ or official of the United Nations.

As already stressed, we must, in order to achieve genuine peace, have more than disarmament and more than an effective world police. We must also have well-established world tribunals to which the nations can resort with confidence for the decision or adjustment of their disputes. As Annex I provides for complete, universal and enforceable disarmament and Annex II for a world police force, this Annex III would provide the tribunals of justice which constitute another great essential for world peace.

THE WORLD DEVELOPMENT AUTHORITY

Outline. It is proposed to establish a new organ of the United Nations—the World Development Authority—"for the promotion of the economic and social advancement of all peoples" (Preamble to the Charter).

The Statute of this proposed World Development Authority would contain the following provisions:

1. The Authority would be under the direction and control of a World Development Commission consisting of five persons to be appointed by the Economic and Social Council, subject to confirmation by the General Assembly. The members of this Commission would be appointed for terms of five years, their terms to be staggered so that one member would be appointed every year. No two members of the Commission could be nationals of the same nation and they would be selected with due regard to equitable geographical distribution.

2. The Economic and Social Council would have general supervision over the World Development Commission in a manner corresponding to the Executive Council's power of supervision over the Inspection Commission and the Nuclear Energy Commission. This supervisory power of the Economic and Social Council would include authority to remove any member of the World Development Commission and to issue such instructions to the Commission as the Council might deem necessary.

3. The chief administrative officer of the World Development Authority would be a Director-General, to be appointed by the World Development Commission subject to confirmation by the Economic and Social Council.

4. The Economic and Social Council, with the advice of the World Development Commission, would from time to time formulate the broad objectives and priorities for the work of the World Development Authority subject to such policy directives as the General Assembly might adopt. Within the framework of these directives, objectives and priorities, it would be the function of the Commission to decide upon particular applications for grants and loans from the Authority.

5. The principal means whereby the World Development Authority would fulfil its purpose of promoting "the economic and social advancement of all peoples" would be grants-in-aid or interest-free loans (either to governments or to public or private organizations) for economic and social projects deemed indispensable to "the creation of conditions of stability and well-being" (Article 55 of the Charter); in particular for such projects as railways, roads, ports, dams and irrigation, power stations, schools, hospitals and housing.

No loans or grants could, however, be made in respect of projects for which adequate financing could be obtained through other channels, either private or public.

6. The funds of the World Development Authority would be provided from the general budget of the United Nations as annually adopted by the General Assembly. The proposed budget of the Authority would in the first instance be prepared by its Director-General and would then be passed upon by the World Development Commission and submitted to the Economic and Social Council. When approved by that Council and after scrutiny by the Standing Committee on Budget and Finance, the budget would go to the General Assembly for final approval.

The amount which could be appropriated for the World Development Authority would, of course, be subject to the general restriction that the total revenue to be raised by the United Nations in any particular year could not exceed two per cent of the estimated gross world product in that year (Annex V).

Comment.   The proposal to establish a World Development Authority is based on the premise that a stable peace can be maintained only if all the nations of the world can be assured that everything possible is being done to ameliorate their worst economic and social ills. Should the General Assembly use generously its power to allocate to the World Development Authority a large proportion of the two per cent of the gross world income which may be raised in any year by the United Nations, it should be possible for the Authority to grant sufficient aid to the most underdeveloped areas of the world. Thus it should prove possible over a generation or two to remove the danger to peace caused by the immense economic disparity between those areas and the more industrialized parts of the world.

For a further explanation of the purpose and scope of the World Development Authority, see Annex V.

THE REVENUE SYSTEM OF THE
UNITED NATIONS

Main features. The purpose of this proposed Annex is to supplement Article 17 of the revised Charter with detailed provisions for an adequate and effective revenue system of the United Nations.

The complete text of the Annex remains to be drafted, but its main features would be as follows:

1. There would be a grant to the United Nations of adequate powers to raise, through collaborative arrangements with the member Nations, sufficient and reliable revenues to assure the effective fulfillment of its enlarged responsibilities; but this grant would be subject to strict safeguards and limitations.

2. The scope of the revenue powers and the methods for their exercise would be delimited in a detailed plan which would provide for a limit on the total budget of the United Nations in any year of two per cent of the estimated gross world product in that year.

3. The formula for the apportionment of the total budget would be based upon the ability to pay of the people of the member Nations, with the limitation, however, that the amount to be contributed by the people of any member Nation in any year shall not exceed two and one half per cent of the estimated gross national product of that nation in that year.

4. Provision would be made for the establishment in each member Nation of a United Nations fiscal office, the functions of which would be: (a) to receive the taxes of those in that nation who, under national laws enacted for the purpose, have been made liable to pay taxes to the United Nations; and (b) to transmit the sums so received to the central treasury of the United Nations.

5. All the member Nations would undertake to place their tax-collecting machinery at the disposal of the United Nations for the collection and turning over to the United Nations of the taxes levied in their respective territories which are to go to the United Nations, in order that the revenue of the United Nations shall be received by it without the creation of any large tax-collecting organization of its own.

6. Provision would be made whereby the administrative work of obtaining the payment to the United Nations of the amounts due to it from the people of each member Nation would be made the function of that nation, including the investigation and penalization of defaults on the part of its inhabitants.

7. The United Nations would have a carefully defined borrowing power, subject to an upper limit whereby the amount of United Nations debt outstanding at the end of any year could not exceed five per cent of the gross world product as estimated for that year, save only in case of grave emergency.

8. The plan would also define the authority of the General Assembly in

this field and the limitations thereon; such limitations to include, in addition to the above limits on the maximum amount to be raised in any year and on the maximum debt, a general limitation that revenue may be raised or money borrowed only to meet the expenses of the United Nations for purposes within its constitutional authority.

9. Detailed provisions would define the procedures and establish the machinery: for the preparation and adoption by the General Assembly of the yearly budgets of the United Nations; for the supervision of expenditures; and for the assignment of quotas among the member Nations and the arrangements for their fulfillment. The proposed Standing Committee on Budget and Finance of the General Assembly (Article 22 of the revised Charter) would assist the Assembly in these matters.

Maximum limit on annual budgets. A principal feature of this revenue plan would be an *over-all limit* on the amount which could be raised for the United Nations in any year, to be measured by a percentage of the estimated gross world product from year to year. The proposed percentage is two per cent of the world's gross product (total value of all goods produced and services rendered) as estimated by the Standing Committee on Budget and Finance. For example, if the value of the world's gross product in 1978 were estimated at $2200 billion, the maximum budget of the United Nations in that year would be $44 billion.

This limit of two per cent of the estimated gross world product, which would determine the maximum amount of revenue which could be raised for the United Nations in any one year, has two purposes. On the one hand, it is intended to ensure that the strengthened United Nations could not aggrandize itself by making too severe a levy on the resources of the member Nations. On the other hand, the purpose is to ensure the capacity of the United Nations to raise sufficient funds for the effective discharge of its new and vital functions.

Apportionment of annual budgets. The proposed formula and procedure for the apportionment of the yearly budgets among the member Nations upon the broad principle of *ability to pay* would be as follows:

a. The gross national product of each member Nation for the next fiscal year, i.e., the calendar year, would be estimated by the Standing Committee on Budget and Finance; and the Standing Committee would also estimate the average population of each member Nation during that year.

b. From this estimated gross national product of each member Nation a "per capita deduction" would be made equal to an amount arrived at by multiplying the estimated population of such nation by a sum fixed from time to time by the General Assembly, which sum shall be not less than fifty or more than ninety per cent of the estimated average per capita product of the people of the ten member Nations having the lowest per capita national product.

c. The amount arrived at for each member Nation by this process would be known as the "adjusted national product", and the proportion of the total

334

United Nations budget to be supplied by the people of a particular member Nation would be ascertained by the relation between the "adjusted national product" of that nation and the sum of the "adjusted national products" of all the member Nations.

d. It would be provided, however, that the people of any member Nation shall not be required to supply in any year more than two and one half per cent of the estimated gross national product of that nation in that year.

To illustrate: Let us assume that the budget in question is for the year 1978, that the revised Charter has come into force at the end of 1964, so that it has been in effect for thirteen years and that every nation in the world is a member Nation. Let us also assume that during these thirteen years two great operations have been carried out: (1) that following the one-year transition period and the two-year preparatory stage, the complete disarmament of all the nations has been accomplished in the contemplated normal ten-year period; and (2) that, parallel with the disarmament process, the organization of the United Nations Peace Force has been completed.

Let us further assume that the total population of the world (estimated at nearly 2,800,000,000 at the end of 1957) has increased in the twenty years to December 1977 by about 40 million per annum, i.e., by some 800 million, to about 3,600,000,000; that the estimated gross world product for 1978 is $2200 billion (about $610 per person); and that the estimated average per capita product for 1978 of the ten nations with the lowest per capita product is $100.

Let us now assume: (a) that the General Assembly has adopted for 1978 an over-all budget of $35 billion (i.e., $9 billion less than the maximum $44 billion budget which it could adopt); and (b) that the Assembly has fixed $70 per capita (midway between the minimum of $50 and the maximum of $90) as the "per capita deduction" to be made in arriving at the "adjusted national product" of each nation.

On these assumptions, the practical effect of the plan can be illustrated by a comparison of its application to the United States, on the one hand, and to Pakistan on the other.

Let us assume that the average population of the United States in 1978 is estimated at 240 million and that its estimated gross national product for 1978 is $720 billion, or $3000 per capita (as against about $440 billion in 1958, or $2500 per capita); and that the corresponding estimates for Pakistan in 1978 are for a population of 110 million and a gross national product of $11 billion, i.e., $100 per capita. On the basis of the assumed $70 "per capita deduction" as fixed by the General Assembly, the amount to be deducted from the estimated gross national product of the United States would be $16.8 billion, leaving $703.2 billion as its "adjusted national product"; and the deduction for Pakistan would be $7.7 billion, leaving $3.3 billion as its "adjusted national product". If every nation in the world had ratified the revised Charter, the total of the deductions for all the nations would be $252 billion ($70 x 3600 million persons) leaving $1948 billion ($2200 billion less $252 billion) as the "adjusted world product". The quota of the United States for the assumed $35 billion 1978 budget would therefore be 703.2/1948, or approximately 36 per cent of $35 billion, i.e., about $12.6 billion; and the quota of Pakistan would be 3.3/1948, or approximately .17 per cent of $35 billion, or about $59.5 million.

At first glance this discrepancy may seem very great but, on analysis, will be found to do no more than reflect in an equitable manner the ability to pay of the people of the United States and of Pakistan.

No excuse is needed for the careful and elaborate character of this plan since it is of the utmost importance that the burden of raising the revenues of the strengthened United Nations shall be so equitably distributed as to command general acceptance.

Procedures for the preparation, submission and adoption of annual budgets. The procedure for the *preparation* (including the apportionment) of each annual budget would be as follows, taking as an example the supposed budget for 1978 and assuming that there are no nonmember nations:

a. All the various organs and agencies of the United Nations would be required to submit their respective budgets for the next fiscal year (the calendar year) at least eleven months before the beginning of that year, i.e., by February 1, 1977 in respect of the 1978 budget. The Executive Council would submit a budget for its own expenses and for the United Nations Peace Force; the Inspection Commission for the United Nations Inspection Service; the Nuclear Energy Commission for the Nuclear Energy Authority; the Economic and Social Council for its own expenses, for the World Development Authority and all the specialized agencies; and so on.

b. These separate budgets would in the first instance be submitted to the Secretary-General who would transmit them, together with a budget for the Secretariat itself, to the Standing Committee on Budget and Finance.

c. The Standing Committee on Budget and Finance would then scrutinize the requested budgets and would discuss them with the various organs and agencies for which the funds are asked.

d. Simultaneously, the Standing Committee on Budget and Finance would make estimates of the gross national product of every nation for 1978, after notice to and consultations with the government of each nation, and would thus arrive at an estimate of the total gross world product for 1978.

e. Following this scrutiny of the requests and the making of these estimates, the Standing Committee on Budget and Finance would formulate its recommendations as to the amounts required by the various organs and agencies in 1978, and would report a total recommended budget to the General Assembly. In so doing the Standing Committee would, of course, make sure that the total recommended budget did not exceed the constitutional maximum of two per cent of the estimated gross world product in 1978.

f. With relation to the apportionment between the nations of the total recommended budget, the Standing Committee on Budget and Finance would proceed as follows: It would first estimate the average population of each member Nation during 1978; would determine the "adjusted national product" for each nation on the assumption that the "per capita deduction" as last approved by the General Assembly would be continued; and would in

336

this way determine the "adjusted world product" and each nation's percentage share therein. The Standing Committee would then calculate provisionally the amount to be supplied from each nation in order to pay its share of the revenue needed to cover the recommended budget; would hold discussions with each nation as to the method of payment to be adopted by that nation, including the taxes to be used for this purpose and the share of such taxes which would be assigned to the United Nations. Upon the basis of these estimates, calculations and discussions the Standing Committee would formulate its recommendations as to the apportionment of the proposed total budget among the various nations and as to the method of payment to be used by each nation.

The procedure for the *submission* of each annual budget (again taking 1978 as the example) would be as follows:

a. The Standing Committee on Budget and Finance would prepare a full report to the General Assembly containing its recommendations not only as to the amount of the proposed budget (including the division thereof among the various organs and agencies) but also as to the apportionment of the proposed budget among the nations and the proposed methods of payment by the people of each nation.

b. The Standing Committee would be required to submit such report to the General Assembly not later than two months before the convening of the annual session of the Assembly, i.e., at least two months before the third Tuesday in September. Thus in the supposed case of the budget for 1978, the Standing Committee's report would be submitted by July 20, 1977, i.e., two months before the third Tuesday in September 1977.

The procedure for the *adoption* of each annual budget would be as follows:

a. The General Assembly, upon its convening on the third Tuesday of September, would be required to give priority to the discussion of the report of the Standing Committee on Budget and Finance and to vote upon the recommendations of that report as soon as reasonably possible. In accordance with Article 17 of the revised Charter and a further special provision to be included in this Annex V, these budgetary votes would require the approval of a majority of all the Representatives then in office, including a majority of the Representatives from the member Nations which would have the ten largest quotas of the budget then being voted upon.

b. The General Assembly, having debated and voted upon the report of the Standing Committee and having adopted the whole budget for the ensuing year by the required special majority, would refer the budget as finally approved back to the Standing Committee on Budget and Finance.

c. The Standing Committee would then make the final determinations as to the "adjusted national product" of each nation in the light of any change in the "per capita deduction" which may have been made by the General Assembly; and the Standing Committee would thus determine each nation's *proportionate share* in the final budget. On this basis the Standing Committee would then finally calculate and determine the *actual amount* to be supplied by the people of each nation toward the budget as adopted by the General Assembly

337

and would make an agreement with the government of each nation as to the manner of payment.

Through these procedures it should be possible, except in the most exceptional circumstances, to give careful consideration to each annual budget and for the General Assembly to dispose of it well ahead of the budget year in question, e.g., as to the supposed 1978 budget by, say, December 1, 1977.

Limitations on revenue sources. Apart from the procedures for the preparation and adoption of the annual budgets and for determining the amount of the contributions thereto from the people of each member Nation, this proposed revenue plan would also limit the *available revenue sources.* This would be done by enumerating the specific *national taxes* which could be made available to the United Nations while, at the same time, providing for a large degree of choice to each member Nation as to one or more of the specified taxes to be employed by it in order to meet the revenue quota allotted to the people of that nation.

The proposal is that each member Nation would assign to the United Nations in whole or in part one or more of the following revenue sources:

a. All or part of the income taxes assessed by any member Nation under its own laws on individuals and corporations. (For example, by the nation's own decision, ten, twenty or thirty per cent of any such income taxes could be made payable to the United Nations in the particular year.)

b. All or part of national excise taxes on motor vehicles, gasoline, liquor or tobacco, or any other excise tax that a particular nation might offer in addition or substitution. (For example, all or part of the liquor taxes due to a member Nation could in a particular year be made payable to the United Nations.)

c. All or part of a member Nation's export and import duties.

Each member Nation would determine for itself which of the enumerated national taxes shall be assigned to the United Nations in whole or in part; and unless the taxes so assigned would be plainly inadequate to cover the quota from the particular member Nation, the United Nations would be obliged to accept the choice made by it.

Since the assignment by the member Nations of particular taxes or portions thereof would necessarily be based upon estimates as to their adequacy to fulfil the respective national quotas, there would obviously be surpluses or deficiencies from year to year. Provision would therefore be made for crediting any surplus from a particular nation against its quota for the following year; or, on the other hand, for adding the amount of the deficiency to its quota for the following year.

The practical working of the proposed revenue plan can best be envisaged by a concrete example.

Let us assume that as above mentioned the General Assembly has voted a United Nations budget for 1978 of $35 billion and that the quota to be furnished by taxpayers in the United States has been fixed at the above-mentioned $12.6 billion.

Upon these assumptions it would be for the Congress of the United States to choose what national taxes collectible in 1978 should be assigned in whole or part to the United Nations, in order to ensure fulfillment of the $12.6 billion quota for that year.

The choice would lie between individual and corporate income taxes; excise taxes of any sort, including those on motor vehicles, gasoline, liquor and tobacco; and customs duties. The assignment could be of part or all of the estimated collections from these taxes in any combination, provided only that the plan chosen appeared adequate to supply the required $12.6 billion.

For instance, if in 1978 the United States had in effect a system of individual and corporate income taxation similar to that of 1957, a natural and convenient choice would be to assign to the United Nations a proportion of these taxes. Thus, if the estimated total yield in 1978 from these particular taxes were $38 billion, the assignment of one third thereof would suffice to cover the $12.6 billion quota.

Let us assume this to have been done and examine how the actual process of collecting the $12.6 billion could most conveniently be carried out.

The United States, with all other member Nations, would have pledged itself to collaborate in the effective maintenance of the United Nations revenue system and to adopt appropriate laws and regulations to that end. Pursuant to this pledge, the United States would, by Congressional action, provide that in the supposed year of 1978 each individual and corporate income taxpayer shall pay to the United Nations one third of his or its liability, the other two thirds to be paid in the usual way into the treasury of the United States. In this manner, the legal liability to make the required payments to the United Nations would be established *under the domestic law* of the United States.

As to mechanics, the natural procedure would be to direct each income taxpayer, after computing his liability, to draw two checks, one to the order of the United Nations for one third of his total liability, and the other to the order of the United States revenue collector for two thirds of his liability; and then to send the checks in the very same envelope to the collector. In this way the United States collector would know whether the amount due to the United Nations had been received and he would then forward the check drawn to the order of the United Nations to the fiscal office of the United Nations located in the United States. The Internal Revenue Service of the United States would then proceed in the usual way to audit the taxpayer's return and would call attention to any deficiency. One third of any such deficiency would, when paid, be forwarded to the United Nations fiscal office; or, if a refund resulted, the United Nations would be required to pay back one third of the refund.

In the event, presumably rare, that a taxpayer duly paid his liability to the United States but neglected to remit the one third for the United Nations, it would be the administrative duty of the tax collecting system of the United States to remind the delinquent and to follow up the collection.

In case of violation of the tax laws and regulations, the United States would in virtually all cases have a mutual interest with the United Nations to uncover and prosecute the offense. While the offending taxpayer would almost necessarily have defrauded the United Nations as well as the United States, the offense would be against a national law of the United States whereby the taxpayer would have a no less binding obligation to pay one third of his liability to the United Nations than to pay the other two thirds to the United States itself. It would, therefore, be the proper function and duty of the government of the United States to investigate and prosecute any such violations; and it would not be necessary for the United Nations to enact penal laws against tax delinquents or to prosecute them in United Nations courts. Nor would it be necessary for the United Nations to have any tax-collecting organization of its own, save only its fiscal office in each member Nation to receive and remit amounts collected in that nation for the United Nations.

The above illustration relates only to income taxes, where it is perhaps easiest to perceive how a feasible and effective system can be devised without any necessity for a United Nations tax bureaucracy. However, it should not be difficult to work out corresponding methods whereby all or part of certain excise taxes assigned to the United Nations would be set aside by the manufacturers of motor vehicles, cigarettes, etc. and remitted through the regular tax systems of the member Nations to the United Nations fiscal offices.

Through a plan of this sort providing for the *collaborative* use of the tax-collecting machinery of each member Nation, there is every reason to suppose that the United Nations can be provided with substantial and reliable revenue.

The need for large and reliable United Nations revenue. The proposed maximum permissible budget (two per cent of the estimated gross world product) may seem high by comparison with the relatively small expenses of the United Nations in 1947-57 when they have averaged less than $500 million per annum, including the budgets of all affiliated agencies and all special emergency funds. But measured with relation to the new tasks of the strengthened United Nations and in comparison with the vast savings resulting from complete national disarmament, this figure seems moderate indeed. By such disarmament there would be lifted from the world's shoulders a burden which in 1958 will probably be about $100 billion (for the maintenance of some sixteen million men in uniform, with their equipment and reserves), or more than twice the maximum revenue of $44 billion which could be raised for the new United Nations in 1978.

In the case of the United States, there would be totally eliminated from the federal budget immense military expenses which in 1957-58 amount to over $40 billion out of a total budget of some $70 billion. Even if in 1978 the general expenses of government had considerably increased, and even if there were large new expenditures of, say, $30 billion annually for the nation's economic and social welfare (for such purposes as highways, conservation of natural resources and aid to education), the 1978 federal budget would hardly be more than $60 billion. Similar beneficial savings and results would accrue to many other peoples where, relatively speaking, the present military burden is more oppressive than for the United States.

In view of this tremendous economic relief to the whole world, even the proposed maximum United Nations budget could not be considered a serious burden, since the net result of the whole plan for disarmament and enforceable world law would be considerably to improve the living standards of all the world's people.

It may be asked what good use the United Nations could make of so large a sum as might be collected within the constitutional limit of two per cent of the estimated gross world product, if the General Assembly should exercise its right to vote a maximum budget.

The answer is found by analysis of the above-supposed 1978 budget of $35 billion. One must first estimate the irreducible or, so to speak, mandatory requirements. These include the support of: the United Nations Peace Force; the General Assembly; the Executive Council; the Inspection Service; the Nuclear Energy Authority; the judicial and conciliation system (including the International Court of Justice, the United Nations regional courts and the World Equity Tribunal); the Trusteeship Council; and the Economic and Social Council with its various affiliated agencies, such as the World Health Organization and the United Nations Food and Agriculture Organization.

The United Nations Peace Force would be the major item among these, since (as estimated in detail in the General Comment to Annex II) its annual cost, including the Peace Force Reserve, might well run to $8 billion. The combined expense of the other organs and agencies might well come to $2 billion, making a total, *without* the World Development Authority, of, say, $10 billion.

Could the World Development Authority usefully employ any such annual sum as the remaining $25 billion in its task of improving the economic and social welfare of all the people of the world? We believe that it certainly could expend such a sum to the world's great advantage; and that expenditures of this order would be in the enlightened self-interest of those nations most highly developed in an economic sense.

It must be remembered that a world population of over 3.5 billion persons must be assumed for 1978, and that, even with some economic improvement in the world's underdeveloped areas, most of that vast number will probably still continue to be inadequately fed, clothed and housed; and also will be without adequate educational and health facilities.

The gap in living standards between the people of the industrialized West and of the so-called underdeveloped areas of the world is truly appalling. With a population of nearly 176,000,000 at the end of 1957 and an estimated gross national product in 1958 of some $440 billion, the approximate per capita product of the inhabitants of the United States is $2500. By contrast, the per capita national product of the 476,000,000 people of India and Pakistan as of 1957 is usually estimated at about $80; and of the 615,000,000 people of China at about $60. With due allowance for differences in price levels, it is therefore plain that the gap between the material standard of life of the average inhabitant of the United States and that of the average inhabitant of India, Pakistan and China is tremendous. The difference between the living standards of these nations and the standards of various industrialized nations other than the United States, while less extreme, is also very great.

It seems perfectly clear that when facts such as these are available to nearly everyone in the world and when the possibility exists for making tremendous improvements in the standard of life of the underdeveloped areas, this condition of affairs will be found intolerable. It is a condition which, unless much alleviated, will continue to be an underlying source of danger to the world's peace.

When we speak of "underdeveloped" areas, it hardly needs saying that reference is made solely to *material* underdevelopment,—since it is obvious that various of the peoples who are obliged to live at the lowest economic level are quite as advanced in cultural and spiritual values as those which have the highest standards of living. Nevertheless, this fact makes it no less abnormal and unhealthy that in the modern world there should be so great a gap in material welfare between the people of the industrialized West and vast populations in Asia, the Middle East, Africa and Latin America.

It is, therefore, by no means wholly a matter of altruism that the West should take adequate measures to reduce this tremendous gap. It is also a matter of clear self-interest that they shall do something substantial toward mitigating a situation which can only lead to increasing world unrest.

In this view, it is plain that even so considerable an annual sum as $25 billion, expended through a World Development Authority to improve the economic condition of most of the world's people, would be by no means an excessive amount. Looking ahead even a few years from 1958, this sum would need to be applied in aid of at least two billion persons, on which assumption it would amount to no more than about $12 per person per annum; or, in terms of families with an average of five members, about $60 per annum per family. On this basis, even the maximum amount that could be expended through the proposed World Development Authority seems rather less than more than could be advantageously spent in the interest of world stability and peace.

The example of two relatively small-scale efforts to lift up a nation's material standards will show how moderate would be an expenditure of the supposed $25 billion per annum for the welfare of so vast a number as two billion people.

In Israel, since its establishment as an independent state in 1948, there has been expended purely for the economic benefit of its people (as distinguished from military purposes) certainly not less than $90 million per annum of funds from outside the country, i.e., an amount which, assuming an average population of 1,500,000 in the 1948-57 period, comes to at least $60 per annum per inhabitant, or $300 per annum for a family of five. If a corresponding amount of capital from other nations had been spent for the benefit of the 450 million people of India and Pakistan during the same ten-year period, the amount expended would have been some $27 billion per annum for those countries alone.

Another comparison may be made with the plan now in progress for the improvement of the economic welfare of the 5,500,000 people of Iraq, where oil royalties from foreign companies are being employed through the Iraq Development Board for this purpose. It is estimated that in 1958 and for many years thereafter some $170 million per annum will thus be available, which comes to about $30 per inhabitant per annum, or $150 per annum for a family of five.

Neither the estimated annual $60 per capita for Israel, nor the annual $30 per capita for Iraq has proved more than enough to meet the development needs of those nations. If so, can it be doubted that $12 per capita of outside funds could be usefully employed each year in aid of areas with even more urgent needs?

The borrowing power. While it is expected that this revenue plan would ordinarily provide the United Nations with sufficient funds, it seems prudent to provide also for a borrowing power to meet unexpected contingencies. But, as in the case of the revenue-raising power, this borrowing power should be subject to careful safeguards. Accordingly, a constitutional maximum debt limit of five per cent of the estimated gross world product is proposed, except in a grave emergency declared by the General Assembly.

The purpose of this limitation on the borrowing power, like the limitation of two per cent of the gross world product on the revenue-raising power, is to strike a sound balance which, on the one hand, will prevent extravagance, and, on the other hand, will enable a strengthened United Nations to have reasonably adequate revenues for the fulfillment of its responsibilities.

* * *

Summary. The rationale of this revenue plan is: (1) that for the support of the United Nations a reliable system for the raising of large sums—of the order of $30-$40 billion per annum—is absolutely essential; (2) that it is equally essential to avoid the creation of a large United Nations tax-collecting bureaucracy and, therefore, that the taxation machinery and personnel of the respective member Nations must be employed; (3) that in respect of financial support there should be a direct relation between the people of the world community and the world organization which exists to safeguard world peace; (4) that there should be the maximum degree of autonomy in the choice of methods, nation by nation, for furnishing the necessary financial support; and finally (5) that these purposes can be reconciled and accomplished by a carefully devised plan of *collaboration* between the United Nations and the member Nations.

343

ANNEX VI

PRIVILEGES AND IMMUNITIES

Outline. It is believed wise to define in constitutional form, through a special annex, the basic principles governing the difficult and controversial problem of the privileges and immunities which should be enjoyed by the United Nations itself, its officials and other persons connected with it. The text of this Annex remains to be drafted, but its main features are outlined below.

The provisions here proposed are based, to a large extent, upon the Convention on the Privileges and Immunities of the United Nations adopted by the General Assembly on February 13, 1946; upon the agreement of June 26, 1947, between the United Nations and the United States regarding the headquarters of the United Nations; and upon similar conventions governing the privileges and immunities of the specialized agencies of the United Nations, the Council of Europe, the North Atlantic Treaty Organization, the Western European Union, and the European Coal and Steel Community.

The proposals are as follows:

A. Privileges and Immunities of the United Nations Itself

1. The United Nations and all its property shall enjoy immunity from every form of legal process except in so far as in any particular case the United Nations has waived such immunity.

2. The premises of the United Nations shall be inviolable. The property of the United Nations shall be immune from search, requisition, confiscation, expropriation or any other form of interference, whether by executive, administrative, judicial or legislative action.

3. The archives of the United Nations, and all documents belonging to it or held by it, shall be inviolable.

4. The United Nations, its income and properties shall be exempt:

(a) from all taxes, except that the United Nations will not claim exemption from taxes or dues which are no more than charges for public utility services;

(b) from all customs duties on imports and exports in respect of articles imported or exported by the United Nations for its official use, including arms, equipment and supplies for the use of the United Nations Peace Force and materials and equipment for the use of the United Nations Nuclear Energy Authority; and from all prohibitions and quantitative restrictions in respect of such imports and exports;

(c) from all customs duties, prohibitions and restrictions, on imports and exports in respect of its publications.

5. No censorship shall be applied to the official correspondence or other official communications of the United Nations.

6. The United Nations shall have the right to use codes, and to despatch

344

and receive its correspondence by courier or in sealed bags, which shall have the same privileges and immunities as diplomatic couriers and bags.

7. The United Nations shall have the right to establish and operate in the territory of each nation one long-range, all-purpose radio station, and such additional special broadcasting facilities as may be required by the United Nations Inspection Service for the proper performance of its functions.

8. The area in which is located the headquarters of the United Nations and all areas owned by or leased to the United Nations shall be under the exclusive control and authority of the United Nations; and the United Nations shall have the power to make laws and regulations applicable in the headquarters area and in such other areas, and to establish tribunals for the application and enforcement of such laws and regulations. No officials of any nation shall enter the headquarters area or other areas under United Nations control to perform any official duties therein except with the consent of the Secretary-General or of the United Nations official in charge of the area in question.

9. The United Nations shall be entitled to display the United Nations flag in its headquarters area and in all other areas owned by or leased to the United Nations, and on its vehicles, vessels and aircraft.

B. Privileges and Immunities of Representatives in the General Assembly

1. No administrative or other restrictions shall be imposed on the free movement of Representatives in the General Assembly to and from the meetings of the General Assembly, or its committees or subcommittees, or to and from the meetings of any other organ of the United Nations of which they are members or in the proceedings of which they have been invited to participate.

2. Representatives in the General Assembly shall be immune from official interrogation by any national authority and from arrest and all legal process in respect of words spoken or written or acts performed or votes cast by them in the exercise of their functions.

3. While attending the sessions of the General Assembly or meetings of committees and subcommittees of the Assembly or of other organs or committees or agencies of the United Nations, the Representatives in the General Assembly shall enjoy:

(a) immunity from personal arrest or detention except when a Representative is found in the act of committing an offense against the domestic law of any nation or of attempting to commit such an offense or when the General Assembly has waived the immunity;

(b) immunity from inspection or seizure of their personal baggage;

(c) inviolability for all papers and documents;

(d) such further privileges and immunities as are enjoyed by members of the national legislative body of the nation in which these privileges or immunities are claimed.

These privileges and immunities shall also apply when Representatives are travelling to and from the place of meeting of the General Assembly, or its committees or subcommittees or of any other organs or committees or agencies of the United Nations of which they are members or in the proceedings of which they have been invited to participate.

4. Representatives shall, in the matter of customs and exchange control, be accorded:

(a) by the governments of their own nation, the same facilities as those accorded to members of the national legislative body of the nation when travelling abroad on official duty;

(b) by other governments than their own, the same facilities as those accorded by such governments to members of foreign legislative bodies travelling on official duty.

5. Privileges and immunities are granted to Representatives in the General Assembly not for the personal benefit of the individuals themselves, but to safeguard the independent exercise of their functions. The Assembly shall have the right and the duty to waive the immunity of any Representative in any case where, in its opinion, the immunity would impede the course of justice and can be waived without prejudice to the interests of the United Nations.

C. Privileges and Immunities of Officials of the United Nations

1. The General Assembly shall enact regulations specifying what categories of officials shall be entitled to the privileges and immunities provided for in this section C. The Secretary-General shall communicate to all nations the names of the officials included in these categories.

2. Officials of the United Nations belonging to the categories specified pursuant to paragraph 1 of this section C shall:

(a) be immune from all legal process in respect of words spoken or written and all acts performed by them in their official capacity;

(b) be immune, together with members of their immediate families residing with them and dependent on them, from immigration restrictions and alien registration and fingerprinting;

(c) be accorded the same facilities in respect of currency or exchange restrictions as are accorded to diplomatic personnel of comparable rank;

(d) have the right to import free of duty their furniture, effects and private motor vehicles at the time of first arrival to take up their posts in the nation in question, and, on the termination of their functions in that nation, to re-export such furniture, effects and vehicles free of duty.

3. Officials of the United Nations belonging to the categories specified pursuant to paragraph 1 of this section C shall be exempt from all national and local taxation on the salaries and emoluments paid to them by the United Nations.

4. The General Assembly shall have authority to determine to what extent various categories of employees of the United Nations, including members of the United Nations Inspection Service, members of the staff of the United Nations Nuclear Energy Authority and members of the United Nations Peace Force, other than those belonging to the categories specified pursuant to paragraph 1 of this section C, shall be entitled to some or all of the privileges and immunities provided for in this section C.

5. In addition to the privileges and immunities provided for in paragraphs

2 and 3 of this section C, the Secretary-General and the Deputy Secretaries-General of the United Nations, the Inspector-General, the General Manager of the United Nations Nuclear Energy Authority and the Director-General of the World Development Authority; the members of the Inspection Commission, of the Nuclear Energy Commission, of the Military Staff Committee and of the World Development Commission; and such other officials of the United Nations as may be specified by the General Assembly, shall be accorded in respect of themselves and the members of their immediate families residing with them and dependent on them, all the privileges and immunities, exemptions and facilities normally accorded to diplomatic envoys.

6. Privileges and immunities are granted to officials of the United Nations in the interest of the United Nations and not for the personal benefit of the individuals themselves. The Secretary-General shall have the right and the duty to waive the immunity of any official in any case where, in his opinion, the immunity would impede the course of justice and can be waived without prejudice to the interests of the United Nations. In the case of the Secretary-General and of other principal officials mentioned in paragraph 5 of this section C, the Executive Council shall have the right to waive immunity.

7. The General Assembly shall enact laws establishing procedures for the settlement of disputes involving any official of the United Nations whose immunity has not been waived in accordance with the provisions of paragraph 6 of this section C.

8. The privileges and immunities provided for in this section C shall be accorded by a nation to those officials of the United Nations who are nationals of that nation on the same basis as to those who are not its nationals.

D. Privileges and Immunities of Permanent Observers at the United Nations Headquarters

1. Each nation may, if it wishes, have an observer at the headquarters of the United Nations for the purpose of liaison with the Secretariat of the United Nations.

2. These observers, their families and official staff, shall enjoy the privileges and immunities ordinarily accorded by the nation in the territory of which the headquarters area of the United Nations is situated to diplomatic envoys accredited to that nation, their families and official staff.

3. These privileges and immunities are subject to waiver by the government of the nation whose national is concerned in accordance with rules governing the waiver of diplomatic immunities.

E. Privileges and Immunities of Other Persons Entitled to Attend United Nations Meetings

No nation shall impose any impediments on the transit of the following persons to and from places in which a United Nations meeting is being held:

(a) representatives of the press, or of radio, television, film or other information agencies, who have been accredited by the United Nations;

(b) representatives of nongovernmental organizations with which arrangements for consultation have been made pursuant to Article 71 of the revised Charter;

(c) other persons especially invited by the United Nations to come to a particular meeting.

F. General Provisions

1. The United Nations shall cooperate at all times with national and local authorities to facilitate the proper administration of justice, ensure the observance of police regulations and prevent any abuse in connection with the privileges and immunities provided for in this Annex.

2. If a nation considers that there has been an abuse of any privilege or immunity granted by or under this Annex, consultations shall be held between that nation and the United Nations to determine whether any such abuse has occurred and to formulate such procedures as may be necessary to prevent the repetition of any abuses found to have occurred.

3. The General Assembly shall adopt regulations prescribing the procedure to be followed when a nation considers that any person entitled to privileges and immunities under this Annex has abused them to such an extent as to warrant his being called upon to leave the territory of the nation concerned.

4. The General Assembly shall adopt regulations concerning the issuance of a United Nations *laissez-passer* to any person entitled to privileges and immunities provided for in sections B and C of this Annex. Such a *laissez-passer* shall be recognized and accepted as a valid travel document by the authorities of all the nations. Applications for visas (where required) from the holders of United Nations *laissez-passer,* when accompanied by a certificate that they are travelling on the business of the United Nations, shall be dealt with as speedily as possible.

5. The General Assembly shall enact laws defining the responsibility of the United Nations for damage caused by United Nations officials. Such laws shall provide:

(a) that the officials themselves shall not be responsible toward third parties for any damage caused by acts performed by them in their official capacity and within the limits of their authority;

(b) that the United Nations shall make reparation for any damage caused by its officials in circumstances referred to in paragraph (a) above;

(c) that any official of the United Nations shall be personally responsible to an injured party for any damage caused by acts not connected with his official duties which, while performed by such official in his official capacity, were outside the limits of his authority;

(d) that the United Nations shall make reparation for any damage caused by its officials in circumstances referred to in paragraph (c) above, if the injured party is unable to obtain reparation from the responsible official and if a United Nations regional court deems such reparation equitable.

6. The General Assembly shall enact laws establishing procedures for dealing with claims arising under paragraph 5 above and such other claims as may arise out of other acts of the United Nations, such as contracts con-

cluded by it with its own officials and other persons. These procedures shall ensure to the extent possible that the immunity of the United Nations from legal process does not result in an injustice to any person or nation.

Comment. The general purpose of this Annex is, on the one hand, to safeguard the independence of the United Nations by protecting it against national acts which might hamper the exercise of its authority, restrict the proper activities of its officials or prejudice the independence of the Representatives in the General Assembly. On the other hand, the purpose is to accomplish this objective with a due regard to the need of the nations to have their laws respected and with proper safeguards against abuse of the privileges and immunities granted by this Annex.

BILL OF RIGHTS

Outline and Comment. The text of this Annex remains to be drafted but it would have two principal features: (a) a reservation to the member Nations or their peoples of all powers not delegated by the revised Charter to the United Nations by express language or clear implication; and (b) a set of prohibitions and guarantees against the violation by the United Nations of certain fundamental individual rights.

The purpose of the explicit *reservation of nongranted powers* is to emphasize that the greatly strengthened United Nations would still be an organization of strictly limited powers in no way comparable, for example, to a federation of very wide powers such as the United States; and to give definite constitutional assurance that the strengthened United Nations shall remain within its granted powers.

It can be argued that since the United Nations could have no sound claim to any powers except such as are plainly delegated in the revised Charter, there is no occasion or necessity for a reservation of this sort. But it seems wise, as it seemed wise to the framers of the Tenth Amendment to the Constitution of the United States, to make the limitation of powers doubly sure by an explicit reservation to the member Nations or their peoples of all powers not clearly delegated by the constitutional document.

The purpose of the *prohibitions and guarantees* would be to provide the utmost possible assurance against the violation by the United Nations of certain individual rights almost universally recognized as fundamental rights of man.

The first of these is the right of fair trial, in respect of which there would be specific mention of the following: (a) the right to a speedy and public trial of any person accused by the United Nations of a violation of the Charter or of any law or regulation enacted thereunder; (b) the right of any person so accused to be informed in advance of trial of the specific charge made against him; (c) the right to be confronted with the witnesses against him; (d) the right of compulsory process to obtain witnesses in his favor; (e) the right to counsel of his own choice; (f) the right not to be compelled to give testimony against himself; (g) the right to have an interpreter; and (h) the right to communicate with his own government and to have a representative of that government present at his trial.

There would also be a guarantee against double jeopardy, that is to say against being tried twice for the same alleged offense against the United Nations; and also a prohibition against any *ex post facto* law of the United Nations, that is to say any law making criminal an act which was not criminal at the time the act occurred.

Provisions would also be included against excessive bail and any cruel or unusual punishment, including excessive fines; and the death penalty would be specifically prohibited.

In addition, a remedy would be provided against unreasonable detention following an accusation, through a petition to a United Nations regional court corresponding to the writ of *habeas corpus*.

Unreasonable searches and seizures would also be forbidden, it being understood that this prohibition shall not prejudice reasonable searches and seizures required for the enforcement of disarmament.

Finally, it would be provided that nothing in the revised Charter shall be construed to give the United Nations any power directly or indirectly to interfere with or restrict freedom of conscience and religion; freedom of thought, speech, press and expression in any other form; freedom of association and assembly; or freedom of petition.

As in the case of the proposed reservation of powers, it can be argued that since the revised Charter would contain nothing whatever to authorize the United Nations to interfere with any of these rights, it is superfluous to provide specific constitutional guarantees in this regard. But here again, as in the case of the first eight amendments to the Constitution of the United States, it seems wise to make doubly sure by providing these explicit safeguards.

It should be emphasized that all the proposed provisions are limitations or guarantees in respect of action by the *United Nations only*. While it may be argued that the revised United Nations ought also to guarantee certain fundamental rights against violation by any member Nation, the authors have not deemed this practicable or wise. To do so would involve the enactment of United Nations legislation against various customs and practices still acceptable in various countries. It would also involve very difficult questions as to access to the courts of the United Nations in order to assert any such guaranteed rights, and as to the enforcement within a nation of United Nations judicial decisions which might conflict with the laws and mores of the particular nation. For all these reasons, it seems wiser to restrict the constitutional limitations and guarantees to the actions of the United Nations itself, leaving to the future the consideration of any further extension of such constitutional safeguards.

This view does not, of course, imply that the United Nations should not promote the protection of human rights through recommendations and nonbinding pronouncements, such as the Universal Declaration of Human Rights of 1948. Moreover, the very existence of the United Nations Bill of Rights could be expected to contribute to the improvement of national protection of human rights and fundamental freedoms, since this Bill of Rights would serve as a standard which national governments would find it difficult to ignore.

* * *

The broad purpose of the proposed Bill of Rights is to give assurance to the governments and peoples of the world that, by strengthening the United Nations to the extent necessary to maintain peace, they would not be establishing a "superstate" and would be safe against usurpation of power or oppression by the strengthened world organization.

CHARTER OF THE UNITED NATIONS

WE THE PEOPLES OF THE UNITED NATIONS DETERMINED

to save succeeding generations from the scourge of war, which twice in our lifetime has brought untold sorrow to mankind, and

to reaffirm faith in fundamental human rights, in the dignity and worth of the human person, in the equal rights of men and women and of nations large and small, and

to establish conditions under which justice and respect for the obligations arising from treaties and other sources of international law can be maintained, and

to promote social progress and better standards of life in larger freedom,

AND FOR THESE ENDS

to practice tolerance and live together in peace with one another as good neighbors, and

to unite our strength to maintain international peace and security, and

to ensure, by the acceptance of principles and the institution of methods, that armed force shall not be used, save in the common interest, and

to employ international machinery for the promotion of the economic and social advancement of all peoples,

HAVE RESOLVED TO COMBINE OUR EFFORTS TO ACCOMPLISH THESE AIMS.

Accordingly, our respective Governments, through representatives assembled in the city of San Francisco, who have exhibited their full powers found to be in good and due form, have agreed to the present Charter of the United Nations and do hereby establish an international organization to be known as the United Nations.

CHAPTER I

PURPOSES AND PRINCIPLES

Article 1

The Purposes of the United Nations are:

1. To maintain international peace and security, and to that end: to take effective collective measures for the prevention and removal of threats to the peace, and for the suppression of acts of aggression or other breaches of the peace, and to bring about by peaceful means, and in conformity with the principles of justice and international law, adjustment or settlement of international disputes or situations which might lead to a breach of the peace;

2. To develop friendly relations among nations based on respect for the principle of equal rights and self-determination of peoples, and to take other appropriate measures to strengthen universal peace;

3. To achieve international cooperation in solving international problems of an economic, social, cultural, or humanitarian character, and in promoting and encouraging respect for human rights and for fundamental freedoms for all without distinction as to race, sex, language, or religion; and

4. To be a center for harmonizing the actions of nations in the attainment of these common ends.

Article 2

The Organization and its Members, in pursuit of the Purposes stated in Article 1, shall act in accordance with the following Principles.

1. The Organization is based on the principle of the sovereign equality of all its Members.

2. All Members, in order to ensure to all of them the rights and benefits resulting from membership, shall fulfil in good faith the obligations assumed by them in accordance with the present Charter.

3. All Members shall settle their international disputes by peaceful means in such a manner that international peace and security, and justice, are not endangered.

4. All Members shall refrain in their international relations from the threat or use of force against the territorial integrity or political independence of any state, or in any other manner inconsistent with the Purposes of the United Nations.

5. All Members shall give the United Nations every assistance in any action it takes in accordance with the present Charter, and shall refrain from giving assistance to any state against which the United Nations is taking preventive or enforcement action.

6. The Organization shall ensure that states which are not Members of the United Nations act in accordance with these Principles so far as may be necessary for the maintenance of international peace and security.

7. Nothing contained in the present Charter shall authorize the United Nations to intervene in matters which are essentially within the domestic jurisdiction of any state or shall require the Members to submit such matters to settlement under the present Charter; but this principle shall not prejudice the application of enforcement measures under Chapter VII.

CHAPTER II

MEMBERSHIP

Article 3

The original Members of the United Nations shall be the states which, having participated in the United Nations Conference on International Organization at San Francisco, or having previously signed the Declaration by United Nations of January 1, 1942, sign the present Charter and ratify it in accordance with Article 110.

Article 4

1. Membership in the United Nations is open to all other peace-loving states which accept the obligations contained in the present Charter and, in the judgment of the Organization, are able and willing to carry out these obligations.

2. The admission of any such state to membership in the United Nations will be effected by a decision of the General Assembly upon the recommendation of the Security Council.

Article 5

A Member of the United Nations against which preventive or enforcement action has been taken by the Security Council may be suspended from the exercise of the rights and privileges of membership by the General Assembly upon the recommendation of the Security Council. The exercise of these rights and privileges may be restored by the Security Council.

Article 6

A Member of the United Nations which has persistently violated the Principles contained in the present Charter may be expelled from the Organization by the General Assembly upon the recommendation of the Security Council.

CHAPTER III

ORGANS

Article 7

1. There are established as the principal organs of the United Nations: a General Assembly, a Security Council, an Economic and Social Council, a Trusteeship Council, an International Court of Justice, and a Secretariat.
2. Such subsidiary organs as may be found necessary may be established in accordance with the present Charter.

Article 8

The United Nations shall place no restrictions on the eligibility of men and women to participate in any capacity and under conditions of equality in its principal and subsidiary organs.

CHAPTER IV

THE GENERAL ASSEMBLY

COMPOSITION

Article 9

1. The General Assembly shall consist of all the Members of the United Nations.
2. Each Member shall have not more than five representatives in the General Assembly.

FUNCTIONS AND POWERS

Article 10

The General Assembly may discuss any questions or any matters within the scope of the present Charter or relating to the powers and functions of any organs provided for in the present Charter, and, except as provided in Article 12, may make recommendations to the Members of the United Nations or to the Security Council or to both on any such questions or matters.

Article 11

1. The General Assembly may consider the general principles of cooperation in the maintenance of international peace and security, including the principles governing disarmament and the regulation of armaments, and may make recommendations with regard to such principles to the Members or to the Security Council or to both.

2. The General Assembly may discuss any questions relating to the maintenance of international peace and security brought before it by any Member of the United Nations, or by the Security Council, or by a state which is not a Member of the United Nations in accordance with Article 35, paragraph 2, and, except as provided in Article 12, may make recommendations with regard to any such questions to the state or states concerned or to the Security Council or to both. Any such question on which action is necessary shall be referred to the Security Council by the General Assembly either before or after discussion.

3. The General Assembly may call the attention of the Security Council to situations which are likely to endanger international peace and security.

4. The powers of the General Assembly set forth in this Article shall not limit the general scope of Article 10.

Article 12

1. While the Security Council is exercising in respect of any dispute or situation the functions assigned to it in the present Charter, the General Assembly shall not make any recommendation with regard to that dispute or situation unless the Security Council so requests.

2. The Secretary-General, with the consent of the Security Council, shall notify the General Assembly at each session of any matters relative to the maintenance of international peace and security which are being dealt with by the Security Council and shall similiarly notify the General Assembly, or the Members of the United Nations if the General Assembly is not in session, immediately the Security Council ceases to deal with such matters.

Article 13

1. The General Assembly shall initiate studies and make recommendations for the purpose of:

a. promoting international cooperation in the political field and encouraging the progressive development of international law and its codification;

b. promoting international cooperation in the economic, social, cultural, educational, and health fields, and assisting in the realization of human rights and fundamental freedoms for all without distinction as to race, sex, language, or religion.

2. The further responsibilities, functions, and powers of the General Assembly with respect to matters mentioned in paragraph 1 (b) above are set forth in Chapters IX and X.

Article 14

Subject to the provisions of Article 12, the General Assembly may recommend measures for the peaceful adjustment of any situation, regardless of origin, which it deems likely to impair the general welfare or friendly relations among nations, including situations resulting from a violation of the provisions of the present Charter setting forth the Purposes and Principles of the United Nations.

Article 15

1. The General Assembly shall receive and consider annual and special reports from the Security Council; these reports shall include an account of the measures that the Security Council has decided upon or taken to maintain international peace and security.

2. The General Assembly shall receive and consider reports from the other organs of the United Nations.

Article 16

The General Assembly shall perform such functions with respect to the international trusteeship system as are assigned to it under Chapters XII and XIII, including the approval of the trusteeship agreements for areas not designated as strategic.

Article 17

1. The General Assembly shall consider and approve the budget of the Organization.

2. The expenses of the Organization shall be borne by the Members as apportioned by the General Assembly.

3. The General Assembly shall consider and approve any financial and budgetary arrangements with specialized agencies referred to in Article 57 and shall examine the administrative budgets of such specialized agencies with a view to making recommendations to the agencies concerned.

358

VOTING

Article 18

1. Each member of the General Assembly shall have one vote.

2. Decisions of the General Assembly on important questions shall be made by a two-thirds majority of the members present and voting. These questions shall include: recommendations with respect to the maintenance of international peace and security, the election of the non-permanent members of the Security Council, the election of the members of the Economic and Social Council, the election of members of the Trusteeship Council in accordance with paragraph 1 (c) of Article 86, the admission of new Members to the United Nations, the suspension of the rights and privileges of membership, the expulsion of Members, questions relating to the operation of the trusteeship system, and budgetary questions.

3. Decisions on other questions, including the determination of additional categories of questions to be decided by a two-thirds majority, shall be made by a majority of the members present and voting.

Article 19

A Member of the United Nations which is in arrears in the payment of its financial contributions to the Organization shall have no vote in the General Assembly if the amount of its arrears equals or exceeds the amount of the contributions due from it for the preceding two full years. The General Assembly may, nevertheless, permit such a Member to vote if it is satisfied that the failure to pay is due to conditions beyond the control of the Member.

PROCEDURE

Article 20

The General Assembly shall meet in regular annual sessions and in such special sessions as occasion may require. Special sessions shall be convoked by the Secretary-General at the request of the Security Council or of a majority of the Members of the United Nations.

Article 21

The General Assembly shall adopt its own rules of procedure. It shall elect its President for each session.

Article 22

The General Assembly may establish such subsidiary organs as it deems necessary for the performance of its functions.

CHAPTER V

THE SECURITY COUNCIL

COMPOSITION

Article 23

1. The Security Council shall consist of eleven Members of the United Nations. The Republic of China, France, the Union of Soviet Socialist Republics, the United Kingdom of Great Britain and Northern Ireland, and the United States of America shall be permanent members of the Security Council. The General Assembly shall elect six other Members of the United Nations to be non-permanent members of the Security Council, due regard being specially paid, in the first instance to the contribution of Members of the United Nations to the maintenance of international peace and security and to the other purposes of the Organization, and also to equitable geographical distribution.

2. The non-permanent members of the Security Council shall be elected for a term of two years. In the first election of the non-permanent members, however, three shall be chosen for a term of one year. A retiring member shall not be eligible for immediate re-election.

3. Each member of the Security Council shall have one representative.

FUNCTIONS AND POWERS

Article 24

1. In order to ensure prompt and effective action by the United Nations, its Members confer on the Security Council primary responsibility for the maintenance of international peace and security, and agree that in carrying out its duties under this responsibility the Security Council acts on their behalf.

2. In discharging these duties the Security Council shall act in accordance with the Purposes and Principles of the United Nations. The specific powers granted to the Security Council for the discharge of these duties are laid down in Chapters VI, VII, VIII, and XII.

3. The Security Council shall submit annual and, when necessary, special reports to the General Assembly for its consideration.

Article 25

The Members of the United Nations agree to accept and carry out the decisions of the Security Council in accordance with the present Charter.

Article 26

In order to promote the establishment and maintenance of international peace and security with the least diversion for armaments of the world's human and economic resources, the Security Council shall be responsible for formulating, with the assistance of the Military Staff Committee referred to in Article 47, plans to be submitted to the Members of the United Nations for the establishment of a system for the regulation of armaments.

VOTING

Article 27

1. Each member of the Security Council shall have one vote.
2. Decisions of the Security Council on procedural matters shall be made by an affirmative vote of seven members.
3. Decisions of the Security Council on all other matters shall be made by an affirmative vote of seven members including the concurring votes of the permanent members; provided that, in decisions under Chapter VI, and under paragraph 3 of Article 52, a party to a dispute shall abstain from voting.

PROCEDURE

Article 28

1. The Security Council shall be so organized as to be able to function continuously. Each member of the Security Council shall for this purpose be represented at all times at the seat of the Organization.
2. The Security Council shall hold periodic meetings at which each of its members may, if it so desires, be represented by a member of the government or by some other specially designated representative.
3. The Security Council may hold meetings at such places other than the seat of the Organization as in its judgment will best facilitate its work.

Article 29

The Security Council may establish such subsidiary organs as it deems necessary for the performance of its functions.

Article 30

The Security Council shall adopt its own rules of procedure, including the method of selecting its President.

Article 31

Any Member of the United Nations which is not a member of the Security Council may participate, without vote, in the discussion of any question brought before the Security Council whenever the latter considers that the interests of that Member are specially affected.

Article 32

Any Member of the United Nations which is not a member of the Security Council or any state which is not a Member of the United Nations, if it is a party to a dispute under consideration by the Security Council, shall be invited to participate, without vote, in the discussion relating to the dispute. The Security Council shall lay down such conditions as it deems just for the participation of a state which is not a Member of the United Nations.

CHAPTER VI

PACIFIC SETTLEMENT OF DISPUTES

Article 33

1. The parties to any dispute, the continuance of which is likely to endanger the maintenance of international peace and security, shall, first of all, seek a solution by negotiation, enquiry, mediation, conciliation, arbitration, judicial settlement, resort to regional agencies or arrangements, or other peaceful means of their own choice.

2. The Security Council shall, when it deems necessary, call upon the parties to settle their dispute by such means.

Article 34

The Security Council may investigate any dispute, or any situation which might lead to international friction or give rise to a dispute, in order to determine whether the continuance of the dispute or situation is likely to endanger the maintenance of international peace and security.

Article 35

1. Any Member of the United Nations may bring any dispute, or any situation of the nature referred to in Article 34, to the attention of the Security Council or of the General Assembly.

2. A state which is not a Member of the United Nations may bring to the attention of the Security Council or of the General Assembly any dispute to which it is a party if it accepts in advance, for the purposes of the dispute, the obligations of pacific settlement provided in the present Charter.

3. The proceedings of the General Assembly in respect of matters brought to its attention under this Article will be subject to the provisions of Articles 11 and 12.

Article 36

1. The Security Council may, at any stage of a dispute of the nature referred to in Article 33 or of a situation of like nature, recommend appropriate procedures or methods of adjustment.

2. The Security Council should take into consideration any procedures for the settlement of the dispute which have already been adopted by the parties.

3. In making recommendations under this Article the Security Council should also take into consideration that legal disputes should as a general rule be referred by the parties to the International Court of Justice in accordance with the provisions of the Statute of the Court.

Article 37

1. Should the parties to a dispute of the nature referred to in Article 33 fail to settle it by the means indicated in that Article, they shall refer it to the Security Council.

2. If the Security Council deems that the continuance of the dispute is in fact likely to endanger the maintenance of international peace and security, it shall decide whether to take action under Article 36 or to recommend such terms of settlement as it may consider appropriate.

Article 38

Without prejudice to the provisions of Articles 33 to 37, the Security Council may, if all the parties to any dispute so request, make recommendations to the parties with a view to a pacific settlement of the dispute.

CHAPTER VII

ACTION WITH RESPECT TO THREATS TO THE PEACE, BREACHES OF THE PEACE, AND ACTS OF AGGRESSION

Article 39

The Security Council shall determine the existence of any threat to the peace, breach of the peace, or act of aggression and shall make recommendations, or decide what measures shall be taken in accordance with Articles 41 and 42, to maintain or restore international peace and security.

Article 40

In order to prevent an aggravation of the situation, the Security Council may, before making the recommendations or deciding upon the measures provided for in Article 39, call upon the parties concerned to comply with such provisional measures as it deems necessary or desirable. Such provisional measures shall be without prejudice to the rights, claims, or position of the parties concerned. The Security Council shall duly take account of failure to comply with such provisional measures.

Article 41

The Security Council may decide what measures not involving the use of armed force are to be employed to give effect to its decisions, and it may call upon the Members of the United Nations to apply such measures. These may include complete or partial interruption of economic relations and of rail, sea, air, postal, telegraphic, radio, and other means of communication, and the severance of diplomatic relations.

Article 42

Should the Security Council consider that measures provided for in Article 41 would be inadequate or have proved to be inadequate, it may take such action by air, sea, or land forces as may be necessary to maintain or restore international peace and security. Such action may include demonstrations, blockade, and other operations by air, sea, or land forces of Members of the United Nations.

Article 43

1. All Members of the United Nations, in order to contribute to the maintenance of international peace and security, undertake to make available to the Security Council, on its call and in accordance with a special agreement or agreements, armed forces, assistance, and facilities, including rights of passage, necessary for the purpose of maintaining international peace and security.

2. Such agreement or agreements shall govern the numbers and types of forces, their degree of readiness and general location, and the nature of the facilities and assistance to be provided.

3. The agreement or agreements shall be negotiated as soon as possible on the initiative of the Security Council. They shall be concluded between the Security Council and Members or between the Security Council and groups of Members and shall be subject to ratification by the signatory states in accordance with their respective constitutional processes.

Article 44

When the Security Council has decided to use force it shall, before calling upon a Member not represented on it to provide armed forces in fulfillment of the obligations assumed under Article 43, invite that Member, if the Member so desires, to participate in the decisions of the Security Council concerning the employment of contingents of that Member's armed forces.

Article 45

In order to enable the United Nations to take urgent military measures, Members shall hold immediately available national air-force contingents for combined international enforcement action. The strength and degree of readiness of these contingents and plans for their combined action shall be determined, within the limits laid down in the special agreement or agreements referred to in Article 43, by the Security Council with the assistance of the Military Staff Committee.

Article 46

Plans for the application of armed force shall be made by the Security Council with the assistance of the Military Staff Committee.

Article 47

1. There shall be established a Military Staff Committee to advise and assist the Security Council on all questions relating to the Security Council's military requirements for the maintenance of international peace and security, the employment and command of forces placed at its disposal, the regulation of armaments, and possible disarmament.

2. The Military Staff Committee shall consist of the Chiefs of Staff of the permanent members of the Security Council or their representatives. Any Member of the United Nations not permanently represented on the Committee shall be invited by the Committee to be associated with it when the efficient discharge of the Committee's responsibilities requires the participation of that Member in its work.

3. The Military Staff Committee shall be responsible under the Security Council for the strategic direction of any armed forces placed at the disposal of the Security Council. Questions relating to the command of such forces shall be worked out subsequently.

4. The Military Staff Committee, with the authorization of the Security Council and after consultation with appropriate regional agencies, may establish regional subcommittees.

Article 48

1. The action required to carry out the decisions of the Security Council for

365

the maintenance of international peace and security shall be taken by all the Members of the United Nations or by some of them, as the Security Council may determine.

2. Such decisions shall be carried out by the Members of the United Nations directly and through their action in the appropriate international agencies of which they are members.

Article 49

The Members of the United Nations shall join in affording mutual assistance in carrying out the measures decided upon by the Security Council.

Article 50

If preventive or enforcement measures against any state are taken by the Security Council, any other state, whether a Member of the United Nations or not, which finds itself confronted with special economic problems arising from the carrying out of those measures shall have the right to consult the Security Council with regard to a solution of those problems.

Article 51

Nothing in the present Charter shall impair the inherent right of individual or collective self-defense if an armed attack occurs against a Member of the United Nations, until the Security Council has taken the measures necessary to maintain international peace and security. Measures taken by Members in the exercise of this right of self-defense shall be immediately reported to the Security Council and shall not in any way affect the authority and responsibility of the Security Council under the present Charter to take at any time such action as it deems necessary in order to maintain or restore international peace and security.

CHAPTER VIII

REGIONAL ARRANGEMENTS

Article 52

1. Nothing in the present Charter precludes the existence of regional arrangements or agencies for dealing with such matters relating to the maintenance of international peace and security as are appropriate for regional action, provided

that such arrangements or agencies and their activities are consistent with the Purposes and Principles of the United Nations.

2. The Members of the United Nations entering into such arrangements or constituting such agencies shall make every effort to achieve pacific settlement of local disputes through such regional arrangements or by such regional agencies before referring them to the Security Council.

3. The Security Council shall encourage the development of pacific settlement of local disputes through such regional arrangements or by such regional agencies either on the initiative of the states concerned or by reference from the Security Council.

4. This Article in no way impairs the application of Articles 34 and 35.

Article 53

1. The Security Council shall, where appropriate, utilize such regional arrangements or agencies for enforcement action under its authority. But no enforcement action shall be taken under regional arrangements or by regional agencies without the authorization of the Security Council, with the exception of measures against any enemy state, as defined in paragraph 2 of this Article, provided for pursuant to Article 107 or in regional arrangements directed against renewal of aggressive policy on the part of any such state, until such time as the Organization may, on request of the Governments concerned, be charged with the responsibility for preventing further aggression by such a state.

2. The term enemy state as used in paragraph 1 of this Article applies to any state which during the Second World War has been an enemy of any signatory of the present Charter.

Article 54

The Security Council shall at all times be kept fully informed of activities undertaken or in contemplation under regional arrangements or by regional agencies for the maintenance of international peace and security.

CHAPTER IX

INTERNATIONAL ECONOMIC AND SOCIAL COOPERATION

Article 55

With a view to the creation of conditions of stability and well-being which are necessary for peaceful and friendly relations among nations based on respect for the principle of equal rights and self-determination of peoples, the United Nations shall promote:

a. higher standards of living, full employment, and conditions of economic and social progress and development;

b. solutions of international economic, social, health, and related problems; and international cultural and educational cooperation; and

c. universal respect for, and observance of, human rights and fundamental freedoms for all without distinction as to race, sex, language, or religion.

Article 56

All Members pledge themselves to take joint and separate action in cooperation with the Organization for the achievement of the purposes set forth in Article 55.

Article 57

1. The various specialized agencies, established by intergovernmental agreement and having wide international responsibilities, as defined in their basic instruments, in economic, social, cultural, educational, health, and related fields, shall be brought into relationship with the United Nations in accordance with the provisions of Article 63.

2. Such agencies thus brought into relationship with the United Nations are hereinafter referred to as specialized agencies.

Article 58

The Organization shall make recommendations for the coordination of the policies and activities of the specialized agencies.

Article 59

The Organization shall, where appropriate, initiate negotiations among the states concerned for the creation of any new specialized agencies required for the accomplishment of the purposes set forth in Article 55.

Article 60

Responsibility for the discharge of the functions of the Organization set forth in this Chapter shall be vested in the General Assembly and, under the authority of the General Assembly, in the Economic and Social Council, which shall have for this purpose the powers set forth in Chapter X.

sultation with and recommendations to such agencies and through recommendations to the General Assembly and to the Members of the United Nations.

CHAPTER X

THE ECONOMIC AND SOCIAL COUNCIL

COMPOSITION

Article 61

1. The Economic and Social Council shall consist of eighteen Members of the United Nations elected by the General Assembly.

2. Subject to the provisions of paragraph 3, six members of the Economic and Social Council shall be elected each year for a term of three years. A retiring member shall be eligible for immediate re-election.

3. At the first election, eighteen members of the Economic and Social Council shall be chosen. The term of office of six members so chosen shall expire at the end of one year, and of six other members at the end of two years, in accordance with arrangements made by the General Assembly.

4. Each member of the Economic and Social Council shall have one representative.

FUNCTIONS AND POWERS

Article 62

1. The Economic and Social Council may make or initiate studies and reports with respect to international economic, social, cultural, educational, health, and related matters and may make recommendations with respect to any such matters to the General Assembly, to the Members of the United Nations, and to the specialized agencies concerned.

2. It may make recommendations for the purpose of promoting respect for, and observance of, human rights and fundamental freedoms for all.

3. It may prepare draft conventions for submission to the General Assembly, with respect to matters falling within its competence.

4. It may call, in accordance with the rules prescribed by the United Nations, international conferences on matters falling within its competence.

Article 63

1. The Economic and Social Council may enter into agreements with any of the agencies referred to in Article 57, defining the terms on which the agency concerned shall be brought into relationship with the United Nations. Such agreements shall be subject to approval by the General Assembly.

2. It may coordinate the activities of the specialized agencies through con-

sultation with and recommendations to such agencies and through recommendations to the General Assembly and to the Members of the United Nations.

Article 64

1. The Economic and Social Council may take appropriate steps to obtain regular reports from the specialized agencies. It may make arrangements with the Members of the United Nations and with the specialized agencies to obtain reports on the steps taken to give effect to its own recommendations and to recommendations on matters falling within its competence made by the General Assembly.

2. It may communicate its observations on these reports to the General Assembly.

Article 65

The Economic and Social Council may furnish information to the Security Council and shall assist the Security Council upon its request.

Article 66

1. The Economic and Social Council shall perform such functions as fall within its competence in connection with the carrying out of the recommendations of the General Assembly.

2. It may, with the approval of the General Assembly, perform services at the request of Members of the United Nations and at the request of specialized agencies.

3. It shall perform such other functions as are specified elsewhere in the present Charter or as may be assigned to it by the General Assembly.

VOTING

Article 67

1. Each member of the Economic and Social Council shall have one vote.

2. Decisions of the Economic and Social Council shall be made by a majority of the members present and voting.

PROCEDURE

Article 68

The Economic and Social Council shall set up commissions in economic and

370

social fields and for the promotion of human rights, and such other commissions as may be required for the performance of its functions.

Article 69

The Economic and Social Council shall invite any Member of the United Nations to participate, without vote, in its deliberations on any matter of particular concern to that Member.

Article 70

The Economic and Social Council may make arrangements for representatives of the specialized agencies to participate, without vote, in its deliberations and in those of the commissions established by it, and for its representatives to participate in the deliberations of the specialized agencies.

Article 71

The Economic and Social Council may make suitable arrangements for consultation with non-governmental organizations which are concerned with matters within its competence. Such arrangements may be made with international organizations and, where appropriate, with national organizations after consultation with the Member of the United Nations concerned.

Article 72

1. The Economic and Social Council shall adopt its own rules of procedure, including the method of selecting its President.
2. The Economic and Social Council shall meet as required in accordance with its rules, which shall include provision for the convening of meetings on the request of a majority of its members.

CHAPTER XI

DECLARATION REGARDING NON-SELF-GOVERNING TERRITORIES

Article 73

Members of the United Nations which have or assume responsibilities for the administration of territories whose peoples have not yet attained a full measure of self-government recognize the principle that the interests of the inhabitants of these territories are paramount, and accept as a sacred trust the obligation to promote to the utmost, within the system of international peace and security established by the present Charter, the well-being of the inhabitants of these territories, and, to this end:

a. to ensure, with due respect for the culture of the peoples concerned, their political, economic, social, and educational advancement, their just treatment, and their protection against abuses;

b. to develop self-government, to take due account of the political aspirations of the peoples, and to assist them in the progressive development of their free political institutions, according to the particular circumstances of each territory and its peoples and their varying stages of advancement;

c. to further international peace and security;

d. to promote constructive measures of development, to encourage research, and to cooperate with one another and, when and where appropriate, with specialized international bodies with a view to the practical achievement of the social, economic, and scientific purposes set forth in this Article; and

e. to transmit regularly to the Secretary-General for information purposes, subject to such limitation as security and constitutional considerations may require, statistical and other information of a technical nature relating to economic, social, and educational conditions in the territories for which they are respectively responsible other than those territories to which Chapters XII and XIII apply.

Article 74

Members of the United Nations also agree that their policy in respect of the territories to which this Chapter applies, no less than in respect of their metropolitan areas, must be based on the general principle of good-neighborliness, due account being taken of the interests and well-being of the rest of the world, in social, economic, and commercial matters.

CHAPTER XII

INTERNATIONAL TRUSTEESHIP SYSTEM

Article 75

The United Nations shall establish under its authority an international trusteeship system for the administration and supervision of such territories as may be placed thereunder by subsequent individual agreements. These territories are hereinafter referred to as trust territories.

Article 76

The basic objectives of the trusteeship system, in accordance with the Purposes of the United Nations laid down in Article 1 of the present Charter, shall be:

a. to further international peace and security;

b. to promote the political, economic, social, and educational advancement of the inhabitants of the trust territories, and their progressive development towards self-government or independence as may be appropriate to the particular circumstances of each territory and its peoples and the freely expressed wishes of the peoples concerned, and as may be provided by the terms of each trusteeship agreement;

c. to encourage respect for human rights and for fundamental freedoms for all without distinction as to race, sex, language, or religion, and to encourage recognition of the interdependence of the peoples of the world; and

d. to ensure equal treatment in social, economic, and commercial matters for all Members of the United Nations and their nationals, and also equal treatment for the latter in the administration of justice, without prejudice to the attainment of the foregoing objectives and subject to the provisions of Article 80.

Article 77

1. The trusteeship system shall apply to such territories in the following categories as may be placed thereunder by means of trusteeship agreements:

a. territories now held under mandate;

b. territories which may be detached from enemy states as a result of the Second World War; and

c. territories voluntarily placed under the system by states responsible for their administration.

2. It will be a matter for subsequent agreement as to which territories in the foregoing categories will be brought under the trusteeship system and upon what terms.

Article 78

The trusteeship system shall not apply to territories which have become Members of the United Nations, relationship among which shall be based on respect for the principle of sovereign equality.

Article 79

The terms of trusteeship for each territory to be placed under the trusteeship system, including any alteration or amendment, shall be agreed upon by the states directly concerned, including the mandatory power in the case of territories held under mandate by a Member of the United Nations, and shall be approved as provided for in Articles 83 and 85.

Article 80

1. Except as may be agreed upon in individual trusteeship agreements, made under Articles 77, 79, and 81, placing each territory under the trusteeship system, and until such agreements have been concluded, nothing in this Chapter shall be construed in or of itself to alter in any manner the rights whatsoever of any states or any peoples or the terms of existing international instruments to which Members of the United Nations may respectively be parties.

2. Paragraph 1 of this Article shall not be interpreted as giving grounds for delay or postponement of the negotiation and conclusion of agreements for placing mandated and other territories under the trusteeship system as provided for in Article 77.

Article 81

The trusteeship agreement shall in each case include the terms under which the trust territory will be administered and designate the authority which will exercise the administration of the trust territory. Such authority, hereinafter called the administering authority, may be one or more states or the Organization itself.

Article 82

There may be designated, in any trusteeship agreement, a strategic area or areas which may include part or all of the trust territory to which the agreement applies, without prejudice to any special agreement or agreements made under Article 43.

Article 83

1. All functions of the United Nations relating to strategic areas, including the approval of the terms of the trusteeship agreements and of their alteration or amendment, shall be exercised by the Security Council.

2. The basic objectives set forth in Article 76 shall be applicable to the people of each strategic area.

3. The Security Council shall, subject to the provisions of the trusteeship agreements and without prejudice to security considerations, avail itself of the assistance of the Trusteeship Council to perform those functions of the United Nations under the trusteeship system relating to political, economic, social, and educational matters in the strategic areas.

Article 84

It shall be the duty of the administering authority to ensure that the trust territory shall play its part in the maintenance of international peace and security. To this end the administering authority may make use of volunteer forces, facilities, and assistance from the trust territory in carrying out the obligations towards the Security Council undertaken in this regard by the administering authority, as well as for local defense and the maintenance of law and order within the trust territory.

Article 85

1. The functions of the United Nations with regard to trusteeship agreements for all areas not designated as strategic, including the approval of the terms of the trusteeship agreements and of their alteration or amendment, shall be exercised by the General Assembly.

2. The Trusteeship Council, operating under the authority of the General Assembly, shall assist the General Assembly in carrying out these functions.

CHAPTER XIII

THE TRUSTEESHIP COUNCIL

COMPOSITION

Article 86

1. The Trusteeship Council shall consist of the following Members of the United Nations:

a. those Members administering trust territories;

b. such of those Members mentioned by name in Article 23 as are not administering trust territories; and

c. as many other Members elected for three-year terms by the General Assembly as may be necessary to ensure that the total number of members of the Trusteeship Council is equally divided between those Members of the United Nations which administer trust territories and those which do not.

2. Each member of the Trusteeship Council shall designate one specially qualified person to represent it therein.

FUNCTIONS AND POWERS

Article 87

The General Assembly and, under its authority, the Trusteeship Council, in carrying out their functions, may:

a. consider reports submitted by the administering authority;

b. accept petitions and examine them in consultation with the administering authority;

c. provide for periodic visits to the respective trust territories at times agreed upon with the administering authority; and

d. take these and other actions in conformity with the terms of the trusteeship agreements.

Article 88

The Trusteeship Council shall formulate a questionnaire on the political, economic, social, and educational advancement of the inhabitants of each trust territory, and the administering authority for each trust territory within the competence of the General Assembly shall make an annual report to the General Assembly upon the basis of such questionnaire.

VOTING

Article 89

1. Each member of the Trusteeship Council shall have one vote.

2. Decisions of the Trusteeship Council shall be made by a majority of the members present and voting.

PROCEDURE

Article 90

1. The Trusteeship Council shall adopt its own rules of procedure, including the method of selecting its President.

2. The Trusteeship Council shall meet as required in accordance with its rules, which shall include provision for the convening of meetings on the request of a majority of its members.

Article 91

The Trusteeship Council shall, when appropriate, avail itself of the assistance of the Economic and Social Council and of the specialized agencies in regard to matters with which they are respectively concerned.

CHAPTER XIV

THE INTERNATIONAL COURT OF JUSTICE

Article 92

The International Court of Justice shall be the principal judicial organ of the United Nations. It shall function in accordance with the annexed Statute, which is based upon the Statute of the Permanent Court of International Justice and forms an integral part of the present Charter.

Article 93

1. All Members of the United Nations are *ipso facto* parties to the Statute of the International Court of Justice.

2. A state which is not a Member of the United Nations may become a party to the Statute of the International Court of Justice on conditions to be determined in each case by the General Assembly upon the recommendation of the Security Council.

Article 94

1. Each Member of the United Nations undertakes to comply with the decision of the International Court of Justice in any case to which it is a party.

2. If any party to a case fails to perform the obligations incumbent upon it under a judgment rendered by the Court, the other party may have recourse to the Security Council, which may, if it deems necessary, make recommendations or decide upon measures to be taken to give effect to the judgment.

Article 95

Nothing in the present Charter shall prevent Members of the United Nations from entrusting the solution of their differences to other tribunals by virtue of agreements already in existence or which may be concluded in the future.

Article 96

1. The General Assembly or the Security Council may request the International Court of Justice to give an advisory opinion on any legal question.

2. Other organs of the United Nations and specialized agencies, which may at any time be so authorized by the General Assembly, may also request advisory opinions of the Court on legal questions arising within the scope of their activities.

CHAPTER XV

THE SECRETARIAT

Article 97

The Secretariat shall comprise a Secretary-General and such staff as the Organization may require. The Secretary-General shall be appointed by the General Assembly upon the recommendation of the Security Council. He shall be the chief administrative officer of the Organization.

Article 98

The Secretary-General shall act in that capacity in all meetings of the General Assembly, of the Security Council, of the Economic and Social Council, and of the Trusteeship Council, and shall perform such other functions as are entrusted to him by these organs. The Secretary-General shall make an annual report to the General Assembly on the work of the Organization.

Article 99

The Secretary-General may bring to the attention of the Security Council any matter which in his opinion may threaten the maintenance of international peace and security.

Article 100

1. In the performance of their duties the Secretary-General and the staff shall not seek or receive instructions from any government or from any other authority external to the Organization. They shall refrain from any action which might reflect on their position as international officials responsible only to the Organization.

2. Each Member of the United Nations undertakes to respect the exclusively international character of the responsibilities of the Secretary-General and the staff and not to seek to influence them in the discharge of their responsibilities.

Article 101

1. The staff shall be appointed by the Secretary-General under regulations established by the General Assembly.

2. Appropriate staffs shall be permanently assigned to the Economic and

Social Council, the Trusteeship Council, and, as required, to other organs of the United Nations. These staffs shall form a part of the Secretariat.

3. The paramount consideration in the employment of the staff and in the determination of the conditions of service shall be the necessity of securing the highest standards of efficiency, competence, and integrity. Due regard shall be paid to the importance of recruiting the staff on as wide a geographical basis as possible.

CHAPTER XVI

MISCELLANEOUS PROVISIONS

Article 102

1. Every treaty and every international agreement entered into by any Member of the United Nations after the present Charter comes into force shall as soon as possible be registered with the Secretariat and published by it.

2. No party to any such treaty or international agreement which has not been registered in accordance with the provisions of paragraph 1 of this Article may invoke that treaty or agreement before any organ of the United Nations.

Article 103

In the event of a conflict between the obligations of the Members of the United Nations under the present Charter and their obligations under any other international agreement, their obligations under the present Charter shall prevail.

Article 104

The Organization shall enjoy in the territory of each of its Members such legal capacity as may be necessary for the exercise of its functions and the fulfillment of its purposes.

Article 105

1. The Organization shall enjoy in the territory of each of its Members such privileges and immunities as are necessary for the fulfillment of its purposes.

2. Representatives of the Members of the United Nations and officials of

the Organization shall similarly enjoy such privileges and immunities as are necessary for the independent exercise of their functions in connection with the Organization.

3. The General Assembly may make recommendations with a view to determining the details of the application of paragraphs 1 and 2 of this Article or may propose conventions to the Members of the United Nations for this purpose.

CHAPTER XVII

TRANSITIONAL SECURITY ARRANGEMENTS

Article 106

Pending the coming into force of such special agreements referred to in Article 43 as in the opinion of the Security Council enable it to begin the exercise of its responsibilities under Article 42, the parties to the Four-Nation Declaration, signed at Moscow, October 30, 1943, and France, shall, in accordance with the provisions of paragraph 5 of that Declaration, consult with one another and as occasion requires with other Members of the United Nations with a view to such joint action on behalf of the Organization as may be necessary for the purpose of maintaining international peace and security.

Article 107

Nothing in the present Charter shall invalidate or preclude action, in relation to any state which during the Second World War has been an enemy of any signatory to the present Charter, taken or authorized as a result of that war by the Governments having responsibility for such action.

CHAPTER XVIII

AMENDMENTS

Article 108

Amendments to the present Charter shall come into force for all Members of the United Nations when they have been adopted by a vote of two thirds of the members of the General Assembly and ratified in accordance with their respective constitutional processes by two thirds of the Members of the United Nations, including all the permanent members of the Security Council.

Article 109

1. A General Conference of the Members of the United Nations for the purpose of reviewing the present Charter may be held at a date and place to be fixed by a two-thirds vote of the members of the General Assembly and by a vote of any seven members of the Security Council. Each Member of the United Nations shall have one vote in the conference.

2. Any alteration of the present Charter recommended by a two-thirds vote of the conference shall take effect when ratified in accordance with their respective constitutional processes by two thirds of the Members of the United Nations including all the permanent members of the Security Council.

3. If such a conference has not been held before the tenth annual session of the General Assembly following the coming into force of the present Charter, the proposal to call such a conference shall be placed on the agenda of that session of the General Assembly, and the conference shall be held if so decided by a majority vote of the members of the General Assembly and by a vote of any seven members of the Security Council.

CHAPTER XIX

RATIFICATION AND SIGNATURE

Article 110

1. The present Charter shall be ratified by the signatory states in accordance with their respective constitutional processes.

2. The ratifications shall be deposited with the Government of the United States of America, which shall notify all the signatory states of each deposit as well as the Secretary-General of the Organization when he has been appointed.

3. The present Charter shall come into force upon the deposit of ratifications by the Republic of China, France, the Union of Soviet Socialist Republics, the United Kingdom of Great Britain and Northern Ireland, and the United States of America, and by a majority of the other signatory states. A protocol of the ratifications deposited shall thereupon be drawn up by the Government of the United States of America which shall communicate copies thereof to all the signatory states.

4. The states signatory to the present Charter which ratify it after it has come into force will become original Members of the United Nations on the date of the deposit of their respective ratifications.

Article 111

The present Charter, of which the Chinese, French, Russian, English, and Spanish texts are equally authentic, shall remain deposited in the archives of the Government of the United States of America. Duly certified copies thereof shall be transmitted by that Government to the Governments of the other signatory states.

IN FAITH WHEREOF the representatives of the Governments of the United Nations have signed the present Charter.

DONE at the city of San Francisco the twenty-sixth day of June, one thousand nine hundred and forty-five.

[ANNEX TO THE 1945 CHARTER]

STATUTE OF THE INTERNATIONAL
COURT OF JUSTICE

Article 1

The International Court of Justice established by the Charter of the United Nations as the principal judicial organ of the United Nations shall be constituted and shall function in accordance with the provisions of the present Statute.

CHAPTER I

ORGANIZATION OF THE COURT

Article 2

The Court shall be composed of a body of independent judges, elected regardless of their nationality from among persons of high moral character, who possess the qualifications required in their respective countries for appointment to the highest judicial offices, or are juris-consults of recognized competence in international law.

Article 3

1. The Court shall consist of fifteen members, no two of whom may be nationals of the same state.

2. A person who for the purposes of membership in the Court could be regarded as a national of more than one state shall be deemed to be a national of the one in which he ordinarily exercises civil and political rights.

Article 4

1. The members of the Court shall be elected by the General Assembly and by the Security Council from a list of persons nominated by the national

groups in the Permanent Court of Arbitration, in accordance with the following provisions.

2. In the case of Members of the United Nations not represented in the Permanent Court of Arbitration, candidates shall be nominated by national groups appointed for this purpose by their governments under the same conditions as those prescribed for members of the Permanent Court of Arbitration by Article 44 of the Convention of The Hague of 1907 for the pacific settlement of international disputes.

3. The conditions under which a state which is a party to the present Statute but is not a Member of the United Nations may participate in electing the members of the Court shall, in the absence of a special agreement, be laid down by the General Assembly upon recommendation of the Security Council.

Article 5

1. At least three months before the date of the election, the Secretary-General of the United Nations shall address a written request to the members of the Permanent Court of Arbitration belonging to the states which are parties to the present Statute, and to the members of the national groups appointed under Article 4, paragraph 2, inviting them to undertake, within a given time, by national groups, the nomination of persons in a position to accept the duties of a member of the Court.

2. No group may nominate more than four persons, not more than two of whom shall be of their own nationality. In no case may the number of candidates nominated by a group be more than double the number of seats to be filled.

Article 6

Before making these nominations, each national group is recommended to consult its highest court of justice, its legal faculties and schools of law, and its national academies and national sections of international academies devoted to the study of law.

Article 7

1. The Secretary-General shall prepare a list in alphabetical order of all the persons thus nominated. Save as provided in Article 12, paragraph 2, these shall be the only persons eligible.

2. The Secretary-General shall submit this list to the General Assembly and to the Security Council.

Article 8

The General Assembly and the Security Council shall proceed independently of one another to elect the members of the Court.

Article 9

At every election, the electors shall bear in mind not only that the persons to be elected should individually possess the qualifications required, but also that in the body as a whole the representation of the main forms of civilization and of the principal legal systems of the world should be assured.

Article 10

1. Those candidates who obtain an absolute majority of votes in the General Assembly and in the Security Council shall be considered as elected.

2. Any vote of the Security Council, whether for the election of judges or for the appointment of members of the conference envisaged in Article 12, shall be taken without any distinction between permanent and non-permanent members of the Security Council.

3. In the event of more than one national of the same state obtaining an absolute majority of the votes both of the General Assembly and of the Security Council, the eldest of these only shall be considered as elected.

Article 11

If, after the first meeting held for the purpose of the election, one or more seats remain to be filled, a second and, if necessary, a third meeting shall take place.

Article 12

1. If, after the third meeting, one or more seats still remain unfilled, a joint conference consisting of six members, three appointed by the General Assembly and three by the Security Council, may be formed at any time at the request of either the General Assembly or the Security Council, for the purpose of choosing by the vote of an absolute majority one name for each seat still vacant, to submit to the General Assembly and the Security Council for their respective acceptance.

2. If the joint conference is unanimously agreed upon any person who fulfils the required conditions, he may be included in its list, even though he was not included in the list of nominations referred to in Article 7.

3. If the joint conference is satisfied that it will not be successful in procuring an election, those members of the Court who have already been elected shall, within a period to be fixed by the Security Council, proceed to fill the vacant seats by selection from among those candidates who have obtained votes either in the General Assembly or in the Security Council.

4. In the event of an equality of votes among the judges, the eldest judge shall have a casting vote.

Article 13

1. The members of the Court shall be elected for nine years and may be re-elected; provided, however, that of the judges elected at the first election, the terms of five judges shall expire at the end of three years and the terms of five more judges shall expire at the end of six years.

2. The judges whose terms are to expire at the end of the above-mentioned initial periods of three and six years shall be chosen by lot to be drawn by the Secretary-General immediately after the first election has been completed.

3. The members of the Court shall continue to discharge their duties until their places have been filled. Though replaced, they shall finish any cases which they may have begun.

4. In the case of the resignation of a member of the Court, the resignation shall be addressed to the President of the Court for transmission to the Secretary-General. This last notification makes the place vacant.

Article 14

Vacancies shall be filled by the same method as that laid down for the first election, subject to the following provision: the Secretary-General shall, within one month of the occurrence of the vacancy, proceed to issue the invitations provided for in Article 5, and the date of the election shall be fixed by the Security Council.

Article 15

A member of the Court elected to replace a member whose term of office has not expired shall hold office for the remainder of his predecessor's term.

Article 16

1. No member of the Court may exercise any political or administrative function, or engage in any other occupation of a professional nature.

2. Any doubt on this point shall be settled by the decision of the Court.

Article 17

1. No member of the Court may act as agent, counsel, or advocate in any case.

2. No member may participate in the decision of any case in which he has previously taken part as agent, counsel, or advocate for one of the parties, or as a member of a national or international court, or of a commission of enquiry, or in any other capacity.

3. Any doubt on this point shall be settled by the decision of the Court.

Article 18

1. No member of the Court can be dismissed unless, in the unanimous opinion of the other members, he has ceased to fulfil the required conditions.

2. Formal notification thereof shall be made to the Secretary-General by the Registrar.

3. This notification makes the place vacant.

Article 19

The members of the Court, when engaged on the business of the Court, shall enjoy diplomatic privileges and immunities.

Article 20

Every member of the Court shall, before taking up his duties, make a solemn declaration in open court that he will exercise his powers impartially and conscientiously.

Article 21

1. The Court shall elect its President and Vice-President for three years; they may be re-elected.

2. The Court shall appoint its Registrar and may provide for the appointment of such other officers as may be necessary.

Article 22

1. The seat of the Court shall be established at The Hague. This, however, shall not prevent the Court from sitting and exercising its functions elsewhere whenever the Court considers it desirable.

2. The President and the Registrar shall reside at the seat of the Court.

Article 23

1. The Court shall remain permanently in session, except during the judicial vacations, the dates and duration of which shall be fixed by the Court.

2. Members of the Court are entitled to periodic leave, the dates and duration of which shall be fixed by the Court, having in mind the distance between The Hague and the home of each judge.

3. Members of the Court shall be bound, unless they are on leave or prevented from attending by illness or other serious reasons duly explained to the President, to hold themselves permanently at the disposal of the Court.

Article 24

1. If, for some special reason, a member of the Court considers that he

should not take part in the decision of a particular case, he shall so inform the President.

2. If the President considers that for some special reason one of the members of the Court should not sit in a particular case, he shall give him notice accordingly.

3. If in any such case the member of the Court and the President disagree, the matter shall be settled by the decision of the Court.

Article 25

1. The full Court shall sit except when it is expressly provided otherwise in the present Statute.

2. Subject to the condition that the number of judges available to constitute the Court is not thereby reduced below eleven, the Rules of the Court may provide for allowing one or more judges, according to circumstances and in rotation, to be dispensed from sitting.

3. A quorum of nine judges shall suffice to constitute the Court.

Article 26

1. The Court may from time to time form one or more chambers, composed of three or more judges as the Court may determine, for dealing with particular categories of cases; for example, labor cases and cases relating to transit and communications.

2. The Court may at any time form a chamber for dealing with a particular case. The number of judges to constitute such a chamber shall be determined by the Court with the approval of the parties.

3. Cases shall be heard and determined by the chambers provided for in this Article if the parties so request.

Article 27

A judgment given by any of the chambers provided for in Articles 26 and 29 shall be considered as rendered by the Court.

Article 28

The chambers provided for in Articles 26 and 29 may, with the consent of the parties, sit and exercise their functions elsewhere than at The Hague.

Article 29

With a view to the speedy despatch of business, the Court shall form annually a chamber composed of five judges which, at the request of the parties, may hear and determine cases by summary procedure. In addition, two judges shall be selected for the purpose of replacing judges who find it impossible to sit.

Article 30

1. The Court shall frame rules for carrying out its functions. In particular, it shall lay down rules of procedure.

2. The Rules of the Court may provide for assessors to sit with the Court or with any of its chambers, without the right to vote.

Article 31

1. Judges of the nationality of each of the parties shall retain their right to sit in the case before the Court.

2. If the Court includes upon the Bench a judge of the nationality of one of the parties, any other party may choose a person to sit as judge. Such person shall be chosen preferably from among those persons who have been nominated as candidates as provided in Articles 4 and 5.

3. If the Court includes upon the Bench no judge of the nationality of the parties, each of these parties may proceed to choose a judge as provided in paragraph 2 of this Article.

4. The provisions of this Article shall apply to the case of Articles 26 and 29. In such cases, the President shall request one or, if necessary, two of the members of the Court forming the chamber to give place to the members of the Court of the nationality of the parties concerned, and, failing such, or if they are unable to be present, to the judges specially chosen by the parties.

5. Should there be several parties in the same interest, they shall, for the purpose of the preceding provisions, be reckoned as one party only. Any doubt upon this point shall be settled by the decision of the Court.

6. Judges chosen as laid down in paragraphs 2, 3, and 4 of this Article shall fulfil the conditions required by Articles 2, 17 (paragraph 2), 20, and 24 of the present Statute. They shall take part in the decision on terms of complete equality with their colleagues.

Article 32

1. Each member of the Court shall receive an annual salary.

2. The President shall receive a special annual allowance.

3. The Vice-President shall receive a special allowance for every day on which he acts as President.

4. The judges chosen under Article 31, other than members of the Court, shall receive compensation for each day on which they exercise their functions.

5. These salaries, allowances, and compensation shall be fixed by the General Assembly. They may not be decreased during the term of office.

6. The salary of the Registrar shall be fixed by the General Assembly on the proposal of the Court.

7. Regulations made by the General Assembly shall fix the conditions under which retirement pensions may be given to members of the Court and to the Registrar, and the conditions under which members of the Court and the Registrar shall have their traveling expenses refunded.

8. The above salaries, allowances, and compensation shall be free of all taxation.

Article 33

The expenses of the Court shall be borne by the United Nations in such a manner as shall be decided by the General Assembly.

CHAPTER II

COMPETENCE OF THE COURT

Article 34

1. Only states may be parties in cases before the Court.

2. The Court, subject to and in conformity with its Rules, may request of public international organizations information relevant to cases before it, and shall receive such information presented by such organizations on their own initiative.

3. Whenever the construction of the constituent instrument of a public international organization or of an international convention adopted thereunder is in question in a case before the Court, the Registrar shall so notify the public international organization concerned and shall communicate to it copies of all the written proceedings.

Article 35

1. The Court shall be open to the states parties to the present Statute.

2. The conditions under which the Court shall be open to other states shall, subject to the special provisions contained in treaties in force, be laid down by the Security Council, but in no case shall such conditions place the parties in a position of inequality before the Court.

3. When a state which is not a Member of the United Nations is a party to a case, the Court shall fix the amount which that party is to contribute towards the expenses of the Court. This provision shall not apply if such state is bearing a share of the expenses of the Court.

Article 36

1. The jurisdiction of the Court comprises all cases which the parties refer to it and all matters specially provided for in the Charter of the United Nations or in treaties and conventions in force.

2. The states parties to the present Statute may at any time declare that they recognize as compulsory *ipso facto* and without special agreement, in relation to any other state accepting the same obligation, the jurisdiction of the Court in all legal disputes concerning:

   a. the interpretation of a treaty;

   b. any question of international law;

   c. the existence of any fact which if established, would constitute a breach of an international obligation;

   d. the nature or extent of the reparation to be made for the breach of an international obligation.

3. The declarations referred to above may be made unconditionally or on condition of reciprocity on the part of several or certain states, or for a certain time.

4. Such declarations shall be deposited with the Secretary-General of the United Nations, who shall transmit copies thereof to the parties to the Statute and to the Registrar of the Court.

5. Declarations made under Article 36 of the Statute of the Permanent Court of International Justice and which are still in force shall be deemed, as between the parties to the present Statute, to be acceptances of the compulsory jurisdiction of the International Court of Justice for the period which they still have to run and in accordance with their terms.

6. In the event of a dispute as to whether the Court has jurisdiction, the matter shall be settled by the decision of the Court.

Article 37

Whenever a treaty or convention in force provides for reference of a matter to a tribunal to have been instituted by the League of Nations, or to the Permanent Court of International Justice, the matter shall, as between the parties to the present Statute, be referred to the International Court of Justice.

Article 38

1. The Court, whose function is to decide in accordance with international law such disputes as are submitted to it, shall apply:

   a. international conventions, whether general or particular, establishing rules expressly recognized by the contesting states;

   b. international custom, as evidence of a general practice accepted as law;

   c. the general principles of law recognized by civilized nations;

   d. subject to the provisions of Article 59, judicial decisions and the teachings of the most highly qualified publicists of the various nations, as subsidiary means for the determination of rules of law.

2. This provision shall not prejudice the power of the Court to decide a case *ex aequo et bono,* if the parties agree thereto.

CHAPTER III

PROCEDURE

Article 39

1. The official languages of the Court shall be French and English. If the parties agree that the case shall be conducted in French, the judgment shall be delivered in French. If the parties agree that the case shall be conducted in English, the judgment shall be delivered in English.

2. In the absence of an agreement as to which language shall be employed, each party may, in the pleadings, use the language which it prefers; the decision of the Court shall be given in French and English. In this case the Court shall at the same time determine which of the two texts shall be considered as authoritative.

3. The Court shall, at the request of any party, authorize a language other than French or English to be used by that party.

Article 40

1. Cases are brought before the Court, as the case may be, either by the notification of the special agreement or by a written application addressed to the Registrar. In either case the subject of the dispute and the parties shall be indicated.

2. The Registrar shall forthwith communicate the application to all concerned.

3. He shall also notify the Members of the United Nations through the Secretary-General, and also any other states entitled to appear before the Court.

Article 41

1. The Court shall have the power to indicate, if it considers that circumstances so require, any provisional measures which ought to be taken to preserve the respective rights of either party.

2. Pending the final decision, notice of the measures suggested shall forthwith be given to the parties and to the Security Council.

Article 42

1. The parties shall be represented by agents.

2. They may have the assistance of counsel or advocates before the Court.

3. The agents, counsel, and advocates of parties before the Court shall enjoy the privileges and immunities necessary to the independent exercise of their duties.

Article 43

1. The procedure shall consist of two parts: written and oral.

2. The written proceedings shall consist of the communication to the Court and to the parties of memorials, counter-memorials and, if necessary, replies; also all papers and documents in support.

3. These communications shall be made through the Registrar, in the order and within the time fixed by the Court.

4. A certified copy of every document produced by one party shall be communicated to the other party.

5. The oral proceedings shall consist of the hearing by the Court of witnesses, experts, agents, counsel, and advocates.

Article 44

1. For the service of all notices upon persons other than the agents, counsel, and advocates, the Court shall apply direct to the government of the state upon whose territory the notice has to be served.

2. The same provision shall apply whenever steps are to be taken to procure evidence on the spot.

Article 45

The hearing shall be under the control of the President or, if he is unable to preside, of the Vice-President; if neither is able to preside, the senior judge present shall preside.

Article 46

The hearing in Court shall be public, unless the Court shall decide otherwise, or unless the parties demand that the public be not admitted.

Article 47

1. Minutes shall be made at each hearing and signed by the Registrar and the President.

2. These minutes alone shall be authentic.

393

Article 48

The Court shall make orders for the conduct of the case, shall decide the form and time in which each party must conclude its arguments, and make all arrangements connected with the taking of evidence.

Article 49

The Court may, even before the hearing begins, call upon the agents to produce any document or to supply any explanations. Formal note shall be taken of any refusal.

Article 50

The Court may, at any time, entrust any individual, body, bureau, commission, or other organization that it may select, with the task of carrying out an enquiry or giving an expert opinion.

Article 51

During the hearing any relevant questions are to be put to the witnesses and experts under the conditions laid down by the Court in the rules of procedure referred to in Article 30.

Article 52

After the Court has received the proofs and evidence within the time specified for the purpose, it may refuse to accept any further oral or written evidence that one party may desire to present unless the other side consents.

Article 53

1. Whenever one of the parties does not appear before the Court, or fails to defend its case, the other party may call upon the Court to decide in favor of its claim.
2. The Court must, before doing so, satisfy itself, not only that it has jurisdiction in accordance with Articles 36 and 37, but also that the claim is well founded in fact and law.

Article 54

1. When, subject to the control of the Court, the agents, counsel, and advocates have completed their presentation of the case, the President shall declare the hearing closed.

2. The Court shall withdraw to consider the judgment.

3. The deliberations of the Court shall take place in private and remain secret.

Article 55

1. All questions shall be decided by a majority of the judges present.

2. In the event of an equality of votes, the President or the judge who acts in his place shall have a casting vote.

Article 56

1. The judgment shall state the reasons on which it is based.

2. It shall contain the names of the judges who have taken part in the decision.

Article 57

If the judgment does not represent in whole or in part the unanimous opinion of the judges, any judge shall be entitled to deliver a separate opinion.

Article 58

The judgment shall be signed by the President and by the Registrar. It shall be read in open court, due notice having been given to the agents.

Article 59

The decision of the Court has no binding force except between the parties and in respect of that particular case.

Article 60

The judgment is final and without appeal. In the event of dispute as to the meaning or scope of the judgment, the Court shall construe it upon the request of any party.

Article 61

1. An application for revision of a judgment may be made only when it is based upon the discovery of some fact of such a nature as to be a decisive factor, which fact was, when the judgment was given, unknown to the

Court and also to the party claiming revision, always provided that such ignorance was not due to negligence.

2. The proceedings for revision shall be opened by a judgment of the Court expressly recording the existence of the new fact, recognizing that it has such a character as to lay the case open to revision, and declaring the application admissible on this ground.

3. The Court may require previous compliance with the terms of the judgment before it admits proceedings in revision.

4. The application for revision must be made at latest within six months of the discovery of the new fact.

5. No application for revision may be made after the lapse of ten years from the date of the judgment.

Article 62

1. Should a state consider that it has an interest of a legal nature which may be affected by the decision in the case, it may submit a request to the Court to be permitted to intervene.

2. It shall be for the Court to decide upon this request.

Article 63

1. Whenever the construction of a convention to which states other than those concerned in the case are parties is in question, the Registrar shall notify all such states forthwith.

2. Every state so notified has the right to intervene in the proceedings; but if it uses this right, the construction given by the judgment will be equally binding upon it.

Article 64

Unless otherwise decided by the Court, each party shall bear its own costs.

CHAPTER IV

ADVISORY OPINIONS

Article 65

1. The Court may give an advisory opinion on any legal question at the request of whatever body may be authorized by or in accordance with the Charter of the United Nations to make such a request.

2. Questions upon which the advisory opinion of the Court is asked shall be laid before the Court by means of a written request containing an exact statement of the question upon which an opinion is required, and accompanied by all documents likely to throw light upon the question.

Article 66

1. The Registrar shall forthwith give notice of the request for an advisory opinion to all states entitled to appear before the Court.

2. The Registrar shall also, by means of a special and direct communication, notify any state entitled to appear before the Court or international organization considered by the Court, or, should it not be sitting, by the President, as likely to be able to furnish information on the question, that the Court will be prepared to receive, within a time limit to be fixed by the President, written statements, or to hear, at a public sitting to be held for the purpose, oral statements relating to the question.

3. Should any such state entitled to appear before the Court have failed to receive the special communication referred to in paragraph 2 of this Article, such state may express a desire to submit a written statement or to be heard; and the Court will decide.

4. States and organizations having presented written or oral statements or both shall be permitted to comment on the statements made by other states or organizations in the form, to the extent, and within the time limits which the Court, or, should it not be sitting, the President, shall decide in each particular case. Accordingly, the Registrar shall in due time communicate any such written statements to states and organizations having submitted similar statements.

Article 67

The Court shall deliver its advisory opinions in open court, notice having been given to the Secretary-General and to the representatives of Members of the United Nations, of other states and of international organizations immediately concerned.

Article 68

In the exercise of its advisory functions the Court shall further be guided by the provisions of the present Statute which apply in contentious cases to the extent to which it recognizes them to be applicable.

CHAPTER V

AMENDMENT

Article 69

Amendments to the present Statute shall be effected by the same procedure as is provided by the Charter of the United Nations for amendments to that Charter, subject however to any provisions which the General Assembly upon recommendation of the Security Council may adopt concerning the participation of states which are parties to the present Statute but are not Members of the United Nations.

Article 70

The Court shall have power to propose such amendments to the present Statute as it may deem necessary, through written communications to the Secretary-General, for consideration in conformity with the provisions of Article 69.

APPENDIX B. THE PROPOSED REVISED CHARTER

CHARTER OF THE UNITED NATIONS

WE THE PEOPLES OF THE UNITED NATIONS DETERMINED

to save succeeding generations from the scourge of war, which twice in our lifetime has brought untold sorrow to mankind, and

to reaffirm faith in fundamental human rights, in the dignity and worth of the human person, in the equal rights of men and women and of nations large and small, and

to establish conditions under which justice and respect for the obligations arising from treaties and other sources of international law can be maintained, and

to promote social progress and better standards of life in larger freedom,

AND FOR THESE ENDS

to practice tolerance and live together in peace with one another as good neighbors, and

to unite our strength to maintain international peace and security, and

to ensure, by the acceptance of world law in the field of war prevention and through adequate institutions for its enforcement, that armed force shall not be used, save in the common interest, and

to employ international machinery for the promotion of the economic and social advancement of all peoples,

HAVE RESOLVED TO COMBINE OUR EFFORTS TO ACCOMPLISH THESE AIMS.

Accordingly, the Charter of the United Nations adopted at San Francisco in 1945, having now been revised, the United Nations is hereby continued under the revised Charter with the structure, functions and powers set forth in the following Articles and Annexes.

CHAPTER I

PURPOSES AND PRINCIPLES

Article 1

The Purposes of the United Nations are:

1. To maintain international peace and security, and to that end: to abolish all national military forces and, through a United Nations system of inspection and a United Nations military force, to take effective measures for the enforcement of disarmament, for the prevention and removal of threats to the peace, for the suppression of acts of aggression or other breaches of the peace, and for ensuring compliance with this revised Charter and the laws and regulations enacted thereunder; and, through United Nations agencies and tribunals, to bring about by peaceful means, and in conformity with the principles of justice and international law, adjustment or settlement of international disputes or situations which might lead to a breach of the peace;

2. To develop friendly relations among nations based on respect for the principle of equal rights and self-determination of peoples, and to take other appropriate measures to strenghten universal peace;

3. To achieve international cooperation in solving international problems of an economic, social, cultural, or humanitarian character, and in promoting and encouraging respect for human rights and for fundamental freedoms for all without distinction as to race, sex, language, or religion; and

4. To be a center for harmonizing the actions of nations in the attainment of these common ends.

Article 2

The United Nations and its member Nations, in pursuit of the Purposes stated in Article 1, shall act in accordance with the following Principles.

1. All nations shall be equally entitled to the protection guaranteed by this revised Charter, irrespective of size, population or any other factor; and there are reserved to all nations or their peoples all powers inherent in their sovereignty, except such as are delegated to the United Nations by this revised Charter, either by express language or clear implication, and are not prohibited by this revised Charter to the nations.

2. All member Nations, in order to ensure to all of them the rights and benefits resulting from membership, shall fulfil in good faith the obligations assumed by them in accordance with this revised Charter.

3. All nations shall settle their international disputes by peaceful means in such a manner that international peace and security, and justice, are not endangered.

4. All nations shall refrain in their international relations from the threat or use of force against the territorial integrity or political independence of any

state, or in any other manner inconsistent with the Purposes of the United Nations.

5. All member Nations shall give the United Nations every assistance in any action it takes in accordance with this revised Charter, and all nations shall refrain from giving assistance to any state against which the United Nations is taking preventive or enforcement action.

6. The United Nations shall ensure that states which are not members of the United Nations act in accordance with these Principles so far as may be necessary for the maintenance of international peace and security, and that they observe all the prohibitions and requirements of the disarmament plan contained in Annex I of this revised Charter.

7. Nothing contained in this revised Charter shall authorize the United Nations to intervene in matters which are essentially within the domestic jurisdiction of any state or shall require any state to submit such matters to settlement under this revised Charter; but this principle shall not prejudice such action as may be necessary to maintain international peace and security. In particular, this principle shall not prejudice: (a) the execution of the provisions for disarmament contained in Annex I; (b) the limited authority of the General Assembly to legislate pursuant to Article 11 of this revised Charter; (c) the limited authority of the Assembly to raise revenue pursuant to Article 17 and Annex V of this revised Charter; (d) the limited authority of the Assembly, pursuant to Article 36 of this revised Charter, to refer questions relating to disputes or situations which are likely to endanger the maintenance of international peace and security to the World Equity Tribunal, the authority of the Tribunal to make recommendations with respect to any questions referred to it and the authority of the Assembly to approve the recommendations of the Tribunal; or (e) the application of enforcement measures under Chapter VII and Article 94 of this revised Charter. Nor shall this principle prevent the United Nations from making such nonbinding recommendations as are hereinafter authorized.

CHAPTER II

MEMBERSHIP

Article 3

1. The initial member Nations of the United Nations under this revised Charter shall be: those of the states listed in Article 9 whose ratifications, in accordance with Article 110, have brought the revised Charter into force; and such other states listed in Article 9 as shall ratify the revised Charter within two years from the date on which it comes into force.

2. Any nation listed in Article 9 which has not become an initial member Nation and retains the legal status of an independent state and any nation not listed in Article 9 which after the signing of this revised Charter achieves the legal status of an independent state shall be entitled to become a member Nation, subject in each case to its acceptance of the obligations contained in the revised Charter. Any such nation desiring to become a member Nation shall make written application to the Secretary-General who shall forthwith notify all member Nations of such application. Unless at least ten member Nations shall within thirty days from such notification file written notice with the Secretary-General questioning the legal status of the applicant as an independent state, the applicant shall become a member Nation at the end of the thirty-day period. In case the legal status of the applicant as an independent state is thus questioned, the General Assembly shall refer the question to the International Court of Justice for final decision.

Article 4

The citizens of the member Nations shall be deemed to be citizens of the United Nations as well as of their own respective nations.

Article 5

A member Nation which, in the judgment of the General Assembly, has violated any basic principle or provision of this revised Charter may be suspended from the exercise of the rights and privileges of membership by the General Assembly. The exercise of these rights and privileges may be restored by the General Assembly.

Article 6

No member Nation may withdraw from the United Nations or be expelled therefrom.

CHAPTER III

ORGANS

Article 7

1. There are established as the principal organs of the United Nations: a General Assembly, an Executive Council, an Economic and Social Council, a Trusteeship Council, an International Court of Justice, a World Equity Tribunal, a World Conciliation Board, and a Secretariat.

2. Such subsidiary organs as may be found necessary may be established in accordance with this revised Charter.

Article 8

The United Nations shall place no restrictions on the eligibility of men and women to participate in any capacity and under conditions of equality in its principal and subsidiary organs.

CHAPTER IV

THE GENERAL ASSEMBLY

COMPOSITION

Article 9

1. The General Assembly shall consist of Representatives from all the member Nations and from the non-self-governing and trust territories under their administration.

2. For the purpose of determining the number of Representatives in the General Assembly from the respective member Nations, the member Nations shall be divided into seven categories as follows:

a. From any member Nation having a population of over 140,000,000 there shall be thirty Representatives.

b. From any member Nation having a population of over 40,000,000 and not over 140,000,000 there shall be sixteen Representatives.

c. From any member Nation having a population of over 20,000,000 and not over 40,000,000 there shall be eight Representatives.

d. From any member Nation having a population of over 5,000,000 and not over 20,000,000 there shall be five Representatives.

e. From any member Nation having a population of over 1,500,000 and not over 5,000,000 there shall be three Representatives.

f. From any member Nation having a population of over 500,000 and not over 1,500,000 there shall be two Representatives.

g. From any member Nation having a population of not over 500,000 there shall be one Representative.

3. The apportionment of Representatives pursuant to the foregoing formula shall be made on the basis of world censuses, the first census to be taken within ten years from the coming into force of this revised Charter and subsequent censuses to be taken in every tenth year thereafter, in such manner as the General Assembly shall direct.

4. Until an apportionment of Representatives shall be made on the basis of the first world census, the apportionment of Representatives shall be as follows:

Member Nations[1]	Population (Estimated as of July 1, 1957)	Interim Number of Representatives
Afghanistan	12,250,000	5
Albania	1,450,000	2
Argentina	19,750,000	5
Australia	9,600,000	5
Austria	7,100,000	5
Belgium	9,000,000	5
Bolivia	3,300,000	3
Brazil	61,150,000	16
Bulgaria	7,700,000	5
Burma	20,200,000	8
Cambodia	4,500,000	3
Canada	16,500,000	5
Ceylon	9,000,000	5
Chile	7,050,000	5
China (People's Republic)	615,000,000	30
China (Republic)	9,500,000	5
Colombia	13,200,000	5
Costa Rica	1,050,000	2
Cuba	6,300,000	5
Czechoslovakia	13,450,000	5
Denmark	4,500,000	3
Dominican Republic	2,700,000	3
Ecuador	3,850,000	3
Egypt	23,900,000	8
El Salvador	2,300,000	3
Ethiopia	19,400,000	5
Finland	4,350,000	3
France (including overseas departments)[2]	54,400,000	16
Germany (Federal Republic)[3]	54,200,000	16
Germany (Democratic Republic)[4]	17,850,000	5
Ghana	4,750,000	3
Greece	8,150,000	5
Guatemala	3,400,000	3
Haiti	3,400,000	3
Honduras	1,750,000	3
Hungary	9,900,000	5
Iceland	160,000	1
India	391,000,000	30
Indonesia	84,000,000	16
Iran	20,100,000	8
Iraq	5,500,000	5
Ireland	2,900,000	3
Israel	1,950,000	3
Italy	49,750,000	16
Japan	91,000,000	16
Jordan	1,520,000	3
Korea (Republic)	21,900,000	8
Korea (People's Dem. Rep.)	10,100,000	5
Laos	1,450,000	2
Lebanon	1,480,000	2
Liberia	1,300,000	2
Libya	1,150,000	2
Luxembourg	320,000	1
Malaya[5]	6,300,000	5
Mexico	31,400,000	8
Mongolia (People's Republic)	1,000,000	2
Morocco	10,100,000	5
Nepal	8,700,000	5
Netherlands (including overseas self-governing territories)[6]	11,475,000	5
New Zealand	2,220,000	3
Nicaragua	1,300,000	2
Nigeria[5]	33,400,000	8
Norway	3,500,000	3
Pakistan	85,000,000	16
Panama	960,000	2
Paraguay	1,650,000	3
Peru	9,900,000	5
Philippines	22,600,000	8
Poland	28,200,000	8
Portugal	8,900,000	3
Rhodesia-Nyasaland[5]	7,400,000	5
Romania	17,800,000	5
Saudi Arabia	7,450,000	5
Somalia[5]	1,300,000	2
Spain	29,500,000	8
Sudan	10,200,000	5
Sweden	7,400,000	5
Switzerland	5,100,000	5
Syria	4,300,000	3
Thailand	21,000,000	8
Tunisia	3,900,000	3
Turkey	25,000,000	8
Union of South Africa	14,100,000	5
U. S. S. R.	204,200,000	30
United Kingdom	51,850,000	16
United States[7]	174,600,000	30
Uruguay	2,700,000	3

405

Member Nations[1]	Population (Estimated as of July 1, 1957)	Interim Number of Representatives
Venezuela	6,100,000	5
Vietnam, North	15,000,000	5
Vietnam, South	12,000,000	5
West Indies Federation[5]	3,150,000	3
Yemen	4,950,000	3
Yugoslavia	18,100,000	5
Total (93 member Nations)	2,663,135,000	602
Trust and non-self-governing territories	100,000,000	23
Grand Total estimated world population as of July 1, 1957	2,763,135,000	625

[1] This table is based on the assumption that the 93 nations therein listed (all of which will presumably have the status of independent states when the revised Charter comes into force) will become member Nations. In the possible event that one or more nations should not ratify the revised Charter, there would, of course, be no Representatives from such nation or nations. Any such nonmember nation would necessarily have a population of not more than 40,000,000 (see revised Article 110). The population figures in this table are based primarily on the April 1957 statistical paper of the United Nations entitled "Population and Vital Statistics Reports" (Series A, Vol. IX, No. 2).
[2] The estimate of 54,400,000 includes 43,800,000 for continental France and 10,600,000 for Algeria and other "overseas departments".
[3] The 53,200,000 estimate for the Federal Republic of Germany includes 51,000,000 for West Germany proper (including the Saar) and 2,200,000 for West Berlin.
[4] The 17,850,000 estimate for the German Democratic Republic includes 16,700,000 for East Germany proper and 1,150,000 for East Berlin.
[5] Malaya, Nigeria, the Federation of Rhodesia and Nyasaland, Somalia (the present Italian trusteeship) and the West Indies Federation are included in this table in anticipation of their attaining the status of independent states by the time the revised Charter comes into force.
[6] The 11,475,000 estimate for the Netherlands includes 11,050,000 for the Netherlands proper and 425,000 for the self-governing territories of Surinam and the Netherlands Antilles.
[7] The 174,600,000 estimate for the United States includes 171,200,000 for the continental United States and 3,400,000 for Alaska, Hawaii and Puerto Rico.

5. If, by reason of increases in population, the application of the formula provided for in paragraph 2 of this Article would increase the number of Representatives from the member Nations to more than 630, the General Assembly shall revise the population limits in each of the seven categories by such uniform percentage as shall result in keeping the total number of Representatives from the member Nations at not more than 630 but not less than 600.

6. The non-self-governing and trust territories under the administration of member Nations shall be represented in the General Assembly in accordance with decisions made from time to time by the Assembly. In determining the total number of Representatives from these territories, the Assembly shall be guided by the principle that the number of such Representatives shall bear the same proportion to the number of Representatives from the member Nations in the Assembly as the population of these territories bears to the population of the member Nations; and in allotting such Representatives to the respective territories or groups of territories, the Assembly shall take into account their respective populations.

7. Representatives shall be chosen for terms of four years, such terms to begin at noon on the third Tuesday of September in every fourth year subject in respect of the first Representatives chosen to paragraph 6 (a) of Article 110 of this revised Charter.

8. For the first three terms after the coming into force of this revised Charter, the Representatives from each member Nation shall be chosen by its national legislature, except to the extent that such legislature may prescribe the election of the Representatives by popular vote. For the next three terms, at least half of the Representatives of each member Nation shall be elected by popular vote and the remainder shall be chosen by its national legislature, except to the extent that such legislature may prescribe that all

or part of such remainder shall also be elected by popular vote. Beginning with the seventh term, all the Representatives of each member Nation shall be elected by popular vote. The General Assembly may, however, by a two-thirds vote of all the Representatives in the Assembly, whether or not present or voting, postpone for not more than eight years the coming into effect of the requirement that at least half of the Representatives shall be elected by popular vote; and the Assembly may also by a like majority postpone for not more than eight years the requirement that all the Representatives shall be elected by popular vote. In all popular elections held under this paragraph, all persons shall be entitled to vote who are qualified to vote for the members of the most numerous branch of the national legislatures of the respective nations.

The Representatives of non-self-governing and trust territories shall be chosen in such manner as the General Assembly shall determine, taking into account that the right of the peoples of the respective territories to participate directly in the selection of their Representatives should be recognized to the maximum extent possible.

9. Any vacancy among the Representatives of any member Nation shall be filled in such manner as the national legislature of such member Nation may determine; and any vacancy among the Representatives of non-self-governing or trust territories shall be filled in such manner as the General Assembly shall determine. A Representative chosen to fill a vacancy shall hold office for the remainder of the term of his predecessor.

10. The Representatives shall receive reasonable compensation, to be fixed by the General Assembly and paid out of the funds of the United Nations.

FUNCTIONS AND POWERS

Article 10

The General Assembly shall have the power:

a. to enact legislation binding upon member Nations and all the peoples thereof, within the definite fields and in accordance with the strictly limited authority hereinafter delegated;

b. to deal with disputes, situations and threats to the peace, as hereinafter provided;

c. to make nonbinding recommendations to the member Nations, as hereinafter provided;

d. to elect the members of other organs of the United Nations, as hereinafter provided;

e. to discuss, and to direct and control the policies and actions of the other organs and agencies of the United Nations, with the exception of the International Court of Justice, the World Equity Tribunal and the World Conciliation Board; and

f. to discuss any questions or any matters within the scope of this revised Charter.

407

Article 11

1. The General Assembly shall have the primary responsibility for the maintenance of international peace and security and for ensuring compliance with this revised Charter and the laws and regulations enacted thereunder.

2. To this end the General Assembly shall have the following legislative powers:

a. to enact such laws and regulations as are authorized by Annex I of this revised Charter relating to universal, enforceable and complete national disarmament, including the control of nuclear energy;

b. to enact such laws and regulations as are authorized by Annex II of this revised Charter relating to the military forces necessary for the enforcement of universal and complete national disarmament, for the prevention and removal of threats to the peace, for the suppression of acts of aggression and other breaches of the peace, and for ensuring compliance with this revised Charter and the laws and regulations enacted thereunder;

c. to enact appropriate laws defining the conditions and establishing the general rules for the application of the measures provided for in Chapter VII;

d. to enact appropriate laws defining what acts or omissions of individuals or private organizations within the following categories shall be deemed offenses against the United Nations: (1) acts or omissions of government officials of any nation which either themselves constitute or directly cause a threat of force, or the actual use of force by one nation against any other nation, unless such threat or use of force is in self-defense under the circumstances defined in Article 51 of this revised Charter; (2) acts or omissions of any government official or any other individual or of any private organization which either themselves constitute or directly cause a serious violation of Annex I of this revised Charter or of any law or regulation enacted thereunder; (3) acts or omissions causing damage to the property of the United Nations or injuring any person in the service of the United Nations while engaged in the performance of official duties or on account of the performance of such duties; and (4) acts or omissions of any individual in the service of any organ or agency of the United Nations, including the United Nations Peace Force, which in the judgment of the General Assembly are seriously deterimental to the purposes of the United Nations;

e. to enact appropriate laws: (1) prescribing the penalties for such offenses as are defined by the General Assembly pursuant to the foregoing subparagraph (d); (2) providing for the apprehension of individuals accused of offenses which the Assembly has defined as sufficiently serious to require apprehension, such apprehension to be by the United Nations civil police provided for in Annex III or by national authorities pursuant to arrangements with the United Nations or by the joint action of both; (3) establishing procedures for the trial of such individuals in the regional courts of the United Nations provided for in Annex III; and (4) providing adequate means for the enforcement of penalties.

3. No such law shall, however, relieve an individual from responsibility for any punishable offense by reason of the fact that such individual acted as head of state or as a member of a nation's government. Nor shall any such law

relieve an individual from responsibility for any such offense on the ground that he has acted pursuant to an order of his government or of a superior, if, in the circumstances at the time, it was reasonably possible for him to refuse compliance with that order.

4. The member Nations agree to accept and carry out the laws and regulations enacted by the General Assembly under paragraph 2 of this Article, and the decisions of the Assembly made under this revised Charter including the Annexes; provided, however, that any member Nation shall have the right to contest the validity of any such law, regulation or decision by appeal to the International Court of Justice. Pending the judgment of the Court upon any such appeal, the contested law, regulation or decision shall nevertheless be carried out, unless the Assembly or the Court shall make an order permitting noncompliance during the Court's consideration of the appeal.

5. As soon as possible after the coming into force of this revised Charter, the Executive Council shall negotiate with any state which may not have become a member of the United Nations an agreement by which such state will agree to observe all the prohibitions and requirements of the disarmament plan contained in Annex I of this revised Charter, and to accept and carry out all the laws, regulations and decisions made thereunder, and by which the United Nations will recognize the right of any such state and of its citizens to all the protection and remedies guaranteed by this revised Charter to member Nations and their citizens with respect to the enforcement of Annex I and the laws, regulations and decisions made thereunder. If a state refuses to make such an agreement, the Executive Council shall inform the General Assembly which shall decide upon measures to be taken to ensure the carrying out of the disarmament plan in the territory of such state.

Article 12

1. The General Assembly may discuss any questions relating to the maintenance of international peace and security brought before it by any member Nation, or by the Executive Council, or by a nation which is not a member of the United Nations in accordance with Article 35, paragraph 2, and may make recommendations with regard to any such questions to the nation or nations concerned or to the Executive Council or to both. Any such question on which action is necessary may be referred to the Executive Council by the General Assembly either before or after discussion.

2. The General Assembly may call the attention of the Executive Council to disputes or situations which are likely to endanger international peace and security.

Article 13

1. The General Assembly shall initiate studies and make recommendations for the purpose of:

a. promoting international cooperation in the political field and encouraging the progressive development of international law and its codification;

b. promoting international cooperation in the economic, social, cultural, educational, and health fields, and assisting in the realization of human rights and fundamental freedoms for all without distinction as to race, sex, language, or religion.

2. The further responsibilities, functions, and powers of the General Assembly with respect to matters mentioned in paragraph 1 (b) above are set forth in Chapters IX and X.

Article 14

1. The General Assembly may recommend measures for the peaceful adjustment of any situation, regardless of origin, which it deems likely to impair the general welfare or friendly relations among nations, including situations resulting from a violation of the provisions of this revised Charter setting forth the Purposes and Principles of the United Nations.

2. Each member Nation undertakes to give prompt and due consideration to any recommendation addressed to such nation by the General Assembly under Articles 12 and 13 and this Article, and to report as soon as practicable what action it has taken with reference thereto, or, if no action has been taken, its reasons therefor.

Article 15

1. The General Assembly shall receive and consider annual and special reports from the Executive Council; these reports shall include an account of the measures that the Executive Council has decided upon or taken to maintain international peace and security.

2. The General Assembly shall receive and consider reports from the other organs of the United Nations.

Article 16

The General Assembly shall perform such functions with respect to the international trusteeship system as are assigned to it under Chapters XII and XIII, including the approval of the trusteeship agreements.

Article 17

1. The General Assembly shall consider and approve the annual budgets of the United Nations.

2. The General Assembly shall have power to enact such laws and regulations as are authorized by Annex V of this revised Charter relating to the provision of sufficient and reliable revenues to meet the budgets of the United Nations through collaborative arrangements with the member Nations.

3. The General Assembly shall have power to enact such laws and regulations as are authorized by Annex V of this revised Charter relating to the borrowing of money on the credit of the United Nations.

4. The General Assembly shall consider and approve any financial and budgetary arrangements with specialized agencies referred to in Article 57, shall examine and approve the budgets of such specialized agencies and shall

allocate to them in the annual budgets of the United Nations such funds as it deems necessary for their expenses.

5. All decisions of the General Assembly pursuant to this Article shall be made by a majority of all the Representatives then in office, whether or not present and voting, including in respect of votes on the adoption of the budgets of the United Nations a majority of the Representatives then in office, whether or not present and voting, from the member Nations which would have the ten largest quotas of the budget then voted upon.

VOTING

Article 18

1. In the General Assembly the Representatives shall vote as individuals, and each Representative shall have one vote.

2. Decisions of the General Assembly on important questions shall be made by a majority of all the Representatives then in office, whether or not present or voting. These questions shall include: action with respect to the pacific settlement of disputes and the maintenance of international peace and security in accordance with Articles 33 through 44, Articles 50 through 53 and Annexes I and II; the enactment of legislation in accordance with Article 11; the election of the members of the Executive Council and their discharge by a vote of lack of confidence, in accordance with Article 23; the election of the members of the Economic and Social Council and their discharge by a vote of lack of confidence, in accordance with Article 61; the election of members of the Trusteeship Council and their discharge by a vote of lack of confidence, in accordance with Article 86; the taking of measures to give effect to judgments of the International Court of Justice and to recommendations of the World Equity Tribunal in accordance with Article 94; and the suspension and restoration of the rights and privileges of membership in accordance with Article 5.

3. Decisions on other questions, including the determination of additional categories of questions to be decided by the special majority provided for in paragraph 2, shall be made by a majority of the Representatives present and voting, except when this revised Charter elsewhere provides for a special majority on a particular question.

Article 19

A majority of all the Representatives shall constitute a quorum to do business; but a smaller number may adjourn from day to day.

PROCEDURE

Article 20

The General Assembly shall meet in regular annual sessions, beginning on the third Tuesday of September, and in such special sessions as occasion may require. Special sessions shall be convoked by the Secretary-General at the written request of the Executive Council, or of the Standing Committee of the General Assembly on the Peace Enforcement Agencies, or of a majority of the member Nations, or of one third of all the Representatives in the General Assembly.

Article 21

The General Assembly shall adopt its own rules of procedure. It shall elect its President for each session.

Article 22

1. The General Assembly may establish such subsidiary organs as it deems necessary for the performance of its functions.

2. In particular, the General Assembly shall establish a Standing Committee on the Peace Enforcement Agencies, with the functions set forth in Annexes I and II, and a Standing Committee on Budget and Finance, with the functions set forth in Annex V.

3. The Standing Committee on the Peace Enforcement Agencies shall consist of seventeen Representatives. They shall be elected by the General Assembly within thirty days from the beginning of the first regular session of each newly chosen Assembly, and shall serve during the four-year term of the Assembly by which they are elected and until their successors are elected by a new Assembly. In electing the members of the Committee, the Assembly shall be guided by the following principles: (a) that eight of the members of this Committee shall be chosen from among the Representatives of those member Nations which, pursuant to Article 9, are entitled to sixteen or more Representatives in the Assembly; (b) that the remaining nine members of the Committee shall be chosen from among the Representatives of those member Nations which, pursuant to Article 9, are entitled to less than sixteen Representatives in the Assembly and of the non-self-governing and trust territories; (c) that no two members of the Committee shall be nationals of the same nation; (d) that no member of the Committee shall be a national of any nation which has one of its nationals on the Military Staff Committee or the Inspection Commission or the Nuclear Energy Commission; and (e) that, subject to the foregoing limitations, the Committee shall be chosen with due regard to equitable geographical distribution.

4. The Standing Committee on Budget and Finance shall consist of seventeen Representatives. They shall be elected by the General Assembly within thirty days from the beginning of the first regular session of each newly chosen Assembly, and shall serve during the four-year term of the Assembly by which they are elected and until their successors are elected by a new Assembly. In electing the members of the Committee, the Assembly shall be guided by the following principles: (a) that eight of the members of this Committee shall be chosen from among the Representatives of the member Nations which at the time the Committee is elected have the eight largest quotas for the budget of the United Nations, except that in choosing the first Committee the Assembly shall elect a Representative from each of the eight member Nations which in

the judgment of the Assembly are likely to have the eight largest quotas for the first budget under this revised Charter; (b) that remaining nine members of the Committee shall be chosen from among the Representatives of all the other member Nations and the non-self-governing and trust territories; (c) that no two members of the Committee shall be nationals of the same nation; and (d) that, subject to the foregoing limitations, the Committee shall be chosen with due regard to equitable geographical distribution.

5. Vacancies in the membership of these Standing Committees shall be filled by the General Assembly by the selection of a Representative from the same member Nation or non-self-governing or trust territory in the representation of which the vacancy has occurred.

6. The General Assembly may by a vote of lack of confidence, discharge either of these Standing Committees as a whole, provided: (a) that the members of the Committee so discharged shall continue to serve until their successors are elected; (b) that the Assembly shall proceed forthwith to the election of a new Committee; (c) that the members of the new Committee shall be elected from among the Representatives of the same member Nations or non-self-governing or trust territories which were represented on the discharged Committee; (d) that the members of the new Committee shall be elected by the same formula and method provided for in paragraphs 3 or 4 of this Article as the case may be; and (e) that the new Committee shall serve, unless sooner discharged, until the regular quadrennial election of the Committee following the quadrennial election of the Assembly.

7. No member of either of these Standing Committees shall simultaneously be a member of the other Standing Committee, or a member of the Executive Council or the Economic and Social Council or the Trusteeship Council.

8. The members of these Standing Committees shall, during their period of service thereon, receive additional compensation to be fixed by the General Assembly.

CHAPTER V

THE EXECUTIVE COUNCIL

COMPOSITION

Article 23

1. The Executive Council shall consist of seventeen Representatives. They shall be elected by the General Assembly within thirty days from the beginning of the first regular session of each newly chosen Assembly, and shall serve during the four-year term of the Assembly by which they are elected and until their successors are elected by a new Assembly.

2. The General Assembly shall elect the members of the Executive Council in accordance with the following formula and method:

a. Each of the four member Nations which, pursuant to Article 9, are entitled to thirty Representatives in the Assembly shall have the right to have one of its Representatives elected to the Council at every quadrennial election of the Council.

b. Each of the eight member Nations which, pursuant to Article 9, are entitled to sixteen Representatives in the Assembly shall have the right to have one of its Representatives elected to the Council at every alternate quadrennial election of the Council. Prior to the first election, the Assembly shall designate the four member Nations in this category, two in Europe and two outside Europe, which shall be represented in the first Executive Council.

c. The member Nations other than the twelve mentioned in the foregoing subparagraphs (a) and (b) and the non-self-governing and trust territories under the administration of member Nations shall between them have the right to have nine of their Representatives elected to the Council at every quadrennial election of the Council. Prior to the first election and after each world census, the Assembly shall divide the member Nations and the non-self-governing and trust territories which together constitute this group into nine regional subgroups which shall be as nearly equal as possible in the number of member Nations in each subgroup. Prior to each election, the Assembly shall designate a member Nation or non-self-governing or trust territory in each subgroup which shall have the right to have one of its Representatives elected to the Council provided that: (1) in the case of a subgroup which does not include any non-self-governing or trust territory, no member Nation shall be redesignated until every other member Nation in that subgroup has been designated; and (2) that in the case of a subgroup

414

which does include one or more non-self-governing or trust territories, no member Nation shall be redesignated until every other member Nation in that subgroup has been designated and also at least one of the non-self-governing or trust territories.

d. After the designations called for by the foregoing subparagraphs (b) and (c) have been made, the Representatives of the seventeen member Nations or the non-self-governing or trust territories which are entitled to have Representatives elected to the Council at the particular election, shall hold separate meetings which shall respectively nominate to the Assembly two of their own number deemed by the separate meetings best qualified to serve on the Council, provided that in the case of any such member Nation or non-self-governing or trust territory, which has either one or two Representatives, their names shall be deemed automatically nominated.

e. After the nominations called for by the foregoing subparagraph (d) have been made, the Assembly shall elect to serve on the Council one of the two nominees of each of the seventeen member Nations or non-self-governing or trust territories which are then entitled to have one of its Representatives on the Council, taking into account the personal qualifications of each nominee for service on the Council, except that if any of such seventeen member Nations or non-self-governing or trust territories has only one Representative in the Assembly, that Representative shall be deemed automatically elected.

3. In case, by reason of changes in population, the merger or division of member Nations or the coming into existence of new independent states, there should be more or less than four member Nations in the category entitled, pursuant to Article 9, to thirty Representatives in the General Assembly or more or less eight member Nations in the category entitled, pursuant to Article 9, to sixteen Representatives in the Assembly, the Assembly shall, by a two-thirds majority vote of all the Representatives then in office, whether or not present or voting, make such adjustments in the representation on the Council from these two categories of member Nations, and also such change in the representation from the group containing the five categories of member Nations entitled, pursuant to Article 9, to less than sixteen Representatives in the Assembly and the non-self-governing or trust territories, as will to the utmost possible extent preserve the balance provided for in the foregoing paragraph 2 as between the first two categories and the group containing the other five categories; provided that in so doing the membership of the Executive Council shall not be increased to more than twenty-three.

4. Vacancies in the membership of the Executive Council shall be filled in the following manner: The Representatives of the member Nation or non-self-governing or trust territory in whose representation on the Council the vacancy has occurred shall nominate two of their own number, and thereupon the General Assembly shall elect one of the two nominees taking into account the personal qualifications of each nominee for service on the Council; provided that in the case of any such member Nation or non-self-governing or trust territory which has either one or two Representatives their names shall be deemed automatically nominated, and in the case of any such member Nation or non-self-governing or trust territory which has only one

Representative in the Assembly that Representative shall be deemed automatically elected.

5. The General Assembly may by a vote of lack of confidence discharge the Executive Council as a whole, provided: (a) that the members of the Council so discharged shall continue to serve until their successors are elected; (b) that the Assembly shall proceed forthwith to the election of a new Council; (c) that the members of the new Council shall be elected from among the Representatives of the same member Nations or non-self-governing or trust territories which were represented on the discharged Council; (d) that the members of the new Council shall be nominated and elected by the same formula and method as called for by paragraph 2 of this Article; and (e) that the new Council shall serve, unless sooner discharged, until the regular quadrennial election of the Council following the quadrennial election of the Assembly.

6. The members of the Executive Council shall retain their seats in the General Assembly.

7. The members of the Executive Council shall, during their period of service thereon, receive additional compensation to be fixed by the General Assembly.

FUNCTIONS AND POWERS

Article 24

1. In order to ensure prompt and effective action by the United Nations, the Executive Council shall act as the agent of the General Assembly in the fulfillment of the primary responsibility of the Assembly for the maintenance of international peace and security and for ensuring compliance with this revised Charter and the laws and regulations enacted thereunder. The General Assembly shall supervise the carrying out by the Executive Council of its duties, and the Assembly may from time to time issue such directions to the Council as the Assembly deems necessary.

2. In discharging its duties the Executive Council shall act in accordance with this revised Charter and the laws and regulations enacted by the General Assembly, and in accordance with the directions of the Assembly. Certain specific powers granted to the Council for the discharge of these duties are laid down in Chapters VI, VII, VIII, and XII, and in Annexes I and II.

3. The Executive Council shall submit annual reports to the General Assembly and such special reports as the Council may deem necessary or as the Assembly may call for. If the Council decides to take emergency action under Chapter VII, it shall immediately submit a report thereon to the Assembly which, if not then in session, shall, in accordance with Article 39, be immediately convened to consider such report.

Article 25

The member Nations agree to accept and carry out the decisions of the Executive Council, subject only to the right to contest the validity of any such decisions by appeal to the International Court of Justice. Pending the judgment of the Court upon any such appeal, the contesting member Nation shall nevertheless carry out the decision of the Council, unless the Council or the Court shall make an order permitting noncompliance during the Court's consideration of the appeal.

Article 26

In order to promote the establishment and maintenance of international peace and security, the Executive Council shall, subject to the supervision of the General Assembly, see to it that the provisions of this revised Charter with respect to disarmament are carried out.

VOTING

Article 27

1. The members of the Executive Council shall vote as individuals, and each of them shall have one vote.

2. Decisions of the Executive Council on important matters shall be made by an affirmative vote of fourteen members. These matters shall include: action with respect to the pacific settlement of international disputes and the maintenance of international peace and security in accordance with Articles 33 through 44, Articles 50 through 53 and Annexes I and II, and any other matters which the General Assembly may from time to time define as important.

3. Decisions of the Executive Council on all other matters shall be made by an affirmative vote of eleven members.

4. In case the General Assembly shall increase or decrease the membership of the Executive Council pursuant to paragraph 3 of Article 23, the required majority for decisions of the Council shall be increased or decreased in the ratio of one vote for each two members added to or subtracted from the membership.

PROCEDURE

Article 28

1. The Executive Council shall be so organized as to be able to function continuously, and it shall hold regular meetings at least twice in each month.

2. The members of the Executive Council shall hold themselves at the disposal of the Council at all times, unless on leave or prevented from attending by illness or other serious reason.

In case of the temporary absence of any member, due to illness or other cause, the Executive Council may appoint as substitute a Representative from the same member Nation as that of the absent member, to serve during such absence but for not more than four months. An absence of more than four months shall be deemed to create a vacancy to be filled in accordance with paragraph 4 of Article 23.

417

3. The Executive Council may hold meetings at such places other than the seat of the United Nations as in its judgment will best facilitate its work.

Article 29

The Executive Council may establish such subsidiary organs as it deems necessary for the performance of its functions.

Article 30

The Executive Council shall adopt its own rules of procedure, including the method of selecting its President.

Article 31

1. If the Executive Council considers that in the discussion of any question brought before it, the interests of a member Nation are specially affected, and if no Representative from such member Nation is then a member of the Executive Council, the Council shall invite the Representatives from that member Nation to designate one of their number to participate, without vote, in the discussion; or if such member Nation has only one Representative, that Representative shall be invited to participate.

2. If the Executive Council considers that in the discussion of any question brought before it, the interests of a non-self-governing or trust territory are specially affected, and if no Representative from such territory is then a member of the Council and if there is a Representative from such territory in the General Assembly, the Council shall invite that Representative to participate, without vote, in the discussion. If, however, there is then no Representative from such territory in the Assembly, the Council shall appoint a properly qualified person resident in such territory to represent the interests of such territory and to participate, without vote, on its behalf in the discussion.

Article 32

1. If any member Nation is a party to a dispute under consideration by the Executive Council, and if no Representative from such member Nation is then a member of the Executive Council, the Council shall invite the Representatives from that member Nation to designate one of their number to participate, without vote, in the discussion relating to the dispute; or if such member Nation has only one Representative, that Representative shall be invited to participate.

2. If any state which is not a member of the United Nations is a party to a dispute under consideration by the Executive Council, the Council shall invite its government to appoint a delegate to participate, without vote, in the discussion relating to the dispute. The Executive Council shall lay down such conditions as it deems just for the participation of such a state.

CHAPTER VI

PACIFIC SETTLEMENT OF DISPUTES

Article 33

1. Nations which are parties to any dispute or are concerned in any situation which might lead to international friction or give rise to a dispute shall, first of all, seek a solution by negotiation, enquiry, mediation, conciliation, arbitration, judicial settlement, resort to regional agencies or arrangements, or other peaceful means of their own choice.

2. The General Assembly or the Executive Council, if authorized by the Assembly, shall, when deemed necessary, call upon the nations concerned to settle the dispute or adjust the situation by such means.

Article 34

The General Assembly or the Executive Council, if authorized by the Assembly, may investigate any dispute or any situation which might lead to international friction or give rise to a dispute.

Article 35

1. Any member Nation may bring any dispute, or any situation of the nature referred to in Article 34, to the attention of the General Assembly, or if such dispute or situation is one with which the Executive Council has been authorized by the Assembly to deal, to the attention of that Council.

2. A state which is not a member of the United Nations may bring any such dispute or situation to the attention of the General Assembly or, if such dispute or situation is one with which the Executive Council has been authorized to deal, to the attention of that Council, if such state accepts in advance, for the purposes of the dispute or situation, the obligations of pacific settlement provided in this revised Charter.

Article 36

1. The General Assembly or the Executive Council, if authorized by the Assembly, may, at any stage of a dispute, or of a situation of the nature referred to in Article 33, recommend appropriate procedures or methods of adjustment.

2. The General Assembly or the Executive Council, if acting in the matter pursuant to authority from the Assembly, should take into consideration any procedures for the settlement of the dispute or adjustment of the situation which have already been adopted by the nations concerned.

3. In case the General Assembly or the Executive Council, if acting in the

matter pursuant to authority from the Assembly, decides that the continuance of any dispute or situation is likely to endanger the maintenance of international peace and security and that the dispute or situation involves legal questions which cannot be satisfactorily decided upon the basis of applicable legal principles, the Assembly or Council may direct that these legal questions be submitted to the International Court of Justice for final determination. If the nations which are parties to the dispute or are concerned in the situation fail, within two months after the direction by the Assembly or the Council, to agree on the submission to the Court of such legal questions, any nation which is a party to the dispute or is concerned in the situation may bring the questions before the Court by written application. The Court shall have authority to pronounce final judgment in accordance with the provisions of the Statute of the Court on the legal questions submitted to it under this paragraph. If any nation fails to comply with a judgment of the Court, the provisions of Article 94 concerning the enforcement of judgments of the Court shall apply.

4. In case the General Assembly or the Executive Council, if acting in the matter pursuant to authority from the Assembly, decides that the continuance of any dispute or situation is likely to endanger the maintenance of international peace and security and that the dispute or situation involves questions which cannot be satisfactorily decided upon the basis of applicable legal principles, the Assembly or the Council may refer such nonlegal questions to the World Conciliation Board. The Board shall thereupon, in accordance with the provisions of its Statute contained in Part C of Annex III, conduct such investigations as it may deem necessary and shall endeavor to bring the nations concerned to an agreement.

5. If no agreement is reached within six months from the date on which such nonlegal questions were referred to the World Conciliation Board pursuant to the foregoing paragraph 4, or within such extension of that period as the nations concerned assent to, the Board shall notify the General Assembly of this fact.

6. Thereupon the General Assembly may, by a three-fifths majority vote of all the Representatives then in office, whether or not present or voting, refer such nonlegal questions to the World Equity Tribunal; provided that if any important legal questions involved in the dispute or situation have been referred to the International Court of Justice, the nonlegal questions shall not be referred to the Tribunal until the legal questions have been decided by the Court.

7. Alternatively the General Assembly may, by a three-fifths majority vote of all the Representatives then in office, whether or not present or voting, refer such nonlegal questions directly to the World Equity Tribunal without first referring them to the World Conciliation Board; provided that if any important legal questions involved in the dispute or situation have been referred to the International Court of Justice, the nonlegal questions shall not be referred to the Tribunal until the legal questions have been decided by the Court.

8. When questions have been referred to the World Equity Tribunal under either paragraph 6 or paragraph 7 of this Article, the Tribunal shall, in ac-

cordance with its Statute contained in Part B of Annex III, conduct public hearings and make such investigations as it may deem necessary, and shall submit to the General Assembly such recommendations as the Tribunal may deem reasonable, just and fair for the solution of the questions referred to it.

9. The General Assembly shall promply consider any such recommendations of the World Equity Tribunal and shall vote upon them in their entirety. If the Assembly, by a four-fifths majority vote of all the Representatives then in office, including a three-fourths majority of the Representatives then in office from the member Nations entitled to thirty Representatives in the Assembly and a three-fourths majority of the Representatives then in office from the member Nations entitled to sixteen Representatives in the Assembly, approves the recommendations of the Tribunal in their entirety and declares that the dispute or situation is likely to continue unless the recommendations are carried out and that such continuance is in fact likely to endanger peace, the Assembly shall call upon the nations concerned to comply with the recommendations so approved. If any nation fails to comply with any recommendation of the Tribunal so approved by the Assembly, the provisions of Article 94 concerning the enforcement of approved recommendations of the Tribunal shall apply.

10. If the recommendations of the World Equity Tribunal are not approved in their entirety by the General Assembly by the special majority required by the preceding paragraph, the Assembly may refer the questions involved back to the Tribunal for further consideration; or the Assembly may itself make such recommendations in the light of the recommendations of the Tribunal as it shall consider appropriate; or the Assembly may propose to the nations concerned some other procedure for the settlement of the dispute or adjustment of the situation.

Article 37

1. In case the General Assembly or the Executive Council, if authorized by the Assembly, determines, in accordance with Article 36, that the continuance of any dispute or situation is likely to endanger the maintenance of international peace and security, it shall prescribe provisional measures to be adopted by the nations concerned. The Assembly or the Council, if authorized by the Assembly, may from time to time modify any such provisional measures, taking into account any recommendations which may be made by the International Court of Justice, the World Conciliation Board or the World Equity Tribunal.

2. The nations concerned shall be bound to observe such provisional measures and to abstain from any sort of action which might aggravate the dispute or situation.

3. In order to ensure that the nations concerned will observe such provisional measures, the General Assembly or the Executive Council, if authorized by the Assembly, may direct that units of the United Nations Peace Force be stationed temporarily in the territory of the nations concerned, whether or not with their consent; and in such a case the nations concerned shall furnish to the

Peace Force such assistance and facilities as may be required for the purpose of maintaining peace in the area.

Article 38

Without prejudice to the provisions of Articles 33 to 37, the General Assembly or the Executive Council may, if all the nations which are parties to any dispute or are concerned in any situation so request, make recommendations to the nations concerned with a view to a pacific settlement of the dispute or adjustment of the situation; or if so requested the Assembly or Council may decide the dispute or define the terms upon which the situation shall be adjusted, the decision in either case to be binding on all the nations concerned.

CHAPTER VII

ACTION WITH RESPECT TO THREATS TO THE PEACE, BREACHES OF THE PEACE, AND ACTS OF AGGRESSION

Article 39

1. The General Assembly or the Executive Council, to the extent authorized by paragraph 2 of this Article, shall determine the existence of any imminent threat to the peace, serious breach of the peace, act of aggression, or serious refusal to comply with this revised Charter or the laws and regulations enacted thereunder, and shall decide what measures shall be taken, in accordance with Articles 40, 41, 42 and 43, to maintain or restore international peace and security or to ensure compliance with this revised Charter and the laws and regulations enacted thereunder.

2. When the General Assembly is not in session and an emergency arises which the Executive Council considers to require immediate action, the Council shall declare such emergency and shall take such interim measures of the kind referred to in Articles 40 and 42 as it may deem necessary, provided that the Council shall simultaneously request the Secretary-General to convoke a special session of the Assembly to meet as soon as possible and in any case within a week from such declaration. At such special session the Assembly shall approve, modify or revoke the declaration and interim measures of the Council; and the Assembly may direct such other measures as it deems necessary. The authority of the Council to take interim measures shall cease as soon as the Assembly convenes.

Article 40

In order to prevent an aggravation of the situation, the General Assembly, or the Executive Council in the circumstances defined in paragraph 2 of Article 39, may, before deciding upon the measures provided for in Article 39, call upon the parties concerned to comply with such provisional measures as it deems necessary. Such provisional measures shall be without prejudice to the rights, claims, or position of the parties concerned. In case of non-compliance with such provisional measures, the General Assembly, or the Executive Council in the circumstances defined in paragraph 2 of Article 39, shall decide what measures shall be taken in accordance with Articles 41, 42 and 43 to enforce compliance therewith; and such measures may, in accordance with paragraph 3 of Article 37, include the stationing of the United Nations Peace Force in the territory of the nations concerned in the situation.

Article 41

1. The General Assembly shall decide what measures not involving the use of armed force are to be employed to give effect to its decisions. These may include complete or partial interruption of economic relations and of rail, sea, air, postal, telegraphic, radio, and other means of communication, and the severance of diplomatic relations.

2. The General Assembly shall direct the member Nations to apply the measures decided upon, and shall invite any state which is not a member of the United Nations to do likewise.

Article 42

1. Should the General Assembly, or the Executive Council in the circumstances defined in paragraph 2 of Article 39, consider that measures provided for in Article 41 would be inadequate or have proved to be inadequate, it shall direct such action by air, sea, or land elements of the United Nations Peace Force as may be necessary to maintain or restore international peace and security or to ensure compliance with this revised Charter and the laws and regulations enacted thereunder. Such action may include demonstrations, blockade, and other operations; but any such action shall be taken within the limitations and pursuant to the procedures contained in Annex II.

2. In case the United Nations has directed action by the United Nations Peace Force, all the member Nations shall, within the limitations and pursuant to the procedures contained in Annex II, make available to the United Nations such assistance and facilities, including rights of passage, as the United Nations may call for.

Article 43

1. If the standing component of the United Nations Peace Force has been called into action pursuant to Article 42, but the General Assembly determines that the situation is of so serious a character that it cannot be dealt with by the then existing strength of such standing component, the Assembly shall declare the existence of a grave emergency and shall call to active duty as many members of the Peace Force Reserve as the Assembly may deem necessary. Any such call shall be made pursuant to the procedures and subject to the limitations contained in Annex II.

2. If the General Assembly determines that the strength of the United Nations Peace Force would be insufficient to deal adequately with the situation, even when the authorized strength of its standing component and of the Peace Force Reserve has been increased to the maximum limits provided for in Annex II and even when all the members of the Peace Force Reserve have been called to active duty, the Assembly shall declare the existence of an extreme emergency and shall direct that for the period of such emergency only the strength of the Peace Force shall be increased beyond the maximum limits provided for in Annex II to such number as the Assembly deems necessary and that the member Nations shall cooperate with the United Nations in

obtaining additional recruits; provided that such increase shall be made pursuant to the procedures and subject to the limitations contained in Annex II.

Article 44

The General Assembly shall enact in advance such general regulations as the Assembly may deem necessary in order to enable the member Nations to comply promptly and effectively with any call or direction by the Assembly under Articles 41, 42 and 43.

Article 45

The member Nations shall adopt such internal legislation and administrative measures as may be necessary to assure prompt and effective compliance with such general regulations as are enacted by the General Assembly under Article 44 and under Annex II.

Article 46

Plans for possible action by the United Nations Peace Force to maintain or restore international peace and security or to ensure compliance with this revised Charter and the laws and regulations enacted thereunder, pursuant to Article 42 and Annex II, shall be made in advance by the Executive Council with the assistance of the Military Staff Committee.

Article 47

1. There shall be established a Military Staff Committee to advise and assist the General Assembly and the Executive Council on all questions relating to the military requirements of the United Nations for the maintenance of international peace and security and for ensuring compliance with the revised Charter of the United Nations and the laws and regulations enacted thereunder. The functions of the Military Staff Committee shall include advice and assistance concerning the organization, administration, recruitment, discipline, training, equipment, compensation and disposition of the United Nations Peace Force, including the reservists enrolled in the Peace Force Reserve.

2. The Military Staff Committee shall consist of five persons, none of whom shall be a national of any of the member Nations then having sixteen or more Representatives in the General Assembly, and no two of whom shall be nationals of the same member Nation. They shall be appointed by the Executive Council for terms not exceeding five years, subject to confirmation by the General Assembly. The Executive Council shall have authority to remove any member of the Military Staff Committee, whenever the Council deems it necessary.

3. When action by the United Nations Peace Force has been directed pursuant to Articles 42 and 43, the Executive Council, with the assistance of the Military Staff Committee, shall be responsible for the general strategic direction of that Force. The Military Staff Committee shall be responsible, under the direction and control of the Council, for the actual operations of the

Peace Force. The Council shall, with the advice of the Committee, appoint the principal commanders of the Peace Force for the period of its actual operations.

Article 48

1. To the extent that member Nations are directed by the General Assembly, or by the Executive Council in the circumstances defined in paragraph 2 of Article 39, to take action for the maintenance of international peace and security or for ensuring compliance with this revised Charter and the laws and regulations enacted thereunder, such action shall be taken by all the member Nations or by some of them, as the Assembly, or the Council in the circumstances defined in paragraph 2 of Article 39, may determine.

2. Any such required action shall be taken by the member Nations directly and through the appropriate international agencies of which they are members.

Article 49

The member Nations shall join in affording mutual assistance in carrying out the measures decided upon by the General Assembly, or by the Executive Council in the circumstances defined in paragraph 2 of Article 39.

Article 50

If preventive or enforcement measures against any state are taken by the General Assembly, or by the Executive Council in the circumstances defined in paragraph 2 of Article 39, any other state, whether a member of the United Nations or not, which finds itself confronted with special economic problems arising from the carrying out of those measures shall have the right to obtain relief from the General Assembly.

Article 51

Nothing in this revised Charter shall impair the inherent right of individual or collective self-defense if an armed attack occurs against any nation, until the General Assembly, or the Executive Council in the circumstances defined in paragraph 2 of Article 39, has taken the measures necessary to maintain international peace and security. Measures taken by any nation in the exercise of this right of self-defense shall be immediately reported to the General Assembly and the Executive Council and shall not in any way affect the authority and responsibility of the Assembly, or of the Council in the circumstances defined in paragraph 2 of Article 39, under the revised Charter to take at any time such action as it deems necessary in order to maintain or restore international peace and security.

426

CHAPTER VIII

REGIONAL ARRANGEMENTS

Article 52

1. Nothing in this revised Charter precludes the existence of regional arrangements or agencies for dealing with such matters relating to the maintenance of international peace and security as are appropriate for regional action, provided that such arrangements or agencies and their activities are consistent with the Purposes and Principles of the United Nations.

2. The nations entering into such arrangements or constituting such agencies shall make every effort to achieve pacific settlement of local disputes through such regional arrangements or by such regional agencies before referring them to the General Assembly, or to the Executive Council if the Council has been authorized by the Assembly to deal with such disputes.

3. The General Assembly and the Executive Council shall encourage the development of pacific settlement of local disputes through such regional arrangements or by such regional agencies either on the initiative of the states concerned or by reference from the Assembly or Council.

4. This Article in no way impairs the application of Articles 34 and 35.

Article 53

The General Assembly, or the Executive Council in the circumstances defined in paragraph 2 of Article 39, shall, where appropriate, utilize such regional arrangements or agencies for enforcement action under its authority. But no enforcement action shall be taken under regional arrangements or by regional agencies without the authorization of the Assembly, or of the Council in the circumstances defined in paragraph 2 of Article 39.

Article 54

The General Assembly and the Executive Council shall at all times be kept fully informed of activities undertaken or in contemplation under regional arrangements or by regional agencies for the maintenance of international peace and security.

CHAPTER IX

WORLD ECONOMIC AND SOCIAL
ADVANCEMENT

Article 55

With a view to the creation of conditions of stability and well-being which are necessary for peaceful and friendly relations among nations based on respect for the principle of equal rights and self-determination of peoples, the United Nations shall promote:

a. higher standards of living, full employment, and conditions of economic and social progress and development;

b. solutions of international economic, social, health, and related problems; and international cultural and educational cooperation; and

c. universal respect for, and observance of, human rights and fundamental freedoms for all without distinction as to race, sex, language, or religion.

Article 56

All member Nations pledge themselves to take joint and separate action in cooperation with the United Nations for the achievement of the purposes set forth in Article 55, and to submit such reports as may be required by the Economic and Social Council under Article 64.

Article 57

1. The various specialized agencies, established by intergovernmental agreement and having wide international responsibilities, as defined in their basic instruments, in economic, social, cultural, educational, health, and related fields, shall be brought into relationship with the United Nations in accordance with the provisions of Article 63.

2. Such agencies thus brought into relationship with the United Nations are hereinafter referred to as specialized agencies.

Article 58

The United Nations shall make recommendations for the coordination of the policies and activities of the specialized agencies.

Article 59

1. There is established a World Development Authority which shall function in accordance with the annexed Statute which forms an integral part of this revised Charter as Annex IV.

2. The United Nations shall, where appropriate, establish such new specialized agencies as may be required for the accomplishment of the purposes set forth in Article 55. The constitutions of such agencies shall be prepared by the Economic and Social Council and shall be approved by the General Assembly. They shall come into force upon the deposit of ratifications by a majority of the member Nations but shall bind only those nations which have then ratified them or thereafter accede to them.

Article 60

Responsibility for the discharge of the functions of the United Nations set forth in this Chapter shall be vested in the General Assembly and, under authority of the General Assembly, in the Economic and Social Council, which shall have for this purpose the powers set forth in Chapter X.

CHAPTER X

THE ECONOMIC AND SOCIAL COUNCIL

COMPOSITION

Article 61

1. The Economic and Social Council shall consist of twenty-four Representatives, none of whom shall simultaneously be a member of the Executive Council. They shall be elected by the General Assembly within thirty days from the beginning of the first regular session of each newly chosen Assembly, and shall serve during the four-year term of the Assembly by which they are elected and until their successors are elected by a new Assembly.

2. The General Assembly shall elect the members of the Economic and Social Council in accordance with the following formula and method:

a. Each of the twelve member Nations with the highest gross national product, as estimated by the Standing Committee on Budget and Finance for the year in which the quadrennial election of the Council occurs, shall have the right to have one of its Representatives elected to the Council at every quadrennial election.

b. The member Nations other than the twelve mentioned in the foregoing subparagraph and the non-self-governing and trust territories under the administration of member Nations shall between them have the right to have twelve of their Representatives elected to the Council at every quadrennial election of the Council. Prior to each election, the Assembly shall designate the twelve member Nations or non-self-governing or trust territories each of which shall have the right to have one of its Representatives elected to the Council, due regard being specially paid to equitable geographical distribution.

c. After the designations called for by the foregoing subparagraph have been made, the Representatives of the twenty-four member Nations or non-self-governing or trust territories which are entitled to have Representatives elected to the Council at the particular election, shall hold separate meetings which shall respectively nominate to the Assembly two of their own number deemed by the separate meetings best qualified to serve on the Council; provided that in the case of any such member Nation or non-self-governing or trust territory, which has either one or two Representatives, their names shall be deemed automatically nominated.

d. After the nominations called for by the foregoing subparagraph (c) have been made, the Assembly shall elect to serve on the Council one of the two nominees of each of the twenty-four member Nations or non-self-governing or trust territories then entitled to have one of its Representatives on the

Council, taking into account the personal qualifications of each nominee for service on the Council, except that if any of such twenty-four member Nations or non-self-governing or trust territories has only one Representative in the Assembly, that Representative shall be deemed automatically elected.

3. Vacancies in the membership of the Economic and Social Council shall be filled in the following manner: The Representatives of the member Nation or non-self-governing or trust territory in whose representation on the Council the vacancy has occurred shall nominate two of their own number, and thereupon the General Assembly shall elect one of the two nominees, taking into account the personal qualifications of each nominee for service on the Council; provided that in the case of any such member Nation or non-self-governing or trust territory which has either one or two Representatives their names shall be deemed automatically nominated, and in the case of any such member Nation or non-self-governing or trust territory which has only one Representative in the Assembly that Representative shall be deemed automatically elected.

4. The General Assembly may by a vote of lack of confidence discharge the Economic and Social Council as a whole, provided: (a) that the members of the Council so discharged shall continue to serve until their successors are elected; (b) that the Assembly shall proceed forthwith to the election of a new Council; (c) that the members of the new Council shall be elected from among the Representatives of the same member Nations or non-self-governing or trust territories which were represented on the discharged Council; (d) that the members of the new Council shall be nominated and elected by the same formula and method as called for by paragraph 2 of this Article; and (e) that the new Council shall serve, unless sooner discharged, until the regular quadrennial election of the Council following the quadrennial election of the Assembly.

5. The members of the Economic and Social Council shall retain their seats in the General Assembly.

6. The members of the Economic and Social Council shall, during their period of service thereon, receive additional compensation to be fixed by the General Assembly.

FUNCTIONS AND POWERS

Article 62

1. The Economic and Social Council may make or initiate studies and reports with respect to international economic, social, cultural, educational, health, and related matters and may make recommendations with respect to any such matters to the General Assembly, to the member Nations, and to the specialized agencies concerned.

2. It may make recommendations for the purpose of promoting economic and social advancement and respect for, and observance of, human rights and fundamental freedoms for all.

3. It may prepare draft conventions for submission to the General Assembly, with respect to matters falling within its competence.

4. It may call, in accordance with the rules prescribed by the United Nations, international conferences on matters falling within its competence.

Article 63

1. The Economic and Social Council shall enter into agreements with all the agencies referred to in Article 57, defining the terms on which the agencies concerned shall be brought into relationship with the United Nations. Such agreements shall be subject to approval by the General Assembly.

2. It shall coordinate the activities of the specialized agencies through consultation with and recommendations to such agencies and through recommendations to the General Assembly and to the member Nations.

3. It shall scrutinize the budgets of the specialized agencies and shall submit these budgets with its recommendations to the General Assembly.

Article 64

1. The Economic and Social Council shall take appropriate steps to obtain regular reports from the specialized agencies. The Council shall also take appropriate steps to obtain reports from the member Nations and the specialized agencies on the steps taken to give effect to its own recommendations and to recommendations on matters falling within its competence made by the General Assembly.

2. It shall communicate its observations on these reports to the General Assembly.

Article 65

The Economic and Social Council shall furnish such information and assistance to the General Assembly as the Assembly may request; and the Council may furnish information and assistance to the Executive Council and other organs of the United Nations upon their request.

Article 66

1. The Economic and Social Council shall perform such functions as fall within its competence in connection with the carrying out of the directions and recommendations of the General Assembly.

2. It may, with the approval of the General Assembly, perform services at the request of member Nations and at the request of specialized agencies.

3. It shall perform such other functions as are specified elsewhere in this revised Charter or as may be assigned to it by the General Assembly.

VOTING

Article 67

1. Each member of the Economic and Social Council shall have one vote.

2. Decisions of the Economic and Social Council on important questions

shall be made by an affirmative vote of eighteen members. These questions shall include: recommendations on budgetary matters in accordance with Article 63 and Annex V; decisions under Annex IV concerning the World Development Authority; and any other questions which the General Assembly may from time to time define as important.

3. Decisions of the Economic and Social Council on all other questions shall be made by an affirmative vote of thirteen members.

PROCEDURE

Article 68

The Economic and Social Council shall set up commissions in economic and social fields and for the promotion of human rights, and such other commissions as may be required for the performance of its functions.

Article 69

1. If the Economic and Social Council considers that any matter brought before it is of particular concern to any member Nation, and if no Representative from such member Nation is then a member of the Council, the Council shall invite the Representatives from that member Nation to designate one of their number to participate, without vote, in the deliberations of the Council; or if such member Nation has only one Representative, that Representative shall be invited to participate.

2. If the Economic and Social Council considers that any matter brought before it is of particular concern to any state which is not a member of the United Nations, the Council shall invite its government to appoint a delegate to participate, without vote, in the deliberations of the Council. The Council shall lay down such conditions as it deems just for the participation of such a state.

3. If the Economic and Social Council considers that any matter brought before it is of particular concern to any non-self-governing or trust territory, and if no Representative from such territory is then a member of the Council and if there is a Representative from such territory in the General Assembly, the Council shall invite that Representative to participate, without vote, in the deliberations of the Council. If, however, there is then no Representative from such territory in the Assembly, the Council shall appoint a properly qualified person resident in such territory to represent the interests of such territory and to participate, without vote, on its behalf in the deliberations of the Council.

Article 70

The Economic and Social Council may make arrangements for representatives of the specialized agencies to participate, without vote, in its deliberations and in those of the commissions established by it, and for its representatives to participate in the deliberations of the specialized agencies.

433

Article 71

The Economic and Social Council may make suitable arrangements for consultation with non-governmental organizations which are concerned with matters within its competence. Such arrangements may be made with international organizations and, where appropriate, with national organizations after consultation with the member Nation concerned.

Article 72

1. The Economic and Social Council shall adopt its own rules of procedure, including the method of selecting its President.

2. The Economic and Social Council shall meet as required in accordance with its rules, which shall include provision for the convening of meetings on the request of a majority of its members.

CHAPTER XI

DECLARATION REGARDING
NON-SELF-GOVERNING TERRITORIES

Article 73

Member Nations which have or assume responsibilities for the administration of territories whose peoples have not yet attained a full measure of self-government recognize the principle that the interests of the inhabitants of these territories are paramount, and accept as a sacred trust the obligation to promote to the utmost, within the system of international peace and security established by this revised Charter, the well-being of the inhabitants of these territories, and, to this end:

a. to ensure, with due respect for the culture of the peoples concerned, their political, economic, social, and educational advancement, their just treatment, and their protection against abuses;

b. to develop self-government, to take due account of the political aspirations of the peoples, and to assist them in the progressive development of their free political institutions, according to the particular circumstances of each territory and its peoples and their varying stages of advancement;

c. to further international peace and security;

d. to promote constructive measures of development, to encourage research, and to cooperate with one another and, when and where appropriate, with specialized international bodies with a view to the practical achievement of the social, economic, and scientific purposes set forth in this Article; and

e. to transmit regularly to the Trusteeship Council statistical and other information relating to political, economic, social, and educational conditions in the territories for which they are respectively responsible.

Article 74

Member Nations also agree that their policy in respect of the territories to which this Chapter applies, no less than in respect of their metropolitan areas, must be based on the general principle of good-neighborliness, due account being taken of the interests and well-being of the rest of the world, in social, economic, and commercial matters.

CHAPTER XII

INTERNATIONAL TRUSTEESHIP SYSTEM

Article 75

The United Nations shall establish under its authority an international trusteeship system for the administration and supervision of such territories as may be placed thereunder by subsequent individual agreements. These territories are hereinafter referred to as trust territories.

Article 76

The basic objectives of the trusteeship system, in accordance with the Purposes of the United Nations laid down in Article 1 of this revised Charter, shall be:

a. to further international peace and security;

b. to promote the political, economic, social, and educational advancement of the inhabitants of the trust territories, and their progressive development towards self-government or independence as may be appropriate to the particular circumstances of each territory and its peoples and the freely expressed wishes of the peoples concerned, and as may be provided by the terms of each trusteeship agreement;

c. to encourage respect for human rights and for fundamental freedoms for all without distinction as to race, sex, language, or religion, and to encourage recognition of the interdependence of the peoples of the world; and

d. to ensure equal treatment in social, economic, and commercial matters for all member Nations and their nationals, and also equal treatment for the latter in the administration of justice, without prejudice to the attainment of the foregoing objectives and subject to the provisions of Article 80.

Article 77

1. The trusteeship system shall apply to such territories in the following categories as may be placed thereunder by means of trusteeship agreements:

a. territories now held under mandate;

b. territories which may be detached from enemy states as a result of the Second World War; and

c. territories voluntarily placed under the system by states responsible for their administration.

2. It will be a matter for subsequent agreement as to which territories in the foregoing categories will be brought under the trusteeship system and upon what terms.

Article 78

The trusteeship system shall not apply to territories which have become member Nations.

Article 79

The terms of trusteeship for each territory to be placed under the trusteeship system, including any alteration or amendment, shall be agreed upon by the states directly concerned, including the mandatory power in the case of territories held under mandate by a member Nation, and shall be approved as provided for in Articles 83 and 85.

Article 80

1. Except as may be agreed upon in individual trusteeship agreements, made under Articles 77, 79, and 81, placing each territory under the trusteeship system, and until such agreements have been concluded, nothing in this Chapter shall be construed in or of itself to alter in any manner the rights whatsoever of any states or any peoples or the terms of existing international instruments to which member Nations may respectively be parties.

2. Paragraph 1 of this Article shall not be interpreted as giving grounds for delay or postponement of the negotiation and conclusion of agreements for placing mandated and other territories under the trusteeship system as provided for in Article 77.

Article 81

The trusteeship agreement shall in each case include the terms under which the trust territory will be administered and designate the authority which will exercise the administration of the trust territory. Such authority, hereinafter called the administering authority, may be one or more states or the United Nations itself.

Article 82

There may be designated, in any trusteeship agreement, an area or areas for the use of the United Nations which may include part or all of the trust territory to which the agreement applies.

Article 83

1. The functions of the United Nations with regard to trusteeship agreements for trust territories which may be administered by the United Nations itself under Article 81 and for areas which may be designated for the use of the United Nations under Article 82, including the approval of the terms of the trusteeship agreements and of their alteration or amendment, shall be exercised by the General Assembly with the assistance of the Executive Council.

2. The basic objectives set forth in Article 76 shall be applicable to the people of each such territory or area.

437

3. The General Assembly may authorize the Executive Council to perform on its behalf, and subject to its supervision and direction, such functions with respect to the administrative arrangements for the territories and areas referred to in paragraph 1, the appointment of the administrative staffs for such territories and areas, and the general control over their administration, as the Assembly may deem appropriate.

4. The General Assembly and the Executive Council shall, subject to the provisions of the trusteeship agreements and without prejudice to security considerations, avail itself of the assistance of the Trusteeship Council to perform those functions of the United Nations under the trusteeship system relating to the political, economic, social, and educational development of the peoples of the territories and areas referred to in paragraph 1.

Article 84

1. The trust territories shall be subject to the disarmament provisions of Annex I of this revised Charter and to the limitations of that Annex relative to internal police forces for the maintenance of law and order within the trust territory, to the same extent as the metropolitan areas of all the nations.

2. It shall be the duty of the administering authority to ensure that the trust territory shall play its part in the maintenance of international peace and security. To this end the administering authority shall aid recruitment in the trust territory for the standing component of the United Nations Peace Force and the United Nations Peace Force Reserve, and shall provide facilities in and assistance from the trust territory in carrying out the obligations toward the United Nations undertaken in this regard by the administering authority under Annex II of this revised Charter.

Article 85

1. The functions of the United Nations with regard to trusteeship agreements for all areas other than trust territories administered by the United Nations itself under Article 81 and areas designated for the use of the United Nations under Article 82, including the approval of the terms of the trusteeship agreements and of their alteration or amendment, shall be exercised by the General Assembly with the assistance of the Trusteeship Council.

2. The General Assembly may authorize the Trusteeship Council to perform on its behalf, and subject to its supervision and direction, such functions with respect to the trust territories referred to in paragraph 1 as the Assembly may deem appropriate.

CHAPTER XIII

THE TRUSTEESHIP COUNCIL

COMPOSITION

Article 86

1. The Trusteeship Council shall consist of Representatives elected by the General Assembly within thirty days from the beginning of the first regular session of each newly chosen Assembly. They shall serve during the four-year term of the Assembly by which they are elected and until their successors are elected by a new Assembly. The Assembly shall elect the members of the Council in accordance with the following formula and method:

a. Each of the member Nations administering trust territories or other non-self-governing territories shall have the right to have one of its Representatives elected to the Council at every quadrennial election of the Council.

b. The member Nations which have achieved independence since 1939 and the non-self-governing and trust territories under the administration of member Nations shall between them have the right to have as many of their Representatives elected to the Council as are equal in number to those elected under subparagraph (a) of this paragraph.

c. The member Nations other than those mentioned in the foregoing subparagraphs (a) and (b) shall between them have the right to have as many of their Representatives elected to the Council as are equal in number to those elected under subparagraph (a) of this paragraph.

d. Prior to each quadrennial election, the Assembly shall designate those of the member Nations or non-self-governing or trust territories in the groups mentioned in subparagraphs (b) and (c) of this paragraph each of which shall have the right to have one of its Representatives elected to the Council, due regard being specially paid to equitable geographical distribution.

e. After the designations called for by the foregoing subparagraph (d) have been made, the Representatives from all the member Nations or non-self-governing territories which are entitled to have Representatives elected to the Council at the particular election shall hold separate meetings which shall respectively nominate to the Assembly two of their own number deemed by the separate meetings best qualified to serve on the Council; provided that in the case of any such member Nation or non-self-governing or trust territory which has either one or two Representatives, their names shall be deemed automatically nominated.

f. After the nominations called for by the foregoing subparagraph (e) have been made, the Assembly shall elect to serve on the Council one of the two nominees of each of the member Nations or non-self-governing or trust territories then entitled to have one of its Representatives on the Council, taking into account the personal qualifications of each nominee for service on the Council, except that in the case of any such member Nation or non-self-governing or trust territory which has only one Representative in the Assembly, that Representative shall be deemed automatically elected.

2. Vacancies in the membership of the Trusteeship Council shall be filled in the following manner: The Representatives of the member Nation or non-self-governing or trust territory in whose representation on the Council the vacancy has occurred shall nominate two of their own number, and thereupon the General Assembly shall elect one of the two nominees taking into account the personal qualifications of each nominee for service on the Council; provided that in the case of any such member Nation or non-self-governing or trust territory which has either one or two Representatives their names shall be deemed automatically nominated, and in the case of any such member Nation or non-self-governing or trust territory which has only one Representative in the Assembly that Representative shall be deemed automatically elected.

3. The General Assembly may by a vote of lack of confidence discharge the Trusteeship Council as a whole, provided: (a) that the members of the Council so discharged shall continue to serve until their successors are elected; (b) that the Assembly shall proceed forthwith to the election of a new Council; (c) that the members of the new Council shall be elected from among the Representatives of the same member Nations or non-self-governing or trust territories which were represented on the discharged Council; (d) that the members of the new Council shall be nominated and elected by the same formula and method as called for by paragraph 1 of this Article; and (e) that the new Council shall serve, unless sooner discharged, until the regular quadrennial election of the Council following the quadrennial election of the Assembly.

4. No member of the Trusteeship Council shall simultaneously be a member of the Executive Council or of the Economic and Social Council.

5. The members of the Trusteeship Council shall retain their seats in the General Assembly.

6. The members of the Trusteeship Council shall, during their period of service thereon, receive additional compensation to be fixed by the General Assembly.

FUNCTIONS AND POWERS

Article 87

1. The General Assembly and, under its authority, the Trusteeship Council shall have the following functions:

a. to supervise the system for the administration of trust territories, established pursuant to Chapter XII; and

b. to examine the administration of all other non-self-governing terri-

440

tories with relation to the fulfillment of the obligations accepted by member Nations in Article 73.

2. In carrying out these functions, the Trusteeship Council, subject to the authority of the General Assembly, shall:

a. consider reports and information submitted by the respective authorities responsible for the trust territories and the other non-self-governing territories;

b. accept petitions and examine them in consultation with the authority responsible for the trust or non-self-governing territory from which the petition has come;

c. provide for periodic visits to the respective trust and other non-self-governing territories at times agreed upon with the authorities responsible for them;

d. make recommendations to the authorities responsible for the trust territories and the other non-self-governing territories concerning the fulfillment by them of their obligations under trusteeship agreements or under Article 73, as the case may be;

e. make reports to the Assembly concerning the fulfillment by the respective authorities responsible for the trust territories and the other non-self-governing territories of their obligations under trusteeship agreements or under Article 73, as the case may be, together with recommendations as to measures to be taken in any case of nonfulfillment; and

f. take these and other actions, in so far as they relate to trust territories, in conformity with the terms of the trusteeship agreements.

Article 88

The Trusteeship Council shall formulate a questionnaire on the political, economic, social, and educational advancement of the inhabitants of each trust territory and of each non-self-governing territory other than trust territories, and the administering authority for each such territory shall make an annual report to the Trusteeship Council upon the basis of such questionnaire.

VOTING

Article 89

1. Each member of the Trusteeship Council shall have one vote.

2. Decisions of the Trusteeship Council on important questions shall be made by a two-thirds majority vote of all its members whether or not present or voting, including a majority of all the Representatives then on the Council from the member Nations administering trust territories or other non-self-governing territories. These questions shall include: recommendations in accordance with Article 87 to the authorities responsible for the trust territories and other non-self-governing territories concerning the fulfillment by them of their obligations under trusteeship agreements or under Article 73, as the case may be; recommendations to the General Assembly in accordance with

Article 87 in cases of nonfulfillment of these obligations; and any other questions which the Assembly may from time to time define as important.

3. Decisions of the Trusteeship Council on all other questions shall be made by a majority of all its members, whether or not present or voting.

PROCEDURE

Article 90

1. The Trusteeship Council shall adopt its own rules of procedure, including the method of selecting its President.

2. The Trusteeship Council shall meet as required in accordance with its rules, which shall include provision for the convening of meetings on the request of a majority of its members.

Article 91

The Trusteeship Council shall, when appropriate, avail itself of the assistance of the Economic and Social Council and of the specialized agencies in regard to matters with which they are respectively concerned.

CHAPTER XIV

THE JUDICIAL AND CONCILIATION SYSTEM OF THE UNITED NATIONS

Article 92

1. The International Court of Justice shall be the principal judicial organ of the United Nations. It shall function in accordance with the annexed Statute, which is based upon the Statute of the Permanent Court of International Justice and forms an integral part of this revised Charter as Part A of Annex III.

2. All member Nations are ipso facto parties to the Statute of the International Court of Justice.

3. A state which is not a member of the United Nations may become a party to the Statute of the International Court of Justice on conditions to be set forth in general regulations to be adopted by the General Assembly.

Article 93

1. The World Equity Tribunal, established by Article 7 of this revised Charter, shall function in accordance with the annexed Statute which forms an integral part of this revised Charter as Part B of Annex III.

2. The World Conciliation Board, established by Article 7 of this revised Charter, shall function in accordance with the annexed Statute which forms an integral part of this revised Charter as Part C of Annex III.

3. The regional courts of the United Nations, established by Part D of Annex III, shall function in accordance with the provisions thereof. Subject to these provisions, the General Assembly shall determine from time to time the organization, jurisdiction and procedure of the regional courts.

Article 94

1. Each member Nation undertakes to comply with the decision of the International Court of Justice in any case to which it is a party.

2. If any party to a case fails to perform the obligations incumbent upon it under a judgment rendered by the Court, the other party may have recourse to the General Assembly which shall decide upon measures to be taken to give effect to the judgment, including measures under Articles 41 and 42.

3. If any nation fails to comply with any recommendation of the World Equity Tribunal which has been approved by the General Assembly in accordance with paragraph 9 of Article 36, the Assembly shall decide upon measures to be taken to give effect to the recommendation, including measures under Articles 41 and 42.

Article 95

Nothing in this revised Charter shall prevent member Nations from entrusting the solution of their differences to other tribunals by virtue of agreements already in existence or which may be concluded in the future.

Article 96

1. The General Assembly, the Executive Council, the Economic and Social Council, the Trusteeship Council or the World Equity Tribunal may request the International Court of Justice to give an advisory opinion on any legal question.

2. Other organs of the United Nations, specialized agencies and regional organizations, which may at any time be so authorized by the General Assembly, may also request advisory opinions of the Court on legal questions arising within the scope of their activities.

3. Any dispute relating to the interpretation or application of this revised Charter, or the constitutionality, interpretation or application of any law or regulation enacted thereunder, may be submitted for decision to the Court by any nation, either on its own behalf or on behalf of any of its citizens.

CHAPTER XV

THE SECRETARIAT

Article 97

The Secretariat shall comprise a Secretary-General and such staff as the United Nations may require. The Secretary-General shall be appointed by the General Assembly upon the recommendation of the Executive Council. He shall serve for a term of six years and until his successor has been appointed; and shall be eligible for reappointment but for no more than one term. The Assembly shall have authority to remove him, by a vote of two thirds of all the Representatives then in office, whether or not present or voting, whenever the Assembly deems it necessary. He shall be the chief administrative officer of the United Nations.

Article 98

The Secretary-General shall act in that capacity in all meetings of the General Assembly, of the Executive Council, of the Economic and Social Council, and of the Trusteeship Council, and shall perform such other functions as are entrusted to him by these organs. The Secretary-General shall make an annual report to the General Assembly on the work of the United Nations.

Article 99

The Secretary-General shall bring to the attention of the General Assembly or, if the Assembly is not in session, to the attention of the Executive Council any matter which in his opinion may threaten the maintenance of international peace and security, and any refusal to comply with this revised Charter or the laws and regulations enacted thereunder which in his opinion is of an especially serious character.

Article 100

1. In the performance of their duties the Secretary-General and the staff shall not seek or receive instructions from any government or from any other authority external to the United Nations. They shall refrain from any action which might reflect on their position as international officials responsible only to the United Nations.

2. Each member Nation undertakes to respect the exclusively international character of the responsibilities of the Secretary-General and the staff and not to seek to influence them in the discharge of their responsibilities.

Article 101

1. The staff shall be appointed by the Secretary-General under regulations established by the General Assembly.

2. Appropriate staffs shall be permanently assigned to the General Assembly, the Executive Council, the Economic and Social Council, the Trusteeship Council, and, as required, to other organs of the United Nations. These staffs shall form a part of the Secretariat.

3. The paramount consideration in the employment of the staff and in the determination of the conditions of service shall be the necessity of securing the highest standards of efficiency, competence, and integrity. Due regard shall be paid to the importance of recruiting the staff on as wide a geographical basis as possible.

CHAPTER XVI

MISCELLANEOUS PROVISIONS

Article 102

1. Every treaty and every international agreement entered into by any member Nation after the original Charter came into force in 1945, including every such treaty or agreement entered into by any member Nation after this revised Charter comes into force, shall as soon as possible be registered with the Secretariat and published by it.

2. No party to any such treaty or international agreement which has not been registered in accordance with the provisions of paragraph 1 of this Article may invoke that treaty or agreement before any organ of the United Nations.

Article 103

1. In the event of a conflict between the obligations of the member Nations under this revised Charter or the laws and regulations enacted thereunder and their obligations under any other international agreement, their obligations under this revised Charter or such laws and regulations shall prevail.

2. This revised Charter and the laws and regulations of the United Nations which shall be made in pursuance thereof shall be the supreme law of the United Nations, and all authorities of the member Nations shall be bound thereby, anything in the constitution or laws of any member Nation to the contrary notwithstanding.

Article 104

1. The United Nations shall enjoy in the territory of each member Nation such legal capacity as may be necessary for the exercise of its functions and the fulfillment of its purposes.

2. The United Nations shall have the right to acquire buildings and such other property as it may need for its offices. Such properties shall be acquired from or with the assistance of member Nations, by agreement if possible and otherwise by condemnation with just compensation. In case of a dispute as to whether the compensation paid or offered by the United Nations is just, the private owner of the property in question, or the nation which owns such property or within which such property is situated acting on its own behalf or on behalf of the private owner of such property as the case may be, may submit the dispute for decision to the United Nations regional court within the jurisdiction of which such property is situated. If either the United Nations or the private owner of the property in question or the nation which owns

such property or in the territory of which such property is situated is dissatisfied with the decision of the regional court, any of them shall have the right to appeal to the International Court of Justice; except that in the case of a private owner, such right shall be subject to any legislation which may be enacted by the General Assembly pursuant to Part D of Annex III. In the case of such an appeal to the International Court of Justice, the decision of that Court shall be final.

Article 105

1. The United Nations shall enjoy in the territory of each member Nation such privileges and immunities as are necessary for the fulfillment of its purposes.

2. Representatives in the General Assembly, members of the other organs of the United Nations, members of the United Nations Peace Force and officials of the staff of the United Nations shall similarly enjoy such privileges and immunities as are necessary for the independent exercise of their functions in connection with the United Nations.

3. The General Assembly shall have the power to implement the provisions of Annex VI of this revised Charter relating to the principles which shall govern the privileges and immunities mentioned in paragraphs 1 and 2 of this Article.

CHAPTER XVII

TRANSITIONAL SECURITY ARRANGEMENTS

Article 106

Pending the organization of the United Nations Peace Force under Annex II of this revised Charter to an extent which, in the opinion of the General Assembly, will enable the United Nations to exercise its responsibilities under Article 42, the parties to the Four-Nation Declaration, signed at Moscow, October 30, 1943, and France and India, shall in accordance with the provisions of paragraph 5 of that Declaration, consult with one another and as occasion requires with other member Nations with a view to such joint action on behalf of the United Nations as may be necessary for the purpose of maintaining international peace and security.

Article 107

Pending the organization of the United Nations Peace Force under Annex II of this revised Charter to an extent which, in the opinion of the General Assembly, will enable the United Nations to exercise its responsibilities under Article 42, nothing in this revised Charter shall invalidate or preclude action, in relation to any state which during the Second World War was an enemy of any original signatory to the Charter, taken or authorized as a result of that war by the Governments having responsibility for such action.

CHAPTER XVIII

AMENDMENTS

Article 108

After the adoption of this revised Charter, amendments thereto shall come into force for all member Nations when they have been adopted by a vote of two thirds of all the Representatives in the General Assembly then in office, whether or not present or voting, and ratified in accordance with their respective constitutional processes by five sixths of the member Nations; provided that the population of the ratifying member Nations shall be at least five sixths of the population of the world as stated in the last preceding world census, and provided that the ratifying member Nations shall include three fourths of the member Nations entitled under Article 9 to thirty Representatives in the Assembly and three fourths of the member Nations entitled under that Article to sixteen Representatives in the Assembly.

Article 109

1. After the adoption of this revised Charter, General Conferences for the purpose of reviewing the revised Charter or considering a particular amendment or amendments thereto may be held pursuant to the following provisions:

a. Such a General Conference shall be held at a date and place to be fixed by a two thirds vote of all the Representatives in the General Assembly then in office, whether or not present or voting.

b. On application of two thirds of the member Nations, the Assembly shall call such a General Conference, and shall fix the place and date for the convening thereof, which shall not be more than one year after the receipt of such application.

c. The number of delegates which each member Nation shall be entitled to send to a General Conference shall be the same as the number of Representatives from that member Nation in the Assembly at the time of the Conference. The delegates shall be chosen in each member Nation in the same manner as that provided in Article 9 for the choice of Representatives in the Assembly.

d. Delegates shall vote as individuals and each delegate shall have one vote.

2. Any alteration of this revised Charter recommended by a two-thirds vote of all the delegates in the General Conference, whether or not present or voting, shall take effect when ratified by the same method and subject to the same conditions as are provided in Article 108 in respect of amendments proposed by the General Assembly.

450

3. If such a conference has not been held before the tenth annual session of the General Assembly following the coming into force of this revised Charter, the proposal to call such a conference shall be placed on the agenda of that session of the Assembly, and the conference shall be held if so decided by a vote of a majority of all the Representatives in the Assembly then in office, whether or not present or voting; and if in each ensuing ten-year period such a conference has not been held, the same procedure shall apply.

451

CHAPTER XIX

RATIFICATION AND SIGNATURE

Article 110

1. This revised Charter shall be submitted for ratification to all the nations of the world, namely those listed in Article 9. Ratification by each nation shall be in accordance with its constitutional processes.

2. The ratifications shall be deposited with the Secretary-General of the United Nations, who shall notify all the nations of each deposit.

3. This revised Charter shall come into force upon the deposit of ratifications by five sixths of all the nations of the world as listed in Article 9; provided that the population of the ratifying nations as estimated in Article 9 shall be at least five sixths of the population of the world as estimated in Article 9, and that the ratifying nations shall include every nation with a population of more than 40,000,000 as estimated in Article 9; and further provided that this revised Charter shall come into force only if the required ratifications are deposited with the Secretary-General within seven years from the date of its submission for ratification. Upon the deposit of the required ratifications with the Secretary-General within the seven-year period, he shall forthwith notify all the nations of the world of the coming into force of this revised Charter and the date thereof.

4. After the coming into force of this revised Charter and until the new or modified organs and authorities called for by the revised Charter are ready to assume their functions, the then existing organs of the United Nations shall continue in operation with the functions and powers possessed by them under the Charter of 1945.

5. The period of one year from the date on which this revised Charter comes into force shall be known as the transition period.

6. During the transition period:

a. The General Assembly, constituted in pursuance of this revised Charter, shall be chosen as soon as practicable and shall be convoked by the Secretary-General to meet within seven months after the date upon which the revised Charter comes into force.

b. The Executive Council shall be elected by the General Assembly within one month from the date on which the Assembly meets.

c. Such other steps shall be taken by the General Assembly as may be necessary for the establishment and organization of the new or modified organs and authorities provided for in the revised Charter.

Article 111

This revised Charter, of which the Chinese, French, Russian, English, and Spanish texts are equally authentic, shall remain deposited in the archives of the United Nations. Duly certified copies thereof shall be transmitted by the Secretary-General of the United Nations to the Governments of all the nations of the world.

IN FAITH WHEREOF the representatives of the peoples of the United Nations have signed this revised Charter.

DONE at .... the .... day of ....,
one thousand nine hundred and ....

ANNEX I

DISARMAMENT

CHAPTER I

BASIC PRINCIPLE

Article 1

1. Since universal and complete disarmament, effectively supervised and enforced, is essential for world peace, all national military forces, armaments and facilities for the production of armaments shall be abolished. This abolition shall be accomplished by stages and in a simultaneous and proportionate manner, as provided in this Annex.

2. The abolition of all national military forces shall not prevent the maintenance of such strictly limited and lightly armed internal police forces as are permitted by this Annex.

and shall expire as designated by the Council at the time of their appointment, one at the end of one year, one at the end of two years, one at the end of three years, one at the end of four years and one at the end of five years; except that later appointments shall be for terms of five years. The Executive Council shall have general supervision over the Inspection Commission and may from time to time issue such instructions to it as the Council deems necessary. The ......tive .... whenever the Council deems it necessary.

The General Assembly, through its Standing Committee on the ....ment Arrangements provided for in Article 22 of this revised Charter, shall watch over the carrying out by the Inspection Commission and the ...

CHAPTER II

DISARMAMENT PLAN AND PROCEDURE

Article 2

The abolition of all national military forces, armaments and facilities for the production of armaments called for by Article 1 of this Annex shall be carried out in accordance with a plan consisting of two main stages, namely, a first stage to be known as the preparatory stage covering the first two years after the transition period of one year provided for in Article 110 of this revised Charter, and a second stage to be known as the actual disarmament stage covering the ten subsequent years; except that the preparatory stage may be lengthened and that the actual disarmament stage may be either shortened or lengthened as hereinafter provided.

THE PREPARATORY STAGE

Article 3

During the preparatory stage, a United Nations Inspection Service shall be organized; an arms census shall be taken and verified; an arms truce shall be inaugurated, verified and maintained; the types, arms and training of the internal police forces which each nation shall be allowed to maintain shall be determined; all as hereinafter provided for.

Article 4

As provided by Article 3 of this Annex, the United Nations Inspection Service shall be organized during the preparatory stage and shall be directed as follows:

1. A United Nations Inspection Commission shall have the direction and control of the United Nations Inspection Service. The Inspection Commission shall consist of five persons, none of whom shall be a national of any of the nations then having sixteen or more Representatives in the General Assembly, and no two of whom shall be nationals of the same nation. The members of the Inspection Commission shall be appointed by the Executive Council, subject to confirmation by the General Assembly. The first members of the Inspection Commission shall be appointed by the first Executive Council within two months after the election of the Council by the General Assembly pursuant to Article 110 of this revised Charter. The terms of office of the first members of the Inspection Commission shall begin on the same date

and shall expire, as designated by the Council at the time of their appointment, one at the end of one year, one at the end of two years, one at the end of three years, one at the end of four years and one at the end of five years from that date; later appointments shall be for terms of five years. The Executive Council shall have general supervision over the Inspection Commission and may from time to time issue such instructions to it as the Council deems necessary. The Executive Council shall also have authority to remove any member of the Inspection Commission whenever the Council deems it necessary.

The General Assembly, through its Standing Committee on the Peace Enforcement Agencies provided for in Article 22 of this revised Charter, shall watch over the carrying out by the Inspection Commission and the Executive Council of their responsibilities under this Chapter and other provisions of this Annex. The Standing Committee shall be entitled to obtain from the Commission and the Council all relevant information and shall make such investigations as it may deem necessary or as the Assembly may request it to make. If in the judgment of the Standing Committee a situation exists which requires the convoking of a special session of the Assembly, it shall be entitled in accordance with Article 20 of this revised Charter to request the Secretary-General to convoke such special session.

2. An Inspector-General shall be the administrative head of the United Nations Inspection Service, subject to the direction and control of the United Nations Inspection Commission. The Inspector-General shall not be a member of the Inspection Commission, nor a national of any nation which at the time of his appointment has one of its nationals on the Inspection Commission, nor a national of any of the nations then having sixteen or more Representatives in the General Assembly. The Inspector-General shall be appointed by the Inspection Commission for a term of six years, subject to confirmation by the Executive Council. The first Inspector-General shall be appointed by the first Inspection Commission, subject to confirmation by the first Executive Council, within two months after the appointment of the first Inspection Commission. The Commission shall have authority to remove the Inspector-General whenever the Commission deems it necessary.

3. During the first eight months of the preparatory stage, the Inspector-General shall complete to the extent possible the recruitment and training of the Inspectors and other personnel of the United Nations Inspection Service, subject to regulations concerning qualifications, tenure, compensation and other conditions of service to be adopted by the General Assembly after receiving proposals therefor from the Inspection Commission and the recommendations of the Executive Council as to such proposals. Such regulations shall include provisions for the following:

a. That all members of the Inspection Service shall be selected on the basis of their competence, integrity and devotion to the purposes of the United Nations.

b. That they shall make a solemn declaration that they will perform their functions impartially and conscientiously.

c. That they shall not seek or receive instructions from any government or other authority external to the United Nations.

d. That they shall refrain from any conduct which might reflect on their position as international officials.

e. That they shall receive fully adequate pay and allowances, together with fully adequate retirement pensions after loyal and reasonably long service, all such compensation and pensions to be free from all taxation.

f. That they shall be recruited on as wide a geographical basis as possible.

g. That with respect to those members of the Inspection Service who are to perform duties of actual inspection, the number of nationals of any nation shall be limited to not more than four per cent of the total number of such Inspectors.

Article 5

As provided by Article 3 of this Annex, an arms census shall be taken during the preparatory stage as follows:

1. Not later than the end of the second month of the preparatory stage, the Inspector-General shall send to every nation a questionnaire approved by the Inspection Commission. This questionnaire shall require from each nation full information concerning:

a. The location and description of all its military installations.

b. The manpower strength, organization, composition and disposition of all its active and reserve military forces and of all its internal police forces, as determined by the General Assembly pursuant to Article 8 of this Annex.

c. The location, kind and quantity of all finished and unfinished arms and weapons (including nuclear, biological, chemical and other weapons of mass destruction), ammunition and military equipment, possessed by or at the disposal of these forces.

d. The location, description and rate of current output of all facilities within its territory which are engaged in the production of arms, weapons, ammunition, explosives, or military equipment of any kind, or of tools for such production; and the location and description of all facilities within its territory which, although not currently engaged in the production of any such arms, weapons, ammunition, explosives, equipment or tools, have been engaged therein at any time during the five years preceding the coming into force of this revised Charter, together with the record of output of all such facilities for the last year in which they were engaged in the production of any such arms, weapons, ammunitions, explosives, equipment or tools.

e. The location, description and rate of current output of all heavy industry plants within its territory (including all plants of the tool-manufacturing industry), which are capable of easy adaptation to the production of armaments of any description (including arms, weapons, ammunition, explosives, and military equipment of any kind) or of tools for such production.

f. The location and description of all laboratories or other facilities within its territory which are engaged in any work relating to the development of new weapons of any kind.

g. The location, type, amount and stage of processing of all raw materials within its territory which might enter into the production of special nuclear materials and which have been removed from their place of deposit in nature;

and of all materials which have been made radioactive by artificial means. By "special nuclear materials" is meant materials capable of employment in nuclear weapons, whether fissionable or fusionable, and defined as such by the General Assembly pursuant to Article 23 of this Annex.

h. The location, description and rate of past and current output of all mines within its territory which are engaged in the mining of raw materials which might enter into the production of special nuclear materials.

i. The location, description and rate of past and current output of all facilities of any kind within its territory which are engaged: in the processing of raw materials which might enter into the production of special nuclear materials; or in the processing of special nuclear materials themselves; or in the production of auxiliary materials which might be employed in the making of special nuclear materials or nuclear weapons, such as graphite, heavy water, beryllium, lithium and cobalt; or in the production of radioactive materials in substantial quantity.

j. The location and description of all laboratories or other facilities within its territory which are concerned with the study of nuclear energy.

k. The location and description of all facilities within its territory which are utilizing special nuclear materials or substantial quantities of radioactive materials for research, industrial, commercial or other nonmilitary purposes.

The questionnaire may require such other information as the Inspector-General, with the approval of the Inspection Commission, shall deem necessary or advisable in order to obtain from every nation complete information as to its armed forces and armaments, as to all special nuclear materials within its territory and as to all means and facilities for the production of such armaments or materials within its territory.

2. Every nation shall duly complete the questionnaire and return it to the Inspector-General not later than the end of the eighth month of the preparatory stage.

3. During the first two weeks of the ninth month of the preparatory stage, the Inspector-General shall make a report to the Inspection Commission as to whether or not all the nations have returned questionnaires which appear to be duly completed in accordance with the requirements of paragraphs 1 and 2 of this Article. If the Inspector-General reports any case or cases of noncompliance, the Commission shall consider what measures shall be taken. If the Commission determines that any noncompliance is serious, it shall immediately present a special report to the Executive Council to that effect, stating whether or not in the Commission's judgment the noncompliance is so serious as to prejudice the execution of the entire disarmament plan. If the Council accepts the conclusion of the Commission that any such noncompliance is so serious as to prejudice the execution of the entire disarmament plan, it shall so state and shall recommend that further execution of the disarmament plan ought to be suspended. The General Assembly shall consider such a recommendation of the Council as soon as possible, and if the Assembly is not then in session, a special session thereof shall be convoked immediately. If the Assembly approves the recommendation of the Council, the Assembly shall by resolution determine the duration of the suspension, which suspension

shall in no case exceed six months. If the noncompliance which led to the suspension has not been remedied before the end of the period of suspension, the Commission shall report this fact to the Council, which shall present to the Assembly its recommendations on the subject. In the light of these recommendations, the Assembly shall decide whether another suspension, not exceeding six months, is necessary. In case more than one suspension is necessary, a similar procedure shall be followed in each instance, but the period of suspension shall in no case exceed six months.

Article 6

1. The arms truce, to be inaugurated during the preparatory stage as called for by Article 3 of this Annex, shall commence on the first day of the ninth month of the preparatory stage. Beginning with that date the following limitations and prohibitions shall apply during the remainder of the preparatory stage:

a. No nation shall possess any military forces, armaments or facilities for the production of armaments in excess of those possessed by it on the date when the arms truce takes effect and reported in its questionnaire returned to the Inspector-General pursuant to Article 5 of this Annex.

b. No nation shall make any increase in the forces, armaments and facilities so possessed and reported, provided, however, that replacement of personnel by new recruits and of discarded or used-up weapons, equipment and supplies by new weapons, equipment and supplies of no greater military value shall not be construed as an increase.

c. No nation shall produce or allow the production of any arms, weapons or military equipment whatever, or of tools for such production, except: (1) to provide the replacements which are permitted under subparagraph b of this paragraph; (2) to supply the light arms, ammunition and equipment which its internal police forces are allowed to have; (3) for the sale to other nations of permissible light arms, ammunition or equipment needed by internal police forces in their territories; and (4) such small arms as are required to meet the reasonable needs of duly licensed hunters or of duly licensed individuals for personal protection, either in the nation where such arms are produced or elsewhere.

d. No nation shall permit any research directed toward the invention of new military weapons or the improvement of existing military weapons, including the use for military purposes of any nuclear materials; and no nation shall make or permit the making of tests of nuclear weapons or ballistic missiles.

e. No nation shall construct or allow the construction of any ship or airplane containing any feature which would facilitate the adaptation of such ship or airplane to military purposes.

f. No nation shall prepare or allow the preparation of its heavy industry (including its tool-manufacturing industry) for the production of armaments of any description (including arms, weapons, ammunition, explosives and military equipment of any kind) or of tools for such production.

g. No nation shall prepare or allow the preparation of any plant within its territory for the production of chemical or biological weapons.

459

h. No nation shall produce or allow the production of any special nuclear materials, except to the extent that the General Assembly may authorize such production for research, industrial, commercial, or other nonmilitary purposes.

2. The General Assembly, upon the recommendation of the Executive Council, shall adopt regulations prescribing the conditions and limitations which shall apply: (a) to the production of weapons, equipment and supplies for the replacements referred to in paragraph 1 (b) of this Article, and (b) to the production of light arms for the internal police forces and of small arms for the use of licensed hunters and licensed individuals for personal protection referred to in paragraph 1 (c) of this Article.

Article 7

As provided by Article 3 of this Annex, the arms census and the arms truce shall be verified during the preparatory stage as follows:

1. During the ten months following the eighth month of the preparatory stage, the United Nations Inspection Service shall verify the accuracy and completeness of the information furnished by the respective nations pursuant to Article 5 of this Annex, and shall also verify the observance of the arms truce inaugurated under Article 6 of this Annex. This verification shall be accomplished by Inspectors of the Inspection Service acting with the authority and subject to the limitations provided for in Articles 18 to 24 of this Annex.

2. If the Inspection Service reports any case or cases of noncompliance, the Inspection Commission shall consider what measures shall be taken and if it determines that there has been a serious deficiency in the information furnished by any nation or a serious nonobservance of the arms truce or that any nation has placed any serious obstacle in the way of verification by the Inspection Service, it shall immediately present a special report on the subject to the Executive Council stating whether or not in the Commission's judgment the deficiency, nonobservance or obstacle is so serious as to prejudice the execution of the entire disarmament plan.

3. In addition to such special reports, if any, the Inspection Commission shall during the nineteenth month of the preparatory stage make a general report to the Executive Council concerning the adequacy of the information furnished by all the nations and concerning the observance of the arms truce and the over-all results of the verification.

4. The Executive Council shall forthwith consider all reports of the Inspection Commission; and if the Commission has determined that there has been a serious deficiency in the information furnished by any nation, or a serious nonobservance of the arms truce or that any nation has placed any serious obstacle in the way of verification by the Inspection Service, the Council shall consider what measures shall be taken. If the Council accepts the conclusion of the Inspection Commission that any such deficiency, nonobservance or obstacle is so serious as to prejudice the execution of the entire disarmament plan, the Council shall take such interim action as it is authorized to take pursuant to Article 32 of this Annex and shall immediately

present a special report on the subject to the General Assembly for possible action by it under that Article.

In addition to such special reports, if any, the Executive Council shall during the twentieth month of the preparatory stage make a general report to the General Assembly, which report shall include the conclusions of the Council as to the completeness of the information furnished by all the nations, as to the observance of the arms truce and as to the adequacy of the verification of such information and such observance.

If the Executive Council concludes that such information, observance or verification is so unsatisfactory as to prejudice the execution of the entire disarmament plan, it shall so state and shall immediately present a special report to the General Assembly recommending that the coming into operation of the actual disarmament stage ought to be postponed, but the period of such postponement shall in no case exceed six months. If, however, the Council concludes that such information, observance and verification are reasonably satisfactory, it shall so state; and the Council shall then decide and announce that the first or preparatory stage of the disarmament plan shall terminate on schedule at the end of the two-year period provided for in Article 2 of this Annex, and that the second or actual disarmament stage of the plan shall then begin, subject only to a resolution of the General Assembly under paragraph 5 of this Article disagreeing with such decision of the Council.

5. If the Executive Council has presented a special report to the General Assembly informing it that there has been a serious deficiency in the information furnished by any nation or a serious nonobservance of the arms truce or that any nation has placed a serious obstacle in the way of verification by the Inspection Service, the Assembly shall deal with the matter as soon as possible, and shall have authority to take such action under Article 32 of this Annex as it may deem necessary. If the Assembly is not then in session, a special session thereof shall be convoked immediately.

In any event, the General Assembly shall consider the general report of the Executive Council within one month after its submission; and, if necessary, a special session shall be convoked for the purpose.

If the Executive Council has decided that the actual disarmament stage shall come into operation on schedule at the end of the preparatory stage, that decision shall be deemed final unless the General Assembly before that date shall disagree with the decision of the Council and by resolution specifying its objections postpone the operation of the actual disarmament stage, which postponement shall in no case exceed six months.

If, however, the Executive Council has recommended that the coming into operation of the actual disarmament stage ought to be postponed, the General Assembly shall by resolution approve or disapprove that recommendation. If the recommendation of the Council for a postponement is approved, the Assembly shall in its resolution determine the duration of the postponement, which postponement shall in no case exceed six months. If the recommendation of the Council for a postponement is disapproved, the Assembly shall in its resolution direct that the actual disarmament stage

461

shall come into operation on schedule at the end of the two-year period of the preparatory stage.

6. In the event of any postponement of the coming into operation of the actual disarmament stage, the question whether that stage shall come into operation at the end of the period of postponement shall be considered by the General Assembly in advance of the date on which the period of postponement is to end. The Executive Council shall report to the Assembly whether the conditions which led to the postponement have been remedied and the Assembly in the light of such report shall decide whether the actual disarmanent stage shall come into operation at the end of the period of postponement or whether another postponement, not exceeding six months, is necessary. In case more than one postponement is necessary, a similar procedure shall be followed in each instance, but the period of postponement shall in no case exceed six months.

Article 8

1. During the first two months of the preparatory stage, the General Assembly shall, after receiving proposals on the subject from the Inspection Commission and the recommendations of the Executive Council as to such proposals, determine by regulations uniformly applicable to all nations:

a. What types of forces shall be deemed to be internal police forces, provided that in making such determination, the General Assembly shall be guided by the principle that all national, provincial, state and local police, border guards, and other public and private police, whether uniformed or not, shall be deemed to be internal police forces.

b. What types of arms and equipment internal police forces shall be entitled to possess, provided that in making such determination, the General Assembly shall be guided by the principles that such arms shall be limited to light arms, such as revolvers, rifles and automatic rifles, and that all equipment shall be limited to such as is appropriate for internal police duties.

c. What kind of training of internal police forces shall be permissible, provided that in making such determination, the General Assembly shall be guided by the principle that such forces shall receive only such training as is necessary to enable them properly to perform internal police duties only.

2. The General Assembly may from time to time and after receiving proposals on the subject from the Inspection Commission and the recommendations of the Executive Council as to such proposals make such changes in the determinations made under paragraph 1 of this Article as it may deem necessary.

THE ACTUAL DISARMAMENT STAGE

Article 9

1. On the first day of the actual disarmament stage, the Executive Council shall announce the beginning of the period of actual disarmament.

2. Within two weeks thereafter, the Executive Council shall publish a

schedule listing as of the beginning of the actual disarmament stage all the military forces of every nation in the world, together with all the armaments and facilities for the production of armaments of each nation. The Council shall at the same time publish a second schedule listing as of the beginning of the actual disarmament stage the existing strength of the internal police forces of every nation in the world, together with all their arms and equipment; and also setting forth an estimate by the Council of the maximum strength of the internal police forces which may be maintained in each nation after the end of the period of actual disarmament under the limitations of Article 14 of this Annex, together with an estimate of the maximum arms and equipment which such forces shall be permitted to have under the limitations of that Article at the end of the period of actual disarmament.

Article 10

1. During the ten-year period of the actual disarmament stage, every nation in the world shall annually reduce by ten per cent all its military forces, armaments and facilities for the production of armaments, so that at the end of the actual disarmament stage all national military forces, armaments and facilities for the production of armaments shall be abolished.

During the ten-year period of the actual disarmament stage, every nation in the world shall also annually reduce its internal police forces and their arms and equipment by ten per cent of the excess thereof over the estimated maximum which such nation is permitted to have after the end of the actual disarmament stage under the limitations of Article 14 of this Annex.

2. After the completion of at least forty per cent of the disarmament process, the General Assembly may by a vote of two thirds of all the Representatives then in office, whether or not present or voting, shorten the remainder of the actual disarmament stage by not more than half through an increase in the percentages of the required reductions to not more than twenty per cent annually.

Article 11

1. All reductions in the personnel of active and reserve military forces and in their arms, weapons, ammunition and military equipment shall be distributed in each annual period proportionately as between the major services, land, sea and air, of every nation and the main components thereof; as between the active and reserve elements of each major service and the main components thereof; and as between the units stationed in the home territory and abroad.

All reductions in the personnel of the internal police forces of every nation and in their arms, ammunition and equipment shall be distributed in each annual period proportionately as between the main components of such forces in each nation, and as between the active and reserve elements thereof, unless the Executive Council, upon the recommendation of the Inspection Commission, shall for good cause shown permit a different distribution of the reductions.

463

All reductions in the facilities for the production of armaments shall be distributed in each annual period proportionately as between the various facilities in the territory of every nation which produce the principal categories of armaments and the main subdivisions thereof.

2. When required reductions are made in the personnel of active and reserve military forces and of internal police forces, all persons relieved from active duty in such forces or released from membership therein shall be permanently exempt from any obligation for future military duty of any description, save only such obligation as may in an extreme emergency be imposed upon them by their respective nations for service in the United Nations Peace Force pursuant to Article 43 of this revised Charter and Annex II.

3. When required reductions are made in the arms, weapons, ammunition and military equipment of active and reserve military forces and of internal police forces, all the arms, weapons and ammunition, and all the equipment suitable for military use only, which such forces are required to discard, shall be destroyed or scrapped, save only such arms, weapons, ammunition and equipment as are transferred to the United Nations Peace Force in accordance with Annex II, or to the Nuclear Energy Authority in accordance with Articles 26 and 27 of this Annex, such transfer to be subject to payment of compensation as provided in Article 28 of this Annex.

4. When required reductions are made in facilities for the production of armaments, all machines, appliances and tools of any kind which are suitable for the production of military material only and which are to be discarded in order to make the necessary reductions, shall be destroyed or scrapped, save only such machines, appliances and tools as are transferred to the United Nations for use in the manufacture of military material for the United Nations Peace Force in accordance with Annex II, such transfer to be subject to payment of compensation as provided in Article 28 of this Annex.

5. Subject to the principles stated in the foregoing paragraphs of this Article, the General Assembly shall, after receiving proposals on the subject from the Inspection Commission and the recommendations of the Executive Council as to such proposals, make regulations to govern the carrying out of the reductions required by this Annex.

6. During the actual disarmament stage, all nations shall continue to observe the limitations and prohibitions set forth in Article 6 of this Annex, except that such limitations and prohibitions shall apply in each year of this stage to the lower levels of military forces, armaments and facilities for the production of armaments brought about by the application of Article 10 of this Annex. The General Assembly, upon the recommendation of the Executive Council, shall adopt regulations governing the replacement of personnel discharged because of the termination of their period of service rather than because of the required reductions under Article 10 of this Annex.

Article 12

1. During the first month of each of the ten years of the actual disarmament stage, every nation in the world shall submit to the Inspection Commission a detailed plan for a ten per cent reduction within that year of all

its military forces, armaments and facilities for the production of armaments, and wherever necessary such plans shall include proposals for adjustments in particular cases in which an exact ten per cent reduction is technically impossible. This plan shall also contain proposals for the reduction, if necessary, of its internal police forces and their arms and equipment by ten per cent of the excess thereof, if any, over the maximum which such nation is permitted to have after the end of the actual disarmament stage under the limitations of Article 14 of this Annex.

2. During the second month, the Inspection Commission shall approve the plan of each nation or direct its modification in so far as the Commission may deem necessary in order to ensure that the plan complies with the regulations made by the General Assembly under Article 11 of this Annex and that the reductions by all nations shall, to the utmost practicable extent, be simultaneous and proportionate.

3. If any nation is dissatisfied with any modification made by the Inspection Commission of its own plan or is dissatisfied with the plan of any other nation as accepted or modified by the Commission, it may appeal to the Executive Council during the first ten days of the third month. The Council shall decide all such appeals before the end of the third month, and shall have the authority to approve or modify the contested plan; its decisions shall be final.

4. During the following six months, the plan of each nation, as so approved or modified, shall be fully carried out; and the United Nations Inspection Service shall supervise and verify the execution of all such plans through inspection by Inspectors of the Inspection Service acting with the authority and subject to the limitations provided for in Articles 18 to 24 of this Annex. During this six-month period, the Inspector-General shall make monthly reports to the Inspection Commission as to the progress of the required reductions and the verification thereof; and during the last week of the six-month period, he shall make a final report to the Commission as to the over-all results. The Inspection Commission shall forthwith consider all such reports of the Inspector-General; and if the Inspector-General has reported that any nation has failed to carry out any required reduction or has placed any obstacle in the way of verification, the Commission shall consider what measures shall be taken. If the Commission determines that any such failure or obstacle is serious, it shall immediately present a special report to that effect to the Executive Council, stating whether or not in the Commission's judgment the failure or obstacle is so serious as to prejudice the execution of the entire disarmament plan.

In addition to such special reports, if any, the Inspection Commission shall during the tenth month make a general report to the Executive Council concerning the execution of the required reductions, including the opinion of the Commission as to whether the over-all results have been reasonably satisfactory.

5. The Executive Council shall forthwith consider all reports of the Inspection Commission; and if the Commission has determined that there has been any serious failure on the part of any nation to carry out any required

reduction, or that any nation has placed any serious obstacle in the way of verification by the Inspection Service, the Council shall consider what measures shall be taken. If the Council accepts the conclusion of the Commission that such failure or obstacle is so serious as to prejudice the execution of the entire disarmament plan, the Council shall take such interim action as it is authorized to take pursuant to Article 32 of this Annex and shall immediately present a special report on the subject to the General Assembly for possible action by it under that Article.

In addition to such special reports, if any, the Executive Council shall during the eleventh month make a general report to the General Assembly, which report shall include the conclusions of the Council as to the adequacy of the performance by all the nations of their obligation to carry out their approved reduction plans and as to the adequacy of the verification of such performance.

If the Executive Council concludes that such performance or verification is so unsatisfactory as to prejudice the execution of the entire disarmament plan, it shall so state and shall recommend that the coming into operation of the next annual reduction ought to be postponed for a period not exceeding six months. If, however, the Council concludes that such performance and verification are reasonably satisfactory, it shall so state; and the Council shall then decide and announce that the next annual reduction shall begin on schedule, subject only to a resolution of the General Assembly under paragraph 6 of this Article disagreeing with such decision of the Council.

6. If the Executive Council has presented a special report to the General Assembly informing it that there has been a serious failure on the part of any nation to carry out a required reduction or that any nation has placed a serious obstacle in the way of verification by the Inspection Service, the Assembly shall deal with the matter as soon as possible, and shall have authority to take such action under Article 32 of this Annex as it may deem necessary. If the Assembly is not then in session, a special session thereof shall be convoked immediately.

In any event, the General Assembly shall in the twelfth month consider the general report of the Executive Council; and, if necessary, a special session shall be convoked for the purpose.

If the Executive Council has decided that the next annual reduction shall come into operation on schedule, that decision shall be deemed final unless before the end of the twelfth month the General Assembly shall disagree with the decision of the Council and by resolution specifying its objections postpone the next annual reduction, which postponement shall in no case exceed six months.

If, however, the Executive Council has recommended that the next annual reduction ought to be postponed, the General Assembly shall by resolution approve or disapprove that recommendation. If the recommendation of the Council for a postponement is approved, the Assembly shall in its resolution determine the duration of the postponement, which postponement shall in no case exceed six months. If the recommendation of the Council for a postponement is disapproved, the Assembly shall in its resolution direct that the next annual reduction shall come into operation on schedule.

7. In the event of the postponement of any annual reduction, the question whether that postponed reduction shall come into operation during the year following the period of postponement shall be considered by the General Assembly in advance of the date on which the period of postponement is to end. The Executive Council shall report to the Assembly whether the conditions which led to the postponement have been remedied and the Assembly in the light of such report shall decide whether the next annual reduction shall come into operation during the year following the period of postponement or whether another postponement, not exceeding six months, is necessary. In case more than one postponement is necessary, a similar procedure shall be followed in each instance, but the period of postponement shall in no case exceed six months.

CHAPTER III

GENERAL PROVISIONS FOR THE MAINTENANCE
OF COMPLETE DISARMAMENT

Article 13

1. On the first day after the end of the actual disarmament stage, the Executive Council shall announce that all national military forces, armaments and facilities for the production of armaments have been abolished, and shall proclaim the termination of the actual disarmament stage and the beginning of the period of complete disarmament.

2. Within ten days thereafter, the Executive Council shall publish a schedule listing the maximum strength of the internal police forces which may be maintained in each nation under the limitations of Article 14 of this Annex, together with the kind and amount of arms and equipment which such forces shall be permitted to have under the limitations of that Article. This schedule shall govern until the Council shall publish a new schedule subsequent to the first world census taken under Article 9 of this revised Charter.

3. The Executive Council shall, within three months after the population figures are available from the first world census and within three months after the population figures are available from each subsequent world census, publish a revised schedule listing for every nation the maximum permissible strength of the internal police forces which may be maintained in that nation and the permissible arms and equipment of those forces. Each such schedule shall govern until the next schedule is published.

Article 14

After the termination of the actual disarmament stage and the beginning of the period of complete disarmament:

a. No nation shall maintain any military forces whatever; and no nation shall have any internal police forces in excess of two for each 1000 of its population and in no case exceeding 500,000, the permissible number for each nation to be determined in the successive schedules to be published by the Executive Council pursuant to Article 13 of this Annex.

b. No nation shall allow any military training whatever either under government or private direction; and no nation shall allow any training of its internal police forces except such training as is appropriate to internal police duties and is permitted under the regulations adopted by the General Assembly pursuant to Article 8 of this Annex.

c. No nation shall possess any military weapons or equipment whatever.

468

No nation shall allow the possession by its internal police forces of any arms or equipment except of the types permitted by the regulations adopted by the General Assembly pursuant to Article 8 of this Annex; and in no case shall the number of revolvers and rifles combined exceed one for each member of the internal police forces, the number of automatic rifles one for each 100 members of such forces and the ammunition supplies 100 rounds per rifle or revolver and 1000 rounds per automatic rifle. No nation shall allow the possession by any public or private organization or individual of any military equipment whatever or of any arms except such small arms as are reasonably needed by duly licensed hunters or by duly licensed individuals for personal protection.

d. No nation shall produce or allow the production of any military weapons or equipment whatever, or of tools for such production, and no nation shall produce or allow the production of any light arms or equipment except: (1) to supply the light arms, ammunition and equipment which its internal police forces are allowed to have; (2) for sale to other nations of permissible light arms, ammunition or equipment needed by their internal police forces; and (3) such small arms as are required to meet the reasonable needs of duly licensed hunters or of duly licensed individuals for personal protection, either in the nation where such arms are produced or elsewhere.

e. No nation shall permit any research directed toward the invention of new military weapons or the improvement of existing military weapons, including the utilization for military purposes of any nuclear materials.

f. No nation shall produce or allow the production of any explosives except in so far as the General Assembly may authorize their production for use in mining, agricultural and other industries of that nation, or for sale for similar purposes in other nations.

g. No nation shall construct or allow the construction of any ship or airplane containing any feature which would facilitate the adaptation of such ship or airplane to military purposes.

h. No nation shall prepare or allow the preparation of its heavy industry (including its tool-manufacturing industry) for the production of armaments of any description (including arms, weapons, ammunition, explosives and military equipment of any kind) or of tools for such production.

i. No nation shall prepare or allow the preparation of any plant for the production of chemical or biological weapons.

j. No nation shall possess or allow the possession of any special nuclear materials, or of substantial quantities of radioactive materials, except to the extent that the General Assembly may authorize such possession for research, industrial, commercial or other nonmilitary purposes, and subject to the licensing requirements of Article 16 of this Annex and to such limitations as may be determined by the Assembly pursuant to Articles 23 and 26 of this Annex.

k. No nation shall operate or allow the operation of facilities for the processing of materials which might enter into the production of special nuclear materials, or facilities for the processing of special nuclear materials themselves, or facilities for the production of radioactive materials in substantial quantities, or facilities using any such materials for research, industrial, commercial or other nonmilitary purposes, except when licensed pursuant to Article 16 of this Annex, and only in such manner and subject to such limitations as may be determined by the General Assembly pursuant to Articles 23 and 26 of this Annex.

Article 15

After the termination of the actual disarmament stage and the beginning of the period of complete disarmament:

1. Every nation shall annually submit to the Executive Council in form prescribed by that Council a certificate signed by the chief executive of each such nation to the effect that neither the government of that nation nor, so far as known to that government, any person within the territory of that nation is engaging in any activity prohibited by Article 14 of this Annex and that both the government and, so far as known to that government, all such persons are fulfilling in good faith all the requirements of this Annex for the maintenance of complete disarmament.

2. Every nation shall annually supply to the Inspector-General, pursuant to a questionnaire furnished by him, the following information:

a. The manpower strength, organization, composition and disposition of its internal police forces.

b. The location and description of all installations utilized by its internal police forces for training and quartering.

c. The location, kind and quantity of all arms, ammunition and equipment possessed by or at the disposal of its internal police forces.

d. The location, description and rate of current output of all facilities within its territory engaged in the production of any light arms, ammunition or equipment of the sort permitted for internal police forces, or of any small arms permitted for hunting and personal protection, or of tools for any such production.

e. The location, description and rate of current output of all facilities within its territory engaged in the production of explosives of the sort permitted for mining, agricultural and other industries.

f. The number, kind, home ports or home airfields of all ships and airplanes capable of adaptation to military use, owned or operated by it or its nationals.

g. The location, description and rate of current production of all shipyards and airplane plants within its territory.

h. The location, description and rate of current production of all heavy industry plants within its territory (including all plants of the tool-manufacturing industry) which are capable of easy adaptation to the production of armaments of any description (including arms, weapons, ammunition, explosives and military equipment of any kind) or of tools for such production.

i. The location, description and rate of current production of any plant within its territory which is capable of easy adaptation to the production of chemical or biological weapons.

j. A description of all extensive surveys and explorations conducted within its territory for the purpose of discovering new sources of any raw materials which might enter into the production of special nuclear materials.

k. The location, type and estimated content of deposits within its territory which are known to contain substantial amounts of raw materials which might enter into the production of special nuclear materials.

l. The location, type, amount and stage of processing of all raw materials within its territory which might enter into the production of special nuclear materials and which have been removed from their place of deposit in nature; and of all materials which have been made radioactive by artificial means.

m. The location, description and rate of current output of all mines within its territory which are engaged in the mining of raw materials which might enter into the making of special nuclear materials.

n. The location, description and rate of current output of all facilities of any kind within its territory which are engaged in the processing of raw materials which might enter into the making of special nuclear materials; or in the processing of special nuclear materials themselves; or in the production of auxiliary materials which might be employed in the process of making special nuclear materials or nuclear weapons, such as graphite, heavy water, beryllium, lithium and cobalt; or in the production of radioactive materials in substantial quantity.

o. The location and description of all laboratories or other facilities within its territory which are concerned with the study of nuclear energy.

p. The location and description of all facilities within its territory which are utilizing any special nuclear materials or substantial quantities of radioactive materials for research, industrial, commercial or other nonmilitary purposes.

Article 16

1. After the termination of the actual disarmament stage and the beginning of the period of complete disarmament, every nation shall obtain a special license from the Inspector-General for:

a. The operation of every installation or training camp at which are stationed more than 100 of the personnel of its internal police forces.

b. The operation of every depot in which is stored any substantial quantity of the light arms, ammunition and equipment permitted for the use of its internal police forces.

c. The operation by it or by any public or private organization or individual of any facility within its territory engaged in the production of any light arms, ammunition or equipment of the sort permitted for internal police forces, or of any small arms permitted for hunting and personal protection, or of tools for any such production.

d. The operation by it or by any public or private organization or individual of any facility within its territory engaged in the production of explosives of the sort permitted for mining, agricultural and other industries.

e. The operation by it or by any public or private organization or individual of any plant within its territory which is easily adaptable to the production of chemical or biological weapons.

f. The operation by it or by any public or private organization or individual of any mine within its territory containing any substantial quantity of raw materials which might enter into the production of special nuclear materials, or of any mill or dump within its territory containing any substantial quantity of such raw materials.

g. The operation by it or by any public or private organization or individual or any facility within its territory engaged in the processing of raw materials which might enter into the production of special nuclear materials.

h. The operation by it or by any public or private organization or individual of any facility within its territory engaged in the processing of any special nuclear materials, or of radioactive materials in substantial quantities.

i. The possession within its territory by it or by any public or private organization or individual of any substantial quantity of raw materials which might enter into the production of special nuclear materials and which have been removed from their state of deposit in nature; or of any special nuclear materials; or of any substantial quantity of radioactive materials.

j. The construction or operation by it or by any public or private organization or indivdual of any facility within its territory in which it is intended to use any special nuclear materials, or substantial quantities of radioactive materials, for research, industrial, commercial or other nonmilitary purposes or in which such materials are actually being used.

k. The operation by it or by any public or private organization or individual of any facility within its territory engaged in the production of auxiliary materials which might be employed in the process of making special nuclear materials or nuclear weapons, such as graphite, heavy water, beryllium, lithium and cobalt.

l. The conduct by it or by any public or private organization or individual of any research or developmental activity within its territory relating to the use for peaceful purposes of nuclear energy.

m. The conduct by it or by any public or private organization or individual of any other activity within its territory which the General Assembly has determined to be of sufficient importance for the maintenance of complete disarmament as to require a special license.

2. Every public or private organization or individual conducting or wishing to conduct any activity required to be licensed under paragraph 1 of this Article shall so inform the government of the nation within whose territory such activity is being or would be conducted, with the request that the government of such nation shall obtain the necessary license on his or its behalf; and no such public or private organization or individual shall conduct any such activity until the required license has been obtained.

3. No nation shall conduct or allow the conduct of any activity mentioned in paragraph 1 of this Article unless the required license has first been obtained.

4. Such licenses shall be issued in accordance with regulations to be adopted by the General Assembly after receiving a report on the subject

from the Inspection Commission and the recommendations of the Executive Council as to such report. In adopting such regulations the Assembly shall be guided by the principle that their purpose is to aid in providing assurance that none of the activities required to be licensed shall be conducted in a manner endangering the maintenance of complete disarmament.

5. If the Inspector-General should refuse to grant a license, the nation making the application, or the public or private organization or individual on whose behalf the application was made, shall have the right to appeal to the Inspection Commission, and the right to appeal from a decision of the Commission to the United Nations regional court within the jurisdiction of which is included the territory of the nation which made the application in question. The Inspector-General shall have the right to appeal from a decision of the regional court to the International Court of Justice; and the nation which made the application in question shall have the same right of appeal, on its own behalf or on behalf of the public or private organization or individual for whom it made the application. The public or private organization or the individual on whose behalf the application was made shall have the right to appeal from a decision of the regional court to the International Court of Justice to the extent permitted by the laws enacted by the General Assembly pursuant to Part D of Annex III, except when the nation which has applied for the license on behalf of such public or private organization or individual has itself undertaken an appeal on behalf of such organization or individual. In case of any such appeal to the International Court of Justice, the decision of that Court shall be final.

Article 17

1. The United Nations Inspection Service shall verify the compliance by every nation with the prohibitions contained in Article 14 of this Annex, the accuracy and completeness of the information required to be furnished by every nation under Article 15 of this Annex and the observance by every nation of the licensing requirements of Article 16 of this Annex. This verification shall be accomplished by Inspectors of the Inspection Service acting with the authority and subject to the limitations provided for in Articles 18 to 24 of this Annex.

2. The Inspector-General shall submit monthly reports to the Inspection Commission as to the progress of the verifications, and such special reports as the Inspector-General or the Inspection Commission may deem necessary. If the Inspector-General reports that any nation has violated the provisions of Article 14 of this Annex, or that any nation has failed to furnish complete and accurate information pursuant to Article 15 of this Annex, or that any nation is not observing the licensing requirements of Article 16 of this Annex, or that any nation has placed any obstacle in the way of verification by the Inspection Service, the Commission shall consider what measures shall be taken. If the Commission determines that any such violation, failure, nonobservance or obstacle is serious, it shall immediately present a special report on the subject to the Executive Council.

In addition to such special reports, if any, the Inspection Commission shall make an annual report to the Executive Council as to the results of the veri-

473

fications, which report shall include the opinion of the Commission as to whether the over-all results have been reasonably satisfactory and such proposals for the enactment of new regulations or other action as the Commission deems desirable in the light of its experience.

3. The Executive Council shall forthwith consider all reports of the Inspection Commission; and if the Commission has determined that there has been a serious violation of the prohibitions contained in Article 14 of this Annex, or a serious failure to furnish information pursuant to Article 15 of this Annex, or a serious nonobservance of the licensing requirements of Article 16 of this Annex, or that any nation has placed any serious obstacle in the way of verification by the Inspection Service, the Council shall consider what measures shall be taken. If the Executive Council accepts the conclusion of the Inspection Commission that any such violation, deficiency, nonobservance or obstacle is serious, the Council shall take such interim action as it is authorized to take pursuant to Article 32 of this Annex and shall immediately present a special report on the subject to the General Assembly for possible action by it under that Article.

In addition to such special reports, if any, the Executive Council shall make an annual report to the General Assembly, which report shall include the conclusions of the Council as to the observance of the provisions of this Annex with respect to complete disarmament and as to the adequacy of the verification thereof.

4. If the Executive Council has presented a special report to the General Assembly informing it that there has been a serious violation of the prohibitions contained in Article 14 of this Annex, or a serious failure to furnish information pursuant to Article 15 of this Annex, or a serious nonobservance of the licensing requirements of Article 16 of this Annex, or that any nation has placed a serious obstacle in the way of verification by the Inspection Service, the Assembly shall deal with the matter as soon as possible and shall have authority to take such action under Article 32 of this Annex as it may deem necessary. If the General Assembly is not then in session, a special session thereof shall be convoked immediately.

The annual reports of the Executive Council shall be considered by the General Assembly at its regular annual sessions, and the Assembly may on the basis thereof issue such directions to the Council, and through it to the Inspection Commission, as the Assembly deems necessary.

CHAPTER IV

THE INSPECTION PROCESS—
AUTHORITY AND LIMITATIONS

Article 18

1. With the authority and subject to the limitations provided for in this Chapter, the United Nations Inspection Service shall have direct responsibility for and direct supervision over the fulfillment by all the nations and all individuals of their obligations under this Annex with respect to all phases of disarmament, including the arms census, the arms truce, the successive annual reductions during the actual disarmament stage and the subsequent maintenance of complete disarmament.

2. Upon the recommendation of the Executive Council or upon its own initiative, the General Assembly shall adopt such laws and regulations as it may deem necessary to ensure the efficacy of the United Nations inspection system and at the same time to protect nations and individuals against any abuses. Such laws and regulations shall embody the principles stated in the following Articles of this Chapter.

3. The General Assembly shall enact such laws as it may deem necessary to punish violations by members of the Inspection Service of the laws and regulations which have been adopted under paragraph 2 of this Article.

Article 19

1. The Inspectors of the United Nations Inspection Service shall have complete freedom of entry into, movement within and egress from the territory of every nation. They shall have the right to use all communication and transportation facilities available within each nation to the extent necessary for the effective exercise of their functions. Their United Nations *laissez-passer* shall be accepted as valid travel documents by the authorities of all nations, and such authorities shall issue long-term visas to them without charge.

2. If a nation because of some special circumstances objects to the presence in its territory of a particular Inspector, the Inspector-General, if he finds the complaint justified, shall recall such Inspector from that territory as soon as possible. If the Inspector-General finds the complaint unjustified, the objecting nation may appeal to the Inspection Commission, which shall decide whether the Inspector shall be recalled.

3. In conducting inspections, the Inspectors shall have due regard for all rights of personal privacy and private property, taking into consideration the laws and customs of the respective nations to the fullest extent consistent with the effective discharge of their duties.

4. Neither the United Nations nor its Inspectors nor other personnel shall

use or disclose any confidential or private information which is acquired in the course of inspection and which is unrelated to the accomplishment and maintenance of disarmament.

5. The United Nations shall be liable to pay just compensation for any damage unnecessarily caused by its Inspectors or other personnel of the Inspection Service in the exercise of their functions. The conditions of such liability and the procedures for fixing the amount of such damages shall be determined by the General Assembly.

Article 20

1. During the preparatory stage and the actual disarmament stage and until the establishment of the licensing system provided for in Article 16 of this Annex, all installations, plants, laboratories and other facilities and places of every description which have been reported in the arms census provided for in Article 5 of this Annex, shall be completely open to inspection by United Nations Inspectors who shall be entitled to enter them without hindrance at any time upon presentation of their credentials, in order to verify the accuracy and completeness of the information furnished by the respective nations pursuant to Article 5 of this Annex, the observance of the arms truce inaugurated under Article 6 of this Annex and the execution of the plan for complete disarmament pursuant to Articles 10 to 12 of this Annex.

2. After the establishment of the licensing system provided for by Article 16 of this Annex, all facilities, establishments and places in which activities licensed under that Article are conducted, shall be completely open to inspection by United Nations Inspectors who shall be entitled to enter them without hindrance at any time upon presentation of their credentials, in order to ascertain whether the state of complete disarmament provided for in Chapter III of this Annex is being fully maintained.

3. In addition, periodic inspections of the following shall, subject to the limitations provided in Article 21 of this Annex, be conducted by United Nations Inspectors:

a. Of all ships and airplanes capable of adaptation to military use in order to make sure that they do not contain any feature which would facilitate their adaptation to military purposes.

b. Of all shipyards and airplane plants in order to make sure that they do not construct any ship or airplane containing any feature which would facilitate the adaptation of such ship or airplane to military purposes.

c. Of all heavy industry plants (including all plants of the tool-manufacturing industry) which are capable of easy adaptation to the production of armaments of any description or of tools for such production, in order to make sure that they have not been actually adapted to such production.

d. Of all areas containing substantial deposits of raw materials which might enter into the production of special nuclear materials.

The Executive Council shall determine from time to time how often such periodic inspections are to be conducted. Within the limits thus determined, the United Nations Inspection Service may conduct the periodic inspections at any time of its own choosing.

4. The United Nations Inspectors shall have authority:

a. To examine central and local, governmental and private records relating to any licensed activity or any facility, establishment or area which is subject to periodic United Nations inspection, including records relating to personnel, financing, consumption of raw materials and of heat and electricity, and distribution of finished products.

b. To check the consistency of these records with the situation on the spot.

c. To question the managers and employees of any facility or establishment subject to inspection concerning any matter relevant to compliance with this Annex.

5. No nation shall penalize directly or indirectly any person or public or private organization supplying information to the United Nations with respect to any violation of this Annex.

Article 21

1. Before each periodic inspection under Article 20 of this Annex, the United Nations Inspection Service shall give notice to the nation concerned, and that nation may, if it so desires, or shall, if requested by the Inspection Service, send a liaison representative (or several of them, if agreed to or requested by the Inspection Service) to accompany and assist the Inspectors. The liaison representatives shall see to it that the Inspectors receive the cooperation of national officials and other persons concerned, and that they be granted such freedom of movement and access as is necessary for the proper supervision of the execution of this Annex or of the regulations enacted thereunder by the General Assembly. In no case shall the liaison representatives delay or restrict, or permit other nationals to delay or restrict, the Inspectors in the prompt, safe and efficient performance of their functions; but if a liaison representative considers that an act about to be performed by an Inspector is not authorized by this Annex or the laws or regulations enacted thereunder, he may call the matter to the attention of his government which may request the United Nations regional court within the jurisdiction of which is included the place where the act complained of is to be performed to issue an injunction.

2. Periodic inspections shall ordinarily be conducted only after reasonable notice. But in exceptional circumstances, where the purpose of the inspection might be defeated through removal or concealment or otherwise if advance notice were given, the United Nations Inspection Service may conduct the inspection without notice, provided that it has first obtained a special authorization from the United Nations regional court within the jurisdiction of which is included the place where the inspection is to be conducted. Such an authorization may require the Inspection Service to invite a liaison representative of the nation concerned to accompany the Inspectors.

3. Inspection of places, facilities or records other than those specifically made subject to inspection by this Chapter may be conducted with the written approval of a duly authorized national official in the case of publicly owned or controlled places and facilities, or, in the case of privately owned places and facilities, with the consent of the management thereof or, if

such consent be withheld, with the written approval of a duly authorized national official. The requirements of paragraph 1 of this Article with respect to notice and liaison representatives shall apply also to inspection under this paragraph. In exceptional circumstances, however, a special authorization may be obtained by the United Nations Inspection Service from the United Nations regional court within the jurisdiction of which is included the place where the inspection is to be conducted to conduct such an inspection without approval or consent or notice to anyone. Such an authorization may require the Inspection Service to invite a liaison representative of the nation concerned to accompany the Inspectors.

4. Special authorizations for the exceptional inspections provided for in paragraphs 2 and 3 of this Article shall be issued by a United Nations regional court only when the United Nations Inspection Service shows to the court reasonable cause to believe or suspect that there exists within the areas or premises sought to be entered and inspected:

a. any activity which should have been reported by a nation in its reply to the arms-census questionnaire provided for by Article 5 of this Annex, but which has not been so reported;

b. any activity prohibited by this Annex;

c. any material the possession of which by nations or persons is prohibited under this Annex;

d. any activity requiring a license under this Annex, but with respect to which no license has been obtained;

e. any material the possession of which is required to be licensed under this Annex, but with respect to which no license has been obtained;

f. any evidence that a violation of this Annex or of any law or regulation adopted thereunder has occurred, is occurring or is threatened.

5. The special authorization shall describe, so far as practicable, the area or premises authorized to be entered and inspected, and shall specify the manner in which the inspection shall be conducted. It may authorize the United Nations Inspectors to take temporary custody of property which they believe to be possessed by any nation or person in violation of this Annex or of any law or regulation adopted thereunder.

Article 22

1. The United Nations Inspection Service shall be entitled to conduct periodic aerial surveys to supplement other methods of inspection. Such periodic surveys shall be conducted in accordance with general regulations to be adopted by the General Assembly, after receiving a report on the subject from the Inspection Commission and the recommendations of the Executive Council as to such report. The Council shall determine from time to time how often such periodic surveys are to be conducted, provided that no more than three periodic surveys of any particular part of the territory of any nation shall be conducted in any year. Within the limits thus determined, the Inspection Service may conduct the periodic surveys at any time of its own choosing. Any nation concerned shall receive adequate notice of every

periodic aerial survey, and shall have the right to send one observer on each survey flight.

2. In exceptional circumstances when the Inspection Service deems an aerial survey advisable in addition to the periodic surveys permitted under paragraph 1 of this Article, or believes that the purpose of a survey would be defeated if advance notice were given, the Inspection Service may conduct a survey without notice provided that it has first obtained a special authorization from the United Nations regional court within the jurisdiction of which is located the area to be surveyed. Such authorization shall, however, be granted only upon a showing to the court that there is reasonable cause to believe or suspect that there exists within the area to be surveyed an activity prohibited by this Annex or by any law or regulation adopted thereunder.

3. Copies of photographs taken during any aerial survey shall be furnished to the nation concerned upon its request. No such photographs may be made available to any other nation or published without the consent of the nation concerned, except that in so far as they may constitute evidence of a violation of this Annex or of any law or regulation adopted thereunder, they may be used as such evidence.

Article 23

1. The General Assembly may, after receiving proposals on the subject from the Inspection Commission and the recommendations of the Executive Council as to such proposals, prescribe that, in addition to the general information supplied by all the nations pursuant to the provisions of this Annex, any public or private organization or individual licensed under Article 16 of this Annex shall supply to the Inspector-General, pursuant to a questionnaire furnished by him, such special information as may in the opinion of the Inspector-General facilitate the conduct of inspections.

2. The General Assembly may, after receiving proposals on the subject from the Inspection Commission and the recommendations of the Executive Council as to such proposals, prescribe that any public or private organization or individual licensed under Article 16 of this Annex shall adopt such special accounting procedures approved by the Inspector-General as may in the opinion of the Inspector-General facilitate the conduct of inspections.

3. The General Assembly may, after receiving proposals on the subject from the Inspection Commission and from the United Nations Nuclear Energy Commission, to be established under Chapter V of this Annex, and the recommendations of the Executive Council as to such proposals, adopt general regulations prescribing that United Nations Inspectors or special United Nations guards shall be stationed in any category of facilities or establishments reported under Article 5 of this Annex or licensed under Article 16 of this Annex, whenever the Assembly shall find that with respect to that category of facilities or establishments there is: special danger of any prohibited production of arms, weapons, ammunition, explosives or military equipment; or special danger of diversion of special nuclear materials or of materials which might enter into the production of such materials. Any such regulations

shall apply without discrimination to all facilities within a particular category wherever situated.

4. The General Assembly may, after receiving proposals on the subject from the Inspection Commission and from the Nuclear Energy Commission and the recommendations of the Executive Council as to such proposals, enact regulations prescribing that with respect to certain categories of facilities or establishments required to be licensed under Article 16 of this Annex no license shall be granted, unless the nation or public or private organization or individual applying for such license shall enter into an agreement with the Inspection Service or the Nuclear Energy Authority, or both, authorizing them to appoint properly qualified persons to take part in the management and operation of the facility or establishment in question. These regulations shall determine: the number and qualifications of the persons to be appointed under such agreements, it being understood that their number and qualifications may differ for various categories of facilities; the relations between the persons appointed by the United Nations and the management of the facility or establishment; the extent to which the persons thus appointed shall be subject to local regulations; the duties of such persons toward the United Nations; the compensation to be paid them by the United Nations and the method to be adopted for calculating the amount to be paid to the United Nations for their services by the facilities or establishments in which they are stationed. Any such regulations shall apply without discrimination to all facilities within a particular category wherever situated.

5. The General Assembly may, after receiving proposals on the subject from the Inspection Commission and from the Nuclear Energy Commission and the recommendations of the Executive Council as to such proposals, prescribe such special safeguards as it may deem necessary for:

a. The extracting or processing of raw materials which contain, besides other raw materials, any substantial amount of raw materials which might enter into the production of special nuclear materials.

b. The production, storage, transfer, transportation, import or export: of the light arms, ammunition and equipment, the production of which is permitted under Articles 8 and 14 of this Annex; of any raw materials which might enter into the production of special nuclear materials; of any special nuclear materials; and of any materials made artificially radioactive.

c. The production, storage, transfer, transportation, import or export of special equipment and materials (such as ball bearings, gyroscopes, mass spectrometers, diffusion barriers, gas centrifuges, electromagnetic isotope separation units, graphite, heavy water, beryllium, lithium and cobalt) which might be employed in the making of armaments of any description or in making special nuclear materials or nuclear weapons.

d. The operation of facilities having features of size and design or construction or operation which, in combination with their location or production or consumption of heat or electricity, make them peculiarly adaptable by conversion for the processing of special nuclear materials, or for the production of radioactive materials in substantial quantities.

6. The General Assembly shall, after receiving proposals on the subject

from the Inspection Commission and from the Nuclear Energy Commission and the recommendations of the Executive Council as to such proposals, define any terms used in this Annex which in the judgment of the Assembly require definition. In particular, it shall determine from time to time:

a. What weapons shall be considered as "nuclear, biological, chemical and other weapons of mass destruction"; what materials shall be considered as "special nuclear materials" or as "raw materials which might enter into the production of special nuclear materials"; and what facilities shall be considered as facilities "engaged in the production of arms, weapons, ammunition, explosives, or military equipment of any kind, or of tools for such production", or "facilities engaged in the mining or processing of raw materials which might enter into the production of special nuclear materials", or as "facilities using any such materials for research, industrial, commercial or other nonmilitary purposes".

b. What amounts of light arms, ammunition and equipment, or of radioactive materials, shall be considered as "substantial" quantities thereof.

c. What categories of ships or airplanes shall be considered as "containing any feature which would facilitate the adaptation of such ship or airplane to military purposes".

d. What categories of heavy industry shall be considered as "capable of easy adaptation to the production of armaments".

e. What plants shall be considered as plants "capable of easy adaptation to the production of chemical or biological weapons".

Article 24

Appropriate measures pursuant to Article 32 of this Annex shall be taken if a nation shall try to prevent the conduct of an inspection or aerial survey especially authorized by a United Nations regional court or shall in any other manner place any serious obstacle in the way of the United Nations Inspectors.

CHAPTER V

UNITED NATIONS NUCLEAR
ENERGY AUTHORITY

Article 25

1. There shall be a United Nations Nuclear Energy Authority which shall be under the general direction and control of a United Nations Nuclear Energy Commission.

2. The Nuclear Energy Commission shall consist of five persons, none of whom shall be a national of any of the nations then having sixteen or more Representatives in the General Assembly; nor a national of any nation which has one of its nationals on the Inspection Commission; and no two of whom shall be nationals of the same nation. The members of the Nuclear Energy Commission shall be appointed by the Executive Council, subject to confirmation by the Assembly. The first members of the Nuclear Energy Commission shall be appointed by the first Executive Council within two months after the election of the Council by the General Assembly pursuant to Article 110 of this revised Charter. The terms of office of the first members of the Commission shall begin on the same date and shall expire, as designated by the Council at the time of their appointment, one at the end of one year, one at the end of two years, one at the end of three years, one at the end of four years and one at the end of five years from that date; later appointments shall be made for terms of five years. The Executive Council shall have general supervision over the Nuclear Energy Commission and may from time to time issue such instructions to it as the Council deems necessary. The Executive Council shall also have authority to remove any member of the Nuclear Energy Commission whenever the Council deems it necessary.

The General Assembly, through its Standing Committee on the Peace Enforcement Agencies provided for in Article 22 of this revised Charter, shall watch over the carrying out by the Nuclear Energy Commission and the Executive Council of their responsibilities under this Chapter and other provisions of this Annex. The Standing Committee shall be entitled to obtain from the Commission and the Council all relevant information and shall make such investigations as it may deem necessary or as the Assembly may request it to make. If in the judgment of the Standing Committee a situation exists which requires the convoking of a special session of the Assembly, it shall be entitled in accordance with Article 20 of this revised Charter to request the Secretary-General to convoke such special session.

3. A General Manager shall be the administrative head of the staff of the Nuclear Energy Authority, subject to the direction and control of

the Nuclear Energy Commission. The General Manager shall not be a member of the Nuclear Energy Commission, nor a national of any nation which at the time of his appointment has one of its nationals on the Nuclear Energy Commission, nor a national of the nation whose national is then serving as the Inspector-General of the United Nations Inspection Service, nor a national of any of the nations then having sixteen or more Representatives in the General Assembly. The General Manager shall be appointed by the Nuclear Energy Commission for a term of six years, subject to confirmation by the Executive Council. The first General Manager shall be appointed by the first Nuclear Energy Commission, subject to confirmation by the Executive Council, within two months after the appointment of the first Nuclear Energy Commission. The Nuclear Energy Commission shall have authority to remove the General Manager whenever the Commission deems it necessary.

4. The staff of the Nuclear Energy Authority shall be appointed by the General Manager, subject to regulations concerning qualifications, tenure, compensation and other conditions of service to be adopted by the General Assembly after receiving proposals therefor from the Nuclear Energy Commission and the recommendations of the Executive Council as to such proposals. Such regulations shall include provisions for the following:

a. That all members of the staff of the Nuclear Energy Authority shall be selected on the basis of their competence, integrity and devotion to the purposes of the United Nations.

b. That they shall make a solemn declaration that they will perform their functions impartially and conscientiously.

c. That they shall not seek or receive instructions from any government or other authority external to the United Nations.

d. That they shall refrain from any conduct which might reflect on their position as international officials.

e. That they shall receive fully adequate pay and allowances, together with fully adequate retirement pensions after loyal and reasonably long service, all such compensation and pensions to be free from all taxation.

f. That they shall be recruited on as wide a geographical basis as possible.

g. That with respect to those members of the staff who are to perform duties requiring high scientific and technical qualifications, the number of nationals of any nation shall be limited to not more than four per cent of the total number of such scientific and technical members of the staff.

Article 26

1. The United Nations Nuclear Energy Authority shall have the following functions and powers in order to promote the use of nuclear energy for peaceful purposes and to assist in the prevention of the use of nuclear energy by any nation for military purposes:

a. To acquire for a just compensation and take into its custody all special nuclear materials in the world which, in its judgment, are not needed for immediate use for research, industrial, commercial or other nonmilitary purposes.

b. To supervise the production of special nuclear materials and the distribution of facilities for such production, and also the distribution of special nuclear materials themselves, all to the extent necessary to prevent a dangerous concentration of such facilities and materials in any country or region.

c. To establish its own research laboratories and facilities for the utilization of nuclear energy for scientific, industrial, commercial and other nonmilitary purposes, and to assist nations, public or private organizations or individuals in the establishment of adequate research laboratories and facilities for the utilization of nuclear energy for such purposes.

d. To assume the responsibilities of the International Atomic Energy Agency and for that purpose to acquire such of the assets and employ such of the personnel of the Agency as the General Assembly may authorize.

e. To cooperate with the United Nations Inspection Service in the supervision of licensed facilities and establishments, in accordance with the provisions of Article 23 of this Annex.

f. To conduct, or arrange for the conduct of, surveys and explorations to discover new sources of any raw materials which might enter into the production of special nuclear materials.

2. During the actual disarmament stage provided for in Articles 9 to 12 of this Annex, every nation in the world shall annually reduce all stocks of special nuclear materials situated in its territory which are not in actual use for research, industrial, commercial or other nonmilitary purposes by ten per cent (or if the actual disarmament stage is shortened pursuant to paragraph 2 of Article 10 of this Annex, by such larger annual percentage as is appropriate to the shortened period); and all such reductions shall be distributed proportionately as between the principal types of these materials. All the materials which any nation is required to discard in order to make such reductions shall be transferred to the Nuclear Energy Authority, subject to compensation therefor as provided in Article 28 of this Annex. The Authority may, however, authorize the transfer of these materials to a laboratory or facility duly licensed under Article 16 of this Annex; and during the actual disarmament stage it may authorize a temporary transfer of these materials to a laboratory or facility duly reported under Article 5 of this Annex if proper safeguards have been established to ensure that these materials will be used only for research, industrial, commercial or other nonmilitary purposes.

3. The General Assembly shall, after receiving proposals on the subject from the Nuclear Energy Commission and the recommendations of the Executive Council as to such proposals, establish maximum annual quotas for the total world production, and for the production within each nation, of raw materials which might enter into the production of special nuclear materials, of special nuclear materials themselves and of radioactive materials. The first of such maximum annual quotas shall be established by the Assembly at least two months before the beginning of the ninth month of the preparatory stage provided for in Articles 2 to 8 of this Annex and shall take effect on the first day of that month; and in each year thereafter the Assembly shall establish the quotas for the ensuing year at least two months

prior to the beginning of such ensuing year. Such quotas shall not exceed by more than ten per cent the estimated annual needs for each category of these materials for use in research, industrial, commercial and other non-military activities. The Nuclear Energy Commission shall assign maximum annual quotas for the production of raw materials which might enter into the production of special nuclear materials as between the principal areas containing significant deposits of such raw materials, subject to the principle that comparable known deposits throughout the world shall be depleted proportionately to the end that so far as possible no nation's known deposits shall be drawn upon to a greater extent than the known deposits of any other nation, and pursuant to such other standards as may be established by the General Assembly. The Nuclear Energy Commission shall also assign maximum annual quotas for the production of special nuclear materials and radioactive materials to each facility duly licensed to produce such materials.

4. All special nuclear materials and all radioactive materials which are produced under paragraph 3 of this Article and are not needed for immediate use for research, industrial, commercial or other nonmilitary purposes, shall be transferred to the Nuclear Energy Authority, subject to compensation therefor as provided in Article 28 of this Annex and in accordance with regulations to be adopted by the General Assembly after receiving proposals on the subject from the Nuclear Energy Commission and the recommendations of the Executive Council as to such proposals.

5. The special nuclear materials and radioactive materials acquired by the Nuclear Energy Authority under paragraphs 2 and 4 of this Article either shall be kept by it in safe storage, or used by it in its own laboratories or facilities, or transferred to laboratories or facilities licensed for the use of such materials for research, industrial, commercial or other nonmilitary purposes, subject to such conditions as the General Assembly may from time to time prescribe in general regulations.

6. The Nuclear Energy Authority shall arrange for such a geographical distribution of the stocks of materials acquired under paragraphs 2 and 4 of this Article as will minimize the risk that any nation or group of nations might achieve a military advantage by the seizure of stocks situated within a particular territory or region; and, to this end, such arrangements shall provide that not less than five per cent or more than ten per cent of the total United Nations stock of these materials shall be situated in any one of the regions provided for in paragraph 9 of this Article.

7. In order to ensure a wide distribution of facilities for the production of special nuclear materials and radioactive materials, the Nuclear Energy Authority either shall itself build and, with the consent of the nation concerned, operate facilities for the production of these materials in the territories of nations which do not possess sufficient facilities of this sort, or shall assist those nations in the building and operation of such facilities. The Nuclear Energy Authority shall aim at such a distribution of these facilities as will minimize the risk that any nation or group of nations might achieve a military advantage by utilizing the output of facilities situated in a particular territory or region for the production of nuclear weapons. After a period of

485

adjustment to be determined by the General Assembly but which in no case shall exceed ten years after the end of the actual disarmament stage, all facilities for the production of special nuclear materials and radioactive materials shall be distributed among the various regions of the world provided for in paragraph 9 of this Article in accordance with the principle that not less than five per cent or more than ten per cent of the total productive capacity of all such facilities shall be concentrated in any one of such regions.

8. The Nuclear Energy Authority shall also promote the utilization of nuclear energy for scientific, industrial, commercial and other nonmilitary purposes, and for that purpose the Authority either shall itself build and operate the necessary laboratories and experimental facilities, or shall assist nations, or public or private organizations or individuals in the building and operation of such laboratories or experimental facilities. In addition, in order to ensure a wide distribution of facilities making use of nuclear energy for scientific, industrial, commercial and other nonmilitary purposes, the Authority either shall itself build and operate such facilities in such of the regions provided for in paragraph 9 of this Article as do not possess sufficient facilities of this sort, or shall assist in the building and operation of such facilities in those regions; but in no case shall such facilities be built or operated by the Authority in the territory of any nation without that nation's consent, and in no case shall such facilities be operated by the Authority for more than ten years after their completion. The Nuclear Energy Authority shall aim at such a distribution of all these laboratories and facilities as will minimize the risk that any nation or group of nations might achieve a military advantage by seizing the special nuclear materials or radioactive materials which are contained in any such laboratories or facilities. After a period of adjustment to be determined by the General Assembly but which in no case shall exceed ten years after the end of the actual disarmament stage, all laboratories and facilities utilizing nuclear energy for peaceful purposes shall be distributed among the various regions of the world provided for in paragraph 9 of this Article in accordance with the principle that not less than five per cent or more than ten per cent of the total amount of the materials available in the world for such purposes shall be contained in laboratories or facilities situated in any one of such regions.

9. The General Assembly shall during the first three months of the first year of the actual disarmament stage make an initial delineation of not less than eleven or more than twenty regions of the world for the purposes of paragraphs 6, 7 and 8 of this Article, thereby assigning each nation to a particular region. This initial delineation shall be revised by the Assembly during the first year following the completion of the first world census provided for in Article 9 of this revised Charter, and in the first year following the completion of each subsequent world census. In making these delineations, the Assembly shall observe the principles that no nation shall be divided between two or more regions, that every nation which is entitled to thirty Representatives in the Assembly shall constitute a separate region and that no region shall have a population of less than 150 million.

10. The Nuclear Energy Authority shall adopt appropriate measures to assure the internal and external security of its facilities, laboratories and stockpiles, and shall employ for that purpose either its own guards or units of the United Nations Peace Force assigned to it, or both. The Authority shall institute and maintain the most rigorous accounting procedures and an effective system of continuous supervision in order to prevent any diversion of materials acquired by it or produced or utilized in its facilities.

11. The Nuclear Energy Authority shall make all necessary arrangements with the Inspection Service to assign properly qualified members of the staff of the Authority to take part in the management and operation of facilities and establishments with respect to which agreements for such participation have been concluded pursuant to paragraph 4 of Article 23 of this Annex.

12. The Nuclear Energy Authority shall make all necessary arrangements to discover new sources of any raw materials which might enter into the production of special nuclear materials, and for that purpose either shall itself conduct surveys and explorations, or arrange with any nation, public or private organization or individual for the conduct of such surveys and explorations. The General Assembly shall, after receiving proposals on the subject from the Nuclear Energy Commission and the recommendations of the Executive Council as to such proposals, adopt regulations for the conduct of such surveys and explorations. The Assembly shall also establish procedures for dealing with possible complaints by any nation alleging abuse by the Nuclear Energy Authority of its power to conduct these surveys and explorations.

13. Appropriate measures pursuant to Article 32 of this Annex shall be taken if a nation shall to any serious extent fail to conform to the provisions as to quotas contained in this Article.

Article 27

1. The United Nations Nuclear Energy Authority shall have the following functions and powers in respect of nuclear weapons:

a. To conduct research and experiments and development work in the military application of nuclear energy.

b. To have custody of such stocks of nuclear weapons as, pursuant to decisions of the General Assembly, are set aside during the actual disarmament stage for the possible use of the United Nations Peace Force.

c. To produce, to the extent authorized by the General Assembly, new nuclear weapons for the possible use of the Peace Force.

d. To make available to the Peace Force such nuclear weapons as the General Assembly may authorize in the circumstances and under the conditions set forth in Article 4 of Annex II.

2. Upon the recommendation of the Executive Council or upon its own initiative, the General Assembly shall:

a. Adopt regulations governing the conduct by the Nuclear Energy Authority of research and experiments and of development work in the military application of nuclear energy.

b. Decide what portion of the stocks of nuclear weapons which are discarded by the nations during the actual disarmament stage pursuant to Article 11 of this Annex shall be placed in the custody of the Nuclear Energy Authority for the possible use of the United Nations Peace Force pursuant to Article 4 of Annex II.

c. Decide whether and to what extent the Nuclear Energy Authority shall engage in the production of new nuclear weapons for the possible use of the Peace Force.

3. The transfer of nuclear weapons to the Nuclear Energy Authority shall be subject to the payment of compensation as provided in Article 28 of this Annex.

CHAPTER VI

FINANCIAL PROVISIONS

Article 28

1. The expenses of the United Nations Inspection Service and of the United Nations Nuclear Energy Authority shall be borne by the United Nations.

2. The General Assembly shall determine the salaries and allowances of the members of the Inspection Commission, the Inspector-General, the members of the Nuclear Energy Commission and of the General Manager of the Nuclear Energy Authority. The Assembly shall also, after receiving a report on the subject from the Inspection Commission, determine the salary scales of the staff of the Inspection Service, and shall, after receiving a report on the subject from the Nuclear Energy Commission, determine the salary scales of the staff of the Nuclear Energy Authority.

3. The annual budget of the Inspection Service shall be prepared by the Inspector-General, subject to the approval of the Inspection Commission. The annual budget of the Nuclear Energy Authority shall be prepared by the General Manager of the Authority, subject to the approval of the Nuclear Energy Commission. Both budgets shall be submitted to the General Assembly for action pursuant to the procedure provided for in Annex V.

4. The United Nations shall promptly pay just compensation for all arms, weapons, ammunition and equipment, and for all machines, appliances and tools for the production of military material, which are transferred to the United Nations under Article 11 of this Annex, and for all special nuclear materials and weapons which are transferred to the United Nations under Articles 11, 26 and 27 of this Annex; and the United Nations shall pay equitable rent for the laboratories, facilities and other properties used by the Inspection Service and the Nuclear Energy Authority. The compensation or rent to be paid under the previous sentence during the actual disarmament stage may be paid out of funds borrowed by the United Nations for that purpose as well as out of current funds of the United Nations; but the compensation or rent to be paid after the end of the actual disarmament stage shall be paid entirely out of current funds of the United Nations.

5. In case of a dispute as to whether the compensation paid or offered by the United Nations is just, or whether the rent paid or offered by the United Nations is equitable, the private owner of the property in question, or the nation which owns such property or within which such property is situated acting on its own behalf or on behalf of the private owner of such property as the case may be, may submit the dispute for decision to the United Nations regional court within the jurisdiction of which such property is situated. If

either the United Nations or the private owner of the property in question or the nation which owns such property or in the territory of which such property is situated is dissatisfied with the decision of the regional court, any of them shall have the right to appeal to the International Court of Justice; except that in the case of a private owner, such right shall be subject to any legislation which may be enacted by the General Assembly pursuant to Part D of Annex III. In the case of such an appeal to the International Court of Justice, the decision of that Court shall be final.

CHAPTER VII

ENFORCEMENT MEASURES AGAINST INDIVIDUALS, ORGANIZATIONS AND NATIONS

Article 29

The General Assembly shall, pursuant to Article 11 of this revised Charter, enact laws defining what violations of this Annex or of any law or regulation enacted thereunder, either by individuals or by private organizations, shall be deemed to be offenses against the United Nations; and shall also enact laws prescribing the penalties for such offenses and providing for the apprehension of individuals accused of serious offenses, for the trial of accused individuals or organizations and for the enforcement of penalties.

Article 30

1. If the Inspector-General determines that a particular violation of this Annex or of any law or regulation enacted thereunder is of a character that can be adequately dealt with by action against an individual or private organization, and considers that such violation is due only to error, negligence or other cause which makes prosecution of the violation unnecessary, he shall call on the individual or organization concerned to remedy the violation within a fixed period; and if the violation is duly remedied, no further action shall be taken.

2. If, however, the violation is not promptly remedied, or if the Inspector-General determines that the particular violation ought to be prosecuted, he shall notify the Attorney-General of the United Nations, appointed under Part D of Annex III. The Attorney-General shall arrange for the institution of appropriate proceedings in accordance with the laws enacted pursuant to Article 29 of this Annex and Article 11 of the revised Charter, for the apprehension when necessary of the alleged violator, and for such provisional measures as may be required to prevent the continuance of any alleged violation.

Article 31

1. The Inspector-General shall have authority to suspend or revoke any license issued by him to any nation or public or private organization or individual pursuant to Article 16 of this Annex, if he finds that the licensee has violated the terms of the license or any provision of this Annex or of any law or regulation enacted thereunder.

2. In case of the suspension or revocation of a license by the Inspector-General, the licensee, whether such licensee is a nation, a public or private organization or an individual, shall have the right to appeal to the Inspection

491

Commission, and the right to appeal from a decision of the Commission to the United Nations regional court within the jurisdiction of which is included the territory of the nation to which or through which the license in question was issued. The Inspector-General shall have the right to appeal from a decision of the regional court to the International Court of Justice; and any nation which is itself a licensee or through which a license has been issued, shall have the same right of appeal on its own behalf or on behalf of the licensee for whom it obtained the license. An individual licensee or a licensee which is a public or private organization shall also have a right to appeal from a decision of the regional court to the International Court of Justice to the extent permitted by the laws enacted by the General Assembly pursuant to Part D of Annex III, except when the nation which obtained the license for such individual or public or private organization has itself undertaken an appeal on behalf of such licensee. In the case of any such appeal to the International Court of Justice, the decision of that Court shall be final.

Article 32

1. If the Inspector-General determines that a particular violation of this Annex or of any law or regulation enacted thereunder is of a character that cannot be adequately dealt with by action against an individual or private organization, but is a violation by a nation itself or by a public agency or organization for which the government of a nation is directly or indirectly responsible, the procedure provided for in this Article shall be followed.

2. If the Inspector-General considers that such a violation is due only to negligence, error or improper action of subordinate authorities or officials and does not constitute a deliberate act of the government of the nation concerned, he shall call on that government to remedy the violation within a fixed period; and if the violation is duly remedied, no further action shall be taken.

3. If, however, a violation of the minor kind mentioned in paragraph 2 is not promptly remedied, or if there is a too frequent repetition of such minor violations, or if several such violations occur simultaneously, or if the Inspector-General considers that a particular violation is serious, or that there is an imminent threat of a serious violation, he shall immediately notify the Inspection Commission.

4. If a nation considers that any provision of this Annex or of any law or regulation enacted thereunder has been violated by another nation, or that any such violation is threatened, it may make a complaint to the Inspection Commission.

5. Any nation whose compliance with this Annex or with any law or regulation enacted thereunder may have been subjected to public criticism, shall be entitled to present to the Inspection Commission a request for an investigation.

6. When the Inspection Commission receives a notification, complaint or request pursuant to paragraphs 3, 4 or 5 of this Article, it shall invite the nation whose compliance with this Annex or with any law or regulation enacted thereunder has been questioned to supply the Commission with all information and explanations which may be useful. The Commission shall also invite any complaining nation, any other interested nation and any

organization or individual deemed likely to have useful information to supply such information to the Commission; and no nation shall penalize directly or indirectly any nation, organization or individual supplying information to the Commission upon such request. The Inspection Commission may also order a special investigation on the spot under the supervision of one or more of its members; and the Commission shall order such investigation if requested by the nation whose compliance has been questioned. The limitations on the inspection process provided for in Articles 18 to 23 of this Annex shall not apply to a special investigation conducted under this paragraph.

7. The Inspection Commission shall prepare as soon as possible a reasoned report on the result of any such special investigation, taking into account the explanations, if any, supplied by the nation whose compliance has been questioned. If the report does not represent the unanimous opinion of the members of the Commission, any member shall be entitled to present a separate report.

8. All such reports of the Inspection Commission shall be immediately communicated to the Executive Council, to the General Assembly and to all the nations. They shall be made public as soon as possible.

9. No nation shall take, or allow to be taken, any measures restricting the publication within its territory of any such report of the Inspection Commission; nor shall any nation penalize directly or indirectly any individual or organization responsible for such publication.

10. If the Inspection Commission finds that no violation of this Annex or of any law or regulation enacted thereunder has occurred, it shall so state in its report. Any nation which disagrees with such a finding shall have the right to have the Executive Council consider the matter and, if the Council approves the finding, to bring the case to the International Court of Justice for final decision.

11. If, however, the Inspection Commission finds that a violation has occurred, it shall call on the nation concerned to remedy the violation within a fixed period; and if the violation is duly remedied, the Commission shall so state in a special report. Any nation which disagrees with any such special report shall have the right to have the Executive Council consider the matter and, if the Council approves the special report, to bring the case to the International Court of Justice for final decision.

12. If the nation whose compliance has been questioned disagrees with a finding of the Inspection Commission that it has committed a violation, it shall have the right to have the Executive Council consider the matter and, if the Council approves the finding, to bring the case to the International Court of Justice for final decision. Pending the judgment of the Court upon any such appeal, the General Assembly (or the Executive Council in the circumstances defined in paragraph 2 of Article 39 of this revised Charter) may take such action under paragraph 13 of this Article as it may deem necessary to remedy the situation, unless the Court shall make an order enjoining such action during the Court's consideration of the appeal.

13. If a violation is not remedied within the period fixed by the Inspection Commission, the Commission shall immediately notify the Executive Council which shall forthwith submit the situation to the General Assembly if then in

session; and the General Assembly shall take such action under Chapter VII of this revised Charter as it may deem necessary to ensure compliance with this Annex. If the Assembly is not then in session, the Council shall take such interim measures as are authorized by paragraph 2 of Article 39 of this revised Charter, provided that the Council shall simultaneously request the Secretary-General to convoke a special session of the General Assembly; the Assembly shall approve, modify or revoke the interim measures taken by the Council and may direct such further action under Chapter VII of this revised Charter as it deems necessary to ensure compliance with this Annex.

ANNEX II

THE UNITED NATIONS PEACE FORCE

CHAPTER I

BASIC PRINCIPLES

Article 1

1. In order to make available to the United Nations effective means for the enforcement of universal and complete national disarmament, for the prevention and removal of threats to the peace, for the suppression of acts of aggression or other breaches of the peace, and for ensuring compliance with this revised Charter and the laws and regulations enacted thereunder, an independent United Nations military force shall be established to be called the United Nations Peace Force.

2. In the recruitment and organization of the United Nations Peace Force the objective shall be to constitute and maintain a force composed of individuals with exceptional qualifications, which will command the respect of all the peoples and be fully adequate to the task of safeguarding the peace of the world.

3. The United Nations Peace Force shall in no case be employed to achieve objectives inconsistent with the Purposes and Principles of this revised Charter.

CHAPTER II

ORGANIZATION AND FUNCTIONS

Article 2

1. The United Nations Peace Force shall consist of two components: a full-time, standing force and a reserve force composed of partially trained individual reservists subject to call. The term "United Nations Peace Force" or "Peace Force" shall be deemed to include both components; the term "standing component" shall be deemed to mean the full-time, standing force; and the term "Peace Force Reserve" or "Reserve" shall be deemed to mean the reserve force. The United Nations Peace Force shall be recruited and organized in accordance with the provisions of this Chapter.

2. The General Assembly shall annually determine the strength of the standing component and of the Peace Force Reserve for the next fiscal year, provided that, except in case of extreme emergency declared by the Assembly pursuant to Chapter III of this Annex, the strength of the standing component shall be not less than 200,000 or more than 600,000, and the strength of the Reserve shall be not less than 600,000 or more than 1,200,000.

3. The United Nations Peace Force shall be organized step by step in accordance with the following plan:

a. Before the end of the third month of the preparatory stage provided for in Annex I, the Executive Council shall appoint the first members of the Military Staff Committee, in accordance with and subject to the limitations of Article 47 of this revised Charter.

b. Before the end of the first year of the preparatory stage, the General Assembly shall, after receiving a report on the subject from the Executive Council, and in accordance with the objective set forth in paragraph 2 of Article 1 of this Annex and subject to the other principles and limitations set forth in this Annex, adopt the basic laws necessary to provide for the organization, administration, recruitment, discipline, training, equipment and disposition of both the standing and the reserve components of the Peace Force.

c. During the second year of the preparatory stage, the Military Staff Committee shall make all necessary preparations for the recruitment and training of both components of the Peace Force, and shall organize the administrative staff necessary for that purpose.

d. When the Executive Council has announced the beginning of the period of actual disarmament pursuant to Article 9 of Annex I, the Military Staff Committee shall proceed to the recruitment within the next year following such announcement of: (1) the first ten per cent of the strength of the standing component as then authorized by the General Assembly, and (2) the first ten per cent of the strength of the Peace Force Reserve as then authorized by the Assembly. Thereafter, the standing component and the Reserve shall be increased by ten per cent of their respective authorized strengths during each new annual period for the reduction of national military forces pursuant to Articles 10 and 12 of Annex I. The recruitment of the standing component and of the Reserve shall thus be carried on parallel with and proportionate to the process of national disarmament and shall be completed simultaneously with the completion of the actual disarmament stage; and the recruitment of both components shall be correspondingly accelerated if the General Assembly should shorten the actual disarmament stage in accordance with Article 10 of Annex I.

4. The members of both components of the United Nations Peace Force shall ordinarily be recruited wholly by voluntary enlistment. The General Assembly shall have no power to enact any compulsory draft law; and no nation shall apply any sort of compulsion to require its nationals or persons resident in its territory to enlist in either component of the Peace Force, except under the circumstances set forth in Article 43 of this revised Charter and subject to the limitations set forth in Chapter III of this Annex.

5. The members of both components of the United Nations Peace Force shall be selected on the basis of their competence, integrity and devotion to the purposes of the United Nations. At the time of initial enlistment they shall be not more than twenty-five years of age.

6. The members of both components of the United Nations Peace Force shall make a solemn declaration of loyalty to the United Nations, in a form prescribed by the General Assembly. They shall not seek or receive instructions from any government or other authority external to the United Nations. They shall refrain from any conduct which might reflect on their position as members of the Peace Force responsible only to the United Nations.

7. The term of service of members of the standing component of the United Nations Peace Force shall be not less than four or more than eight years, as determined from time to time by the General Assembly. The Assembly shall provide for the re-enlistment of especially well-qualified personnel, but the number of re-enlistments in any year shall not exceed one half of those whose terms of service expire during that year.

8. The term of service of members of the Peace Force Reserve shall be not less than six or more than ten years, as determined from time to time by the General Assembly. They shall receive basic training of not less than four or more than eight months during the first two years of their term of service, and during the remainder of their term of service additional training of not less than four or more than eight months, as determined from time to time by the Assembly.

9. The officers of both components of the United Nations Peace Force shall be selected, trained, promoted and retired with a view to ensuring an officer corps of the highest possible quality; and adequate opportunity shall be provided for the selection as officer candidates of highly qualified men from the rank and file.

10. The members of the standing component of the United Nations Peace Force shall receive fully adequate pay and allowances together with fully adequate retirement pensions after loyal and reasonably long service. The

members of the Peace Force Reserve, when in training or on active duty, shall receive full pay and allowances on the same basis as members of the standing component, and when not in training or on active duty shall receive fair compensation in return for their obligation to hold themselves in readiness. All such pay and other compensation, including retirement pensions, shall be free from all taxation.

11. A member of the standing component of the United Nations Peace Force after being honorably discharged therefrom following at least two full enlistment periods, shall be entitled to choose freely the nation in which he and his dependents desire to establish residence, and he and his dependents shall be entitled to acquire the nationality of that nation if they are not already nationals thereof.

12. The members of both components of the United Nations Peace Force shall be recruited on as wide a geographical basis as possible, subject, except in an extreme emergency as provided in Article 7 of this Annex, to the following limitations:

a. That the number of nationals of any nation (including any non-self-governing or trust territory under its administration) serving at any one time in either component shall not exceed three per cent of the then existing total strength of such component.

b. That the number of nationals of any nation (including any non-self-governing or trust territory under its administration) serving at any one time in any of the three main branches of either component (land, sea and air) shall not exceed three per cent of the then existing strength of such main branch.

c. That the number of nationals of any nation (including any non-self-governing or trust territory under its administration) serving at any one time in the officer corps of either of the three main branches of either component shall not exceed three per cent of the then existing strength of the officer corps of such main branch.

13. Units of the United Nations Peace Force shall be composed to the greatest possible extent of persons of different nationality and, to this end, no unit exceeding fifty in number shall be composed of nationals of a single nation (including any non-self-governing or trust territory under its administration).

14. The standing component of the United Nations Peace Force shall be stationed at military bases of the United Nations, which shall be so distributed around the world as to facilitate prompt action by the Peace Force in case such action is directed by the General Assembly, or the Executive Council in the circumstances defined in paragraph 2 of Article 39 of this revised Charter. No such base shall be situated within the territory of any nation which has sixteen or more Representatives in the General Assembly. All the remaining territory of the world shall be divided by the Assembly into not less than eleven or more than twenty regions for the purpose of the disposition among them of the standing component of the Peace Force. Not less than five per cent or more than ten per cent of the total strength of the standing component shall be stationed in bases located in any one of the regions so delineated, except when the Peace Force has been duly called upon to take

action to maintain or restore international peace or to ensure compliance with this revised Charter and the laws and regulations enacted thereunder. All such military bases shall be located to the greatest extent possible on islands or peninsulas, or in other easily defensible positions.

15. The military bases of the United Nations shall be obtained by the United Nations from or with the assistance of the respective nations in the territories of which it is desired to locate the bases. Such bases shall be acquired on long-term leases, by agreement if possible and otherwise by condemnation with just compensation; provided that no such base shall be located in the territory of a nonmember nation without the consent of its government; and further provided that the United Nations shall not, except with the consent of the government concerned, acquire an area exceeding one tenth of one per cent of the territory of any nation or an area in any nation exceeding three per cent of the total area of all such bases.

The General Assembly shall adopt regulations governing the selection of the military bases and the payment of just compensation in the form of equitable rentals therefor. In case of a dispute as to whether the rent paid or offered by the United Nations is equitable, the private owner of the property in question, or the nation which owns such property or within which such property is situated acting on its own behalf or on behalf of the private owner of such property as the case may be, may submit the dispute for decision to the United Nations regional court within the jurisdiction of which such property is situated. If either the United Nations or the private owner of the property in question or the nation which owns such property or in the territory of which such property is situated is dissatisfied with the decision of the regional court, any of them shall have the right to appeal to the International Court of Justice; except that in the case of a private owner, such right shall be subject to any legislation which may be enacted by the General Assembly pursuant to Part D of Annex III. In the case of such an appeal to the International Court of Justice, the decision of that Court shall be final.

16. The United Nations Peace Force shall not possess or use any biological, chemical or other weapons adaptable to mass destruction, save only such nuclear weapons as it may be specially authorized by the General Assembly to possess and use pursuant to Article 4 of this Annex; but the Peace Force may possess and use all other weapons to the extent authorized and provided for by the Assembly. The Peace Force shall acquire its initial arms and equipment (including airplanes and naval vessels) through the transfer to it of arms and equipment (including airplanes and naval vessels) discarded by national military forces during the period of actual disarmament pursuant to paragraph 3 of Article 11 of Annex I. Any further arms and equipment (including airplanes and naval vessels) subsequently needed by the Peace Force shall be produced by the United Nations in its own production facilities. These production facilities shall be administered by a separate agency of the United Nations, which shall be called the United Nations Military Supply and Research Agency and shall be established pursuant to legislation to be enacted by the General Assembly. Such production facilities shall be initially equipped with machines, appliances and tools discarded during the period of actual disarmament pursuant to paragraph 4 of Article 11 of Annex I; and any further

machines, appliances and tools subsequently needed for these production facilities shall be manufactured by the United Nations in its own plants, to be administered by the Military Supply and Research Agency. The requirement contained in the preceding two sentences that the production of arms and equipment (including airplanes and naval vessels), and of machines, appliances and tools for their manufacture shall be confined to the production facilities and plants of the United Nations itself, shall not apply if and when the General Assembly shall have declared the existence of an extreme emergency pursuant to Chapter III of this Annex.

17. The United Nations Military Supply and Research Agency shall, to the extent authorized and provided for by the General Assembly, engage in research related to the development of new military weapons or the improvement of existing weapons of the kind which the United Nations Peace Force is permitted to have; and also in research relative to methods of defense against the possible illegal use of nuclear, biological, chemical or other weapons adaptable to mass destruction.

19. The stocks of arms and equipment of both components of the United Nations Peace Force shall be located in the military bases of the United Nations. The facilities of the United Nations Military Supply and Research Agency for the production of arms and equipment (including airplanes and naval vessels), its facilities for the production of machines, appliances and tools for the production of arms and equipment, and its facilities for research, shall also be located in the military bases of the United Nations or in areas leased by the United Nations for this purpose, such leases to be subject to the provisions and limitations of paragraph 15 of this Article. The Peace Force and the Military Supply and Research Agency respectively shall, subject to the approval of the Executive Council, arrange for such a geographical distribution of these stocks and facilities as will minimize the risk that any nation or group of nations might achieve a military advantage by the seizure of stocks or facilities situated in a particular territory or region; and to this end, such arrangements shall provide that not less than five per cent or more than ten per cent of the total amount of these stocks and not less than five per cent or more than ten per cent of the total productive capacity of these facilities shall be concentrated in any one of the regions provided for in paragraph 14 of this Article.

20. The United Nations Peace Force shall, to the extent authorized and provided for by the General Assembly, employ civilian personnel for the performance of all such services and functions as do not need to be performed by military personnel; but such civilian personnel shall not be deemed to be members of the Peace Force.

21. The expenses of the United Nations Peace Force and of the United Nations Military Supply and Research Agency shall be borne by the United Nations. The General Assembly shall determine the compensation and allowances of the Military Staff Committee; and after receiving a report on the subject from that Committee and the recommendations of the Executive Council as to such report, shall determine the pay and allowances of the personnel of the Peace Force. The annual budget of the Peace Force shall be prepared by the Military Staff Committee, subject to the approval of the

Executive Council. The annual budget of the Military Supply and Research Agency shall be prepared by the management of that Agency subject to the approval of the Executive Council. Both budgets shall be submitted to the General Assembly for action pursuant to the procedure provided for in Annex V. No appropriation for the use of the Peace Force or the Military Supply and Research Agency shall be made for a longer term than two years.

Article 3

1. The General Assembly shall have authority from time to time to amend the basic laws adopted pursuant to subparagraph (b) of paragraph 3 of Article 2 of this Annex and to enact such laws and regulations, additional to such basic laws, as it may deem necessary for the organization, administration, recruitment, discipline, training, equipment and disposition of the United Nations Peace Force; provided that all such amendments and new laws and regulations shall be in accordance with and subject to the principles and limitations set forth in this Annex.

2. Subject to such laws and regulations and subject to the general control of the Executive Council, the Military Staff Committee shall have the immediate direction of the United Nations Peace Force. The Executive Council may from time to time issue such instructions to the Military Staff Committee as the Council deems necessary.

3. The Military Staff Committee shall submit monthly reports to the Executive Council and such special reports as the Military Staff Committee may deem necessary or as the Council may call for.

4. The General Assembly, through its Standing Committee on the Peace Enforcement Agencies provided for in Article 22 of this revised Charter, shall watch over the carrying out by the Military Staff Committee and the Executive Council of their responsibilities under this Annex. This Standing Committee shall be entitled to obtain from the Council and the Military Staff Committee all relevant information and shall make such investigations as it may deem necessary or as the Assembly may request it to make. If in the judgment of the Standing Committee a situation exists which requires the convoking of a special session of the Assembly, it shall be entitled in accordance with Article 20 of this revised Charter to request the Secretary-General to convoke such special session.

Article 4

1. In accordance with Article 46 of this revised Charter, advance plans for possible action by the United Nations Peace Force to maintain or restore international peace or to ensure compliance with this revised Charter and the laws and regulations enacted thereunder, shall be made by the Executive Council with the assistance of the Military Staff Committee.

2. When action by the standing component or by both components of the Peace Force has been directed by the General Assembly pursuant to Articles 37, 40, 42 or 43 of this revised Charter, or if action by the standing component has been directed by the Executive Council in the circumstances defined in paragraph 2 of Article 39 of this revised Charter, the Military Staff

Committee shall be responsible for the final preparation and execution of the plans for such action, subject to the general control of the Executive Council.

3. When action by only a part of the standing component of the Peace Force has been directed by the General Assembly or the Executive Council, the Council may, with the advice of the Military Staff Committee, appoint regional commanders and commanders of the land, sea and air elements; and when action by the whole standing component has been directed, the Council, if it deems such appointment essential, may also appoint a Commander-in-Chief. All such commanders shall be appointed by the Executive Council for terms not exceeding the period of the actual operation in the particular situation; and they shall be removable at any time by the Council.

4. No action by the United Nations Peace Force pursuant to Articles 37, 40, 42 or 43 of this revised Charter shall be permitted without prior authorization of the General Assembly, or of the Executive Council in the circumstances defined in Article 37 or in paragraph 2 of Article 39, respectively, of this revised Charter, but this provision shall not impair the inherent right of the Peace Force to take strictly necessary measures of self-defense in case of an armed attack on its bases, ships, airplanes or units stationed outside its bases.

5. Any action by the United Nations Peace Force pursuant to Articles 37, 40, 42 or 43 of this revised Charter shall be limited to such operations as are strictly necessary to maintain or restore international peace or to ensure compliance with this revised Charter and the laws and regulations enacted thereunder, and any unnecessary destruction of life or property shall at all times be avoided. If in case of a large-scale violation which cannot be dealt with by more limited means it should be deemed absolutely essential to destroy or damage an inhabited locality, the inhabitants shall be given sufficient warning so that they may evacuate it in time. Whenever possible, and in particular when action is being taken to forestall rather than suppress a breach of the peace or a violation of this revised Charter or of the laws or regulations enacted thereunder, any use of force shall be preceded by naval or air demonstrations, accompanied by a warning that specified further measures will be taken if the breach or violation does not cease. When a violation consists of the operation of prohibited or unlicensed installations, establishments or facilities, the action of the Peace Force shall be confined to their occupation unless the destruction of such installations, establishments or facilities (including plants supplying them with heat and electricity and the main lines of communications in their vicinity) is absolutely essential to prevent a continuance of the illegal operation.

6. The United Nations Peace Force shall in no event employ nuclear weapons except when the General Assembly: (a) has declared that a nuclear weapon has actually been used either against a nation or against the United Nations itself or that there is a serious and imminent threat that a nuclear weapon will be so used; (b) has declared that nothing less than the use of a nuclear weapon or weapons by the Peace Force will suffice to prevent or suppress a breach of the peace or violent defiance of the authority of the United Nations; and (c) has authorized the United Nations Nuclear Energy Authority to transfer to the Peace Force one or more nuclear weapons. When the occasion for the use or possible use of a nuclear weapon or weapons by the

Peace Force has ceased, or when the General Assembly so directs, any nuclear weapon or weapons so transferred to the Peace Force shall be forthwith returned to the Nuclear Energy Authority.

7. The United Nations Peace Force, when taking action pursuant to Articles 37, 40, 42 or 43 of this revised Charter, shall be entitled to pass freely through the territory of any nation and to obtain from any nation such assistance with respect to temporary bases, supplies and transport as may be needed by it. The General Assembly shall enact laws regulating the extent of such assistance and the payment of just compensation therefor.

8. Upon the termination of any action by the United Nations Peace Force pursuant to Articles 37, 40, 42 or 43 of this revised Charter, the Peace Force shall be withdrawn as soon as possible to its bases.

Article 5

1. The members of the United Nations Peace Force and its civilian employees, together with their dependents, shall be entitled to all the privileges and immunities provided for in Annex VI.

2. The United Nations shall have exclusive criminal and disciplinary jurisdiction in respect of the members of the Peace Force, its civilian employees and the dependents of such members and employees in any area which the United Nations has leased for the use of the Peace Force within the territory of any nation. The General Assembly shall enact laws defining the offenses committed in any such area by any member of the Peace Force or by any civilian employee or any dependent of such member or employee, prescribing the penalties therefor, and providing for the apprehension, trial and punishment of any such member of the Peace Force, or civilian employee or dependent who is accused of any such offense. If a person so accused is found outside any such area, the authorities of the nation in which such person is found shall assist in his apprehension and in removing him to the area in which the alleged offense was committed.

3. Other criminal and civil jurisdiction in respect of members of the United Nations Peace Force and its civilian employees and their dependents, shall be exercised by the national authorities having jurisdiction in respect of the acts and omissions, transactions or relations in question in accordance with international law, except as such jurisdiction may be modified by agreement between the United Nations and the respective nations. The General Assembly may, however, in case of an apparent gross denial of justice by any nation to any member of the Peace Force, or civilian employee thereof, or to any of their dependents, provide by law for an appeal by the United Nations or the person concerned to the United Nations regional court within the jurisdiction of which the denial of justice has occurred. If either the United Nations or the person or nation concerned is dissatisfied with the decision of the regional court, any of them shall have the right to appeal to the International Court of Justice; except that in the case of the person concerned, such right shall be subject to any legislation which may be enacted by the General Assembly pursuant to Part D of Annex III. In the case of such an appeal to the International Court of Justice, the decision of the Court shall be final.

CHAPTER III

ENLARGEMENT IN CASE OF GRAVE OR EXTREME EMERGENCY

Article 6

1. If the General Assembly, pursuant to paragraph 1 of Article 43 of this revised Charter, shall have declared the existence of a grave emergency, it shall call all or part of the United Nations Peace Force Reserve to active duty pursuant to the following procedures and subject to the following limitations:

a. If such call to active duty is for less than all of the Peace Force Reserve, members of the Reserve shall be called to duty in proportion, as nearly as may be, to the number of nationals of the respective nations then enrolled in the Reserve.

b. The period of active duty required under any such call shall not exceed the period of the grave emergency, and no member of the Reserve shall be obliged to serve after the expiration of the term of service for which he has been originally enrolled pursuant to paragraph 8 of Article 2 of this Annex.

2. If the General Assembly shall have declared the existence of a grave emergency pursuant to paragraph 1 of Article 43 of this revised Charter and if at that time the authorized strength of the standing component of the Peace Force is below its constitutional limit of 600,000 or the authorized strength of the Peace Force Reserve is below its constitutional limit of 1,200,000, the Assembly may increase the authorized strength of the standing force to 600,000 or of the Reserve to 1,200,000 or of both to these limits. The Assembly may authorize such increase or increases whether or not it has then called to active duty part or all of the Peace Force Reserve, and if any such increase or increases shall be authorized, the Assembly may call upon the member Nations to assist in the recruitment of either or both components to the increased strength.

Article 7

1. If the General Assembly, pursuant to paragraph 2 of Article 43 of this revised Charter, shall have declared the existence of an extreme emergency and shall have directed an increase of the strength of the Peace Force beyond the maximum combined strength of 1,800,000 for both components as provided in paragraph 2 of Article 2 of this Annex, the Assembly shall direct the member Nations to cooperate with the United Nations in obtaining the needed additional personnel; provided that such increase shall be made pursuant to the following procedures and subject to the following limitations:

504

a. The quota of new recruits which any member Nation (including any non-self-governing or trust territories under its administration) may be directed to obtain shall not exceed a number which when added to the number of nationals of such nation (including any non-self-governing or trust territories under its administration) then serving in the Peace Force would make the total number of the nationals of such nation (including any non-self-governing or trust territories under its administration) exceed five per cent of the total strength of the Peace Force at that time.

b. The quota of new recruits which any member Nation (including any non-self-governing or trust territory under its administration) may be directed to obtain shall not exceed a number which when added to the number of nationals of such nation (including any non-self-governing or trust territory under its administration) then serving in the Peace Force would exceed one per cent of the population of such nation (including any non-self-governing or trust territory under its administration).

c. Persons recruited for the Peace Force under this Article shall be obtained by voluntary enlistment, but any member Nation which fails promptly to raise its quota shall adopt the necessary compulsory measures to enable it to fill its quota.

d. Personnel of the United Nations Peace Force recruited for the period of the extreme emergency under this Article shall not be required to serve beyond the period of the extreme emergency as declared by the General Assembly and shall be demobilized and returned to their nations of origin (or to a nation of their own choice, if accepted by that nation) as soon as possible after the end of the extreme emergency.

2. In accordance with Article 44 of this revised Charter, and subject to the procedures and limitations contained in paragraph 1 of this Article, the General Assembly shall adopt in advance regulations in respect of the aid to be furnished by member Nations in obtaining recruits for the Peace Force under this Article. These regulations shall establish standards in respect of age, education and physical condition to be applied by member Nations in supplying recruits under this Article.

3. In accordance with Article 45 of this revised Charter, the member Nations shall adopt in advance such internal legislation and administrative measures as may be necessary to assure prompt and effective compliance by them with the regulations adopted under paragraph 2 of this Article.

CHAPTER IV

TRANSITIONAL ARRANGEMENTS

Article 8

1. Each member Nation shall designate as available to the United Nations during the period of organization of the United Nations Peace Force one tenth of its military forces as they exist from time to time during such period. Such period shall be deemed to begin with the ninth month of the preparatory stage provided for in Article 2 of Annex I and to terminate at the end of the third month of the last year of the actual disarmament stage provided for in Article 10 of Annex I. During that period one fourth of the forces thus designated shall be maintained in a state of immediate readiness for military action under the direction of the United Nations.

2. If the General Assembly considers that the economic measures provided for in Article 41 of this revised Charter would be inadequate or have proved to be inadequate to maintain or restore international peace or to ensure compliance with this revised Charter and the laws and regulations enacted thereunder, and that the United Nations Peace Force has not yet reached sufficient strength to deal with the situation, the Assembly shall direct such action by part or all of the national forces which have been designated pursuant to paragraph 1 of this Article as it may deem necessary. Such action shall be taken within the limitations of Article 4 of this Annex.

3. The General Assembly shall have authority to enact such laws and regulations as it may deem necessary for the strategic direction, command, organization, administration and disposition of the national forces designated pursuant to paragraph 1 of this Article when action by any such national forces has been directed pursuant to paragraph 2 of this Article.

OUTLINE OF ANNEX III

THE JUDICIAL AND CONCILIATION SYSTEM OF THE UNITED NATIONS

The texts of the four Parts of this Annex remain to be drafted, but their main features would be as follows:

A. The Statute of the International Court of Justice

It is proposed to make the following principal changes in the present Statute:

1. The judges of the Court would be elected, not by concurrent action of the General Assembly and the Security Council, as at present, but by the General Assembly alone, the present system of nomination being, however, retained.

2. To ensure greater independence for the judges of the Court, the judges would be elected not for nine-year terms, as provided by the present Statute, but for life. This life tenure would, however, be subject to the possibility of dismissal if, in the unanimous opinion of his colleagues, a judge is no longer able properly to perform his functions or, as now provided, has in their unanimous opinion "ceased to fulfil the required conditions" of his tenure.

3. In contrast to the provision of the present Statute that "only states may be parties in cases before the Court", access to the Court would also be granted: (a) to the United Nations; (b) to its specialized agencies; (c) to regional international organizations when authorized by the General Assembly; and (d) to individuals and private and public organizations in certain cases of appeal from the regional courts of the United Nations (see paragraph 7 of Part D, below).

4. The jurisdiction of the Court (which, apart from special agreement, is merely optional under the present Statute) would be made compulsory with respect to the following categories of disputes between any nation and the United Nations, between two or more nations, between one or more nations and one or more international organizations and between two or more international organizations:

a. any dispute relating to the interpretation or application of the revised Charter (including all the Annexes thereto);

b. any dispute relating to the constitutionality of any law, regulation or decision made or adopted under the revised Charter (including all the Annexes thereto), and any dispute relating to the interpretation or application of any such law, regulation or decision;

c. any dispute relating to legal questions involved in an international dispute or situation if the General Assembly (or the Executive Council, if

507

acting in the matter pursuant to authority from the Assembly) should decide that the continuance of that dispute or situation is likely to endanger the maintenance of international peace and security and should direct that such legal questions be submitted to the Court pursuant to Article 36 of the revised Charter;

d. any dispute relating to the interpretation or application of the constitutions of specialized agencies;

e. any dispute relating to the interpretation or application of treaties and other international agreements or instruments registered with the Secretariat of the United Nations under Article 102 of the revised Charter;

f. any dispute relating to the validity of a treaty or other international agreement or instrument, or of a constitution or law of any member Nation, which is alleged to be in conflict with the revised Charter (or with any law or regulation enacted thereunder);

g. any other dispute where recourse to the Court against the United Nations is specifically provided for in the revised Charter (including all the Annexes thereto) or in any law or regulation enacted thereunder.

5. The International Court of Justice would also hear appeals from decisions of the regional courts of the United Nations in those cases in which such appeals are permitted by laws enacted by the General Assembly pursuant to paragraph 7 of Part D.

6. The International Court of Justice would have a general power of supervision over the administration of the regional courts.

7. The judgments of the International Court of Justice would be enforceable by measures to be adopted by the General Assembly under paragraph 2 of Article 94 of the revised Charter.

B. The Statute of the World Equity Tribunal

It is proposed to establish a new organ of the United Nations—the World Equity Tribunal—for dealing with disputes which are not primarily of a legal nature. By this is meant disputes which, while they may have some incidental legal aspect, involve questions which cannot be satisfactorily resolved on the basis of applicable legal principles.

The Statute of the World Equity Tribunal would contain the following basic provisions:

1. The Tribunal would be composed of fifteen persons, whose character, experience and reputation would furnish the best assurance of impartiality and breadth of view. No two of them could be nationals of the same nation, and at least ten of them must have had more than twenty years of legal experience as judges, teachers of law or practicing lawyers.

2. The members of the Tribunal would be elected by the General Assembly from a list of persons nominated by the member Nations upon the recommendation of a committee in each member Nation which shall include representatives of the principal judicial tribunals and legal associations, and of leading academic, scientific, economic and religious organizations. In selecting the members of the Tribunal, the General Assembly would be required to pay due regard to their geographical distribution in order that in the Tribunal as a whole all the principal regions of the world would be fairly represented.

3. To ensure the independence of the members of the Tribunal, they would be elected for life, subject, however, to the possibility of dismissal if, in the unanimous opinion of his colleagues, a member is no longer able properly to perform his functions or has ceased to fulfil the required conditions of his tenure.

4. The Tribunal would have authority to deal only with disputes or situations involving the United Nations, the specialized agencies of the United Nations, nations, and non-self-governing or trust territories.

5. The Tribunal would have jurisdiction in respect of disputes or situations referred to it by voluntary agreement, as follows:

a. under a special agreement concluded between all the nations or international organizations concerned;

b. under a bipartite or multipartite treaty providing in advance for the reference of certain categories of questions to the Tribunal, provided that the particular question referred to the Tribunal falls within the categories enumerated in the treaty;

c. under unilateral declarations applicable to certain categories of questions, provided that all the nations concerned have made such declarations with respect to the category to which the particular question referred to the Tribunal belongs.

The agreement, treaty or declaration providing for the jurisdiction of the Tribunal could empower it either to make recommendations without binding force or to render a binding decision; and if the parties agreed to the bound by the decision of the Tribunal, it would be enforceable by the same measures as a judgment of the International Court of Justice, i.e., in accordance with paragraph 2 of Article 94 of the revised Charter.

6. Under certain conditions, the World Equity Tribunal would also have jurisdiction without regard to the agreement of those involved in the dispute or situation. This jurisdiction could be conferred by the General Assembly pursuant to Article 36 of the revised Charter with respect to any questions which in the judgment of three fifths of all the Representatives in the Assembly: (a) cannot be satisfactorily resolved on the basis of applicable legal principles; and (b) relate to a dispute or situation the continuance of which is likely to endanger the maintenance of international peace and security. If the Assembly should in this way refer a dispute or situation to the Tribunal, the Tribunal would conduct public hearings and make all necessary investigations.

Thereafter, the Tribunal could adopt such recommendations as it deems reasonable, just and fair for the solution of the whole dispute or situation, or of particular questions involved therein, which had been referred to the Tribunal; provided that the recommendations are approved by a two-thirds majority of all the members of the Tribunal.

Recommendations of the Tribunal (pursuant to Article 36 of the revised Charter) would become binding on all concerned only after they had been approved in their entirety by the General Assembly by a four-fifths majority vote of all the Representatives, including three fourths of the Representatives then in office from the member Nations entitled to thirty Representatives in the Assembly and three fourths of the Representatives then in office from

509

the member Nations entitled to sixteen Representatives; provided that the resolution of the Assembly approving the recommendations had included a finding that the dispute or situation was likely to continue unless the recommendations of the Tribunal were carried out and that such continuance was in fact likely to endanger peace.

In case of any failure to comply with the recommendations of the Tribunal when so approved by the Assembly, the Assembly would be authorized to enforce them by means of economic and military sanctions, pursuant to paragraph 3 of Article 94 of the revised Charter, i.e., in a manner corresponding to that provided for the enforcement of judgments of the International Court of Justice in paragraph 2 of the same Article.

C. The Statute of the World Conciliation Board

It is proposed to establish a new organ of the United Nations—the World Conciliation Board—whose function it would be to help in bringing about mutually acceptable agreements between nations which become involved in disputes or situations dangerous to peace.

The Statute of the Board would contain the following basic provisions:

1. The Board would be composed of five persons, whose character, experience and reputation would furnish the best assurance of impartiality and breadth of view.

2. The members of the Board would be elected in the following manner:

a. There would be established a World Conciliation Panel, composed of persons highly qualified to serve as international mediators or conciliators. Each nation would appoint one such person to serve on the Panel for four years and until the appointment of his successor.

b. The World Conciliation Panel would meet before the first session of the first General Assembly elected under the revised Charter and every four years thereafter before the first session of each newly elected Assembly. At each of these meetings, the Panel would nominate from their own number fifteen candidates for membership on the World Conciliation Board, these nominees to be chosen with due regard to geographical distribution as well as individual qualifications.

c. The first General Assembly elected under the revised Charter would at the beginning of its first session elect five members of the Board from among the fifteen nominees to serve during the four-year term of that Assembly and until the election of their successors; and each subsequently elected Assembly would at the beginning of its first session similarly elect the five members of the Board from the list of fifteen nominees submitted by the Panel. In electing the members of the Board, the Assembly would be required to pay due regard to their geographical distribution in order to give representation to the main regions of the world. Members of the Board would be eligible for renomination and re-election.

3. When the Board is dealing with a dispute or situation, any nation which is party to such dispute or is concerned in the situation would, unless one of its nationals is then a member of the Board, have the right to request that the member of the World Conciliation Panel appointed by that nation be added

to the Board during the consideration of such dispute or situation. If the Board should consider that in a dispute or situation referred to it, the interests of a non-self-governing or trust territory are specially affected, the Board would be required to request the Trusteeship Council to appoint a properly qualified person resident in such territory to represent the interests of the territory. Any member of the Panel thus temporarily added to the Board would have the right to participate, without vote, in the deliberations of the Board.

4. The Board would have authority to deal only with disputes or situations involving the United Nations, the specialized agencies of the United Nations, nations and non-self-governing or trust territories.

5. The Board would have authority to seek the settlement of disputes or situations referred to it:

a. under a special agreement concluded between all the nations or international organizations concerned;

b. under a bipartite or multipartite treaty providing in advance for the reference of certain categories of questions to the Board, provided that the particular question referred to the Board falls within the categories enumerated in the treaty;

c. under unilateral declarations applicable to certain categories of questions, provided that all the nations concerned have made such declarations with respect to the category to which the particular question referred to the Board belongs;

d. pursuant to a decision of the General Assembly or the Executive Council, under paragraph 4 of Article 36 of the revised Charter, that the continuance of the particular dispute or situation is likely to endanger the maintenance of international peace and security, that the dispute or situation involves questions which cannot be satisfactorily resolved on the basis of applicable legal principles, and that the dispute or situation as a whole or certain questions involved therein are suitable for consideration by the Board.

6. In the fulfillment of its functions, the Board would have authority: to appoint one or more individuals, preferably but not necessarily from the membership of the World Conciliation Panel, to mediate in the particular dispute or situation; to make such investigations as the Board may deem necessary to establish the facts and to clarify the issues; to hold such private or public hearings as the Board may deem best; and to use such other means to bring the nations concerned to a mutually acceptable agreement as the Board may deem appropriate.

7. If an agreement should be reached under the auspices of the Board, the Board would so report to the General Assembly and would submit to it the text of the agreement. If, however, no agreement should be reached within six months from the date on which a particular dispute or situation was submitted to the Board, or within such other period as the nations concerned might agree to, the Board would present to the Assembly a report containing a summary of the Board's efforts.

D. The Statute of the Regional Courts of the United Nations

It is proposed to establish United Nations regional courts, inferior to the International Court of Justice, for the trial of individuals and private organiza-

511

tions accused of violating the revised Charter or any law or regulation enacted thereunder. These regional courts would also be authorized to deal with other matters specifically provided for in the various Annexes, some of which are mentioned below.

The Statute for these courts would contain the following basic provisions:

1. The General Assembly would be required to establish not less than twenty or more than forty regional courts and to delineate the regions in which they would have jurisdiction.

2. Each regional court would be composed of three to nine judges, depending on the probable number of cases to be brought before it. Three judges would constitute a quorum, except that the General Assembly could authorize the performance of certain functions by single judges.

3. The judges would be appointed by the Executive Council from a list of qualified persons prepared by the International Court of Justice; the appointments to be subject to confirmation by the General Assembly. Not more than one third of the judges of any regional court could be nationals of the nations included in the region of the court's jurisdiction, and no two judges of any regional court could be nationals of the same nation.

4. The judges would be appointed for life, subject only to the possibility of dismissal if, in the opinion of two thirds of all the judges of the International Court of Justice, a judge is no longer able properly to perform his functions or has ceased to fulfil the required conditions of his tenure.

5. Each regional court, in addition to regular sessions at its seat, would be required to hold periodical sessions in the capital or other principal city of each of the nations included in the region.

6. The jurisdiction of the regional courts would include:

a. the trial of individuals and private organizations accused of offenses against the revised Charter or any law or regulation enacted thereunder;

b. the issuance, under Articles 21 and 22 of Annex I of the revised Charter, of authorizations for the conduct, without notice, of periodic inspections and of aerial inspections, and of authorizations for the inspection of places and facilities other than those specifically made subject to inspection by Annex I;

c. the consideration of appeals against decisions of the Inspector-General refusing the grant of a license under Article 16 of Annex I, or suspending or revoking a license under Article 31 of that Annex;

d. the determination, in case of dispute, of the amount of compensation or rent payable by the United Nations under Article 104 of the revised Charter, Article 28 of Annex I and Article 2 of Annex II;

e. the issuance, under Article 21 of Annex I, of injunctions against performance by the Inspection Service of acts not authorized by Annex I or by laws or regulations enacted thereunder;

f. any other matter where access to a regional court by nations, public or private organizations or individuals is specifically provided for in the revised Charter (including any Annex thereto) or in any law or regulation enacted thereunder.

7. The General Assembly would be authorized to enact laws specifying the categories of cases in which appeals from decisions of the regional courts to the International Court of Justice would be allowed. It would be provided

that these laws must permit appeals when it appears to at least one third of the judges of the International Court of Justice: (a) that a decision of a regional court may be inconsistent with a prior decision of the same issue of law by the International Court of Justice or by another regional court; (b) that a regional court may have wrongly decided a question involving the interpretation of the Charter of the United Nations; (c) that a regional court may have exceeded its jurisdiction; (d) that a regional court may have deprived a person of a right or privilege guaranteed by the Bill of Rights (Annex VII); or (e) that a regional court may have made a fundamental error resulting in a serious denial of justice.

8. The General Assembly would be empowered to enact laws prescribing the procedures to be followed in apprehending an accused individual, in trying individuals and private organizations, and in enforcing the penalties.

9. The prosecution of alleged offenses committed by individuals and private organizations would be in the hands of an Attorney-General of the United Nations, to be appointed by the Executive Council, subject to confirmation by the General Assembly. Assistant Attorneys-General of the United Nations would be assigned to each regional court and, except in extraordinary circumstances, cases would be brought before the regional court within whose territorial jurisdiction the alleged offense was committed.

10. The General Assembly would be required to establish a civil police force of the United Nations, the functions of which would be: to aid the Inspection Service in the detection of violations of the disarmament provisions in Annex I; to investigate other actual or threatened offenses against the revised Charter or any law or regulation enacted thereunder; and to apprehend individuals accused of having committed such violations. This civil police force would be under the general direction of the Attorney-General of the United Nations. The General Assembly would be empowered to enact such laws and regulations as it might deem necessary for the organization, recruitment, discipline, training, equipment, administration and authority of this civil police force, subject to the limitaton that the strength of the force shall not exceed 10,000.

11. The Attorney-General of the United Nations would be required to make arrangements with national authorities for:

a. assistance to the civil police force in the apprehension of persons accused of having committed offenses against the revised Charter and the laws and regulations enacted thereunder;

b. the detaining of such persons pending trial or pursuant to a judgment of a United Nations regional court;

c. the collection, for the account of the United Nations, of fines imposed by a judgment of a United Nations regional court.

12. Except where proper arrangements have been made with national authorities for the detention of offenders, they would be detained in United Nations houses of detention. Buildings would be leased by the United Nations for this purpose, or special buildings might be built on land leased to the United Nations.

13. Except to the extent that arrangements have been made with national

authorities for the collection of fines for the account of the United Nations, the General Assembly would be required to enact laws providing for the direct collection of fines imposed by regional United Nations courts, by United Nations court marshals appointed by the Attorney-General, and defining the circumstances in which the marshals would be permitted to sequester property in order to satisfy a judgment of a United Nations court.

514

instance be prepared by its Director-General and would then be passed upon by the World Development Commission and submitted to the Economic and Social Council. When so approved by that Council and after scrutiny by the Standing Committee on Budget and Finance, the budget would go to the General Assembly for final approval.

Authority would, of course, be subject to the general restriction that the total revenue to be raised by the United Nations in any year should never exceed two per cent of the estimated gross world product in that year.

OUTLINE OF ANNEX IV

THE WORLD DEVELOPMENT AUTHORITY

The Statute of this proposed World Development Authority would contain the following provisions:

1. The Authority would be under the direction and control of a World Development Commission consisting of five persons to be appointed by the Economic and Social Council, subject to confirmation by the General Assembly. The members of this Commission would be appointed for terms of five years, their terms to be staggered so that one member would be appointed every year. No two members of the Commission could be nationals of the same nation and they would be selected with due regard to equitable geographical distribution.

2. The Economic and Social Council would have general supervision over the World Development Commission in a manner corresponding to the Executive Council's power of supervision over the Inspection Commission and the Nuclear Energy Commission. This supervisory power of the Economic and Social Council would include authority to remove any member of the World Development Commission and to issue such instructions to the Commission as the Council might deem necessary.

3. The chief administrative officer of the World Development Authority would be a Director-General, to be appointed by the World Development Commission subject to confirmation by the Economic and Social Council.

4. The Economic and Social Council, with the advice of the World Development Commission, would from time to time formulate the broad objectives and priorities for the work of the World Development Authority subject to such policy directives as the General Assembly might adopt. Within the framework of these directives, objectives and priorities, it would be the function of the Commission to decide upon particular applications for grants and loans from the Authority.

5. The principal means whereby the World Development Authority would fulfil its purpose of promoting "the economic and social advancement of all peoples" would be grants-in-aid or interest-free loans (either to governments or to public or private organizations) for economic and social projects deemed indispensable to "the creation of conditions of stability and well-being" (Article 55 of the Charter); in particular for such projects as railways, roads, ports, dams and irrigation, power stations, schools, hospitals and housing.

No loans or grants could, however, be made in respect of projects for which adequate financing could be obtained through other channels, either private or public.

6. The funds of the World Development Authority would be provided from the general budget of the United Nations as annually adopted by the General Assembly. The proposed budget of the Authority would in the first

instance be prepared by its Director-General and would then be passed upon by the World Development Commission and submitted to the Economic and Social Council. When approved by that Council and after scrutiny by the Standing Committee on Budget and Finance, the budget would go to the General Assembly for final approval.

The amount which could be appropriated for the World Development Authority would, of course, be subject to the general restriction that the total revenue to be raised by the United Nations in any particular year could not exceed two per cent of the estimated gross world product in that year (Annex V).

THE REVENUE SYSTEM OF THE UNITED NATIONS

The complete text of the Annex remains to be drafted, but its main features would be as follows:

1. There would be a grant to the United Nations of adequate powers to raise, through collaborative arrangements with the member Nations, sufficient and reliable revenues to assure the effective fulfillment of its enlarged responsibilities; but this grant would be subject to strict safeguards and limitations.

2. The scope of the revenue powers and the methods for their exercise would be delimited in a detailed plan which would provide for a limit on the total budget of the United Nations in any year of two per cent of the estimated gross world product in that year.

3. The formula for the apportionment of the total budget would be based upon the ability to pay of the people of the member Nations, with the limitation, however, that the amount to be contributed by the people of any member Nation in any year shall not exceed two and one half per cent of the estimated gross national product of that nation in that year.

4. Provision would be made for the establishment in each member Nation of a United Nations fiscal office, the functions of which would be: (a) to receive the taxes of those in that nation who, under national laws enacted for the purpose, have been made liable to pay taxes to the United Nations; and (b) to transmit the sums so received to the central treasury of the United Nations.

5. All the member Nations would undertake to place their tax-collecting machinery at the disposal of the United Nations for the collection and turning over to the United Nations of the taxes levied in their respective territories which are to go the United Nations, in order that the revenue of the United Nations shall be received by it without the creation of any large tax-collecting organization of its own.

6. Provision would be made whereby the administrative work of obtaining the payment to the United Nations of the amounts due to it from the people of each member Nation would be made the function of that nation, including the investigation and penalization of defaults on the part of its inhabitants.

7. The United Nations would have a carefully defined borrowing power, subject to an upper limit whereby the amount of United Nations debt outstanding at the end of any year could not exceed five per cent of the gross world product as estimated for that year, save only in case of grave emergency.

8. The plan would also define the authority of the General Assembly in this field and the limitations thereon; such limitations to include, in addition to the above limits on the maximum amount to be raised in any year and on

the maximum debt, a general limitation that revenue may be raised or money borrowed only to meet the expenses of the United Nations for purposes within its constitutional authority.

9. Detailed provisions would define the procedures and establish the machinery: for the preparation and adoption by the General Assembly of the yearly budgets of the United Nations; for the supervision of expenditures; and for the assignment of quotas among the member Nations and the arrangements for their fulfillment. The proposed Standing Committee on Budget and Finance of the General Assembly (Article 22 of the revised Charter) would assist the Assembly in these matters.

The proposed formula and procedure for the apportionment of the yearly budgets among the member Nations upon the broad principle of *ability to pay* would be as follows:

a. The gross national product of each member Nation for the next fiscal year, i.e., the calendar year, would be estimated by the Standing Committee on Budget and Finance; and the Standing Committee would also estimate the average population of each member Nation during that year.

b. From this estimated gross national product of each member Nation a "per capita deduction" would be made equal to an amount arrived at by multiplying the estimated population of such nation by a sum fixed from time to time by the General Assembly, which sum shall be not less than fifty or more than ninety per cent of the estimated average per capita product of the people of the ten member Nations having the lowest per capita national product.

c. The amount arrived at for each member Nation by this process would be known as the "adjusted national product", and the proportion of the total United Nations budget to be supplied by the people of a particular member Nation would be ascertained by the relation between the "adjusted national product" of that nation and the sum of the "adjusted national products" of all the member Nations.

d. It would be provided, however, that the people of any member Nation shall not be required to supply in any year more than two and one half per cent of the estimated gross national product of that nation in that year.

OUTLINE OF ANNEX VI

PRIVILEGES AND IMMUNITIES

A. *Privileges and Immunities of the United Nations Itself*

1. The United Nations and all its property shall enjoy immunity from every form of legal process except in so far as in any particular case the United Nations has waived such immunity.

2. The premises of the United Nations shall be inviolable. The property of the United Nations shall be immune from search, requisition, confiscation, expropriation or any other form of interference, whether by executive, administrative, judicial or legislative action.

3. The archives of the United Nations, and all documents belonging to it or held by it, shall be inviolable.

4. The United Nations, its income and properties shall be exempt:

(a) from all taxes, except that the United Nations will not claim exemption from taxes or dues which are no more than charges for public utility services;

(b) from all customs duties on imports and exports in respect of articles imported or exported by the United Nations for its official use, including arms, equipment and supplies for the use of the United Nations Peace Force and materials and equipment for the use of the United Nations Nuclear Energy Authority; and from all prohibitions and quantitative restrictions in respect of such imports and exports;

(c) from all customs duties, prohibitions and restrictions, on imports and exports in respect of its publications.

5. No censorship shall be applied to the official correspondence or other official communications of the United Nations.

6. The United Nations shall have the right to use codes, and to despatch and receive its correspondence by courier or in sealed bags, which shall have the same privileges and immunities as diplomatic couriers and bags.

7. The United Nations shall have the right to establish and operate in the territory of each nation one long-range, all-purpose radio station, and such additional special broadcasting facilities as may be required by the United Nations Inspection Service for the proper performance of its functions.

8. The area in which is located the headquarters of the United Nations and all areas owned by or leased to the United Nations shall be under the exclusive control and authority of the United Nations; and the United Nations shall have the power to make laws and regulations applicable in the headquarters area and in such other areas, and to establish tribunals for the application and enforcement of such laws and regulations. No officials of any nation shall enter the headquarters area or other areas under United Nations control to perform any official duties therein except with the consent of the Secretary-General or of the United Nations official in charge of the area in question.

9. The United Nations shall be entitled to display the United Nations flag in its headquarters area and in all other areas owned by or leased to the United Nations, and on its vehicles, vessels and aircraft.

B. Privileges and Immunities of Representatives in the General Assembly

1. No administrative or other restrictions shall be imposed on the free movement of Representatives in the General Assembly to and from the meetings of the General Assembly, or its committees or subcommittees, or to and from the meetings of any other organ of the United Nations of which they are members or in the proceedings of which they have been invited to participate.

2. Representatives in the General Assembly shall be immune from official interrogation by any national authority and from arrest and all legal process in respect of words spoken or written or acts performed or votes cast by them in the exercise of their functions.

3. While attending the sessions of the General Assembly or meetings of committees and subcommittees of the Assembly or of other organs or committees or agencies of the United Nations, the Representatives in the General Assembly shall enjoy:

(a) immunity from personal arrest or detention except when a Representative is found in the act of committing an offense against the domestic law of any nation or of attempting to commit such an offense or when the General Assembly has waived the immunity;

(b) immunity from inspection or seizure of their personal baggage;

(c) inviolability for all papers and documents;

(d) such further privileges and immunities as are enjoyed by members of the national legislative body of the nation in which these privileges or immunities are claimed.

These privileges and immunities shall also apply when Representatives are travelling to and from the place of meeting of the General Assembly, or its committees or subcommittees or of any other organs or committees or agencies of the United Nations of which they are members or in the proceedings of which they have been invited to participate.

4. Representatives shall, in the matter of customs and exchange control, be accorded:

(a) by the governments of their own nation, the same facilities as those accorded to members of the national legislative body of the nation when travelling abroad on official duty;

(b) by other governments than their own, the same facilities as those accorded by such governments to members of foreign legislative bodies travelling on official duty.

5. Privileges and immunities are granted to Representatives in the General Assembly not for the personal benefit of the individuals themselves, but to safeguard the independent exercise of their functions. The Assembly shall have the right and the duty to waive the immunity of any Representative in any case where, in its opinion, the immunity would impede the course of justice and can be waived without prejudice to the interests of the United Nations.

C. Privileges and Immunities of Officials of the United Nations

1. The General Assembly shall enact regulations specifying what categories of officials shall be entitled to the privileges and immunities provided for in this section C. The Secretary-General shall communicate to all nations the names of the officials included in these categories.

2. Officials of the United Nations belonging to the categories specified pursuant to paragraph 1 of this section C shall:

(a) be immune from all legal process in respect of words spoken or written and all acts performed by them in their official capacity;

(b) be immune, together with members of their immediate families residing with them and dependent on them, from immigration restrictions and alien registration and fingerprinting;

(c) be accorded the same facilities in respect of currency or exchange restrictions as are accorded to diplomatic personnel of comparable rank;

(d) have the right to import free of duty their furniture, effects and private motor vehicles at the time of first arrival to take up their posts in the nation in question, and, on the termination of their functions in that nation, to re-export such furniture, effects and vehicles free of duty.

3. Officials of the United Nations belonging to the categories specified pursuant to paragraph 1 of this section C shall be exempt from all national and local taxation on the salaries and emoluments paid to them by the United Nations.

4. The General Assembly shall have authority to determine to what extent various categories of employees of the United Nations, including members of the United Nations Inspection Service, members of the staff of the United Nations Nuclear Energy Authority and members of the United Nations Peace Force, other than those belonging to the categories specified pursuant to paragraph 1 of this section C, shall be entitled to some or all of the privileges and immunities provided for in this section C.

5. In addition to the privileges and immunities provided for in paragraphs 2 and 3 of this section C, the Secretary-General and the Deputy Secretaries-General of the United Nations, the Inspector-General, the General Manager of the United Nations Nuclear Energy Authority and the Director-General of the World Development Authority; the members of the Inspection Commission, of the Nuclear Energy Commission, of the Military Staff Committee and of the World Development Commission; and such other officials of the United Nations as may be specified by the General Assembly, shall be accorded in respect of themselves and the members of their immediate families residing with them and dependent on them, all the privileges and immunities, exemptions and facilities normally accorded to diplomatic envoys.

6. Privileges and immunities are granted to officials of the United Nations in the interest of the United Nations and not for the personal benefit of the individuals themselves. The Secretary-General shall have the right and the duty to waive the immunity of any official in any case where, in his opinion, the immunity would impede the course of justice and can be waived without prejudice to the interests of the United Nations. In the case of the Secretary-General and of other principal officials mentioned in paragraph 5

of this section C, the Executive Council shall have the right to waive immunity.

7. The General Assembly shall enact laws establishing procedures for the settlement of disputes involving any official of the United Nations whose immunity has not been waived in accordance with the provisions of paragraph 6 of this section C.

8. The privileges and immunities provided for in this section C shall be accorded by a nation to those officials of the United Nations who are nationals of that nation on the same basis as to those who are not its nationals.

D. Privileges and Immunities of Permanent Observers at the United Nations Headquarters

1. Each nation may, if it wishes, have an observer at the headquarters of the United Nations for the purpose of liaison with the Secretariat of the United Nations.

2. These observers, their families and official staff, shall enjoy the privileges and immunities ordinarily accorded by the nation in the territory of which the headquarters area of the United Nations is situated to diplomatic envoys accredited to that nation, their families and official staff.

3. These privileges and immunities are subject to waiver by the government of the nation whose national is concerned in accordance with rules governing the waiver of diplomatic immunities.

E. Privileges and Immunities of Other Persons Entitled to Attend United Nations Meetings

No nation shall impose any impediments on the transit of the following persons to and from places in which a United Nations meeting is being held:

(a) representatives of the press, or of radio, television, film or other information agencies, who have been accredited by the United Nations;

(b) representatives of nongovernmental organizations with which arrangements for consultation have been made pursuant to Article 71 of the revised Charter;

(c) other persons especially invited by the United Nations to come to a particular meeting.

F. General Provisions

1. The United Nations shall cooperate at all times with national and local authorities to facilitate the proper administration of justice, ensure the observance of police regulations and prevent any abuse in connection with the privileges and immunities provided for in this Annex.

2. If a nation considers that there has been an abuse of any privilege or immunity granted by or under this Annex, consultations shall be held between that nation and the United Nations to determine whether any such abuse has occurred and to formulate such procedures as may be necessary to prevent the repetition of any abuses found to have occurred.

3. The General Assembly shall adopt regulations prescribing the procedure to be followed when a nation considers that any person entitled to privileges and immunities under this Annex has abused them to such an extent as to warrant his being called upon to leave the territory of the nation concerned.

4. The General Assembly shall adopt regulations concerning the issuance of a United Nations *laissez-passer* to any person entitled to privileges and immunities provided for in sections B and C of this Annex. Such a *laissez-passer* shall be recognized and accepted as a valid travel document by the authorities of all the nations. Applications for visas (where required) from the holders of United Nations *laissez-passer*, when accompanied by a certificate that they are travelling on the business of the United Nations, shall be dealt with as speedily as possible.

5. The General Assembly shall enact laws defining the responsibility of the United Nations for damage caused by United Nations officials. Such laws shall provide:

(a) that the officials themselves shall not be responsible toward third parties for any damage caused by acts performed by them in their official capacity and within the limits of their authority;

(b) that the United Nations shall make reparation for any damage caused by its officials in circumstances referred to in paragraph (a) above;

(c) that any official of the United Nations shall be personally responsible to an injured party for any damage caused by acts not connected with his official duties which, while performed by such official in his official capacity, were outside the limits of his authority;

(d) that the United Nations shall make reparation for any damage caused by its officials in circumstances referred to in paragraph (c) above, if the injured party is unable to obtain reparation from the responsible official and if a United Nations regional court deems such reparation equitable.

6. The General Assembly shall enact laws establishing procedures for dealing with claims arising under paragraph 5 above and such other claims as may arise out of other acts of the United Nations, such as contracts concluded by it with its own officials and other persons. These procedures shall ensure to the extent possible that the immunity of the United Nations from legal process does not result in an injustice to any person or nation.

OUTLINE OF ANNEX VII

BILL OF RIGHTS

The text of this Annex remains to be drafted but it would have two principal features: (a) a reservation to the member Nations or their peoples of all powers not delegated by the revised Charter to the United Nations by express language or clear implication; and (b) a set of prohibitions and guarantees against the violation by the United Nations of certain fundamental individual rights.

The purpose of the explicit *reservation of nongranted powers* is to emphasize that the greatly strengthened United Nations would still be an organization of strictly limited powers in no way comparable, for example, to a federation of very wide powers such as the United States; and to give definite constitutional assurance that the strengthened United Nations shall remain within its granted powers.

The purpose of the *prohibitions and guarantees* would be to provide the utmost possible assurance against the violation by the United Nations of certain individual rights almost universally recognized as fundamental rights of man.

The first of these is the right of fair trial, in respect of which there would be specific mention of the following: (a) the right to a speedy and public trial of any person accused by the United Nations of a violation of the Charter or of any law or regulation enacted thereunder; (b) the right of any person so accused to be informed in advance of trial of the specific charge made against him; (c) the right to be confronted with the witnesses against him; (d) the right of compulsory process to obtain witnesses in his favor; (e) the right to counsel of his own choice; (f) the right not to be compelled to give testimony against himself; (g) the right to have an interpreter; and (h) the right to communicate with his own government and to have a representative of that government present at his trial.

There would also be a guarantee against double jeopardy, that is to say against being tried twice for the same alleged offense against the United Nations; and also a prohibition against any *ex post facto* law of the United Nations, that is to say any law making criminal an act which was not criminal at the time the act occurred.

Provisions would also be included against excessive bail and any cruel or unusual punishment, including excessive fines; and the death penalty would be specifically prohibited.

In addition, a remedy would be provided against unreasonable detention following an accusation, through a petition to a United Nations regional court corresponding to the writ of *habeas corpus*.

Unreasonable searches and seizures would also be forbidden, it being understood that this prohibition shall not prejudice reasonable searches and seizures required for the enforcement of disarmament.

Finally, it would be provided that nothing in the revised Charter shall be construed to give the United Nations any power directly or indirectly to interfere with or restrict freedom of conscience and religion; freedom of thought, speech, press and expression in any other form; freedom of association and assembly; or freedom of petition.

INDEX

(The references are to pages. Appendices have not been indexed.)

Bill of Rights, xv, xxvi-xxvii, 2, 5, 40-41, 199, 208, 259, 293, 322, 328; outline of, 350-351
Biological weapons, 217, 221, 243, 245, 249, 251, 270, 312
Blockade, 112
Boundary, disputes, 321
Brazil
  assent to Charter amendments, 192
  representation on Executive Council, xviii, 67
Bulgaria, Soviet position in, 100
Burma, 147

Cambodia, 147
Canals, international, United Nations administration of, 99, 154, 156
Censorship, exemption from, 344
Ceylon, 147
Chemical weapons, 217, 221, 243, 245, 249, 251, 270, 312
China
  assent to Charter amendments, 192
  member of Security Council, 61, 359
  participation in transitional security arrangements, 188-189
  per capita product of, 341
  population of, 77
  ratification of Charter by, 197, 200
  reconciliation between Communist and Nationalist, 100
  representation: in General Assembly, xvi; on Executive Council, xviii, 67, 77
Claims against the United Nations, 348-349
Cobalt, safeguards concerning, 218, 249, 251, 269
Communication facilities, use by Inspectors, 258-259
Communications, official, freedom from censorship, 344
Compensation
  for arms transferred to United Nations, 233, 289-291
  for bases, 311
  for damage caused by Inspectors, 259-260, 265
  for nuclear materials transferred to United Nations, 208, 233, 278, 286, 289-291
  for property taken, 185-186
  of members of: Economic and Social Council, 136; Executive Council, 66, 70; Inspection Service, 214, 216, 269, 272, 289-290; Peace Force, 302-303, 306, 310; Standing Committees of General Assembly, 58, 60; Trusteeship Council, 163
  of Representatives, 25, 30
  of staff of Nuclear Energy Authority, 276-277, 289-290
Conciliation
  settlement of disputes by, xii, xxii, 85, 87, 98, 321-322
  system of United Nations, xxii-xxiii, 171, 321, 341

World Conciliation Board, xxiii, 1, 18, 31, 46, 87, 93-94, 96-100, 103-104, 106, 124, 171, 173, 199, 321-322, 325-327
Condemnation proceedings, 185-186
Conferences
  called by Economic and Social Council, 138
  for revision of Charter, 191-196
Confidential information, disclosure prohibited, 258-260
Constitutional legislation, xii, xv, 37, 52
Conventions
  on privileges and immunities of United Nations, 186-187
  preparation of, by Economic and Social Council, 138
  See also Agreements; Treaties
Costa Rica, vote of, xvi, 25
Cultural: field, cooperation in, 6, 44, 129-130; studies, 138
Curaçao, 147
Customs duties, exemption from, 344, 346
Czechoslovakia, Soviet position in, 100

Damage: caused by Inspectors, 258-259, 265; by United Nations officials, 348-349
Declarations, accepting the jurisdiction: of International Court of Justice, 97; of World Conciliation Board, 327; of World Equity Tribunal, 324-325
Demonstrations, military, xxiii, 112, 305, 315
Diffusion barriers, safeguards concerning, 269
Disarmament
  by stages, xix, 204-205, 211, 230-231
  Commission, 59
  complete, xii, xx, xxiv, xxx, xxxiii, 203-204, 210, 228, 301, 306-307, 330; maintenance of, 241-256
  laws and regulations, 32, 208, 214-216, 221-222, 227-228, 234, 236, 250, 252-253, 257-258, 266-273, 276-277, 279, 282, 287, 289, 292-293, 322
  plan, xix-xxi, xxviii, 1, 36-37, 60, 89, 124, 155, 189-190, 200, 204, 275
    actual disarmament stage, xix-xxi, 204-205, 208, 211, 224-242, 244, 257-258, 260-262, 278-279, 309, 335
    Annex containing, 203-299
    applicability to individuals, 15, 208, 250, 253, 292-295, 298
    application to trust territories, 157-158
    certificate of compliance with, 248-250
    enforcement of, xii, 5-6, 8, 11, 32, 59, 67, 75-76, 208-209, 214-216, 224, 226, 238, 250, 253, 255-256, 262, 273, 282, 286, 292-299, 307, 351
    maintenance of complete disarmament, 241-258
    observance of, 7, 10, 13, 35, 42, 205
    preparatory stage, xix, 204-205, 211-228, 260-262, 279, 308, 335

528

punishment of violations of, 33, 35, 292-299
questionnaires, 216-220, 222, 225, 228, 248-250, 264
serious noncompliance with, 218-220, 223-227, 237-238, 240, 254-256, 273, 286, 296-299
temporary suspension of, xx, 218-220, 224-227, 237-238, 240
violations of, xx, xxii-xxiii, 74, 208-209, 226, 250, 263-264, 272, 322, 329
proportionate, xii, 204-205, 210, 232-236, 239
reciprocal, 204
savings from, 340
simultaneous, xii, 204, 210, 232, 236, 239
universal, xii, xxiv, 210, 232, 307, 330
See also Armaments; Arms
Disputes, 30-31
agreement to refer to United Nations, 105-106
investigation of, 89-90
legal, xxii-xxiii, 13-14, 87, 92-94, 96-97, 99-100, 171-172, 321-323
likely to endanger peace, xii-xxiii, 8, 86-87, 92-104, 175, 323, 325, 327
local, 125-127
nonlegal, xxii-xxiii, 92-102, 171, 173, 175, 321, 324-325, 327
of concern to United Nations, 88
prevention of aggravation of, 103-104
settlement of, xi, 5-7, 10, 36, 76, 78, 85-106, 108-109, 124-127, 321-327
submission of to General Assembly or Executive Council, 90-91
Domestic jurisdiction, xiii, xv, xviii, 7-8, 10-11, 101-102, 128

Economic: advancement, 4, 128-129, 131, 137-138, 147-151, 156, 167, 331, 341-343; assistance to underdeveloped countries, xii, xxiii-xxv, 128, 332, 341-343; field, cooperation in, 5-6, 44, 129-130, 143; information, 148-150; organizations, 324; problems caused by sanctions, 122-123; reports, 129, 138, 140, 148-150; sanctions, xxiii, 111, 176, 209, 299, 320, 325; studies, 138; systems, no change sought in, 11
Economic and Social Council, xxvii, 45, 58, 75, 170, 180, 182, 199
authority to request advisory opinions, 176
commissions of, 143, 145
composition, xix, xxiii, 132-137
control over World Development Authority, xxiii, 131, 137, 331-332
discharge of members of, 51, 60, 135-137
election of members of, 51, 133-137
functions and powers, xix, 129-132, 138-141, 331-332, 336
funds for work of, xix, xxiv, 128, 341
participation in deliberations of, 143-145
President of, 145
procedure of, 143-145
principal organ of United Nations, 18

recommendations of, 11, 128, 138
reports to, 129-130, 140
voting in, 141-142
Educational
advancement of non-self-governing territories, 148-149, 151, 156, 167
field, cooperation in, 44, 129-130
studies, 138
UNESCO, xxvii, 130
Egypt, attacks on, 115
Einstein, remark by on politics, xxxiii
Eisenhower, statements by: on "no peace without law", xi; on nuclear weapons, xxix
Emergency: extreme, 114-116, 233, 235, 301-302, 308, 318-319; grave, 114, 318
Employment, promotion of full, 129, 138
Enemy states: action against, 189-190; regional arrangements against, 126-127
Enforcement
action, 7, 15, 107-127. *See also* Sanctions
measures, 8, 10, 32, 38-39, 72, 75, 107-112
Enquiry, solution of disputes by, 87, 98
Equality: in depletion of nuclear raw materials, 279, 284; in facilities for processing nuclear materials, 280, 285; of controls, 268-269, 271; of men and women, 3, 18; of nations, 3, 6, 9, 25, 52, 129, 200; of treatment in trust territories, 152
Eritrea, 146
Ethiopia, 146
Europe
Eastern, 99
pressure for disarmament from, xxx-xxxi
representation of on Executive Council, 62, 67
Western European Union, 273
European Coal and Steel Community, 177
Exchange controls, exemptions from, 346
Executive Council, xxvii, 14, 16, 35, 38, 41, 43-44, 55, 58, 140-141, 180, 182, 199
absence from, 80-81
agent of General Assembly, xix, 66, 70-73, 77, 180
appeals to, 209, 236, 239, 297-299
appointments by, 119-120, 213-214, 275-276, 308, 315, 327, 329
authority to request advisory opinions, 176-177
composition, xviii-xix, 61-70, 77-79, 136-137
confirmation of appointments by, 213, 276
continuously functioning, 79-81
direction and control of Peace Force, 118-120, 300, 304, 313-315
disarmament supervision by, xix-xx, 73, 205, 209, 213, 215, 218, 220, 223-229, 234, 236, 241-242, 252, 254-258, 261-262, 266-270, 273, 275-277, 279, 282, 286-287, 297-299
discharge of members of, 46, 51, 53, 60, 65-66, 70, 79
election of members of, xviii, 46, 51, 53,

208-209, 213, 215-216, 218-227, 230-231, 234, 236, 238, 240, 252-253, 255-258, 266-273, 275-282, 286-288, 292-293, 297, 299; with respect to trusteeship system, 47-48, 149-150, 155-159, 165-167
bicameral plans, xvii, 28
composition of, xv-xvii, 19-30
election of Representatives to, xvii, 15, 23-24, 29, 198
expenses of, xxiv, 341
first session of, 198, 211
functions, *see* authority
important questions before, 50-51, 53
Interim Committee of, 59
meetings of, 179-180. *See also* special sessions
powers, *see* authority
President, 55
primary responsibility for peace, 31-32, 36, 43, 47, 52, 66, 70-73, 108, 111, 113, 121, 181
principal organ, 18
quorum, 54
regulations on sanctions, 116-117
reports to, 45-47, 71-73, 93, 98, 123, 166, 180, 215, 224-226, 237-238, 240, 254-256, 296, 327, 337
Representatives in, xvi-xviii, 19-30, 49-60
election of: to Economic and Social Council, 133-137; to Executive Council, 61-70, 80; to Trusteeship Council, 160-165
participation of in discussions: of Economic and Social Council, 143-145; of Executive Council, 82-84
privileges and immunities of, 186, 345-346
rules of procedure, 55
sessions of, 29, 54-55, 59, 71-72, 76, 80. *See also* special sessions
special majorities required, xviii, 49-50, 64, 69, 93-94, 100-101, 175, 179, 191-193, 195, 230, 325, 337
special sessions to be convened, 54-55, 59, 71-72, 76, 107-108, 111, 113, 181, 213, 224, 238, 255-256, 276, 297, 304, 314
staff assigned to, 182
Standing Committee on Budget and Finance, xviii, xx, xxv, 55-60, 133, 139, 290, 332, 334, 336-337
Standing Committee on the Peace Enforcement Agencies, xviii, 55-60, 213, 216, 255, 276, 304, 314
subsidiary organs, 55-60
voting in, xvii-xviii, 30, 49-54, 64, 69, 93-94, 100-101, 175, 179, 191-193, 195, 199, 230, 325, 337
General Conferences for Charter review, 191-196
Germany
assent to Charter amendments, 192
bombing of, xxix

division of, 99
East, 100
former enemy state, 127
representation on Executive Council, xviii, 67
Ghana, 146-147
Good-neighborliness, 3, 150
Graphite, safeguards concerning, 218, 249, 251, 269
Gyroscopes, safeguards concerning, 269

Habeas corpus, 351
Heads of States, xxx, 28, 34, 40, 248-250
Health
field, cooperation in, 44, 129-130
studies, 138
World Health Organization, xxvii, 45, 130, 341
Heavy water, safeguards concerning, 218, 249, 251, 269
Hiroshima bomb, xxix
Human rights
assistance in realization of, 44
Bill of Rights, xv, xxvi-xxvii, 2, 15, 40-41, 199, 208, 259, 293, 322, 328, 350-351
commission for promotion of, 143
faith in, 3
promoting respect for, 6, 129, 138, 151, 350-351
Universal Declaration of, 351
Hunting, weapons for, 221-222, 243-245, 248, 250

Iceland, vote of, xvi, 52
Immigration restrictions, exemption from, 303, 310, 346
Immunities
of the United Nations and its personnel, 1, 186-187, 316-317, 344-349
sovereign, abolished, 34, 40
India
assent to Charter amendments, 192
attainment of independence by, 147
funds needed for economic development of, 342
participation in transitional security arrangements, 188-189
per capita product of, 341
population of, 77
representation: in General Assembly, xvi; on Executive Council, xviii, 67, 77
Individuals
access to International Court of Justice, 185, 252-253, 290-291, 294-295, 312, 317, 323
activities requiring license, 250-253
application of world law to, xi-xii
apprehension of, 33, 40-41, 328-329, 350-351
assistance to, by Nuclear Energy Authority, 280, 282, 285-286
citizens of United Nations, 14-15
information to be supplied by, 268, 271

531

offenses by, xii, 32-34, 39-41, 208-209, 253, 292-295, 298, 316-317, 321-322, 327-329

protection against abuse, xxvi-xxvii, 171, 206, 216, 257-258, 262-266, 293, 350-351

publishing United Nations reports, 296

trials of, xx, xxii-xxiii, 34, 41, 171, 174, 208, 259, 327-329, 350

Indonesia, xviii, 147, 192

Industry, heavy

annual information on, 249

census of, 217

inspection of, 260-261, 265

preparation for arms production prohibited, 221, 223, 243, 245, 270

Inspection

aerial, 206, 261, 266-268, 328

Commission: xix-xx, 18, 56, 59, 67, 206, 209, 211-216, 236-237, 239-240, 252-256, 266, 271-272, 289-290, 294-299, 331, 336, 347; composition of, 212-213, 215; modification of national plans by, 236, 239; proposals by, 214, 227-228, 234, 268-270; reports by, xx, 215, 218-220, 223-227, 237, 240, 252, 254-256, 266, 296-298

guards, 247, 268, 271

liaison representatives during, 262-265

periodic, 206, 245-246, 260-266, 328

places open to, 260-262

Service: xix-xx, 39, 49, 60, 75; direction of, 206, 212, 215; expenses of, xxiv-xxv, 289-291, 336, 341; immunities of, 346; independence of, 214-216; organization of, 205, 212-216; powers of, 205-206, 218-220, 223-227, 236-237, 239-240, 244-247, 252-255, 257-273, 277, 286, 292, 298, 345

system, xii, xx-xxi, 5, 59, 205-206, 257-273, 299

through participation in operation and management, 206, 246-247, 269, 271-272, 281-282

Inspector-General, 206, 211, 213, 215-216, 218-220, 237, 248, 250, 252-255, 268, 289-290, 293-298, 328, 347

International Bank for Reconstruction and Development, 130

International Civil Aviation Organization, 130

International Court of Justice

access to, 323

advisory opinions of, 87, 97, 146, 176-178

appeals to, xxiii, 34, 41-42, 74, 104, 185-186, 209, 252-253, 290-291, 294-295, 297-299, 312, 317, 323, 328

compulsory jurisdiction of, xxii, 97, 171-172, 199, 321-323

dismissal of judges of regional courts by, 328

election of judges of, 322-323

enforcement of judgments of, 8, 51, 53, 92, 97, 174-176, 324-325

expenses of, 341

independence of, 31, 322-323

interpretation of Charter by, xxii, 171-172, 177-178

life tenure of judges, 323

nomination of judges of regional courts by, 327

parties before, 323

principal organ of United Nations, 18, 171-172

provisional measures, 103-104

Statute: 37, 97; parties to, 172; present text, 383-398; proposed revision of, 1, 321-324

strengthening of, xxii, xxvii, 97, 100, 124, 321-324

submission of legal questions to, xxii, 13-14, 87, 92-94, 96-97, 99-100, 106, 323

supervision of regional courts by, 323

International Labor Organization, xxvii, 130

International law, 3, 5, 316, 321; development and codification of, 44

International Law Commission, 40

International Monetary Fund, 130

International Telecommunication Union, 130

Investigations: by Executive Council, 89-90; by General Assembly, 89-90; by Inspection Commission, 296, 298; by World Conciliation Board, 93, 98, 327; by World Equity Tribunal, 94, 100, 325. See also Inspection

Iraq

Development Board, 342

economic development of, 342-343

former territory under mandate, 146

Isotope separation units, safeguards concerning, 269

Israel

attack on Egypt, 115

creation of, 146

dispute with Arabs, 99-101, 322

economic development of, 342-343

Italy

assent to Charter amendments, 192

former colonies of, 106, 146

former enemy state, 127

Peace Treaty with, 106

representation of: on Executive Council, xviii, 67; on Trusteeship Council, 164

Japan

assent to Charter amendments, 192

former enemy state, 127

former mandate of, 146

representation on Executive Council, xviii, 67

Jordan, 146

Jordan River, use of water from, 100

Judicial: institutions of United Nations, xi-xii, xxii-xxiv, 5-6, 171-178, 321-330, 341, 345; settlement, 87, 98, 171-178, 321; tribunals, national, 324. See also International Court of Justice; United Nations regional courts; World Equity Tribunal

Justice, 3, 5, 85
    administration of, 152, 348
    denial of, 317, 328
    impeding the course of, 346-347

Kashmir, 99
Korea
    attack on, 115
    Commission on, 59
    damage suffered by, 122
    division of, 99-100

Laboratories
    engaged in development of weapons, 217
    for study of nuclear energy, 218, 249, 278,
        280, 283, 285
    rent for, 289
Laos, 147
Latin America, economic development of,
    342
Law
    defiance of, 204
    domestic, essence of, xi, 203-204
    due process of, 329
    ex post facto, prohibited, 350
    international, 3, 5, 40, 44, 316, 321
    no peace without, xi
    rule of, xi, xxxiii, 35, 321
    supreme, 184
    world, xi-xii, xiv, xxviii, xxx-xxxiii, xxxvi,
        3-4
League of Nations, mandates, 146
Lebanon, 146
Legal questions, submission to International
    Court of Justice, 13-14, 87, 92-94, 96-97,
    99-100, 171-172, 321-323
Liberia, vote of, xvi
Libya, 146
Licenses
    activities for which required, 250-251
    basis for inspection, 260-262
    conditions for issuing, 269, 271-272
    procedure for issuing, 205, 251-253, 328
    revocation of, 294-295, 328
    suspension of, 294-295, 328
Lithium, safeguards concerning, 218, 249,
    251, 269
Luxembourg, vote of, xvi, 25

Malta, 147
Mandates, 146, 153
Matsu, 99
Measures
    provisional, 38, 76, 103-105, 109-111
    under Chapter VII, 32, 38-39, 76, 107-
        127
    See also Sanctions
Mediation
    by World Conciliation Board, 87, 99, 321-
        322, 327
    settlement of disputes by, xii, 85, 87, 98
Member Nations. See Nations

Middle East
    economic development of, 342
    oil in, 99
Military
    activities, prohibitions against, 242-248
    advantages of seizure of nuclear materi-
        als, etc., to be minimized, 280-281, 284,
        286, 313
    forces, national: abolition of, xxi, 5, 36-
        37, 203-205, 210, 228, 230-233, 241-
        244, 301, 306; census of, 217, 219; pro-
        hibition of increase of, 220, 222; sched-
        ule of, 229; use by United Nations
        during actual disarmament stage, 305,
        320
    forces of the United Nations. See Peace
        Force
    installations, 216, 225
    Staff Committee: 18, 56, 59; appointment
        of, 119-120, 308; composition of, 119-
        120, 300, 304; establishment of, 118;
        functions of, 118-120, 300, 304, 308-
        309, 313-315; immunities of, 347; re-
        moval of members of, 119-120; reports
        by, 314
    training, 205, 212, 227-228, 242, 244, 303,
        306, 308, 310, 314
Military Supply and Research Agency, 304,
    312-313
Mines, 217, 249, 251
Missiles: ballistic, xxx-xxxi, 221, 232, 234-
    235; guided, xxx, 234
Morocco
    attainment of independence by, 147
    nationality decrees in, 96
Moscow Declaration, 188

National product: adjusted, 334-337; gross,
    xxv-xxvi, 49, 332-336
Nations
    admission to United Nations, 12-14
    constitutions and laws in conflict with
        Charter, 184, 323
    economic development of, 4, 128-129,
        131, 137-138, 147-151, 156, 167, 331,
        341-343
    equality of, 3, 6, 9, 25, 52, 129, 200
    friendly relations among, 5, 45, 129, 367
    information to be supplied by, 216-220,
        222, 225, 228, 248-250, 268, 270-271
    legislation to be enacted by, 117-118, 319
    mutual assistance, 121-122
    obligations, 7, 9, 34, 41-42, 45-46, 73-74,
        103, 112, 120-122, 129, 174, 181, 218,
        221, 230, 232, 236, 242-244, 248, 250-
        252, 319
    peace-loving, 14
    political independence, 7
    protection against abuse, 171, 206, 216,
        257-258, 262-266
    representatives from, 19-30
    responsible for licenses, 250-253
    reserved powers of, xiii, xv, xxvi, 2, 6, 9,
        11, 350

533

534

221, 227-231, 233, 235-236, 239, 241-245, 248, 250
United Nations civil, 33, 40-41, 322, 329
world, xii, xx-xxii, 36, 38, 85, 200, 204, 214, 231, 246, 300-320, 330. *See also* Peace Force
Political: advancement of non-self-governing territories, 147-149, 151, 156, 167; field, cooperation in, 44; information, 148-150; questions, 322; systems: no basis for rejection of new members, 14; no reform sought in, 11
Popular vote, for Representatives in General Assembly, 23-24, 29
Population
  basis of representation in General Assembly, 19-23, 26-28
  world, xiv, xvii, 27, 68, 77, 199, 335, 341
Portugal, 164
Press, representatives of, access to United Nations headquarters, 347-348
Property, private
  compensation for owners of, 185-186, 289-291, 311-312
  due regard for, 258-259
  sequestration of, 329
  unnecessary destruction prohibited, 315
Puerto Rico, 147

Quantitative restrictions, exemptions from, 344
Quemoy, 99
Questionnaire
  arms census, 216-220, 222, 225, 228, 264
  during complete disarmament period, 248-250
  trusteeship, 167-168

Radioactive materials
  as components of weapons, 273
  production of, 217-218, 243, 245-251, 270-271, 279-281, 284-285
Regional
  agencies, 87, 98, 125-127, 177, 323
  arrangements, 73, 87, 98, 125-127
  courts, xx, xxii-xxiii, 1, 34, 41, 171, 173-174, 185-186, 206, 208, 252-253, 259, 261, 263-267, 290-291, 294-295, 311-312, 317, 321-323, 327-329, 341
  distribution of: facilities for production or utilization of nuclear materials, 207, 280-281; Peace Force, 304, 311; special nuclear materials, 207, 280, 284
  subcommittees of Military Staff Committee, 120
  subgroups for elections to Executive Council, 62-63, 68, 78
Rent, equitable, to be paid by United Nations, 289-291
Reports: by Executive Council, 46-47, 71-73, 215, 224-226, 237-238, 240, 254-256; by Inspection Commission, xx, 215, 218-220, 223-227, 237, 240, 252, 254-256, 266, 296-298; by member Nations, 45-46,

123, 127, 129-130, 140, 148-150, 166-167; by Military Staff Committee, 314; by Secretary-General, 180; by specialized agencies, 140; by Trusteeship Council, 166; by United Nations organs, 46-47; by World Conciliation Board, 93, 98, 327
Representation: in General Assembly, xv-xvii, 19-30; weighted, 25-28
Research
  by United Nations, 208, 278, 287-288, 304, 312
  licensing of, 251
  participation by United Nations scientists in, 272
  restrictions on military, 221-222, 243, 245
Rhodesia, Southern, 147
Rivers, international, 99
Romania, Soviet position in, 100

San Francisco Conference, 4, 202
Sanctions
  against individuals, xi-xii, xx, xxii-xxiii, 32-34, 39-41, 292-295
  against member Nations, xix-xx, xxiii, 7-8, 10, 15, 32, 38-39, 72, 75, 107-123, 174-176, 297, 299, 325
  diplomatic, 111, 176, 209, 299
  economic, xxiii, 111, 176, 209, 299, 320, 325
  general regulations on, 116-117
  national legislation on, 117-118
  none for recommendations, 46
  See also Enforcement measures; Peace Force
Searches, unreasonable, prohibited, 351
Secretariat of the United Nations: 179-182; appointment of members of, 181-182; budget of, xxiv, 336; independence of, 181
Secretary-General of the United Nations: 12, 14, 43, 55, 107, 197-198, 201, 213, 276, 297, 314, 336, 345-347; appointment of, 179; functions and powers of, 179-181; privileges and immunities of, 347
Security arrangements, transitional, 188-190
Security Council, 14-16, 18, 30-31, 42-44, 46-47, 51, 53, 55, 173-177, 179-180, 322
  abolished, xviii, xxvii, 66
  composition of, 61, 64, 66-67, 359
  functions and powers of, 70-76
  maintenance of peace by, 107-127
  President of, 81
  primary responsibility for peace, 70-73
  procedure of, 79-84
  settlement of disputes by, 87-91, 103, 105
  subsidiary organs of, 81
  voting in, 73, 76-77. *See also* Veto
Seizures, unreasonable, prohibited, 351
Self-defense, xii, 33, 88, 123-124, 199, 304, 315
Self-determination of peoples, 5, 129
Self-government, 148, 151